Ich. De.   . Art

Joachim Hausen

Ich.
Der Einzige seiner Art

Thriller

Impressum

Bibliografische Information der Deutschen Nationalbibliothek:
Die Deutsche Nationalbibliothek verzeichnet diese Publikation in der
Deutschen Nationalbibliografie; detaillierte bibliografische Daten sind
im Internet über http://dnb.dnb.de abrufbar.

© 2020 Joachim Hausen, 66386 St. Ingbert
Coverbild: © 2018 Joachim Hausen
Covergestaltung: © 2020 Wolfgang Herfurth, Birkenfeld
Herstellung und Verlag: BoD – Books on Demand, Norderstedt
ISBN: 978-3-7504-3806-4

Alle Personen und Namen innerhalb dieses Buches sind frei erfunden.
Ähnlichkeiten mit lebenden oder verstorbenen Personen sind zufällig
und nicht beabsichtigt.

Man muss die Courage haben, das zu sein,
wozu die Natur uns gemacht hat.
Johann Wolfgang von Goethe

Ich

Ich bin eine Missgeburt – glaubte ich anfangs. Ab und zu nannte ich mich Ungeheuer oder Mutant. Äußerlich sieht man mir nicht das Geringste an. Niemand ahnt, dass ich ein Doppelwesen bin. Auch die Arbeitskollegen/innen nicht. Auch mein Chef nicht. Auch meine Freundin nicht.

Ich liebe die 25-jährige Jessica unermesslich. Ihre Figur, das aparte Gesicht, das zierliche Näschen, die grünen Splitter im Rehbraun ihrer Augen, der Duft der dunkelbraunen Haare, ihr Lächeln, das Lachen, das Sprechen ihres roten Mundes erzeugen Aufruhr, Begehrlichkeit – Liebe in Gehirn, Herz und Seele. Diesen Zustand und das Herzbrennen, die umfassenden Wohlgefühle, die Ruhe in mir, wenn ich sie ansehe, mit ihr plaudere, ausgehe und mit ihr schlafe, möchte ich nie mehr missen. Liebe pur.

Amen, hätte jetzt meine Oma mütterlicherseits gesagt. Leider versagte vor 19 Monaten ihr krankes Herz. Ich hing sehr an ihr und sie an mir. Opa fiel ein Jahr zuvor vom Dach des Einfamilienhauses – Genickbruch. Ich, das einzige Enkelkind, erbte das Haus; meine Mama Wertpapiere und Bargeld.

Mein Liebling Jessica sagt oft, ich sei ein gut gebauter süßer Kerl, ein verständnisvoller, ein liebevoller Mann, der sie auch im Bett voll beglücke. Sie behauptet, sie sei unsterblich verliebt in mich. Ich glaube ihr. Sie glaubt mir.

Ich verfüge über drei phänomenale Talente, Gaben, drei Wunder. Ich weiß aber, dass ich …

Halt! Ich presche übereilt vor. Ich beginne nochmals …

Erstes Wunder

1

12. Juli 2017. Ein Sommertag. Ein Mittwoch wie jeder andere – denke ich. Dank Gleitzeit verlasse ich wie meistens an diesen Tagen kurz nach 15 Uhr das Büro. Ich teile es mit einer ansehnlichen 27-jährigen Türkin. Ich arbeite als Softwareentwickler in der Münchener BMW Zentrale nahe des Olympia Parks. Falls jemand glaubt, ich bastelte oder manipulierte die Software, welche die Abgasreinigung der Dieselmotoren regelt, irrt auf einem kilometerlangen Holzweg herum. Mein Arbeitsgebiet erstreckt sich auf das Finanzwesen. Trockener Stoff, aber enorm wichtig. Zuvor arbeitete ich zwei Jahre als Systemadministrator bei Siemens.

Umschwebt von den Klavierpassagen der *Rhapsodie in Blue* von George Gershwin fahre ich mit meinem Auto, natürlich ein BMW, und zwar ein stahlblauer X 1, nach Ismaning, meinem Wohnort. Das 16.400 Einwohner zählende Städtchen liegt rund zwölf Kilometer Luftlinie nordöstlich des Arbeitsplatzes. Keine zwei Kilometer südlich der Ortsmitte steht das von Oma geerbte Haus auf einem 460 Quadratmeter messenden Grundstück.

Ich lebe alleine in der 114 qm umfassenden Wohnung. Meine Freundin und ich treffen uns mittwochs, freitags und an den Wochenenden. An Freitagen und Samstagen schläft sie bei mir. Mehrmals bat ich Jessica in den vergangenen neun Monaten, zu mir zu ziehen. Bisher stets abgelehnt. Sie argumentierte immer: »Mein süßer Kuscheltiger, die Sehnsuchtstage dazwischen halten den Glutstrom unserer Liebe im Fluss und verhindern Alltagstrott. Das musst du doch verstehen.«

Ich verstand und verstehe nichts.

Sie haust mit einer gleichaltrigen Freundin in Garching in einer Wohnung, die deren Eltern gehört. Ich finde Jasmin schrecklich. Nicht wegen ihrer fülligen Figur oder den rot gefärbten kurzen Haaren, sondern des nie stillstehenden Mundwerks wegen. Eine Quasselstrippe hoch drei.

Vergangenen Sonntag zündete Jessica eine Kerze der Hoffnung in mir an. Sie hauchte mir einen Kuss auf den Mund. Sie lächelte und sagte: »Ich fasse einen Umzug Anfang März nächsten Jahres ins Auge. Freust du dich, Liebling?«

Freuen? Ich jubilierte. Total begeistert. Sie strahlte.

Ich stelle das Auto auf dem Parkplatz eines *Edeka* ab. Mit einem Wägelchen betrete ich den Supermarkt. Ich zücke meinen Einkaufszettel. Ich arbeite ihn ab. Jessica schreibt ebenfalls immer einen Zettel. Meistens vergisst sie ein, zwei Artikel und kauft welche, die nicht auf der Liste stehen. Typisch Frau.

Von der Wursttheke marschiere ich Richtung Kassen. Nach halber Strecke halte ich inne. »Fast vergessen«, murmele ich. Ich kehre zurück. Ich biege rechts in den dritten Gang ein, das heißt, ich will es.

Abrupt stoppe ich. Geschätzte zwei Meter entfernt steht links die Quasseltante Jasmin vor dem Regal. Sie beäugt das Etikett einer Champagnerflasche.

Hoffentlich bemerkt sie mich nicht, denke ich. Behutsam lege ich den Rückwärtsgang ein. Ich fixiere ihr Gesicht. Wie ein Mantra bete ich intern: »*Sie darf mich nicht sehen! Sie darf mich nicht sehen! Sie darf mich nicht sehen!*« Dieser Satz füllt mein Gehirn komplett. Ich flehe zu Gott, Jesus, Allah, Mohammed, Buddha und allen unbekannten Gottheiten der Erde und der Galaxis: »*Sie darf mich nicht sehen!*«

Ich intensiviere den Wunsch, die Gebete, das Flehen. Ich will nicht mit inhaltslosen Sätzen zugemüllt werden, nicht unter einem Gebirge von Worthülsen sterben.

Das Verlangen, Betteln, die Beschwörungen überschwemmen mein Gehirn. Ich erstarre zu einem Eisklotz. Umsonst! Vergebens! Erfolglos!

Der Rotschopf dreht sich in *meine* Richtung. *Sieh mich nicht! Sieh mich nicht! Sieh mich nicht!*

Jasmin schaut mir direkt ins Gesicht. Sie öffnet den pinkfarben geschminkten Mund. Mir droht, in Wogen unerträglichen Geschwafels zu ertrinken. Was geschieht jetzt? Der Quasselmund schließt sich. Die Augen irren umher, finden offenbar nirgends Halt. *Die Schwafeltante sieht mich nicht!* Sie legt die Flasche in den Einkaufswagen. Sie entfernt sich in die andere Richtung.

Unglaublich. Unfassbar. Unerklärbar. Magie? Zauberei? Ein Wunder? Mir scheißegal. Ich überlebte. Ich warte etwa eine Minute. Entwarnung. Ich schreite zum Regal mit dem Champagner. Immer noch leicht zitternd, lege ich eine Flasche Pommery in den Einkaufswagen.

Zu Hause räume ich automatisch die Champagnerflasche und die verderblichen Lebensmittel in den Kühlschrank. Das Wunder im Markt beschäftigt mich. Das Toilettenpapier trage ich ins Badezimmer. Es liegt am Flur rechts der Diele, neben dem Kinderzimmer und gegenüber dem Schlafzimmer, das an ein Arbeitszimmer anschließt. Ein kleines Duschbad und ein Gästezimmer komplettieren die andere Flurseite.

Ich stelle mich vor eines der beiden Waschbecken. Ich schalte die integrierte Spiegelbeleuchtung ein. Ich mustere den Mann im Spiegel. Der 28-Jährige misst 1,85 Meter. Breitschultrig. Schmalhüftig. Passable Muskulatur. 79 Kilo. Dunkelbraunes Lockenhaar, oft wirr. Faszinierende Augen – behauptet Jessica – das linke rauchblau, das rechte wasserblau. Diese Farbe erbte ich von Mama. Die andere Augenfarbe stammt von meinem Opa väterlicherseits. In seinem Auto prallte der lebenslustige Mann, einen Tag vor seinem 70. Geburtstag, angetrunken gegen eine 200-jährige Eiche. Der Baum überlebte – Opa nicht. Armer Opa. Er hinterließ mir 10.000 Euro. Lieber Opa.

Wegen des Jobs bei Siemens zog ich vor vier Jahren von Emden nach München in eine winzige Mietwohnung. Trotzdem sauteuer.

Ich seufze. »Peter«, sage ich zu dem Spiegelmann, »diesen Zauber der Unsichtbarkeit müssen wir testen, feststellen, ob es sich um eine einmalige Zufälligkeit handelt oder eine ... äh ... Begabung, oder so.«

»Genau«, meint der Spiegeltyp. »Wenn nachher Jessica kommt, benutzt du sie als Testperson.«

Ich lächele. »Prima Idee. Das mach ich.«

Ich wasche die Haare und dusche. Ich putze elektrisch die Zähne. Ich ziehe eine kakifarbene Leinenhose an. Ich schlüpfe in ein grün-weiß kariertes Hemd, das ich über der Hose belasse. Wie immer bleiben die beiden oberen Knöpfe offen. Ich krempele die Ärmel zwei Schläge auf. Ich besprühe die Halsseiten mit Paco Rabanne *1 Million*. In der Diele ziehe ich dunkelbraune Mokassins an. Peter Peters marschiert ausgehfertig ins Wohnzimmer.

Ich sehe auf die Armbanduhr, eine schwarze DETOMASO *Business Punk* mit rotem Ziffernblatt und schwarzrotem Lederarmband. Jessica schenkte sie mir zum diesjährigen Geburtstag. Geliebte Jessica. »Gleich kommt sie«, murmele ich. »Ich bin aufgeregt, angespannt«. Ich sinke in meinen drehbaren Fernseh- und Lesesessel mit hoher Rückenlehne. Ich seufze. Ich drehe mich zur geschlossenen Wohnzimmertür.

Zeit tropft. Ich höre die Haustür. Helligkeit fällt durch den Milchglaseinsatz der Tür. Ich atme durch. Ich fixiere die Tür. Ich konzentriere mich. Schattenhafter Umriss hinter dem Glas. Ich fülle mein Gehirn mit dem Satz, dem Wunsch, dem Befehl: *Sieh mich nicht!*

Die Tür öffnet sich. Die süße Jessica tritt ein. Sie trägt das Haar zu einem Zopf geflochten – meine Lieblingsfrisur an ihr. Sie schaut direkt zu mir. Sie runzelt die Stirn. Sie schaut sich um. Sie verlässt das Wohnzimmer. Sie lässt die Tür einen Spalt offen.

Ausatmen. Entspannung. Freude. »Gelungener Test«, murmele ich. Jessica ruft meinen Namen. Ich sehe zur Tür. Schatten im Glas.

Jetzt darf sie mich sehen, denke ich intensiv.

Meine Freundin betritt den Raum. Sie stoppt abrupt. Sie reißt die Augen auf. »Großer Gott, Peter!«, stößt sie hervor. »Machst du mich erschrecken! Wo warst du eigentlich vorhin? Hast du dich versteckt?«

Ich lächele. »Ich saß hier im Sessel, allerdings in entgegengesetzter Richtung. Kleiner Scherz.«

Prusten. »Alberner Kerl.«

Ich stehe auf. Ich umarme sie. Ich küsse sie. Sie saugt sich an meinem Mund fest. Wir lösen uns. Wir schauen uns in die Augen. »Ich liebe dich, Jessica«, flüstere ich leicht keuchend. »Tief, sehr, sehr tief.«

Mit Liebe angefüllte Blicke streicheln mein Gesicht. »Ich dich auch, Peter.«

Ich räuspere mich. »Bist du online, Mausi?«

»Ja. Muss nur noch auf die Toilette und die Lippen nachziehen.«

Ich nicke. »Hast du ein Lokal ausgesucht? Du bist ja heute an der Reihe.«

Strahlen. »Ja. Jasmin und ihr neuer Freund haben gestern Abend in der *Trattoria Napoli* in der Innenstadt gegessen.«

»Du meinst die Pizzeria, die man wochenlang umbaute?«

»Ja. Sie eröffnete vorgestern wieder. Der Besitzer ließ einen Holzbackofen einbauen.«

»Toll!«, rufe ich. »Da schmeckt die Pizza am besten.«

»Genau, Liebling.« Sie rauscht ins Gäste-WC.

Mit meinem Auto fahren wir in die Stadt. Jessicas zwei Jahre alter VW Up schläft vorm Haus.

Zur Feier des erfolgreichen Tests ordere ich einen farbintensiven Barolo *Paesi Tuoi* Jahrgang 2011. Uns über die Gläser hinweg in die Augen sehend, stoßen wir an. Klasse Wein!

Jessica fabriziert einen verführerischen Augenaufschlag. Sie beugt sich vor. Sie flüstert: »Willst du mich betrunken machen, um mich nachher leichter ins Bett schleppen zu können?«

Ich reiße gespielt entrüstet die Augen auf. »Aber Mausi! Ich bin ein seriöser Mann, etwas Derartiges fällt mir nicht einmal im Traum ein.«

Wir lachen uns an.

Klasse Pizza! Angeregte Unterhaltung. Klasse Abend.

Zu Hause schleppt sie *mich* ins Schlafzimmer. Die Klamotten segeln davon. Rauschhaftes, glückhaftes, super Liebesspiel.

Verabschiedung gegen 22:45 Uhr in der Diele. Ein süßer Kuss. »Ich sehne den März herbei, Baby«, flüstere ich.

Sie lächelt. Sie stellt sich auf die Zehenspitzen. Sie haucht mir einen Kuss auf die Nase. »Ich habe beschlossen, bereits am 30. Dezember, das ist ein Freitag, bei dir einzuziehen. Jasmin möchte, dass ihr Lover Anfang Januar zu ihr zieht. Er wohnt noch bei den Eltern.«

Ich jubele. Ein inniger Kuss.

Winkend fährt sie in die Nacht. Wehmütig sehe ich den Rückleuchten hinterher.

Etwa 20 Minuten später liege ich Doppelbett. Ich schnüffele links von mir am Kopfkissen und unter der Bettdecke. Ich *atme* meine Jessica. Ich schalte die Nachttischlampe aus.

2

Jäh erschrecke ich bis in die Haarspitzen. »Ich gratuliere dir zu dem gelungenen Test, Peter«, wispert eine Stimme im Kopf, eine männliche.

Ich schnappe nach Luft. Ich schnaube. Ich pruste. »Wer bist du? Wo kommst du so plötzlich her? Was machst du in meinem Kopf?«

Kichern. »Ich schlief seit deiner Geburt in einem finsteren Winkel des Gehirns. Die emotionale Wucht der Begegnung mit der Quasselstrippe, das Wunder deiner erflehten Unsichtbarkeit ließ mich erwachen. Jetzt hocke ich in einem hellen Bereich deines Bewusstseins, jederzeit bereit, mit dir zu kommunizieren.«

»Aha, sehr sonderbar«, murmele ich. »Hast du einen Namen?«

Erneutes Kichern. »Ich bin Peter. Ich bin *Du*.«

»Aha.« Ich grübele. Leise sage ich: »Dann weißt du sicher, wo und warum meine Begabung, das Wunder, genau zum gewünschten Zeitpunkt ausbrach.«

Seufzen. »Keine Ahnung. Das menschliche Gehirn ist ein Wunderwerk der Natur. Es steckt voller Überraschungen und unbekannter Fähigkeiten. Sieh dein Talent als Gabe Gottes oder Naturwunder an. Du solltest es bei passenden Gelegenheiten einsetzen. Kann dir Ärger mit missliebigen Personen ersparen, oder so.«

»Aha.«

Grunzen im Kopf. »Fällt dir sonst nichts dazu ein, als *aha* zu sagen?«

»Momentan nicht. Ich muss intensiv nachdenken, in welchen Situationen ich mein Talent sinnvoll einsetzen kann.«

»Verstehe.«

»Lass mich jetzt schlafen«, brumme ich. »Muss morgen arbeiten.«

Stille im Kopf.

Ich drehe mich auf die linke Seite. Oma sagte einmal, man solle in dieser Position einschlafen, sei förderlich für die Organe. Ich wälze Überlegungen. Ich schleppe Ideen heran. Ich bastele einen Plan.

Ich träume. Ein für andere Menschen unsichtbarer Peter Peters geistert durch die Stadt. Er ...

Der Wecker reißt mich hoch.

Um 7:20 Uhr betrete ich das Büro; absichtlich eine halbe Stunde später als üblich. Ich setze mich in den Bürosessel und drehe ihn zur Tür. Ich schalte *nicht* den PC an. Ich warte. Ruhe im Kopf.

Das Stakkato hochhackiger Pumps nähert sich. Es verstummt vor der Tür. Stimmengemurmel. Ich schaue auf die Armbanduhr, 7:27. Konzentration. Ich schieße meinen Befehl ab: *Mich nicht sehen! Mich nicht sehen! Mich ...*

Die Türklinke bewegt sich nach unten. Sie verharrt mindestens zwei Minuten. Die Schritte der zweiten Person entfernen sich. Die Tür öffnet sich. Die rassige Ferah tritt ein. Sie schaut in meine Richtung. Sie runzelt die Stirn. Sie zuckt mit den Schultern.

Ich jubele intern. Toll! Klasse! Sie sieht mich nicht! Sie wundert sich offenbar, dass ich noch nicht anwesend bin.

Sie wirft die Handtasche auf den Aktenbock vorm Fenster. Sie setzt sich. Sie fährt ihren PC hoch. Sie mustert den Monitor. Sie verdreht die Augen. Sie seufzt.

Ich grinse. Kurz bevor ich gestern das Büro verließ, habe ich ihr zwei Aufträge untergejubelt. Ich darf das. Ich schiele in den Ausschnitt ihrer engen dunkelroten Bluse. Klasse Busen, üppiger als der meiner Jessica.

Ferah ist seit vier Jahren mit einem drei Jahre älteren Türken verheiratet, flirtet aber trotzdem mit anderen Männern – auch mit mir. »Ich weiß, dass du sie gerne einmal vernaschen würdest«, wispert es im Kopf. Ich höre nicht hin.

Sie klickt mit der Maus. Ihr Drucker schnurrt. Sie legt die Blätter ins Eingangskörbchen. Sie seufzt erneut.

Ich verhalte mich vollkommen still. Ich befürchte, dass ein Geräusch von mir den magischen Bann brechen könnte. Ich kontrolliere die Armbanduhr. Ich nicke. Ruhe im Kopf.

Ferah stößt sich mit dem Sessel zurück. »Jetzt koch ich mir erst mal einen anständigen Kaffee«, murmelt sie. Sie erhebt sich. Sie schnappt die blaue Humpentasse vom Aktenbock. Sie stöckelt aus dem Büro.

Ich bewundere ihren strammen Hintern in dem kurzen und verdammt engen dunkelblauen Rock. Ich kontrolliere die Armbanduhr, 7:52 Uhr. Prima. Ich fahre den PC hoch. Ich schalte die beiden Monitore ein. Ich checke die Mails.

Die Tür öffnet sich. Ferah tritt ein. Sie stoppt abrupt. Ein bisschen Kaffee schwappt aus der Tasse. »Verdammter Mist!«, ruft sie. »Jetzt habe ich mir die Finger verbrannt.«

Ich schiele zur Uhr am Monitor, 8:03. Ich lächele. »Das tut mir leid. Soll ich ein wenig blasen?«

Prusten. Sie sieht mir in die Augen. »Wieso kommst du heute so spät? Eine heiße Nacht mit Jessica verbracht?«

Ich lache. »Verrate ich nicht. Ich kam erst 20 nach sieben und lief unserem Chef in die Arme. Er hat mich in sein Büro geschleppt. Er meinte, wir müssen mit den Auswertungen für den Vorstand Gas geben.«

Ferah setzt sich. Sie brummt. »Aha, ich ahne, dass die beiden Aufträge, die du mir geschickt hast, dazu gehören.«

»Genau, Türkenmädel. Wir müssen ranklotzen.«

Sie lächelt mich an. Sie nickt.

Zufriedenheit in mir. Das Wunder meiner gewollten Unsichtbarkeit funktioniert ungefähr eine halbe Stunde. »Oder aber, die Unterbrechung hat es beendet«, bemerkt der Kerl im Kopf.

Um 16:21 Uhr halte ich meine ID-Karte an das Lesegerät am Personaleingang. Das Zeitkonto meldet 8:53 Stunden plus. Tolles Sommerwetter. Ich schlendere zu einem, ungefähr 800 Meter entfernten, Spirituosen- und Weinladen. Ich kaufte in diesem Jahr nur einmal dort, wegen der Preise.

Ein älterer Mann verlässt den Laden. Durch die jetzt offenen gläsernen Schiebetüren trete ich ein. Links steht der Besitzer, ein korpulenter Mann mit Halbglatze, an der Kasse mit dem Warenband. Eine füllige Blondine tippt mit dem Rücken zu mir in das Kartenlesegerät.

Ich fixiere Herrn Bauermanns Kopf. Ich lass mein Wunder los: *Sieh mich nicht! Sieh mich nicht! Sieh ...*

Der Kerl gibt der Kundin den Kassenbeleg und bedankt sich. Ich, Peter Peters, bin Luft für ihn. Supertoll. Blick auf die Armbanduhr. Freudig erregt eile ich geradeaus. Ich stoppe am rechten zweiten Gang mit den französischen Weinen.

Ein älteres Paar steht vier Schritte weiter vor dem Regal. Ich setze meine Wundergabe ein. Ich trete zwei Meter in den Gang. Der Mann legt sechs Flaschen in einen Korb. Die Frau schnaubt. »Aber Heinrich, wir wollten für das Grillfest morgen nur drei Flaschen kaufen, das reicht dicke, oder wollt ihr Männer euch besaufen?«

Heinrich grunzt. »Kannst du nicht lesen, Hilda? Hier steht, beim Kauf von sechs Flaschen spart man insgesamt drei Euro. Das ist doch sinnvoll, oder? Wein verdirbt ja nicht.« Die Frau seufzt.

Ich schmunzele. Das Ehepaar kommt mir entgegen. Es passiert mich. Null Reaktion. Blick zur Uhr.

Ich stehe vor den Chablis Weinen. Ich checke die Preise. Drei Flaschen des Grand Cru *Les Preuses* landen in meiner grauen Stofftasche, die ich aus dem Büro mitbrachte. Ich schlendere Richtung Kasse. An der Gangmündung halte ich inne. Ich spähe um die Ecke. Das Ehepaar zahlt gerade.

Zeitkontrolle. Entspannung. Mit Herzklopfen marschiere ich am Besitzer vorbei. Dicht hinter dem Ehepaar trete ich ins Freie.

Durchatmen. Herzruhe. Nervenruhe. Ich spaziere zum Firmenparkplatz zurück. »Tadellos«, lobt der Kerl im Kopf. »Du hast innerhalb weniger Minuten rund 177 Euro verdient. Super Stundenlohn.«

Zu Hause deponiere ich meine Beute im Vorratskeller. Im Weinregal ruhen zwei Flaschen Weißwein vom Lidl zu je 2,99 Euro. Ich freue mich.

Mit einer Flasche Weißbier und einem Weißbierglas setze ich mich in einen der vier kunststoffbespannten Relaxsessel auf der Terrasse. Die gelb-weiß gestreifte Markise kurbelte ich bereits heute Morgen heraus.

Ich schenke fachgerecht ein und hebe das Glas. »Ich trinke auf mein und dein Wohl, Peter Zwei«, murmele ich, »und auf die erfolgreichen Tests. Ich weiß zwar nicht, warum ich über diese Wundergabe verfüge und noch weniger, wie sie funktioniert.« Ich genieße drei Schlucke.

»Zerbrich dir darüber nicht den Kopf, Peter Eins«, sagt der Typ. »Akzeptiere sie als Tatsache und nutze sie sinnvoll.«

Ich winke ab. Ich trinke zwei Schlucke. »Ich habe mir einen Namen für mein Talent ausgedacht, für dieses Wunder. Willst du ihn wissen?«

»Ja.«

»GUb, die Kurzbezeichnung für **G**ewollte **U**nsicht**b**arkeit.«

»Klasse, Peter Eins. Du hast überbordende Fantasie.«

Traumhafter Freitagnachmittag mit meiner Jessica. Sommer satt. Wir speisen in einem Restaurant, natürlich im Freien. Erstklassige Liebesspiele am späten Abend.

Traumhafter Samstag.

Kurzer Liebesakt nach dem Aufwachen am Sonntag. Ich liebe Sex am Morgen, Jessica weniger. Üppiges Frühstück.

Abends kochen wir gemeinsam: Gnocchi mit Tomatensoße und hinein gezupfter scharfer italienischer Salami. Ich reibe echten Parmesankäse. Wir genießen den kostenlosen Chablis. Ein Gedicht. Hinterher brühe ich Espresso in einer der silberfarbenen Kannen. Meine Jessica lobt mich.

Zweites Wunder

1

Montags reserviere ich vom Büro aus im Biergarten *Ayinger Bräustüberl*, im gleichnamigen Ort, einen Vierertisch für Freitag 18:30 Uhr, wie mit Jessica und Ferah vereinbart. Die Türkin schaut mich an. Die Dunkelaugen funkeln. »Toll, Peter, mein Mann und ich freuen uns. Wir waren noch nie dort, haben aber schon viel Positives über dieses Lokal gehört. Aus Anlass meines Geburtstags am kommenden Sonntag zahle ich dir und deiner Freundin die Getränke.«

Ich lächele sie an. »Danke, Ferah, finde ich toll. Du bist nicht nur hübsch, sondern auch großzügig.«

Sie beugt sich vor. Ich ergötze mich am schwellenden Busenansatz. »Erzähl aber nichts den Kollegen. Am Montag feiere ich ja hier mit der Sippschaft. Ich mag dich sehr gern, Peter. Du bist der netteste Kollege von allen, deswegen möchte ich mich ein bisschen bedanken.«

Ich strahle sie an. »Ich finde dich äußerst sympathisch. Du bist eine tolle Frau mit einer tollen Figur.«

Sie gluckst. »Danke für die Komplimente. Ich bringe aber leider mindestens fünf Kilo zu viel auf die Waage. Mein Hintern ist zu dick.«

Ich recke den rechten Daumen hoch. »Quatsch, Türkenmädel. Ein Traumhintern. *Ich* finde ihn Weltklasse.«

Sie gurrt. Ein glutvoller Blick. »Danke, du Schmeichler.«

Ich winke ab. Peter Zwei kichert blöde.

Der Sommer arbeitet eifrig weiter, auch am Freitag. Zur vereinbarten Zeit steigen eine top hergerichtete Jessica – mit Zopf – Peter Eins und Peter Zwei in den Fond des dunkelblauen Ford B-Max von Ferah und ihrem Mann Mehmed. Das Türkenmädel sieht super aus. Verführerisch geschminkt. Wohlduftend. Aufregende Klamotten – jedenfalls für meinen Geschmack.

Jessica mustert die Geschlechtsgenossin stirnrunzelnd. Begrüßung mit Handschlag. Wir rollen auf der A 99 südwärts. Kurz vor 18:30 Uhr fahren wir in die 5.100 Einwohner zählende Ortschaft Aying.

Ich erkläre: »Hier stellt die 1878 gegründete Brauerei Aying ein erstklassiges Bier her. Sie beschäftigt 80 Personen. Der Maibaum ist der höchste in Europa. Die erwähnte Brauerei, Biergärten, das Ayinger Zentrum und ein Brauereigasthof sind Anziehungspunkte für Touristen. Südwestlich des Ortes führt durch den Hofoldinger Forst die ehemalige Römerstraße *Via Julia*, inzwischen ein Radwanderweg mit Schildern und Schautafeln.«

Ferah klatscht in die Hände. Sie dreht sich um. Sie strahlt mich an. »Toll, Peter!«, ruft sie. »Was du nicht alles weißt!«

Meine Jessica verdreht die Augen. Eifersucht? »Klar, Mann«, gibt Peter Zwei seinen Senf dazu. Ich freue mich. Ein bisschen Eifersucht schadet garantiert nicht, im Gegenteil, sie könnte Jessica befeuern – vor allem im Bett.

Wir betreten den Biergarten. Höllenbetrieb. Eine fesche Kellnerin, deren Busen fast aus dem Dirndl hüpft, führt uns zum reservierten Tisch unter einem der ausladenden Kastanienbäume. Die Mädels und ich bestellen Ayinger Bräuweisse, Mehmed, der vorbildliche Moslem, eine Cola und Mineralwasser. Wir studieren die Speisekarten.

Die Muslima Ferah ordert Käsespatzen mit Röstzwiebeln und gemischtem Salat, meine Jessica Schweizer Wurstsalat von der Lyoner mit Käsestreifen und Mehmed Forellenfilet mit zerlassener Butter und Petersilienkartoffeln. Ich gönne mir Schweinebraten in Ayinger Dunkelbiersoße, Kartoffelknödel und Speckkrautsalat.

Prima Essen. Prima Bier. Prima Unterhaltung. Die Türkin wirft mir ab und zu Glutblicke zu – glaube ich jedenfalls.

Ich bestelle ein weiteres Weißbier, das man in nördlicheren Gefilden Weizenbier nennt. Jessica und Ferah trinken Radler. Mehmed schlürft schwarzen Kaffee.

Ich deute auf den Kastanienbaum. »Weiß jemand, warum in Biergärten diese Bäume stehen?«

Allgemeines Stirnrunzeln. Verneinen.

»Früher lag darunter der Bierkeller. Da es noch keine elektrische Kühlung gab, schützte man mit den Bäumen die Fläche vor der Sonneneinstrahlung.«

Ferah lächelt mich an. »Toll, Peter, ich bewundere deine Allgemeinbildung. Von dir kann man immer was lernen.«

Meine Jessica rollt die Augen. Ich freue mich.

Zweimal bewundere ich das erregende Schwingen des strammen Hinterteils des Türkenmädels auf dem Weg zur Toilette.

Zu Hause eile ich ins Gäste-WC. Bier treibt. Erfüllt von Vorfreude, schließe ich die Haustür dreimal ab, schiebe den Riegel vor und aktiviere die Alarmanlage.

Im Schlafzimmer ziehe ich mich aus. Im Badezimmer steht eine nackte Jessica und bürstet das Haar. Wumm! Lust schießt in mir hoch. »Verständlich«, wispert Peter Zwei.

Ich klatsche der Liebsten auf eine samtzarte Pobacke. Ich schaue in den Spiegel. Die Frau darin runzelt die Stirn. Sie sagt: »Ich glaube, deine Kollegin ist scharf auf dich.«

Ich winke lässig ab. Ich küsse Jessica auf eine Schulter. »Blödsinn. Du weißt, dass wir schon über ein Jahr zusammen in einem Büro arbeiten. Noch nie hat sie mit mir geflirtet oder versucht, mich anzumachen. Sie ist schließlich verheiratet und im nächsten Jahr will sie ein Kind.«

Prusten. »Das hält einige Frauen nicht davon ab, einen Kerl, den sie ausprobieren wollen, zu vernaschen.«

Ich küsse ihre Halsschlagader. »Ich bin aber kein Kerl, der sich mir nichts dir nichts vernaschen lässt. Ich liebe nur dich, Baby. Ich will nur *dich* vernaschen.«

Die Spiegelfrau lächelt mich an.

Wir hüpfen ins Bett – nackt. Heiße Küsse. Brennende Küsse. Gierige Küsse. Im Verlauf des glutvollen Vorspiels lasse ich die Liebste zweimal auf dem Gipfel der Liebeslust jubilieren.

Jäh überfällt mich pure Wollust. Ich schaue in die wunderschönen Augen meiner Jessica. Ich flüstere meinen Lieblingswunsch in ein süßes Öhrchen.

Sie schnaubt. »Aber, Liebling, du weißt doch, dass ich Analverkehr nicht besonders mag. Außerdem hatten wir vor ein paar Wochen welchen.«

Ich pruste. »Aber, Mausi, das war am ersten April, an meinem Geburtstag – und davor letzte Weihnacht.«

Jetzt prustet sie. »Zweimal im Jahr muss dir genügen.«

Wie ein Tsunami überschwemmt der eine Wunsch, die eine Gier, *mein* Wille nach dieser Sexvariante das Gehirn, füllt es vollständig aus. Ich schieße meine Blicke in ihre Augen. Das Gehirn feuert mehrmals Stakkatos meines Wunsches ab: *Mach, was ich will! Mach, was ich will! Mach, was ich will!*

Wie reagiert die Liebste? Sie seufzt. Ich staune. Ich kann es nicht glauben. Sie dreht sich auf die linke Seite. Nervenzittern. Gehirnjubel. Herzhüpfen. Sie streckt mir den Pulsbeschleunigerpo hin. Ich streichele ihn. Ich flüstere Liebesworte. Ich schlüpfe behutsam in ihr, *mein* zweites Paradies der Liebeslust. Traumhaft. Herrlich. Aufpeitschend.

Jessica schnauft. Ich schiebe den linken Arm unter ihrem Oberkörper durch. Ich massiere eine Brust. Jessica atmet schneller. Meine Rechte gleitet zwischen ihre Oberschenkel. Jessica keucht. Jessica windet sich. Jessica hechelt.

Ich taumele durch den Märchengarten, das Arkadien unvergleichlicher Hochgenüsse. Ich zittere. Ich bebe. Ich explodiere. Zu kurz, viel, viel zu kurz.

Die Liebste legt sich auf den Rücken. Ich beuge mich über sie. Ich küsse sie auf den Mund. Ich flüstere: »Hattest du auch deinen Spaß, Mausi?«

Seufzer. »Leider hast du mich viel zu kurz stimuliert, um einen Höhepunkt zu erleben.«

»Oh, das tut mir schrecklich leid, Mausi. Ich konnte mich nicht mehr zurückhalten, unmöglich.«

Sie lächelt. Sie küsst mich wild. Sie flüstert: »Mach es mir mit Fingern und Mund.«

Ich erfülle ihren Wunsch. Klasse Abschluss eines Toptages.

Wir legen uns gegenüber. Wir tasten uns mit den Augen ab. Jessica streicht mir durchs Haar. »Ich kann mir nicht erklären, warum mich vorhin urplötzlich der Wunsch nach diesem … äh … Liebesspiel überfiel«, sagt sie leise. »Sehr, sehr merkwürdig. Der Wille füllte mich vollkommen aus, ließ keinen Raum für andere Gedanken.«

Ich küsse sie zärtlich. »Zerbrich dir nicht den Kopf darüber, Baby. Das menschliche Gehirn ist unergründlich und die Liebe ebenfalls. Schlaf süß.«

»Du auch, Liebling.«

Ich erwache. Ich schiele zum Leuchtwecker, 2:48 Uhr. Ich grübele. »Bist du wach, Peter Zwei?«, frage ich intern.

»Ja.«

»Sag mal, meine Aktion mit Jessica, glaubst du, dass mein Gehirn eine weitere unerklärbare Begabung besitzt?«

»Aber ja doch, deine aufflammende Willensäußerung füllte es vollkommen aus, ließ nicht den geringsten Spielraum für andere Gedanken. Ich bin mächtig erschrocken. Offensichtlich verfügst du über eine zweite Wundergabe. Ein zweites Wunder geschah. Eigenartig. Sonderbar. Unbegreiflich – aber eine Tatsache. Du musst dir sorgfältig überlegen, wie du diese Begabung anwendest. Es handelt sich um ein mächtiges Werkzeug, mit dem du allerlei Schaden anrichten kannst.«

»Das ist mir völlig klar. Bin ja nicht blöde. Ich werde einen Plan ausarbeiten und akribisch Testläufe festlegen. Ich will, muss, werde die Grenzen dieses Wunders ausloten.«

Stille im Kopf. Ich drehe mich um.

Aufwachen. Halb neun. Küsschen. Wir eilen ins Badezimmer. Gemeinsam einen Brunch zubereiten. Genussvoll essen. Gemeinsam einkaufen. Gegen 15:30 Uhr Cappuccino trinken und Kuchen genießen in einem Café in der Stadt. Ausgedehnter Spaziergang. Wir loben den

Sommer. Pizza und Rotwein in der *Trattoria Napoli*. Glückliche Jessica. Glücklicher Peter Eins. Glücklicher Peter Zwei.

Sonntag. Trüb, aber trocken. Warm. Den Tag gestalten wir ähnlich wie gestern – mit einer Ausnahme. Betörender Liebesakt am frühen Nachmittag. Voll befriedigter Peter Eins. Zufriedener Peter Zwei.

Büroalltag am Montagmorgen. Kurz nach zehn schnappe ich meine rote Humpentasse mit dem schwarzen Aufdruck *Peter – The Best!* Ich marschiere in die komplett ausgestattete Küche. Ich werfe den Wasserkocher an.

Die Tür öffnet sich. Hans-Dieter Petermann tritt ein. Ich runzele die Stirn. Fieberhafte Überlegungen. Der 31-jährige Fettsack grinst mich an und grüßt. Er misst 1,71 Meter. Dünnes hellbraunes Haar. Wässrige Schweinsäuglein. Ich kann den Kerl nicht ausstehen. Das Arschloch versuchte ein paar Mal, Ferah anzubaggern. Natürlich erfolglos. Der Typ sagte oft, er arbeite nur hobbymäßig, um Frauen kennenzulernen. Der Hohlkopf wohnt noch bei seinen stinkreichen Eltern. »Ein Schmarotzer«, kommentiert die Kopfstimme.

Petermann lässt den Automaten einen Milchkaffee zubereiten. Der Wasserkocher schaltet sich ab. Wir unterhalten uns ein bisschen. Ich trete vor den Schmarotzer. Ich schaue in das feiste Gesicht, in die Augen. Mit etwas Magenflattern feuere ich das Mantra meines zweiten Wunders ab: *Mach, was ich will! Mach, was ich will! Mach, was ich will!* Kurzzeitig zieht ein Schleier durch die kackbraunen Augen.

Ich erkläre mit fester Stimme: »Ich bin ehrenamtlich für eine Organisation zur Betreuung behinderter Kinder tätig. In einem der Kinderheime findet am kommenden Samstag ein Fest statt. Wir brauchen noch ein bisschen Geld. Bitte, spende 200 Euro, Hans-Dieter. Ich werde dich lobend erwähnen.«

Der Kerl runzelt die Stirn. Er – er nickt. Jubel in Gehirn, Herz und Seele. Herr Petermann zückt die Geldbörse. Ein 100er und zwei 50er verschwinden in meiner linken Hosentasche. Ich danke. Der Typ glotzt mich an. Ich nicke. Ich gieße Wasser in meine Tasse mit dem Beutel grünen Tee. Mit Genugtuung kehre ich ins Büro zurück.

»Erstklassiger Test, voll gelungen«, lobt Peter Zwei. »Der Kerl hat nicht eine Sekunde gezögert. Du hattest ihn völlig unter Kontrolle, in deiner Gewalt. Du hättest von ihm verlangen können, aus dem Fenster zu springen.«

»Nein«, sage ich innerlich. »Die Fenster kann man nicht öffnen.« Kichern im Kopf.

In der Mittagspause erhitze ich in der Küche zwei Weißwürste. Ich verputze sie im Büro mit zwei Laugenbrezeln und süßem Senf. Ich trinke Mineralwasser.

Gegen 16:05 Uhr verabschiede ich mich von Ferah. Sie sieht mich lächelnd an. Sehe ich ein gewisses Funkeln in ihren Nachtaugen? Ich beschließe, die Klärung der Frage in die zweite Augustwoche zu verschieben. Jessica fährt donnerstags für vier Tage zu ihren Eltern nach Ulm.

»Aha«, kommentiert der Kerl im Kopf. »Bin echt gespannt, was du an diesen Tagen veranstalten willst oder wirst.«

Ich antworte nicht. Mit der grauen Stofftasche marschiere ich in die Weinhandlung. Freundlich grüße ich den Besitzer. Er grüßt zurück. Er scannt die Getränke einer superschlanken Frau. Ein älteres Paar betritt den Laden. Ich streife durch die Spirituosenabteilung. Ich lege eine Flasche Baileys Original Irish Cream in die Tasche. Jessica trinkt das Zeug gerne.

Ich eile zur Kasse. Ein Mann vom Umfang eines Weinfasses, mit einer ausgebeulten Plastiktasche in der linken Hand, watschelt zum Ausgang.

Herzbibbern. Magendruck. Mein Gehirn füllt sich lückenlos mit der zweiten Wundergabe. Ich gebe dem Besitzer die Flasche. Ich sehe ihn an. Ich lasse das Wunder auf seinen Kopf los: *Mach, was ich will! Mach, was ich will! Mach …* Keine Reaktion. Er scannt den Einkauf. Er sagt: »9,45 Euro.«

Ich lege die Flasche in die Tasche zurück. Ich reiche ihm einen Zehner. »Geben Sie mir auf 100 Euro heraus«, sage ich leise, aber mit fester

Stimme. Ohne Protest zählt er mir 90,55 Euro in die Rechte. Er bedankt sich. Er sagt: »Auf Wiedersehen.«

»Auf Wiedersehen.« Die 55 Cent werfe ich neben der Kasse in die Büchse mit dem Aufdruck eines Tierheimes. Ich eile ins Freie. Magen-, Herz- und Gehirnberuhigung. »Erneut hast du den armen Kerl beschissen«, stellt Peter Zwei fest. Ich brumme. »Ich glaube nicht, dass er verarmt. Ich muss doch mein zweites Wunder testen.« Murmeln im Kopf.

2

Tags darauf finde ich auf meinem Schreibtisch vier belgische Pralinen. Auf dem Zettel darunter steht: *Lass sie Dir schmecken. F.* Ich freue mich. Ich brühe eine Tasse schwarzen Tee. Ich verputze zwei zusammengelegte Scheiben Mischbrot mit Butter und Bio-Honig.

Ferah rauscht herein. Herzliche Begrüßung. Ich lächele. Ich hebe eine Praline hoch. »Danke, Türkenmädel. Die esse ich sehr gerne.« Ich stecke das Geschenk in den Mund.

Lächeln. »Ich weiß.«

Gegen 15:00 Uhr verlasse ich das Büro. Ich marschiere zur Zweigstelle einer deutschen Großbank. Ich betrete den Schalterraum. Vorm linken Schalter steht eine rothaarige Frau mit Riesenhintern. Keine Kunden vor den beiden anderen Bedienplätzen. Ich trete vor den rechten Schalter. Eine attraktive Frau mit langen schwarzen Haaren lächelt mich an. »Womit kann ich Ihnen dienen?«

Herzflattern. Magendrücken. Ich schaue ins Dunkel ihrer Augen. *Mein* Gehirn schießt die zweite Wundergabe in *ihr* Gehirn: *Mach, was ich will! Mach, was ich will! Mach …*

Ich schiebe einen 100er, Beutegeld des Arschloches Petermann, unter der Panzerglasscheibe durch. »Bitte geben Sie mir für diesen 200er vier 50er.«

»Gerne.« Sie mustert den Geldschein. Sie dreht sich um. Sie lässt ihn durch das Testgerät laufen. Sie greift in das Fach mit den von mir gewünschten Scheinen. Sie zählt vor: »50, 100, 150, 200.«

Ich bedanke mich. Die Angestellte wendet sich erneut um. Ich stecke das Geld in linke Hosentasche. Ich halte den Atem an. Die Hübsche schiebt den 100er in das Fach mit den 200er. Ich eile aus dem Gebäude. Unbändige Freude glättet Herz und Magen. Erfolgreicher Test.

»Du hast die Bank beschissen«, stellt der Gehirnbewohner fest. Ich schnaube. »Na und? In der Zentrale dieser Bank hocken einige Verbrecher, die das Geld der kleinen Leute verzockten und verzocken. Denk nur an die Finanzkrise, die vor zehn Jahren begann. Ich muss doch die zweite Gottesgabe ausgiebig testen, oder?«

Schweigen.

Voll zufrieden schlendere ich zu einer Parfümerie. Düfte empfangen mich. Drei schöne Verkäuferinnen. Ich mustere die Angebotsvielfalt der Damendüfte. Ich gebe mich unschlüssig. Eine schlanke Blondine mit wippendem Pferdeschwanz eilt herbei. Für meinen Geschmack zu flacher Busen. Lockend rote Lippen. Sie lächelt mich an. »Kann ich Ihnen helfen?«

Ich lächele zurück. »Ich suche ein Parfum für meine Freundin. Sie hat morgen Geburtstag.«

Mit Fachwissen über die Eigenschaften verschiedener Düfte bombardiert sie mich. Sie sprüht einige auf Teststreifen und lässt mich schnuppern. Ich entscheide mich für *Guerlain*. Hätte ich eh gekauft, Jessicas Lieblingsparfum.

Die Verkäuferin sieht mich an. »Darf ich es als Geschenk verpacken?« Ich mustere die braunen Punkte im Tannengrün ihrer Augen. »Aber gerne, danke.«

Geschickt erledigt die Blondine die Arbeit. Sie reicht mir das von dunkelroter Glanzfolie umhüllte Päckchen. Ich genieße die Berührung einer zarten Hand. »Danke«, säusele ich. »Sie sind eine Expertin.« Sie strahlt.

An der Kasse zahle ich die 94 Euro vom Beutegeld.

Zu Hause stelle ich Flasche und Parfum auf den Esstisch.

Mit superglatt gebügelten Nerven liege ich gegen 22:50 Uhr im Bett. »Also Peter Zwei«, sage ich leise. »Aus welchen Gründen auch immer und ohne zu wissen warum, besitze ich eine weitere Wundergabe. Wieso sie derart plötzlich und erst jetzt auftauchte, ist mir zwar schleierhaft, aber scheißegal. Ich finde sie außerordentlich nützlich.«

»Ja. Du solltest aber sorgsam mit ihr umgehen und vor allem, keine blinde Gier nach Geld entwickeln, das könnte schnell in die Hose gehen.«

»Keine Sorge, mein Freund und Ratgeber, ich werde mir mit dieser Begabung monatlich 300 Euro verschaffen. Sie kommen aufs Sparbuch. Damit werde ich jährlich eine Urlaubsreise mit meiner Jessica finanzieren. Sie wird sich riesig freuen, ich natürlich ebenfalls.«

»Und ich!«, ruft Peter Zwei.

Ich drehe mich auf die linke Seite. »Fast vergessen. Weißt du, wie ich das neue Wunder, einem Menschen *meinen* Willen aufzuzwingen, *seine* Handlungen zu bestimmen, sodass er glaubt, aus eigenem Antrieb zu handeln, nenne?«

»Sag es mir.«

»*Wilma* – **wil**lenlos **ma**chen.«

»Klasse, Peter Eins. Passt prima.«

Wie üblich an Mittwochen betritt Jessica gegen 17:00 Uhr das Haus. Sie arbeitet in der Stadtverwaltung von Garching. Ein liebevoller Kuss im Wohn-, Esszimmer. Sie duftet betörend.

Sie deutet zum Esstisch. »Was ist das, Liebling? Zwei Geschenke für mich?«

»Ja, Mausi.«

Mausi strahlt. »Einfach so? Ohne Anlass?«

Ich lächele. »Der Anlass ist die Liebe.«

Sie küsst mich zart auf den Mund. »Danke, Liebling. Ich trinke das Zeug gerne.« Sie tritt zum Esstisch und nimmt das Päckchen. »Wie hübsch verpackt. Was ist es?«

»Auspacken und nachsehen.«

Sie entfernt die Folie. Sie schaut mich an. Die Augen strahlen Freude, Glück. »Mein Lieblingsparfum. Bist du Hellseher?«

Süßer Herzschmerz. Ach, wie ich sie liebe! »Ja, Baby.«

Jessica stellt das Parfum auf den Tisch. Sie umarmt mich. Ein glühender Kuss. Peter Peters glüht.

Sie schiebt mich zum Sofa. »Ich werde mich fürstlich bedanken«, flüstert die Verführung. »Da wird Herrn Peters Hören und Sehen vergehen.« Herr Peters freut sich.

Sie reißt mir die Hosen herunter. Sie drückt mich auf zwei Sofakissen. Betont langsam zieht sie Bluse und BH aus. Sie beugt sich zu mir. Ich streichele die Brüste. Ein erregender Kuss. Sie löst sich. Sie wispert: »Ich werde jetzt Peterchen explodieren lassen.«

Ich hechele. Sie setzt sich neben mich. Ihr heißer Mund lässt mich zittern, beben, stöhnen. Peterchen, *ich* explodiere. Ich sacke zusammen.

Meine süße Jessica richtet sich auf. Sie lächelt. »Wow, Liebling, du warst so schnell wie noch nie.«

Ich lächele. »Die Sehnsucht, die Liebe, deine Liebeskünste ließen Peterchen keine Chance.«

Wir lachen. Wir ziehen uns an. Mit der Handtasche eilt die Liebeskünstlerin ins Gäste-WC.

Wir spazieren in die Innenstadt. Wir speisen und trinken Weißbier im Gasthof *Zur Mühle*. Ich zahle bar – vom eroberten Geld.

Zu Hause sieht mich die Liebste an. Glitzersterne in den Augen. »Jetzt will *ich* explodieren«, flüstert sie. Wir stürmen ins Schlafzimmer. Berauschender, sinnenbetäubender, fetziger Ausklang dieses glückhaften Tages.

Ich bin wunschlos glücklich. »Ich ebenfalls«, gibt Peter Zwei seinen Senf dazu.

Mittwoch, 9. August. Nach drei Tagen Ruhepause kehrt der Sommer zurück. Jessica trudelt kurz vor 18:30 Uhr ein. Ein süßer Kuss. »Puh!«, sagt sie. »Koffer packen ist anstrengend. Hoffentlich habe ich alles dabei.«

Ich winke ab. »Du reist ja nicht in die Sahara. In Ulm kannst du Vergessenes kaufen. Wann fährst du morgen los?«

»Wie abgemacht, mit dir. Du willst ja erst später ins Büro, damit ich nicht so unverschämt früh aufstehen muss.«

Ich nicke. »Wir werden gemütlich frühstücken. Ich habe rund zehn Stunden auf dem Zeitkonto.«

Ein zärtlicher Kuss. Abendessen in einem Landgasthof. Liebevoller, beglückender, voll befriedigender Abschied in meinem Bett.

Anderntags verabschieden wir uns in der Diele. Küsse. Liebesgeflüster. Ich begleite die Liebste zum Auto. Ich winke wie ein Verrückter hinter ihr her.

Um 8:20 Uhr betrete ich das Büro. Ferah grinst. »Oh, oh, verpennt oder eine heiße Liebesnacht?«

Ich winke ab. »Weder noch.« Ich schildere Jessicas Kurzurlaub bei den Eltern.

Die Türkin schaut mich an. Unbestimmbares Schillern in Nachtaugen.

Ich fahre den PC hoch. Ich arbeite konzentriert.

Kurz nach zwölf rolle ich mit dem Bürosessel zurück. Ich stehe auf. Ich strecke mich. Ich sehe die Kollegin an. »Kommst du mit ins Kasino?«

Sie seufzt. »Ich bleibe hier. Esse Müsli und Obst. Muss abspecken. Mehmed beschwerte sich letztes Wochenende.«

Ich verdrehe die Augen. Im Kasino wähle ich warmen Leberkäse und zwei Laugenbrezeln. Ich trinke eine Cola, Zucker hin oder her.

Um 13:30 Uhr gähne ich. Ich erhebe mich. Ich lächele Ferah an. »Ich hol mir ein Wasser. Soll ich dir eins mitbringen?«

Liebliches Lächeln. »Meines ist alle, habe vergessen, welches zu kaufen.«

»Ich habe noch zwei Flaschen im Kühlschrank. Ich spendiere dir eine.«

Minuten später reiche ich Ferah eine Flasche. Unsere Finger berühren sich. Elektrisches Kribbeln bis in die Zehenspitzen. Sie schaut mich an. Mein Gehirn leert sich und – füllt sich rasant mit *Wilma*. Peter Peters lässt die Wunderwaffe los. Sehe ich im Meer ihrer Augen unerklärbare Bewegungen, Reaktionen? »Ja«, meint Peter Zwei. »Ihr Gehirn, ihr Wille, *sie* gehört dir.«

Ich werfe mich in den Sessel. Ich ordne Papiere auf dem Schreibtisch. Ab und zu beobachte ich meine Beute. Sie arbeitet normal weiter. Test gelungen. Ich will wissen, wie sich ein von mir gelenktes Gehirn, ein Mensch verhält, wenn ich ihm keine Befehle gebe oder Wünsche äußere. Vor allem interessiert mich, wie lange die Beeinflussung andauert.

Ich warte mindestens eine Viertelstunde. Ich räuspere mich. Ferah sieht hoch, mir in die Augen. Ich lächele und beuge mich vor. »Äh … Türkenmädel, heute ist Donnerstag. An diesen Tagen triffst du dich doch immer mit einer Freundin, oder?«

Blitzende Augenteiche. »Ja, Peter, warum fragst du?«

Normales Verhalten. Ich freue mich. »Sag der Freundin wegen Migräne ab. Nach Feierabend fährst du hinter mir her zu meinem Haus. Wir trinken etwas und unterhalten uns. Anschließend lade ich dich zum Essen ein.«

Wellen und Blitze im Augenozean. »O ja, gerne. Danke. Ich rufe Julia um drei an. Wann wollen wir aufbrechen?«

»Um halb vier. Du brauchst dich hier nicht zu rangieren. Das kannst du in meinem Badezimmer erledigen.«

Nicken. »Prima Idee. Ich freue mich.«

Peter Peters freut sich unbändig. Nervensirren. Gehirnjubel. Herztänzchen. »Aha, da läuft der Hase«, bemerkt die Kopfstimme. »Du willst also …«

Der Kerl nervt manchmal. »Klappe halten bis morgen früh!«, befehle ich. Stille im Kopf.

Zur vereinbarten Zeit sage ich zu Ferah: »Geh vor und warte auf dem Parkplatz. Ich rufe noch Jessica an.«

Sie lächelt. Sie nickt. Sie verlässt den Raum. Ich plaudere ein paar Minuten mit der Liebsten. Abschließend bemerke ich: »Ich rufe heute nicht mehr an, Mausi. Fahre gleich mit zwei Kollegen in die Stadt. Vermutlich werde ich erst gegen elf zu Hause eintrudeln. Ich liebe dich.«

Sie beteuert ebenfalls ihre Liebe und meint, ich solle nicht zu viel trinken. Ich beruhige sie.

Kurz nach 16 Uhr sitzen Ferah und ich auf dem Sofa. Wir stoßen mit dem Champagner an, den ich am Tag des ersten Wunders kaufte. Wir sehen uns in die Augen. Wir plaudern. Wir leeren die Gläser. Ich schenke nach. Wir trinken. Ich nehme ihr das Glas aus der Hand und stelle es mit meinem ab. Ich beuge mich zu ihr. Ich küsse sie zart auf den Mund. Ich flüstere: »Küss mich leidenschaftlich, wild, gierig.«

Keine aufgerissenen Augen. Keine Ohrfeige. Null Proteste. Null Zögern. Sie umarmt mich. Brennende Lippen. Heißes Zungenschlängeln. Kochendes Gehirn. Ich streichele den Busen. Ich löse mich. Ich packe sie an einer Hand. »Komm mit«, sage ich mit rauer Stimme. Wir eilen ins Schlafzimmer. »Ausziehen«, ordne ich an. Prompte Ausführung.

Ich hechele. Welch ein Körper! Zarter Braunton. Üppige und doch feste Brüste. Glatter Bauch, nur leicht gewölbt. Haarlose Scham. »Dreh dich langsam im Kreis«, krächze ich. Das Objekt meiner Begierde hebt die Arme und gehorcht. O Gott, o Gott, der Hintern! Im Gehirn fliegen sämtliche Sicherungen raus. Mit den Augen taste ich jeden Quadratzentimeter der Sünde in Frauengestalt ab. Meine Klamotten segeln davon. Ich werfe eine Bettdecke zurück.

Ich lege mich ins Bett. »Über mich knien«, sage ich leise. »Ich will deine Köstlichkeiten bewundern.« Sekunden später – Herzhüpfen, Gehirnschwindel, Nerventanzen. Der Anblick der Gärten der Lüste raubt mir den Atem. Ich kann mich nicht sattsehen. Ein paar Minuten verwöhne ich die Köstlichkeiten mit dem Mund. Blutdruck und Puls jagen zum Mars.

Ich krieche unter Ferah hervor. »Schön so knien bleiben.« Meine Stimme? Wie mit Sandpapier geschmirgelt. Aus dem Nachttisch nehme ich die Tube Gleitcreme.

Mein, seit mindestens einem Jahr gehegter, Wunschtraum erfüllt sich. *Ich* erfülle ihn mir. Peterchen und ich beginnen mit gemächlicher Wanderung im Lusttempel Nummer Zwei. Nicht der Hauch eines Protestes. Göttliches zweites Wunder. Weltklasse! Elysäischer Genuss. »Mach aktiv mit, spule das volle Programm ab«, verlange ich.

Wie reagiert Ferah? Versiert. Leidenschaft, Glut, Gier füllen mich. Jubelarien in Gehirn, Herz, der Seele. Rauschhaft. Betäubender, intensiver, schärfer als mit Jessica. Genuss pur. Leider zu glutvoll, zu genussvoll, zu scharf. Die bebende, zuckende, leise schreiende Frau lässt mich in einem Orkan der Wollust explodieren. Jammerschade. Warum nur so kurz? Ich seufze.

Meine Lustgespielin plumpst auf den Bauch. Wir legen uns gegenüber. Ich streiche ihr übers Haar. Ich küsse sie zärtlich. »Hat es dir auch Spaß gemacht?«, will ich wissen.

Glänzende Augen. »O ja«, flüstert das Testobjekt. »Hätte ich nicht gedacht. Mehmed lasse ich da nur selten ran. Er agiert so ungestüm.« Ich lächele. Noch immer hält das Wunder an. Ich küsse die Brüste. Ich schaue in Ferahs Augennacht. »Auf, Türkenmädel. Wir machen uns ausgehfertig. Mein Magen rumort.«

Liebliches Lächeln. »Meiner auch.«

Gemeinsames Duschen. Kein Problem in der ebenerdigen und großzügig bemessenen Kabine. Ich ließ sie direkt nach dem Einzug einbauen.

Im Wohnzimmer leeren wir die Champagnerflasche.

Ich kutschiere uns Richtung Norden, nach Neufahrn. Wir speisen in einem Restaurant, das ich erst einmal besuchte. Angenehme Unterhaltung. Ferah ist intelligent, belesen.

Wir fahren zurück. Ich dirigiere sie ins Schlafzimmer. Null Weigerung. Ich freue mich unbändig. Ich entblättere sie. Ich werfe meine Klamotten auf den Fußboden. Ich drücke sie in Rückenlage aufs Bett. Ich nehme sie in die Arme. »Küss mich, bis ich schmelze«, fordere ich. Sie lässt mich schmelzen.

Ich stopfe die Kopfkissen unter den Traumhintern. »Die zweite Genussrunde steht an«, sage ich mit heiserer Stimme. »Genieße mich.« Kein Widerstand. Vergnügungsrunde im heißen Lustgarten Nummer Eins. Köstlich. Himmlisch. Paradiesisch.

Ein paar Minuten später beende ich das Vorspiel. Ich fiebere. Zweiter Akt im zweiten Liebesgarten. »Lass dich ebenfalls fliegen«, fordere ich. Sie – sie nickt. Hochstimmung in mir.

Diesmal zügele ich Peterchen. Ich aale mich im Universum purer Hochgenüsse. Wie lange? Keine Ahnung.

Wimmernde, quiekende, schreiende Ferah. Der Tsunami der Wollust überschwemmt mich. Top Befriedigung. Traumhaft.

Ich werfe mich auf den Rücken. Ich schiele zum Wecker, 21:34 Uhr. »Wann musst du zu Hause eintrudeln, Türkenmädel?«

»Spätestens um zehn. Ich will noch duschen. Mehmed kommt donnerstags gegen halb elf heim.«

Ich nicke. »Schaffst du locker.« Sie wohnt nur ein paar Fahrminuten von hier in Unterföhring.

Wir verlassen das Bett. Sie kleidet sich an. Ich schlüpfe in Unterhose und Bademantel. In der Diele umarme ich Ferah. Ich küsse sie innig, das heißt, ich will es. Sie drückt mich weg. »Nicht doch, Peter«, sagt sie mit fester Stimme. »Wir hatten tollen Sex – und auch noch zweimal – obwohl ich eigentlich nicht wollte. Keine Ahnung, warum mich plötzlich derartige Gier überfiel. Echt rätselhaft.«

Ich nicke. »Ja, äußerst merkwürdig.«

»Ende der Wirkung des Wunders«, wispert Peter Zwei.

Sie sieht mir in die Augen. »Es hat Spaß gemacht, aber jetzt ist es vorbei. Ich will auf keinen Fall eine Wiederholung. Ich habe meinen Mann noch nie betrogen und werde es auch nie mehr tun. Bitte sei mir nicht böse. Ich mag dich sehr, aber zukünftig wird sich nichts Derartiges mehr abspielen. Das verstehst du doch, oder?«

»Klar, Türkenmädel. Ich weiß nicht, welcher Teufel mich heute geritten hat. Es überkam mich einfach. Tut mir leid, dass ich dich dazu animiert habe. Kommt nicht mehr vor. Versprochen. Ich liebe Jessica.«

Ferah lächelt und nickt. »Vergessen wir es.« Sie haucht mir einen Kuss auf eine Wange. »Gute Nacht, Peter, bis morgen.«

»Dir ebenfalls.« Sie eilt aus dem Haus.

Ich stelle die Champagnergläser in die Spülmaschine. Mit einem Glas Mineralwasser setze ich mich aufs Sofa. Ich trinke zwei Schlucke. »Also, Peter Zwei«, murmele ich. »Lass uns ein Resümee ziehen. Das zweite Wunder funktionierte auch heute tadellos, voll befriedigend …«

»Im wahrsten Sinne des Wortes.«

»Unterbrich mich nicht«, rüge ich. »Die Beeinflussung wirkte rund sieben Stunden und 50 Minuten. Großartig. Eröffnet mir ungeahnte Möglichkeiten. Muss intensiv nachdenken und planen, wie ich diese Wundergabe zu meinen Gunsten weiterhin einsetze.«

»Da bin ich mal echt gespannt.«

Drittes Wunder

1

Der Freitag im Büro verläuft wie üblich. Ab und zu sehen Ferah und ich uns an und lächeln. Null Anspielungen auf den gestrigen Tag.

Die Kollegin verabschiedet sich kurz vor 15 Uhr. »Mein Mann und ich fahren nachher in die Innenstadt«, sagt sie. »Wir werden uns einen schönen Nachmittag und Abend machen.«

»Dann viel Spaß, Türkenmädel.«

Lächeln. »Danke, haben wir garantiert.« Sie stolziert aus dem Raum – mit aufregendem Drehen des Traumhinterns.

Ich schmunzele. Lustflämmchen im Gehirn. »Du willst dich doch nicht demnächst erneut mit ihr vergnügen, oder?«, nervt mein Zwilling.

Ich zucke mit den Schultern. »Warum denn nicht? Du hast es garantiert ebenfalls genossen, oder etwa nicht?«

»Ja. Hast du es vergessen? Ich bin *du* und du bist *ich*.«

»Na also. Ich plane, das Türkenmädel alle zwei, drei Monate an einem Donnerstag zu vernaschen.«

»Wie du meinst. Achte aber darauf, dass Jessica nichts spitzkriegt. Du willst sie doch nicht verlieren, oder?«

»Auf gar keinen Fall. Du weißt ja, dass ich sie echt und innig liebe.« Brummen im Kopf.

Bis 17:40 Uhr bastele ich ein schwieriges Programm zu Ende. Habe ja Zeit. Außerdem erhöhe ich mein Zeitguthaben. Da wird am Montag der Chef staunen.

In Ismaning marschiere ich in die Buchhandlung. Ein ehemaliger Schulfreund, der seit einem Jahr im Saarland lebt, empfahl mir kürzlich einen Roman eines saarländischen Autors. Letzten Mittwoch bestellte ich das Buch. Natürlich informierte ich mich vorher im Internet über den Autor und seine Werke. Ich mustere das Taschenbuch. Tolles Cover. Es handelt sich um einen Thriller vom Leben nach dem Leben mit dem unkonventionellen Titel: *Ich. Ein. Toter. Erzählt.*

Ich schlendere ein bisschen durch die Innenstadt. In einem Bioladen kaufe ich sechs Eier. Zu Hause rufe ich Jessica an. Plaudern und Liebesgeflüster. Ich bastele mir Bratkartoffeln mit drei Rühreiern und Bohnensalat. Am kleinen Tisch in der Küche verputze ich die Mahlzeit mit einem Weißbier.

Ich verstaue das Geschirr in der Spülmaschine und starte sie. Mit einer Halbliterflasche Mineralwasser betrete ich das Wohnzimmer. Ich werfe einen Blick zur Wand hinter dem Esstisch. Ich seufze. Dort hängt in einem silberfarbenen Holzrahmen ein Ölgemälde im Querformat 50 mal 30 Zentimeter. Das Bild zeigt ein schwarzes Pferd mit weißer Stirn, das den Kopf nach hinten wendet und eine rote Katze auf seinem Rücken beäugt.

Das Gemälde gehört Jessica. Ihre Oma schenkte es ihr zum 13. Geburtstag. Meine Freundin liebt Pferde und Katzen. An ihrem 25. Geburtstag Anfang Februar bohrte ich ein Loch in die Wand, steckte einen Dübel hinein und drehte einen Haken ein, leider einen mit rechteckigem Schaft. Der Rahmen besitzt einen halbrunden Aufhänger. Fast täglich hängt das Bild ein bisschen schief, einmal nach links, einmal nach rechts. Fast täglich rücke ich es gerade.

Heute hängt es nach links. »Vielleicht gibt es einen Geist im Haus, der dich ärgern will«, sagt Peter Zwei. Ich ignoriere ihn. Ich stelle die Wasserflasche auf den Tisch. Ich fluche. Ich stemme die Arme in die Hüften. Ich fixiere das ungehorsame Bild. Ich sage laut: »Jetzt hör mal zu, du blödes Ding. Wenn du dich selbst schief hängen kannst, dann wirst du dich auch wieder selbstständig gerade hängen können. Ich befehle dir: *Häng dich gerade!*«

Ich falle in Ohnmacht – fast. Das Gemälde nimmt die von mir befohlene Position ein. »Nicht zu fassen«, kommentiert mein Zwilling. »Du kannst dem Hausgeist Befehle erteilen.«

Ich erhole mich. Ich schüttele mich. »Red keinen Quatsch. Es gibt keine Geister – außer dir. Reiner Zufall, dass sich das Ding ausgerechnet jetzt bewegte.«

Kichern im Kopf. »Ich schlage vor, du befiehlst dem Geist, das Bild schräg nach *rechts* zu hängen.«

Ich pruste. »Schön, sieht mich ja niemand. Danach wissen wir mehr.« Ich räuspere mich. Ich starre das Gemälde an. Konzentration. Leise, aber mit fester Stimme, sage ich: »Rahmen, hänge nach rechts!«

Die Welt des logisch denkenden Softwareentwicklers Peter Peters steht still. Das Bild – es gehorcht. Ein Wunder? »Großer Gott!«, ruft mein Alter Ego. »Du verfügst über ein drittes Wunder, die Wundergabe der Teleportation. Großartig, fantastisch, unglaublich.«

Die Welt des logisch denkenden Softwareentwicklers Peter Peters dreht sich wieder. Tiefes Ein- und Ausatmen. Ich nicke. »Ich las in Zeitschriften und sah im Fernsehen Berichte von Menschen, die kraft ihres Geistes oder Willens Gegenstände bewegen können.«

»Genau, mein Lieber, du solltest weitere Tests machen.«

Ich schnaube. Ich nicke. Ich fixiere die Wasserflasche. Tunnelblick. Ich dränge meine Gedanken an den Rand des Gehirns. Ein einziger Befehl füllt es aus. Ich flüstere: »Flasche, fall um!«

Ich reiße die Augen auf. Die Flasche fällt um. Ich keuche. Ich freue mich maßlos. Ich finde Geschmack an meinem Talent. Ich konzentriere mich auf die Kristallvase, die mitten auf dem Tisch steht. In ihr dämmern neun gelbe Tulpen, Jessicas Lieblingsblumen, dem Tod entgegen. Tiefes Einatmen. Konzentration. Ich wispere kaum hörbar: »Vase, bewege dich bis an den Rand des Tisches!«

Ich wanke. Mein Testobjekt schiebt sich, trotz Tischdecke, bis exakt an den Tischrand. Unfassbar. Unerklärbar. Unlogisch. Ich, Peter Peters, nenne ein drittes echtes Wunder mein Eigen. Ich bin ein Glückspilz, *der* Glückspilz.

»Genau«, kommentiert der Gehirnmitbewohner. Er fährt fort: »Beim nächsten Test befiehlst du dem Objekt nicht laut, sondern formulierst die Worte nur im Kopf. Mal sehen, ob das auch funktioniert.«

»Klasse Idee, Kumpel. Ich dehne das Experiment sogar noch etwas aus.« Ich drehe mich ein wenig Richtung Terrassentür, sodass Ess- und Wohnzimmertisch im Blickfeld liegen. Ich wende den Kopf der Flasche zu. Tiefes Ein- und Ausatmen. Ich leere mein Gehirn. Ich fülle es mit dem einzigen Wunsch, Befehl, den ich intern artikuliere: *Flasche, fliege zum Wohnzimmertisch und lege dich darauf.*

Ich traue den Augen nicht. Die Wasserflasche schwebt flott zum verlangten Ziel. Sie legt sich auf den Tisch. Sie rollt ein bisschen hin und her. Ich jubele. Grandioser Erfolg. Peter Zwei lobt mich. Ich verfalle einem Wunderrausch.

Ich drehe mich Richtung Wohnzimmertisch. Hörbares Atmen. Ich fixiere die flugfähige Flasche. Volle Konzentration. Mein Gehirn befiehlt: *Flasche, fliege sofort zu mir!*

Sie – sie saust auf mich zu. Ich schnappe sie im Flug. Begeisterung füllt mich. Ich tanze durchs Wohnzimmer. Ich öffne die Gehorsame. Ich trinke gierig. Ich verschließe sie. Ich stelle sie auf den Wohnzimmertisch. »Phänomenal, Peter Zwei«, rufe ich. »Diese dritte Wundergabe kann mir eventuell das Leben retten. Falls einmal ein Verbrecher eine Pistole auf mich richtet, werde ich sie ihm lautlos entreißen, in meine Hand sausen lassen und dem Arschloch die Eier wegschießen. Fantastisch! Brillant! Genial!«

»Weltklasse!«, kommentiert der Zwilling.

Ich werfe mich in den verstellbaren Fernsehsessel. Ich schnappe das Taschenbuch und beginne zu lesen. »Toller Anfang«, bemerkt der Kerl im Kopf.

Nach drei Seiten klappe ich das Buch zu. »Ich kann mich nicht konzentrieren«, brumme ich. »Das neue Wunder beschäftigt mich unaufhörlich. Ich werde es abgekürzt *Telpo* nennen.« Ich grinse.

Wortlos befehle ich dem Getränk, in meine Hand zu schweben. Tadellos. Ich trinke. Ich stelle die Flasche zurück. Ich erteile der Fernbedienung den gleichen Befehl. Prompte Ausführung. Ich schalte die Nachrichten ein. Das Übliche: Verbrechen, Unruhen, ein Verkehrsunfall, Geschwafel von Politikern.

Ich sehe mir einen Krimi an. Ich bekomme die Handlung nur teilweise mit. Dämmerung greift ins Zimmer. Ich schalte die LED-Stehleuchte ein.

»Willst du nicht noch ein bisschen lesen?«, fragt der nervige Typ im Kopf.

Ich winke ab. »Nein. Ich lese morgen den ganzen Tag. Es soll ja wettermäßig scheußlich werden, wie so oft an den Wochenenden.« Der Kerl brummt vor sich hin.

Ich schaue in den Garten. Die Nacht schleicht heran. Ich erhebe mich. Ich gähne. »Ich bin hundemüde, Peterling«, murmele ich. »Vielleicht braucht mein Gehirn nach den anstrengenden Tätigkeiten Ruhe.«

»Kann sein.«

Ich leere die Flasche. Ich trete an die Terrassentür. Die linke Hand greift nach dem Drehschalter des elektrischen Rollladens. Ich halte inne. Ich lächele. Konzentration. Lautloser Befehl: *Dreh dich nach rechts!*

Er gehorcht. Der Rollladen senkt sich ab. Ich lasse den Schalter in die Ausgangsposition zurückkehren. Ich wende mich um. Ich fixiere den 4,60 Meter entfernten Drehschalter des Rollladens des Doppelfensters. Prompte Arbeit. Ich freue mich maßlos. Ich rufe: »Ich, Peter Peters, bin der fähigste Zauberer der Welt. Ein echter Magier, der keinerlei Tricks braucht.«

Räuspern im Kopf. »Du bist ein Mutant, Peter Eins, und gleichzeitig ein Doppelwesen.«

Ich runzele die Stirn. »Ja. Ich entsinne mich an ein paar Science-Fiction-Romane. Dort las ich von Männern und Frauen, die über die gleichen Fähigkeiten wie ich verfügten, über alle drei Wunder.«

In der Küche werfe ich die leere Plastikflasche in die vorgesehene Stofftasche. Ich senke den Rollladen zu 80 Prozent ab. Ich räume die Spülmaschine aus. Mit einem halb gefüllten Glas Wasser marschiere ich ins Schlafzimmer. Auch hier schließe ich den Rollladen nicht vollständig. Die beiden Flügel des Fensters bringe ich in Kippstellung. Im Badezimmer verrichte ich die üblichen Tätigkeiten.

Die Schlafzimmertür lasse ich einen Spalt offen. Ich lege mich ins Bett. Den Weckalarm aktiviere ich nicht. Ich schnuppere an Jessicas Kopfkissen. »Mist«, brumme ich. »Ferahs Parfum. Ich muss das Ding morgen frisch beziehen.« Ich schalte die Nachttischleuchte aus und lege mich wie immer auf die linke Seite.

Wirre Träume, in denen ich, Peter Peters, Wundertaten zum Wohl der Menschheit vollbringe.

2

Ich erwache. Ich lasse die Augen geschlossen. Kühle umweht meine nackten Beine. Ich seufze. Ich taste nach der Bettdecke. Nichts. Ich öffne die Augen. Ich erschrecke bis ins letzte Atom. Ich reiße die Augen auf. Ich stöhne.

Ich ... ich *sitze*. Ich sitze auf einem der beiden Stühle in der Küche!!! Keinerlei Zweifel. Eine Tatsache. Unumstößlich. Das Licht einer Straßenlaterne beleuchtet durch die Lücke des nicht komplett abgesenkten Rollladens das unwirkliche Szenarium.

»Peter Zwei«, wispere ich. »Wie komme ich hierher? Bin ... bin ich ein Schlafwandler?«

»Keine Ahnung. Bin mit dir aufgewacht. Äh ... eine Wanderung im Schlaf halte ich für möglich. Gibt Menschen, die darunter leiden.«

Ich fluche. Mit einer Zitterhand deute ich auf die Küchentür. »Ich ... ich habe diese Tür beim Verlassen der Küche geschlossen. Sie ist immer noch zu. Ich glaube, Schlafwandler lassen die Türen offen, oder?«

»Keine Ahnung. Informiere dich morgen im Internet.«

Ich schiele zur Digitaluhr am Herd. »2:19 Uhr. Ich mach das jetzt. Muss der Sache auf den Grund gehen, kann sonst garantiert nicht einschlafen.«

Im Kühlschrank schnappe ich eine Flasche Pils. »Brauche ich jetzt«, murmele ich. Ich wanke ins Wohnzimmer. Ich schalte die Esszimmerlampe ein. Mit dem Laptop setze ich mich an den Esstisch. Ich wühle im Internet. Ich vertiefe mich in Artikel über den Somnambulismus, wie man das sogenannte Schlafwandeln korrekt bezeichnet.

Ich leere die Flasche. Ich lehne mich zurück. Ich weiß nicht, ob ich unter dieser Störung leide. Schlafwandler können Türen öffnen, sogar Auto fahren und essen. Aber schließen sie auch die Türen wieder? Darüber fand ich keine Aussagen. Ich seufze. Ich fahre den Laptop herunter. Ich lösche das Licht. Ich stelle die leere Flasche auf eine Arbeitsfläche in der Küche. Ich schalte die Beleuchtung des Flures zum Schlafzimmer ein. Vor dessen Tür stoppe ich abrupt. »Mir scheint, der Spalt weist exakt die gleiche Breite auf, wie ich sie beim Zubettgehen zurückließ«, wispere ich. »Sehr merkwürdig.«

Ich vertreibe Misslaune, Zweifel und Ängste. Ich werfe mich ins Bett. Quälendes Einschlafen. Unruhiger Schlaf.

Ich erwache. Blick zum Wecker, 8:39 Uhr. Ich lausche. Regenplätschern. »Scheißwetter«, murmele ich. Ich krieche aus dem Bett. Ich lasse den Rollladen hochfahren – ohne Wundergabe. Ich öffne einen Fensterflügel. Ich tappe ins Badezimmer.

Ich frühstücke. Ich räume auf. Ich sauge die Fußböden. Ich säubere das Badezimmer. Unter grauem Himmel fahre ich zum *Edeka*. Ich sehne meine Jessica herbei.

Später schlendere ich in der Innenstadt zu einer Imbissbude. Kein Regen mehr. Ich kaufe eine weiße Bratwurst. Ich streife Senf darauf. Ich stelle mich an einen der Stehtische unter der Überdachung neben der Bude. Ich genieße drei Bissen. Am Nachbartisch trinkt ein dicklicher Mann mittleren Alters eine Cola aus der Flasche. Zwei leere Pappbehälter zeugen von einer verzehrten Currywurst mit Pommes frites. Ich fluche innerlich. Der Kerl qualmt eine Zigarre. Stinkende Rauchschwaden hüllen mich ein. Ich fixiere das störende Objekt. Ich lasse mein Wunder *Telpo* los. Die Zigarre flutscht aus der Hand des Luftverpesters. In elegantem Bogen segelt sie davon und landet, wie von mir gewünscht, in einer Wasserpfütze. Interner Jubel.

Der Idiot starrt. Er grunzt. »Verdammte Scheiße!«, knurrt er. »Was ist denn jetzt los? Wie konnte das geschehen? Fünf Euro im Arsch.« Er betrachtet seine rechte Hand. Er flucht.

Peter Zwei lobt mich. Das nächtliche Ereignis hockt still in einer Gehirnecke. Ich fahre nach Hause. Im Keller fülle ich die Waschmaschine. Ich räume den Trockner aus. Ich verstaue dessen Inhalt im Schlafzimmerschrank und in einer Kommode. Ich beziehe Jessicas Kissen frisch.

Ich rufe die Liebste an. Wir plaudern. Abschließend sagt sie: »Morgen fahre ich um drei los und komme direkt zu dir. Ich sehne mich nach dir und – einer Pizza aus dem Holzofen.«

Ich freue mich. Telefonische Küsse.

Mit einem Glas Wasser setze ich mich in den Fernsehsessel. Ich schaue in den Garten. Nieselregen. Ich schnappe das Buch. Ich lese und lese und lese, versinke in der Welt des Romans. »Faszinierend«, gibt der Zwilling seinen Senf dazu. »Da will man gar nicht mehr aufhören.« Ich stimme zu.

In der ARD verfolge ich die Sportschau.

Abendessen in einem nahen Gasthof. Zu Hause lese ich weiter. Ich unterbreche die Lektüre. Ohne aufzustehen, lasse ich mit der Wundergabe *Telpo* die Rollläden absenken. Astreine Sache, sehr bequem.

Ich vertiefe mich in die Lektüre. Dramatische, aufwühlende, wendungsreiche Geschichte, gewürzt mit einem Schuss Humor und einer Prise Erotik. Toll. Die Liebeszenen lassen Sehnsucht nach meiner Jessica aufquellen.

Ich deponiere das silberfarbene Lesezeichen mit der Maus, ein Geschenk meiner Freundin. Ich gähne. Ich stehe auf. In der Küche trinke ich ein Fläschchen Pils. »Dieses und das Weißbier zum Essen lassen mich hoffentlich durchschlafen«, brumme ich.

Ich schlafe durch. Gott sei Dank!

Aufgelockerte Bewölkung am Sonntagshimmel. Trocken. Staubwischen. Gäste-WC reinigen. Zwei Stunden lesen.

Ausgehfertig und mit dem Duft *Invictus* von Paco Rabanne besprüht, erwarte ich in der Küche fiebernd meine Jessica. Ich sehe auf die Armbanduhr. Ich spähe aus dem Fenster. Endlich – der VW rauscht heran. Ich reiße die Haustür auf. Jessica fliegt mir in die Arme. »Endlich, Liebes, ich bin fast vor Sehnsucht gestorben.«

»Ich ebenfalls, Liebling.« Ein brennender Kuss. Mit ihrem Auto fahren wir zur *Trattoria Napoli*. Erstklassige Pizza. Erstklassiger Rotwein. Wir brettern nach Hause.

Erstklassiges Liebesrasen auf dem Sofa. Aufgrund der Sehnsuchtsqualen viel zu kurz. Trotzdem zappelt, bebt und schreit Jessica zweimal. Ein Privileg der Frauen. Ich beneide sie.

Angeregtes Plaudern. Ein paar zärtliche Küsse. Gegen 22:15 Uhr fährt sie nach Hause.

Ruhige Nacht.

Montag und Dienstag fliegen im üblichen Trott dahin. Dienstagabends lese ich die letzten 27 Seiten des Romans. Klasse. Total überraschender Schluss.

Endlich Mittwoch. Fiebernd wie ein Malariakranker sehne ich den Feierabend herbei. Jessica stürmt bereits kurz vor 16 Uhr ins Haus. Sie kann ebenfalls Gleitzeit nutzen. Glückhafter, traumhafter, märchenhafter Spätnachmittag und Abend. Ach, wie wir uns lieben!

Der Donnerstag bricht mit grauem Wetter an. Kühl. Ich schlüpfe in eine hellgraue Windjacke mit dunkelroten Applikationen. Zur gewohnten Zeit fahre ich zum Büro. Zu dieser frühen Stunde gibt es noch zahlreiche freie Stellplätze auf dem Firmenparkplatz. In der Nähe der Ausfahrt rangiere ich rückwärts unter einen der wenigen Bäume, und zwar knapp links vom Stamm. Die hinteren Parksensoren warnen vor dem stählernen Rammschutz, der den Baumstamm umgibt. Ich schnappe die schwarze Aktentasche mit den roten Nähten, Jessicas letztes Weihnachtsgeschenk. Ich steige aus.

Ein silbergrauer SUV nähert sich, ein Jaguar F Pace. Er gehört seit zwei Wochen dem Arschloch Hans-Dieter Petermann. Er winkt mir. Er rangiert ein paar Mal hin und her. Behäbig rollt er rückwärts Richtung Baumstamm. Der Depp will neben meinen X 1 parken. Ich beobachte das Manöver. Das Heck des Jaguars passiert die vordere Stoßstange des BMW.

Hans-Dieter Petermann kontrolliert abwechselnd die Rückspiegel. Übergangslos – die Raubkatze beschleunigt. Die typische Geräuschkulisse eines Autos, das gegen ein stählernes Hindernis prallt, beendet den Parkvorgang. Der Kerl sitzt wie schockgefroren.

Ich freue mich. Ich schlendere zum Heck. Herr Petermann schleicht heran. Ich schaue in ein käseweißes Gesicht. »Was ist passiert? Gas- mit Bremspedal verwechselt?«, frage ich. Ich reiße mich zusammen, um nicht meine Schadenfreude zu zeigen.

Schulterzucken. »Keine Ahnung. Die Kiste schoss urplötzlich los. Ich latschte auf die Bremse. Null Reaktion. Scheiße! Unerklärlich. Mein schönes neues Auto.«

Ich grinse. »Ja, ja, eine südamerikanische Großkatze kann man nicht einfach zähmen.«

Er sieht mich blöd an. Wir besichtigen den Schaden. »Ach herrje«, resümiere ich. »Stoßstange und Heckklappe im Arsch. Da wird sich deine Vollkasko freuen.« Nervenkitzel. Herzhochsprünge. Gehirnjubel. Total gelungener Einsatz meines Wunders *Telpo*. Grandioser, befriedigender Auftakt des Arbeitstages.

Er winkt ab. »Interessiert mich nicht. Die Geier dort kassieren ja auch eine fette Prämie. Ich ärger mich maßlos, dass die Kiste mehrere Tage in der Werkstatt herumstehen wird. Ich muss mir einen Wagen leihen.« Er beugt sich ein bisschen vor. Die Schweinsäuglein glänzen. »Ich fahre nämlich am Samstagmorgen mit meiner Mechthild an den Comer See. Ich habe für eine Woche ein Zimmer in einem Luxushotel gebucht.«

Ich runzele die Stirn. »Ist das die kleine Hubert aus der Personalabteilung?«

»Genau, Peter. Sie ist zwar keine Schönheit, besitzt aber oben und hinten üppige Rundungen. Da fahr ich voll drauf ab. Außerdem ist sie schärfer als zehn Rasierklingen. Sie liebt mich wahnsinnig und ich bin total verknallt in sie.« Er kichert saudämlich. Er schaut mir in die Augen. »Soll ich dir etwas verraten?«

»Ja.«

»Wir heiraten ein paar Tage vor Weihnachten, der genaue Tag steht noch nicht fest. Ich schicke dir eine Einladung. Sag es aber niemand.«

»Ich werde schweigen wie ein Grab. Danke für die Einladung. Ich wünsche euch einen schönen Urlaub.«

Er grinst, als habe er nicht alle Bleche im Backofen, wie meine Oma manchmal sagte. Der Ehemann in spe greift mit der Rechten in den V-Ausschnitt seines dunkelblauen Pullovers. Er zückt ein Päckchen Zigaretten, steckt sich eine zwischen die Lippen und zündet sie mit einem goldenen Feuerzeug an.

Ich hüstele. »Wusste gar nicht, dass du rauchst.«

Er winkt ab. »Nur, wenn ich mich aufrege, so wie jetzt, und nach dem Essen.«

Ich deute auf den Pullover. »Sieht edel und kostspielig aus.«

Der Fettsack strahlt. »Das Ding besteht aus 100 Prozent Alpakawolle. Sauteuer, sauleicht, sauweich. Hält super warm. Enorm pflegeleicht. Zum Beispiel kann man einen Rotweinfleck problemlos auswaschen.«

»Toll.«

Der Schmarotzer steckt den Glimmstängel zwischen die Lippen. Ich fixiere die Zigarette. Der Kerl saugt daran. Glut leuchtet auf. Ich setze erneut die dritte Wundergabe ein. Die Zigarette entgleitet Lippen und Fingern. Sie dreht sich nach unten. Sie fällt auf den Pullover, der über den dicken Bauch spannt. Die Glutspitze bohrt sich in die Wolle. Sie verharrt etwa zwei Sekunden. Rauch kräuselt. Ich gebe dem Glimmstängel das Eigenleben zurück. Er segelt zu Boden.

Ein Loch mit versengten Rändern ziert den sauteuren, sauleichten, sauweichen Pullover. Freude, Wohlgefühle, Genugtuung in mir.

Der sichtlich geschockte Hans-Dieter stiert auf seinen Bauch. Zeitlupenhaft hebt er den Kopf. »Was war denn das jetzt?«, krächzt er. »Wie konnte das passieren? Bin ich heute blöde? Unfassbar. Mein schöner Pulli ist im Arsch. Unglaublich. Heute verfolgt mich offenbar eine Pechsträhne. Wäre Freitag, der 13., würde ich sofort nach Hause fahren und mich ins Bett legen.«

Du bist nicht nur heute blöde, denke ich. Du warst, bist und bleibst saublöde. Ich winke ab. Ich säusele: »Jede Pechsträhne endet einmal. Komm, lass uns Büro gehen.«

Mit missmutiger Miene und fluchend stapft er neben mir her.

Mein Zwilling freut sich mit mir.

Später schildere ich Ferah die Missgeschicke des Herrn Petermann. Sie strahlt. Sie knurrt: »Geschieht dem geilen Bock recht.«

Ich nicke. »Es gibt weitere Neuigkeiten.« Ich erwähne seine bevorstehende Urlaubsreise und die geplante Hochzeit mit der bedauernswerten Mechthild.

Die Kollegin reißt die Augen auf. »Bei Allah, Mohammed und Ali!«, stößt sie hervor. »Die arme Frau. Sie wird es eines Tages bereuen. Sie wird die Hölle auf Erden erleben.«

Ich stimme zu.

3

Um zwölf sage ich zu Ferah: »Wirf heute mal deine Diät über Bord und begleite mich ins Kasino. Zu zweit speist es sich angenehmer.« Sie runzelt die Stirn. »Okay.«

Im Kasinovorraum sagt sie: »Muss aufs Klo.«

Ich nicke. »Ich warte auf dich.« Sie verschwindet in der Toilette. Die angehende Frau Petermann verlässt sie. Ich grüße sie. Ich lächele sie an und schaue in die braunen Augen. Ich rede ein paar Minuten mit ihr.

Vom Eingang des Kasinos ertönt die unangenehme Stimme des zukünftigen Gatten. »Jetzt beeil dich mal, Mechthild, und laber nicht blöd rum. Mein Magen knurrt.«

»Komme sofort, Hans-Dieter.«

Ich sage noch ein paar Sätze. Sie eilt zu ihm.

Kopfschüttelnd schaue ich dem *Traumpaar* hinterher. Ferah stupst mich. »Bewunderst du ihren drallen Hintern?« Ich winke ab. Wir betreten das Kasino. Ich wähle Kartoffelpüree mit Spinat, zwei Spiegeleier und einen Becher Milch. Ferah nimmt einen Salatteller mit Hähnchenfleisch und ein Mineralwasser. Ich sehe mich um. Ich deute auf einen Zweiertisch neben dem Liebespaar des Jahres. Wir balancieren die Tabletts hin. Wir wünschen dem Paar und uns *guten Appetit*. Hans-Dieter grinst. Er trägt den Pullover nicht. Er schnippelt an einem Schnitzel herum. Seine Angebetete zerschneidet ein Spiegelei. Sie häuft Püree, Spinat und ein Stück Ei auf die Gabel und steckt sie in den Mund. Eine weitere Portion folgt.

Mechthild räuspert sich. Sie sieht den gegenüber sitzenden Freund an. Deutlich und laut sagt sie: »Hans-Dieter, du bist ein stoffeliger Volltrottel! Du hast mich vorhin angebrüllt und ein unangebrachtes Wort benutzt. Ich schämte mich vor dem Kollegen, mit dem ich nur ein paar Worte gewechselt habe. Deine Reaktion war völlig überflüssig, total blödsinnig.«

Ringsum erstirbt die übliche Geräuschkulisse. Jeder beobachtet das Paar. In einigen Gesichtern erkenne ich Schadenfreude. Ferah starrt mit offenem Mund.

Die mutige Mechthild hebt die Stimme. Sie schreit: »Du kannst am Samstag alleine in Urlaub fahren. Unsere Hochzeit vor Weihnachten ist abgeblasen. Du bist unfähig, eine Beziehung zu führen und total untauglich für die Ehe. Du machst miserablen Sex, zum Fortlaufen.«

Gelächter ringsum. Pfiffe. Johlen. Ferah strahlt.

Der düpierte Hans-Dieter Petermann stiert die Enttäuschte an. Seine bleiche Gesichtsfarbe wechselt zu krebsrot. Er öffnet den Mund.

Mechthild packt ihren Teller. Mechthild greift mit Rechten darunter. Mechthild beugt sich vor und drückt vehement dem Abservierten das Essen ins Gesicht. Der Teller fällt auf das Schnitzel. Pommes frites und Erbsen springen davon. Eigelb, Spinat und Püree schmücken Gesicht und das schneeweiße Seidenhemd des Untauglichen.

Tosender Beifall ringsum. Bestecke scheppern. Ferah biegt sich vor Lachen. Sie klatscht. Sie trampelt mit den Füßen. Ich freue mich mit ihr.

»Das ist ja geiler als jeder Film«, ruft jemand. Ein dünner Mann mit halblangem Haar, zwei Tische neben uns, meint laut: »Schade, dass sich der Vorstand nicht wöchentlich etwas Ähnliches einfallen lässt, um die Arbeitsmoral zu heben.«

Klatschen. Brüllendes Gelächter. Ferah prustet.

Wie reagiert die resolute Mechthild? Sie springt auf. Sie packt die Humpentasse. Sie schüttet die Milch über den Kopf des Düpierten. Er sitzt immer noch regungslos. Das Kasino kocht. Mit roten Wangen, erhobenem Kopf und das pralle Hinterteil drehend stolziert Mechthild Hubert aus dem Raum, verfolgt vom Johlen der Anwesenden.

Ferah gebärdet sich wie eine Verrückte. Sie wischt Tränen ab. Sie beugt sich zu mir. »O Allah, wie herrlich, Peter!«, stößt sie fast atemlos hervor. »Ein Superevent, weitaus besser als jedes Fernsehprogramm. Ich krieg mich nicht mehr ein. Ich hab in die Binde gemacht.« Sie kichert. Sie sieht mir in die Augen. »Hätte nie gedacht, dass Mechthild derart forsch und selbstbewusst handelt. Ein Gedicht. Supertoll. Da kann sich jede unzufriedene Frau eine Scheibe abschneiden.«

Ich äußere mich ebenfalls begeistert. Ich strahle. Peter Zwei jubelt.

Die tapfere Mechthild agierte *nicht* aus eigenem Antrieb. Ich, Peter Peters, der Mann, der über drei Wundergaben verfügt, ich setzte vorhin vor der Toilette *Wilma* ein. Phänomenaler Erfolg. Beispiellos. Genial. Reinste Befriedigung wie durch ein Liebesspiel mit meiner Jessica füllt mein Gehirn. Vibrierende Nerven. Tanzendes Herz. Lachende Seele.

Ich stieß den Volltrottel Hans-Dieter Petermann in den Abgrund der Verzweiflung, Blamage, der ultimativen Niederlage. Gleichzeitig bewahrte ich Mechthild vor Erniedrigung, schlechtem Sex und vor allem dem Grauen der Ehe mit diesem hohlköpfigen Superarschloch. Also eine durch und durch segensreiche, eine gottgewollte Tat. Schade, dass man keinen Film darüber drehen wird. Äußerst schade, dass mich niemand loben kann.

Wir essen auf.

Ferah eilt mit zwei lachenden Kolleginnen aus dem Kasino. Ich schlendere eine Viertelstunde im Freien umher.

Ich kehre ins Büro zurück. In Fluren, den Vorräumen, der Küche, vor den Büros stehen prustende, diskutierende, Schenkel klopfende, Schultern hauende Kolleginnen und Kollegen. Ferah gehört dazu.

Ich werfe mich in den Sessel. Hochgefühle in mir. Leise singe ich eine Passage eines Faschingsliedes der *Mainzer Hofsänger*: »So ein Tag, so wunderschön wie heute, so ein Tag, der dürfte nieee vergehen …«

»Genau«, gibt Peter Zwei seinen Senf dazu. »Der Schmarotzer wird diesen Tage nie und nimmer vergessen.«

»Genau, Peterling.« Ich studiere den Mail-Eingang.

Eine Ferah mit ramponiertem Augen-Make-up stürmt herein. »Supertolle Geschichte, Peter«, ruft sie. »Wir haben uns vor Lachen gekringelt. Der geile Bock ist eben nach Hause gefahren. Mechthild kann sich vor Beglückwünschungen nicht retten. Sie ist der Star in der Firma.«

Wir lachen und wälzen uns in vergnüglichen Erinnerungen.

Um 16:30 Uhr verlasse ich das Gebäude. Das Zeitguthaben beträgt 12:04 Stunden. Ich fahre zu einem Elektronikmarkt. Ich kaufe eine CD der *Mainzer Hofsänger*. Zu Hause lege ich sie auf und drehe die Lautstärke hoch. Jubilierende Zwillingsbrüder. Ich trinke ein Weißbier.

Ausgefüllt mit Zufriedenheit liege ich gegen 22:40 im Bett. Ich will morgen 20 Minuten früher aufstehen. Ich sehne mich nach einem längeren Urlaub mit meiner Jessica. Anfang Mai vergnügten wir uns zwei Wochen auf Mallorca. Leider hat sie nur noch zwei Tage Resturlaub.

Ich drifte ins Dunkel des Schlafes. Barfuß eile ich in T-Shirt und Shorts über harten, kalten Boden einer leicht gewellten vegetationslosen Landschaft. Ein Beil schwingender Hans-Dieter Petermann verfolgt mich lautlos. Er holt auf. Ich verstecke mich in einer eisharten, eisglatten, eiskalten Mulde.

Ich schrecke hoch. Ich halte die Augen geschlossen. Ich lausche. Totenstille. Ich … ich friere. Mein Hintern schmerzt. Kalte Füße. Mit der Rechten taste ich umher. Ich erschrecke. Ich berühre eine kalte glatte Wand. Ich taste weiter. Ich betaste ein glattes, kühles hervorspringendes Gebilde. Entsetzen packt mich. Ich stöhne. Ich reiße die Augen auf. Tiefe Finsternis. Ich schicke die linke Hand auf Erkundung. Ich fluche. Ich, Peter Peters, hocke mitten in der Nacht *in der Badewanne*. »Verdammte Scheiße!«, knurre ich. »Wieder schlafgewandelt.«

Ich wimmere. Ich stöhne. Ich krieche aus der Wanne. Ich ertaste den Lichtschalter neben der Tür, der geschlossenen Tür. Die Deckenleuchte flammt auf. Ich kneife die Augen zusammen. Ich betrachte das 70 mal 60 Zentimeter messende Fenster mit Riffelglas. Es klafft eine Handlänge auf. Nach dem Duschen öffne ich es auf diese Art und Weise, damit der Wasserdampf abziehen kann. Der Rollladen ist zu drei Viertel geschlossen. Vor dem Fenster erhebt sich über zwei Meter hohes dichtes Buschwerk. Aus diesem Grund fällt kein Mond- und Sternenlicht herein.

»He, Peter Zwei!«, rufe ich. »Pennst du noch?«

»Nein. Ich bin schockiert. Null Ahnung, was da abging, und vor allen Dingen nicht, wie es abging.«

»Prima. Du munterst mich echt auf. Jetzt aber scheißegal. Ich vergrabe dieses scheußliche Ereignis in der schwärzesten Ecke des Gehirns wie das vorherige.«

»Das Sinnvollste, was du machen kannst.«

Ich seufze. Ich öffne die Tür. Sie widersetzt sich. Ich erstarre bis in die letzte Haarspitze. Abgeschlossen – natürlich von außen. Jessica hat panische Angst vor Einbrechern, nachdem vor einem Jahr in das Haus der Eltern eingebrochen wurde. Der Verbrecher stieg durch das Fenster des Badezimmers ein.

Seit jenem Vorfall besteht sie darauf, dass diese Tür Tag und Nacht abgeschlossen ist. Ich habe mich dermaßen daran gewöhnt, dass ich sie automatisch abschließe, auch wenn ich alleine bin. Jetzt habe ich den Salat, wie Oma oft sagte. Was tun, Peter Peters, was tun?

Der logisch denkende Softwareentwickler atmet auf. Ich schlüpfe in die Frottee-Badelatschen, die ich aus dem Hotel in Mallorca mitbrachte. Ich sehe zum kleinen Wecker auf dem Glasregal links des Fensters, 2:24 Uhr. »Fast die gleiche Zeit wie letztes Mal«, murmele ich. Ich öffne den manuellen Rollladen und das Fenster. Ich stelle den Hocker mit der Holzsitzfläche davor. Fluchend krieche ich rückwärts ins Freie. Ich lasse mich langsam nach unten ab. Ich halte mich am Fensterrahmen fest. Zweige der Büsche zerkratzen die Beine. Ich ahne den Boden. Endlich geschafft. Dicht an der Hauswand, die den linken Ellbogen aufscheuert, schiebe ich mich an den beiden Gewächsen vorbei. »Diesen Scheißbüschen werde ich demnächst einen anständigen Schnitt verpassen«, brumme ich.

Ich tappe um die Hausecke. Wolkenfetzen ziehen an der Sichel des Mondes vorüber. Leidliche Sicht. Durch die Kühle marschiere ich zur Terrasse. Am Rand steht ein 40 Zentimeter durchmessender tönerner Topf, aus dem eine vertrocknete Hortensie ragt. Überbleibsel aus Omas Pflanzensammlung. Ich hebe das Ding an. Darunter schnappe ich das Plastiktütchen mit einem Sicherheitsschlüssel. Ich tappe die Treppe zum Kellereingang hinunter. Ich sperre die Stahltür auf. Ich schließe zweimal ab. Ich eile ins Wohnzimmer. Ich lege das Tütchen mit dem Schlüssel auf die Fensterbank neben der Terrassentür. Im Badezimmer schließe ich Fenster und Rollladen. Ich wasche Hände, Arme und Beine. Ich verlasse den Raum – ohne abzuschließen. Ich lasse die Schlafzimmertür offen. Im schwachen Licht einer LED-Steckdosenleuchte im Flur falle ich ins Bett. Ich fluche.

»He, Brüderchen«, sage ich leise. »Eine Tatsache steht jetzt eindeutig fest. Ich schlafwandele *nicht*. Punkt.«

»Genau, großer Bruder. Du hast dich *selbst* teleportiert, wie auch immer, und zwar unbewusst. Wäre eine nützliche Sache, falls du die *Telpo* kontrolliert und zielgerichtet einsetzen könntest. Zum Beispiel, um ins

Büro zu kommen. Du könntest länger schlafen und Benzingeld sparen.«

Ich pruste. »Du spinnst. Das bisher Erlebte ängstigt mich, erzeugt Panik in mir. Ich könnte auf den Schienen einer S-Bahn landen oder auf einer Straße vor einem heranbrausenden Auto. Finde ich nicht lustig.«

»Du musst die Wundergabe tagsüber einmal im Garten ausprobieren, sagen wir mal, zu einem etwa fünf Meter entfernten Punkt springen, oder so.«

»Haha, jetzt spinnst du aber hochgradig, mein Freund. Ich bin doch nicht lebensmüde. Wer weiß, was da alles passieren kann. Nein, nein, das probier ich keinesfalls. Derartiges las ich nur in Science-Fiction-Romanen. Da beamten Männer und Frauen rund um den Planeten. Das sind doch nur Fantasieprodukte der Autoren.«

»Da bleibt dir nur ein Ausweg.«

»Und der wäre?«

»Du musst einen Arzt aufsuchen, einen Gehirnspezialisten.«

»Bist du jetzt verblödet? Du willst doch nicht mit mir in einer Klapsmühle vergammeln, oder?«

»Natürlich nicht.«

»Na also. Thema erledigt.«

Stille im Kopf. Ich drehe mich auf die rechte Seite. Ich fluche. Mühevolles Einschlafen.

Nach der Mittagspause am Freitag stürmt eine aufgeregt wirkende Türkin ins Büro. »Erstklassige Neuigkeit, Peter«, ruft sie. »Amelie erzählte mir vorhin …«

Ich unterbreche sie. »Die scharfe Blondine im Controlling oder die Sekretärin unseres Chefs?«

Sie verdreht die Augen. »Die Sekretärin. Also, das Arschloch Petermann hat heute Morgen gekündigt, und zwar zum 30. September. Der Chef meinte, das sei kein Verlust für die Firma. Der Kerl habe bescheidene Arbeitsergebnisse abgeliefert. Er sei froh, dass er freiwillig die Segel gestrichen habe.«

Grenzenlose Freude in mir. »Super, den Widerling sind wir los. Wir sollten Mechthild mit Blumen und Champagner überhäufen.«

Sie nickt und setzt sich. Sie beugt sich vor. »Am Tag vor seiner Demütigung hat mir der geile Bock auf dem Weg zur Toilette auf den Hintern geklatscht. Er rannte kichernd davon, bevor ich ihm eine scheuern konnte.«

Ich winke ab. »Vergiss es. Wir sind ihn für alle Zeiten los.«

Sie lächelt. »Allah sei Dank.«

Du solltest *mir* zum Dank den Hintern hinstrecken, denke ich. Peter Zwei grunzt.

Gegen 14:30 Uhr verlasse ich das Büro. Die Liebste versprach, mich heute bereits um 15:45 Uhr zu besuchen.

Keine zehn Minuten nach ihrer Ankunft wälzen wir uns im Bett. Weltklasse Event, übertrifft den gestrigen Freudentag 1000-fach.

Im Badezimmer umarmt sie mich und flüstert: »Ich habe eine Überraschung für dich. Ich ziehe bereits Mitte November zu dir. Freust du dich?«

Freuen? Ich breche in Jubelstürme aus. »Kann dir gar nicht sagen wie.« Ich küsse sie.

Im Restaurant *Il Buon Gustaio* in der Freisingerstraße laben wir uns an Saltimbocca alla romana. Wir genießen einen 2012er Montepulciano. Zum Dessert schlemmen wir Eisbecher mit Schlagsahne. Espresso und Grappa runden die zweite Genussorgie des Tages ab. Zur Verdauung spazieren wir eine halbe Stunde umher.

3

Ein Himmel in bayerischen Farben und angenehme 23 Grad begleiten nach dem Frühstück tags darauf das Liebespaar Jessica und Peter an den Tegernsee. Peter Zwei freut sich.

Toptag, den wir nach der Heimkehr mit einem Topliebesakt ausklingen lassen.

Rundum zufrieden und glücklich schlafe ich ein.

Ich wache auf. Ich öffne die Augen. Der Schlag trifft mich. Ich, der glückliche Peter Peters, sitze in einem Relaxstuhl auf der Terrasse. Drei Ausrufezeichen. Frischer Wind wispert in Büschen und Bäumen. Im Sternenozean schwimmt die Mondsichel. Ich fluche. Peter Zwei flucht.

Zu sagen gibt es nichts. Erneut schlug mir das dritte Wunder ein Schnippchen, wie der Volksmund sagt.

Seufzend stemme ich mich hoch. Ich spähe zur Terrassentür. Natürlich komplett geschlossener Rollladen. Vorsichtig tappe ich zum Terrassenrand. Ich zucke zusammen. Steinchen bohren sich in die Fußsohlen. Ich fluche. Ich bücke mich. Ich hebe den Topf mit der toten Hortensie seitlich an. Ich taste darunter. Nichts. Ich fluche jämmerlich. »Du hast vergessen, den Schlüssel wieder hinzulegen«, stellt Peter Zwei fest.

»Schlaumeier.«

Mit einem Riesenschritt betrete ich den viel zu hohen Rasen. Feucht. Kalt. »Mähen könnte nicht schaden«, nervt mein Zwilling. »Klappe halten«, murmele ich. »Bin nicht zu Späßchen aufgelegt, sondern stocksauer.«

Vorm Schlafzimmerfenster trete ich auf die dicken, glatten Kieselsteine, die hinter Beetplatten die Mauersockel einrahmen. Ich bringe den Kopf an die Lücke über der Fensterbank, klopfe mit den Knöcheln der rechten Hand gegen das gekippte Fenster und rufe laut: »Jessica, Jessica, wach auf!« Ich rüttele am metallenen Rollladen.

Ein Schrei. Eine Nachttischlampe flammt auf. »Peter! Peter!«, ruft die Bedauernswerte. »Wo bist du?«

»Ich stehe vor dem Schlafzimmerfenster. Komm, mach den Rollladen hoch.«

Erneut schreit sie. Der Rollladen gleitet ein Stück hoch. Er stoppt. Ich beuge mich hinab. Hinter dem Fenster taucht ein blasses Gesicht auf. Riesenaugen. Meine Jessica keucht. »Allmächtiger! Peter, was machst du da draußen?«

»Erklär ich dir später. Mach die Terrassentür auf. Ich erfriere gleich.«

Sie starrt mich an. Sie schluckt. Sie nickt.

Ich verfluche die Steinchen und Holzstückchen auf der Terrasse. »Du solltest hier mal ordentlich kehren«, rät der Nerv im Kopf.

»Habe ich dir nicht gesagt, du sollst die Klappe halten?«

Ich stehe vor der Terrassentür. Ich warte. »Wo bleibt die denn?«, murmele ich. »Die wird doch wohl nicht noch pinkeln und die Muschi waschen?« Der Wind frischt auf. Wolken drängen heran. »Der angekündigte Wetterumschwung setzt ein«, bemerkt Peter Zwei.

»Ruhe da oben. Ich bin weder taub noch blind.«

Der Rollladen schnurrt hoch. Eine der Terrassentüren öffnet sich. »Wo hast du denn gesteckt?«, frage ich vorwurfsvoll. »Ich bin fast erfroren.« Ich trete ein. Ich schaue in ein gipsweißes Gesicht.

Jessica schließt die Sprossentür, sperrt zweimal ab, schiebt die Riegel oben und unten vor und lässt den Rollladen herabgleiten. Sie sieht mir in die Augen. Sie stemmt die Arme in die Hüften. »Jetzt erklär mir, wie du in den Garten gekommen bist. Ich habe die Haustür kontrolliert. Abgesperrt und verriegelt. Der Schlüssel steckt. Alle Fenster geschlossen und die Rollläden unten.«

Ich seufze. »Leg dich wieder hin. Ich wasche noch die Füße.«

Sie nickt. Ein paar Minuten später liege ich ihr im warmen Bett seitlich gegenüber. Ich streiche ihr übers Haar. Ich küsse sie zart auf den Mund. Stockend schildere ich *nur* das dritte Wunder und die beiden vorherigen Ausflüge.

Sie reißt die Augen auf. Sie schlägt eine Hand vor den Mund. Sie keucht. »Jesses, Peter! Du … du bist … du bist ein Monster«, stammelt sie. »Ich habe mal einen Science-Fiction-Roman meines ersten Freundes gelesen. Da … da gab es einen Mann, der das Gleiche konnte, aber über wesentlich längere Strecken und … und kontrolliert, bewusst. Du … du bist – ein Mutant.«

Mit betrübter Miene nicke ich.

Meine Jessica fixiert mich. »Was willst du dagegen unternehmen? Du kannst doch nicht so weiterleben. Wer weiß, was alles passieren kann. Grauenhaft. Du musst einen Arzt aufsuchen. Gleich morgen …«

Sie sieht zum Wecker. »Es ist fast drei. Also heute suchst du dir im Internet einen Gehirnspezialisten. In deinem Kopf ist etwas nicht in Ordnung. Und wage bloß nicht, nach Ausreden zu suchen, sonst ... sonst verlasse ich dich.«

Ich reiße die Augen auf. »Aber Mausi, wer weiß, was der Kerl mit mir ...«

Sie stößt mir in die Rippen. »Ruhe. Keine Widerrede. Du gehorchst, oder ...«

Ich seufze. »Ja, ja, reg dich ab. Ich mach das.«

Der Sonntag widerspricht seinem Namen. Wind. Regen. Kühl. Nach dem Frühstück deutet Jessica in den Garten. »Bei diesem scheußlichen Wetter fällt unser Ausflug flach. Wir haben also massenhaft Zeit, einen Spezialisten zu suchen.«

Ich fluche innerlich. Der Depp Peter Zwei kichert. Jessica und ich räumen den Tisch ab und die Küche auf. Gemeinsam setzen wir uns an den Esstisch vor meinen Laptop. Jessica Bachmann und Peter Peters wühlen im Internet.

Wir finden einen Neurologen, der neben seiner Tätigkeit im Klinikum *Rechts der Isar* eine Privatpraxis betreibt. Der Mann heißt Kiran Kopferl. Merkwürdiger Vorname.

Die Liebste tippt darauf. »Den nimmst du, Liebling. Du bist privat versichert. Das kommt dir jetzt zugute.«

Ich seufze. Ich nicke. »Ich rufe morgen früh dort an.« Ich speichere die Telefonnummer in meinem Smartphone.

»Sieh zu, dass du rasch einen Termin bekommst. Du kannst ja eine lebensbedrohliche Erkrankung erwähnen.«

»Ja, ja, sorge dich nicht. Bin ja nicht von gestern.«

Kurz nach acht Uhr trete ich am Montag mit dem Smartphone vor die Bürotür. Ich marschiere in den kleinen Besprechungsraum, den eine gläserne Wand vom Vorraum abtrennt. Ich rufe die Praxis des Dr. Kopferl an. Eine angenehme Frauenstimme meldet sich. Ich male weder

Schreckensszenarien noch Todesängste an die Wand. Höflich bitte ich um einen Termin.

Donnerstag, 24. August. Trüb. Trocken. 21 Grad. Nachmittags fahre ich mit der S-Bahn von zu Hause zum Klinikum *Rechts der Isar*. Dank Internet weiß ich, dass es dort nur wenige Parkplätze gibt. Um 15:50 Uhr betrete ich das Gebäude mit den roten Säulen des Fachbereiches Neuro-Kopf-Zentrum. In der Privatpraxis des erwählten Arztes bewundere ich die Frau mit der angenehmen Stimme. Die zierliche Dame mit zart getönter brauner Haut und nachtschwarzen Haaren sieht mich mit glutvollen Kohlenaugen an. Ich nenne meinen Namen und sage, dass ich um 16:00 Uhr einen Termin habe.

»Waren Sie schon einmal hier, Herr Peters?«

Herr Peters verneint. Sie nimmt eine Kladde, klemmt ein Formular und einen Stift ein. »Bitte ausfüllen, Herr Peters.« Sie deutet auf eine sonnengelb lackierte Tür mit der Aufschrift *Wartezimmer*. Ich trete ein. Niemand. Ich setze mich auf einen bequemen Stuhl mit schwarzem Kunstleder. In Druckschrift schreibe ich die persönlichen Daten, einschließlich Telefonnummern und Mailadresse. Ich kreuze zahlreiche Kästchen an. Ich liefere die Kladde bei der angenehmen Stimme ab. Sie bittet mich, nochmals Platz zu nehmen. Im fensterlosen Raum summt die Klimaanlage. Nach einigen Minuten sagt ein Lautsprecher: »Herr Peters, bitte.«

Draußen deutet die Dame an mir vorbei. »Geradeaus, dann ganz hinten links.« Ich danke und marschiere. Ich klopfe an eine dunkelrote Tür mit der Aufschrift *Arzt*. Eine sonore Stimme fordert mich zum Eintreten auf. Ich betrete einen minimalistisch eingerichteten Raum. Ein Mann, den ich knapp überrage, mit dichtem schwarzem Haar, nussbraunen Augen und der gleichen Hauttönung wie die Dame mit der angenehmen Stimme streckt mir die Rechte hin. Ich ergreife sie. Kraftvoller Händedruck. »Dr. Kopferl«, stellt sich die sonore Stimme vor. »Bitte nehmen Sie Platz, Herr Peters.«

Ich sinke vorm Schreibtisch mit zwei Monitoren auf einen Stuhl mit dunkelrotem Kunstlederbezug, der Arzt in einen gleichfarbenen hochlehnigen Bürodrehsessel.

Er lächelt mich an. »Bevor wir loslegen, Herr Peters, stille ich Ihre Neugier. Fast jeder neue Patient fragt mich das Gleiche – bezüglich meines Vornamens und der Empfangsdame. Mein Vater ist Deutscher und die Mutter Inderin. Die Dame ist meine fünf Jahre jüngere Schwester.«

Ich lache. »Danke für die umfassende Auskunft.«

Dr. Kopferl lächelt. Perfekte Zähne. Er studiert die gefaltete Karteikarte mit dem ausgefüllten Formular. Er schaut mich an. »Herr Peters, Sie sind beneidenswert jung und offenbar kerngesund. Bitte schildern Sie mir ohne Scheu Ihre Beschwerden. Erwähnen Sie auch Kleinigkeiten und Ihnen unbedeutend erscheinende Einzelheiten. Es gibt kaum einen Fall in meinem Fachgebiet, den ich noch nicht kenne.«

Peterling kichert. »Er wird gleich in Ohnmacht fallen, wenn er *deinen* Fall kennenlernt.« Interne Zustimmung.

Schnörkellos, sachlich und mit fester Stimme schildere ich die Wunder eins und zwei, allerdings ohne die beglückende Aktion mit Ferah. Dr. Kopferl hebt die linke Augenbraue. Schmunzelnd registriert er den abschließenden Bericht des wunderschönen Tages mit Herrn Petermann. Natürlich nannte ich keine Namen.

Der Halbinder öffnet den Mund. Ich hebe eine Hand. »Schnallen Sie sich an«, sage ich. »Der Schlussakt steht an.« Chronologisch und detailliert lasse ich den Neurologen an den Ereignissen meines dritten Wunders teilhaben.

Ich studiere sein Gesicht. Maskenhaft. Sehe ich ein undefinierbares Schimmern in den Augen? Ein Muskel unter dem rechten Auge zuckt. Ist das die einzige Reaktion auf mein Horrorszenarium? »Er hat sich tadellos im Griff«, stellt Peter Zwei fest.

Dr. Kopferl spielt mit einem dunkelroten Kugelschreiber. Er beugt sich leicht vor. Er fixiert mich. Er räuspert sich. »Herr Peters, Sie haben mich tatsächlich total überrascht – gelinde ausgedrückt. Ich hatte noch nie einen derartigen Fall, auch nicht annähernd. Ich kenne allerdings

Interna einer Koryphäe der Neurologie. Dieser Mann berichtete mir im Frühjahr auf einem Kongress in Dubai von weltweit zehn ähnlich gelagerten Fällen, das heißt, jetzt elf Menschen von über sieben Milliarden. Einzelheiten kenne ich aber keine.«

Ich schnaufe. Ich lächele. »Immerhin. Ich dachte, ich sei der einzige Mensch mit einem derartigen Gehirndefekt.«

Jetzt lächelt der Arzt. »Von einem Gehirndefekt kann man nicht reden. Es handelt sich eindeutig um eine Genmutation, um normalerweise inaktive Gene, also einer Anomalie in gewissen Gehirnbereichen. Wo dort genau und in welchem Ausmaß werde ich feststellen.«

Ich strahle. »Supertoll. Wie werden Sie vorgehen?«

»Sie müssen in einen Kernspintomographen. Ich vereinbare nachher einen Termin. Zunächst stelle ich Ihnen ein paar Fragen.«

»Legen Sie los.«

Er fragt. Ich antworte. Er äußert sich zufrieden.

Ich räuspere mich. Ich beuge mich vor. »Können Sie mir Ratschläge, Empfehlungen geben, wie ich die nächtlichen Exkursionen verhindern kann? Ich habe nämlich mächtig Angst, nachts in der Isar oder auf einer Autobahn zu landen.«

Er nickt. »Verstehe ich. Der vorhin erwähnte Kollege fand Maßnahmen, die nachweislich die unbewussten Ausflüge drastisch begrenzen. Die Betroffenen entfernten sich nie weiter als zehn bis 20 Meter von ihrem Standort.«

»Na ja, nicht gerade berauschend«, stellt Peter Zwei fest.

»Na, ja«, sage ich. »Nicht gerade berauschend.«

Dr. Kopferl nickt. »Sie können die Liste nachher bei meiner Schwester in Empfang nehmen.« Er klickt ein paar Mal mit der Maus. Er nimmt sein Smartphone. »Ich vereinbare jetzt den Termin.« Er telefoniert. Er strahlt. Er schaltet ab. »Wir haben Glück, Herr Peters. Der Patient, der für nächsten Dienstag um 15 Uhr vorgesehen war, erkrankte.« Er riss einen Zettel von einem Notizblock. »Ich notiere den Termin, die Gebäude- und Zimmernummer und unser nächstes Treffen am 31. um

17:00 Uhr. Die Praxis ist dann zwar geschlossen, ich bin aber hier. Klingeln Sie an der Eingangstür.« Er notiert.

Er hebt den Kopf. »Ich schreibe Ihnen die Überweisung. Sie bekommen Sie am Empfang.« Er bearbeitet die Tastatur. Er schaut mich an. »Nach der Untersuchung erhalten Sie eine CD. Geben Sie diese meiner Schwester. Eventuell werde ich die erwähnte Koryphäe zurate ziehen.«

Ich strahle. »Danke, bin jetzt froh, dass ich dem Drängen meiner Freundin gefolgt bin. Sie drohte mir, wenn ich nicht zu einem Neurologen ginge, verlasse sie mich.«

Er grinst. »Eine vernünftige Frau, die sich um Sie sorgt. Sie sind ein Glückspilz.«

Wir lachen. Er gibt mir den Zettel. Verabschiedung. Die attraktive Halbinderin reicht mir mit zarter Hand einen Briefumschlag. »Überweisung und Liste. Ich wünsche Ihnen noch einen schönen Tag.«

»Ihnen ebenfalls. Auf Wiedersehen.« Liebliches Lächeln. Mit superglatt gebügelten Nerven lasse ich mich von der S-Bahn nach Ismaning transportieren.

Im Wohnzimmer eile ich zur Anrichte. Großzügig schenke ich einen zwölf Jahre alten Cognac aus. Zügig leere ich das Glas. »Köstlich«, kommentiert Peter Zwei. Ich werfe mich in den Fernsehsessel. Überweisung und Terminzettel lege ich auf den Tisch. Ich entfalte das bedruckte Blatt Papier. Ich lese leise vor: »Maßnahmen. Erstens. Vermeiden Sie jegliche Art von Stress. Zweitens. Schlafen Sie täglich mindestens sieben Stunden. Drittens. Treiben Sie keinen Leistungssport. Viertens. Unternehmen Sie täglich, egal bei welchem Wetter, einen mindestens 30-minütigen Spaziergang. Fünftens. Trinken Sie nur mäßig Alkohol, das heißt, täglich maximal 0,5 Liter Bier oder 0,25 Liter Wein und wöchentlich zusätzlich höchstens einen Schnaps.«

Peter Zwei kichert. »Vorhin hast dein Quantum für die nächsten sieben Tage ausgeschöpft.«

Ich lese weiter: »Sechstens. Unterdrücken Sie nicht Ihren Sexualtrieb. Üben Sie zwei- bis dreimal pro Woche Geschlechtsverkehr aus oder onanieren/masturbieren Sie.«

»Hervorragend«, stellt Peter Zwei fest. »Es dürfte dir keine Schwierigkeiten bereiten, die Maßnahmen zu befolgen. Ich hoffe, diese Koryphäe behält recht.«

»Genau. Übrigens, ich wusste es – Sex ist gesund.«

Kichern im Kopf. Ich rufe Jessica an. Ich schildere den Arztbesuch, erwähne aber nicht die Liste. Sie lobt mich. Zum Schluss flüstert sie: »Ich werde dich morgen direkt nach meiner Ankunft für deinen Mut belohnen.«

Ich freue mich. Peter Zwei freut sich.

Tags darauf führe ich meine Jessica ins Wohnzimmer und drücke sie aufs Sofa. Ich erläutere die Aussage des Arztes bezüglich der Termine und der Maßnahmen. Ich reiche ihr die Liste. Sie liest.

Sie strahlt. Sie räuspert sich. »Für Punkt sechs bin *nur* ich zuständig. Wage es bloß nicht, eine andere Frau flachzulegen, vor allem nicht deine Arbeitskollegin! In diesem Fall hättest du nie mehr Probleme, egal welcher Art. Ich würde dich nämlich umbringen und im Garten verscharren.«

Wir lachen uns scheckig. Sie erhebt sich. Umarmung. Glutküsse. Sie schaut mir ins Gesicht. Blinkende grüne Splitter im Augenbraun. Sie flüstert: »Jetzt kredenze ich dir die versprochene Belohnung und lasse dich gleichzeitig die Maßnahme befolgen.«

Ich lächele. »Du meinst *Sex*?«

Sie gluckst. »Ja, und zwar derart, dass dir und deinem Gehirn Hören und Sehen vergehen werden.« Hand in Hand eilen wir ins Schlafzimmer.

Mir vergehen Hören und Sehen – Brüderlein ebenfalls. Jubelarien im Kopf. Totales Vergnügen. Totales Entzücken. Totaler Glückszustand. Echt klasse!

Auch am Sonntag Liebesgenüsse. Problemlos befolge ich die übrigen fünf Maßnahmen. Jessica ist glücklich. Peter Eins ist glücklich. Peter Zwei ist glücklich.

5

Montag. Bewölkt. Schäbige 19 Grad. Will der Sommer bereits seinen Winterschlaf antreten? Um 15:05 Uhr verlasse ich das Büro, dank meines Zeitguthabens kein Problem.

Zu Hause tigere ich im Wohnzimmer auf und ab. »Willst du es tatsächlich probieren?«, wispert der Zwilling.

»Ja. Entweder es klappt oder nicht. Es kann mir ja nichts passieren.«

»Hoffentlich.« Ich beäuge die Cognacflasche. »Wage es bloß nicht!«, warnt das fürsorgliche Brüderchen. Ich nicke.

Ich nehme von der Fensterbank das Tütchen mit dem Schlüssel zur Kellertür. Ich deponiere es an seinem Stammplatz. Ich stelle mich an den Terrassenrand. Von Nordwesten schiebt sich dunkles Wolkengebirge heran.

Ich reguliere die Atmung. Ich fixiere den ungefähr zehn Schritte entfernten Hartriegelbusch. Er ragt mindestens vier Meter auf. Ich atme gleichmäßig. Ich schließe die Augen. Ich leere das Gehirn. Ich fülle es mit *einem* Wunsch, *einem* Begehren, *einem* Befehl. Ich – Peter Peters, der Mann, der über drei, fast einmalige, Wundergaben verfügt – ich sehne mich mit jedem Atom des Körpers danach, *mich selbst* vor diesen Strauch zu t-e-l-e-p-o-r-t-i-e-r-e-n. Drei Ausrufezeichen.

Ich spüre – nichts. Ich öffne die Augen. Ich starre. Ich begreife nichts. Was sehe ich dicht vor mir? Erkenntnis sickert ins Gehirn. *Grüne Blätter mit gelbem Rand, die sich bewegen!* Mir droht eine Ohnmacht, allerdings nicht vor Panik, sondern vor exzessiver, unbändiger, totaler Freude, Genugtuung. Ich, Peter Peters, verfüge über das einmalige Talent, die einmalige Wundergabe, das einmalige Wunder der *eigenen* Teleportation. Schluss. Aus. Amen.

»Allmächtiger!«, wispert Peter Zwei. »Es hat wahrhaftig funktioniert. Fantastisch. Wunderbar. Exorbitant. Ich bin fix und fertig.«

Ich drehe mich um. Ich mustere das Haus, die Terrasse, die halb offene Tür. Wie jemand, der 100 Millionen gewonnen hat, schwebe ich ins Wohnzimmer, in die Küche. »*Dieses* Wunder offenbare ich dem Arzt *nicht*«, murmele ich. »Niemand wird es erfahren. Geheimdienste, Mafiosi oder weiß der Geier wer noch, könnten mich verschleppen und zwingen, Untaten für sie zu begehen, oder was auch immer.«

»Genau«, bestätigt der Zwilling. Ich koche Kaffee. Ich esse das Streuselstückchen, das ich auf dem Heimweg kaufte. Draußen prasselt Regen.

Abends verschließe ich die Haustür wie immer, schiebe aber *nicht* den Riegel vor. Den Schlüssel hänge ich ans Schlüsselbrett. Den Zweitschlüssel stecke ich in ein weiches Lederetui mit Druckknopfverschluss und einem Lederriemchen. Im Bett verknote ich das Riemchen ums linke Handgelenk. Die Badezimmertür sperre ich seit dem Vorfall damals nicht mehr ab. Vorsichtsmaßnahmen.

Ereignislose Nacht.

Dienstag. Wetterberuhigung. Gegen 15:15 Uhr liege ich bewegungslos wie eine Leiche in der Röhre.

Später übergebe ich der angenehmen Stimme die CD. Liebliches Lächeln. Kitzel im Gehirn.

Auf dem Weg vom S-Bahnhof nach Hause schlage ich einen Umweg ein, um den 30-minütigen Spaziergang zu vollenden. Die Maßnahmen, außer der sechsten, sind mir lästig. Gestern vergaß ich die Lauferei.

Gegen 22:40 Uhr liege ich im Bett. Scheiße! Hätte mir gerne noch den Thriller im Fernsehen reingezogen. Blöde Maßnahme. Ich werfe mich auf die linke Seite.

Ich schlage mit der Stirn irgendwo dagegen. Ich reiße die Augen auf. Sackdunkel. Kühle an den Beinen. Glatter Boden. Kalte Füße. Ich bringe die rechte Hand in Kopfhöhe und taste nach vorne. Ich fühle eine glatte, kühle Oberfläche. Ich klopfe dagegen. Metall.

»Keine Frage«, wispert Peter Zwei. »Der Sicherungskasten im Vorratskeller.« Ich fluche. Ich drehe mich um. Mit ausgestreckten Händen gehe ich vier Schritte. Ich wende mich nach rechts. Ich ertaste die Tür zum Kellervorraum. Ich seufze. Fünf Minuten später liege ich mit gewaschenen Füßen im Bett. Ich schiele zum Wecker, 2:29 Uhr. Ich fluche. »Wieso greifen die Maßnahmen nicht?«, murmele ich.

»Verzweifele nicht«, rät Brüderchen. »Du befolgst sie ja erst seit vier Tagen. Sei nicht ungeduldig. Ich nehme an, der Erfolg stellt sich erst nach einer gewissen Zeit ein.«

Mittwoch. Aufgelockerte Bewölkung. Ich schildere meiner Jessica den scheußlichen Vorfall der letzten Nacht. Sie bedauert und küsst mich. Wir fahren zur *Trattoria Napoli*. Wir essen Pizza. Jessica trinkt ein Glas Rotwein. Der Patient Peter Peters gönnt sich ein Weißbier. Zum Abschluss schlürfen wir Espresso. Ich sehne mich nach einem Grappa. Blöde fünfte Maßnahme. Zu Hause beglücken wir uns mit der Maßnahme Nummer sechs, die einzig vernünftige. Echt klasse.

Donnerstag. Letzter Augusttag. Wetterlage? Beschissen. Kurz nach 17:00 Uhr hocke ich im Büro des Neurologen. Dezentes Herzpochen. Was wird er mir offenbaren?

Ich schildere die nächtliche Ortsveränderung, trotz Einhaltung der Maßnahmen.

Dr. Kopferl hebt die Hände. »Ich entschuldige mich, Herr Peters. Ich vergaß, zu erwähnen, dass ein merklicher Erfolg erst nach ungefähr vier bis fünf Wochen eintritt.«

Ich rolle die Augen. Ich nicke. »Danke.«

Die sonore Stimme seufzt und sagt: »Ich habe die Aufnahmen Ihres Gehirns studiert und den Experten konsultiert. Ich erläutere Ihnen jetzt die gewonnenen Erkenntnisse.« Er klickte mit der Maus. Der mindestens 45 Zoll messende Monitor an der Wand links von mir erwacht. Ein Querschnitt meines Gehirns erscheint.

Der Arzt nimmt einen stiftähnlichen Gegenstand, zieht ihn zu einem Zeigestock auseinander und erhebt sich. Er tritt an den Bildschirm. Er deutet mit dem Stock auf eine, selbst dem Laien Peter Peters auffallende, Stelle. Ich erkenne zwei gelb gefärbte kleine Kreise, die sich berühren, und rechts daneben ein etwas breiteres gleichfarbenes Oval. Das obere und untere Ende schließt mit den Kreisen ab.

Dr. Kopferl räuspert sich. »Diese beiden runden Zonen stellen Ihre sogenannten Wunder eins und zwei und das Oval Ihre dritte Wundergabe dar. Die Farbe deutet auf eine schlummernde Aktivität hin. Setzen

Sie die … die Talente ein, wechselt die Farbe zu kräftigem Gelb und über Orange, Hellrot bis zu Dunkelrot, je nach Intensität Ihrer Handlung. Die Aktivitätszonen hocken in einer Region des Gehirns, die normalerweise brachliegt. Die erwähnten Genmutationen oder die bei Ihnen aktivierten Gene zeichnen dafür verantwortlich. Die Gründe für derartige Veränderungen sind unbekannt. Der von mir konsultierte Gehirnexperte glaubt, es handele sich um eine Spielart der Evolution.«

Ich erhebe mich. Ich trete vor den Monitor. Ich mustere mein Gehirn. Ich zeige auf eine Stelle oben rechts am Oval. »Was ist das für eine winzige Ausstülpung? Sie sieht wie abgeschnürt aus.«

Der Neurologe strahlt. »Prof. Dr. Heilmann, so heißt die Koryphäe, erklärte mir, dass es sich um die Zone handele, die Ihre ungewollten nächtlichen Ausflüge auslöst.«

Ich grunze. Peterling grunzt. Dr. Kopferl nickt. Wir setzen uns. Der Arzt sieht mir in die Augen. »Herr Peters, ich gestehe, dass ich Ihnen nicht helfen kann.«

Ich reiße die Augen auf. Ich öffne den Mund. Er hebt die Rechte. »Bitte, Herr Peters, regen Sie sich nicht auf. Prof. Heilmann versicherte mir, dass er Ihr Problem garantiert beseitigen könne. Er besitzt entsprechende Erfahrungen. Einzelheiten erläuterte er nicht. Er empfahl, dass Sie ihn aufsuchen.«

Peter Zwei jubelt. Peter Eins strahlt. »Wo und wann soll ich antanzen.«

»Prof. Heilmann – wie ich ein Halbinder mit deutschem Vater – leitet ein wissenschaftliches Institut für Gehirnforschung mit einer angeschlossenen Klinik, in der, unter anderen, alle Arten von Nervenerkrankungen behandelt werden, und zwar in Dubai.«

Ich starre. »In Dubai?«, echoe ich. »Ich bezweifele, dass meine Krankenkasse Flug, Aufenthalt und Behandlungskosten erstattet. Sie wird mir in den Hintern treten.«

Dr. Kopferl lächelt. Er beugt sich vor. »Das Institut trägt die Kosten aus dem Forschungsetat, mit Ausnahme des Fluges. Ich besuchte es nach dem erwähnten Kongress. Ich staunte. Die drei Patientenzimmer im Institut entsprechen denen eines Vier-Sterne-Hotels. Das Essen ist hervorragend. Hübsche Pflegerinnen.« Er grinst.

Ich strahle. Brüderchen kichert. Ich nicke. »Ich fliege dorthin. Wie lange muss ich bleiben?«

»Eine Woche genügt.«

»Prima. Ich fasse 9 Tage ins Auge.«

Er nickt. »Toll. Ich bewundere Ihre Entscheidungsfreude. Ich sende nachher Herrn Heilmann eine Mail mit Ihrer Email-Adresse und füge meinen Bericht bei. Ich schicke ihm per Express eine Kopie der CD. Er wird sich mit Ihnen innerhalb einiger Tage in Verbindung setzen. Für mich ist Ihr Fall abgeschlossen.«

Wir erheben uns. Händeschütteln. Ich bedanke mich für sein Engagement. Er winkt ab. »Die Pflicht eines Arztes.«

Zu Hause marschiere ich den Garten. Ich stelle mich *hinter* den Hartriegel. Konzentration. Vor den geistigen Augen lasse ich mein Bett erscheinen. Ich gebe dem Gehirn, *mir* den *Telpo* Befehl. Ich wanke. Ich balanciere mit den Armen. Ich stehe auf dem Bett. »Ein weiterer erfolgreicher Test«, murmele ich. Peter Zwei kichert. »Du nimmst nach dem gewollten Beamen die gleiche Haltung ein wie zuvor.«

Ich nicke. Eine wichtige Erkenntnis. Ich setze mich auf die Bettkante. Ich teleportiere in meinen Sessel im Wohnzimmer. Ich strahle. »Tadellos. Erstklassig.«

Tags darauf betritt meine Jessica gegen 16:20 das Haus. Liebevolle Begrüßung. Wir nehmen auf dem Sofa Platz. Ich schildere den Arztbesuch und den geplanten Aufenthalt in Dubai. Sie jubelt. »Gott sei Dank, Liebling, kann man dir helfen. Ich freue mich riesig.« Sie küsst mein Gesicht ab.

Ich küsse sie wild. Wir veranstalten einen Quickie. Echt scharf. Wir richten uns her. Wir fahren nach Kirchheim, nur wenige Kilometer südlich von hier. Im *Olympia* essen wir Gyros mit Pommes frites und Salat. Wir trinken Weißbier.

Auf der Heimfahrt sagt sie mit traurigem Unterton in der Stimme: »Schade, dass ich nicht mit dir fliegen kann. Dubai soll eine tolle Stadt sein.« Sie seufzt.

Ich streiche ihr über den Oberschenkel. »Ja, sehr schade, Baby. Ich bringe dir ein hübsches Schmuckstück mit, kenne ja deinen Geschmack. Im Februar fliegen wir über deinen Geburtstag für eine Woche hin. Ich zahle alles.«

Sie klatscht in die Hände. »Super. Ich freue mich jetzt schon.«

Der Samstag, mit passablem Wetter, verläuft wie üblich. Ausgedehnt frühstücken. Einkäufe erledigen. Jessica füllt die Waschmaschine mit Bettwäsche. Wir plaudern. Hand in Hand spazieren wir eine Stunde über Feldwege.

Gemeinsam bereiten wir das Abendessen zu: Bratkartoffeln, Bratwürste, Tomaten- und Bohnensalat. Wir trinken trockenen Riesling aus Oberfranken. Ich nörgele. Ich hechele nach einem weiteren Glas. Jessica streichelt mir über einen Arm. »Bald enden die mageren Zeiten für dich, Liebling.«

Ich nicke. Ich lächele. Ich weiß nicht, welcher Teufel mich reitet. Mit Wunder Nummer drei winde ich Jessica die Gabel aus der Hand, lasse sie in ein Kartoffelstück stechen und vor meinen Mund fliegen. Ich packe die Gabel, streife mit den Lippen die Kartoffel ab, verspeise sie und lasse die Gabel mit der *Telpo* auf Jessicas Teller sinken – mit offenem Mund und aufgerissenen Augen von einer leichenblassen Liebsten verfolgt.

Sie keucht. Sie schüttelt sich. Sie sieht mich an, als sei ich ein Alien aus dem Krebsnebel im Sternbild Stier. Sie schließt den Mund. Sie öffnet ihn. Sie krächzt fast tonlos: »Bist … bist du … bist du ein Zauberer, ein Magier oder ein Monster?«

Peter Zwei schweigt. Ich schüttele den Kopf. »Nichts von alldem, Mausi. Nur ein Mann, der über ein wundersames Talent verfügt.« Sachlich schildere ich das dritte Wunder, erwähne allerdings nicht die Fähigkeit, mich selbst an andere Orte zu teleportieren. Ich unterstreiche meine Ausführung und hänge kraft meiner Gabe das Pferdebild gerade, hebe die Flasche Wein an, lasse sie an den Tischrand gegenüber schweben, absetzen und wieder zurückkehren.

Jessica wimmert. Jessica stöhnt. Jessica schlägt ein Kreuz. Sie rückt ein Stück von mir ab. Sie flüstert: »Du bist ein echter Zauberer oder … oder aber vom Teufel befallen.«

Ich winke ab. »Quatsch, Baby, es gibt keine Teufel. Ich besitze eine Gottesgabe.«

Sie schluckt. Sie seufzt. Sie schaut mich skeptisch an. Wir unterhalten uns rund eine halbe Stunde. Sie will, dass ich weitere Kunststücke vorführe. Ich setze eine betrübte Miene auf. »Funktioniert leider nicht, Liebes. Ich kann die Gabe nur dreimal hintereinander einsetzen. Danach braucht mein Gehirn mindestens einen Tag Ruhe«, lüge ich. »Es muss offenbar Energie sammeln.«

Sie nickt. Fragender Blick. »Wird der Arzt in Dubai auch diese … Fähigkeit entfernen?«

Ich pruste. »Das erlaube ich nicht. Sie könnte nützliche Dienste leisten, zum Beispiel, wenn uns ein Verbrecher mit einer Waffe bedroht. Ich kann sie ihm dann entreißen.«

Riesenaugen schauen mich an. »Verstehe«, flüstert meine Jessica.

Später sehen wir uns im Fernsehen eine Komödie an.

Leider erwies ich mir mit den Zauberstückchen einen Bärendienst, wie man so schön sagt. Liebesspiele fallen flach. Intern fluchend schlafe ich ein.

Ich wache auf. Kühle an den Unterschenkeln. Ich sitze weich. Ich reiße die Augen auf. Dunkelheit. »Du sitzt im Sessel deines Arbeitszimmers«, stellt Brüderchen fest. »Mist«, murmele ich. »Wenn das Jessica mitkriegt, wird sie mich erneut für einen Teufel, ein Monster halten.«

Die Deckenlampe flammt auf. Ich fluche innerlich. Die Liebste sieht mich mit blassem Gesicht an. »Was machst du hier? Es ist gleich halb drei. Ich musste zur Toilette. Dein Bett war leer. Die … die Decke liegt normal da.«

Ich stottere herum.

»Ist ... ist es wieder passiert?«, wispert sie.

»Ja, Liebes, tut mir leid, kann ja nichts dazu. Sorge dich nicht. Bald ist dieser Spuk vorüber.« Ich erkläre, dass die Maßnahmen erst in ungefähr vier Wochen Erfolg zeigen.

Sie nickt. Sie verlässt das Zimmer. Fluchend lege ich mich ins Bett.

Am frühen Sonntagnachmittag lässt mir die Liebste die Maßnahme Nummer sechs angedeihen – leider nur oral.

Sie schaut mich mit traurigen Augen an. »Ich kann heute nicht mir dir schlafen, Peter, bin zu aufgewühlt. Das verstehst du doch, Liebling, oder?«

»Aber ja, Mausi.« Ich küsse sie auf den Mund.

Dienstag, 5. September. Freudig erregt lese ich gegen 17 Uhr die Mail aus Dubai. Prof. Dr. Heilmann erklärt sich bereit, mich, den Wunderknaben Peter Peters, vom Schrecken der unbewussten Teleportationen zu befreien.

Im Internet buche ich den Flug mit *Emirates Airline*. Hinflug am Samstag, dem 30. September, und sonntags am 8. Oktober zurück. Die 619,75 Euro Flugpreis zahle ich mit meiner Visakarte.

Ich teile dem Professor Tag und Uhrzeit der Ankunft und die Flugnummer mit.

Den Song *Up Up And Away* der 5th Dimension summend, fahre ich in die Stadt. Ich kaufe einen Reiseführer. In einem Gasthof esse ich Weißwürste und Laugenbrezeln. Ich trinke ein Weißbier.

Glückseliger Nachmittag und Abend mit meiner Liebsten tags darauf. Rauschhafte Erfüllung der sechsten Maßnahme – Gott sei Dank! Liebevoller Abschied von Jessica.

Im Wohnzimmer öffne ich die erste Schublade der schmalen, brusthohen Kommode aus Kirschbaumholz. Ich nehme ein blaues Samtsäckchen heraus. Ich setze mich am Esstisch vor den Laptop. Ich schütte den Inhalt des Säckchens auf die linke Hand – Omas und Opas Eheringe aus Gelbgold. Ich prüfe die Punzen, 333er Gold. Im Internet informiere ich mich über den Wert je Gramm: 11,20 Euro. Mit den Ringen eile ich ins Arbeitszimmer. Ich lege sie auf die Digitalwaage: zwölf Gramm. Ich grübele. Ich wühle noch ein bisschen im Internet. Zufrieden liege ich zur üblichen Zeit im Bett.

Der Donnerstag grüßt mit angenehmem Wetter. Um 15:10 Uhr verlasse ich das Büro. Mein Navi lotst BMW und mich zu einem Goldaufkäufer, einem kleinen Laden. Im Geschäft gebe ich dem dicklichen Mann mit Halbglatze hinter der zerkratzten Theke die Eheringe. Ich schaue ihm intensiv in die Augen. Ich lasse *Wilma* los. Mit fester Stimme sage ich: »Das sind zwei Ringe aus 750er Gelbgold. Sie wiegen zusammen exakt 20 Gramm. Sie brauchen sie nicht nachwiegen. Der heutige Wert beträgt 35 Euro je Gramm. Zahlen Sie mir die 700 Euro aus.«

Gestern betrug der Preis je Gramm 26,85 Euro.

Kurzes Zwinkern der braunen Augen. Der Typ nickt, dreht sich um, geht zum Tresor an der Rückwand des Ladens, steckt einen Schlüssel in die Tür, fummelt an dem Zahlenrad herum und schließt auf. Eine Minute später nehme ich fünf Scheine in Empfang. Ich bedanke mich. Unaufgeregt verlasse ich in den Laden.

»Du hast den Kerl gründlich übers Ohr gehauen«, flüstert Peter Zwei. »Der wird sich demnächst wundern.«

»Soll er doch. Er wird garantiert nicht verhungern«, murmele ich.

In meiner Bank in Ismaning zahle ich 500 Euro aufs Girokonto ein.

Nachts wache ich abrupt auf. Fröstelnd sitze ich auf der ersten der beiden Stufen zur Haustür. Fluchend rappele ich mich hoch. Fluchend sperre ich die Tür auf – dank meiner Vorsichtsmaßnahme. Fluchend werfe ich mich ins Bett. Stille im Kopf.

Herrliches, traumhaftes, erfülltes Wochenende mit meiner Jessica.

Sonnenschein am Montag. Entspannt stelle ich mich um 17:10 Uhr mitten ins Wohnzimmer. Augen schließen. Atemregulierung. Konzentration. Ich sehe mich um. Ich nicke zufrieden. Ich stehe zwei Meter neben dem letzten Apfelbaum an dem Feldweg, der vom Ende der Stichstraße, in der ich wohne, in südliche Richtung zum nahen Speichersee führt. Ich murmele: »Erneut ein erfolgreicher Test.« Peter Zwei lobt mich. Ich spaziere die rund zwei Kilometer nach Hause.

6

Die restlichen Arbeitstage der Woche tröpfeln dahin. Toller Mittwoch und Freitag mit Jessica. Tolles Wochenende. Tolle Liebesorgien. Voll zufriedene Peter Eins und Zwei.

Diesiger, windiger Montag, der 18. September. Für den Nachmittag kündigten die Wetterfrösche Regenfälle an.

Trotz Regen verlasse ich mit einem Schirm gegen 17:40 Uhr das Haus. Obligatorischer Spaziergang. Ich schlendere Richtung Ortsmitte. Nach etwa 100 Metern kommt mir der weiße BMW X 3 meines Nachbarn entgegen. Er wohnt unmittelbar neben mir im letzten Haus auf dieser Straßenseite. Das Arschloch namens Franz Baierlein, der jahrelang meine Oma nervte und schikanierte, prescht dicht an mir vorbei, und zwar durch eine ausgedehnte und auch noch schmutzige Wasserpfütze. Die braune Brühe klatscht bis an meine Knie. Die ledernen dunkelbraunen Halbschuhe – total nass. Ich belege den Kerl mit sämtlichen Flüchen, die ich kenne. Ich eile ins Haus zurück. Ich ziehe dunkelgraue Jeans und Hausschuhe an.

In schwarze Schuhe mit Gummisohlen, einen nachtblauen Pullover über dem mittelblauen Hemd und in eine dunkelblaue Windjacke mit Kapuze gekleidet, fahre ich um 19 Uhr in die Stadt. Ich stelle das Auto in der Nähe des Parks ab.

Mit übergestreifter Kapuze absolviere ich bei Nieselregen meinen Spaziergang. Dunkelheit kriecht von Osten heran. Ich betrete den Park. Ich sehe mich um. Kein Mensch. Ich schlängele mich durch Buschwerk und verharre zwischen zwei markanten Buchen. Ich drehe mich Richtung Süden. Augen schließen. Atemkontrolle.

Ich nicke. Ich stehe exakt am gewünschten Platz – an der Hauswand hinter mannshohen Büschen im Vorgarten des Einfamilienhauses direkt gegenüber des Omaquälers Baierlein. Das nette Ehepaar, das hier mit einer halbwüchsigen Tochter wohnt, wird am Samstag aus dem Urlaub zurückkehren.

Ich mustere im Licht der Straßenlaterne das Gebäude auf der anderen Straßenseite. Es steht sechs Meter weiter zurück als mein Haus. Der X 3 parkt teilweise auf dem Bürgersteig vor der Einfahrt zur Doppelgarage. Seit heute erhebt sich rechts hinter der Vorgartentür ein Berg Schotter und daneben häuft sich schwarzer Schlackengrus. Der Vollidiot erzählte vorgestern Jessica und mir, dass er den größten Teil des rechten Vorgartens in einen Parkplatz mit rot gefärbten Betonsteinen umgestalten lassen wolle.

Tiefes Aus- und Einatmen. Konzentration. Ich fixiere den Schotter. Ich befehle elf faustgroßen Steinen, senkrecht aufzusteigen. Schwupps – sausen sie hoch. Ich stoppe sie in etwa zehn Metern Höhe. Ich beordere sie über mich. Ich fixiere vier Brocken. In Sekundenabständen fegen sie los. Je einer zertrümmert ein Seitenfenster des BMW. Die beiden anderen knallen in Fahrer- und Fondtür.

Ich lasse sechs Steine mit Rasanz abzischen. Jeder durchschlägt eines der Fenster des sonnengelb gestrichenen Hauses. Meinem letzten Racheobjekt befehle ich, den Glaseinsatz der waldgrünen Haustür zu zerstören.

Im gleichen Augenblick fliegt die Tür auf. Die Flachpfeife Baierlein tritt brüllend heraus. Stein Nummer elf kennt keine Gnade. Er trifft den Unglückseligen in die Stirn.

Ich stoße den Atem aus.

Das Gebrüll endet abrupt. Der hochgewachsene 58-Jährige stürzt rückwärts in den erleuchteten Flur.

Schauriges, ungeplantes Ende meiner Racheoperation. »Pech gehabt«, kommentiert Peter Zwei. »Der Kerl war zur falschen Zeit am falschen Platz. Du bist unschuldig, großer Bruder.«

Ich zucke mit den Schultern. Eine schreiende Frau Baierlein taucht auf. Ich, Peter Peters, der seine nassen und beschmutzten Hosen und Schuhe und die jahrelang gequälte Oma rächte, beamt sich zwischen die beiden Buchen im Park zurück. Kein Regen mehr. Ich marschiere in den Gasthof *Zur Mühle.* Ich speise mit Genuss und trinke ein Weißbier. Ich glätte mein Nervenkostüm mit einem Kirschwasser.

Ich lausche in mein Inneres. Ruhe an der Gewissensfront. Peter Zwei kichert. »Du besitzt etwas Derartiges nicht. Ich, dein Zwilling, *ich* bin dein Gewissen.«

Ich fahre zurück. Wie erwartet, zucken vor Baierleins Haus die Blaulichter eines Polizeifahrzeugs. Ein Polizist mit rot leuchtender Kelle eilt mir entgegen. Ich blinke und stoppe vor meinem Haus. Ich steige aus. Der Beamte erreicht mich. Er tippt an die Mütze. »Guten Abend, wohnen Sie in dieser Straße?«

»Ja, hier. Was ist passiert?«

Der Mann mittleren Alters seufzt. Er deutet auf den Schotterberg. »Unbekannte warfen davon Steine auf das Fahrzeug Ihres Nachbarn.« Er schildert die Zerstörungen der Fenster und die Verletzung des Herrn Baierlein.

Ich reiße die Augen auf. Ich gebe mich entrüstet. »Was waren denn das für Vandalen? Ist ja nicht zu fassen! Konnten Sie welche schnappen? Gibt es Zeugen?«

»Leider keinerlei Anhaltspunkte.«

Ich blicke betrübt. Er öffnet den Mund. Ich komme ihm zuvor. »Ich fuhr gegen 19:00 Uhr in die Stadt. Ich lief ein bisschen herum und aß im Gasthof *Zur Mühle.*«

Der Polizist nickt und verabschiedet sich. Ich frage: »Wissen Sie, in welchem Krankenhaus er liegt?«

Er nennt den Namen. Er tippt an die Mütze und wünscht mir einen *schönen Abend.*

Ich fahre das Auto in die Garage.

Nachts wache ich auf der Toilette des Gäste-WC auf. Fluchend kehre ich ins Schlafzimmer zurück. Der Wecker zeigt 2:22 Uhr.

Tags darauf läute ich um 17:50 Uhr mit einem Strauß weißer Rosen an Baierleins Haustür. Neue Fensterscheiben glänzen im Abendlicht. Den X 3 sehe ich nicht.

Die Tür öffnet sich. Frau Baierlein starrt mich mit rot geweinten Augen an. Ich spreche mein Bedauern aus und überreiche die Blumen. Sie bedankt sich mit leiser Stimme. Ich hüstele. Ich frage: »Wie geht es Ihrem Mann, Frau Baierlein? Kann ich ihn im Krankenhaus besuchen?«

Sie schluchzt. Sie schüttelt den Kopf. Sie flüstert: »Franz … er starb auf dem Weg ins Krankenhaus.« Sie heult. Ich reiße die Augen auf. »Das … das tut mir entsetzlich leid. Eine gottverdammte Sauerei ist das. Hoffentlich schnappt man bald den Verbrecher.«

Sie nickt. Ich verabschiede mich. »Verflucht«, murmele ich später im Wohnzimmer. »Das habe ich wahrhaftig nicht gewollt. Ahnte ja nicht, dass der Kerl zur falschen Zeit aus dem Haus rennt.«

Schweigen im Kopf. Ich kippe einen Cognac, fünfte Maßnahme hin oder her.

Mittwoch. Kurz vor acht Uhr sitze ich meinem Chef gegenüber. Ich schiebe ihm den Urlaubsantrag für die erste Oktoberwoche hin. Wie üblich jammert er über meine noch ausstehenden Arbeiten, meckert über das späte Vorlegen des Antrags und klagt über ausufernde Arbeitsbelastung der Abteilung. Er unterzeichnet.

Im Büro kläre ich Ferah auf. Sie gluckst. »Veranstaltest du mit Jessica einen Liebesurlaub?«

»Nein. Ich fahre am Samstag nach Emden. Mutters Schwester feiert ihren 60. Geburtstag. Familientreffen. Daneben will ich durch die alte Heimat streifen.«

Meine Mama erlag vor 15 Monaten einem Schlaganfall. Ein Herzinfarkt raffte im Februar meinen arbeitsamen Papa dahin.

Nachmittags schildere ich Jessica die üble Tat eines Unbekannten an der Nachbarsfamilie. Sie äußert sich entsetzt. Wir kochen gemeinsam. Erstklassiger Vollzug der Maßnahme sechs nach einem Spaziergang.

Freitags scheint meine Liebste bedrückt. Ich versuche, sie aufzumuntern, gelingt nur unvollständig. Sie murmelt etwas von Kopfschmerzen. Wir essen Cannelloni in der *Trattoria Napoli*. Jessica trinkt Mineralwasser, ich ein Viertel Rotwein.

Im Bett verhält sich die Liebste mehrheitlich passiv. Sie erlebt keinen Höhepunkt, warum auch immer. Ich beuge mich über sie, streiche ihr durchs Haar und küsse sie sanft auf den Mund. »Was ist los, Baby?«, frage ich echt besorgt. »Bist du krank?«

Seufzer. »Keine Ahnung, Peter. Bin heute kraft- und lustlos. Kommt manchmal vor. Sorge dich nicht, ist morgen hoffentlich vorüber.«

Ich decke sie sorgsam zu. Ich küsse ihre Augen, schalte die Nachttischlampe aus und kuschele mich an sie.

Schmerz lässt mich aufwachen. Helligkeit. Meine rechte Hand zuckt unkontrolliert vor. Sie wirft eine Dose Erbsen zu Boden, genauer gesagt, auf meinen linken Fuß. Ich fluche wie ein Trupp Holzfäller. Peter Zwei flucht ebenfalls, empfindet ja das Gleiche wie ich. Ich stehe vor dem scharfkantigen Eckpfosten eines Regals in der beleuchteten Vorratskammer neben der Küche. Ich greife an die schmerzende Stirn. Warm. Nass. Ich starre auf die blutverschmierte Hand. »Scheiße«, murmele ich. »Den Schädel aufgeschlagen.«

Ich verlasse die Kammer, deren Beleuchtung sich beim Betreten ein- und beim Rausgehen ausschaltet.

Im beleuchteten Flur zum Schlafzimmer steht Jessica. Sie reißt die Augen auf. »Du blutest an der Stirn«, flüstert sie. »Was ist passiert?«

Ich seufze und schildere den Ausflug. Sie schlägt eine Hand vor den Mund. Im Badezimmer wäscht sie das Blut ab. Sie sprüht Wundspray und klebt ein Pflaster auf den Riss. Den schmerzenden Fuß erwähne ich nicht. Schweigend legen wir uns ins Bett.

Keine Liebesspiele am Samstagabend. Ich bin enttäuscht. Ich frage nicht nach.

Der Sonntag gestaltet sich voll angenehm, einschließlich Liebemachen am Spätnachmittag. Am frühen Abend fahren wir mit zwei Autos nach Garching. Wir speisen im *Farmers Steakhouse*. Wortkarge Jessica. Noch nie erlebt.

Zarter Abschiedskuss vorm Lokal. Grübelnd fahre ich heim. »Äußerst merkwürdig«, murmele ich. »Frage mich, was in ihrem Kopf vorgeht.«

Brüderchen sagt: »Sie ist verängstigt wegen deiner nächtlichen Ausflüge. Sie macht sich Sorgen. Du wirst erleben, dass sie nach unserer Rückkehr aus Dubai total happy sein wird.«

»Hoffentlich«, brumme ich.

Mittwochs umarme ich eine sichtlich fröhliche Jessica. Sie erwähnt mit keinem Wort ihr merkwürdiges Verhalten am letzten Wochenende – Peter Peters ebenfalls nicht.

Gemeinsames Kochen. Feuriges Liebesspiel.

»Alles wieder in Butter«, gibt mein Zwilling seinen Senf dazu.

Der regnerische Donnerstag rast an mir vorbei. Vorfreude auf die Reise.

Freitags verabschiede ich mich kurz vor 14:00 Uhr von Ferah mit Wangenküsschen. Sie wünscht mir unfallfreie Hin- und Heimfahrt.

Erst um 17:20 Uhr trudelt Jessica ein. Ich äußere mich enttäuscht. Die mit einer sonnengelben Tischdecke, weißem Porzellan, zwei gelben Kerzen und elf gelben Tulpen gedeckte Kaffeetafel mit Kirschstreusel, Jessicas Lieblingskuchen, wartete vergebens auf sie.

Sie bestaunt mein Arrangement. Sie küsst mich zart. Sie sieht mir in die Augen. »Ich entschuldige mich 1000-mal, Peter. Mein Chef jubelte mir unaufschiebbare, enorm wichtige Arbeit unter, wie er sich ausdrückte. Leider vergaß ich, dich anzurufen. Bist du mir jetzt böse?«

»Nein, Liebes. Ich stelle den Kuchen in den Kühlschrank. Wir verdrücken ihn morgen zum Frühstück.« Ich küsse sie innig.

Wie vereinbart, speisen wir im teuersten Restaurant in Unterschleißheim. Klasse Essen. Klasse Wein. Klasse Abend.

Wir krönen ihn mit einem super Liebesspiel. Weltklasse!

Kein nächtlicher Ausflug.

Ausgedehntes Frühstück tags darauf. Halbstündiger Spaziergang bei angenehmem Wetter. Letzten Mittwoch transportierten Lkw das Baumaterial vorm Nachbarhaus ab.

Zu Hause packe ich einen Koffer und die Bordtasche, in die ich den Laptop schiebe. Ich lege die Digitalkamera, die ausgedruckte Flugbestätigung und meinen, noch neun Jahre gültigen, Reisepass aufs Garderobeschränkchen.

Ich bestelle ein Taxi. Es soll die Liebste und mich um 16:30 Uhr zum S-Bahnhof bringen. Ich decke den Kaffeetisch.

Jessicas Handy zwitschert. Sie eilt in die Diele. Mit betrübt wirkender Miene kehrt sie zurück. Sie schaut mich an. Ich runzele die Stirn. »Eine Hiobsbotschaft, Mausi?«

Kopfschütteln. Sie nimmt meine Rechte und führt mich zum Sofa. Hinsetzen. Meine Jessica knetet die Finger. Ich räuspere mich. »Was bedrückt dich, Mausi?«

Seufzen. »Erneut muss ich mich entschuldigen. Ich habe eine wichtige Sache total vergessen. Ich bin untröstlich. Ich muss noch vorm Kaffeetrinken nach Hause fahren. Mein Chef hat mich für heute sechs Uhr zur Feier seines 50. Geburtstages eingeladen. Da muss ich unbedingt hin. Im Oktober beginnen die Verhandlungen über Höhergruppierungen und vor allem über die Besetzung des Postens seines Stellvertreters. Du weißt, dass ich darauf scharf bin. Letzte Woche meinte er einmal wie beiläufig, dass er mich vorschlagen wolle. Da kann ich jetzt nicht zu spät kommen oder gar fernbleiben. Das verstehst du doch, Peter, oder?«

Enttäuschung verprügelt mich. Ach, wie freute ich mich auf die gemeinsamen Stunden, bis ich zum Gate musste. Ich winke lässig ab. »Lass dir deswegen keine grauen Haare wachsen, Mausi. Die Karriere hat Vorrang. Spült Geld auf dein Konto und im nächsten Jahr eventuell in die Haushaltskasse des Ehepaares Peters.«

Sie sieht mich entgeistert an. Sie schluckt. »Du … du willst mir einen Heiratsantrag machen?«

Ich strahle. Ich nicke. »Ja, Liebes, du ziehst doch im November zu mir. Im Sommer könnten wir Hochzeit feiern. Bis dorthin hätten wir acht, neun Monate das Eheleben geprobt.«

»Du hast mich völlig überrascht, Peter. Ich … ich freue mich. Ich werde mich ab morgen damit befassen.«

Ich küsse sie zärtlich. Sie seufzt. Sie sieht auf ihre Armbanduhr. »Ich fahre jetzt, Peter. Muss die Schuhe putzen, das Kleid bügeln und mich herrichten. Die Fahrt zum Lokal, in dem mein Chef feiert, dauert mindestens 20 Minuten.«

Ich seufze. »Ja, Mausi. Ich werde dich vermissen. Morgen rufe ich per Skype gegen zehn Uhr hiesiger Zeit an. Dann hast du doch deinen Rausch ausgeschlafen, oder?« Ich grinse.

Sie schlägt mir spielerisch an den Kopf. »Böser Mann. Du weißt, dass ich mich niemals betrinke.«

Ich lächele sie an. Inniger Abschiedskuss. Jessica eilt aus dem Haus. Ich winke ihr hinterher. Fluchend räume ich den Esstisch ab. Ich koche zwei Tassen Kaffee. Ich esse drei Stücke des Hefezopfes, den ich heute früh kaufte.

»Den Rest werfe ich in die Mülltonne. Jessica kommt jeden Tag vorbei und sieht nach dem Rechten«, sage ich zu mir und Peter Zwei.

Ich senke alle Rollläden ab. Die Öffnungsautomatik stelle ich auf sieben Uhr. Ich schaue auf die Armbanduhr. Ich ziehe die Windjacke an. Hupendes Taxi. Die Haustür sperre ich dreimal ab. Der Fahrer verstaut den Koffer. Ich sinke mit der Bordtasche auf den Beifahrersitz.

Kurz nach 18:00 Uhr marschiere ich in der Abflughalle des *Franz-Josef-Strauß* Flughafens zu den Check-in Schaltern der Airline. Noch geschlossen. Klar, die Maschine rollt ja erst um 21:40 Uhr vom Gate. Ich stelle mich hinter die attraktive Schwarzhaarige an die Absperrung. »Klasse Hintern«, wispert der Kerl im Kopf. Ich nicke. Ich hasse es, mich lange anzustellen. Ich fliege mit einem Airbus A 380. »Da wird hier nachher die Hölle los sein««, sagt Brüderchen. Ich nicke erneut.

In der Bordtasche ruht ein Thriller des saarländischen Autors: *Gier eines Ehemannes.* »Später kannst du noch ein bisschen lesen‹, empfiehlt

Peter Zwei. Ich nicke. Die Frau, die ich auf Ende 20 schätze, sieht mich mit merkwürdigem Gesichtsausdruck an. Ich bewundere das Ozeanblau ihrer Augen.

Brüderchen kichert blöde. »Die glaubt, du hast nicht alle Tassen im Schrank, weil du ständig nickst.« Ich rolle die Augen.

Die Schalter öffnen. Ich bekomme einen Platz im Heck der Maschine. Ich setze mich auf eine Bank und lese 40 Minuten. »Klasse Buch.« Peter Zwei trifft den Nagel auf den Kopf, wie man so schön sagt.

In einem der Restaurants esse ich Leberkäse mit Spiegelei, Pommes frites und Salat. Ich trinke ein Weißbier. Soll nachher den Einschlafprozess fördern. Mein Zwilling flüstert: »Ich bete zu allen Göttern, dass du keinen ungewollten Ausflug unternehmen musst. Ich möchte nicht auf der Tragfläche oder am Cockpitfenster klebend aufwachen.«

Ich erschrecke. An diese Möglichkeit dachte ich nicht. Ich fluche innerlich. Ich schlendere Richtung Gates. Ich murmele: »Peter Zwei, du musst auf jeden Fall wach bleiben und durch mein Gehirn geistern. Ich hoffe, dass wir dann nicht außerhalb der Kabine sterben müssen.«

»Mach ich, großer Bruder.« Ich passiere die Kontrollen.

Mit ein paar Minuten Verspätung rollt die fast volle Maschine los. Ich bringe die Rückenlehne in schräge Position. Ich lasse den Gurt an. Ich seufze. Ich schließe die Augen.

Merkwürdige Geräusche wecken mich. Ich reiße die Augen auf. Die Alpen fallen mir vom Herzen. Ich hocke immer noch im Sitz. Die Stewardessen verteilen Frühstück.

Das Institut

1

Kurz vor sieben Uhr Ortszeit an diesem Sonntag, dem ersten Oktober, betrat ich mit dem Koffer und der umgehängten Bordtasche die Ankunftshalle des Dubai Airport mit der Kennung DXB. Ich sah mich um. Aus der Menschenmenge ragten vier Pappschilder. Auf einem Schild las ich: *Mr. Peter Peters, Miss Claudia Moretta*. Ich kämpfte mich zu meinem Namen. Ich stellte mich dem schmächtigen Mann vor, einem Inder, den ich deutlich überragte. Dank meines Jobs sprach ich passables Englisch. Der Kerl strahlte, sah an mir vorbei und rief: »Einen wunderschönen guten Morgen Miss Moretta. Haben Sie Ihren Urlaub genossen?«

»Aber ja, Henry«, erscholl eine Samtstimme hinter mir.

Ich wandte mich um. Ich staunte. Die meerblauen Augen der attraktiven Schwarzhaarigen mit dem klasse Hintern lächelten mich an. Ich schüttelte eine zart gebräunte Hand mit dunkelroten Fingernägeln. »Peter Peters aus München«, stellte ich mich mit belegter Stimme vor.

»Claudia Moretta aus Starnberg«, sagte die Samtstimme.

Hinter dem Fahrer schritten wir Richtung Ausgang. Toller Flughafen. Die Samtstimme fragte: »Müssen Sie in das Krankenhaus oder treten Sie im Institut einen Job an?«

Ich schaute die Attraktive an. »Ich habe einen Termin bei Prof. Heilmann.«

Undefinierbarer Augenausdruck. Sie räusperte sich. »Ich arbeite seit ersten August als technische Assistentin im Institut. Erstklassiges Gehalt. Der Sonntag ist hier ein gewöhnlicher Arbeitstag, dafür ist der Freitag frei, ebenso der Samstag. Ich war fünf Tage in Erding. Mein Bruder feierte Hochzeit.«

Ich nickte. Ich sah mich um.

»Was suchen Sie?«, wollte die schöne Frau wissen.

»Ich will Geld wechseln und einen Stadtplan kaufen.«

»Stadtplan brauchen Sie keinen. In Ihrem Zimmer liegt einer.« Sie deutete nach vorne rechts. »Dort ist der Wechselschalter.«

Für 300 Euro bekam ich 1.290 Dirham.

Wir traten ins Freie. Wolkenloser Himmel. Ein Display über den Türen zeigte 24 Grad und 41 Prozent Luftfeuchte.

»Tolles Wetter«, kommentierte Peter Zwei.

Wir verstauten das Gepäck im Heck eines weißen Toyota Landcruiser. Miss Moretta sank auf den Beifahrersitz. Der Fahrer kutschierte uns auf einer mit D 89 bezeichneten Schnellstraße Richtung Westen. Nach wenigen Kilometern Fahrt passierten wir eine rechts liegende Parklandschaft. »Der Mushrif Park«, erklärte die Schönheit mit offenbar südländischen Vorfahren. »Gleich biegen wir rechts in eine Stichstraße, an deren Ende Krankenhaus und Institut in einem künstlich bewässerten Park liegen. Ein 2,50 Meter hoher Metallzaun umgibt das Gelände.«

Henry passierte ein offenes zweiflügeliges Tor aus senkrechten Metallstäben. Nach etwa 60 Meter tauchte ein lang gestrecktes, dreistöckiges sandfarbenes Gebäude auf. Die Samtstimme erklärte: »Das Krankenhaus. Das Institut liegt 70 Meter dahinter. Es ist einstöckig, besitzt aber zwei unterirdische Etagen.«

»Aha«, sagte ich.

Der Fahrer fuhr links an der Klinik vorbei. Er stoppte vor einer zweistufigen Freitreppe aus rotem Sandstein. Er und ich stiegen aus. Er öffnete die Beifahrertür. Der Inder verabschiedete sich mit einem fröhlichen *Auf Wiedersehen*.

»Sind Sie Deutsche?«, fragte ich Frau Moretta.

»Ja. Die Eltern leben in Starnberg. Mein Vater ist Italiener, die Mutter Deutsche. Im nächsten Frühjahr ziehen sie nach Südtirol, die Heimat meines Vaters.«

Wir schritten durch die zweiflügelige gläserne Schiebetür im Schatten eines Vordaches. Im schlicht ausgestatteten Foyer reichte mir die

Halbitalienerin die Rechte. Sie deutete nach links. »Drücken Sie am Schalter auf die rote Klingel. Da wird Sie geholfen.« Wir lachten uns an.

Ich hob eine Hand. »Ich bleibe eine Woche. Besteht die Möglichkeit, dass wir uns einmal treffen?«

Mädchenhaft süßes Neigen des Kopfes. »Ich rufe Sie an.«

»Klasse«, gab Brüderchen seinen Senf dazu. Sie schritt nach rechts zu einer dunkelroten Doppeltür. Ich bewunderte das geschmeidige Schwingen des klasse Hinterns.

Ich drückte auf die Klingel am Rahmen der Glaswand. Im Raum dahinter öffnete sich eine Tür. Eine junge Frau mit asiatischen Gesichtszügen trat ein. Die pechschwarzen Haare wippten in einem Pferdeschwanz. Sie stieß die seitliche Tür auf. »Bitte kommen Sie herein und nehmen Sie Platz, Mr. Peters.«

Ich folgte der Aufforderung. Ich schüttelte der zierlichen Frau die Rechte. Sie lächelte und sagte mit heller Stimme: »Ich heiße Uma und komme aus Südindien. Ich betreue Sie während Ihres Aufenthaltes. Bitte geben Sie mir Ihren Reisepass.«

Mit dem Pass setzte sie sich vor den Monitor und bediente Maus und Tastatur. Ein Summen ertönte. Uma griff rechts unter ihren Schreibtisch. Sie zeigte mir ein daumenbreites weißes Band. »Ihre Identifikation. Bitte reichen Sie mir den linken Arm. Sie müssen es hier ständig tragen, nicht, dass sie uns verloren gehen.« Zierliche hellbraune Finger erledigten die Arbeit. Sie stand auf. »Bitte folgen Sie mir, Mr. Peters, ich führe Sie auf Ihr Zimmer.«

Hinter ihr betrat ich mit dem Gepäck einen Aufzug mit verspiegelten Wänden. »Wir fahren eine Etage tiefer«, erklärte sie. Sanft stoppte die Kabine. Fast lautlos glitten die Türen auf. Sie wandte sich nach rechts. Durch eine dunkelblaue Tür traten wir in einen Flur mit zartgrünen Wänden. Sie deutete auf die rechte knallgelbe Tür. »Der Speiseraum.« Etwa zwölf Schritten weiter öffnete sie linker Hand die hellblaue Tür mit der schwarzen Nummer 1. »Ihr Zimmer, Mr. Peters.«

Wir betraten einen fensterlosen Raum. Ich stellte das Gepäck auf den mittelbraunen Holzfußboden. Weiße Decke, pastellgrüne Wände. Ich musterte die Einrichtung. Ich schätzte die Breite des Bettes auf 1,40 Meter. Das zweisitzige Sofa an dessen Fußende, ein Ohrensessel und ein Bürosessel mit hoher Rückenlehne besaßen einen rostroten Lederbezug. An der linken Stirnwand stand ein Schreibtisch, dessen Platte sich rechts bis an die Wand erstreckte. Darauf prangte ein großzügig dimensionierter Flachfernseher. Der zweitürige Kleiderschrank links der Tür und die hüfthohe Kommode an der gegenüberliegenden Wand wiesen das gleiche glänzende Holzfurnier auf wie der Schreibtisch und das runde Tischchen vorm Sofa.

»Tadellos«, stellte Peter Zwei fest. »Da kann kein Krankenzimmer mithalten.«

»Tadellos«, sagte ich. »Gefällt mir ausgezeichnet.«

Uma deutete zum Schreibtisch. »In der Broschüre finden Sie alles Wissenswerte über die Bedienung des Fernsehers, des Monitors über der Kommode und das Einloggen ins WLAN. Das Bett kann man elektrisch verstellen.«

»Klasse«, kommentierte ich. »Klasse«, kommentierte der Kerl im Kopf.

»Sie können jetzt duschen und anschließend frühstücken. Auf dem Schreibtisch liegt ein Speiseplan für die Woche mit der Angabe der Essenszeiten. Kreuzen Sie bitte die Speisen an, die Sie möchten. Um zehn Uhr führe ich Sie zum Professor. Bei Bedarf können Sie mich mit dem roten Knopf an der Bedienung des Bettes oder über der Steuerung der Klimaanlage rechts neben der Tür rufen. Zurzeit beträgt die Temperatur 22 Grad. Nachts regelt sie auf 18 Grad herunter, außer im Badezimmer.« Sie lächelte mich an. »Ich wünsche Ihnen einen angenehmen Aufenthalt.« Sie reichte mir eine Zimmerkarte und verließ den Raum.

Ich legte den Koffer auf das Gestell neben dem Schrank und räumte ihn aus. Tolles Badezimmer. Wanne. Ebenerdige Dusche mit Glaswänden. Toilette, Bidet und Urinal. Breites Waschbecken. Riesenspiegel. Föhn. Hellgraue Marmorplatten auf Boden und an den Wänden. Ich putzte die Zähne. Ich rasierte mich. Ich duschte. Ich zog hellblaue Jeans und darüber ein rotweiß kariertes Hemd an. Ich schlüpfte in braune Mokassins.

Auf dem Speiseplan kreuzte ich die Mahlzeiten an. Ich eilte in den Speiseraum. Erstklassiges Frühstücksbuffet. »Da bleiben keine Wünsche offen«, stellte Brüderchen fest.

Ich kehrte ins Zimmer zurück. Kurz vor zehn trat eine lächelnde Uma ein. Ich gab ihr den Speiseplan. Sie dankte. Sie führte mich zu der dunkelroten Tür am Ende des Flures. Sie öffnete sie mit einer Chipkarte. Wir bogen rechts ab und stoppten vor einer schön gemaserten Holztür ohne Aufschrift. Sie klopfte und öffnete sie. »Bitte treten Sie ein.«

Schlichtes Büro. Prof. Dr. Heilmann, ein schlanker, schwarzhaariger Mann, mindestens eine Handbreite kleiner als ich, schüttelte mir die Rechte. Begrüßungsfloskeln. Er deutete auf einen der drei ledergepolsterten Armlehnenstühle am runden Glastisch in einer Ecke. »Bitte nehmen Sie Platz, Herr Peters. Bedienen Sie sich mit Wasser oder Fruchtsaft.« Er sprach Deutsch mit leichtem Akzent.

»Danke, Herr Professor.« Ich sank auf den Stuhl. Er setzte sich mir gegenüber. Ich öffnete eine Flasche Mineralwasser, füllte ein Glas und trank zwei Schlucke, er ebenfalls.

Er schaute mir in die Augen. »Herr Peters, ich habe Ihre Unterlagen studiert. Legen wir gleich los. Können Sie sich erinnern, ob Sie in der Kindheit oder später einmal … äh … auf den Kopf fielen?«

»Kann ich. Mit 15 stürzte ich anfangs der Sommerferien vom Kirschbaum in unserem Garten, dabei prallte ich auch mit dem Kopf auf. Ich erwachte in einem Krankenwagen. Wegen einer Gehirnerschütterung musste ich ein paar Tage im Krankenhaus bleiben. Am Tag nach der Entlassung schlug ich im Elternhaus mit dem Kopf heftig gegen eine Stufe der freitragenden Treppe, die ins Obergeschoss führt. Ich wurde allerdings nicht ohnmächtig. Ich erinnere mich aber nicht, ob meine Mutter mich zu einem Arzt oder ins Krankenhaus brachte. Den Rest des Tages fühlte ich mich benommen, wie rundum in Watte verpackt. Am nächsten Tag war alles vorüber.«

Grunzender Professor. »Ich vermute, dass diese Ereignisse die Aktivierung der brachliegenden Region Ihres Gehirns initiierten.«

Ich nickte. »Klingt überzeugend.«

Er räusperte sich. Er sah mich mit nachtdunklen Augen an. »Herr Peters, bitte schildern Sie mir offenherzig, wann Sie zum ersten Mal Ihre Wundergaben entdeckten und den Ablauf ihrer Anwendung. Verheimlichen Sie bitte nichts, es könnte die Behandlung negativ beeinflussen. Egal, was Sie mir auch erzählen, niemand wird je davon erfahren, das versichere ich Ihnen als Arzt und Mensch.«

Ich nickte. Ich trank zwei Schlucke. Ich schilderte jedes Detail, auch die Aktion *Baierlein*. Das Vergnügen mit Ferah blieb mein Geheimnis.

Dem Mann entgleisten die Gesichtszüge, wie der Volksmund sagt. Ich leerte das Glas. Ich lehnte mich zurück.

Stille lastete schweigend.

Prof. Dr. Heilmann trank drei Schlucke. Die rechte Hand zitterte leicht. Die Dunkelaugen sahen mich an. Eine belegte Stimme sagte: »Herr Peters, Sie sehen mich total erstaunt, überrascht, überwältigt. Sie handelten völlig richtig, Ihrem Neurologen nicht die Fähigkeit der gewollten, bewussten eigenen Teleportation zu offenbaren.«

Peter Eins und Peter Zwei freuten sich. Ich füllte mein Glas. Er fixierte mich. Er beugte sich vor. »Ich vermute seit Jahren, dass es Menschen mit Ihren Veranlagungen geben muss. Doch nie glaubte ich, dass es mir eines Tages vergönnt sein würde, leibhaftig einem derartigen Wunder gegenüber zu sitzen.« Mit fester Stimme sagte er: »Herr Peters, ich behaupte, Sie sind auf dieser Welt der *Einzige* Ihrer Art!«

Peter Eins und Zwei wandelten am Rand einer Ohnmacht. Ich trank drei Schlucke. Ich hüstelte. »Herr Professor, Dr. Kopferl sagte mir, dass Sie zehn ähnlich gelagerte Fälle kennen.«

Nicken. »Damals kannte ich ja Ihr phänomenales drittes Wunder nicht komplett. Sieben der erwähnten Personen verfügen über die Gabe der gewollten Unsichtbarkeit, allerdings hält dieser Zustand bei ihnen maximal zwölf Minuten an. Niemand besitzt Ihr Talent *Wilma*, wie Sie es nennen. Alle leiden – vielmehr litten – unter nächtlichen Ausflügen.

Ich konnte sie von dem Übel erlösen. Vorigen Montag behandelte ich den letzten Fall. Eine 39-jährige Frau aus Turin erwachte elf Tage zuvor um drei Uhr morgens in ihrem Swimmingpool. Die Ärmste wäre fast ertrunken. Ihre Dogge rettete sie.«

Ich nickte. Ich schaute ihm in die Augen. »Wissen Sie, ob einer der Geheilten, irgendwann erneut einen nächtlichen Ausflug unternehmen musste?«

»Die erste Behandlung liegt neun Jahre zurück. Der Mann, ein Australier, erlebte bisher keinen mehr. Er schickt mir jede Weihnacht eine Dankkarte. Von den übrigen Patienten erfuhr ich nichts mehr. Ich kann mit Sicherheit behaupten, dass die Heilung endgültig ist.«

Peter Zwei jubelte. Ich strahlte. »Ich freue mich riesig. Wann werden Sie, wie vorgehen?«

Lächeln. »Ich werde Sie heute um 17 Uhr erlösen. Wir wollen ja nicht riskieren, dass Sie in der Nacht irgendwo im Gebäude auftauchen oder in der Wüste herumgeistern.«

Ich lachte befreit. Meine Ängste verschwanden in einem schwarzen Loch.

Der Professor erklärte. »Das Institut besitzt ein Exemplar der modernsten Strahlenkanone. Das robotgesteuerte Superding heißt Cyber-Knife. Es arbeitet äußerst präzise, und zwar auf den hundertsten Millimeter genau. Sie brauchen keine Betäubung. Ihr Kopf wird auch nicht fixiert. Der Roboter folgt eventuellen Bewegungen. Die Ausbuchtung bei Ihnen misst in der Länge 4,2 bei einer maximalen Breite von 2,9 Millimeter. Die Behandlung dauert nur wenige Minuten. Danach sollten Sie gegen 18 Uhr das Abendessen einnehmen und zwölf Stunden schlafen. Ihr Gehirn benötigt diese Ruhe. Am Dienstag müssen Sie um elf Uhr zur Kontrolle in den Kernspin.«

Ich winkte ab. »Kein Problem.«

Er trank zwei Schlucke. »Bevor ich den ersten Betroffenen behandelte, fertigten meine Mitarbeiter einen Kunstkopf mit einem grau gefärbten Kunstgehirn. An exakt der gleichen Stelle wie im echten Gehirn platzierten sie anhand der Kernspinaufnahmen eine knallrote Nachbildung des zu entfernenden Bereiches aus einem strahlungsempfindlichen Material. Nach der Bestrahlung untersuchte ich mit einem Mikroskop, ob das CyberKnife 100-prozentig korrekt gearbeitet hatte. Es durfte auch nicht das winzigste rote Krümelchen zurückbleiben. Falls doch, wird die Software entsprechend geändert. Nur beim zweiten Fall musste ich die Testbestrahlung korrigieren und wiederholen.«

»Toll«, lobte ich. »Also Versuche unter realistischen Bedingungen.«

»Genau.«

Ich strahlte. »Menschenskind, Herr Professor, Sie werden mich von einem grauenhaften Albtraum befreien. Ich danke Ihnen vielmals.«

Abwinken. »Genau das ist meine Lebensaufgabe.« Er räusperte sich. »Jetzt lassen wir mal den *Professor* fallen. Nennen Sie mich Gautam.« Er streckte mir die Rechte hin.

Ich ergriff sie. »Ich bin Peter für Sie.« Lachend stießen wir mit Wasser an.

Brüderchen meldete sich. »Ich habe mächtig Angst. Frag ihn, ob die Strahlen *mich* schädigen.«

Ich schluckte. »Herr … ähm … Gautam, ich vergaß, eine Sache zu erwähnen.« Ich schilderte das erste Auftauchen meines Zwillings und die Kommunikation mit ihm.

Grinsen. »Sie werden staunen, Peter, alle Behandelten erzählten fast die gleiche Geschichte. In keinem Fall wurde deren Alter Ego beschädigt. Teilen Sie also dem Mitbewohner Ihres Gehirns die frohe Botschaft mit.«

Jetzt grinste ich. »Brauch ich nicht. Der Typ hört ständig mit.«

Wir lachten. Mein Alter Ego jubilierte.

Ich hüstelte. »Was ich noch fragen wollte, Gautam, warum berechnen Sie mir Ihre Arbeit nicht? Das CyberKnife hat doch garantiert eine Menge Geld gekostet.«

Nicken. »Die übrigen Betroffenen mussten ebenfalls nichts zahlen. Da diese Fälle äußerst selten auftreten, verbuche ich sie unter dem Titel

Forschungsarbeit. Sie finanziert sich aus den Gewinnen des Krankenhauses und weiterer 20 Kliniken in Indien, Großbritannien, der Schweiz, hier in den VAE und den USA. Mein jetzt 69-jähriger Vater kaufte 14 auf und ich den Rest. Wir ließen sie umgestalten. Daneben erhalten wir etliche Spenden. Im angeschlossenen Krankenhaus behandelten wir bisher Prostata-, Gehirn- und andere Tumore von 4.751 Patienten, natürlich gegen Bezahlung.«

»Aha«, sagte ich. »Haben meine Leidensgenossen ebenfalls Geld gespendet?«

»Ja. Ein Millionär aus Boston ließ 20.000 Dollar in bar zurück, obwohl diese Behandlung, einschließlich Aufenthalt, nur etwa 5.000 kosten würde. Die übrigen Patienten haben zwischen 800 und 2.000 Dollar gespendet.«

Ich nickte. »Gautam, ich werde ebenfalls eine Spende zurücklassen. Das Institut darf keineswegs wegen Geldmangel die Arbeit einstellen.«

Er sah mir in die Augen. Er lächelte. »Darüber reden wir am Mittwoch. Zunächst erledige ich meine Arbeit.«

Das Telefon auf dem Schreibtisch bimmelte. Er erhob sich. »Entschuldigung. Der Anruf betrifft Ihren Fall.«

Ich stand ebenfalls auf. »Sehr löblich, dass du auch spenden willst«, bemerkte Peter Zwei.

Ein strahlender Gautam trat auf mich zu. »Ein Mitarbeiter meldete den erfolgreichen Test an Ihrem imitierten Problem.«

»Fabelhaft!«, rief ich. »Da sollte nichts schiefgehen.«

»Genau, Peter.« Er sah auf seine schlichte Armbanduhr. »Sie können jetzt in ihr Zimmer zurückkehren. Uma wird Sie pünktlich abholen.«

2

Im Zimmer setzte mich an den Schreibtisch. Ich fuhr meinen Laptop hoch und loggte mich ins WLAN ein. Ich rief Skype auf. Mit Sehnsucht im Herzen wählte ich meine Jessica an. Ihre liebliche Stimme erklang: »Hallo Peter. Ich habe leider kein Bild. Wie geht es dir?«

»Ich sehe dich ebenfalls nicht, Baby, sehr schade. Mir geht es blendend.« Ich umriss das Gespräch mit dem Arzt. Ich flüsterte: »Ich sehne mich schrecklich nach dir, Mausi. Kann es kaum erwarten, dich in die Arme zu schließen und zu küssen. Ich freue mich maßlos auf deinen Umzug. Ich liebe dich, Jessica.«

»Ich freue mich über deine Heilung und auf die Heimkehr.« Wir plauderten. Nach etwa fünf Minuten seufzte sie. »Wir müssen leider Schluss machen, Peter. Ich muss ins Bad. Ich habe verpennt. Jasmin und ich fahren nachher nach Starnberg und werden erst am späten Abend heimkommen.«

Jetzt seufzte ich. »Ich rufe dich morgen nach 19 Uhr deiner Zeit an, Baby.«

»Ich freue mich darauf. Tschüss, Peter.«

»Tschüss, Baby.« Sie schaltete ab.

Im Badezimmer urinierte ich. Ich wusch die Hände. Ich schlenderte in den Speiseraum. Uma und Henry saßen an einem Vierertisch. Ich nahm mein Essen in Empfang und balancierte das Tablett an den Tisch. »Darf ich mich zu Ihnen setzen?«

Die Pflegerin lächelte mich an. »Aber ja, Mr. Peters.« Wir unterhielten uns.

Nach etwa zehn Minuten verabschiedeten sich die Angestellten. Ich aß auf und leerte das Glas Mangosaft. »Hervorragendes Essen«, kommentierte Peter Zwei.

Im Zimmer beschäftigte ich mich mit dem Fernsehgerät. Es konnte auch einige deutsche Sender empfangen. Mit der Broschüre stellte ich mich vor den Monitor über der Kommode. Ich nahm die Fernbedienung. Ich studierte die Anleitung. »Aha«, murmelte ich. »55 Zoll Diagonale. Es gibt 2.800 Fotos, die man auch als Dia-Show ablaufen lassen kann und 190 Videos.« Ich wählte einen Film. Ich freute mich. Durch eine Wüstenlandschaft mit grauem Gestrüpp und spärlichem Graswuchs zogen einige Oryxantilopen. Herrlich. Mit dem Roman des saarländischen Autors setzte ich mich in den Ohrensessel.

Punkt 17 Uhr lag ich auf der rechten Seite unter dem CyberKnife. Gautam schob mir ein halbrundes, festes Kissen unter den Hals. Er brachte meinen Kopf in die korrekte Position. »Liegen Sie entspannt und bequem, Peter?«

Ich bejahte.

»Schließen Sie die Augen und halten Sie den Kopf ruhig. Lassen Sie Ruhe in Ihr Gehirn einkehren. Malen Sie sich angenehme Szenarien aus. Sie werden ein Summen vernehmen. Ein dezentes Piepsen kündigt die Bestrahlung an und ein deutlich helleres das Ende.«

Ich schloss die Augen. Ich verscheuchte die Unruhe. »Ich verzieh mich in die hinterste Ecke«, wisperte Peter Zwei. Im Kopf ließ ich einen Märchentraum aufleben: Ich sehe meine süße Liebste in einem dunkelblauen Kostüm mit schneeweißer Bluse. Sie trägt einen Strauß gelber Tulpen. Jessica Bachmann und Peter Peters stehen vor einer Standesbeamtin. Sie geben sich das Ja-Wort. Sie streifen sich goldene Eheringe über. Sie küssen sich. Später trinkt das frisch gekürte Ehepaar Peters mit Jasmin, Ferah und meinem Arbeitskollegen Markus Champagner. Saublödes Piepen ließ den Märchentraum zerplatzen. Ich seufzte. Ich schlug die Augen auf. Ich schaute in das lächelnde Gesicht des Professors. »Alles ausgestanden, Peter. Null Probleme. Wie fühlen Sie sich?«

Ich grinste. »Neugeboren.« Wir lachten. Uma führte mich aufs Zimmer. Peter Zwei meldete sich. »Ich habe nichts bemerkt. Ich ergötzte mich an deiner Hochzeit.« Peter Eins ergötzte sich am Anblick der majestätischen Antilopen.

Klasse Abendessen. Um 19:40 Uhr lag ich im Bett. Ich schaltete die Nachttischlampe aus. Rechts neben der Badezimmertür glomm in einer Steckdose eine blaue Leuchte. Ich drehte mich auf die linke Seite. Kaum hörbares Summen der Klimaanlage. Ich driftete ins dunkle Reich des Schlafes.

Ich erwachte – im Bett. Peter Eins und Peter Zwei dankten allen Göttern. Der Leuchtwecker zeigte 7:33 Uhr. Echt neugeboren eilte ich ins Badezimmer. Später köstliches Frühstück.

Kaum im Zimmer zurück rief das schnurlose Telefon auf der Kommode nach mir. Der Herr Professor erkundigte sich nach meinem Befinden und stellte ein paar Fragen. Ich beantwortete sie. Gautam äußerte sich hochzufrieden.

Ich sah ein bisschen fern. Deutschland, München schienen auf einem anderen Planeten zu liegen. Ich las. Der Monitor über der Kommode zeigte eine Savanne, in der eine Leopardenmama ihr Baby umsorgt.

Am späten Nachmittag schreckte ich hoch. Telefonläuten. Ich meldete mich. Mich trat eine Herde Pferde. Die Moretta, die Blauäugige, der klasse Hintern. Die Samtstimme fragte: »Herr Peters, hätten Sie Lust, mit mir heute Abend im Speiseraum zu essen?«

»Und ob«, antwortete die Nervensäge im Kopf. »Sehr gerne, Frau Moretta, wann soll ich antanzen?«

»Ich schlage 19 Uhr vor.«

»Ich werde pünktlich sein.« Verabschiedung.

»Vergiss bloß nicht, dass du um neun Jessica anrufen musst«, nervte der Kerl erneut. »Klappe halten«, brummte ich, »das CyberKnife hat nicht mein Gedächtnis zerstört.«

Rasiert, die Haare gewaschen, geduscht, mit teurem Duft besprüht und in frischen Klamotten betrat ich ein paar Minuten vor der vereinbarten Zeit den Speiseraum. Fünf Männer in Arbeitskluft saßen an zwei Tischen. Ich fragte das hübsche dunkelhäutige Mädchen hinter der Theke: »Haben Sie deutsches Weizenbier?«

Lächeln. »Ja. Franziskaner.«

Ich strahlte. »Geben Sie mir bitte eins.« Ich nahm die Dose Bier und das entsprechende Glas. Ich setzte mich an einen Zweiertisch in einer Ecke. Die Tür öffnete sich. Frau Claudia Moretta schritt auf mich zu. Top geschminkt. Sündig rot leuchteten Lippen und Fingernägel. Das Schwarzhaar glänzte in einem lang gestreckten Knoten.

»Klasse Frau«, drückte Peter Zwei meine Meinung aus. Ich erhob mich.

Sie trug einen verdammt kurzen und verdammt engen weißen Rock. Darüber hing eine körpernahe feuerrote kurzärmelige Bluse mit zwei geöffneten Knöpfen. Traumbusen. Dunkelrote hochhackige Pumps klackten. Traumbeine. Begrüßung mit Handschlag.

»Sie sehen bezaubernd aus, Frau Moretta.«

Zauberhaftes Lächeln. »Sie stellen ein sehenswertes Mannsbild dar, Herr Peters. Wie geht es Ihnen?«

»Hervorragend. Professor Heilmann beseitigte mein Problem.«

»Das freut mich für Sie.«

An der Theke nahmen wir unser Essen in Empfang: gegrillte Hähnchenteile, Tagliatelle in würziger Tomatensoße, gebratene grüne Bohnen, frische Datteln und köstliches arabisches Fladenbrot. Die Halbitalienerin bat um einen trockenen Weißwein.

Sie erzählte aus ihrem, ich aus meinem Leben. Ich erwähnte weder Jessica noch meine Wunder. Flüsternd schilderte ich drei der nächtlichen Ausflüge. Sie riss den Kussmund und die schönen Augen auf. »Heilige Muttergottes!«, stieß sie hervor. »Das hört sich ja entsetzlich an. Gott sei Dank sind Sie jetzt von diesem Übel befreit.«

Wir ließen uns die Datteln schmecken. Wir brachten die Tabletts mit dem Geschirr zum vorgesehenen Schalter. Drei Männer und Uma traten ein. Begrüßung.

Vor der Tür sahen mich die wunderbaren Augen an. »Ich schlage vor, wir spazieren durch den Park. Die Temperaturen sind angenehm und die frische Luft übertrifft bei Weitem die der Klimaanlage.«

Plaudernd schlenderten wir auf dunkelroten Wegen durch die beleuchtete Gartenlandschaft. Palmen wiegten im Abendwind. Blumen dufteten. Insekten summten. Vögel zwitscherten.

Der 40-minütige Spaziergang erschien mir wie drei Minuten. Im Foyer verabschiedeten wir uns mit Handschlag. Sie hielt meine Hand etwas länger als üblich. Traumlächeln.

Hautkribbeln. Die Samtstimme sagte: »Falls Sie möchten, wiederholen wir am Mittwoch diesen angenehmen Abend.«

»Sehr gerne, Frau Moretta, ich freue mich riesig.«

Liebliches Neigen des Kopfes. Wie gestern schritt sie mit aufregendem Hüftschwung durch eine der Doppeltüren. Der Traumhintern wohnte mit der Traumfrau in einem 55 qm messenden Apartment.

Um 21:03 Uhr wählte ich über Skype Jessica an. Erneut kein Bild. Wir plauderten und beteuerten unsere Liebe. Bereits nach 15 Minuten verabschiedete sich die Liebste. »Ich muss mich herrichten, Peter. Ich gehe mit Jasmin ins Kino.«

Intern verfluchte ich die Quasselstrippe. »Ich melde mich morgen wieder zur gleichen Zeit«, rief ich rasch. Sie schaltete ab. »Die Weiber immer mit ihrem Herrichten«, brummte ich. »Die vergeuden damit massenhaft Zeit im Leben.«

»Je älter sie werden, desto länger brauchen sie«, gab Brüderchen seinen Senf dazu.

Dienstag, dritter Oktober. Pünktlich lag der glückliche Peter Peters in der Röhre.

Eine Stunde nach dem Mittagessen erläuterte mir Gautam die Aufnahmen. »Wie Sie sehen, ist jetzt die ovale Zone Ihres dritten Wunders vom Anhängsel befreit, und zwar rückstandslos. Sie können ein unbeschwertes Leben ohne Ängste vor nächtlichen Exkursionen genießen.«

Peter Eins und Zwei freuten sich unbändig.

Kurz nach 21 Uhr fluchte ich. Skype zeigte eine *offline* Jessica. Ich schnappte das Zimmertelefon und rief die Liebste auf ihrem Smartphone an. Nach mehrmaligem Läuten meldete sie sich. »Hallo Mausi«, sagte ich. »Ist dein Laptop kaputt?«

»Hallo Peter. Nein. Ich sitze mit zwei Arbeitskolleginnen und Jasmin in einem Restaurant. Ich kann jetzt nicht mit dir reden. Ruf bitte morgen um die gleiche Zeit an.«

Im Hintergrund hörte ich eine Frau lachen. »Sehr schade. Ich liebe dich, Jessica.«

»Ich dich auch, Peter. Tschüss bis morgen.«

»Verdammt«, murmelte ich. »Die fällt jeden Abend mit der Quasseltante in der Gegend herum. Na ja, wenn ich wieder zu Hause bin, hört das auf, und wenn sie bei mir wohnt, wird sie hoffentlich den Kontakt mit der blöden Kuh einschlafen lassen.«

3

Tags darauf saß ich zwei Stunden nach dem Frühstück meinem Lebensretter im Büro gegenüber. Die dunklen Augen sahen mich an. »Peter, es freut mich sehr, dass Sie eine Spende überlassen wollen.«

Ich nickte. Ich öffnete den Mund.

Er hob eine Hand. »Ich schlage Ihnen jetzt vor, welche Art Spende mir vorschwebt. Sie wird Sie keinen Cent kosten. Falls Sie meinen Vorschlag ablehnen, können Sie gerne eine Geldspende hinterlassen.«

Ich schluckte. »Schießen Sie los, Gautam.«

Lächeln. Vorbeugen. »Punkt 11:50 Uhr springen Sie mit Ihrem dritten Talent von hier in den Tresorraum einer hiesigen Bank, stopfen ein paar Geldbündel in eine umgehängte Tasche und kehren zurück. Drei Viertel des erarbeiteten Geldes spenden Sie dem Institut. Den Rest behalten Sie als Arbeitslohn.«

Ich stierte ihn an. Ich schüttelte mich. Ich grunzte. »Äh … Gautam, das ist zwar eine brillante Idee, ich befürchte aber, die dortigen Überwachungskameras identifizieren mich. Man wird mich bei der Ausreise verhaften und einlochen.«

Lachen. Lässiges Abwinken. »Der stellvertretende Direktor ist ein guter Bekannter von mir. Letzten Donnerstag durfte ich in seiner Begleitung den Tresorraum besichtigen. Zwei Kameras überwachen den Raum. Es sitzt jedoch niemand vor einem Monitor. Ein Computer speichert die Aufnahmen und löscht sie nach zwei Wochen. Erst wenn man einen Diebstahl feststellt, werden die Aufzeichnungen ausgewertet. Bevor Sie dorthin hüpfen, wird eine Mitarbeiterin Sie derart verunstalten, sodass Ihre Mutter Sie nicht mehr erkennen würde. Einzelheiten erläutere ich nach Ihrer Zusage.«

Ich saß wie angedübelt. Gedanken, Überlegungen huschten durch die Gehirnwindungen. »Nicht lange grübeln, großer Bruder«, meldete sich Brüderchen. »Schlag ein und schädige die Verbrecher in den Banken ein bisschen.«

Ich krächzte: »Also, Gautam, falls nicht der Hauch eines Verdachtes auf mich fallen kann, würde es mir sogar Freude bereiten, die verbrecherischen Banken ein bisschen zu schädigen. Ich entscheide mich aber erst, wenn ich jedes Detail kenne.«

Strahlender Professor. »Die Mitarbeiterin wird Ihnen einheimische Kleidung und eine gelb getönte Sonnenbrille verpassen. Sie wird Sie mit schwarzem Schnurr- und Kinnbart, Schminke und einer Wangenpolsterung verunzieren. Ein Kissen sorgt für einen Wohlstandsbauch. Sie werden sich selbst nicht wiedererkennen.«

Ich grunzte. Gedankenwirrwarr. Einerseits scheute ich das Risiko, andererseits lockten mich Abenteuer, Nervenkitzel und Arbeitslohn. Peterling forderte meine Zustimmung. Mit fester Stimme sagte ich: »Ich mach das. Reizt mich, mein Wunder sinnvoll und lukrativ einzusetzen.«

Gautam rieb die Hände. »Hervorragend, Peter. Sie werden es nicht bereuen, da bin ich mir absolut sicher. Die Aktion wird keine Minute dauern. Rein, Geld schnappen, raus, fertig. Einzelheiten erkläre ich Ihnen kurz vorm Einsatz.« Er deutete nach hinten rechts. »Im Nebenzimmer liegen Kleidung und Utensilien bereit.«

Ich hüstelte. »Sie haben mit meiner Zustimmung gerechnet?«

Grinsen. »Ich schätzte die Chancen auf 50:50. Ich rufe jetzt die Mitarbeiterin.« Er telefonierte.

Ein paar Minuten später klopfte es. Wir erhoben uns. »Kommen Sie rein«, rief Gautam. Die Tür öffnete sich und – der klasse Hintern trat ein. Ich riss die Augen auf. »Sie kennen sich ja bereits«, sagte Heilmann.

Frau Moretta und ich begrüßten uns mit Handschlag. »Sie sieht super aus«, bemerkte der Kerl im Kopf.

Sie lächelte mich an. »Lassen Sie uns loslegen, Herr Peters.« Im Nebenzimmer setzte ich mich auf einen Stuhl. Die super aussehende Frau klebte mir Schnurr- und Kinnbart an. »Sie brauchen keine Angst haben«, sagte die Samtstimme. »Ich lernte Maskenbildnerin, brach aber die Ausbildung nach 13 Monaten ab.« Sie trug hellbraune Schminke auf. Sie deutete auf zwei gekrümmte weiße Röllchen, wie ich sie vom Zahnarzt kenne. »Die platzieren Sie nachher in den Backentaschen. Stehen Sie bitte auf.«

Mit einem breiten, dünnen Gürtel schnallte sie mir ein quadratisches Kissen auf den Bauch. Ich zog einen Thawb an, ein knöchellanges, weites Gewand aus feiner weißer Baumwolle. Sie hängte mir eine Schlaufe einer hellgrauen Stofftasche um den Hals. Sie platzierte die typische Kopfbedeckung, eine weiße Guthra. Geschickt befestigte sie das Tuch mit einer schwarzen Kordel, dem Agal. »Er war ursprünglich ein Seil für Kamele«, erklärte die Samtstimme.

Ich zog die Sonnenbrille an. Ich schob die Röllchen in den Mund. Die Maskenbildnerin klatschte in die Hände. Gautam lächelte. »Fabelhaft, Peter. Sie sehen wie ein echter Scheich aus. Betrachten Sie sich im Spiegel.«

Ich drehte mich um. Ich musterte die Gestalt im Spiegel auf der Türrückseite. Ich trug schwarze Slipper. »Donnerwetter!«, rief Brüderchen. »Deine Jessica würde dich nicht erkennen.« Ich freute mich. Der klasse Hintern verabschiedete sich.

Wir kehrten ins Büro zurück. Ich nahm die Röllchen aus dem Mund. Der Professor sah auf die Armbanduhr. Er nickte. Er reichte mir ein Blatt Papier. Er erklärte: »Oben sehen Sie ein Foto der Bank von der Straßenseite und darunter den Banknamen und die Worte *Untergeschoss* und *Tresorraum*. Sie existieren nur einmal. Ich fertigte eine Skizze besagten Raumes. Die schraffierte Fläche links stellt die Regalwand dar, in der die Geldbündel lagern. Ein bisschen nach rechts versetzt erkennen Sie davor einen rot gefüllten Kreis – Ihren Landeplatz – vor den Stapeln mit US-Dollar. Die einheimische Währung lagert links.« Er grinste.

»Ein Kinderspiel«, sagte Peter Zwei. Ich strahlte und sagte: »Ein Kinderspiel.«

Nicken. »Ich erläutere Ihnen jetzt, wie Sie vorgehen müssen. Sie stellen sich gleich mitten ins Büro. Sie nehmen das Blatt in eine Hand und prägen sich Foto, Namen der Bank, und den Raum ein. Sie lösen die *Telpo* aus, wie Sie das dritte Wunder nennen. Sie schnappen ein paar Geldpäckchen und legen sie in die Tasche.« Vorbeugen. »Sie brauchen sich weder in Richtung des Instituts zu drehen noch eine Konzentrationsphase. Sie geben sich intern *nur* den Befehl: *Zurück!* Das reicht vollkommen. Sie werden auf die gleiche Stelle zurückkehren, von der Sie gestartet sind. Vertrauen Sie mir, ich weiß, wovon ich rede.«

Ich runzelte die Stirn. »Äh … Gautam, Sie haben behauptet, ich sei der *Einzige meiner Art* auf dieser Welt.«

Nicken. »Das sind Sie auch – seit rund einem Jahr. Damals gab es einen Mann, der die gleiche Fähigkeit besaß, allerdings deutlich weniger ausgeprägt. Nach dem Mittagessen schildere ich Ihnen Einzelheiten. Sie werden staunen.«

Er sah auf die Armbanduhr. »Legen wir los.«

Ich platzierte die Röllchen im Mund. Er reichte mir weiße Baumwollhandschuhe. Ich zog sie an. Ich stellte mich zwei Meter vor den Schreibtisch. Er gab mir das Blatt Papier.

Tiefes Ein- und Ausatmen. Ich starrte auf das Foto, den Namen der Bank und den roten Fleck. Ich ließ das Blatt fallen. Ich füllte mein Gehirn mit dem Ziel. Ich löste das Wunder Nummer drei aus.

Ich stand im hell erleuchteten Tresorraum, etwa 40 Zentimeter vor der Regalwand. Ich schnaubte. Ich beugte mich leicht vor. Mit der linken Hand hielt ich die Tasche offen. Die Rechte packte vier Geldbündel in Brusthöhe. Ich steckte sie in die Tasche. Ich ergriff erneut zu. Die gleiche Anzahl Päckchen landete auf den anderen. Ein- und Ausatmen. Intern befahl ich mir: »Zurück!«

Immer noch leicht vorgebeugt, stand ich auf der Stelle meiner Abreise. Pure Erleichterung. »Saustark«, kommentierte der Kerl im Kopf.

Ein strahlender Professor eilte auf mich zu. Er klopfte mir auf die Schultern. »Gratulation, Peter! Prächtig, prächtig. Ein wahrhaftiges Wunder. Sie sind ein Genie.«

Jetzt strahlte ich. Ich gab Heilmann die Tasche. Ich warf die Röllchen in den Papierkorb. »Ein Kinderspiel, Gautam. Ich bin total begeistert.«

Nicken. »Ziehen Sie im Nebenzimmer Klamotten und Brille aus und werfen Ihre Gesichtsbehaarung in den Mülleimer. Die Schminke können Sie im WC hinter der blauen Tür abwaschen.«

Minuten später saß ich vorm Schreibtisch. Heilmann legte die Geldbündel vor sich. »20.000 Dollar in 50ern. Ich wählte die Bank bewusst aus. Vor zwölf Jahren ließ ich mich von einem Bekannten bequatschen, 50.000 Dollar des Instituts in ein Investment zu stecken, das neun Prozent Zinsen abwerfen sollte. Zehn Monate nach Beginn der blöden Wirtschafts- und Finanzkrise zog ich das Geld zurück, das heißt, ich bekam nur noch 41.000 und null Zinsen. Jetzt sorgten Sie, Peter, für Gerechtigkeit.«

Ich nickte. »Ich freue mich, dass ich dem Institut den Verlust ausgleichen konnte.«

Er schob mir drei Päckchen hin. »Ihr Arbeitslohn. Sehen Sie den Betrag, der das versprochene Viertel übersteigt, als Bonus an.«

Ich dankte. Er griff links in den Schreibtisch, stellte eine Flasche sündhaft teuren Cognac und zwei Gläser auf die Platte. Er schenkte großzügig ein. »Jetzt stoßen wir auf den Erfolg des ersten professionellen Einsatzes Ihrer Wundergabe an.« Zügig leerten wir die Gläser. Heilmann grinste. »Sie dürfen wieder nach Belieben Alkohol konsumieren. Vermeiden Sie aber, sich zu betrinken, würde Ihre Wunder schädigen.«

Ich riss die Augen auf. »Keine Sorge, Gautam, ich werde höllisch aufpassen, das wird garantiert nicht passieren.«

»Wäre auch jammerschade.« Er sah auf den Monitor. »Essen Sie gleich zu Mittag und trinken Sie mindestens einen halben Liter Wasser. Ihr Gehirn braucht Energie.«

Wir erhoben uns. Er deutete auf meine Schuhe. »Werfen Sie die Dinger im Zimmer in den Mülleimer – vorsichtshalber. Morgen nach dem

Frühstück fahren Sie mit Miss Moretta in die Stadt. Sie wird Sie auf einer Shoppingtour begleiten – auf Kosten der Bank. Sie können sich neue Schuhe kaufen. Laden Sie die Dame zum Mittagessen ein.«

Ich strahlte. »Mit dem größten Vergnügen.«

»Ich weiß, du würdest die Dame am liebsten in dein Bett einladen«, zerrte die Nervensäge im Kopf meinen geheimsten Gedanken hervor.

Heilmann hob eine Hand. »Ich besuche Sie um 14:15 Uhr und liefere Ihnen einige Erklärungen.«

Im Zimmer zog ich weiße Laufschuhe an. Die Schuhe stopfte ich in einer Plastiktüte in den Mülleimer. Ich marschierte in den Speiseraum. Ich aß mehr als üblich. Ich trank Wasser.

4

Pünktlich saß der Professor im Ohrensessel meines Zimmers. Ich nahm auf dem Sofa Platz. Ich schenkte Wasser aus. Er trank zwei Schlucke und sagte: »Ich beginne von vorne. Im letzten Jahr meiner Tätigkeit in einer Frankfurter Klinik saß mir im Juli morgens ein Patient gegenüber. Der 30-jährige Mann besaß Ihr erstes und drittes Wunder, einschließlich der nächtlichen Ausflüge. Er hatte mit der *Telpo* experimentiert und sich einmal rund 80 Kilometer von seinem Haus entfernt. Ich war total überrascht. Er bat mich, ihn um 17 Uhr zu besuchen.

Pünktlich klingelte ich an der Haustür. Nichts. In der offenen Garage stand kein Auto. Ich sah mich um. Im Vorgarten des Nachbarhauses schnitt eine ältere Frau Rosen. Ich sprach sie an. Sie erzählte, dass der Mann um die Mittagszeit mit dem Auto tödlich verunglückt sei.«

Ich riss die Augen auf. »Welch unsägliches Pech.«

Nicken. »In den Jahren danach kontaktierte ich in vielen Länder Kollegen, die ich auf Kongressen kennengelernt hatte. Ich schilderte den Fall, allerdings ohne die freiwilligen Teleportationen zu erwähnen. Ich schwindelte ihnen vor, dass ich bereits gleich gelagerte Fälle erfolgreich behandeln konnte. Ich bat sie, ähnlich Betroffene zu mir zu schicken. Ich versprach, für jeden Patienten 2.000 Dollar zu zahlen.«

Ich hob eine Hand. »Demnach kontaktierten Sie auch Dr. Kopferl?« Lächeln. »Genau.«

»Unser Glück«, stellte Peterling fest. Ich lächelte ebenfalls und sagte: »Mein Glück.«

»Ja – und meines.« Wir lachten. Er leerte sein Glas und schenkte nach. Er sah mir in die Augen. »Ende November letzten Jahres kontaktierte mich ein amerikanischer Kollege aus Boise, Idaho. Er hatte einen 38-jährigen Patienten, einen Physiker, der Ihre Wunder eins und drei besitzt. Er klagte ebenfalls über nächtliche Ortsveränderungen, die ihn bis zu 600 Meter um sein Schlafzimmer aufwachen ließen. Er wohnte in einem Haus rund einen Kilometer vom Stadtrand entfernt. Zum Glück gab es innerhalb der Aufwachzone weder Eisenbahn noch Straßen, mit Ausnahme des Sträßchens, das zu seinem Haus führt. Der Mann experimentierte ebenfalls mit der *Telpo*. Es gelang ihm aber nie, sich weiter als 150 Kilometer von seinem Ausgangspunkt zu entfernen.«

»Erstaunlich«, sagte ich. »Ich bin also der dritte Mensch, von dem Sie wissen, dass er diese Fähigkeit besitzt.«

»Ja. Mitte Oktober bat der geschiedene Neurologe seinen Patienten, über vier Wochenenden bei ihm zu wohnen. Er bot ihm 2.000 Dollar an. Der Physiker, dessen Haus am anderen Ende der Stadt steht, stimmte zu. Beide testeten an drei Wochenenden dessen Fähigkeiten. Unter anderem stellten sie das Vorgehen fest, das ich Ihnen bezüglich der Rückkehr zum Ausgangspunkt schilderte. Sowohl in der Nacht zum Sonntag am ersten als auch am dritten Wochenende erwachte der Mann einmal im Vorgarten und im Badezimmer. Am letzten Sonntag erschien der Physiker nicht zum Frühstück. Mein Kollege suchte ihn erfolglos im Haus und weitem Umkreis. Nachmittags kam ein Polizeibeamter und fragte, ob er einen Mann namens Spencer Shelby kenne, so hieß der Patient. Ein Rentner habe vor einer Stunde, keine zwei Kilometer von hier, am Ufer des Flüsschens, das rund 400 Meter hinter dem Haus des Neurologen vorbeiführt, die Leiche eines Mannes im Schlafanzug entdeckt. Der Polizeiarzt stellte fest, dass der Bedauernswerte in das eiskalte Wasser gestürzt und einem Herzschlag erlegen sei.«

»Jesses!«, stieß ich hervor. »Ich hatte stets Angst, das gleiche Schicksal zu erleiden.«

Seufzender Professor. »Jetzt sind Sie, Peter Peters, einzigartig. Ich hoffe aber und flehe alle Götter meiner Heimat und der Erde an, dass ich noch weitere Ihrer Art kennenlernen und behandeln darf.«

Ich runzelte die Stirn. »Warum sind Sie so scharf darauf?«

Seufzen. Mit ernsthafter Stimme sagte er: »Zum Wohle aller aufrechter Menschen, und besonders derjenigen, die Verbrechen zum Opfer fielen und fallen. Um Gerechtigkeit walten zu lassen, gründeten mein Vater Georg, meine jetzt 41-jährige Schwester Lalita, Witwe eines sehr wohlhabenden Mannes, und mein 39-jähriger Bruder Ashok vor zwölf Jahren das Institut und eine Organisation.«

Ich unterbrach ihn. »Wie alt sind Sie, wenn ich fragen darf, und sind Sie verheiratet?«

Heilmann schien betrübt, gar traurig. »Ich werde im Dezember 43. Meine Frau und unser fünfjähriger Sohn wurden im Urlaub in Miami bei einer Schießerei zwischen zwei Banden von Drogendealern erschossen. Ihr Tod bildete die Initialzündung der erwähnten Gründungen. Meine Frau besaß Immobilien und ein umfangreiches Vermögen, das sie von ihren Eltern erbte. Sie starben sechs Wochen vor unserer Hochzeit bei einem grässlichen Autounfall in Mumbai. Ich verkaufte alles. Das Erbe bildete das finanzielle Fundament des Instituts und der Organisation.«

Ich räusperte mich. »In welcher Beziehung steht das Institut zu der Organisation und welche Aufgabe hat diese?«

»Das Institut dient primär zur Tarnung der OaM, der *Organisation aufrechter Menschen*, wie wir sie nannten. Details erläutere ich Ihnen später. Ich biete Ihnen einen Job an. Unser Leiter der Systembetreuung, ein Amerikaner, verlässt das Institut Ende Februar nächsten Jahres. Das

Gehalt beträgt 9.000 Euro monatlich – steuerfrei, üblich hier für Ausländer. Sie zahlen 450 Euro für eine Krankenversicherung, die auch eine Ehefrau und zwei Kinder einschließt. Ihr Anteil an einer Altersvorsorge beläuft sich auf 350 Euro. Das Institut steuert weitere 250 bei. Das Institut stellt Ihnen einen Firmenwagen, einen BMW X 3. Sie müssten nur die Benzinkosten zahlen, die man vernachlässigen kann. Sie könnten die möblierte Wohnung des Amerikaners übernehmen, 98 qm in der letzten Etage eines vierstöckigen Gebäudes etwa drei Kilometer von hier. Die Miete für eine vergleichbare Wohnung in der Stadt beträgt 3.000 Euro. Sie müssten 1.800 zahlen. Mein Vater und seine Kinder gründeten vier Monate nach dem Beginn der Wirtschafts- und Finanzkrise eine Immobilienfirma. Sie kaufte im Verlauf dreier Jahre hier und in Abu Dhabi insgesamt zwei kleinere Hotels und 21 Wohnungen – zu günstigen Preisen – und auch das erwähnte Gebäude.« Er goss sich den Rest Wasser ein und trank.

Ich saß da wie ein Kind, das man an Weihnachten mit Geschenken überhäuft. Gedankenwirbel. Peter Zwei brabbelte vor sich hin. Ich hüstelte. »Wie sehen die Arbeitszeiten aus und wie viele Tage Urlaub gibt es?«

»Fünf Wochen. Sie brauchen nur morgens vier Stunden im Institut anzutreten. Die restlichen Arbeiten können Sie von zu Hause aus erledigen. Ab und zu würden Sie für die Organisation arbeiten.«

Ich sah Gautam in die Augen. »Welche Tätigkeit müsste ich für sie ausüben?«

»Erläutere ich Ihnen sofort. Sie lauschen. Anschließend können Sie Fragen stellen, und wir diskutieren. Zunächst brauchen wir noch Wasser.«

Ich eilte zum Kühlschrank. Ich goss uns ein. Ich warf mich aufs Sofa. Wir tranken.

Der Professor erläuterte. Ich lauschte. Ich staunte. Ich stellte zahlreiche Fragen. Wir diskutierten. Wir leerten die Flaschen.

Heilmann sah auf die Armbanduhr. »Muss gleich los. Um 17:30 Uhr entferne ich einen Tumor in der Prostata eines hiesigen Millionärs. Er bekommt eine saftige Rechnung.«

Wir lachten. Er fixierte mich. »Überlegen Sie in Ruhe, Peter. Für Freitagabend lade ich Sie zu einem Essen in einem vorzüglichen Restaurant ein. Dort teilen Sie mir Ihre Entscheidung mit. Ich und die übrige Familie würden sich riesig freuen, wenn Sie das Jobangebot annehmen würden.«

Wir erhoben uns. Händeschütteln. Er schaute mir in die Augen. »Falls Sie Fragen haben, rufen Sie mich an, bitte aber nicht nach 17 Uhr. Wählen Sie auf dem Telefon hier die Eins und danach 100.« Er eilte aus dem Zimmer.

Wie eine gefangene Raubkatze tigerte ich auf und ab. Ich wälzte Gedanken. Erwägungen, Ideen huschten durch jede Gehirnwindung. Peter Zwei stoppte die Überlegungen. »Was grübelst du herum? Willige ein. Niemand wird dir jemals eine derartige Chance bieten. Dein, unser Leben wird sich positiv verändern, ausgefüllt mit Sinn, und einen Haufen Geld verdienst du auch noch.«

Ich seufzte. »Jessica und ich wollen doch heiraten. Sie müsste dann mit mir auswandern. Ich weiß nicht, ob sie zustimmt und ob es funktionieren wird. Sie bräuchte hier einen Job.«

»Frag Gautam, ob er ihr einen besorgen kann. Nach deiner Rückkehr klärst du Jessica auf. Ich glaube, sie wird sich dafür begeistern.«

»Okay, Brüderchen, ich mach das.«

Abends speiste ich mit der Schönheit Claudia Moretta. Angenehme Gespräche. Ich erwähnte nicht das Angebot des Professors. Netter Spaziergang. Verabschiedung mit Händeschütteln. Sie sah mich an. Welch wunderschöne Augen! »Kommen Sie morgen um neun Uhr vor den Eingang. Wir fahren mit meinem Auto. Ich zeige Ihnen die Stadt, bevor wir einen Konsumtempel plündern.«

Um 21:10 Uhr rief ich Jessica via Skype an. Ich fluchte. Keine Verbindung. Ich erreichte sie auf ihrem Handy. »Der Akku des Laptops ist kaputt«, erklärte sie. »Ich bestelle nachher einen im Internet.« Wir plauderten mindestens 20 Minuten.

Im Bett krochen Überlegungen durch die Gehirnwindungen. »Jetzt hör endlich mit den blöden Grübeleien auf«, mischte sich mein Alter Ego ein. »Schnapp den Job. Du hast nichts zu verlieren und kannst alles gewinnen – vielleicht sogar ab und zu einen Genussreigen mit dem klasse Hintern.«

Ich prustete. »Red doch keinen Mist! Du weißt, dass ich Jessica liebe und wir heiraten werden.«

Kichern im Kopf. »Entsinne dich an die Eskapade mit Ferah. Die haben du und ich voll genossen, Liebe hin, Heirat her.«

»Blödmann. Das war doch nur ein Testlauf mit *Wilma*. Jetzt lass mich schlafen.«

Pünktlich saß ich am nächsten Morgen neben der Dame Moretta in ihrem weißen Mercedes der A-Klasse. Staunend stand ich im Stadtteil Downtown Dubai an einem künstlichen See. Der Burj Khalifa reckte sich in den wolkenlosen Wüstenhimmel. Meine Stadtführerin deutete nach rechts. »Dort sehen Sie *The Dubai* Mall, eines der größten Einkaufszentren der Welt, mit 350.000 Quadratmeter Verkaufsfläche. Sie beherbergt über 1.200 Geschäfte, 120 gastronomische Betriebe, ein Aquarium, einen musikgesteuerten Springbrunnen und eine 24 Meter hohe Wasserkaskade.«

Die schöne Dame und ich streiften durch das Eldorado der Kaufwütigen. Wir bestaunten das sich über drei Etagen erstreckende Aquarium mit 33.000 Meerestieren.

Ich tauschte 600 Dollar in Dirham. Ich kaufte ein Paar schwarze Slipper, dunkelrote Sportschuhe, eine hellblaue Jeans, ein rotes Freizeit- und ein weißes Businesshemd. Frau Moretta erwarb ein gelbes Sommerkleid. Ich schenkte ihr einen Paschminaschal aus Seide und Kaschmirwolle. Überschwänglicher Dank.

Wir speisten in einem Fischrestaurant, leider ohne Wein. Auch hier zahlte ich von meinem Arbeitslohn.

Verabschiedung mit Handschlag vor der roten Doppeltür. Im Zimmer rief ich den Professor an. Ich schilderte die geplante Hochzeit. Abschließend sagte ich: »Falls ich Ihr Angebot annehme, Gautam, zieht Jessica natürlich mit mir hierher. Vermutlich will sie arbeiten. Sehen Sie eine Möglichkeit, ihr einen Job zu besorgen?«

»Kein Problem, Peter. Sie könnte in der Verwaltung unserer Immobilienfirma arbeiten. Eine angenehme Tätigkeit mit einem anständigen Gehalt und Kontakten zu vielen Personen. Sie müsste allerdings ein passables Englisch beherrschen.«

»Kann sie einigermaßen. Nach meiner Rückkehr werden wir nochmals einen Englischkurs belegen.«

»Prima, Peter, morgen besprechen wir Einzelheiten. Ich wünsche Ihnen einen schönen Abend.«

»Na also«, sagte Brüderchen. »Läuft doch. Deine Jessica wird in Begeisterung ausbrechen – falls du Gautam zusagst.«

»Muss noch ein bisschen nachdenken.« Stöhnen im Kopf.

Abends telefonierte ich mit der Liebsten, beschrieb meine Sehnsucht und flüsterte Liebesworte. Ich erwähnte mit keinem Wort die Arbeitsangebote.

Tags darauf saß ich um 19:10 Uhr in den neu erworbenen Jeans, dem roten Hemd und den Schuhen dem Professor im Restaurant *Eauzone* des *Arabian-Court* Hotels gegenüber. Er trug einen cremefarbenen Anzug und ein blaues Hemd ohne Krawatte.

Romantisches Ambiente. Kerzenlicht spiegelte sich in den Wasserbecken. Sanft rauschten Palmen. Die Poollandschaft leuchtete. Ein Drei-Gänge-Menü kostete ab 450 Dirham.

Heilmann orderte Dorade in Zitronen-Ingwer-Soße und Risotto mit Steinpilzen, ich Rinderfilet mit Beilagen. Er trank deutschen Riesling. Ich labte mich an gehaltvollem Bordeaux. »Das Hotel besitzt eine Alkohol-Lizenz«, erklärte mein Gastgeber.

Ich fixierte den Halbinder. »Herr Professor Heilmann, ich akzeptiere Ihr Angebot.«

Die Wüstensonne schien aufzugehen. »Prächtig, prächtig, Herr Peters. Ich freue mich. Die segensreiche Arbeit der Organisation wird einen bedeutsamen Aufschwung erleben. Morgen bringe ich Ihnen vor dem Mittagessen den Vertrag.« Er beugte sich vor und fuhr fort: »Er enthält allerdings keinen Buchstaben Ihrer Tätigkeit in der OaM, das leuchtet Ihnen sicher ein.«

»Klar, verstehe ich vollkommen.« Peter Zwei jubelte.

Mein zukünftiger Arbeitgeber hob das Glas. »Lassen Sie uns auf eine fruchtbare Zusammenarbeit anstoßen.«

Wir leerten die Gläser. »Wann soll ich antreten?«, wollte ich wissen.

»Kommen Sie Anfang Januar nächsten Jahres. Der Vertrag und die Bezahlung beginnen ab zweiten. Ich besorge Ihre Arbeitserlaubnis und helfe bei Behördengängen. Sie brauchen einen hiesigen Führerschein. Bis Sie Anfang März in die erwähnte Wohnung einziehen, wohnen Sie – wie Frau Moretta – in einem der drei Apartments im Institut. Sie zahlen 600 Euro, einschließlich Nebenkosten. Ich empfehle Ihnen, frühestens Ende März in Deutschland zu heiraten, und anschließend mit der Ehefrau zurückzukehren. Sie bekommen eine Woche Sonderurlaub.«

»Menschenskind, Gautam, das ist hervorragend. Ich freue mich riesig.«

Nicken. »Sie müssen Ihr Haus verkaufen oder vermieten. Deutschland besitzt mit den VAE ein Abkommen bezüglich der Steuerpflicht deutscher Bürger.« Er erläuterte die Bedingungen, die verhindern, dass ich Einkommensteuer zahlen muss.

Ich winkte ab. »Kein Problem, Gautam.«

Wir unterhielten uns über meine zukünftigen Tätigkeiten.

Gegen 21:25 Uhr rief ich Jessica telefonisch an. Der Akku für den Laptop sei unterwegs, erklärte sie. Ich musste mich echt beherrschen, um mir nicht meine Zufriedenheit, die Freude anmerken zu lassen.

Samstag. Claudia Moretta frühstückte mit mir. Ich freute mich. Wir schlenderten mindestens eine halbe Stunde durch den Park. Später unterzeichnete ich den Arbeitsvertrag. Nach dem Mittagessen las ich den Thriller des saarländischen Autors zu Ende. »Mein lieber Schwan«, kommentierte der Mitleser im Kopf. »Faszinierend. Aufwühlend. Erstklassig.«

Vor dem Abendessen rief ich Jessica an. Nach kurzer Plauderei sagte ich: »Hör zu, Mausi. Ich treffe morgen um 17:40 Uhr auf dem Flughafen ein und fahre mit der S-Bahn nach Hause. Komme doch bitte gegen 19 Uhr zu mir. Wir gehen schön essen und ...«

Sie unterbrach mich. »Ich muss leider absagen, Peter. Ich fahre mit Jasmin und zwei Arbeitskolleginnen um fünf zu einem Rockkonzert nach Augsburg. Wir kommen spät zurück.«

Trauer und Enttäuschung prügelten auf mich ein. »Schade, sehr, sehr schade«, jammerte ich. »Ich habe mich wahnsinnig auf dich gefreut. Ich ... ich habe eine Riesenüberraschung für dich, für uns.«

Seufzer. »Wir reden am Montag darüber.« Nach etwa einer Viertelstunde beendeten wir das Gespräch.

Herzliche Verabschiedung tags darauf von Uma, Gautam und Claudia Moretta. Ich schenkte ihr das Buch. Sie freute sich. Henry kutschierte mich zum Flughafen.

Vorfreude

1

Gegen 19 Uhr betrat ich mit dem Gepäck die *Trattoria Napoli*. Meine Pizza mit Champignons, Peperoniwurst und schwarzen Oliven verfeinerte ich mit Chiliöl. Ich genoss zwei Weißbier. Ich zahlte vom verdienten Geld. Ich hatte am Flughafen 700 Dollar in Euro gewechselt.

Ein Taxi brachte mich nach Hause. Ich stellte Koffer und Tasche im Wohnzimmer ab. Muffiger Geruch. Ich riss Fenster und die Terrassentür auf. Auf dem Esstisch häufte sich Post. Ich blätterte sie durch. Mehrheitlich Werbung. Ich trug die Schmutzwäsche in den Waschkeller. Ich hängte den Laptop ans Ladegerät. Koffer und Tasche drapierte ich geöffnet auf dem Terrassentisch. »Saukalt«, kommentierte ich die 13 Grad des Thermometers neben der Tür. Ich schloss Tür und Fenster.

Ich stellte die Heizung von 18 auf 22 Grad. In der Küche ließ ich den Rollladen herab. Ich stutzte. Auf der Arbeitsplatte lag ein Briefumschlag ohne Marke. Ich nahm ihn in die Hand. Kein Absender. Gedruckte Anschrift.

Mit dem Brief warf ich mich in den Fernsehsessel. Ich riss den Umschlag auf. Ich entfaltete das bedruckte Blatt Papier. Ich las mir und Brüderchen leise vor: »Hallo Peter, wir hatten eine schöne, manchmal auch herrliche Zeit. Doch diese Zeiten sind zu Ende – endgültig. Ich werde Dich nie mehr treffen, nie mehr sehen, nie mehr mit Dir reden. Für immer alles aus und vorbei. Du bist jetzt sicher entsetzt und fragst Dich, warum? Einfache Antwort: Ich, Jessica Bachmann, ich will und werde nicht mit einem Ungeheuer, einem Mutant zusammenleben und schon gar nicht heiraten. Vor allen Dingen will ich nicht das Risiko eingehen, eine abartige Mutation, ein Monster zur Welt zu bringen. Leb wohl. J.«

Meine Welt ging unter. Erstarrt. Erfroren. Tot. Das Blatt segelte zu Boden. Ich, Peter Peters, der Einzige seiner Art, fiel in das schwärzeste, das tiefste aller Löcher. Aus und vorbei meine herrlich ausgemalte Zukunft mit Jessica. Ich würde einsam und verlassen in der Wüste hocken.

Und Peter Zwei, mein Zwilling? Er brachte nur ein einziges Sätzchen zustande: »Allmächtiger!«

Ich wusste nicht, wann ich wieder ins Leben zurückkehrte. Ich stolperte zur Anrichte. Ich goss einen doppelten Cognac ein. Ich stürzte ihn hinunter. Der blöde Peter Zwei maulte: »Wage bloß nicht, dich zu besaufen.«

»Schnauze halten!«, krächzte ich. »Du hast von Liebe null Ahnung. Du begreifst offenbar meine Gefühlslage nicht.«

»O doch, großer Bruder, hast du vergessen, dass *ich* du bin und *du* ich bist? Hake die Vergangenheit ab. Egal, was du auch unternimmst, du wirst sie niemals verändern können. Sperr sie in die dunkelste Kammer des Gehirns und nagele die Tür zu. Lebe im Hier und Jetzt. Gestalte deine Zukunft. Trauere ein bisschen und suche dir eine neue Frau. Es gibt Zehntausende, die liebend gerne einen Mann wie dich, der demnächst einen Haufen Kohle verdienen wird, in die Arme nehmen, lieben und heiraten würden.«

»Behalte deine dämlichen Weisheiten für dich. Du hast vom echten Leben null Ahnung. Du hockst in meinem Kopf, brauchst dir um nichts Gedanken machen, genießt *mein* Essen, Trinken und *meinen* Sex. So ein Leben würde ich auch gerne führen.«

»Doofer Kerl. Du solltest mir dankbar sein, dass ich versuche, dich vom Saufen abzuhalten und aufzurichten.«

Ich brummte vor mich hin. Ich zerriss Brief und Umschlag und warf sie in den Mülleimer. Fluchend schloss ich alle Rollläden, sperrte die Haustür ab und schob den Riegel vor. »Vorsichtsmaßnahmen brauche ich Gott sei Dank keine mehr – vielmehr Gautam sei Dank«, murmelte ich.

Eine Stunde später lag ich im Bett. Mühsame Versuche einzuschlafen. »He, kleiner Bruder«, sagte ich. »Du könntest mal etwas Nützliches leisten. Wiege mich in den Schlaf.«

»Mach ich, großer Bruder.«

Nerviges Piepen riss mich aus einem Albtraum der Einsamkeit, eines Dahinvegetierens ohne Frau. Ich hieb auf den Wecker. Er zeigte 6:13 Uhr. »Du hast den Weckalarm falsch eingestellt«, nörgelte Peter Zwei.

»Habe ich nicht. Halt jetzt die Klappe, und zwar den ganzen Tag.« Brummen im Kopf. Ich sprang aus dem Bett. Morgentoilette. Aufbruchbereit platzierte ich mich in der Diele. Konzentration. Nicken.

Ich stand im dunklen Büro. »Fabelhaft«, flüsterte Peter Zwei. »Mindestens eine halbe Stunde Zeit und auch Benzin gespart.« Ich lobte die Wundergabe *Telpo*. Ich schaltete die Beleuchtung ein. Ich eilte zum Personaleingang. Ich hielt die Zeitkarte ans Lesegerät, 6:53 Uhr.

Im Kasino kaufte ich ein Croissant und eine Nussschnecke. Im Büro fuhr ich den Computer hoch. Ich checkte die Mails. »Ach du heilige Scheiße!«, knurrte ich. »Jede Menge Arbeit.« Ich marschierte in die Küche. Ich balancierte die Tasse mit schwarzem Tee zurück. Ich rührte einen Kaffeelöffel Zucker hinein. Ich frühstückte und las dabei auf dem Monitor im *Münchener Merkur*.

Wie üblich stürmte Ferah kurz nach halb acht herein. Sie strahlte mich an. »Einen schönen guten Morgen, Peter. Wie waren Familienfeier und Urlaub?« Sie sank in den Sessel.

Ich lächelte sie an. »Ich war nicht in Emden, sondern in Bern.«

Sie riss die Augen auf. »In Bern? In der Schweiz? Was hast du dort getrieben?«

»Ich habe mich bei der Firma vorgestellt, bei der ich mich vor vier Wochen beworben habe. Ich bekam den Job.«

»Bei Allah und Mohammed!«, rief sie. »Du wirst uns verlassen! Jammerschade. Ich kann nur hoffen, dass mir unser Chef nicht den Idioten Dollmann ins Büro hockt.«

Ich grinste. Sie erhob sich. Sie schnappte ihre Tasse. »Ich koch mir jetzt einen Kaffee. Nachher will ich jede Einzelheit erfahren.« Sie eilte aus dem Zimmer.

Sie kehrte zurück. Sie setzte sich. Die Nachtaugen sahen mich an. »Was ist das für ein Job und was verdienst du?«

»Ich werde dort ab Januar als Systemadministrator arbeiten und kassiere fast das Doppelte. Die Lebenshaltungskosten in der Schweiz sind zwar höher als hier, trotzdem bleibt netto noch ein schöner Batzen über. Krankenversicherung und Altersvorsorge sind erstklassig.«

»Toll für dich, Peter.« Sie runzelte die Stirn. Sie fixierte mich. »Was hat Jessica dazu gesagt?«

Ich blickte betrübt. »Nichts. Nach meiner Heimkehr fand ich einen Brief von ihr. Sie ... sie hat mich verlassen.«

Ferah, die gerade vom Kaffee trank, verschluckte sich. Sie hustete. »Ein böser Schock«, krächzte sie. »Hat sie einen anderen?«

Ich zuckte mit den Schultern. »Keine Ahnung. Mir auch scheißegal. Die Geschichte ist für mich erledigt. Ich will nichts mehr darüber hören und nicht mehr darüber sprechen. Vergangenheit. Ich muss mich um *meine* Zukunft kümmern.«

Nicken. »Du Ärmster. Ich fühle mit dir. Wann willst du kündigen?«

»Ich rufe gleich im Personalbüro an und lasse mir einen Termin geben.«

Kichern. »Da wird aber unser Chef toben, dass du ihn nicht zuerst informierst.«

Ich winkte ab. »Er wird es überleben. Mit einer Versetzung oder Entlassung kann er mir ja nicht drohen.« Wir lachten.

Ferah beugte sich vor. Merkwürdiges Glitzern ihrer Augen. »Ich habe ebenfalls Neuigkeiten – aber erfreuliche. Ich ... ich bin im zweiten Monat schwanger. Es wird ein Junge. Mehmed und ich freuen uns riesig.« Sie lehnte sich zurück.

Ich lächelte sie an. »Herzlichen Glückwunsch, Ferah. Familienglück pur.«

Sie strahlte. »Wir werden die Wohnung verkaufen. Sie hat nur 67 Quadratmeter und liegt im dritten Stock ohne Aufzug. Wir wollen ein Haus mit Garten kaufen. Wegen der horrenden Preise hier, werden wir uns mindestens 30, 40 Kilometer östlich von hier umsehen. Wir besitzen Bausparträge über 160.000 Euro. Seine und meine Eltern steuern insgesamt 36.000 bei. Nach dem Wohnungsverkauf bleiben 80.000 übrig. Über den fehlenden Betrag nehmen wir eine Hypothek auf. Zum Glück sind ja die Zinsen supergünstig.«

In meinem Gehirn flammte eine Idee auf, was heißt hier eine Idee, die Mutter aller Ideen. Ich räusperte mich. Ich sah die Türkin an. »Ich werde meine Besitztümer verkaufen, auch das Haus. Ich schlage vor, wir fahren am Mittwoch um halb drei zu mir. Du siehst dir Haus und Garten an. Sag aber deinem Mann nichts. Es soll eine Überraschung für ihn werden. Du wirst zur üblichen Zeit zu Hause sein. Falls dir alles gefällt, kommst du mit Mehmed am Samstag zu mir. Sagt es ihm auch zu, vereinbare ich zur gegebenen Zeit einen Termin bei einem Notar.«

Ferahs Unterkiefer klappte herab. Sie starrte mich an. Sie schnappte nach Luft. »Menschenskind, Peter!«, stieß sie hervor. »Das ist ja fantastisch! Wir kommen am Samstag gegen drei. Ich bringe Kuchen mit und du kochst Kaffee.« Sie runzelte die Stirn. »Äh ... Peter, hoffentlich verlangst du keinen abartigen Preis. In diesem Fall müsste ich die Aktion abblasen.«

Ich winkte lässig ab. Ich beugte mich vor. »Ferah, ich bin kein Halsabschneider, kein Ungeheuer. Du weißt ja, ich habe das Haus geerbt. Ich will mich nicht an euch bereichern. Ich verlange 300.000 Euro. Die Notarkosten übernehmt ihr.«

Das Türkenmädel schien einer Ohnmacht nahe. Es wankte. Nie zuvor sah ich in den Augen einer Frau ein derartiges Strahlen, vollkommene Zufriedenheit, Glück. »Du hast die Frau sehr glücklich gemacht«, wisperte Peter Zwei.

Die zukünftige Besitzerin meines Hauses klatschte in die Hände und rief: »Supertoll, Peter! Ich bin hin und weg. Mehmed wird sich vor Freude überschlagen. Ich freue mich auf den Mittwoch.«

Ich lächelte. »Bewahre aber bitte das Geheimnis bis Samstag. Dann wird es seine volle Wirkung entfalten.«

Nicken. »Keine Sorge, Peter, ich bin keine Tratschtante.« Sie erhob sich. »Muss auf die Toilette.«

Ich rief im Sekretariat der Personalabteilung an. Ich bekam für 15 Uhr einen Termin. In der Mittagspause schrieb ich die Kündigung zum 31. Dezember.

Pünktlich saß ich der 52-jährigen Personalchefin mit der rotblonden Kurzhaarfrisur, den stahlblauen Augen und dem ausgeprägten Busen gegenüber. Ich reichte ihr das Schreiben. Ich erklärte die Sachlage.

Sie schien betrübt. Sie schaute mich an. »Die Firma und ich bedauern, dass Sie uns verlassen werden, Herr Peters. Sie sind der fähigste Mitarbeiter der Abteilung. Ich wollte Sie ab Februar nächsten Jahres zum Stellvertreter des Abteilungsleiters ernennen.« Sie runzelte die Stirn. »Wie hat er auf die Kündigung reagiert?«

Ich lächelte. »Ich informiere ihn morgen früh.«

Glucksen. »Ich kenne ihn. Das wird ihm überhaupt nicht schmecken. Er wird an der Decke entlang spazieren.«

Wir grinsten uns an. Ich verabschiedete mich. Ich kehrte ins Büro zurück. Verabschiedung von Ferah. Mit einem Aufzug fuhr ich ins Erdgeschoss. Der Scanner verbuchte mein Arbeitsende. Ich eilte in die Toilette. Niemand. Ich betrat eine Kabine. Ich schloss die Tür, verriegelte sie aber nicht. Das dritte Wunder brachte mich in die Diele zurück. »Tadellos«, kommentierte Brüderchen.

Tags darauf saß ich gegen 7:40 Uhr meinem Abteilungsleiter Xavier Schulz–Goloss gegenüber. Emotionslos schilderte ich Kündigung und Gespräch mit der Personalchefin. Der schmächtige 53-Jährige, den ich um mindestens zehn Zentimeter überrage, strich über den kahlen Schädel, den graubraunes Gestrüpp umkränzte. Dünne Augenbrauen. Hellbraune Augen musterten mich offensichtlich missgelaunt. »So, so, Herr Peters«, knarrte er. »Jetzt bin ich aber maßlos enttäuscht von Ihnen. Einfach schnurstracks zur Personalchefin zu rennen, kein feiner Zug von

Ihnen. Sie haben mich übergangen, als sei ich ein Praktikant. *Ich* habe Sie zu meinem Stellvertreter vorgeschlagen. Wenn ich das meiner Frau erzähle, trifft sie der Schlag. Sie hält nämlich große Stücke auf Sie.«

Ich kannte Kunigunde Schulz–Goloss, und zwar von den jährlichen Essen der Abteilung Mitte Januar. Sie maß 1,62 Meter. Ihr speckiges Mondgesicht krönte kurzes scheußlich rot gefärbtes Haar. Beim Anblick des Hinterns und der Oberschenkel hätte ein Zoologe begeistert gerufen: »Welch prachtvolles Exemplar eines Nilpferdes!« Der üppige Busen und der Schwabbelbauch hatten bereits vor Jahren den Kampf gegen die Schwerkraft verloren.

Der Unsympath quasselte weiter. Ich schaltete das Gehör auf Durchzug. Ich räusperte mich lautstark. Ich fixierte ihn. Ich redete ungefähr fünf Minuten auf ihn ein. Er nickte. Ich verabschiedete mich.

Im Vorzimmer vermisste ich die hübsche Amelie mit den langen, glatten kupferroten Haaren und dem klasse Busen. Ich eilte Richtung Büro. Aus der halb offenen Tür des Druckerraumes hörte ich das Fluchen einer Frau. Ich trat ein. Ich schloss die Tür. »Gibt es Probleme, Amelie?«

Sie lächelte mich an. Ich bewunderte das aparte Gesicht mit den hohen Wangenknochen und ein paar Sommersprossen, ihre sahneweiße Haut, die Hüften im kurzen, engen Rock und die wohlgeformten Beine. »Tolle Frau«, sagte Peter Zwei.

»Papiersalat in diesem Scheißdrucker«, erklärte sie mit ihrer rauchigen Stimme.

»Lass mich mal ran.« Sie trat zur Seite. Binnen einer Minute löste ich das Problem. Ich zeigte ihr ein eingerissenes und zusammengeschobenes Blatt Papier. »Der Übeltäter.«

Bezauberndes Lachen. »Danke, Peter, du bist ein Schatz.«

Der Schatz plauderte mit der 28-Jährigen. Sie hatte vor 13 Monaten den untreuen und oft betrunkenen Ehemann aus der Wohnung geworfen und die Scheidung eingereicht.

Im Büro vertiefte ich mich in die Arbeit, allerdings unkonzentriert. Ich sah zur Uhr am Monitor: 12:07 Uhr. Ich erhob mich. Ich gähnte. Ich streckte mich. Ich öffnete die Tür. »Gehst du ins Kasino?«, fragte Ferah.

»Nein. Noch nicht.« Ich spähte nach rechts zum Chefzimmer. Vor dessen offener Tür stand eine sichtlich empörte Amelie. Sie stemmte die Arme in die Hüften.

Ich winkte Ferah. Sie eilte herbei. Wir traten einen halben Schritt in den Flur.

Die tolle Frau schrie: »Xavier, du kannst mich heute und in Zukunft mal hinten rumheben, du geiler Widerling! Ich habe es endgültig satt, jeden Dienstag in der Mittagspause unter deinen Schreibtisch zu kriechen und dein mickriges Ding zu blasen, während du mit deiner Frau telefonierst. Ich weiß, dass es dich mächtig aufgeilt. Mit meiner Dankbarkeit dir gegenüber, weil du mich aus dem Archiv geholt und zu deiner Sekretärin gemacht hast, ist ab sofort Schluss. Du kannst dir eine andere suchen, die dich jeden Freitag nach Dienstschluss auf dem Sofa im Ruheraum reitet. Du bekommst ja nur mühsam einen hoch. Und wenn du glaubst, dass dein armseliger Jämmerling mir jemals einen Höhepunkt verschafft hat, solltest du deinen Geisteszustand untersuchen lassen.«

Ihre Stimme drohte zu kippen. »Ich marschiere jetzt zur Personalchefin und kläre sie auf. Vielleicht wende ich mich auch an die Medien und erzähle der Polizei von der sexuellen Nötigung einer abhängigen Angestellten.«

Ich bewunderte die mutige, die resolute Frau. Jawoll, Amelie, dachte ich, gib dem Arschloch Saures.

Sie drehte sich um. Mit erhobenem Kopf und roten Wangen rauschte sie auf ihren hochhackigen Pumps Richtung Aufzüge.

Ferah starrte sie an, als sehe sie Allah, Mohammed und Ali gleichzeitig. Auf dem Flur standen alle Angestellten. Die Kollegen Dirk und Markus klatschten. Lautstarker Beifall. Johlen. Die Tür des Chefzimmers knallte zu.

Diskutierend kehrten Mitarbeiter/-innen entweder in die Büros zurück oder schlenderten zu den Aufzügen.

Ferah kicherte. Sie schaute mir in die Augen. »Mein lieber Schwan! Was sagst du jetzt, Peter? In diesem Laden ist ja echt was los. Da kann kein Fernsehprogramm mithalten. Ich bin begeistert. Erst die tolle Geschichte mit Petermann und heute das hier. Herrlich! Ich bewundere Amelie. Das hat sie supertoll gemacht. Hätte niemals geglaubt, dass unser Chef ein derart geiles Oberarschloch ist. Unfassbar! Und was sich im Ruheraum freitags nach Arbeitsschluss alles abspielt! Unglaublich. Nicht zu fassen. Filmreif.«

Ich nickte. »Grandios. Da bereue ich fast meine Kündigung. Tolle Frau, diese Amelie.«

Kopfschüttelnd kehrte Ferah ins Zimmer zurück. Bester Laune und mit Herzhüpfen marschierte ich ins Kasino.

Wie jeden Tag gegen 15 Uhr verließ die Türkin das Büro, um sich Kaffee zu kochen. Eine Viertelstunde später stürmte sie mit strahlendem Gesicht herein. »Tolle Neuigkeiten«, sprudelte sie hervor. »Der Ehebrecher hat fristlos gekündigt und ist nach Hause gefahren. Den – wie sagte Amelie? Den geilen Widerling sind wir los. Sie und die Firma verzichten auf eine Anzeige. Bin jetzt gespannt, wen man uns vor die Nase setzt. Die Entscheidung soll in zwei Wochen fallen.«

Ich freute mich. Eine halbe Stunde später fuhr ich nach Hause. Kurz hinter Unterföhring geriet ich in einen Stau. Unfall. Ich fluchte. »Warum bist du heute nicht ins Büro gesprungen?«, wollte Peter Zwei wissen. »Jetzt stehst du hier rum und verpestest die Umwelt.«

»Ich will nur montags und freitags mein Wunder einsetzen. Öfter erscheint mir zu riskant.« Brummen im Kopf.

»Du hast mich noch gar nicht gelobt, Brüderchen«, sagte ich vorwurfsvoll. Grunzendes Brüderchen. »Ich habe heute etwas gedöst. Erzähl mir Einzelheiten.«

»Nachdem der Vollidiot Xavier Schulz–Goloss mich geärgert hatte, setzte ich *Wilma* ein. Ich ließ sein Gehirn, *ihn* glauben, er habe bereits seit Monaten das abartige Verhältnis mit Amelie. Wie du weißt, wird diese Erinnerung in seinem Langzeitgedächtnis gespeichert bleiben.«

»Du hast ihm damit den Rest seines Lebens versaut.«

»Na und, Strafe muss sein. Im Druckerraum impfte ich Amelie mit *Wilma* ein, um 12:08 Uhr die Tür des Chefzimmers zu öffnen und lauthals die bühnenreife Show abzuziehen. Die vortrefflich gelungene und lustige Veranstaltung hast du doch hoffentlich miterlebt.«

»Klar, Peter Eins, mit ihrem Geschrei hätte die Frau Tote aufwecken können.«

Zu Hause hänge ich im Waschkeller die Wäsche ab und leerte den Trockner. Ich räumte alles ein. Ich saugte die Fußböden. Ich brachte Küche, Badezimmer und Gäste-WC auf Hochglanz. Ich schwitzte.

»Der große Bruder will vorm Türkenmädel glänzen«, lästerte Peter Zwei.

»Halt bloß die Klappe, du Faulenzer. Du rekelst dich gemütlich in meinem Kopf herum und ich schufte mir die Finger blutig.«

Dümmliches Kichern. »Das Privileg eines Mannes, der nur aus Geist besteht. Leider gibt es auch gravierende Nachteile. Ich kann nicht tun und lassen, was *ich* will.«

»Gott sei Dank! Du würdest vermutlich nichts arbeiten, den ganzen Tag lesen oder Fernsehen glotzen, essen, saufen und herumhuren.«

»Genau, großer Bruder.«

2

Mittwoch, 11. Oktober. Kühl, aber sonnig. Gegen 14:20 Uhr rollte ich vor Ferah vom Parkplatz. Sie fuhr einen älteren weißen Opel Corsa.

Wir betraten mein Haus. Frau Tarasoy inspizierte jeden Raum und den Keller. Sie äußerte sich begeistert. Wir schlenderten durch den Garten. »Herrlich, Peter!«, rief sie. »Ich liebe Pflanzen und Gartenarbeit. Unser Sohn kann in der Natur spielen und später hier mit Freunden herumtollen.«

Sie lobte Terrasse und Markise. »Bei schönem Wetter können wir im Freien essen und auch mehr als nur zwei Paare einladen. Mein Mann wird vor Freude in die Luft springen, wenn er am Samstag alles sieht. Wir werden dein Haus kaufen, keine Frage.«

Im Wohnzimmer sagte ich: »Setz dich aufs Sofa. Wir teilen uns eine Flasche Bier und stoßen auf den Kauf an.« Ich eilte in die Küche. Mit zwei Gläsern und einem Pilsbier kehrte ich zurück. Ich schenkte ein. Ich setzte mich neben sie. Wir hoben die Gläser. Wir stießen an und tranken.

Sie strahlte. »Ich bin total begeistert und dir sehr dankbar, dass du uns das Haus so preisgünstig verkaufen willst. Du erfüllst uns einen Wunschtraum.«

Wir leerten die Gläser. Ich schaute in ein vor Freude glänzendes Augenpaar. Ich überschwemmte mit *Wilma* Ferahs Gehirn. Kurzzeitig zog ein Schleier durch die Nacht der Augen. Ich sagte: »Du wirst jetzt deine Begeisterung und Dankbarkeit zum Ausdruck bringen und gleichzeitig *meinen* Wunschtraum erfüllen, und zwar mit einem Analverkehr. Du wirst aktiv mitmachen und auch dir Hochgenuss verschaffen. Du wirst stets glauben, aus eigenem Antrieb gehandelt und mich verführt zu haben.«

»Aha, du willst eine heiße Abschiedsnummer schieben«, gab Peter Zwei seinen Senf dazu. Ich beachtete ihn nicht.

Das Objekt meiner Begierde nickte. Heiße Küsse. Die Arbeitskollegin entblätterte sich. Sie kniete sich breitbeinig aufs Sofa. Sie stützte sich mit dem linken Arm auf der Lehne ab. Meine Klamotten segelten zu Boden. Ich hechelte.

Ich agierte betont langsam. Peterchen, Peter Eins und Zwei genossen. Echt traumhaft. Ich dehnte die Traumaktion aus. Der Tsunami der Wollust rauschte heran. Fetzig. Betäubend. Fulminant. Ich explodierte. Ferah schrie. Sie sank zusammen. Ich glitt neben sie. Ich küsste sie auf den Mund. »Herrlich, Türkenmädel«, flüsterte ich, »spitzenmäßig.«

Lächeln. »Du bist ein echter Könner, Peter. Ich glaubte, eine Bombe explodierte. Hat mächtig Spaß gemacht.«

»Mir auch«, meldete sich Peter Zwei.

Wir kleideten uns an. Verabschiedung in der Diele mit Handschlag.

»Du bist ein durchtriebener Lustmolch, großer Bruder«, sagte Brüderlein. Ich prustete. »Quatsch nicht dämlich rum. Ich kassierte nur die verdiente Belohnung für meine Großzügigkeit und du hast sie ebenfalls genossen.«

»Du solltest sie vor der Abreise noch einmal vernaschen, aber mit allem Drum und Dran. Du würdest mir riesige Freude machen.«

»Ich denke darüber nach.«

Samstags streifte gegen 15:10 Uhr das Ehepaar Tarasoy durch Haus und Garten. Begeisterter Mehmed. Kaffee trinken. Kuchen essen.

In der Diele sagte Mehmed: »Wir laden dich für sieben Uhr in unserem Ort ins Lokal *Zum Hackerbräu* ein. Kennst du das?«

Ich nickte. »Ich war mit … Jessica zweimal dort.«

Er beugte sich zu mir. »Schlimme Sache, dass sie dich verlassen hat, Peter. Ich fühle mit dir.« Er räusperte sich. »Wir besprechen im Lokal das weitere Vorgehen.«

Ich bedankte mich artig.

Die restlichen Oktobertage flogen ereignislos dahin. Am zweiten Arbeitstag im November informierte mich Ferah, dass die Finanzierung des Kaufpreises stehe. Ich vereinbarte mit einem Notar einen Termin.

Am frühen Abend rief die Türglocke nach mir. Ich begrüßte Frau Baierlein. Sie gab mir ein Päckchen. »Kam heute Morgen«, erklärte sie. Ich bedankte mich und schenkte ihr ein paar Plätzchen. »Hat meine Arbeitskollegin gebacken.«

Sie strahlte, dankte und verabschiedete sich.

November. Scheußlicher Monat. Neblig. Kalt. Feucht.

Montags und freitags brachte mich die *Telpo* ins Büro und zurück.

Am 7. Dezember, einem Donnerstag, betrat eine aufgeregt wirkende Ferah das Büro. Sie blickte mir in die Augen und sagte: »Gestern Abend waren Mehmed und ich in einer Pizzeria in Garching. In einer Ecke saßen – Jessica und ein dunkelhaariger Kerl mit einer gelben Hornbrille. Ich schätze ihn auf Anfang 30. Der Typ sieht nicht übel aus. Er ist hochgewachsen, aber sehr, sehr schlank, kein Vergleich mit deinem Körperbau.« Sie kicherte. Sie fuhr fort: »Mehmed kennt ihn aus seinem Fitnesscenter. Er heißt Bodo Moser. Er arbeitet wie Jessica in Garching bei der Stadtverwaltung.«

Ich winkte ab. »Mir scheißegal. Soll sie mit ihm glücklich werden, interessiert mich nicht die Bohne.«

Montags und dienstags in der Woche darauf – regnerisch, aber mild – erledigte ich Angelegenheiten meiner Auswanderung.

Am Mittwoch aß ich mit Amelie im Kasino. Eine echt nette Frau, sehr sympathisch. Zum Ausgleich, dass ich sie als Waffe gegen den Chef benutzt hatte, lud ich sie zum Abendessen in einem Restaurant ein. Sie strahlte mich an. »Vielen Dank, Peter, ich freue mich.«

Ich freute mich ebenfalls. »Ich hole dich um 18:15 Uhr ab.« Sie nannte ihre Adresse. Sie wohnte in Kirchheim in einer Eigentumswohnung, die ihr die Eltern ein paar Wochen vor der Hochzeit geschenkt hatten.

Abends saß ich einer verführerisch aussehenden Amelie an einem Zweiertisch im Gasthof *Eberle* in ihrem Heimatort gegenüber. Klasse Service. Klasse Essen.

Sie erzählte ein paar Storys der Ehe mit dem Trunkenbold. »Die Scheidung ging vor fünf Wochen problemlos über die Bühne«, erklärte sie abschließend.

Ich schilderte die Niederlage, die mir Jessica verpasst hatte. Amelie riss die eindrucksvollen Augen auf. Sie beugte sich vor. Ich bewunderte im Ausschnitt der dunkelgrünen Seidenbluse den schwellenden Busenansatz mit der verlockenden Furche. Sie nahm meine linke Hand. Heiße Ströme flossen durch meine Adern ins Herz. »Das muss dich böse getroffen haben, Peter«, sagte sie leise mit Anteilnahme in der Stimme. »Hast du inzwischen die Trennung verkraftet?«

Ich seufzte. »Ja. Ich bin überm Berg.«

Liebliches Lächeln. Ich erfreute mich an der Sommersprosse auf der Spitze der zierlichen Nase mit der leichten Krümmung im unteren Drittel. »Süß«, kommentierte Peter Zwei.

Wir unterhielten uns über das Wetter, Kollegen/-innen, die Arbeit, Politik, Malerei und Bücher. Gesprächsstoff für Jahrhunderte. Amelie entpuppte sich zu einer einfühlsamen, belesenen und intelligenten Frau. Zuneigung quoll in mir hoch.

Kurz nach 22:00 Uhr begleitete ich sie zur Eingangstür des vierstöckigen Mehrfamilienhauses, in dem sie in der zweiten Etage wohnte. Verabschiedung. Lieblicher Augenaufschlag. »Ich danke dir, Peter. Selten erlebte ich mit einem Mann einen derart angenehmen Abend, lange vermisst und oft herbeigesehnt.«

Ich schluckte. »Ich danke *dir*, Amelie. Die Stunden mit dir versenkten den Rest Traurigkeit in einem schwarzen Loch.«

Bezauberndes Lächeln. »Wir sollten die Annehmlichkeiten wiederholen, würde mir Freude bereiten.«

Ich strahlte. »Mir ebenfalls, Amelie, ich schlage den nächsten Mittwoch vor.«

»Abgemacht.« Händeschütteln. Meine Hand schien in flüssige Lava getaucht. Sie flüsterte: »Gute Nacht.« Sie stellte sich auf die Zehenspitzen. Ein Kuss auf meine Lippen. Sie drehte sich rasch um und verschwand im Gebäude.

Ich stand wie angewachsen. Brennende Lippen. Klopfendes Herz. Wirbelnde Gedanken.

»Die tolle Frau scheint ein bisschen in dich verknallt«, bemerkte Peter Zwei. »Und du in sie. Schade, dass wir nicht erleben können, ob sich daraus eine Liebe entwickelt.«

Ich antwortete nicht. Ich fuhr nach Hause.

Anderntags aßen Amelie und ich mittags im Kasino. Kurzer Spaziergang im Freien. Plaudern. Berührung an den Oberarmen. Händedrücken. Magenflattern, wenn ich sie ansah.

Der Freitag verlief ähnlich. Um 14:10 Uhr verabschiedete ich mich von Amelie. Süßer Herzschmerz.

Gegen 15:30 Uhr unterzeichneten das Ehepaar Tarasoy und Peter Peters bei einem Notar in Ismaning den Kaufvertrag des Hauses mit Eigentumsübergang am 15. Januar 2018. Glückliche Hausbesitzer luden mich für 19 Uhr in den Gasthof *Zur Mühle* ein.

Endlich Mittwoch. Abendessen mit Amelie im *Olympia* in Kirchheim. Lebhafte Gespräche. Ab und zu Augenversenken. Berührungen einer Hand.

Kurz vor 22 Uhr standen wir vorm Eingang ihres Wohngebäudes unter der Beleuchtung des Vordaches. Sie zückte die Schlüssel. Sie hob den Kopf. Sie sah mich an. Funkelnde Augensterne. Sie ergriff meine Rechte. »Peter, komm noch ein bisschen mit. Ich mach uns Espresso auf althergebrachte Art.« Liebliches Lächeln.

Was spielte sich in meinem Kopf ab? Alles!

Eine Viertelstunde später saßen Amelie Wildmark und Peter Peters auf dem Rattansofa mit cremefarbener Polsterung. Wir plauderten. Wir schlürften das Getränk. Nie schmeckte mir ein Espresso besser. Wir stellten die Tassen ab. Wir sahen uns in die Augen – tief, tiefer, unergründlich tief. Ich taumelte durch das Grün eines jungen Reisfeldes, einer Teeplantage, durch das Grün eines Dschungels, eines Smaragdes. Ich versank im Grün eines Ozeans voller Glitzersterne. Amelie. Amelie. Amelie. Amen.

Mit beiden Händen packte sie meinen Kopf. Warme, weiche Lippen drückten sich auf meinen Mund. Glühende Lippen. Eine heiße Zunge schlängelte in den Mund. Herzschlaggefahr. Nervensirren. Seelenschwingen. Umarmung. Ein glutvoller Kuss. Süß. Lieblich. Betörend. Ich fuhr voll ab. Flammen im Gehirn. Herzflattern. Magenflaute. Der Kuss glitt ins Leidenschaftliche. Ein wilder Kuss. Herzrasen. Gehirnaussetzer. Lendenklopfen.

Keuchend lösten wir uns. »Ein himmlischer Kuss«, flüsterte die Verführung. »Bezaubernd. Betäubend. Lange vermisst und herbeigesehnt – zu lange.«

Ich strich ihr übers echte rote Haar. Ich bewunderte die langen Wimpern. Ich küsste die Sommersprosse auf der Nasenspitze. »Ich weiß gar nicht, wie mir geschah«, sagte ich mit heiserer Stimme. »Ich weiß nur, dass mich bisher keine Frau derart glutvoll küsste. Ich – ich bin total verknallt in dich, Amelie.«

Engelslächeln. Sie hauchte mir einen Kuss auf die Lippen. Meine Rechte tastete nach ihrem Busen, streichelte ihn. Ich fühlte eine feste Knospe. Wie ein Geysir schoss Begehren hoch. Sie packte die Hand. Sie sah mir in die Augen. »Nicht heute, Peter«, flüsterte sie. »Es ist bereits spät. Ich brauche meinen Schlaf, habe morgen einen anstrengenden Tag. Ich will keinen schnellen Sex.«

Entbehrung, Sehnsucht, Verlangen quälten mich.

Amelie strich mir zärtlich über eine Wange. »Komm am Freitag um fünf hierher. Wir haben dann massenhaft Zeit – für alles. Ich koche uns was Feines.«

Sündige Bilder gaukelten mir durch den Kopf. Ich nickte. »Ich freue mich wahnsinnig. Hoffentlich überlebe ich die Zeit bis dahin.«

Liebliches Lächeln. »Ich hoffe es ebenfalls, Peter.« Vorbeugen. »Ich bin nämlich auch in dich verknallt.«

Gehirntänzchen. In der Diele wünschten wir uns *gute Nacht*. Ein Abschiedskuss, der alles versprach.

Eine Woge der Sehnsucht trug mich nach Hause. Mein Zwilling schwieg. Es gab auch nichts zu sagen – nur zu fühlen. Ich, Peter Peters, der Einzige seiner Art, fühlte einen aus Goldfäden gewobenen Schleier der Liebe sich ausbreiten, mich einhüllen – Liebe zu Amelie.

Im Bett sagte Peter Zwei: »Erstaunlich, wie diese Liebe urplötzlich und rasant aufflammte. Total überraschend. Gefällt mir.«

»Du hast null Ahnung, Brüderchen«, murmelte ich. »Etwas Derartiges nennt man Liebe auf den ersten Blick.«

3

Donnerstag, 21. Dezember. Sprühregen. Acht Grad. Kurz vor 18:30 Uhr saß ich in der *Trattoria Napoli*. Ich trug ein weißes Hemd, einen dünnen dunkelroten Pulli, dunkelblaue Jeans, ein graublau kariertes Sakko und schwarze Halbschuhe mit Gummisohlen. An der Garderobe hing eine hellgraue Windjacke mit Kapuze.

Ich aß meine Lieblingspizza und trank dazu zwei Drittel eines Weißbieres. Ich rief den Kellner. Ich bestellte einen Grappa. Ich fragte nach der Uhrzeit. Er sah auf seine Armbanduhr. »20 nach sieben.«

»Danke.« Ich marschierte zur Toilette. Niemand. Ich betrat eine Kabine und verriegelte die Tür. Ich zog schwarze Lederhandschuhe an. Durchatmen. Vor den inneren Augen erschien mein Ziel. Ich fixierte es. Ich gab mir den Sprungbefehl.

Ich landete in Jasmins Wohnzimmer. Ich wusste, dass sie sich jeden Donnerstag um 19 Uhr mit ihrem Freund traf. Ich kannte mich aus. Ich hatte Jessica ein paar Mal hier abgeholt. Ich glitt in den Flur. Die Tür zu Jessicas Zimmer klaffte halb auf. Licht fiel heraus. Musik erklang, die neuesten Schlager. Ich pirschte hin. Ich spähte um den Rahmen. Meine Ex-Freundin stand mit dem Rücken zur Tür und bügelte. Jeden Donnerstag veranstaltete sie eine Wasch- und Bügelorgie.

Ich fixierte ihren Hinterkopf. Mein Gehirn hämmerte: *Du siehst mich nicht! Du siehst mich nicht! Du siehst …* Ich betrachtete ihren Hintern in der verdammt engen Jeans. Ich verfluchte den Scheißkerl Moser. Aus der rechten Sakkotasche nahm ich eine flache Plastikflasche mit 0,33 Liter Inhalt. Lautlos umrundete ich das Bügelbrett und stellte mich vor die Treulose. Sie trug ein weites T-Shirt mit großzügigem Ausschnitt. Sie bügelte eine blassrote Bluse. Sie sah nicht hoch. Sie summte einen der blödsinnigen Schlager mit.

Ich beruhigte Nerven und Herzschlag. Vorsichtig schraubte ich die rote Verschlusskappe von der relativ großen Öffnung. Ich trat dicht vor das Bügelbrett, etwas nach links versetzt.

Jessica hob den Kopf. Sie schnüffelte. »Was ist das für ein merkwürdiger Geruch?«, murmelte sie.

Hochjagender Puls. Mein rechter Arm schnellte vor. Ich schüttete 94-96-prozentige Schwefelsäure in das Gesicht der Betrügerin. Scheußlicher Gestank. Rauch kräuselte. Fast farblose ölige Flüssigkeit tropfte in den Ausschnitt.

Erbarmungswürdige Schreie rollten durch den Raum. Jessica taumelte. Sie schlug die Hände vors Gesicht. Das Bügeleisen knallte auf den Fußboden.

Ich schüttelte mich. Ich trat einen Schritt zurück.

Die niederträchtige Frau fiel um. Sie schrie immer noch.

Ich schraubte die Flasche zu, steckte sie aber nicht in die Tasche. Ich schloss die Augen. Ich befahl meinem Gehirn: »Zurück!«

Ich stand in der Toilettenkabine. Ich zitterte. Stille im Kopf. Ich lauschte. Nichts. Ich drückte die Spültaste. Ich verließ die Kabine. Im leeren Vorraum trat ich zu dem Drahtkorb mit einer schwarzen Plastiktüte. Ich versteckte die Flasche unter den feuchten Papierhandtüchern. Ich zog die Handschuhe aus und steckte sie in eine Jackentasche. Ein älterer Mann trat ein. Ich wusch die Hände.

Ich schlenderte zu meinem Tisch. Durchatmen. Gierig leerte ich das Bierglas. Ich kippte den Grappa. Ich winkte dem Kellner. Ich orderte Tiramisu und einen Espresso. Stille im Kopf. Ich aß und schlürfte das Getränk. Ich verlangte die Rechnung. Ich gab dem Mann, den ich auf 50 schätzte, 4,70 Euro Trinkgeld. Er bedankte sich euphorisch.

Ich fuhr nach Hause. Stummer Zwilling – Gott sei Dank! Im Wohnzimmer warf mich in den Fernsehsessel. Ich barg den Kopf in den Händen. Ich schluchzte. Ich flüsterte: »Arme, arme Jessica. Du, nur *du* trägst alle Schuld an deinem Unglück. Du hast mich dazu gezwungen.«

Ich lehnte mich zurück. Ich seufzte. Ich wischte Tränen ab. »Warum hast du das getan?«, wisperte Peter Zwei.

Ich grunzte. »Böse Frauen, die mich Ungeheuer nennen und betrügen, muss man bestrafen. Jessica wollte mich nicht. Sie soll, wird keinen anderen Kerl bekommen. Basta!«

»Die bedauernswerte Frau, du hast ihr ein schreckliches Schicksal, ein jahrelanges Martyrium beschert.«

»Quatsch nicht rum. Sie ist *keine* bedauernswerte Frau. Sie hat *mich* bewusst und aus niederen Beweggründen verlassen, *mir* Leid und Schmerz zugefügt. Jetzt weiß sie, wie sich so etwas anfühlt. Thema abgehakt. Ich will nichts mehr davon hören. Ich muss mich auf meine Zukunft konzentrieren. Ich werde mich nicht mit Vergangenheit, die man eh nicht ändern kann, beschäftigen. Vorbei. Schluss. Aus.«

Stille im Kopf.

Unruhige Nacht. Ich riss die Augen auf. Ich stöhnte. Im Dämmerlicht stand – Jessica neben meinem Bett! Sie beugte sich zu mir. Entstelltes Gesicht. Feuerrot. Vernarbt. Die halbe Nase fehlte. Schwarze Augenhöhlen starrten mich leer an. Ich wimmerte. Der lippenlose Mund flüsterte: »Ich küsse dich jetzt ein letztes Mal – du Ungeheuer, du Mutant, du Missgeburt.« Das Horrorgesicht näherte sich. Ganz nah. Noch näher. Eine schwarze Zunge schlängelte. Schwefelgestank.

Brüllend schoss ich hoch. Jagendes Herz. Eisklotz im Magen. Ich fuhr über Haare und Gesicht. Nass.

»Scheiße!«, krächzte ich. »Ein grässlicher Albtraum.«

»Die Strafe für deine Untat«, wisperte es im Kopf. Ich sank aufs Kissen. Ich fluchte. Der Leuchtwecker zeigte 2:13 Uhr. »Ich werde dein Gehirn beruhigen«, flüsterte das unersetzliche Brüderchen.

Nach der Arbeit tags darauf materialisierte ich um 13:34 Uhr in der Diele. Mein Zeitkonto wies ein Guthaben von 10:14 Stunden auf. Draußen schüttete es. »Feine Sache, unser drittes Wunder«, bemerkte Peter Zwei. Ich nickte. Ich zog die Lederhandschuhe an. Ich marschierte ins Badezimmer. Ich steckte die Flasche mit dem Rest Schwefelsäure in eine doppelte Plastiktüte. Ich hatte das Mittel meiner Rache im Internet bestellt. Die nette Frau Baierlein hatte das Päckchen während meiner Arbeitszeit in Empfang genommen.

Ich fuhr zu einem Aldi. Ich entsorgte das scheußliche Zeug im dortigen Mülleimer. Zu Hause räumte ich die Spülmaschine aus. Ich trank ein Glas Wasser. Ich sah zur Uhr am Herd. »Noch über zwei Stunden, bis ich meine Amelie in die Arme schließen kann.« Ich fieberte. Ich erschrak. Die Türglocke.

Zwei Polizisten, ein Riese und eine zierliche Beamtin, tippten an ihre Mützen. Sie stellten sich vor. »Dürfen wir eintreten, Herr Peters?«, fragte der Beamte mit Bassstimme. »Wir müssen Ihnen ein paar Fragen stellen.«

»Kein Problem. Folgen Sie mir.« Ich führte sie ins Esszimmer. »Bitte nehmen Sie Platz. Darf ich Ihnen Wasser anbieten?«

»Danke, nein«, sagten Mann und Frau unisono. Ihr dunkelblonder Pferdeschwanz wippte. Der Riese sah mir in die Augen. »Herr Peters, Frau Jasmin Wolters gab uns Ihre Adresse. Sie erzählte, dass Sie zwei Jahre mit ihrer Freundin Jessica Bachmann, die bei ihr wohnt, befreundet gewesen seien. Frau Bachmann wollte im November zu Ihnen ziehen und sie wollten im nächsten Sommer heiraten. Ist das korrekt?«

Die hübsche Polizistin zückte Notizblock und Stift.

Ich riss die Augen auf. »Ja. Leider verließ sie mich Anfang Oktober.« Ich schilderte den Aufenthalt in Bern. Ich fuhr fort: »Nach der Rückkehr fand ich einen Brief meiner Freundin. Sie schrieb wörtlich: ›Hallo Peter, ich kann und will nicht mit dir zusammenleben und dich erst recht nicht heiraten. Bitte versuche nicht, Kontakt mit mir aufzunehmen. Unsere Beziehung ist unwiderruflich beendet.‹ Ich tobte und verfluchte sie, hätte garantiert jeder Mann an meiner Stelle getan. Ich trauerte ein paar Wochen. Inzwischen habe ich mit der Situation abgefunden.«

Die Beamten sahen sich an. Ich räusperte mich. »Ist Jessica etwas passiert? Hat ein Mann sie verprügelt?«

Der Polizist seufzte. »Gestern Abend bügelte Frau Bachmann in ihrem Zimmer. Frau Wolters war mit ihrem Freund ausgegangen. Frau Bachmann ließ jemand, den sie offenbar kannte, in die Wohnung. Der oder die Unbekannte schüttete Schwefelsäure in ihr Gesicht. Sie trug erhebliche Verletzungen davon. Die unmittelbare Nachbarin hörte ihre Schreie. Sie rief die Polizei. Ein Krankenwagen brachte die Bewusstlose ins Klinikum *Rechts der Isar*.«

Ich stöhnte auf. Ich schlug eine Hand vor den Mund. »Großer Gott!«, krächzte ich. »Die arme Jessica. Was für ein Ungeheuer hat eine derart grauenhafte Tat vollbracht? Unfassbar. Unmenschlich.«

Nickende Beamte. Der Riese fixierte mich. »Genau das wollen wir herausfinden.«

Ich sah die Polizisten reihum an. »Aber … ähm … warum kommen Sie dann zu mir? Sie glauben doch nicht etwa, dass ich …?«

Der Mann lächelte: »Herr Peters, wir glauben überhaupt nichts. Uns interessieren nur Fakten.«

Die Beamtin übernahm. »Herr Peters, wo hielten Sie sich gestern zwischen 18:45 Uhr und 19:45 Uhr auf?«

Ich grunzte. Ich schilderte den Besuch ab 18:30 Uhr in der *Trattoria Napoli*. »Sie können den Kellner fragen, einen Herrn Mario Chipollani«, schloss ich meine Aussage. Ich runzelte die Stirn. Ich sprang auf. »Warten Sie. Ich zeige Ihnen etwas.« Ich eilte in die Diele. Mit meiner Geldbörse kehrte ich zurück. Ich zückte vier zusammengefaltete Kassenzettel. »Ich nehme die Dinger immer automatisch mit, obwohl ich sie nicht brauche.« Ich entfaltete die Zettel. Ich reichte der Beamtin einen Beleg. »Hier, der Kassenbon.«

Sie studierte ihn. Sie murmelte: »19:42 Uhr.« Sie reichte den Zettel ihrem Kollegen. Sie schrieb ins Notizbuch.

Der Riese warf einen Blick darauf. Er gab mir mein Alibi zurück. »Danke, Herr Peters.« Die Polizisten sahen sich an. Sie nickten.

Ich hob eine Hand. »Ich hoffe, Sie schnappen bald das Monster. Vielleicht kann … kann ich einen Hinweis liefern.«

Der Riese zog die buschigen Augenbrauen hoch. »Inwiefern?«

Ich schilderte Ferahs Besuch in der Pizzeria in Garching und ihre Beobachtung.

Offensichtlich überraschte Beamte. Die Polizistin schaute mich an. »Geben Sie uns bitte Namen, Anschrift und Telefonnummer Ihrer Arbeitskollegin.«

Ich diktierte. Sie schrieb. Sie steckte Block und Stift ein. Die Beamten bedankten sich. Ich begleitete sie zur Haustür. Verabschiedung.

Ich kippte einen Cognac. »Tadellos, großer Bruder«, bemerkte Peter Zwei. »Du bist aus der Schusslinie.«

In den letzten zehn Tagen hatte ich ausnahmsweise in zwei Supermärkten die Kassenzettel eingesteckt.

Ich richtete mich her. Ich sprühte teuren Herrenduft.

»Wirst du Jessica im Krankenhaus besuchen?« wollte Peter Zwei wissen.

»Nein.«

»Herzloser Kerl.«

»Red keinen Mist. Du weißt, dass der Fall für mich abgeschlossen ist. Ich werde im Sommer nächsten Jahres in München eine Woche Urlaub machen und Ferah besuchen. Eventuell können wir Jessica aufsuchen.«

4

Aufgeregt wie ein Teenager vor dem ersten Kuss bretterte ich nach Kirchheim. Mit ein paar Minuten Verspätung betrat ich die Diele meines neuen Schwarms. Die Frau meiner Sehnsüchte umarmte mich. Begehrlicher Kuss. Augenverschlingen. »Schuhe ausziehen«, flüsterte sie. Ich gehorchte. Sie trug Slipper. Sie packte meine Rechte. Sie sah mich an. Das Glutmeer ihrer Augen drohte mich zu verbrennen. »Nichts sagen, nur mitkommen.«

Herzaussetzer. Nervenflattern. Seelenhüpfen. Wir eilten – ins Schlafzimmer. Wilde Küsse. Glutküsse. Gierküsse. Die Klamotten flogen in alle Richtungen. Wir sanken aufs französische Bett. Mit Augen und Händen tasteten wir uns ab, dabei uns pausenlos küssend. Mit Fingern, Lippen und Zunge erforschte, verwöhnte ich jeden Quadratmillimeter des sahneweißen Traumkörpers. Er duftete köstlich wie Apfelbäume im Herbst. Anblick und Geruch der rasierten Scham ließen mich am Rand einer Lustohnmacht taumeln.

Amelie girrte und wimmerte, keuchte und stöhnte. Sie zitterte. Sie bebte. Körperspannung. Aufbäumen. Ein leiser Schrei. Wohlig klingende Seufzer.

Ich glitt neben sie. Umarmung. Zarte Küsse. »Traumhaft, Liebster«, flüsterte mein Traum. »Ich schmolz. Ich empfinde tiefste Liebe, Glutliebe, Peter. Tag um Tag und jede Nacht wuchs sie seit deiner Rückkehr aus dem Urlaub.«

Ich öffnete den Mund. Sie verschloss ihn mit einem lustvollen Kuss. »Nichts fragen, nichts sagen«, wisperte sie. Sie lächelte. Sie packte Peterchen. Sie flüsterte: »Beachtlich. Jetzt will ich alles. Alles dir schenken, alles dir nehmen.«

Ich hechelte wie ein Verdurstender. Sehnsucht, Verlangen, Begehren – Liebe überschwemmten mich, füllten jede Zelle. Meine Amelie! Wir vertieften uns in aufwühlenden, berauschenden, atemraubenden Liebesspielen. Wir ließen nichts, aber auch gar nichts aus.

Nie zuvor im Leben empfand, fühlte, genoss ich reinere, intensivere, glückseligere Gefühlswallungen. Der Tsunami der Liebeslust schleuderte mich in ein sattblaues Meer voller funkelnder, farbiger Sterne. Diese und ich zerstäubten in unvergleichlichen Hochgenüssen, in totaler Zufriedenheit, vollständiger Befriedigung. »Nicht zu toppen«, wisperte der Teilnehmer meiner Gefühlswelt.

Pure Liebe, tiefe, die echte Liebe umhüllte jedes Atom meines Körpers. Nervenglätte. Herzruhe. Seelenfrieden. Angekommen. »Ich hoffe für immer und ewig«, flüsterte das manchmal vorlaute Brüderchen.

Amelie war etwas Besonderes. Das stand eindeutig fest. In gewisser Weise war sie *alles*. Alles, was ich mir erhofft, ersehnt, gewünscht hatte.

Verschwitzt lagen wir uns in den Armen. Ich strich der Liebsten eine Haarsträhne aus dem geröteten Gesicht. Sie strahlte mich an. Die rauchige Stimme sagte leise: »Ich bin zwar total geplättet, erschöpft, aber sehr, sehr glücklich, wunschlos glücklich, Liebster. Mein jahrelanger Wunschtraum, in den Armen eines dunkelhaarigen, groß gewachsenen, intelligenten Mannes zu liegen, ihn zu verwöhnen, ihn zu genießen, von ihm verwöhnt zu werden, erfüllte sich. Wie in einem Märchen. Ich liebe dich, Peter Peters, werde dich lieben bis zum Ende aller Tage.«

»Amen.« Schade, dass ich Peter Zwei nicht umbringen konnte.

Ich küsste die vollen Lippen. »Du bist meine Traumfrau, wirst meine Traumfrau bleiben, die ich nie verlassen, auf Händen tragen und rund um die Uhr verwöhnen will und werde. Ich liebe dich, liebe deine wunderbaren Augen, das herrliche Haar, dein schönes Gesicht, den aufregenden Traumkörper, der meinen Verstand vernebelt und den ich mit jeder Körperfaser begehre.«

Glucksen. »Du Schmeichler, du, mein Bauch und mein Hintern gefallen mir nicht. Da muss ich abspecken.«

Ich verdrehte die Augen. Ich kniff in das süße Bäuchlein. »Wage es bloß nicht, auch nur ein einziges Gramm abzunehmen. Ich würde dich umbringen und in meinem Garten verscharren.«

Wir lachten. Wir küssten uns. Amelie schaute mir in die Augen. Sie seufzte. Sah ich Traurigkeit im Smaragdgrün?

Sie strich mir über eine Wange. »Leider, leider trübt eine für mich entsetzliche Tatsache mein Glück, meine Liebe. Du ... du verlässt mich im Januar. Wie soll ich dann ohne dich weiterleben? Ohne diese Liebe, ohne das Glück? Ohne dich werde ich verkümmern wie ein Rosenstock ohne Wasser. Grauenhaft. Scheußlich. Albtraumhaft.«

Jäher Schreck in mir. Im Rausch der Sinne hatte ich meine Auswanderung völlig vergessen. Ich schluckte. »Verzweifele nicht, Liebes. Ich werde sofort nach meiner Ankunft in Bern einen Job für dich suchen. Du bist nicht nur die beste Liebhaberin der Welt, sondern auch die fähigste Chefsekretärin.«

Liebliches Lächeln. »Danke, Liebster. Hoffentlich klappt das. Ich freue mich jetzt schon auf das Zusammenleben mit dir.«

Wir küssten uns. Wir krochen aus dem Bett. »O weh, o weh!«, jammerte ich. »Mein Magen knarrt wie rostige Türangeln. Wir haben uns total verausgabt. Wir brauchen Energie.«

Meine 1,67 Meter messende Amelie stellte sich auf die Zehenspitzen und küsste mich auf den Mund. »Meiner auch. Kochen fällt flach. Ich lade dich in ein Restaurant ein.«

»Kommt nicht in die Tüte, ich lade *dich* ein.«

Wir duschten. Wir zogen uns an. Wir fuhren zum *Landlust Wirtshaus* am Reitsberger Hof in Vaterstetten, nur wenige Kilometer südlich von hier. Wir studierten die Speisekarten. Meine Amelie lächelte mich an. Ich drohte, in den unergründlichen Tiefen ihres Augenozeans zu ertrinken. »Ich könnte einen Ochsen verspeisen.«

Ich grinste. »Und ich zwei.« Wir lachten uns an. Wir orderten weder einen noch zwei Ochsen, sondern beließen es bei Rinderfilet mit Beilagen. Wir tranken duftenden roten Burgunder.

Sie legte die rechte Hand, an deren Fingern dunkelroter Nagellack glänzte, auf meinen Unterarm. Sie wirkte betrübt. Sie seufzte. »Morgen früh fahre ich zu den Eltern nach Frankfurt«, erklärte sie. »Am Dienstag komme ich abends zurück.«

Ich riss die Augen auf. »Ach du Schreck!«, klagte ich. »Wie soll ich die elenden Feiertage überleben? Ich werde vor Einsamkeit einen grässlichen Tod erleiden.«

Kichern. »Wir werden sie überleben, Liebling. Freuen wir uns auf Mittwoch. Wir werden uns herzen, küssen und lieben, bis wir in Ohnmacht fallen.«

Ich hob die Hände. »O ihr Götter des Universums, lasst die Zeit bis dorthin rasen und danach in Zeitlupe ablaufen.«

Wir lachten.

Ich bestellte Espresso. Wir schlürften ihn. Ich sah Amelie an. »Kein Vergleich mit deinem Gebräu, mein Engel.«

»Danke, mein Amor.«

Sie räusperte sich. Sie beugte sich vor. »Heute Nachmittag erfuhr ich in den Nachrichten das fürchterliche Verbrechen an … Jessica. Grauenhaft.«

Ich setzte eine betrübte Miene auf. »Ja, keine Frage«, sagte ich mit matter Stimme. »Hoffentlich schnappt man die Bestie bald und sperrt sie jahrelang ein.« Ich schilderte den Besuch der Polizisten.

Meine Amelie riss die Augen auf. Sie schlug eine Hand vor den Mund. »Großer Gott! Sind die Typen verrückt? Dich, den besten Mann der Welt, zu verdächtigen. Ein Unding.«

Ich winkte ab. »Bei derartigen Verbrechen stehen Freunde, Bekannte, Familienangehörige und vor allem Verflossene auf der Liste der Verdächtigen ganz oben.«

Nicken. Ich zahlte.

Abschiedsszenen in Amelies Diele. Heiße Küsse, die mich und Peter Zwei glühen ließen.

Halb betäubt fuhr ich nach Hause. Schweigen im Kopf.

Ich träumte von meiner Amelie. Ich träumte von den blitzenden Sternen in den Smaragdaugen, dem Kussmund, den vollen und doch festen Brüsten. Ich träumte von ihrem süßen Bäuchlein, der Seidenhaut der Oberschenkel, ihrem betörend duftenden, heißen Honigtöpfchen und dem Atemloshintern. Welch ein Traum!

Samstag. Kalt. Nieselregen. Das Festnetztelefon verlangte nach mir. Ich runzelte die Stirn. Ich sah zur Esszimmerwand. Anstelle von Jessicas Pferdebild hatte ich eine Funkuhr aufgehängt. Die Untreue hatte das Bild mitgenommen. »Kurz vor zehn. Wer ist denn das?«, murmelte ich. Ich meldete mich. Ferahs Stimme überschlug sich fast. »Bei Allah und Mohammed, Peter, hast du schon vom abscheulichen Verbrechen an Jessica gehört?«

Ich seufzte. »Ja, entsetzlich. Gestern Nachmittag waren zwei Polizisten bei mir. Sie konfrontierten mich mit dem Vorfall und wollten mein Alibi wissen.«

Sie schnaufte. »Hast du eins?«

»Ja.« Ich schilderte den Restaurantbesuch.

Sie schnaubte. »Allah sei Dank! Vorhin waren auch bei mir zwei Beamte. Sie wollten jede Kleinigkeit über Bodo Moser wissen.«

»Aha. Vielleicht ist er ja der Verbrecher. Wo wohnt der Kerl eigentlich?« Sie sagte es mir.

Ich fragte: »Hast du ein Alibi abliefern müssen?«

»Ja. Kein Problem. Wir waren um die Tatzeit bei Mehmeds Eltern zum Essen eingeladen. Na ja, wenn Jessica ansprechbar ist, wird man das Ungeheuer rasch schnappen.«

»Klar, Ferah.« Wir plauderten noch eine Viertelstunde.

Ich erledigte Einkäufe. Überall Höllenbetrieb.

Sonntag. Heiligabend. Weiße Weihnacht? Fehlanzeige. Regen. Vier Grad. Mir egal. Einsam und verlassen und mit Sehnsucht nach meiner Amelie im Herzen brachte ich den Tag hinter mich. An den beiden blöden Feiertagen aß ich abends in Restaurants.

An den drei Tagen zwischen den Jahren hatte ich keinen Urlaub. Ich liebte diese Zeit. Wenig Telefonate. Null Hektik. Außer mir arbeiteten der 49-jährige geschiedene Roman, ein stiller Mann, Dirk, die kleine mollige Ulrike mit den unmöglich dicken Titten und Amelie.

Um halb acht stürmte sie in mein Büro. Sie schloss die Tür. Umarmen. Streicheln. Ein liebevoller Kuss, der nach Sehnsucht schmeckte. Sie lächelte. »Gott sei Dank leben wir noch. Ich glaubte, die Erde stand still.«

Ich seufzte. »Leider habe ich kein Geschenk für dich, Engelchen. Noch kenne ich deine Vorlieben nicht.«

Glucksen. »Schenk dich heute Abend mir und ich schenke mich dir.«

Ich jubelte. »Du bist die fantasievollste Frau auf Erden.« Wir lachten uns an.

Gegen 15:15 Uhr betrat ich Amelies Büro. »Wann machst du Feierabend, Liebes?«

»In einer Viertelstunde. Du fährst mich nach Hause. Ich habe eine Überraschung – für dich, für uns.«

Ich hechelte. »Welcher Art?«

Mädchenhaftes Kichern. »Verrate ich nicht, sonst wäre es ja keine Überraschung.«

Pünktlich rauschten wir aus dem Gebäude. Mäßiger Verkehr. In der Wohnung sagte sie: »Hol dir ein Glas Wasser und setz dich ins Wohnzimmer.«

Ich runzelte die Stirn. »Was hast du vor?«

Gurren. Zarter Kuss, der augenblicklich mein Gehirn in Flammen aufgehen ließ. »Ich packe ein paar Klamotten und meine Toilettensachen. Ich niste mich bei dir ein – bis ins nächste Jahr.«

Peter Zwei jubelte. Ich riss Augen und Mund auf. »Jesses, die größte Überraschung des Jahrhunderts! Unvergleichliche Amelie. Ich bin hin und weg. Ich weiß gar nicht, was ich sagen soll. Ich liebe dich.«

»Du brauchst gar nichts sagen, sondern nachher den Koffer tragen und dich freuen, so wie ich mich freue, riesig freue.«

Zuhause stellte ich den Koffer ins Wohnzimmer. Amelie hauchte mir einen Kuss auf die Lippen. »Wir setzen uns jetzt aufs Sofa und teilen uns eine Flasche Bier. Ich will dir etwas erzählen.« Ich nickte. Ich eilte in die Küche.

Mit zwei gefüllten Gläsern setzte ich mich neben sie. Wir tranken. Sie sah mir in die Augen. »Gestern fuhr ich von den Eltern später als geplant los. Kurz nach sieben erreichte ich Garching. Ich wollte mir nichts kochen und ging in eine Pizzeria, in der ich zweimal war. An einem Vierertisch saßen Jasmin und ihr Freund. Ich kenne sie von meinen montäglichen Besuchen in einem Fitnessstudio. Ich setzte mich zu ihnen. Jasmin war blass und hatte gerötete Augen. Sie sagte, sie habe am Spätnachmittag Jessica besucht.«

Amelie seufzte. Sie trank einen Schluck Bier, ich drei. Peter Zwei stöhnte. Sie fuhr fort: »Außer dem rechten Auge und dem Mund war Jessicas Gesicht total vermummt. Sie sprach nur wenig. Jasmin blieb ungefähr 20 Minuten. Im Foyer des Krankenhauses saßen Jessicas Eltern auf einer Bank. Sie setzte sich zu ihnen. Die Mutter war völlig fertig und heulte. Der Vater schilderte Jasmin schluchzend und stockend Einzelheiten der Verletzungen der Tochter. Die Säure hat die linke Augenbraue, den Augapfel und mehr als die Hälfte der Nase weggefressen. Das andere Auge besitzt nur noch drei Viertel Sehfähigkeit. Die linke

Wange ist 80, die rechte 30 Prozent und die Oberlippe fast ganz zerfressen. Der Busenansatz ist schlimm verätzt.«

Amelie trank zwei Schlucke Bier. Ich leerte das Glas. Die unwissende Liebste quälte mich weiter. »Jessica wird im Verlauf des nächsten Jahres mehrmals operiert. Egal wie viele Operationen sie über sich ergehen lassen muss, ihr Gesicht wird nie mehr auch nur annähernd so aussehen wie früher.« Sie trank einen Schluck.

Ich hüstelte. »Wissen die Eltern, ob die Polizei den Täter verhaftet hat? Jessica konnte ihn doch identifizieren, oder?«

Seufzen. »Sie kann sich leider nur noch daran erinnern, dass sie begonnen hat, eine blassrote Bluse zu bügeln. Sie habe der Polizei gesagt, ihr Kopf sei ab diesem Zeitpunkt völlig leer. Die unmittelbare Nachbarin hat ihre Schreie gehört und den Notruf gewählt. Man hat ihren Freund, einen gewissen Bodo Moser, festgenommen. Eine ältere Frau hat ihn um den Tatzeitpunkt in der Nähe von Jessicas Wohngebäude gesehen. Der Mann erklärte der Polizei, er habe einen längeren Spaziergang gemacht. Zeugen gibt es keine. Die Polizei fand in seinem Badezimmer eine Flasche mit einem Rest Schwefelsäure. Der Typ behauptete, er habe sie vor vier Wochen gekauft, um die Abflüsse zu reinigen. Die Kripo, die Eltern, Jasmin und auch ich glauben, dass er der Täter ist.«

Ich nickte. »Keine Frage, wer soll es sonst gewesen sein?« Amelie leerte das Glas und erhob sich. »Muss zur Toilette.«

Ich fluchte innerlich. »O weh, großer Bruder!«, meldete sich Peter Zwei. »Ich befürchte, dass dir die Horrorbilder den Abend mit der süßen Amelie und auch den Rest der Woche versauen werden.«

Ich schüttelte mich. Ich murmelte: »Pack die Bilder, verschnür sie und wirf sie in das schwarze Loch, in dem ich meine Gehirnabfälle entsorge.« Brüderchen packte, verschnürte und entsorgte. Ich füllte den leeren Bereich mit Liebesszenen des vergangenen Freitags.

Ich trug den Koffer ins Schlafzimmer. Meine Amelie räumte ihn aus und die Toilettenartikel ins Badezimmer.

Etwa 20 Minuten später saßen wir in der *Trattoria Napoli*. Ich staunte. Amelie redete mit dem Kellner Chipollani italienisch. Wir bestellten Weißbier und Pizzen. Ich sah sie an. »Wieso kannst du italienisch?«

»Meine Mutter war Deutsche und mein Vater Schwede. Von ihm erbte ich Haar- und Augenfarbe. Sie starben bei einem Autounfall, als ich sechs Jahre alt war. Ein Ehepaar namens Romano adoptierte mich. Die Frau konnte keine Kinder bekommen. Bis vor einem Jahr besaß es in Frankfurt eine Pizzeria. Ich wuchs zweisprachig auf.«

Ich runzelte die Stirn. »Aber ... äh ... ich meine, du heißt doch Wildmark.«

Nicken. »Mit 18 nahm ich wieder den Familiennamen meines Papas an – zum Andenken. Ich habe ihn sehr geliebt.«

Ich ergriff ihre Rechte. »Du bist eine gefühlvolle, eine wundervolle Frau. Ich liebe dich.«

Bezauberndes Lächeln. Die wundervolle Frau trank einen Schluck Bier. Sie überraschte mich erneut. »Ich erbte das Vermögen meiner leiblichen Eltern. Ich besitze noch 35.000 Euro in Aktien, rund 13.000 in Gold und das vermietete Haus in Frankfurt.«

»Donnerwetter! Du bist ja eine reiche Frau.«

Liebliches Lächeln.

Minuten nach unserer Rückkehr wälzten wir uns im Bett. Der berückende Liebesakt verscheuchte die letzten Fragmente der Schreckensbilder. Eng umschlungen drifteten wir aus dem warmen Ozean der Liebe und Lust ins stille Schafmeer.

Märchenstunden, Traumtage, Glutnächte des überglücklichen Liebespaares Amelie Wildmark und Peter Peters, natürlich auch meines Zwillings.

Ich veranstaltete kein Abschiedsfest in der Firma.

Silvester genossen wir bei mir.

Prosit 2018! Amelie und ich feierten das neue Jahr mit Liebesfeuerwerken, deren Explosionen sämtliche Feuerwerke in der Stadt übertrafen – fanden wir jedenfalls.

Am Neujahrstag schliefen wir bis zehn.

Wir stärkten uns mit einem umfangreichen Brunch. Am frühen Nachmittag erklärte sie: »Fahr mich bitte nach Hause. Ich muss in der Wohnung werkeln, waschen und bügeln.«

Innige Abschiedsküsse in ihrer Diele.

5

Dienstags regelte ich die restlichen Angelegenheiten der Auswanderung. Endlich Mittwoch. Traumhafter Spätnachmittag und Abend mit meiner Amelie.

Donnerstag. Trüb. Drei Grad. Gegen 13:40 Uhr beförderte mich die *Telpo* in Hans-Dieter Petermanns Einliegerwohnung in der Villa seiner Eltern. Ich stand in der Diele. Der Kerl hatte mich und drei weitere Kollegen im April vergangenen Jahres zu seiner Geburtstagsparty eingeladen. Ich wusste von einem Arbeitskollegen, der engeren Kontakt zu Petermann pflegte, dass mein Zielobjekt diese Woche Urlaub hatte.

Ich lauschte. Gemurmel aus seiner Bibliothek, wie der Idiot das Zimmer mit Bücherregalen neben dem Fenster bezeichnete. Hat er Besuch? Herzklopfen. Ich schlich zur angelehnten Tür. Ich drückte sie eine Handlänge weiter auf. Ich spähte durch die Lücke. Entwarnung. Ich sah auf Petermanns Rücken und einen Riesenfernseher. Eine Nachrichtensendung lief.

Ich trat ein. Der Kopf des Schmarotzers schnellte herum. Aufgerissene Augen. Offener Mund. *Wilma* schnappte sein Gehirn. Der Mund klappte zu. »Hallo, Hans-Dieter«, sagte ich mit sanfter Stimme. »Schön dich zu sehen.«

Er schüttelte sich. Ich erteilte ihm präzise Befehle. Er nickte. Er erhob sich. Er verließ den Raum. Ich sah auf die Armbanduhr. Ich studierte die Titel der Bücher in den Regalen. Mehrheitlich erotische Romane. Ich musterte etliche DVDs dazwischen. Pornographische Filme.

»Geiler Bock«, murmelte Brüderchen.

Ich wartete.

Der geile Bock betrat den Raum. Er gab mir einen DIN A 5 Umschlag mit den von mir gewünschten 6.000 Euro.

Ich fixierte ihn. »Wenn du den Kontoauszug liest, glaubst du, dass du das Geld bei Callgirls verjubelt hast. Verstanden?«

»Ja.«

»Du setzt dich jetzt in den Sessel und siehst weiter fern. Du vergisst, dass ich hier war. Klar?«

»Ja.«

Ausatmen. Der Zurück-Befehl brachte mich in mein Arbeitszimmer. Am Schreibtisch schrieb ich Jessica mit Omas Füllfederhalter einen Brief. Ich bedauerte die grauenvolle Tat, wünschte eine gelungene Wiederherstellung des Gesichtes und einen baldigen Start ins normale Leben. Zum Schluss schrieb ich: *Ich überwies Dir 5.000 Euro auf Dein Konto. Die Bankverbindung kenne ich noch. Du wirst das Geld sicherlich sinnvoll verwenden.*

Herzliche Grüße. Peter Peters.

»Eine löbliche Geste«, kommentierte Brüderchen.

Ich füllte ein Überweisungsformular aus, schnappte zehn 500er aus dem Umschlag und fuhr zur Bank.

Anderntags holte ich am späten Nachmittag Amelie zu Hause ab. Süßer Kuss in der Diele. Ich verstaute ihre Reisetasche im Kofferraum.

Gemeinsam kochten wir Spaghetti Bolognese. Ich schnitt zwei Tomaten auf und verfeinerte sie mit schwarzem Pfeffer und italienischen Olivenöl. Wir speisten mit Genuss. Wir tranken *Saint-Amour*, einen Beaujolais Grand Cru.

Wir räumten den Tisch ab und die Küche auf. Später sahen wir uns die Regionalnachrichten an. Moser hockte noch in Untersuchungshaft. Der Staatsanwalt hatte Anklage wegen schwerer Körperverletzung erhoben. »Bin mal gespannt, wie die Sache endet«, bemerkte Amelie.

Ich küsste sie. Wir eilten ins Schlafzimmer. Fulminantes Liebesspiel. Traumhaft. »Traumhaft«, echote Brüderlein.

Samstag, 6. Januar. Kalt. Schneeregen. »Scheißwetter!«, kommentierte Peter Zwei. Frühstück gegen neun Uhr. Später Einkäufe in einem Supermarkt. Ich fuhr Amelie nach Hause. Sie verstaute ihre Einkäufe. Verfolgt von dicken Schneeflocken kehrten wir zurück. Ich stellte die gekauften elf roten Rosen in einer Glasvase auf den Wohnzimmertisch. Ich deckte den Esstisch. Ich kochte Kaffee. Meine Liebste schnitt einen Teil des Hefezopfes auf. Wir verdrückten ihn mit Butter. »O weh!«, meinte Amelie. »Da werden sich meine Hüften freuen.«

Ich küsste ihr einen Krümel von den Lippen. »Ich liebe deine Hüften, Kuschelmäuschen.« Süßes Kichern. Mit Wasser gefüllten Gläsern setzten wir uns aufs Sofa. Ich blickte in den verwirrenden Dschungel ihrer Augen. »Ich gestehe dir jetzt eine Untat, Liebes.«

Sie schlug eine Hand vor den Mund. »Großer Gott, Peter! Hast du eine Bank ausgeraubt?«

Ich lächelte. »Nein. Ich bin ein gesetzestreuer Bürger. Ich ... ich habe dich ein bisschen angeschwindelt.«

Große Augen. Offener Mund.

Ich schilderte, dass ich keinen Job in Bern, sondern in Dubai bei einem wissenschaftlichen Institut den Posten des Leiters der Systembetreuung angenommen habe. Ich erwähnte die hervorragende Bezahlung und die Steuerfreiheit.

Die Liebste wankte. Sie klappte den Mund auf und zu. »Und du willst mir dort ebenfalls einen Job besorgen?«

Ich strahlte sie an. »Klar, Liebes. Ich sprach den Leiter des Instituts darauf an. Damals allerdings für ... äh ... Jessica. Er sagte, es gebe keine Probleme. Er verfügt über umfangreiche Beziehungen. Es wird dir in Dubai gefallen, Liebes. Immer tolles Wetter, keine Verbrechen und du kannst shoppen, bis die Kreditkarten glühen.«

»Jesses, Peter!«, stieß sie hervor. »Das hört sich alles super an. Aber ... aber der Sommer. Ich vertrage keine Bruthitze.«

»Warten wir ab. Falls du dich unwohl fühlst, finden wir eine andere Lösung. Ich muss nicht dort wohnen. Den Großteil meiner Arbeit kann ich von zu Hause aus erledigen. Ich brauche nur wenige Stunden in der Woche im Institut anwesend sein.«

Sie runzelte die Stirn. »Aber, Peter, wenn wir nicht in Dubai wohnen wollen, wo dann?«

»Ich schlage Italien vor. Wir suchen dir dort in einer Stadt deiner Wahl Arbeit. Du sprichst ja italienisch.«

Sie schaute mich an, als habe ich nicht alle Latten im Zaun, wie mein Papa ab und zu sagte. Sie schnaufte. »Jetzt redest du aber Blödsinn, Peter. Willst du etwa wöchentlich nach Dubai fliegen? Kostet Zeit und einen Haufen Geld.«

Ich lächelte. Ich strich ihr zärtlich über eine Wange. »Ich brauche das nicht, Liebes. Ich verfüge über ein weitaus schnelleres und kostenloses Transportmittel. Bevor ich dich aufkläre, liefere ich eine Kostprobe.«

Unverständnis in schönen Augen und Unglaube im schönen Gesicht. »Ich verstehe überhaupt nichts«, sagte sie mit matter Stimme.

Ich deutete auf den Wohnzimmertisch. »Betrachte dieses Taschenbuch.«

Sie runzelte die Stirn und sah hin. Ich konzentrierte mich. Das Buch stieg etwa 50 Zentimeter in die Höhe, drehte sich mehrmals im Kreis und sank auf den Tisch zurück.

Zeitlupenhaft wandte mir Amelie den Kopf zu. Riesenaugen. Offener Mund. Was noch? Nichts. Sie lächelte. Unglaublich. »Nettes Kunststück«, sagte sie mit etwas heiserer Stimme. »Aber es erklärt nicht, wie du rasch und kostenlos nach Dubai kommen willst.«

Ich nickte. »Dieses Kunststück ist nur ein winziger Teil einer weitaus bedeutsameren Wundergabe, die ich besitze.« Anschaulich schilderte ich das dritte Wunder, die Tests, meine Sprünge ins Büro und wieder zurück.

Die Liebste riss die Augen auf. Sie schüttelte sich. Sie stöhnte. Meine Amelie brach aber weder in Panik aus noch bezeichnete sie mich mit Monster, Ungeheuer oder Missgeburt. »Großer Gott, Peter!«, krächzte sie. »Das ist ja genial, unfassbar, fantastisch! Du bist ein Wunderknabe. Ich habe mich in einen Supermann verliebt. Atemberaubend.«

»Sie ist ein echter Schatz«, wisperte Peter Zwei. »Ich weiß jetzt, wir haben die Frau fürs Leben gefunden.«

Ich strahlte. Ich riss sie in die Arme. Ich küsste sie innig. Sie löste sich. Sie schaute mich an. Undefinierbares Funkeln in den Smaragden der Augen. Lächeln. Sie deutete zum Tisch. »Betrachte die schönen Rosen.«

Stirnrunzelnd musterte ich sie. Mich trat ein Pferd, ach was, die komplette Pferdepopulation der Erde. Die Vase stieg mindestens einen halben Meter hoch. Sie schwebte nach links. Sie schwebte nach recht. Sie schwebte nach hinten und vorne. Sie kreiselte. Sie stoppte. Sanft setzte sie sich auf die Glasplatte.

Stille im Raum. Stille im Kopf. Unglaube, Verwirrung, Fassungslosigkeit füllten mein Gehirn. Millionen Fragen stürmten heran, eine einzige konnte ich stellen: »Du ... du auch?«

Lächeln. Nicken. Ein Kuss auf meinen ausgetrockneten Mund. »Ja, Liebling. Mit 16 Jahren entdeckte ich dieses Talent. Es leistete mir einige Male nützliche Dienste.«

Ich nickte unwillkürlich.

»Ist das alles, was du dazu meinst?«, flüsterte die tolle Frau.

Ich schüttelte mich. Ich krächzte wie ein Rabe im Stimmbruch: »Ich bin sprachlos, Liebes, meine Welt steht Kopf.«

Sie lächelte. »Diese Wundergabe habe ich von der Mutter meines Vaters geerbt.«

Ich räusperte mich. Ich klärte sie über die Entdeckung des Wunders *Telpo* auf, einschließlich der nächtlichen Ausflüge.

Sie schlug eine Hand vor den Mund. »Großer Gott, Peter! Das ist ja entsetzlich. Du hättest dich böse verletzen oder ... oder gar sterben können. Hast du etwas dagegen unternommen?«

»Ja, Liebes.« Ich schilderte den Besuch bei Dr. Kopferl, seine Vermittlung an Professor Heilmann in Dubai, die Reise und die erfolgreiche Bestrahlung.

Amelie schnaufte. Erleichterung in Augen und Gesicht. »Gott sei Dank! Weiß noch jemand von deinem Wunder?«

»Nein. Du bist der zweite Mensch auf Erden.«

Nicken. »Du bist jetzt der einzige Mensch, der meine Wundergabe kennt.«

»So soll es auch bleiben, mein Engel.« Ein Engelskuss. Ich nahm die Engelshände. Ich schaute in die Engelsaugen, die ich so liebe. »Ich schlage vor …« Ich breitete meine Ideen und Überlegungen über unsere gemeinsame Zukunft aus. Die Aufgaben in der *Organisation aufrechter Menschen* sprach ich nicht an. Auch die Wunder eins und zwei erwähnte ich nicht. Schien mir noch zu früh.

Amelie strahlte. Sie klatschte in die Hände. »Genau so gehen wir vor, Liebling. Ich bin überglücklich.« Sie küsste mich heftig.

Traumhaftes Wochenende.

Mittwochs verpackte ich Bücher, Musik-CDs, eine 500 GB externe Festplatte mit der Sicherung persönlicher Daten meines Laptops, sieben USB-Sticks, einige lieb gewonnene Kleinigkeiten und Klamotten in Umzugskisten. Nachmittags transportierte sie ein Spediteur ab.

Abendessen und schlafen bei Amelie – und mit ihr.

Tags darauf bretterte ich mit ihrem VW Polo nach Hause. Sie fuhr immer mit der S-Bahn zur Arbeit.

Gegen 15 Uhr tauchte der Kollege Markus auf. Er unterschrieb den von mir vorbereiteten Kaufvertrag meines BMW. Die 9.000 Euro wollte er noch heute überweisen.

Freitags packte ich einen Koffer und eine Reisetasche. Kurz vor 15 Uhr brachte mich ein Taxi zu Amelie. Heiße Küsse. Glutvolle Küsse. Liebesküsse.

Leichtigkeit und Langsamkeit, Intensität und Inbrunst bestimmten unseren Liebesakt. Herrlich. Hinreißend. Himmlisch.

Anderntags fuhr Peter Peters gegen halb zehn zum letzten Mal nach Hause. Minuten später traf das Ehepaar Tarasoy ein. Ich übergab die Hausschlüssel. Im Keller zeigte ich Mehmed den Sicherungskasten und erklärte die Heizung.

Im Wohnzimmer öffnete ich meine letzte Flasche Champagner, Muslime hin oder her. Ferah lächelte mich an und sagte: »Möbel, Geschirr und alles Übrige, was wir nicht brauchen, verkaufen oder verschenken wir.«

Ich gab ihr den Laptop. »Ich kaufe mir in … Bern einen neuen.«

Sie strahlte. »Vielen Dank, Peter. Ich schenke ihn meiner Nichte. Sie wünscht sich schon lange einen. Ihre Eltern haben nicht viel Geld.«

Wir leerten die Gläser. Ferah schaute mir in die Augen. »Du hast in Amelie eine neue Liebe gefunden und sie in dir. Sie hat zum 31. gekündigt. Sie wird dir für eine gemeinsame Zukunft nach Bern folgen. Sie hat mir davon erzählt. Ich freue mich für euch. Ich hoffe, dass ihr uns im August besucht. Jetzt haben wir ja ein Gästezimmer. Dann ist bereits unser Stammhalter auf der Welt.«

»Die Schwangerschaft macht sie noch fraulicher, noch anziehender«, teilte Peter Zwei meine Meinung.

Herzliche Verabschiedung von den zukünftigen Eltern.

Gegen halb eins verspeisten Amelie und ich die von ihr gekochte Erbsensuppe mit Wiener Würstchen.

Ab- und Aufräumen fielen flach. Hand in Hand eilten wir ins Schlafzimmer. Liebesfestival vom Feinsten. Hinterher schluchzten wir ein bisschen. Abschiedsschmerz.

Kurz vor 16:20 fuhren wir zum S-Bahnhof nach Ismaning. Die Bahn brachte uns zum Flughafen. Tränenreiche Verabschiedung mit süßen Küssen. »Mein Herz schmerzt«, flüsterte die Liebste. »Es sehnt sich danach, bald wieder für dich zu pochen.«

Ich stammelte Liebesworte. Wir winkten uns, bis mein Engel aus meinem Blickfeld verschwand.

Die Organisation

1

In der Ankunftshalle des Zielflughafens begrüßte ich Henry. Stets die schauerliche indische Musik der Audioanlage vor sich summend, kutschierte er mich zum Institut.

Eine lächelnde Uma führte mich durch eine der dunkelroten Doppeltüren in einen gelb gestrichenen Flur. »Hier liegen die Apartments«, erklärte sie. »Sie wohnen in Nummer drei.«

Ich nickte. »Schläft Frau Moretta noch?«, wollte ich wissen. »Blöde Frage«, kommentierte Peter Zwei.

»Nein. Sie fuhr vorgestern Morgen mit Frau Pashra, die in Nummer zwei wohnt, nach Umm al-Qaiwain, ein kleines Emirat im Norden. Sie kommen am späten Abend zurück.«

»Was machen sie dort?« Mein Zwilling grunzte. »Neugieriger Kerl.«

Lächeln. »Sie vergnügen sich in einem Strandhotel.«

»Aha.« Ich runzelte die Stirn. »Wird an Sonntagen nicht im Institut gearbeitet? Die sind doch hier normale Werktage.«

»Jeden dritten Sonntag haben die Angestellten frei.«

»Aha.«

»Die Essenszeiten kennen Sie ja von Ihrem letzten Besuch.«

»Danke, Uma.« Sie gab mir den Wohnungsschlüssel mit einer roten Drei.

Die Einrichtung des Apartments entsprach der des früheren Zimmers, allerdings mit separatem Schlafzimmer. Ein dreitüriger Kleiderschrank mit raumhohen Schwebetüren, davon die mittlere verspiegelt, beherrschte die Wand gegenüber dem Doppelbett. Das Duschbad lag auf der anderen Seite des kurzen Flurs.

Ich räumte die Klamotten und Toilettensachen ein. Sehnsucht nach meiner Amelie brandete in mir hoch. Ich seufzte. Ich rief sie über das

Telefon an. Ich schilderte Flug, Ankunft und beschrieb die Wohnung. Liebesgeflüster. »Ich kaufe morgen einen Laptop, Liebes«, sagte ich abschließend. »Dann können wir über Skype kommunizieren.« Sie freute sich. Zum Abschied schluchzten wir.

Ich frühstückte. Im Wohnraum schaltete ich den Großmonitor an der Wand ein. Behäbig zogen Kamele, vielmehr Dromedare, durch eine Wüste. Ich schlief zwei Stunden. Scheußliche Geräusche rissen mich aus einem Traum, in dem ich gerade meiner Liebsten den BH abstreifte. Ich fluchte. Ich schnappte den Hörer des Telefons auf dem Nachttisch. Ich meldete mich.

»Guten Morgen, Peter«, grüßte Professor Heilmann. Er erkundigte sich über den Flug, mein gesundheitliches und jetziges Befinden. Wir plauderten mehrere Minuten. Er lud mich zum Mittagessen ein.

Gegen halb eins stieg ich vorm Eingang in einen weißen BMW X 6. Der Achtzylinder brabbelte. Händeschütteln. Plaudern. Nach kurzer Fahrt parkte er in einer Seitenstraße vor einem vierstöckigen ockerfarbenen Gebäude mit Flachdach, auf dem Solarpanel das Licht der Wüstensonne aufsaugten. Ein Restaurant nahm das Erdgeschoss ein.

Heilmann erklärte: »Rechts in der vierten Etage liegt Ihre zukünftige Wohnung. Das Haus ist 34 Jahre alt und besitzt 60 Zentimeter dicke Mauern aus Sandstein. Wir ließen es modernisieren und anständig isolieren, unter anderem mit dreifach verglasten Schallschutzfenstern, und einen Aufzug einbauen. Nach dem Essen führe ich Sie in die Wohnung. Die Frau des Amerikaners, der Billy Budwin heißt, weiß Bescheid. Im gleich großen Apartment daneben wohnen meine Eltern. Die vier Wohnungen der übrigen Etagen sind an Ärzte des Krankenhauses vermietet.«

Wir betraten das im arabischen Stil eingerichtete Lokal. Ein Kellner führte uns zu einem Tisch an einem Fenster. Heilmann bestellte eine Fischplatte für zwei Personen und einen Chablis Premier Cru. »Wir besitzen eine Lizenz«, erklärte er. »Wir haben das Restaurant an einen Libanesen verpachtet.«

Der Kellner servierte die Speisen. Ich schluckte. »Oje, Gautam, wer soll das alles essen?«

Grinsen. »Sie sind noch ein junger Mann, Peter, Sie können einiges wegputzen.«

Ich filetierte einen gegrillten, mir unbekannten, Fisch. Ich probierte. »Hervorragend«, lobte ich.

Nach ein paar Bissen räusperte sich Gautam. Er sah mich an. »Leider kann Ihre Freundin den angekündigten Job in der Immobilienfirma nicht bekommen. Mein Vater besetzte am Jahresanfang den Posten mit einer Bekannten. Tut mir leid, Peter. Könnte Jessica eventuell als Chefsekretärin arbeiten?«

Ich runzelte die Stirn. »Warum?«

Wir aßen zwei Stücke Fisch. Wir tranken Wein. Heilmann lächelte. »Gestern war ich bei einem Einheimischen zu seiner Geburtstagsfeier eingeladen. Der Mann ist einer der Bosse des hiesigen Immobilienkonzerns DAMAC. Seine Sekretärin verlässt die Firma Ende März. Sie ist schwanger und wird in ihre Heimat zurückkehren. Er fragte mich, ob ich, aufgrund meiner vielfältigen Beziehungen, eine charmante Frau kenne, die für den Job in Frage käme. Sie müsse auch repräsentative Aufgaben übernehmen.«

In mir ging eine Sonne auf, weitaus heller als die Wüstensonne. Ich beugte mich vor. »Jessica verließ mich nach meiner Rückkehr. Ich lernte eine tolle Frau kennen. Wie lieben uns sehr. Sie will im Februar zu mir ziehen. Sie arbeitet bis Ende Januar als Chefsekretärin bei BMW. Sie spricht passables Englisch und beherrscht perfekt die italienische Sprache.« Der Geldbörse entnahm ich ein Brustbild von Amelie und reichte es ihm.

»Donnerwetter, Peter! Eine wahrhaftig schöne Frau. Ich beglückwünsche Sie. Ist die Haarfarbe echt?«

»Ja. Sie ist 28 und heißt Amelie. Sie wird ihre Wohnung für zwei Jahre möbliert vermieten und später verkaufen.«

Er gab mir das Foto zurück. Lächeln. »Die Tatsache, dass sie fließend italienisch spricht, könnte sich als *der* entscheidende Vorteil erweisen. Die Firma beauftragt oft italienische Architekten.«

»Klasse!« rief Peter Zwei. »Klasse!«, rief ich. »Was muss sie tun, um die Chance zu bekommen?«

»Sie soll ihre Bewerbung an den Konzern richten, *mir* aber schicken. Ich überreiche sie dem Scheich. Ich glaube, er wird anbeißen. Ich habe nämlich im letzten Juli seiner Frau erfolgreich einen kleinen Tumor an einer Niere entfernt.« Er gab mir seine und die Visitenkarte der Firma.

Ich strahlte. »Falls es klappt, Gautam, wird Amelie vor Freude in die Luft springen – und ich ebenfalls.« Wir aßen auf und leerten die Gläser. Der aufmerksame Kellner schenkte nach. Zufriedenheit in mir.

Der Professor schaute mich an. »Bevor wir in die Wohnung gehen, rufe ich den Scheich an.«

Ich freute mich. Er orderte Früchte und Mokka.

Ich räusperte mich. »Darf ich Ihnen eine indiskrete Frage stellen, Gautam?«

»Nur zu, mein Lieber. Ich kenne Ihre Geheimnisse und habe keine Scheu, Ihnen meine anzuvertrauen.«

Wir lachten. Wir begannen, den Nachtisch zu essen. Wir schlürften das Getränk. Ich fragte: »Sind Sie erneut verheiratet?«

Seufzen. »Nein. Zwei Jahre nach dem Tod meiner Frau hatte ich eine Freundin. Nach 16 Monaten verließ sie mich wegen eines Musikers.«

Ich bedauerte ihn.

Nicken. »Ich habe mich letzten September in Claudia Moretta verknallt. Ich umwarb sie.« Weiterer Seufzer. »Ich kassierte eine Abfuhr.«

»Wieso denn das? Ist sie liiert?«

»Ja. Mit der Inderin Rati Pashra, die in Ihrer zukünftigen Abteilung arbeitet.«

Ich riss die Augen auf. »Sie ist eine Lesbe? Nicht zu fassen. Hätte ich nie gedacht.«

Nicken. »Ich ahnte nichts. Diese schöne Frau ist für die Männerwelt verloren.«

»Donnerwetter!«, kommentierte Brüderchen. »Echt überraschend.«

Gautam verlangte die Rechnung. Er zahlte mit Kreditkarte.

Wir traten vor die Tür. Er zückte sein Smartphone. Ich schlenderte umher.

Er winkte mir. »Frohe Botschaft, Peter. Der Scheich äußerte sich begeistert.«

»Danke für Ihr Engagement, Gautam.«

Abwinken.

Minuten später standen wir mit einem dürren Gestell in schreiend bunten Klamotten in der Diele meiner zukünftigen Wohnung. Heilmann stellte uns gegenseitig vor. Ich besichtigte die Räumlichkeiten. Der überdachte zehn Meter breite und 2,30 Meter tiefe Balkon bot einen herrlichen Ausblick auf einen schön angelegten Garten mit einem Wasserspiel.

»Meine Amelie wird sich freuen«, sagte ich.

Auf der Rückfahrt fragte ich: »Kann mich Henry nachher in die Stadt fahren? Ich muss einen Laptop kaufen.«

Er winkte ab. »Brauchen Sie nicht. Das Institut stellt Ihnen ein Spitzengerät mit bereits installierter Skype Software. Frau Moretta übergibt es Ihnen morgen früh. Nachher bekommen Sie die Papiere und Schlüssel Ihres Dienstwagens, eines weißen BMW X 3, vollgetankt und natürlich mit Navi. Er steht in der Garage Nummer vier neben dem Institut. Sie brauchen einen hiesigen Führerschein. Claudia sagt Ihnen, wann sie mit Ihnen zu der entsprechenden Behörde fährt.«

»Danke, Gautam.« Erneutes Abwinken.

Mit den Papieren, dem Auto- und Garagenschlüssel betrat ich die Wohnung. Die Dromedare schaukelten immer noch über den Monitor. Ich rief Amelie an. Ich klärte sie auf. Sie jubelte. Ich diktierte die Adressen. »Ich schreibe sofort die Bewerbung«, sagte sie fast atemlos. »Ein Foto habe ich noch. Mein Reisepass ist noch über acht Jahre gültig. Ich habe vorhin meinen Flug gebucht. Ich treffe am Samstag, dem dritten Februar, gegen sieben Uhr ein.«

»Ich hole dich ab, Liebes. Morgen bekomme ich einen Laptop. Dann können wir uns auch sehen.«

»Ich freue mich riesig, Liebling.« Sie schluchzte ein bisschen. »Ich sehne mich schrecklich nach dir, Peter. Ich liebe dich.«

Schluchzend flüsterten wir Liebesworte. Eine Viertelstunde später verabschiedeten wir uns. Ich studierte den Stadtplan auf dem Schreibtisch. Nach dem Abendessen spazierte ich durch die Parkanlage. In der Wohnung rief ich meine Amelie an. Herzschmerz pur.

2

Tags darauf begrüßte ich gegen halb acht Frau Moretta im Speiseraum. Sie sah blendend aus, echt glücklich. »Muss ja ein aufregendes verlängertes Wochenende hinter sich haben«, wisperte Brüderchen.

Sie lächelte mich an. Ich lächelte zurück. »Hatten Sie ein erholsames verlängertes Wochenende, Frau Moretta?«

Erneutes Lächeln. »Ja, danke. Übrigens, wir reden uns hier mit den Vornamen an. Ich heiße Claudia.«

Ich reichte ihr die Rechte. »Ich bin Peter.«

»Freuen Sie sich bereits auf Ihre neue Wohnung ... Peter?«

»Ja, riesig ... Claudia.«

»Ich hörte, dass demnächst Ihre Freundin eintrifft. Glück pur, sozusagen. Ihr Vorgänger wird uns am 18. Februar, einem Sonntag, verlassen und dienstags in die USA fliegen. Er hat noch Resturlaub. Professor Heilmann lässt die Wohnung renovieren.«

»Ja, wir freuen uns riesig.«

»Das glaube ich Ihnen gerne.«

Wir beendeten das Frühstück. Das Augenblau schaute mich an. »Bitte begleiten Sie mich in mein Büro. Ich gebe Ihnen den Laptop.«

Im schlichten, allerdings mit hochwertigem Mobiliar ausgestatteten, Büroraum im Erdgeschoss nahm ich den dunkelroten Rechner in Empfang. Ich unterschrieb eine Quittung.

»Ich führe Sie jetzt zu Ihrem Arbeitsplatz«, sagte die Samtstimme. Der Aufzug brachte uns eine Etage tiefer. Wir betraten den Flur rechts. Nach zehn Schritten klopfte sie links an eine hölzerne Tür mit schöner Maserung und der schwarzen Schrift *Leiter Systeme*. »Hereinspaziert«, dröhnte eine Stimme.

Wir traten in ein Zimmer, das ich auf 20 Quadratmeter schätzte. Ich schüttelte mich. Rechts an der Wand stand ein Aktenschrank mit oben geöffneten metallenen Rollläden. Die Holztüren unten klafften ebenfalls auf. Auf den Regalen hingen ein paar Ordner kreuz und quer. Den übrigen Schrankinhalt hatte offenbar ein Tornado auf dem imposanten Schreibtisch mit vier Monitoren, einem der zwei Bürosessel, einem runden Holztisch, einem Stuhl, dem kleinen Kühlschrank, einem Aktenbock und dem Holzfußboden verteilt. Dazwischen lagen bedruckte Blätter, Zeitungen, Taschenbücher und Fachliteratur. Leere Wasserflaschen standen herum.

Im Großmonitor an der Wand gegenüber dem Schreibtisch wiegten sich Palmen am schneeweißen Strand eines azurblauen Meeres.

Ein Mann vom Umfang eines Bierfasses, den ich auf 40 schätzte, und der mich eine Handbreite überragt, streckte uns die Rechte hin. Das lange dunkelbraune Haar trug er als Pferdeschwanz. Wirrer Vollbart. Gerötete Wangen. Metallbrille mit runden Gläsern. »Guten Morgen, schönste Frau im Orient«, donnerte seine Stimme. Er schüttelte Claudia die Hand, sodass ich befürchtete, er reiße ihr den Arm ab.

Sie lächelte. »Guten Morgen, Billy Boy. Wie geht es Ihren Computern? Mister Budwin ist ja wie immer blendender Laune.«

»Genau, Prinzessin aus dem Morgenland. Die Chip-Kameraden arbeiten pausenlos, fehlerlos, führen widerspruchslos jeden Befehl aus und schreien nicht nach Freizeit – im Gegensatz zu mir.« Dröhnendes Lachen.

Die Prinzessin lächelte. Sie stellte mich vor. Meine Hand verschwand in einer Pranke. »Willkommen Peter. Ich vermute, Sie haben mir kein Weizenbier aus München mitgebracht.«

Ich grinste. »Leider nein, Billy. Ich hätte es an der Kontrolle trinken müssen oder man hätte es konfisziert.«

Nicken. »Hirnrissige Vorschriften.«

Claudia verabschiedete sich. Billy Boy hieb mir auf eine Schulter. Zum Glück brach kein Knochen. »Kommen Sie, ich mache Sie mit Ihren Mitarbeitern bekannt.« Er riss neben dem eintürigen Kleiderschrank eine grüne Tür auf. Wir betraten einen etwa 30 Quadratmeter messenden Raum. Ich atmete durch. Hier herrschte peinliche Ordnung.

Ich schüttelte Frau Pashra die Rechte. Ich schätzte die schlanke Inderin auf Mitte 20 und 1,60 Meter. Kleiner Busen. Erstaunlich helle Haut. Nachtaugen. Lange lackschwarze Haare.

Hinter dem zweiten Schreibtisch erhob sich ein hoch aufgeschossener Mann. Die hellblaue Hose und das hellgrüne Hemd schlotterten um den schmalen Körper. Karottenrotes Haar. Spitze Nase, auf der eine dunkle Hornbrille thronte. Ich drückte eine feingliedrige Hand.

»Das ist Winston Dexter«, dröhnte Billy. »Ein 37-jähriger Londoner. Er war einmal eine Berühmtheit in der Hackerszene. Dafür musste er drei Jahre im Gefängnis hocken. Hier darf und muss er sich austoben.« Donnerlachen.

Ich plauderte ein paar Minuten mit dem Engländer. Schwer verständlicher Slang.

Billy führte mich in den Serverraum und erläuterte alles Wissenswerte. Zurück in seinem Büro sagte er: »Setzen Sie sich.«

Ich sah mich um. Dröhnendes Lachen. »Werfen Sie die Ordner vom Sessel. Ich bin dabei, den Laden auf Vordermann zu bringen, und meinen persönlichen Krempel vom dienstlichen zu trennen. Ich weiß, ihr Deutschen liebt Ordnung.« Grinsen.

Ich stellte die Ordner auf den Boden und setzte mich.

»Wollen Sie etwas trinken?«

»Danke, ja.«

Er wälzte sich zum Kühlschrank und riss die Tür auf. Zwei Wasserflaschen fielen heraus. Er nahm sie und reichte mir eine. Wir öffneten sie.

Er hob die Flasche. »Stoßen wir auf Ihr zukünftiges Wirken an, Peter.« Wir tranken. Er rülpste. »Ich umreiße Ihnen jetzt die Arbeit, die Sie erwartet.« Er umriss mindestens eine Stunde.

»Betreuen Sie auch die Systeme des Krankenhauses?«, fragte ich.

Er hob die Hände. »Um Gottes willen, nein! Dort schuften fünf Gestalten.« Er beugte sich vor. »Sie brauchen sich hier nicht den Arsch aufreißen, Peter. Die meiste Arbeit erledigen die Computer selbsttätig, das Mädchen und der Kerl. Die Inderin arbeitet von halb acht bis 16:30 Uhr und der Typ von neun bis 18:00 Uhr, mit jeweils einer Stunde Mittagspause. Der Engländer erledigt für den Professor noch ab und zu andere Aufgaben, die ich nicht kenne.«

Ich nickte. »Wie lange halten Sie sich im Büro auf?«

»Ich tanze um acht hier an und fahre um zwölf heim. Ich bleibe bis fünf zu Hause. Bei Bedarf arbeite ich von dort. Falls hier Probleme auftauchen, schreit mein Computer oder das Smartphone.«

Ich stellte einige Fragen. Er beantwortete sie ausführlich. Bis zwölf unterhielten wir uns, auch über Privates.

»Ein zwar schlampiger, aber netter Kerl«, sagte Peter Zwei auf dem Weg in den Speiseraum.

Später fuhr ich in meinem Dienstwagen mit Claudia in die Stadt. Ich beantragte einen Führerschein. Die Aufenthalts- und Arbeitsgenehmigung hatte Heilmann bereits in die Wege geleitet.

Am frühen Abend saß ich im Apartment vorm Laptop. Ich schaute ins liebliche Gesicht meiner Amelie. Wir schluchzten ein bisschen und tauschten Liebesschwüre aus.

Die Woche kroch zäh wie Teer dahin. Jeden Tag fuhr ich nachmittags in die Stadt. Ich erkundete Restaurants, Cafés, Geschäfte, Malls, Souks und Strände. Ich wollte Amelie mit meinem Wissen überraschen.

Am Sonntag erhielt ich Führerschein und Genehmigungen.

Donnerstags saß ich Heilmann um 16:15 Uhr in seinem Büro gegenüber. Er lächelte. »Frohe Botschaft, Peter. Vor einer Stunde rief mich der Scheich an. Er schien von der Bewerbung Ihrer Freundin angetan.

Sie soll am 6. Februar, einem Dienstag, um 10:45 Uhr zum Bewerbungsgespräch in der Firmenzentrale antreten.«

Freude füllte mich aus. Peter Zwei äußerte sich zufrieden.

»Hoffentlich bekommt sie den Job. Ich danke Ihnen. Sie sind ein tatkräftiger und menschenfreundlicher Mann.«

Abwinken. »Es gibt noch eine Bewerberin, eine Französin.« Er befragte mich über die Einweisungen durch Billy.

Ich äußerte mich zufrieden. »Bisher tauchten keine Probleme auf«, sagte ich abschließend.

Nicken. Er sah auf einen der beiden Monitore. Er fixierte mich. »Am nächsten Montag und Dienstag legen Sie eine Pause ein. Billy wird sich freuen. Er kann dann ungestört in seinen Büchern schmökern. Kommen Sie montags kurz vor sieben hierher. Wir unternehmen einen Trip in die Wüste. Ich schildere Ihnen die letzten Operationen der OaM und erläutere Einzelheiten Ihres dritten Wunders, die Sie noch nicht kennen.«

Nervenvibrieren. »Endlich erfahren wir mehr«, meinte Brüderchen. »Der Kerl besitzt offenbar umfangreiche Kenntnisse, die er bisher geheim hielt.« Ich verabschiedete mich. In der Wohnung rief ich meine Amelie an. Ich strich über das Display. Ich erfreute ihr Herz mit Heilmanns Botschaft. Sie jubelte. Sie hauchte einen Kuss auf die Linse im Displayrahmen. »Ich liebe dich, Peter«, flüsterte sie. Tränen schimmerten im Augenmeer. »Ich freue mich riesig auf unsere gemeinsame Zukunft.« Wir plauderten weitere 20 Minuten. Auf Flügeln der Liebe schwebte ich in den Speiseraum.

Später schlenderte ich durch die erleuchtete Parkanlage. Vor umfangreichen blühenden Büschen stoppte ich. Ich runzelte die Stirn. Ich hörte Flüstern. Vorsichtig spähte ich durchs Blattwerk. Auf einer Holzbank saßen Rati und Claudia. Sie hielten sich an den Händen. Sie hauchten sich einen Kuss auf die Lippen. Ich schlich davon.

Eine Viertelstunde später trat ich hinter den Frauen durch eine der Doppeltüren. Sie lächelten mich an. Sie – sie verschwanden im ersten Apartment. »Klarer Fall«, sagte der offenbar allwissende Peter Zwei.

»Sie geben sich jetzt aufregenden Liebesspielen hin. Schade, dass wir nicht zuschauen können.«

Ich schnaubte. »Geiler Bock.« Ich betrat meine Wohnung. Kichern im Kopf. »Den tollen Hintern der Moretta kannst du dir abschminken. *Ich hätte gerne gewusst, wie er sich anfühlt.*«

»Bist du total bescheuert? Du glaubst doch nicht ernsthaft, dass ich dir zuliebe meine Amelie betrüge. Du weißt haargenau, dass ich sie abgöttisch liebe und keine andere Frau begehre, und zwar niemals mehr.«

Grunzen. »Du hast damals Jessica auch abgöttisch geliebt und trotzdem Ferah vernascht. Hast du das vergessen?« Ich antwortete nicht. Ich schaltete den Fernseher ein.

Öder Freitag. Ich unternahm einige Orientierungsfahrten durch die Stadt. Am frühen Nachmittag schlenderte ich an einem öffentlichen Strand im Stadtteil Jumeirah umher.

Um 18:30 Uhr traf ich mich mit dem Engländer in einem libanesischen Restaurant in der Al Rigga Road, ein paar Kilometer nördlich des Flughafens. An dieser Straße reihen sich rechts und links zahlreiche ethnische Restaurants aneinander. Im Verlauf des schmackhaften und äußerst preiswerten Essens fragte ich: »Arbeiten Sie nicht nur für das Institut, sondern auch für die Organisation?«

Unbestimmbarer Ausdruck im Waldgrün seiner Augen. »Ab und zu. Ich musste mich vertraglich verpflichten, niemandem etwas darüber zu sagen.«

»Verstehe.«

Er fixierte mich. »Werden Sie auch für die OaM arbeiten?«

»Nein«, log ich. Mein Vertrag enthielt die gleiche Klausel.

3

Montag, 29. Januar. Die aufgehende Sonne und angenehme Temperaturen begleiteten Professor Heilmann und Peter Eins und Zwei im

BMW auf der Fahrt in die Wüste. Er schilderte die Ende November stattgefundene Mission der OaM, die er *Drogen Miami 4* nannte.

Ich staunte. »Erstklassig, aufschlussreich und hoffentlich wirkungsvoll«, meinte mein Zwilling.

»Ein voller Erfolg«, sagte der Professor. »Wir bereiteten die Operation fünf Wochen vor. War manchmal schwierig.«

Der SUV quälte sich durch den Sand. Routiniert umkurvte Heilmann eine Düne und rollte zwischen zwei Dünenketten. Schatten umfing uns. Er stoppte und schaltete den Motor aus. Stille. Knackendes Metall. Er sah mich an. »Die Dünen besitzen eine Höhe von acht bis elf Meter. Das rund zwölf Meter breite Tal verläuft über fast sechs Kilometer in Nord-Süd Richtung, ideal für unser Experiment. Zwei meiner Mitarbeiter haben gestern alles vorbereitet.«

Wir stiegen aus. Er öffnete den Kofferraum und gab mir ein professionelles Kamerastativ. Er packte eine voluminöse Videokamera und eine graue Windjacke. Wir stapften etwa fünf Meter vor das Auto. Im Sand lag eine flache Aluminiumkiste. Er stellte das Stativ darauf. Er gab mir die Jacke. »Bitte anziehen und schließen.«

Ich nickte. Auf der Rückseite leuchtete ein rotes Kreuz. Er befestigte die Kamera auf dem Stativ und justierte sie.

Ich fragte: »Wollen wir einen Werbefilm über die OaM drehen?«

Lachen. »Nein. Wir werden Ihr drittes Wunder aufzeichnen.«

Ich riss die Augen auf. Ich grunzte. Peter Zwei murmelte vor sich hin. Heilmann deutete auf die Kamera. »Es handelt sich um eine Hochgeschwindigkeitskamera, natürlich digital, die beste, die man für Geld kaufen kann. Sie nimmt pro Sekunde 10.000 Bilder auf, und zwar mit einer Auflösung von 960 mal 768 Pixel. Der interne Speicher fasst 8.000 Bilder, völlig ausreichend für unseren Zweck. Man kann auch externe Speicher anschließen.«

Er sah auf seine Armbanduhr. Er deutete nach vorne. »Sehen Sie neben dem vier Meter entfernten Holzrost den blauen Stab und fast am Ende des Dünentals den roten Punkt?«

Ich starrte in die angezeigte Richtung. »Ja.«

»Exakt fünf Kilometer vom Stab entfernt hängt an einem vier Meter hohen hölzernen Mast ein roter Scheinwerfer mit Akku. Er schaltete sich vor zwei Minuten ein und in acht Minuten aus.«

Ich staunte. Er lächelte. »Sie stellen sich jetzt auf den Rost, und zwar direkt neben den Stab. Sie konzentrieren sich auf das Rotlicht. Ich richte die Kamera auf das rote Kreuz der Jacke aus. Wenn ich laut *Los* sage, starten Sie die *Telpo*. Die Aufzeichnung beginnt automatisch eine zehntel Sekunde später, entspricht etwa der Reaktionszeit Ihres Gehirns. Sie tauchen unter der Lampe auf und geben sich augenblicklich den Zurück-Befehl.«

Ich hüstelte. »Was passiert, wenn ich gegen den Mast pralle?«

Lächeln. »Keine Sorge, das wird auf keinen Fall geschehen. Aufklärung liefere ich Ihnen nachher im Büro.«

Ich sah ihm in die Augen. »Ich vertraue Ihnen, Gautam.«

Nicken. »Nehmen Sie jetzt die Position ein und strecken die rechte Hand ein bisschen raus, wenn Sie bereit sind.«

Ich stellte mich neben den Stab auf den Rost. Ich fixierte den roten Punkt. Konzentrationsphase. Ich bewegte die Rechte. Heilmann rief: »Los!« Ich gab mir den Sprungbefehl. Direkt vor mir starrte ich auf den roten Mast. Sofort befahl ich: »Zurück!«

Ich stand auf dem Rost. Die Sonne blinzelte über eine Düne. Ein jubelnder Professor eilte heran. Schulterklopfen. »Fabelhaft, Peter!«, rief er. »Tadellose Arbeit, sowohl von Ihnen als auch von der Kamera. Wir schwirren jetzt ab.«

Ich deutete auf den Rost.

»Liegen lassen, die Jungs sammeln später alles ein.« Wir legten Kamera und Stativ in den Kofferraum. Auf der Fahrt zum Institut schilderte er eine weitere Operation der OaM, die vor einem halben Jahr in Los Angeles durchgeführt wurde.

»Hervorragend«, lobten ich und Brüderchen.

Nicken. »Mit Ihrem Wirken, Peter, wird die Arbeit der Organisation ungeahnten Aufschwung nehmen. Ich hoffe, dass ich in den nächsten Jahren noch einen Menschen mit den gleichen Wundergaben finde.«

»Wäre wünschenswert, Gautam.«

Heilmann nahm die Kamera mit ins Büro. Er sah mich mit glänzenden Augen an. »Wir studieren zunächst die Zahlen.« Er schaltete das Gerät ein und drückte zweimal auf einen Knopf.

Ich starrte auf das Display. Ich las vor: »0,33 sec, 3.329 Pic.« Ich runzelte die Stirn. »Was bedeutet das?«

»Ahnen Sie es nicht? Wir müssen für Ihre Reaktionszeit vor der Rückkehr 0,2 Sekunden abziehen. Folglich huschten Sie die fünf Kilometer hin und zurück in 0,13 Sekunden. 3.329 Bilder gespeichert.«

Peter Zwei wisperte: »Das sind 277.000 km/h.«

»Unglaubliche 277.000 km/h. Nicht zu fassen. Ein echtes Wunder«, rief ich.

Der Professor sah mich an. »Note Eins in Kopfrechnen.«

Ich grinste. »Erledigte mein Alter Ego, oder Peter Zwei, wie ich den Mitbewohner meines Gehirns nenne.« Wir lachten.

Er setzte sich an den Schreibtisch. Er klickte mit der Maus. Er sah mich an. »Wir lassen gleich den Videofilm mit der üblichen Geschwindigkeit ablaufen. Er dauert rund zwei Minuten und 18 Sekunden. Die Filmlänge Ihres eigentlichen Spazierganges beträgt eine knappe Minute.«

Ich nickte. Er nahm aus einer Schublade ein Kabel und stöpselte es in die Kamera. Er schloss sie an den Computer an. Er packte eine Fernbedienung. Er deutete auf den Monitor an der Wand. Ich stellte mich neben ihn. Er sagte: »Die Kamera besitzt ein schwaches Teleobjektiv, natürlich ohne Zoom, wäre viel zu langsam.« Ich starrte auf den Bildschirm.

Mein Rücken tauchte auf. Das rote Kreuz leuchtete. Der Herr Professor schnaubte. Ich keuchte. Ich wankte. Peter Zwei stöhnte. Schlagartig umhüllte ein silbern schimmerndes Feld den Körper. Er – vielmehr es – verschwand in der Ferne. Der Timer unten zählte: 0:05, 0:06, 0:07.

Heilmann sagte heiser: »Jetzt sind Sie am Mast, und zwar für eine Minute und 18 Sekunden Filmzeit. Das sind die 0,2 Sekunden Reaktionszeit.«

Der Timer lief. Jählings – ein glitzernder Punkt tauchte auf, vergrößerte sich rasant zu einem silbernen Oval. Es fegte heran. Es stoppte. Das den Körper umhüllende Silber löste sich schlagartig auf. Ich stierte auf das Kreuz. Schwarzer Bildschirm. Einatmen. Ausatmen. »Allmächtiger!«, wispert Peter Zwei.

Peter Peters und Gautam Heilmann starrten sich an. »Was war denn das?«, krächzte ich. »Wissen Sie davon?«

Kopfwiegen. »Ich ahnte etwas Ähnliches. Ich bastelte mir eine Theorie. Der Film liefert den Beweis.«

Ich grunzte. »Schießen Sie los.«

»Wenn Sie zu einem Ausflug starten, streben die Atome des Körpers ein bisschen auseinander, halten aber die Positionen innerhalb der Moleküle. Das silberne Oval bildet ein Schutzfeld. Es verhindert, dass sich die Atome zerstreuen. Daneben schützt Sie das Feld davor, in Möbeln, Mauern oder einem Berg zu materialisieren, hätte fatale Folgen. Sie könnten die ursprüngliche Gestalt nicht mehr einnehmen. Ich vermute, der Schutzschirm erkennt die Situation und lässt Sie kurz davor auftauchen oder das Hindernis bis zu einer gewissen Stärke durchdringen oder einen Berg umgehen.«

»Fabelhaft«, meinte Brüderchen. »Fabelhaft«, sagte ich.

Nicken. »Heute Nachmittag starten wir zwei entsprechende Tests.« Er umriss seinen Plan.

Ich runzelte die Stirn. »Hoffentlich funktioniert Ihre Theorie.«

»Ich bin davon überzeugt, dass die Natur Sie nicht mit dieser Wundergabe ausgestattet hat, um Sie, Ihre Moleküle, tausende von Jahren in einem Berg gefangen zu halten.«

Ich seufzte. »Ihr Wort in Gottes Ohr.«

Nach dem Mittagessen flogen wir im knallroten Hubschrauber des Instituts zum Fuß der nordöstlich gelegenen Ausläufer des Hadschar Gebirges. Landung ungefähr 500 Meter vor einer 200 Meter aufragenden Felswand.

Der Test verlief unspektakulär. Anstatt auf ewig zwischen den Atomen des Kalkgesteins zu verharren, stand ich einen halben Schritt davor. Ich marschierte zurück. Heilmann klopfte mir auf eine Schulter. Er gab mir eine Reisetasche mit zwei Flaschen Wasser. Das zweite Experiment brachte mich und die Tasche in ein unbewohntes Tal drei Kilometer *hinter* dem Bergstock. Ich trank Wasser. Der Zurück-Befehl funktionierte tadellos. Ich tauchte neben dem Helikopter auf.

Heilmann strahlte. »Hervorragend, Peter!«, rief er und hieb mir auf eine Schulter. »Ich vermute, Sie fegten in Ihrem Schutzfeld den Berghang hinauf und auf der anderen Seite wieder hinab.«

Ich nickte. »Das bedeutet, ich könnte von hier nach München huschen, ohne die Alpen zu fürchten.«

»Genau.« Er sah mir in die Augen. »Wir gewannen eine weitere bedeutsame Erkenntnis. Alles, was Sie am Körper und in den Händen tragen reist mit Ihnen. Sie können also angstfrei die erste Mission für die *Organisation aufrechter Menschen* starten.«

Erste und zweite Mission

1

Tags darauf saß ich um neun Uhr dem Leiter der OaM, kurz *LO* genannt, am Tisch in seinem Büro gegenüber. Der Professor sah mich lächelnd an, legte die Fingerspitzen zusammen und erläuterte: »Wie in den vergangenen Jahren tagte der Entscheidungsrat der OaM, den wir nur *ErO* nennen, am zweiten Januar in einem hiesigen Sitzungszimmer. Außer mir gehören ihm meine Eltern, meine Schwester und mein Bruder an. Er arbeitet mit mir im Institut. Seine Frau besitzt hier ein Maklerbüro. Meine Schwester lebt mit ihrem 19-jährigen Sohn in Boston und leitet die zwei Bauunternehmen, die sie von ihrem Mann erbte. Jedes Jahres verbringt sie hier über Weihnachten und Neujahr einen Urlaub. Wir entschieden, welche Operationen die OaM in diesem Jahr durchführen soll.«

Ich hob eine Hand. »Klärten Sie die übrigen Ratsmitglieder über mich und meine Wunder auf?«

Er trank zwei Schlucke Wasser. »Ja, verschwieg aber Ihre Wundergabe *Wilma*. Ich erwähnte, dass ich einen fähigen Deutschen mit außergewöhnlichen Begabungen engagiert habe. Sie wollten keine Details erfahren. Ihr Motto lautet: Je weniger Einzelheiten sie kennen, desto besser und sicherer kann die OaM arbeiten.«

Ich nickte. Ich trank drei Schlucke Wasser. Heilmann fuhr fort: »Am vorletzten Samstag traf sich der Exekutivrat der OaM, der sogenannte *Exrat*. Er plant und klopft Einzelheiten der jeweiligen Mission fest. Er besteht aus meinem Vater, dem Bruder und mir. Wir verpassten Ihnen einen Decknamen: SVS, Supervollstrecker.« Er grinste.

Ich riss die Augen auf. Peter Zwei meinte: »Hört sich spannend und aufregend an.«

Das Ratsmitglied erklärte weiter: »Normalerweise bespricht der *ElO*, der Einsatzleiter der OaM, mit den Aktivisten und den Vollstreckern den Ablauf einer Operation. Heute handelt es sich um Ihre erste Einsatzbesprechung, Peter. Daher beteilige ich mich auch daran. Ich rufe jetzt den *ElO*.« Er eilte zum Schreibtisch, schnappte den Telefonhörer, wählte und sagte: »Sie können antreten.« Er nahm wieder Platz.

Die Tür öffnete sich. Mich traf der Schlag. Frau Claudia Moretta trat lächelnd und mit ausgestreckter Rechten auf mich zu. Ich sprang auf. »Einen schönen guten Morgen, Peter«, sagte die Samtstimme. Händeschütteln. »Ich freue mich auf unsere Zusammenarbeit.«

Ich grüßte ebenfalls und drückte meine Freude aus. Ich rückte einen Stuhl in Position. Elegant sank *die ElO* darauf. Sie schlug die Beine übereinander. Der kurze Rock entblößte den halben Oberschenkel. Ich warf mich auf mein Gestühl. Ich trank zwei Schlucke Wasser.

Staunend und aufgeregt lauschte ich den Ausführungen, die Heilmann und die *ElO* erläuterten. Wir besprachen Details.

Eine Stunde nach der Mittagspause fuhr die Einsatzleiterin Claudia Moretta mit dem Supervollstrecker Peter Peters, dem Einzigen seiner Art, im SUV des Leiters der OaM in die Wüste. 27 Grad. Sie trug eine ockerfarbene langärmelige Bluse, sandfarbene Jeans, aufregend eng, und hellbraune Halbstiefel. Ich steckte in einem weißen Hemd mit kurzen Ärmeln, einer steingrauen Jeans und dunkelroten Sportschuhen.

Sie stoppte vor einer Düne. Wir stapften zu einem etwa 40 Meter entfernten rechteckigen Gebilde. »Scheißsand«, fluchte ich. Sie lächelte mich an. »Sie sollten sich fürs Training in der Wüste ebenfalls Halbstiefel anschaffen.«

Wir erreichten unser Ziel: zwei Holzpfosten mit einem angeschraubten Sperrholzbrett. Es stellte, mit schwarzer Farbe eingefasst, die Umrisse eines menschlichen Körpers ab den Knien dar. Im Gesicht und auf der Herzgegend prangte jeweils eine grellrote Kreisfläche.

»Sie durchmessen zwölf Zentimeter«, erklärte die *ElO*. Aus der umgehängten Leinentasche nahm sie zwei Wasserflaschen. Wir tranken. Sie legte die Flaschen zurück. Sie zückte eine Pistole. Die Samtstimme erläuterte: »Ihre Dienstwaffe, Peter, eine Glock 17 aus Österreich. Das Magazin dieses Modells fasst 15 Patronen. Das *Safe Action* Abzugssystem mit drei integrierten Sicherungen kompensiert die fehlende äußere Sicherung. Die Waffe ist zuverlässig und einfach zu handhaben.«

Sie schaute mich an. »Haben Sie schon einmal mit einer Pistole geschossen?«

Ich nickte. »Bei der Bundeswehr.«

Lächeln. »Waren Sie ein guter Schütze?«

»Ich trug die Schützenschnur in Silber.«

Strahlen. »Prima, Peter, da brauchen wir nicht lange üben. Folgen Sie mir.« Mit großen Schritten, und bis zehn zählend, entfernte sie sich von der Zielscheibe. Ich tappte hinterher. »Ein echt toller Hintern«, meldete sich Peter Zwei zum ersten Mal heute.

Claudia reichte mir die Waffe und erklärte die Handhabung. Keine Probleme. Sie sah mir in die Augen. »Feuern Sie jeweils zweimal auf die roten Flächen.« Der Tasche entnahm sie ein Fernglas.

Ich stellte mich in Position. Durchatmen. Vier Schüsse peitschten durch die Wüstenstille. »Bravo, Peter!«, rief sie. »Drei Volltreffer, ein Streifschuss.«

Ich feuerte erneut viermal. Gleiches Ergebnis. Wir stapften fünf Meter zurück. Wir tranken Wasser. Ich leerte das Magazin. Nur drei Streifschüsse. Ich freute mich, Peter Zwei ebenfalls. Claudia lobte mich. Sie gab mir eine Schachtel mit Munition. Ich lud nach. Sechs Schüsse, vier Volltreffer. Aus 20 Metern verschoss ich die restlichen Patronen. Fünf Treffer.

»Nicht schlecht«, kommentierte meine Einsatzleiterin. »In der Praxis werden Sie nie über diese Entfernung schießen müssen.« Wir leerten die Flaschen. Ich füllte das Magazin. Sie sah mich an. »Jetzt feuern Sie nochmals aus zehn Metern jeweils sechsmal.«

Ich erzielte elf Volltreffer.

Auf der Rückfahrt fragte ich: »Muss ich im Verlauf meiner Missionen tatsächlich auf Menschen schießen?«

»Die Waffe dient nur zu Ihrer Verteidigung. In einem derartigen Fall sollten Sie jedoch zweckmäßigerweise feuern, bevor ein Gegner *Sie* umpustet.«

»Verstehe.«

Vor der Doppeltür der Wohnungen blieben wir stehen. Die Blauaugen sahen mich an. »Kommen Sie morgen um halb neun in mein Büro. Wir müssen noch Einzelheiten besprechen.«

Nach dem Abendessen rief ich meine Amelie an.

Pünktlich saß ich anderntags der *ElO* gegenüber. Wir klärten Details und den zeitlichen Ablauf der Mission. Sie schob mir ein bedrucktes Blatt Papier und mehrere Geldscheine der einheimischen Währung hin. »Hier sind umgerechnet rund 500 Euro. Kaufen Sie die notierten Klamotten. Kommen Sie um 16 Uhr hierher.«

Ich nickte, steckte Blatt und Scheine ein und unterschrieb eine Quittung. Ich marschierte in Billys Büro. Die Unordnung hatte sich ein bisschen vermindert. Es gab sogar einen freien Stuhl. Ich setzte mich und erklärte: »Ich muss gleich ein paar Angelegenheiten in der Stadt regeln. Nach der Mittagspause können Sie mich weiter in die Geheimnisse der Computer einweihen.«

Breites Grinsen. Abwinken. »Überschlagen Sie sich nicht. Die Arbeit läuft nicht weg.«

Ich eilte zu den Garagen.

Kurz nach zwölf legte ich meine Einkäufe im Wohnraum ab. Ich aß zu Mittag. Mit Billy arbeitete ich bis 15:50 Uhr.

Fünf Minuten später betrat ich Claudias Büro. Wir setzten uns auf das mit rostrotem Leder bezogene Sofa an der rechten Stirnwand unter dem Fenster. Meine Einsatzleiterin nahm die graue Reisetasche vom Fußboden und stellte sie zwischen uns. Sie lächelte mich an. »Ihre Ausrüstung, Peter.« Ausführlich erklärte sie jeden Gegenstand. Ich staunte. Ich fragte ein paar Mal nach. »Alles geklärt«, sagte Brüderchen.

Ich kehrte in die Wohnung zurück.

2

Mit Winston speiste ich gegen 19 Uhr. Wir schlenderten 20 Minuten durch die Parkanlage.

Später tauschte ich mit Amelie Liebesbekundungen aus. Um halb zehn lag ich im Bett – unaufgeregt.

Der Wecker riss mich aus dem Schlaf. 5:40 Uhr. Kurze Morgentoilette. Im Wohnzimmer zog ich ein hellgraues Hemd, schwarze Jeans, einen dunkelgrauen Wollpulli und schwarze knöchelhohe Schnürschuhe mit dicken Sohlen an. Ich schlüpfte in eine eng anliegende schwarze Baumwolljacke. Alles gestern gekauft. Im Badezimmer verunstaltete ich das Gesicht mit schwarzer Paste, wie sie Schauspieler benutzen.

Um den Bauch schnallte ich eine schwarze Leinentasche, 45 Zentimeter lang und 30 breit. In vier der fünf Fächer steckte meine Ausrüstung, unter anderem eine Flasche Wasser und ein Energieriegel.

Ich befestigte eine Nachtsichtbrille am Kopf, und zwar das aktuelle Modell der US Marines. Ich schaltete den Monitor an der Wand ein, die Beleuchtung aus und das Gerät ein. Helles grünes Bild. Die Einstellung regelte sich automatisch. »Klasse«, wisperte Peter Zwei. Ich streifte schwarze Lederhandschuhe über. Ich sah auf die Leuchtziffern der Armbanduhr, 6:13 Uhr. Volle Konzentration.

Knapp 100 Sekunden später stand ich zwischen einer zweistöckigen Villa und drei aneinander gebauten Garagen im Münchener Stadtteil Bogenhausen. 3:15 Uhr Ortszeit. Wolken drifteten am Halbmond vorbei. Sechs Grad minus. Ich sah mich um. Ich fixierte das erste Garagentor. Ich tauchte neben der Fahrertür eines dunkelgrünen Bentley auf. Die Information stammte von der *ElO*. Einem Fach der Bauchtasche entnahm ich einen 80 Gramm wiegenden Riegel Semtex H. Ich drückte das rote Knöpfchen des Funkzünders. Eine winzige grüne LED leuchtete auf. Ich schob den Sprengstoff unter den Motorblock. Dem feuerroten Mercedes Cabriolet der Ehefrau meines Operationszieles und dem schwarzen Mini Cooper der 19-jährigen Tochter verpasste ich die übrigen Sprengsätze. Ich teleportierte in den Garten, ungefähr 20 Meter entfernt. Ich eilte nach links hinter den Stamm eines Kirschbaumes. Ich nickte. Freie Sicht auf die Garagen. Ich trank Wasser und verzehrte den Energieriegel. Gehirnnahrung. Ich leerte die Flasche. Ich steckte sie in die Bauchtasche zurück. Die Wolken entblößten den Mond. Ich schaltete das Nachtsichtgerät aus und hängte es an den Haken der rechten Brusttasche. Aus der linken Tasche der Jacke nahm ich eine knapp handgroße digitale Videokamera mit lichtstarkem Objektiv. Ich richtete sie auf die Garagen, klappte das Display auf und schaltete sie ein. Der anderen Jackentasche entnahm ich den Sender. Ich drückte den roten Knopf und zählte langsam: »Eins, zwei …« Ich startete die Aufzeichnung. Ich murmelte: »Vier.«

Explosionen erschütterten die Winternacht. Ziegel der Garagendächer flogen davon. Flammenschein. Ich filmte 45 Sekunden. Im Haus kläffte ein Hund. Ich steckte Kamera und Sender zurück. Durchatmen. Ich gab mir den Rückkehrbefehl.

Im Wohnzimmer zog ich die Arbeitskleidung aus. Ich verstaute sie im Schlafzimmerschrank. Die Ausrüstung und Bauchtasche deponierte ich in der grauen Reisetasche. »Perfekte Mission, großer Bruder«, lobte Peter Zwei. »Die Experten der Feuerwehr und Polizei werden vor einem Rätsel stehen.«

»Sie werden das Rätsel niemals lösen«, murmelte ich. Ich putzte die Zähne, wusch die Haare und duschte.

Ich genoss das Frühstück.

Um 8:20 Uhr saß ich vorm Schreibtisch der Einsatzleiterin. Der *LO* betrat das Büro. Händeschütteln. Ich erstattete den Missionsbericht. Strahlende Gesichter. Ich gab der *ElO* den Chip der Kamera. Ich stellte mich hinter sie. Wir schauten uns den Videofilm an.

»Erstklassige Arbeit, Peter«, lobte der *LO*. »Feuerwehr und Polizei werden ewig herumrätseln.«

Ich setzte mich. Ich fragte: »Muss ich einen schriftlichen Bericht abliefern?«

Abwinken. »Nein. Wir bewahren weder schriftliche noch filmische Aufzeichnungen auf. Frau Moretta hat den Film bereits gelöscht. Wir speichern nur die entsprechenden Nachrichtensendungen. Wir sehen sie uns an und löschen sie. Es existieren auch keine Unterlagen über Mitarbeiter oder Aktivisten der OaM. Sollte es Polizei oder Geheimdiensten gelingen, ins Computernetzwerk des Instituts einzudringen, werden sie nichts Verdächtiges finden.«

Erleichterung in mir.

Er fixierte mich. »Sie wissen, Peter, dass dieser Einsatz nur der erste Teil der Operation war.«

Ich nickte.

Er fuhr fort: »Nach dem Mittagessen am Montag wird Frau Moretta Sie über Einzelheiten der zweiten, der entscheidenden Mission aufklären und instruieren.« Wir unterhielten uns noch zehn Minuten. Verabschiedung. Ich marschierte in Billys Büro.

Endlich – endlich Samstag. Gegen 7:40 Uhr flog mir in der Ankunftshalle des Flughafens meine Amelie in die Arme. Augenversinken. Streicheln. Küsse. Liebesgestammel.

Frühstück in einem Café. Erzählbedarf

Fiebernd betraten wir das Apartment. Was unternahm das Liebespaar? Es hüpfte ins Bett. Rauschhafte, betäubende, glückselige Stunde.

Später veranstalteten wir im BMW eine Stadtrundfahrt. Wir streiften durch die Dubai Mall. Imponierend, aber auch ermüdend. Bescheidenes Mittag-, üppiges Abendessen. Überwältigende Liebesnacht.

Sonntags brauchte ich nicht arbeiten. Traumtag mit der Traumfrau.

3

Montag, 5. Februar. Direkt nach dem Mittagessen eilte ich ins Büro der *EIO*. Detaillierte Einsatzbesprechung.

Auf dem Weg in die Wohnung sagte Peter Zwei: »Ich freue mich auf unsere Mission, großer Bruder, sie wird jeden Thriller im Fernsehen in den Schatten stellen. Schade, dass sie niemand anschauen kann.« Ich prustete. »Du hockst doch nur gemütlich im Gehirn herum und rührst keinen Finger. Du erlebst *meine* Arbeit wie einen Fernsehfilm.« Stille.

Ich schlenderte mit Amelie durch die Parkanlage. Ich klärte sie über den vergangenen und bevorstehenden Einsatz auf. Sie umarmte und küsste mich. »Du bist ein tatkräftiger Mann, Peter, ein Engel der Gerechtigkeit. Ich liebe dich.«

Abendessen im Speiseraum. Spaziergang im Park.

Um 23:24 Uhr stand der Engel einsatzbereit im Wohnzimmer. Ich trug einen dunkelgrauen Anzug, ein hellblaues Hemd mit violetter Krawatte und mattschwarze Halbschuhe. Die Glock steckte links in einem Schulterholster. In einer grauen Stofftasche lagen eine Flasche Wasser und ein Energieriegel. Amelie lächelte mich an. »Du siehst gut aus, Peter. Viel Erfolg.« Inniger Abschiedskuss. Sie trat zwei Schritte zurück. Ich streifte die dünnen Handschuhe über.

Einatmen. Ausatmen. Konzentrieren. Ich stand in der ersten Etage der Villa in Bogenhausen, und zwar im Arbeitszimmer des Operationsziels Claus-Hugo Mayrbach. Der dickliche Kerl mit ausgedünntem braunem Haar hockte hinter einem imposanten Schreibtisch aus der Zeit der Renaissance – wie jeden Montag ab 20:15 Uhr. Er starrte auf das Display eines Laptops. Zeitlupenhaft hob er den rundlichen Kopf. Aufgerissene Augen. Offener Mund. »Wer sind Sie?«, krächzte er. »Wie kommen Sie hierher, ohne dass der Hund bellte und – wie zum Teufel – durch die abgesperrte Tür?«

Ich trat einen Schritt vor. Ich grinste. Ich fixierte sein teigiges Gesicht. Ich ließ das Wunder *Wilma* los. »Mayrbach, Sie machen ab sofort alles, was ich anordne. Sie unterlassen eigene Handlungen«, sagte ich mit sanftmütiger Stimmlage.

Nicken. Ich trug den Polsterstuhl unter dem Fenster vor den Schreibtisch und setzte mich. Ich zückte aus der linken Innentasche ein zusammengefaltetes Blatt Papier. Ich hob die Stimme: »Ich bin ein Vollstrecker der OaM, der *Organisation aufrechter Menschen*, zu denen *Sie* nicht zählen.«

Hüsteln. Gesichtszüge wie eingefroren.

Ich schob das Blatt unter das Smartphone auf der schön gemaserten Platte des Schreibtischs. »Hier finden Sie die Ziele der OaM und wie *Sie* vorgehen müssen. Wenn Sie jemand fragt – Sie fanden das Schreiben im Briefkasten.«

Nicken. Leidenschaftslos fuhr ich fort: »Sie schädigten jahrelang die Allgemeinheit, indem Sie Steuern hinterzogen. Diese Untat nimmt die OaM nicht hin. Ich bin hier, um Ihr schändliches Verhalten zu beenden.«

Grunzen. Vorbeugen. »Das Finanzamt schröpft mich und etliche andere wohlhabende Steuerzahler auch. Viele handeln ähnlich wie ich. Heutzutage fast normal, nichts Besonderes.«

Jetzt grunzte ich. »Wenn einer dieser Verbrecher seine Ehefrau umbringt, weil sie ständig nörgelt, machen Sie das ja auch nicht, oder?«

Grinsen. »Meine Elisabeth nörgelt nicht, sie läuft in der Spur.«

Wut kochte in mir hoch. »Wie viele Jahre hinterzogen sie Steuern und in welcher Höhe?«

»Erst seit neun Jahren, insgesamt rund zwei Millionen. Ich bin 54, will noch ein angenehmes Leben führen und muss mich um meine Altersvorsorge kümmern. Ich habe bis zur Geburt meiner Tochter nur bescheidene Beträge zur Seite gelegt.«

»Arschloch«, kommentierte Peter Zwei.

Ich stellte mich neben ihn. Ich sagte mit fester Stimme: »Sie schreiben jetzt Ihrem Finanzamt eine Mail und erstatten Selbstanzeige. Sie kündigen an, dass Sie morgen 50.000 Euro Anzahlung auf die Steuerschuld leisten werden. Verstanden?«

»Ja.« Teigige Finger hackten auf der Tastatur herum.

Ich las mit. »Sehr schön, Mayrbach. Absenden.«

Die Maus klickte.

Ich setzte mich wieder. Ich nahm die Wasserflasche und den Energieriegel aus der Stofftasche. Ich trank drei Schlucke und aß drei Stücke des Riegels. Teilnahmslos sah mich der Steuersünder an. Ich erschrak. Das Smartphone summte. Das Display leuchtete auf. Ich fixierte das Gerät. Instinktiv befahl ich innerlich dem Ding, sofort auszufallen. Das Display erlosch.

Der Kerl fragte: »Darf ich die Message lesen? Vermutlich will meine Frau wissen, wann ich runterkomme.«

»Ja.«

Mayrbach fummelte am Smartphone herum. »Verdammter Mist!«, fluchte er. »Das Scheißding funktioniert nicht mehr, obwohl der Akku noch fast voll ist.«

Ich freute mich. Ich aß den Rest des Riegels, leerte die Flasche und warf sie und die Folie in die Tasche. Ich fixierte den Kerl. »Mayrbach, im Namen der OaM fordere ich Sie auf, zukünftig korrekt Ihre Steuern zu zahlen. Sollten Sie es nicht tun, werde ich Ihr Wochenendhaus in den Bergen, das Ferienhaus in der Toskana und die hübsche Villa hier in die Luft jagen, natürlich nach einer Vorwarnung. Sie, Ihre Familie, die Haushälterin und der Hund sollen keinen Kratzer abbekommen.«

Er starrte mich an. Er öffnete den Mund.

»Klappe halten!«, befahl ich.

Der Mund schloss sich. Ich beugte mich vor. »Damit Sie nicht glauben, ich mache hier Späßchen, offenbare ich Ihnen, dass *ich*, der Vollstrecker der OaM, letzte Woche den Fuhrpark der Familie Mayrbach in die Luft sprengte.«

Er schüttelte sich wie ein nasser Hund.

Türklopfen. »Claus-Hugo!«, rief die Ehefrau. »Warum hast du nicht geantwortet? Wann kommst du?«

Ich flüsterte Claus-Hugo zu: »Sie kommen in 20 Minuten. Sie bereiten die Unterlagen für die Steuererklärung vor.«

Nicken. »Ich komme in 20 Minuten, Hasi. Ich bin dabei, die Unterlagen für die Steuererklärung vorzubereiten.«

»Beeil dich. Wir wollen uns doch den Krimi anschauen.«

»Ich spute mich.«

Ich sah ihm in die Augen. »Haben Sie hier Geld und/oder andere Vermögenswerte gebunkert?«

Der Unsympath grunzte. Er deutete nach links hinten. »Im Tresor dort liegen 18.000 Euro, Goldmünzen und ein paar geschliffene Diamanten – unser Notgroschen.«

Ich erhob mich und nahm die Stofftasche. »Sie packen jetzt alles hier hinein.«

Grunzen. »Wollen Sie mich bestehlen?«

»Nein. Sie spenden Ihren Krisenschatz der OaM, zur Deckung der Kosten meiner Arbeit.«

Nicken. Er schritt vor mir her zum Tresor. Er warf die Geldbündel, 20 Krügerrand Münzen zu je einer Unze, zehn American Eagle Goldmünzen und ein blaues Samtsäckchen in die Tasche. Ich deutete auf einen Weißgoldring mit einem beachtlichen Brillanten. »Was ist damit?«

Hüsteln. »Er gehörte meiner Mutter, die im letzten Sommer starb. Ich bewahre ihn zum Andenken auf. Wollen Sie ihn auch?«

»Nein.« Ich bin Peter Peters, der Einzige seiner Art und der SVS der OaM, aber kein Unmensch. »Setzen Sie sich wieder!«, befahl ich. Er schloss die Tresortür.

Ich stellte mich vor den Schreibtisch. Ich fixierte den Widerling. »Sie sind ein schäbiger Arbeitgeber, Mayrbach, ein Geizhals. Ab nächsten Monat zahlen Sie der Haushälterin 200 Euro mehr monatlich. Klar?«

Nicken. »Mach ich.«

»Wenn ich weg bin, vergessen Sie mich. Ich war nie hier. Verstanden?«

»Ja.«

»Drehen Sie sich mit dem Sessel um!« Er gehorchte.

Ich hängte die Tasche um die rechte Schulter. Atemkontrolle. Innerlich befahl ich mir: »Zurück!«

Im Wohnzimmer sprang meine Amelie vom Sofa. Sie trug einen weißen Morgenmantel. Sie umarmte und küsste mich. Sie sah mir in die Augen. »Und, wie lief es, Liebling?«

Ich lächelte. »Problemlos. Glänzender Erfolg der Operation *Steuer Deutschland 1*.« Ich schilderte die Mission.

Strahlende Augenteiche. »Du bist ein tapferer Mann, ein Kämpfer für die Gerechtigkeit und – gutherzig. Ich glaube, nicht jeder hätte den Ring zurückgelassen.«

Ich hauchte der Liebsten einen Kuss auf die Nasenspitze. Aus der Tasche nahm ich ein Geldbündel mit 50-Euro-Noten und warf es auf den Tisch. Ich legte zwei Krügerrand und eine American Eagle dazu. »Das behalte ich zurück, Liebes. Die 2.500 Euro und die Münzen werden den Grundstock *unseres* Krisenschatzes bilden.«

Strahlende Amelie. Sie eilte zum Kühlschrank und kehrte mit einem Fläschchen Bier und einer Flasche Wasser zurück. Wir setzten uns aufs Sofa. Ich trank zunächst Wasser. Wir prosteten uns mit Bier zu. »Gib mir eine Banane und einen Müsliriegel«, bat ich. »Mein Gehirn braucht Energie.«

Sie brachte das Gewünschte. Sie schaute mir in die Augen. »Woher hat Heilmann die Informationen über die Garagen, das Haus, die Steuerhinterziehung, die Haushälterin und die Gewohnheit des Kerls, sich jeden Montag um 20:15 Uhr in seinem Arbeitszimmer einzuschließen?«

Ich strich ihr über eine Wange. »Die OaM beschäftigt einen Computerexperten. Er hackte sich in den Laptop des Kerls. Eine Aktivistin freundete sich mit der Haushälterin an. Es handelt sich um eine 49-jährige Bosnierin, die im Balkankrieg Vater, Bruder und Ehemann verlor. Die OaM zahlte ihr für die Informationen 2.000 Euro.«

Eine lächelnde Amelie streifte mir die Jacke ab. Eine lächelnde Amelie entfernte die Krawatte. Eine lächelnde Amelie knöpfte das Hemd auf.

Aufgeheizt durch die glorreiche Mission, genoss ich den fetzigen Liebesakt mit jedem Atom des Körpers.

Kurz vorm Einschlafen sagte Peter Zwei. »Vergiss nicht, den merkwürdigen Ausfall des Smartphones zu überprüfen. Es könnte sich um ein weiteres Wunder handeln.«

Ich, Peter Peters, der Einzige seiner Art, ich fühlte mich emporgehoben aus der Masse der Milliarden und erkoren, den aufrechten Menschen den Mut zurückzugeben. Ich will und werde dafür sorgen, dass Anstand, Moral und Gerechtigkeit den Sieg erringen. Zufrieden versank ich im Schlafmeer.

Am nächsten Morgen trafen wir auf dem Weg in den Speiseraum die *ElO*. Vorstellungsrunde. Sie lächelte mich an. »Kommen Sie bitte um 8:15 Uhr ins Büro des Chefs.«

»Ich werde pünktlich sein.«

Vor uns betrat sie den Raum und steuerte den Tisch mit Rati Pashra an. Peter Zwei bewunderte den tollen Hintern.

Bevor ich den ersten Bissen verspeisen konnte, beugte sich Amelie vor. »Diese Moretta ist eine attraktive Frau. Sie scheint von dir angetan. Hat sie einmal versucht, dich anzumachen?«

Ich lächelte. »Bist du eifersüchtig?«

»Und ob! Wenn sie dich anbaggert, bring ich sie um!«

»Süße Amelie, ich liebe nur dich, das weißt du genau. Und was Claudia Moretta betrifft – sie ist eine astreine Lesbe, also null Konkurrenz für dich. Sie ist mit der Inderin am Tisch liiert.«

Strahlende Amelie. »Da bin ich aber mächtig beruhigt.«

Pünktlich saß ich mit der *ElO* am Tisch in Heilmanns Büro. Ich erstattete Bericht. Begeisterung. Claudia strahlte.

Der Professor sagte: »Die Aktivistin warf heute Morgen ein Bekennerschreiben der OaM in den Briefkasten des bayerischen Fernsehens und einer Tageszeitung. Die Öffentlichkeit soll wissen, wer für Ihre Mission die Verantwortung übernimmt und der Steuergerechtigkeit einen kleinen Sieg bescherte. In dem Schreiben kündigen wir weitere Operationen dieser Art an.«

»Hervorragend«, sagte ich. »Vielleicht bewirkt ja die Ankündigung, dass sich andere Steuersünder selbst anzeigen.«

»Hoffen wir es«, meinte Claudia.

Ich gab Heilmann die Stofftasche. Er legte meine Beute auf den Tisch. »Wunderbar.« Er schob mir ein Bündel Euro-Noten und jeweils eine Münze hin. »Ihre Prämie, Peter. Der Rest wandert in die Kasse der OaM. Die American Eagle besitzt zurzeit einen Wert von 1.760 und der Krügerrand 1.250 Euro.«

Ich strahlte. Ich bedankte mich. Abwinken. Die *ElO* bekam ebenfalls zwei Münzen. »Vielen Dank, Chef«, sagte die Samtstimme.

Um 10:35 Uhr lieferte ich eine aufgeregte und top hergerichtete Amelie in der Lobby der Zentrale des DAMAC Konzerns ab.

80 Minuten später flog eine strahlende Frau in meine Arme. Das Grünmeer der Augen leuchtete. »Verlief super, Liebster!«, rief sie. »Ich glaube, ich krieg den Job.«

Auf dem Spaziergang zu einem nahen Restaurant erläuterte sie: »Es war noch ein Architekt anwesend. Völlig überraschend redete er mich nach etwa einer halben Stunde auf Italienisch an. Wir unterhielten uns mindestens eine Viertelstunde. Die Herren der Firma schienen angetan. Heute gegen vier Uhr wird mich der Personalchef anrufen.«

Peter Eins und Zwei freuten sich.

Nach dem Essen fuhren wir zu einer Mall. Ich kaufte den preiswertesten Laptop. Stirnrunzelnd sah mich Amelie an. »Warum brauchst du ihn?«

»Erklär ich dir zu Hause.«

Im Wohnzimmer schloss ich das Ladegerät an und startete den Computer. Wir setzten uns aufs Sofa. Die Liebste öffnete den Mund. Ich hob eine Hand. »Warte.«

Ich starrte den Laptop an. Im Gehirn formte ich den Befehl: »*Ausfallen!*« Ich jagte ihn los. Display und Betriebslämpchen erloschen. Ich drückte den Startknopf. Nichts. Ich freute mich. Ich sah in Amelies aufgerissene Augen. Ich sagte: »Ich besitze eine weitere Wundergabe, Liebes. Ich kann elektronische Geräte ausfallen lassen. Ein außerordentlich nützliches Talent.«

Zustimmung.

Ich erhob mich. »Ich gehe zu Billy. Er soll ihn checken. Ich arbeite dort noch ein bisschen.« Sie küsste mich.

Ich gab dem Amerikaner den Laptop. »Ich habe ihn heute gekauft. Nach einer Stunde gab er den Geist auf.«

Er grunzte. »Sie haben billige Scheiße aus China gekauft. Geben Sie ihn Winston. Er kann tote Computer auferwecken.«

Im Nachbarbüro erklärte ich dem Engländer den Vorfall. Er murmelte vor sich hin, schnappte das Gerät und verschwand in einem Nebenraum. Ich kehrte in mein zukünftiges Büro zurück.

Etwa 40 Minuten später trat er in den Raum. Er sah mich an. »Wo haben Sie sich mit dem Ding rumgetrieben, Peter?«

»Warum?«

Prusten. »Schaltkreise und Chips sind offenbar einem EMP zum Opfer gefallen. Totalausfall. Die Festplatte ist gelöscht. Ich habe das Ding zum Elektroschrott geworfen.«

Billy grunzte. Ich nickte. »Billige Scheiße aus China.« Wir lachten. Ich nannte mein viertes Wunder *elGaul* – **el**ektronische **G**eräte **au**sfallen **l**assen.

Um 16:25 Uhr stürmte ich ins Apartment. Eine rotwangige Amelie tanzte durchs Wohnzimmer. Sie fiel mir um den Hals. Sie küsste mich ab. »Ich hab den Job! Ich hab den Job! Ich hab den Job!«, rief sie. »Ich fange am übernächsten Sonntag an. Die jetzige Sekretärin weist mich ein. Sie fliegt am 27. März in die Schweiz zurück.« Sie biss mir spielerisch in die Unterlippe. »Weißt du, was ich verdiene?«

»Sag es mir.«

Strahlen. »Fantastische 5.500 Euro, natürlich steuerfrei. Für die Krankenversicherung zahle ich 330 und für die Altersvorsorge 340 Euro.«

Ich lächelte. »Großartig, Liebes. Wir sind ein reiches Liebespaar und – falls du möchtest – demnächst ein reiches Ehepaar.«

Aufgerissene Augen. Offener Mund. Feuchte Augenseen. »War ... war das ... eben ein Heiratsantrag?« Heisere Stimme.

»Ja, Liebes, *der* Heiratsantrag aus den Tiefen meines Herzens und der Seele, ausgefüllt mit abgöttischer Liebe zu dir, mein Engel, leider ohne Blumen. Ich reiche sie nach.«

Nie zuvor sah ich in Gesicht und Augen einer Frau mehr Überraschung, größere Freude – Glück. Sie sprang mich fast um. Sie küsste mich ab. Sie zerrte mich ins Schlafzimmer.

»Soll das *ja* heißen?«, flüsterte ich.

»Ja! Ja! Jaaa!«

Nie zuvor erlebte ich meine Amelie entfesselter, wilder, lüsterner. Welch eine rauschhafte, glückvolle, eine liebestolle Stunde. Toptag!

4

Tags darauf traf ich Frau Moretta auf dem Weg in Billys Büro. Sie lächelte mich an. »Haben Sie gestern Abend die Regionalnachrichten im bayerischen Fernsehen gesehen?«

Jetzt lächelte ich. »Leider nein.«

Strahlende *EIO*. »Das Bekennerschreiben schlug wie eine Bombe ein. Die Polizei fand keine Anhaltspunkte, wer in die Garagen eindringen konnte – und vor allen Dingen wie. Die Moralapostel des Senders verurteilten zwar die Zerstörung der Autos, äußerten sich aber positiv über die Selbstanzeige des Steuersünders. Bei einer Umfrage in der Münchener Innenstadt begrüßten viele Bürger den Erfolg des zweiten Teils Ihrer Mission.«

Ich freute mich. Sie fuhr fort: »Herr Mayrbach sagte der Presse, er habe das Schreiben der OaM im Briefkasten gefunden und ein schlechtes Gewissen bekommen. Auch ohne die Sprengung der Autos hätte er Selbstanzeige erstattet.«

Ich winkte ab. »Hinterher kann man viel erzählen.«

»Genau, Peter. In der letzten Februarwoche starten wir eine ähnliche Operation. Die Vorbereitungen sind fast abgeschlossen.«

Ich grinste. »Toll. Ich freue mich.«

Nachmittags unterzeichnete Amelie im Firmengebäude ihren Arbeitsvertrag. Im Auto sagte sie: »Die Firma kümmert sich um die Aufenthalts- und Arbeitsgenehmigung.«

Am frühen Abend speisten wir im Erdgeschoss der Emirates Towers im besten libanesischen Restaurant Dubais, dem *Al-Nafoorah*.

Sonntags beantragte meine Liebste ihren Führerschein. Den Rest des Tages und sechs Stunden am Montag hockte ich in Billys Büro. Am Nachmittag tags darauf bekam Amelie die Fahrerlaubnis. Stolz fuhr sie zurück.

In der restlichen Arbeitswoche arbeitete ich jeweils sechs Stunden täglich. Keine Probleme.

Am Freitag kutschierte uns Amelie gegen 17 Uhr zu Billys Wohngebäude. Er feierte mit uns, dem Professor, Winston, der Inderin und Frau Moretta seine Abschiedsparty.

Auf der Rückfahrt sagte die Liebste: »Die Wohnung gefällt mir. Ich freue mich auf den Umzug. Endlich raus aus dem fensterlosen Apartment.«

Sonntag. Amelies erster Arbeitstag. Sie musste von acht bis 17 Uhr arbeiten mit einer Stunde Mittagspause. Ich fuhr sie zur nächsten Metrostation.

»Ich will nicht in der Rushhour mit dem Auto fahren, das dauert ja ewig«, hatte sie gestern erklärt.

Sonntag, 25. Februar. Um neun Uhr saß ich im Büro der *EIO*. Einsatzbesprechung der Operation *Steuer Deutschland 2*. Der Supervollstrecker der OaM fieberte.

Nacht vom Montag auf Dienstag. Um 3:17 Uhr Ortszeit stand ich in Frankfurt am Main direkt an einer Seitenwand eines Bungalows, der 225 Quadratmeter Wohnfläche umfasste. Rund 20 Meter gegenüber erhob sich eine von Bäumen gesäumte Halle mit einer Doppelgarage rechts und links. Die Immobile gehörte einem 59-jährigem Unternehmer – einem steinreichen, wie der Volksmund sagt.

Im Sternenmeer schwamm die Mondsichel. Neun Grad minus. Eisiger Wind. Den späten Wintereinbruch bescherte Deutschland eine Hochdruckzone aus Russland.

Ich drehte den Kopf im Halbkreis. Ich ließ die Wundergabe *elGaul* arbeiten. Ich wusste, dass Bewegungsmelder und Videokameras unter dem Dach des Hauses und der Halle hingen. In drei der Garagen deponierte ich unter dem Motorblock eines Maserati *Ghibli Granlusso*, eines BMW 320 mit Klappdach und eines Jaguar *F-Pace Prestige* einen Sprengsatz.

Ich sprang in die Halle. Hier harrten zwei Oldtimer – ein Aston Martin DB 5 und ein Jaguar E-Type – und eine drei Jahre alte Harley-Davidson meiner Geschenke. Nach getaner Arbeit setzte ich mich auf das Motorrad, verspeiste die Gehirnnahrung und leerte die Wasserflasche.

Das Wunder *Telpo* brachte mich ins Schlafzimmer des geldgeilen Unternehmers. Die 53-jährige Ehefrau schlief seit zwei Jahren in einem Zimmer am Ende des Flures. Der Kerl mit dem dichten grauen Haar schnarchte. Ich zückte eine kleine LED-Taschenlampe und zog das Nachtsichtgerät aus. Ich schaltete die Lampe ein. Ich weckte den Verbrecher. Ich blendete ihn mit dem Lampenlicht.

Grunzend schoss er hoch. »Was soll der Blödsinn, Judith?«, krächzte er.

»Ich bin nicht Judith, sondern der Vollstrecker der Organisation aufrechter Menschen.«

Fluchen. Der Typ tastete zur Nachttischschublade. »Vermutlich liegt eine Pistole darin«, wisperte Peter Zwei. Das Wunder *Wilma* ließ den Steuersünder erstarren. Ich befahl: »Aufstehen und vor mir her ins Arbeitszimmer gehen. Ich leuchte.« In seinem rot-schwarz gestreiften seidenen Schlafanzug trottete er wie ein folgsamer Hund in besagten Raum. »Maul halten, Gerd, hinsetzen und Laptop hochfahren.« Ich schaltete die Deckenlampe an und die Taschenlampe aus.

Der schlanke Mann mit leichtem Bauch gehorchte. Ich legte das Schreiben der OaM in das silberfarbene Postkörbchen. Ich klärte ihn auf und erteilte Befehle. Ich stellte mich neben ihn. Schweigend schrieb er die Mail an sein Finanzamt.

Der Widerling hatte 16 Jahre lang erhebliche Summen ins Ausland verschoben und weder das Geld noch die Erträge versteuert. Er hatte damit jeden aufrechten Steuerzahler verhöhnt und den Staat um rund zwölf Millionen Euro betrogen.

Er klickte auf *Senden*. Er lehnte sich zurück.

Ich deutete auf eine dunkelrote Reisetasche neben dem Schreibtisch. »Was ist da drin?« Ich wusste es.

Grunzen. »95.000 Euro. Meine Sekretärin fährt damit morgen früh über Belgien nach Luxemburg. Ich muss das Geld vor den Haien im Finanzamt in Sicherheit bringen.«

»Nichts da«, säuselte ich. »Geben Sie mir die Tasche. Sie spenden es der OaM. Verstanden?«

Nicken. Beute reichen. Ich stellte die Tasche vor den Schreibtisch. Die 34-jährige Sekretärin Ellen war die Geliebte dieses Ekelpaketes. Die nicht arbeitende Ehefrau wusste seit einem Jahr davon. Sie hatte aufgrund der Gütertrennung keinen Anteil an den Einnahmen des Mannes. Es bestand ein für sie unvorteilhafter Ehevertrag. Immobilien und einen Teil des Vermögens hatte der Kotzbrocken Gerd vor zwölf Jahren mit in die Ehe gebracht – seine zweite.

Die betrogene Ehefrau hatte Anfang Januar einer Aktivistin der OaM, einer Anwältin, die Informationen geliefert - gegen eine Zahlung von 5.000 Euro.

Ich fixierte den Ehebrecher. »Horten Sie hier noch weitere Vermögenswerte?«

Er deutete nach vorn rechts »Ja. Im Bodentresor in der Ecke.«

Vier Minuten später stand ich neben einem immergrünen Busch im Garten. Ich zückte Videokamera und Sender. Explosionen störten die Nachtruhe von Tieren und Menschen in der Umgebung. Ich filmte 50 Sekunden. Zufrieden kehrte ich ins Apartment zurück. Meine Amelie schlief noch.

Die Reisetasche erleichterte ich um 10.000 Euro in 200er Noten. Kein Problem. Die Ehefrau wusste zwar von der Aktion, kannte aber nicht die Summe des Schwarzgeldes. Aus der Stofftasche, eine größere als letztes Mal, genehmigte ich mir 1.000 der 21.500 Euro und zwei der 13 Barren Feingold zu je 100 Gramm.

»Stehen uns auch zu«, gab Brüderchen seinen Senf dazu. Die Beute verstaute ich im Schreibtisch. »Muss Geld und Gold demnächst verschwinden lassen«, murmelte ich.

Ich zog mich aus und eilte ins Badezimmer. Später weckte ich Amelie. Ich kleidete mich an. Ich schilderte meinen Erfolg. Sie strahlte und küsste mich. Wir frühstückten. Ich fuhr sie zur Metro.

Punkt neun saß ich der *ElO* gegenüber. Berichterstattung. Ich lieferte die Beute ab. Claudia äußerte sich begeistert. Ich kassierte meine Prämie: 2.000 Euro und einen Barren Gold. Ich bedankte mich artig.

Im Büro arbeitete ich zwei Stunden. Um 14 Uhr fuhr ich in die Stadt. In der Niederlassung der Deutschen Bank eröffnete ich ein Konto und zahlte 9.800 Euro ein. Ich mietete ein Schließfach und deponierte Münzen und Barren. Ich kehrte ins Büro zurück.

Am zweiten Samstag im März zog das Liebespaar Amelie und Peter in die renovierte Wohnung. Nach dem Abendessen in einem Restaurant – ohne Alkohol – feierte es eine rauschhafte Einweihungsparty – mit Champagner im Doppelbett mit den neuen Matratzen.

Montag, 26. März. Gegen 18:40 Uhr stieg an der Metrostation eine angesäuselte Amelie ins Auto. Ein Kuss, der nach Alkohol schmeckte.

Sie gluckste. »Ich bin rundum satt, Liebling. Die Berretti feierte ihren Abschied. Morgen fliegt sie nach Hause. Nächste Woche heiratet sie in Bellinzona ihren Martin, einen Optiker.« Kichern. »Sie ist schwanger.«

Ich lächelte und küsste ihre Nasenspitze. »Toll! Liebes-, Ehe- und Mutterglück.«

Zu Hause bastelte ich mir einen strammen Max.

Glück und Arbeit

1

19. April. Ein Donnerstag. Kaiserwetter, wie man früher in Deutschland sagte. Gegen 14:50 Uhr gaben sich im deutschen Konsulat meine Amelie und ich das Ja-Wort. Leicht zitternd streiften wir uns die Eheringe aus 18-karätigem Gelbgold über. Ein zärtlicher Kuss, der Glitzersterne durch meinen Kopf jagte, besiegelte die Eheschließung. Gautam Heilmann und Claudia Moretta fungierten als Trauzeugen.

Brüderchen jubelte.

Im Vorraum leerten wir eine Flasche Champagner.

Der Leiter der OaM überreichte mir ein verschlossenes Kuvert. »Das Hochzeitsgeschenk der Organisation«, sagte er und lächelte. Das frisch gekürte Ehepaar bedankte sich. Amelie steckte es in die Handtasche.

Im *Lime Tree Café* nahe der Jumeirah Moschee aßen wir Kuchen und knusprige Croissants zu Kaffee und frisch gepressten Säften.

Hochzeitsessen? Arabisch und romantisch. Kurz nach Sonnenuntergang schritten wir am Creek im restaurierten Bastakiya-Viertel über einen mit Fackeln gesäumten Weg zum Restaurant *Bastakiah Nights*. Die elf Räume, mit Kunsthandwerk im altarabischen Stil dekoriert, verteilen sich auf zwei Etagen in einem historischen Windturmhaus.

Erstklassiges Essen und Trinken – alkoholfrei. Plaudern. Scherzen. Lachen.

Kurz vor 22:30 Uhr betrat das Ehepaar Peters seine Wohnung. Ich nahm meine Amelie in die Arme. Ein betörender Kuss. Ich sah in den Ozean ihrer Augen. »Ich weiß nicht, wie ich meine Gefühle, die Liebe zu dir ausdrücken soll, mein Engel«, flüsterte ich. »Zwei Sätze unseres Dichters Goethe treffen meine Gefühlslage am ehesten: *Welch Glück, geliebt zu werden! Und lieben, Götter, welch ein Glück!*«

Wasser in den schönsten Augen dieser Welt. Ein Kuss – voller Glut, voller Intensität, voller Versprechen.

Hochzeitsnacht? Unglaublich. Unbeschreibbar. Unerklärbar. Peter Zwei schien ohnmächtig. Ich gewähre nur einen winzigen Einblick: Die Liebesstunden katapultierten mich ins sternenfunkelnde Universum meiner unsterblichen Liebe. Ich wollte nie mehr zurückkehren. Amen.

Hochzeitsgeschenk? Vorm Frühstück präsentierte ich der Liebsten einen Platinring mit drei reinweißen Brillanten von insgesamt 1,5 Karat und zweithöchster Reinheit. Meine Amelie flog mir um den Hals. Liebevoller Kuss.

Aus ihrer Handtasche nahm sie den Umschlag und schob ihn mir hin. »Sieh nach, was uns die Organisation schenkte.«

Ich präsentierte ihr sieben Scheine – 2.000 Euro.

»Sehr großzügig«, kommentierte sie.

Ich winkte ab. »Das Geld ist ein Teil der Ergebnisse meiner Arbeit.« Wir lächelten uns an.

Hochzeitsreise? Gegen halb elf brachen wir im BMW auf. Im benachbarten Emirat Schardscha checkten die Flitterwöchner in einem Strandhotel ein. Anderntags streiften wir durch den historischen Stadtteil. Nach einer zweiten Übernachtung fuhren wir durch das winzige Emirat Adschman nach Umm al-Qaiwain und weiter nach Ras al-Khaima. Zwei Nächte in einem Luxushotel.

Weiterfahrt durch das Hadschar Gebirge ins Sultanat Oman. Fünf Glückstage und Glutnächte im *The Chedi Muscat*, einem 5-Sterne-Hotel in der Hauptstadt. Die Heimfahrt unterbrachen wir für zwei Tage im Emirat Fudschaira am Indischen Ozean.

»Eine traumhafte Hochzeitsreise, Liebster«, flüsterte meine Amelie mir am letzten Abend im Bett ins Ohr. »Ich bin sehr, sehr glücklich. Ich liebe dich innig und tief, unauflöslich.«

Ich strich ihr durchs verschwitzte Haar, küsste die Engelsaugen und den Engelsmund. Ich sah ins Schimmern des Augenhimmels. »Du süßer Engel hast in mir die wahre, echte, die reine Liebe geweckt. Diese Liebe füllt mein Herz, die Seele, *mich* vollkommen aus.«

Ein lieblicher Kuss.

»Ich bin total happy«, gab Peter Zwei seinen Senf dazu.

Amelie streichelte mir über eine Wange. Leise sagte sie: »Ich habe dir bisher etwas verheimlicht, Liebling – ich … ich besitze noch eine zweite Wundergabe.«

Ich riss die Augen auf. »Welcher Art?«, krächzte ich.

Lächeln. »Ich kann das Gehirn eines Menschen ein bisschen beeinflussen, ihm allerdings nicht meinen Willen aufzwingen. Es gelingt mir aber, seine Gefühle zu verstärken und zu beschleunigen.«

Mir drohte eine Ohnmacht – meine Amelie – ein Mutant wie ich, vielmehr eine Mutantin! »Unglaublich!«, wisperte Brüderchen.

Sie hauchte mir einen Kuss auf die Lippen. »Ich habe mein Talent erst nach dem Vorfall mit unserem damaligen Chef entdeckt. Bisher habe ich es dreimal bei Freundinnen getestet. Liebster, ich habe mit diesem Wunder deine unterschwellige Liebe zu mir voll aufflammen lassen …«

»Großer Gott!«, stieß ich hervor. »Du … du hast erkannt, dass ich liebevolle Gefühle für dich hegte?«

»Ja. Ich liebe dich seit deiner Rückkehr aus Dubai. Mit jeder Faser meines Herzens, meines Körpers sehnte ich mich nach dieser Liebe. Rettungslos dir verfallen. Bist du mir jetzt böse, dass ich deine Liebe in Schwung brachte?«

Peter Zwei murmelte: »Unfassbar! Aber richtig und mutig gehandelt. Tolle Frau.«

Ich schluckte. Ich küsste die lockenden Lippen. »Nein, Liebste, im Gegenteil. Ich bin dir dankbar, dass du mir die Augen geöffnet und mich auf Trab gebracht hast. Vermutlich hätte ich Wochen gebraucht, meine wahren Gefühle für dich zu entdecken und dir zu offenbaren.«

Strahlende Amelie. Ein leidenschaftlicher Kuss. Schweratmend lösten wir uns. Ich räusperte mich. Ich gestand: »Ich verfüge außer den beiden Wundergaben, die du kennst, noch über eine weitere.« Ich schilderte meine zuerst aufgetauchte Begabung *Gewollte Unsichtbarkeit*.

Ich offenbarte *nicht* mein Superwunder *Wilma*. Ein Ehemann sollte mindestens ein Geheimnis bewahren.

Ich staunte. Meine Amelie schien nicht überrascht. Sie nickte. »Die Mutter meines Papas, die vor vier Jahren starb, besaß die gleiche Begabung.«

Ich schluckte.

Sie sah mir in die Augen. »Weißt du, was das bedeutet, Liebling?«

Ich runzelte die Stirn. »Nein.«

Gurren. »Gott, das Schicksal oder wer oder was auch immer, führte uns zusammen. Falls wir ein Kind bekommen sollten, wird es vermutlich unsere Wundergaben erben, vielleicht sogar noch verstärkt.«

Ich strich ihr zärtlich übers Haar. »Unvergleichliche Amelie«, flüsterte ich. »Ich liebe dich. Wir werden es im Verlauf der nächsten beiden Jahre herausfinden.«

Nie zuvor sah ich in ihren Augen größere Zufriedenheit, Freude, Glückseligkeit. Ein süßer Kuss. Wispern in mein Ohr. »Du machst mich zur glücklichsten Frau der Welt, Peter. Ab sofort setze ich die Pille ab. Ach, wie ich mich freue, maßlos freue.« Ein inniger Kuss.

»Du hast *die* Traumfrau gefunden, sie geheiratet und sie wird dich zum Vater machen«, stellte mein Zwilling fest. Frieden in mir.

Umschlungen drifteten wir in den Ozean des Schlafes.

2

10. Mai, ein Donnerstag. Neun Uhr. Einsatzbesprechung mit Claudia Moretta am Tisch in Heilmanns Büro. Der *LO* faltete die Hände, als flehe er Gott um das Gelingen der geplanten Mission an. Er sah mir in die Augen. »Sie wissen, Peter, dass Nordkorea ein steter Hort der Unsicherheit auf der Welt ist. Der hirnrissige Betonkopf, der dort das Sagen hat, und seine Clique sind die übelsten Verbrecher auf Erden. Einzelheiten brauch ich Ihnen ja nicht aufzählen.«

Ich nickte.

Er fuhr fort: »Sie, Peter, Sie werden im Namen der OaM diese Arschlöcher auf Vordermann bringen.«

Ich riss die Augen auf. Ich trank Wasser. »Wie soll ich die Korea-Operation bewerkstelligen?«

»Die OaM besitzt zwei nordkoreanische Informanten, und zwar Diplomaten. Sie kehrten vor drei Monaten aus westlichen Ländern in ihre Heimat zurück. Sie sind, wie die meisten Diplomaten, arme Schlucker. Sie beziehen ein mickriges Gehalt und verfügen nicht über eine Krankenversicherung. Viele üben Nebentätigkeiten aus, bis hin zum Waffenhandel. Der Staat braucht massenhaft Geld für das Militär, das Raketen- und Atomprogramm. Die beiden Diplomaten lieferten uns die notwendigen Details. Die OaM zahlte jedem 15.000 Dollar. Ich schraube Ihnen jetzt den Ablauf der Einsätze auseinander.«

Er schraubte.

Ich fiel aus allen Wolken, wie der Volksmund sagt.

Samstag, 12. Mai 2018. Erster Einsatztag der Operation *Nordkorea*. Mit einem Koffer mittlerer Größe checkte ich gegen 12:50 Uhr Ortszeit in Bangkok im Hotel *Oriental Residence Bangkok* ein. Heilmann hatte für mich einen falschen Schweizer Pass auf den Namen *Peter Presslin* organisiert. Das Zimmer kostete mit Frühstück 169 Euro. Claudia hatte es für drei Nächte, und ein weiteres Zimmer für den Tag Zwei in Taipeh, gebucht und bezahlt.

Ich trug ein hellblaues Hemd mit langen Ärmeln, blaue Jeans, einen hellgrauen Sommersakko und rostrote geschnürte Halbschuhe der Marke *Rockport*.

Im Zimmer aß ich einen der fünf Energieriegel. Ich trank eine der beiden Flaschen Wasser auf dem kleinen Tisch – Willkommensgruß der Hotelleitung. Ich wusch die Hände. Ich putzte die Zähne. Ich sprühte einen Herrenduft.

Eine attraktive Frau an der Rezeption buchte mir eine Stadtrundfahrt. Ich zahlte bar von den 800 Dollar, die mir Heilmann mitgegeben hatte. Wetter: sonnig. 32 Grad. Schwül.

Üppiges Abendessen mit Bier im Hotelrestaurant. Meine Zwei-Zeitzonen-Uhr zeigte 19:20 Uhr, das heißt, drei Stunden später als in Dubai.

Herzschmerz pur. Ich durfte bis Missionsende meine Amelie nicht anrufen. »Na ja, großer Bruder, am Mittwoch wirst du in ihre Arme fliegen«, tröstete mich Brüderchen.

Gegen 23 Uhr warf ich mich ins Bett.

Sonntag, 13. Mai. 31 Grad. Regen. Mit einer gepackten Reisetasche, die ich hier gekauft hatte, und einem Schirm stand ich kurz vor 16 Uhr im Hotelzimmer. Tunnelblick. Tiefes Durchatmen. Konzentration.

Fluchend spannte ich in strömendem Regen den Schirm auf, und zwar in einem Park in Taipeh oder Taipei, der Hauptstadt Taiwans. Fluchend marschierte ich die wenigen Minuten bis zum Hotel *W Taipei*. Ich checkte ein. Die Uhr in der Rezeption zeigte 17:13.

Tolles Zimmer. Kostete auch 265 Euro mit Check-out um 13 Uhr. Ich aß einen Energieriegel und trank einen halben Liter Wasser.

Abendessen im Hotelrestaurant.

Im Zimmer studierte ich Beschreibungen und Lagepläne der fünf Missionsziele, allerdings nicht allzu lange. An meinem 16. Geburtstag hatte ich festgestellt, dass ich ein fast fotografisches Gedächtnis besitze. Erstklassige Einrichtung.

Die detailreichen Unterlagen stammten von den Diplomaten.

Montag, 14. Mai. Großkampftag. Um 7:10 Uhr frühstückte ich. Ich eilte ins Zimmer. Zähneputzen. Toilettenbesuch. Ich schnallte das Schulterholster um. Ich steckte die Glock hinein – ohne Schalldämpfer. Ich legte die graue Bauchtasche an. In den beiden äußeren Fächern deponierte ich jeweils 120 Gramm Semtex H. Die Zeitzünder besaßen eine Vorlaufzeit von fünf Sekunden. Im größeren mittleren Fach ruhte bereits ein 500 Gramm wiegender Sprengsatz mit 20-Sekunden-Einstellung. Die letzte Sprengladung, 1,5 Kilo schwer, legte ich zur Wasserflasche in der grauen Stofftasche. Ich zog den Sakko an. Ich hängte die Tasche um die linke Schulter. Einsatzbereit. »Ruhig Blut, großer Bruder«, sagte Peter Zwei. »Du schaffst das locker.«

Ich sah auf die Armbanduhr, 9:05 Uhr in Nordkorea. Ich beruhigte die Atmung. Die *Telpo* brachte mich auf das kiesbestreute Dach eines achtstöckigen Verwaltungsbaues im Regierungsviertel in Pjöngjang. Sonne. 20 Grad. Knapp 100 Meter entfernt erhob sich ein unscheinbares fünfstöckiges Gebäude. Mitten in der dritten Etage lag ein fensterloser Konferenzraum: mein erstes Operationsziel.

Punkt neun tagten dort der Oberste Führer, der Präsidiumsvorsitzende der Obersten Volksversammlung, der Vorsitzende des Komitees für Staatsangelegenheiten, der Vorsitzende des Ministerrates, der Verteidigungs-, der Innenminister, weitere 4 Minister, die Oberbefehlshaber aller Teilstreitkräfte und jeweils zwei Wissenschaftler des Raketen- und Atomprogramms.

In jede Hand nahm ich einen 120 Gramm Sprengsatz. Die Daumen ruhten auf den Aktivierungstasten. Gesteigertes Herzpochen. Durchatmen. Ruhe im Kopf. Zeitkontrolle. 9:09 Uhr. Fokussierung.

Ich stand im Sitzungsraum vor einer Schmalseite des imposanten Konferenztisches aus massivem Holz. Die Köpfe der illustren Herren zuckten in meine Richtung. Aufgerissene Augen. Offene Münder. Totenstille.

Laut sagte ich den einzigen Satz, den ich auf Koreanisch beherrschte: »Fahrt zur Hölle, ihr aufgeblasenen, gehirnlosen Arschlöcher.« Ich aktivierte die Zünder. Gleichzeitig warf ich einen Sprengsatz neben den Tisch, den anderen mitten darauf. Gut gezielt. Zwei Glasflaschen fielen um. Die Köpfe wussten nicht, wohin sie sehen sollten.

Der Zurück-Befehl brachte mich zum Ausgangspunkt. Herz- und Atemberuhigung.

»Du hast kaltblütig 17 Menschen umgebracht«, stellte mein Zwilling fest.

»Quatsch. Es handelte sich Lebewesen ohne Gehirn und Gefühlen, die wie Menschen aussahen. Halt jetzt die Klappe. Ich muss mich auf das nächste Ziel konzentrieren.«

Stille im Kopf.

Eine Sekunde später stand ich in einem schwach erhellten Kellerraum des gleichen Gebäudes. Blinkende LEDs, Summen und Säuseln. Es handelte sich um die Computerzentrale der Regierung. Ich aktivierte mein viertes Wunder *elGaul*. Eine 360 Grad Drehung. Die Lämpchen erloschen. Nur noch die Klimaanlage säuselte. Ich verschwand.

Den Serverraum der Polizeizentrale und im Hauptquartier der KVA, der koreanischen Volksarmee, behandelte ich auf die gleiche Art und Weise. Im letztgenannten Raum verschnaufte ich kurz. Konzentration. Tunnelblick.

Ich sah mich um. Knapp vier Schritte rechts von mir ragten zwei Kamine auf. Ich stand auf dem Dach der Wartungshalle auf einem Militärflugplatz nördlich von Pjöngjang. Durchatmen. Mühsam entfernte ich neben einem Kamin drei Dachziegel. Ich nahm die Sprengladung aus der Bauchtasche. Ich drückte den Knopf. Ich warf sie in das Loch. Aufrichten. Ausatmen. Konzentrieren.

Dämmerlicht. Einatmen. Miserable Luft. Gestank. Rechts und links von mir erstreckte sich jeweils ein fünf Meter breiter Gang von unbestimmbarer Länge. Einsetzendes tiefes Brummen ließ mich zusammenzucken. »Keine Angst, Peter Zwei«, sagte ich. »Eine Pumpe befördert Kerosin zum Bestimmungsort.«

Im unterirdischen Treibstoffdepot des Militärflughafens marschierte ich nach rechts. Zehn Schritte weiter bog ich links in einen drei Meter breiten Gang. Er endete nach rund 25 Meter in einem kreisrunden Raum. Lüftungsschächte führten durch die Decke. Rohre und Kabelstränge verschwanden in gemauerten Wänden. Auf einem blauen Pult mitten in der Pump- und Schaltzentrale platzierte ich den Sprengsatz aus der Stofftasche. »Wird ein hübsches Feuerwerk geben«, gab Brüderchen seinen Senf dazu. Ich aktivierte den Zünder. Sprungbefehl.

Meine letzte Mission führte mich in den Tresorraum der Staatsbank. Ich stopfte Bündel mit 100-Dollar-Noten in Bauch-, Stoff- und Jackentaschen.

Zufrieden kehrte ich auf das Dach im Regierungsviertel zurück, wollte mir ein bisschen das Spektakel rundum ansehen, die sichtbaren Auswirkungen meiner ersten Arbeit genießen. Ich erstarrte bis in die Haarspitzen. Keine zwei Schritte schräg rechts vor mir und etwa drei Meter vom Dachrand entfernt stand ein Soldat mit Maschinenpistole. Er starrte auf das Lichterspektakel vor dem Regierungsgebäude. Sirenenjammer hing in der Luft.

Gehirnwirrwarr. Herzrotation. Nervenflattern.

Zeitlupenhaft drehte sich der etwa 1,70 Meter messende Mann um. Er glotzte mich an, als sei ich ein Geist. Ich sah in ein junges Gesicht. Vermutlich hatte der Soldat im Augenwinkel eine Bewegung wahrgenommen und den Luftzug gespürt, den die von mir verdrängte Luft ausgelöst hatte.

Er schloss die Augen, als wolle er die für ihn unerklärliche Erscheinung verscheuchen.

Ich zückte die Glock.

Die Hände des Kerls packten die Waffe. Er öffnete die Augen.

Ich schoss ihm mitten dazwischen. Er stürzte rücklings auf die Kiesfläche. Die Uniformmütze segelte über den Dachrand.

»Armer Kerl«, murmelte ich. »Du warst zur falschen Zeit am falschen Ort.« Hektisch sah ich mich um. Leeres Dach. Ich trat sieben Schritte zurück. Ich beruhigte Gehirn, Herz und Nerven. Ich steckte die Waffe an ihren Platz. Ich legte eine rote Plastiktüte mit dem Schreiben der OaM ab und beschwerte sie mit ein paar Kieselsteinen.

Aufrichten. Umsehen. Augen schließen. Einatmen.

Im Hotelzimmer in Taipeh atmete ich aus. Halfter, Pistole, Bauch-, Stofftasche und die Geldbündel aus den Jackentaschen verstaute ich in der Reisetasche. Ich verschlang einen Energieriegel und leerte eine Wasserflasche. Toilettengang.

»Machst du dir Gedanken wegen des Soldaten?«, fragte mein Zwilling. »Nein. Ich erschoss ihn nicht aus niederen Beweggründen, sondern aus Notwehr. Sein Leben gegen meines. Der Kerl hätte mich gnadenlos umgelegt.«

Thema erledigt. Abgehakt. In einem Gehirnwinkel vergraben.

Ich stellte den Reisewecker auf 12:15 Uhr. Nackt warf ich mich ins Bett. Ich fiel in einen totenähnlichen Schlaf.

Der Wecker riss mich aus tiefster Schwärze. Ich sprang aus dem Bett. Ich zog mich an. Ich packte Toilettenartikel, Schlafklamotten und Hausschuhe in die Tasche. Ich spähte aus dem Fenster. »Gott sei Dank kein Regen«, kommentierte Peter Zwei die Wetterlage. Ich schob den Schirm zusammen und legte ihn in die Reisetasche. Ein Aufzug brachte mich in die Lobby. Ich checkte aus.

Ich schlenderte in den Park. Wolken drohten mir. Ich sah mich um. Niemand. Ich lief nach rechts und stellte mich hinter einen blühenden Busch. Ich leerte mein Gehirn.

Aufatmen im Hotelzimmer in Bangkok. »Geschafft, Großer, brillante Ausführung der Operation«, lobte der kleine Bruder. Ich feierte eine Duschorgie. Scharfes Mittagessen im Hotelrestaurant. Ich trank einen Liter Wasser und ein Bier.

Mit mehreren Touristen schipperte ich durch die Khlongs. Später bestaunte ich den dreistöckigen Vimanmek Palast, das größte Gebäude der Welt aus vergoldetem Teakholz.

In einem Juwelierladen in Hotelnähe kaufte ich für meine Amelie einen kleinen Anhänger aus 18-karätigem Gold, der einen Buddha mit Augen aus Smaragden darstellte. Die 699 Dollar zahlte ich vom Beutegeld.

Mit Sehnsucht nach meiner Amelie schlenderte ich zu einem Fischrestaurant. Die schwarzhaarige und schwarzäugige Schönheit an der Rezeption hatte es mir empfohlen.

Im Hotelzimmer zählte ich die Beute, 167.000 Dollar. 1.000 hatte ich abgezwackt. Ich freute mich.

3

Tags darauf packte ich um halb acht den Koffer. Die leere Reisetasche ließ ich zurück. Ich genoss ein üppiges Frühstück. Ich checkte aus. Mit dem Koffer marschierte ich in die Toilettenanlage. Ich betrat eine Kabine – ohne die Tür zu verriegeln.

Kurz vor sechs Uhr Dubaizeit stand ich in unserem Wohnzimmer. Den Koffer stellte ich neben das Sofa. Ich verspeiste den letzten Energieriegel. Ich trank Wasser. Ich zog mich komplett aus. Ich schlich ins Schlafzimmer. Im Licht der Flurbeleuchtung betrachtete ich das schöne Gesicht und die Prachthaare meiner Amelie. Lieblicher Herzschmerz. Ich schlüpfte zu ihr.

Sie seufzte. Sie schlug die Augen auf. Sie riss sie auf. Ein heiserer Jubelschrei. Ich verschloss ihren Mund mit einem Kuss. Liebesworte stammelnd gaben wir uns einem genussvollen Liebesakt hin, der uns leider – aufgrund der Sehnsüchte – bereits nach wenigen Minuten explodieren ließ.

Wir beteuerten unsere Liebe. Zärtliche Küsse. Sie strich mir durchs Haar und flüsterte: »Ach, Peter, ich hätte nie geglaubt, dass die dreitägige Trennung und ohne Telefonate, mir dermaßen zu Herzen gehen würde. Ich starb fast vor Sehnsucht. Jetzt bin ich überglücklich.«

Tränen schimmerten in Engelsaugen und liefen die Wangen hinab. Ich küsste sie weg. Leise sagte ich: »Mir erging es ebenso, Liebes. Ich kann mein Verlangen nach dir, die Sehnsucht, die Liebe nicht in Worte kleiden.«

Meine Frau umarmte mich. Inniger Kuss. Ich schmeckte ihre Liebe. Ich schmeckte meine Amelie.

In diesem Augenblick überschwemmte mich eine Erkenntnis, die unverfälschte, die glasklare Wahrheit: Ich liebe diese Frau ... unsterblich ... echt, tief ... auf immer und ewig. Gehirn, Herz, die Seele füllten sich lückenlos mit dieser Liebe – fast schmerzhaft. Ich wusste mit nie zuvor erkannter Klarheit: Amelie und Peter ... *das* Liebespaar ... *das* Ehepaar ... bis zum Ende des Universums, der Zeit. Stille im Kopf.

Wir frühstückten. Ich umriss die Mission, erwähnte aber nicht die Begegnung mit dem Soldaten. Abschließend sagte ich: »Ich behalte 31.000 Dollar. Wir brauchen ausreichend Geld für unsere Zukunft und – und für unser Kind, mit dessen Produktion wir ja demnächst beginnen werden.« Ich lächelte.

Amelie strahlte. Sie beugte sich vor. Schalk blitzte im Meer der Augen. »Bis zum Produktionsbeginn sollten wir noch eifrig üben. Das Endprodukt soll ja Hand und Fuß haben.« Wir lachten uns an. Wir küssten uns.

Ich fuhr sie zur Metro.

Um 13:30 Uhr blickte ich am Tisch in Heilmanns Büro in zwei strahlende Gesichter. »Hervorragende Arbeit, Peter«, rief ein euphorisch wirkender Leiter der OaM. »Wir sind alle begeistert. Vor einer Stunde gab ein sichtlich erschütterter Sprecher der nordkoreanischen Regierung im Fernsehen den Tod der bedeutendsten und fähigsten Männer des Staates bekannt. Er behauptete, eine unglückliche Verkettung von Zufällen habe eine Gasexplosion im Sitzungsraum ausgelöst. Ihre nachfolgenden Einsätze erwähnte er nicht.«

Ich winkte ab. »Etwas Anderes war ja auch nicht zu erwarten.«

Nicken.

Ich schilderte kurz, aber prägnant, meine Arbeit. Zum Schluss erwähnte ich die Begegnung mit dem Soldaten.

Schulterzucken. »Pech für den Kerl. Sie brauchen kein schlechtes Gewissen haben, Peter. Sie haben Ihr Leben gerettet, der OaM die schlagkräftigste Waffe erhalten und können weiter zum Segen der Menschheit arbeiten.«

Die *ElO* klopfte mir auf eine Schulter.

Heilmann rieb die Hände. »In vielen Ländern überschlagen sich die Medien. Unsere OaM ist in aller Munde. Heute werden Aktivisten in Washington, London, Paris, Brüssel, Berlin, Peking, Seoul und Tokio ein Bekennerschreiben der OaM in Briefkästen von Fernsehanstalten und Zeitungen werfen. Weltweit kennt man also bald die Operation *Nordkorea.*«

Ich hob eine Hand. »Was steht in dem Schreiben?«

Er grinste. Aus einer Innentasche seines hellgrauen Jacketts nahm er zwei Blatt Papier. »Ich lese vor. Den Anfang überspringe ich, da erläutere ich wie in den Schreiben zuvor die Ziele der OaM. Ich schrieb: Die OaM fordert die neue Regierung Nordkoreas auf, demokratische Verhältnisse einzuführen, das Raketen- und Atomprogramm zu stoppen und mit der Entlassung von zwei Drittel der Soldaten zu beginnen. Diese Männer soll man in der Landwirtschaft und der zivilen Industrie beschäftigen. Überflüssige Waffen, Kriegsschiffe und Militärgut sollen verkauft werden. Die Erlöse und die eingesparten Gelder müssen in die Ernährung der Bevölkerung, die Energieversorgung, Infrastruktur, das Gesundheitswesen und die Wirtschaft investiert werden. Die neue Regierung muss Verhandlungen mit Südkorea über eine Wiedervereinigung des koreanischen Volkes aufnehmen.«

Ich hob erneut eine Hand. »Umfangreiche und drastische Maßnahmen. Wie will die OaM die Durchsetzung dieser Ziele erreichen?«

Prusten. »Lauschen Sie weiter, Peter. Weigert sich die neue Regierung, auf die Forderungen einzugehen, werden alle Mitglieder der Regierung, 12 hohe Funktionäre der Partei und die gleiche Anzahl hochrangiger Offiziere hingerichtet. Die Produktionsstätten der Raketen, die Kontrolltürme der Militärflughäfen, militärische Kommunikationszentren, die Munitions- und Treibstoffdepots werden zerstört und die drei größten Kriegsschiffe versenkt.« Er strahlte.

Ich schüttelte mich. »Ich flehe jetzt alle Gottheiten an, dass die Flachköpfe dort in der Spur laufen, falls nicht, kommt massenhaft Arbeit auf mich zu.«

Er winkte ab. »Abwarten und Tee trinken, Peter. Darüber machen wir uns zu gegebener Zeit Gedanken.«

Ich nickte. Ich gab Claudia Bauchtasche und Waffe. Ich reichte Heilmann die Stofftasche. »137.000 Dollar.«

Brummen. »Ich habe mit mehr gerechnet.«

Ich zuckte mit den Schultern. »Tut mir leid, Gautam, es war meine letzte Aktion. Ich war erschöpft und wollte schleunigst ins Bett.«

Nicken. »Verstehe, Peter. Das war kein Vorwurf, sondern eine Feststellung.« Er schob mir 8.000 Dollar hin. »Hier, Ihre wohlverdiente Prämie.«

Ich bedankte mich.

Die Moretta lächelte mich an. »Kommen Sie bitte morgen um 13 Uhr in mein Büro. Sie müssen mir Einzelheiten, Ihre Erfahrung, aber auch Kritik schildern. Wir brauchen alles, um zukünftige Operationen noch besser zu planen.«

»Kein Problem, Claudia.«

Erneutes Lächeln. »Außerdem will Ihre EIO mit Ihnen auf den Erfolg anstoßen. Nachher stelle ich eine Flasche Champagner kalt. Unser Chef hat sie spendiert.«

Heiterkeit. Verabschiedung.

Köstliches Abendessen, von Amelie zubereitet. Später zogen wir uns die Nachrichten der ARD rein. Der Präsident der USA äußerte sich zurückhaltend über meine Arbeit, schien aber zufrieden. Er meinte, Angehörige der Partei oder Regierung haben ihre Unzufriedenheit und das Missfallen über die Politik der obersten Führung zum Ausdruck gebracht. Er bot einer demokratischen Regierung die volle Unterstützung der USA an. Abschließend erklärte er, dass weder die amerikanische Regierung noch die Geheimdienste die mysteriöse OaM kennen und diese keinesfalls vom Boden der USA aus operiere.

Ich grinste. »Der Kerl ist offenbar voller Freude über die Aktionen, darf sie aber in der Öffentlichkeit nicht zeigen.«

Amelie hauchte mir einen Kuss auf die Lippen. »Du bist ein Held, Liebling. Du ziehst gegen die Missstände auf der Welt aus und bestrafst die Übeltäter. Man wird dich eines Tages als den Retter der Menschheit feiern.« Wir lachten.

Das Ehepaar Peters eilte ins Badezimmer. Das Ehepaar Peters hüpfte ins Bett. Das Ehepaar Peters veranstaltete lustvolle, rauschhafte, beglückende Liebesspiele. Ermattet lagen wir uns in den Armen. Amelie flüsterte: »Ein toller, ein himmlischer Probedurchgang, Liebling. Wir müssen weithin eifrig üben. Auf einen Erfolg werden wir aber noch ein paar Wochen warten müssen. Mein Körper muss sich nach dem Absetzen der Pille erst umstellen. Danach werden wir das schönste Kind der Welt basteln.«

Wir lachten Tränen. Wir küssten uns.

4

Anderntags betrat ich pünktlich das Büro der *EIO*. Ich trug eine cremefarbene Leinenhose, darüber ein kurzärmeliges hellblaues Hemd und braune Slipper. Eine top hergerichtete Claudia begrüßte mich mit Handschlag. Ich sank auf den bequemen Stuhl vor ihrem Schreibtisch. Sie reichte mir eine geöffnete Flasche Wasser und ein Glas. Ich goss ein und trank. »Schmeckt ein bisschen bitter«, meinte ich.

Sie zuckte mit den Schultern. Sie nippte an ihrem Glas. »Tatsächlich. Es ist einheimisches Mineralwasser. Ich habe es das erste Mal gekauft.« Sie schob mir ein Mikrofon hin. »Sie können sofort loslegen, Peter.«

Ich räusperte mich. Ich legte los. Kurz vor Ende meiner Schilderung hielt ich inne. Ich öffnete den dritten Knopf des Hemdes. Ich runzelte die Stirn. »Äh … Claudia, spinne ich oder ist es tatsächlich ungewöhnlich warm hier?«

Sie nickte. »Stellte ich eben auch fest. Die Klimaanlage spinnt offenbar.« Sie telefonierte. Ich leerte die Wasserflasche.

Sie legte auf und sah mir in die Augen. »Ein Techniker kümmert sich sofort darum. Sie sind ja bald fertig. Die Geschichte mit dem Soldaten brauche ich nicht.«

Ein paar Minuten später beendete ich den Bericht. Sie lächelte mich an. »Vielen Dank, Peter. Ihre Aussage ist sehr hilfreich. Bitte setzen Sie sich aufs Sofa. Wir fallen jetzt über den Champagner her. Er ist schön kalt.«

Ich fiel auf besagtes Sitzmöbel. Sie erhob sich und stöckelte auf dunkelroten High Heels zum Kühlschrank. Ich staunte. Sie trug einen weißen Rock – verdammt eng, verdammt kurz. Mir wurde noch wärmer.

Ich hörte den Korken knallen. Sie füllte auf dem Tischchen neben dem Kühlschrank zwei – für Champagner ungewöhnlich große – Gläser. Sie balancierte sie herüber. Ich sprang auf. Lächelnd reichte sie mir eines. Wir stießen an. Wir tranken.

»Setzen wir uns«, sagte die Samtstimme. »Und leeren wir die Gläser auf die gelungene Operation und auf weitere fruchtbare Zusammenarbeit.«

Wir sanken aufs Sofa. Erneutes Anstoßen. Sie leerte das Glas, ich ebenfalls. Ich wollte wissen: »Welche Marke ist das?«

»Laurent-Perrier, Favorit des Chefs.«

»Kenne ich nicht.«

Wir stellten die Gläser auf das Beistelltischchen. Claudia sah mich an. Glitzern im Augenblau. Hitzewellen in mir. »Puh«, sagte ich. »Es ist deutlich wärmer als vorhin. Was bastelt dieser Kerl eigentlich?«

Sie zuckte mit den Schultern. »Es ist tatsächlich viel wärmer als vor zehn Minuten. Ziehen Sie doch das Hemd aus, Peter. Ich hole uns Champagner.«

»Für mich nicht, Claudia, bringen Sie mir bitte eine Flasche Wasser.«

»Aber gerne.« Mit ihrem Champagnerglas stöckelte sie zum Kühlschrank. Ich öffnete einen weiteren Hemdknopf. Sie kehrte zurück, reichte mir lächelnd die geöffnete Wasserflasche, setzte sich neben mich und trank mehrere Schlucke Champagner. Gierig leerte ich die Hälfte der Flasche, bitterer Geschmack hin oder her.

Ich schwitzte. Sie leerte ihr Glas, nahm die Flasche aus meiner Hand und stellte beides auf das Tischchen. Sie beugte sich dicht zu mir. Ich roch betörenden Duft. Merkwürdiger Schwindel im Gehirn. »Sie haben ja das Hemd immer noch an«, flüsterte die Samtstimme. Zarte, leicht gebräunte Finger mit blutroten Nägeln öffneten die restlichen Knöpfe und streiften mir das Hemd ab. Wie in Trance ließ ich es geschehen.

Die leicht gebräunten Finger mit den blutroten Nägeln öffneten ihre Bluse und legten sie ab. Ich stierte auf die üppigen Brüste im knappen, fast durchsichtigen BH. Die Hitze ließ mich glühen. Meine Hände entwickelten Eigenleben. Sie betasteten die Fülle und Weichheit. Stromstöße jagten die Arme hoch ins Gehirn.

Die personifizierte Sünde lächelte mich an und – öffnete den BH, zog ihn aus und warf ihn aufs Tischchen. Ich starrte. Vernunft, Denkfähigkeit, eigener Wille? Verschwunden. Jäh schoss reine Gier, Wollust, pure Lust auf Sex mit dieser Frau durch jede Nervenfaser und füllte mein Gehirn. Peter Zwei? Abgehauen.

Ich fiel über die Brüste her. Ich streichelte, massierte, küsste sie. Ich lutschte und knabberte an den Warzen.

Die Verführung erhob sich. Sie glitt vor mich. Sie – sie ließ den Rock fallen, stieg heraus und stellte sich breitbeinig vor mich. Mir drohten Gehirn- und Herzschlag. Ich glotzte auf die rasierte Scham. Lockend rief sie nach mir. Die Sünde trat dicht vor mich. Sie packte meinen Kopf. Sie presste ihn gegen die weiche, würzig duftende Wölbung. Aus und vorbei meine Beherrschung. Ich ließ Zunge und Lippen spielen. Ich packte die strammen Pobacken. Die Sünde wimmerte, kreiste mit dem Becken, stöhnte und keuchte.

Ich verfiel in Raserei. Ein heiserer Schrei. Ein zuckender, bebender Körper ließ mich innehalten. Die Sünde trat einen halben Schritt zurück. Die Samtstimme flüsterte: »Aufstehen. Der finale Akt steht an.«

Nebel zogen durch mein Gehirn. Lustnebel? Wankend stand ich auf. Sie öffnete meinen Gürtel, die Hose und schob sie mit der Unterhose bis unter die Knie. Ein eisenhartes Peterchen sprang auf. Die Sünde lächelte mich an. Sie legte die zwei Sofakissen übereinander. »Hinsetzen!«, befahl sie.

Ich gehorchte. Die schöne Claudia, die Lesbe, schwang sich auf mich. Ich spürte sie. Ich fühlte sie. Ich genoss sie – intensiv. Total. Lava raste durch meine Adern. Das Gehirn verabschiedete sich. Binnen kurzer

Zeit ritt mich die Sünde nieder. Ich explodierte. Ich brüllte. Nass geschwitzt sank ich zusammen. Peter Zwei? Stumm wie ein Fisch. Im Kopf wogten Nebel. Verschwommener Blick.

Claudia glitt von mir, schnappte Rock, BH und die Wasserflasche. Ohne Schuhe eilte sie ins Duschbad.

Meine Sinne klärten sich zögerlich. Ich starrte auf den nackten Unterleib. Mühsam stand ich auf. Durst quälte mich. Mit wackeligen Beinen zog ich Unterhose und Hose hoch, ordnete sie und streifte das Hemd über. Mühsam schloss ich die Knöpfe bis auf zwei. Ich fiel aufs Sofa. Die Nebel im Gehirn lichteten sich. Wo steckte Brüderchen?

Eine Claudia mit hoch geschlossener Bluse, knielangem Rock und weißen Slipper kehrte zurück. Ich starrte sie an.

»Bleiben Sie sitzen«, sagte sie. Sie reichte mir ein Glas mit Wasser, in dem der Rest einer Brausetablette schäumte. »Zügig austrinken!«, befahl sie.

Gierig leerte ich das Glas. Das Wasser prickelte, schmeckte herrlich. Ich keuchte.

Sie lächelte. »Bleiben Sie noch zehn Minuten. Sie hatten vermutlich einen Schwächeanfall wegen der Hitze.«

Ich runzelte die Stirn. Die Temperatur schien deutlich gesunken. Ich vernahm das Rauschen der Klimaanlage, spürte kühle Luft. Ich fröstelte. »Hat der Kerl die Anlage repariert?«, krächzte ich.

»Offenbar.« Sie nahm mein Glas, schritt zum Kühlschrank, füllte es mit Wasser aus einer Flasche, kehrte zurück, reichte es mir und sagte: »Ein anderes Wasser.«

Ich kostete. Köstlich. Ich trank mehrere Schlucke.

Claudia setzte sich an den Schreibtisch und musterte den Monitor. Kein Wörtchen über unsere heiße Sexorgie. Ich verstand die Welt nicht mehr, überhaupt nichts mehr. Hatte ich nur einen sündigen Fiebertraum? Kein Lebenszeichen von Peter Zwei. Ich leerte das Glas.

Nach einer mir unbekannten Zeitspanne schritt Claudia zum Kühlschrank und kam mit einer offenen Flasche Wasser zu mir. »Langsam trinken. Danach fahren Sie nach Hause, duschen heiß, trinken weiteres

Wasser und schlafen eine Stunde. Essen Sie eine anständige Mahlzeit und gehen Sie früh zu Bett. Morgen sind Sie wieder topfit.«

Woher die das alles weiß? Ich trank Wasser. Eine Viertelstunde später erhob ich mich. Verabschiedung mit Handschlag.

Zu Hause feierte ich eine Duschorgie. Kein Peter Zwei. Ich fluchte. Ich zog mich an. Ich trank Wasser. Die angebrochene Flasche stellte ich auf den Wohnzimmertisch. Ich warf mich aufs Sofa. Sofort schlief ich ein.

Aus unendlicher Ferne näherte sich, immer lauter werdend, ein bekanntes Geräusch. Ich öffnete die Augen. Trillerndes Handy. Fluchend schnappte ich es vom Tisch. Amelie. »Hast du mich vergessen, Peter?« Ich starrte zur Uhr an einer Esszimmerwand, 17:22 Uhr. »Oh, entschuldige, Liebes, ich bin auf dem Sofa eingenickt. Komme sofort.«

Ich trank den Rest Wasser. »He, Peter Zwei«, sagte ich auf dem Weg zum Parkplatz. »Wo treibst du dich den ganzen Nachmittag rum? Bist du tot?«

»Nein, großer Bruder. Ich glaube, ich war ohnmächtig oder total weggetreten oder was auch immer.«

»Wieso denn das?« Brummen im Kopf. »Keine Ahnung. Von dem Zeitpunkt, an dem du mit Claudia auf dem Sofa Champagner getrunken hast, fehlt mir jegliche Erinnerung. Ein Blackout, wie der Fachmann sagt. Erst das Klingeln des Telefons ließ mich aus einem schwarzen Loch zurückkehren.«

»Sehr merkwürdig. Du solltest dich von Professor Heilmann untersuchen lassen.« Kichern im Kopf. »Blödmann.«

Eine schwitzende Ehefrau stieg ins Auto. Sie beugte sich zu mir und – riss die Augen auf. »Jesses, Peter! Was ist passiert? Du bist leichenblass.«

Ich seufzte. Ich küsste sie auf den Mund. »Ich hatte eine anstrengende Besprechung mit Claudia. Die Klimaanlage im Institut streikte. Stickige Luft. Brütend heiß. Ich bin immer noch geplättet und hundemüde.«

Sie strich mir zärtlich über eine Wange. »Mein armer Gatte. Ich koche nachher ein leichtes Essen. Anschließend marschierst du sofort ins Bett. Ich werde waschen und das angefangene Buch weiterlesen.«

Ich lächelte. »Ist es einer der Romane, die ich dir empfohlen habe?«

»Ja, der Thriller *Gier eines Ehemannes*. Ich danke allen Göttern, dass du kein derartiger Ehemann bist, sondern der liebevollste Mann unter der Sonne.« Glucksen.

Ich lachte. Peter Zwei murmelte Unverständliches.

Gegen 19:15 Uhr verspeiste ich zwei Eierpfannkuchen mit Himbeergelee und einen mit Zimt und Zucker. Ich trank Milch.

Ich lehnte mich zurück. Ich gähnte. »Mir fallen die Augen zu«, sagte ich mit matter Stimme. Ich erhob mich. Amelie umarmte mich. »Ab ins Bett, Liebling.« Kuss auf den Mund.

Im Badezimmer putzte ich die Zähne, wusch Gesicht und Unterleib. Wie ein gefällter Baum fiel ich ins Bett.

Energievoll wie ein frisch geladener Akku erwachte ich anderntags. Ich küsste Amelie wach. Ich bereitete das Frühstück.

Dienstag, 22. Mai. Ich fuhr Amelie zur Metro. In der Filiale der britischen HSBC Bank eröffnete ich ein Konto und mietete ein Schließfach. Ich zahlte 12.900 Dollar ein und deponierte die restlichen Goldmünzen. »Diese Großbank besitzt in Fachkreisen einen zweifelhaften Ruf«, bemerkte Brüderchen auf der Heimfahrt. »Ich weiß«, murmelte ich. »Anfang des Jahres 2012 wurde sie vom US-Senat gerügt wegen *durch und durch versauter Unternehmungskultur*. Der Vorwurf betraf Geldwäsche für Terroristen und Drogenhändler. Ende 2012 zahlte die Bank eine Geldbuße in Höhe von 1,9 Milliarden Dollar für die unzureichenden Kontrollen.«

Ich fuhr zum Institut. Im Büro arbeitete ich bis halb eins. Nach dem Mittagessen schlenderte ich durch die Parkanlage. Die Wüstensonne knallte. Im Schatten eines Baumes saß Heilmann auf einer Bank gegenüber einem Springbrunnen. Er qualmte eine Pfeife. Begrüßung. Ich setzte mich neben ihn. »Seit wann rauchen Sie Pfeife?«

»Ab und zu in der Mittagspause. Beruhigt meine Nerven und fördert die Gedankenproduktion.« Er stieß eine Rauchwolke aus. Er hüstelte. »Bis Anfang Oktober müssen Sie auf Ihre *ElO* verzichten, Peter.«

Ich runzelte die Stirn. »Ist sie krank?«

Lächeln. »Nein. Sie urlaubt seit zwei Tagen alleine in einem Strandhotel und fliegt am 31. Mai nach Boston. Eine der Baufirmen meiner Schwester erhielt am Jahresanfang einen Großauftrag und die andere Firma kürzlich ebenfalls einen. Sie weiß nicht mehr, wo ihr der Kopf steht. Claudia wird sie unterstützen. Sie wohnt bei Lalita und bekommt das übliche Gehalt. Die OaM kürzt ihre Bezüge um 90 Prozent. Ich knöpfte meiner Schwester 2.000 Dollar Leihgebühr ab.« Er grinste.

Erleichterung in mir. Der *LO* räusperte sich. »In Nordkorea springen die Bonzen und Militärs im Fünfeck. Die Oberste Volksversammlung beauftragte drei Gestalten, die vorläufige Führung des Staates zu übernehmen. Einzelheiten sickern nur über China durch. Die chinesische Regierung will verstärkt Reis, Speiseöl und Fisch liefern. Südkorea und die USA boten ebenfalls Hilfe an. Ich halte Sie auf dem Laufenden.«

»Bin gespannt, wie es weitergeht.«

Nicken. Er fixierte mich. »Kommen Sie am Sonntag um 14 Uhr in mein Büro.«

»Eine neue Operation?«

»Ja. Keine großartige Sache.« Er sah auf die schwarze Armbanduhr. »Muss los, mich auf eine Bestrahlung vorbereiten.« Gemeinsam kehrten wir ins Institut zurück.

Um 14:30 Uhr fuhr ich nach Hause. Ich räumte Spülmaschine und Trockner aus. Ich verstaute die Wäsche. Ich bezog die Betten frisch. Ab und zu huschten Szenen des sündigen Nachmittags der letzten Woche durch mein Gehirn. Ich jagte sie in ein schwarzes Loch. Ich wischte Staub. Ich saugte die Böden. »Vorbildlicher Ehemann«, lobte Brüderchen. Ich brummte vor mich hin.

Abends speisten Amelie und ich im Restaurant unten. Zwei Stunden später bewiesen Peter und Peterchen der Ehefrau ihre Leistungsfähigkeit. Glückselige Amelie. Glückseliger Peter Eins. Glückseliger Peter Zwei.

5

Pünktlich saß ich sonntags Heilmann am Tisch im Büro gegenüber. Er trank zwei Schlucke Wasser. Ich packte die andere Flasche, öffnete sie und füllte ein Glas.

Er fixierte mich. »Die OaM will etwas für den Tierschutz unternehmen. Eine derartige Operation schafft bei den meisten Menschen Sympathie und Anerkennung. Sie werden ein Scheusal bestrafen, einen Dreckskerl, der mit illegalem Handel von Tierprodukten massenhaft Geld scheffelt.«

»Hervorragend«, sagte ich. »Meine Frau und ich verabscheuen diese Widerlinge. Falls man welche schnappt, werden sie viel zu lasch bestraft.« Ich trank Wasser.

»Genau, Peter.« Er breitete den Plan der Operation *Tierschutz China 1* vor mir aus.

»Toll. Erstklassige Planung«, kommentierte ich. »Super«, kommentierte Peter Zwei.

Der *LO* führte mich ins Büro der *ElO*. Rechts in der Seitenwand öffnete er mit einer Chip-Karte eine Panzertür ohne Griff und dahinter eine zweite. »Die Waffenkammer der OaM«, erklärte er. »Die Moretta, mein Vater, Bruder und ich besitzen eine Karte.« Wir traten ein. Ich staunte.

»Decke, Fußboden und die Wände, die an andere Zimmer grenzen, bestehen aus 1,20 Meter dickem Stahlbeton. Die Außenwand ist nicht verstärkt. Der Raum misst 45 Quadratmeter. Sollte er hochgehen, wird der größte Explosionsdruck den Weg nach draußen nehmen.«

Er deutete zur rechten Wand. »In diesen Regalen liegen Pistolen, Sturmgewehre, Maschinenpistolen und die entsprechende Munition. Zwei Regalwände sind vollgepackt mit Semtex, C 4 und Brandsätzen in verschiedenen Größen und Formen. In den roten Boxen liegen die Zeit- und Funkzünder.«

Wir traten an einen Tisch links der Tür. Er deutete auf eine voluminöse Reisetasche. »Ihre komplette Ausrüstung, Peter. Der Waffenmeister hat alles vorbereitet. Sie können sie mitnehmen. Ich glaube nicht, dass Sie Ihr Wohngebäude sprengen werden.« Wir lachten.

Montag, 28. Mai. Liebevolle Verabschiedung von Amelie an der Metrostation. »Morgen komme ich um die Mittagszeit zurück, Liebes.« Ein brennender Kuss. Sie malte erneut die Lippen an.

Um zwölf briet ich zwei Spiegeleier. Auf einem Teller warteten zwei Scheiben Brot mit Kochschinken und drei Gewürzgurken auf die Vollendung der Mahlzeit. Ich schob die Eier auf den Schinken. Unaufgeregt aß ich. Ich trank ein Fläschchen Bier.

Mitten im Wohnzimmer stand mein Koffer mit der Ausrüstung, Toilettenartikeln, Hausschuhen, Boxershorts und einem blauen T-Shirt – meine Nachtklamotten. Ich putzte die Zähne mit der elektrischen Zahnbürste. Ich sperrte die Wohnungstür ab und hängte den Schlüssel an seinen Stammplatz in der Diele.

Ruhig atmend betrat ich das Wohnzimmer. Ich trug die gleichen Klamotten wie bei der letzten Mission. Ich nahm den Koffer in die Rechte. Konzentration.

Ich stand vor der Mauer des Parkplatzes des gleichen Hotels in Bangkok wie vorletzte Woche. Die *ElO* hatte damals auch das jetzige Zimmer für eine Nacht gebucht und bezahlt.

Rundumblick. Etwa zehn Meter rechts vor mir verharrte ein dicklicher Mann vor der offenen Fahrertür einer Toyota Limousine. Er starrte in meine Richtung. Peter Zwei kicherte. »Der Kerl traut im wahrsten Sinne des Worts seinen Augen nicht.«

Ich winkte dem Erstarrten zu und marschierte los. Der Typ hechtete ins Auto und brauste davon, als sei der Teufel hinter ihm her.

Ich checkte ein. Im Zimmer verputzte ich einen Energieriegel und leerte eine Flasche Wasser. Mit der Skizze des Operationsziels setzte ich mich an den quadratischen Tisch in einer Ecke. Minuten später ruhte der Grundriss des Zielgebäudes mit der beschrifteten Einrichtung im Gehirn.

Ich verstaute den Plan im Koffer. Peter Peters, der Supervollstrecker der OaM, war vorbereitet.

Um 18:20 Uhr verspeiste ich im Hotelrestaurant Fisch, Reis und Gemüse. Ich trank einen Viertelliter Chablis und einen halben Liter Wasser.

Im Zimmer rüstete ich zum Kampf gegen einen Widerling. Das Sakko legte ich ab und das Schulterhalfter mit der Glock an. Ich streifte die Lederhandschuhe über. Ich schnallte die graue Bauchtasche aus federleichtem, aber reißfestem Material mit vier großen Fächern um. Ich betrachtete die Neuerung, den Ersatz der Stofftasche. Sie ähnelte einer ärmellosen Kurzjacke aus dem gleichen Material wie die Bauchtasche. Die Vorderseite der Einsatzjacke bestand aus zwei Brusttaschen, jeweils 38 Zentimeter lang und 20 breit. Um die untere Rückenpartie und seitlich lief eine dreigeteilte 20 Zentimeter hohe Tasche. Ich zog das Ding an und schloss den Reißverschluss. Ich schlüpfte in das Sakko.

»Klasse«, meinte Peter Zwei. Im rechten Fach der Bauchtasche deponierte ich die Videokamera und den Funksender. In die übrigen Fächer steckte ich jeweils einen 400 Gramm Brandsatz. Weitere vier zu 250 Gramm verteilte in den Brust- und Nierentaschen.

Blick auf die Armbanduhr: 19:33 Uhr. Das Operationsziel erwartete mich in Hongkong, das heißt, eine Stunde voraus. Jeden Montag arbeitete ein 49-jähriger übergewichtiger Chinese ab 20:30 Uhr mindestens eine Stunde in seinem Büro. Es lag in einem Anbau aus Ziegelsteinen an der Frontseite einer 17 auf 7,40 Meter messenden Lagerhalle. Sie steht mit dem Einfamilienhaus im Südwesten Hongkongs rund 700 Meter vom Meer entfernt.

Atemkontrolle. *Telpo* auslösen. In der schwach beleuchteten Halle tauchte ich hinter einem Pick-up der Marke Nissan auf. Daneben stand ein Gabelstapler. Merkwürdiger Geruch. Stickige Luft. Vor mir erstreckte sich ein 2,50 Meter breiter Gang bis zur Rückwand der Halle. Davor und vor den Wänden rechts und links des Ganges erhoben sich 2,20 Meter tiefe und 3,40 Meter hohe Regale aus unbehandeltem Holz.

Ich wollte nicht wissen, was sich darauf stapelte. Ich wusste es aber. Der Kerl handelte mit Produkten geschützter Tiere. Auf den Regalen lagerten Stoßzähne afrikanischer Elefanten, Zähne von Walrössern, die begehrten Hörner von Nashörnern, Knochen und andere Körperteile von Tigern, auch der seltenen Amurtiger. Felle von kleinen und großen Raubkatzen und weitere mir unbekannte Artikel warteten ebenfalls auf den Verkauf.

»Entsetzlich«, stellte Peter Zwei fest. »Diese Mission erledigen wir mit Freude.«

Ich stimmte zu. Zwischen Pick-up und Gabelstapler legte ich einen Brandsatz und aktivierte den Funkzünder mit einer Verzögerung von sechs Sekunden. Ich betrat durch die Stahltür rechts an der Wand die angebaute Garage. Den Sattel der schwarzen 750er BMW schmückte ich mit dem zweiten Brandsatz. Rechts neben dem Motorrad, das dem 19-jährigen Sohn des Chinesen gehörte, stand ein weißer Mercedes SUV, links das silberfarbene Mercedes Cabriolet der Ehefrau.

In der Halle verteilte ich in den Regalen der rechten Wand zwei und vor der anderen Wand drei aktivierte Ladungen. Ich eilte zur grünen Stahlschiebetür, die zwischen dem zweiflügeligen Hallentor und der rechten Hallenecke in das Büro des Mistkerls führte. Ich streckte die Hand zum Griff aus. Die Tür glitt nach links. Der deutlich kleinere Drecksack stand vor mir. Er riss Augen und Mund auf. Ich ließ *Wilma* auf sein beschissenes Gehirn los. »Hast du Benzin hier?«, fragte ich. Ich wusste, dass der Idiot Englisch beherrschte. Er klappte den Mund ein paarmal auf und zu.

»Ja. In einer Blechhütte neben der Garage.«

»Herbringen.«

»Schaff ich alleine nicht. Es sind zwei Kanister mit je 20 Liter.« Er schloss das Doppeltor auf.

Fluchend schleppte ich einen Plastikkanister in die Halle. Der Widerling mühte sich keuchend mit dem anderen ab. Die Torflügel lehnte ich nur an. Ich deutete zur linken Hallenwand. »Alles auf den unteren Regalen verteilen.« Widerstandslos gehorchte er.

Ich benetzte mit der stinkenden Brühe die Regale vor der rechten Wand.

Die Informationen über den Händler des Todes stammten von einem seiner Arbeiter. Der 34-Jährige hatte vor fünf Wochen bei einem Arbeitsunfall den rechten Arm gebrochen. Der raffgierige Arbeitgeber hatte ihn fristlos entlassen. Der Gefeuerte hat Ehefrau und fünfjährige Tochter. Jetzt hütet er zu Hause das Kind und die Frau schuftet täglich 12 Stunden für mageren Lohn. Die OaM hatte dem Bedauernswerten 5.000 US-Dollar gezahlt.

Ich trat auf den Schurken zu, der mit dem leeren Kanister in der Hand meiner Befehle harrte. »Stell das Ding ab und setz dich an deinen Schreibtisch.«

Er marschierte vor mir ins Büro. Die Schiebetür ließ ich offen. Ich schloss die dunkelrote Außentür aus Stahl ab und schob den Riegel vor. Die Fenster rechts und links der Tür besaßen metallene Rollläden.

Ich stellte mich vor den Schreibtisch aus Teakholz. Regungslos saß der Kotzbrocken im hochlehnigen Luxussessel. Ich fixierte ihn. »Hast du Vermögenswerte hier?«

Er deutete rechts hinter sich. »In diesem Tresor.«

Das Ding hockte in einer Betonumhüllung und maß 1,35 Meter in der Höhe und 65 Zentimeter in der Breite.

»Aufmachen!«, befahl ich. Mit dem Sessel rollte er hin, fummelte am Zahlenschloss herum und öffnete. Ich stand neben ihm und begutachtete den Inhalt. Geld stapelte sich in Bündeln. Gold blinkte. »Gib mir die Barren!«

Ich verstaute 20 Goldbarren zu je 100 Gramm und 49 Krügerrand Münzen in den Fächern der Bauchtasche. Die Videokamera legte ich oben drauf. Den Sender steckte ich in die rechte Hosentasche. Ich deutete auf zwei blaue Samtsäckchen. »Gib mir die Dinger. Was ist da drin?«

»Brillanten zwischen 0,5 und 1,3 Karat.«

Ich steckte sie in die linke Hosentasche. »Wie hoch ist der Gesamtwert?«

»Rund 92.000 US-Dollar.«

»Reich mir die Geldbündel. Wie viel ist es?«

»180.000 US-Dollar und 43.000 Euro in 500er Noten.«

Ich freute mich. Das Geld verstaute ich in Bauch-, Brust-, Nierentaschen und im Sakko. »Setz dich wieder an den Schreibtisch.«

Der Fiesling rollte zurück. Ich stellte mich ihm gegenüber. »Hast du eine Pistole?«

»Nein.«

»Scheiße!«, murmelte ich auf Deutsch. »Jetzt muss ich das Arschloch eigenhändig in die Hölle schicken.« Ich zückte die Glock. Ich zögerte. Konnte ich, der anständige Peter Peters, wissentlich, vorsätzlich und kaltblütig einen Menschen erschießen? Diese Tat steht auf einem anderen Blatt als die Notwehraktion gegenüber dem Soldaten. Gedanken wälzten durch mein Gehirn. Ich ließ Bilder verschiedener Fernsehsendungen vor den inneren Augen ablaufen. Ich sah die blutigen Köpfe abgeschlachteter Nashörner ohne Hörner und Elefanten ohne Stoßzähne, sah in Fallen elend verendete Raubkatzen. Ich sah die goldene Protzuhr mit Brillanten am Arm des Drecksacks, sah den Fuhrpark, sah das Prunkhaus, sah den traurigen Arbeiter, hörte die Ehefrau schluchzen und das Mädchen weinen.

Ich schoss dem Arschloch in den Kopf. Der peitschende Knall und die beißenden Pulverdämpfe rissen mich in die Wirklichkeit. Blut, Gehirnmasse und Knochensplitter klatschten gegen das weiße Leder der Rückenlehne. »Ekelhaft«, murmelte ich.

»Du hast dem Geldgierigen, dem Gewissenlosen die gerechte Strafe erteilt«, wisperte es im Kopf.

Ich wandte mich um. Ich nahm Videokamera und Sender. Ich schaltete die Kamera ein. Ich sprang auf das Dach des etwa 100 Meter vom Haus des Hingerichteten entfernten 5-stöckigen Wohnblocks. Ich stellte mich neben einen Kamin. Ich schickte das Funksignal los. Ich richtete die Kamera auf die Halle und startete die Aufzeichnung.

Explosionen erschütterten die helle Nacht. Gesteinsstaub schoss von den Wänden der Halle. Das Wellblechdach hob sich ein bisschen und krachte zurück. Das Flügeltor flog auf. Fröhlich tanzten Flammen im Innern. Sie freuten sich über die reichliche Zufuhr an Sauerstoff.

Die Ehefrau und der Sohn des in der Hölle Bratenden rannten herbei. Abrupt stoppten sie vor dem offenen Tor. Der Pick-up und der Stapler brannten. Der Sohn zückte ein Handy. Sie liefen zum Büroanbau. Die Frau riss und rüttelte an der Tür. Der junge Mann zerrte an den Rollläden. Die Flammen brausten.

Ich filmte. Von fern schwebte Sirenengejammer heran. Ich stoppte die Aufzeichnung. Ich kehrte ins Hotel zurück.

Ich legte Kamera, Sender, die Taschen, die Waffe mit Halfter und das Geld aus den Sakkotaschen auf den Tisch. Ich verschlang einen Energieriegel und leerte eine Flasche Wasser. »Lieferst du Heilmann alles ab?«, fragte das manchmal nervige Brüderchen.

»Nein. Ein Säckchen Diamanten, zwei Goldbarren, sieben Münzen und 20.000 Euro behalte ich, für Amelies, meine und die Zukunft unseres Kindes.«

Kichern im Kopf. »Ich freue mich darauf, Vater zu werden.«

»Dummschwätzer. Du hast von Vaterschaft null Ahnung.«

»Du etwa?« Ich winkte ab. Ich verstaute die angekündigte Zukunftssicherung in einer Plastiktüte und legte sie in den Koffer. Die Ausrüstung folgte. Ich wusch die Haare und duschte. Ich packte die scheußliche Erinnerung an meine segensreiche Tat, bugsierte sie zum schwarzen Loch und warf sie hinein. Vorbei. Erledigt. Abgehakt.

Ich zog die Schlafklamotten an. Aus der Minibar nahm ich eine Flasche Bier und setzte mich an den Tisch. Ich trank gemütlich. Sehnsucht nach meiner Amelie quälte mich.

Frühstück um acht Uhr tags darauf. Ich checkte aus. Über die Toilette kehrte ich nach Hause zurück. Voll befriedigende Mission.

Pünktlich stand ich mit dem Auto an der Metrostation. Eine strahlende Amelie stieg ein. Ich riss sie in die Arme. Ein begehrlicher Kuss. Sie keuchte ein bisschen. »Ich freue mich riesig, dass du wieder unversehrt zu Hause bist, Liebling.«

Wir schlenderten durch die *Mall of Emirates*. Ich kaufte der Liebsten ein 18-karätiges goldenes Fußkettchen und goldene Ohrringe in Herzform, natürlich vom Beutegeld. »Vielen Dank, Liebling«, flüsterte sie vorm Geschäft und hauchte mir einen Kuss auf die Lippen. Abendessen in einem Restaurant.

Zu Hause genossen wir umwerfende, mit Glut angefüllte Liebesstunden. »Echt tolles Eheleben«, wisperte es im Kopf.

6

Tags darauf lieferte ich um neun Uhr in Heilmanns Büro meinen Missionsbericht ab. Wir schauten uns den Film an. Der *LO* strahlte. »Erstklassige Arbeit, Peter«, lobte er. »Die Tierschützer werden in Jubel ausbrechen. Der entlassene Arbeiter hat das Bekennerschreiben der OaM in Briefkästen einer TV-Anstalt und einer Tageszeitung geworfen.«

Ich gab ihm Sender, Waffe und Taschen. Ich klärte ihn über die Geldsumme, das Gold und den Wert der Brillanten auf. Er strahlte noch mehr. »Eine hilfreiche Geldspritze für die OaM. Wir feiern jetzt Ihren Erfolg.«

Er eilte zum Kühlschrank. Mit zwei Gläsern aus dem Schrank daneben und einer geöffneten Flasche Champagner kehrte er zurück. Er goss ein und schob mir ein Glas hin. Ich beäugte das Flaschenetikett: Laurent-Perrier.

Wir stießen an. Mit Herzklopfen trank ich einen Schluck. Heilmann sah mich lächelnd an. »Nicht so zögerlich, Peter. Das ist ein köstlicher Tropfen.«

Ich bestätigte. Er schob mir 2.000 Euro und zwei Münzen hin. »Ihre Prämie.«

Plaudernd leerten wir die Gläser – und die Flasche.

Leicht angesäuselt fuhr ich nach Hause. Am frühen Nachmittag deponierte ich das Gold und die Diamanten im Schießfach der Bank of America. Ich zahlte 6.400 Euro ein. Den gleichen Betrag erhielt mein Konto bei der HSBC und der Deutschen Bank.

Mittwoch, 30. Mai. 36 Grad. Eine offenbar missgelaunte Ehefrau stieg an der Metrostation ins Auto. Sanfter Kuss. »Was ist los, Liebes? Ärger im Büro?«

Seufzen. »Nein. Du weißt doch, dass ich Hitze nicht vertrage. Das Klima hier bringt mich noch um. Ich wage mir gar nicht ausmalen, wie ich den Sommer überleben soll.«

Ich nickte. »Du Ärmste. Ich schlage vor, du fragst den Architekten, ob er dich nicht in Italien beschäftigen oder dir bei Bekannten einen Job besorgen kann. Er stammt aus Norditalien. Wir haben ja einmal darüber geredet.«

Strahlende Ehefrau. »Das mach ich gleich morgen. Bin gespannt, was er sagt.«

Anderntags hüpfte eine offenbar blendend gelaunte Ehefrau ins Auto. Ein stürmischer Kuss. »Ich bin happy, Liebling, schrecklich happy!«, jubelte sie.

Ich lächelte. »Erzähl!«

»Herr Cantonelli sagte, ich sei die fähigste Kraft, mit der er je zusammengearbeitet habe. Er kehrt am 28. Juni in seine Heimatstadt zurück. Er wird sich nur noch um sein Büro kümmern. Er ist 57 und will es ruhiger angehen lassen. Falls ich möchte, kann ich ab zweiten Juli bei ihm anfangen, allerdings nur halbtags. Seine 22-jährige Tochter arbeitet ebenfalls bei ihm.«

Ich strahlte. »Menschenskind, Amelie, das ist ja klasse! Auf ein volles Gehalt sind wir nicht angewiesen. Wir hätten mehr Zeit für uns.« Ich runzelte die Stirn. »Hoffentlich lebt er nicht in einer Großstadt mit ihren Menschenmassen, Verkehrschaos, Umweltverschmutzung und Verbrechern.«

Liebliches Lächeln. Ein süßer Kuss. »Keineswegs, Liebling, sein Büro liegt im Erdgeschoss einer Villa aus dem 19. Jahrhundert. Er wohnt mit seiner Frau in der ersten Etage.« Mit funkelnden Augen beugte sie sich vor. »Die Villa steht in Stresa am Lago Maggiore. Ich habe bereits zugesagt. Was sagst du jetzt, Liebling.«

Ich sagte nichts. Ich umarmte sie. Ich küsste sie heftig. »Unvergleichliche Amelie, die nicht lange fackelt. Du bist die beste Frau der Welt, die, meine Traumfrau.«

Sie strahlte wie die Wüstensonne. Sie strich mir über eine Wange. »Es kommt noch besser, Liebling, viel besser. Herr Cantonelli hat eine verwitwete Schwester. Sie wohnt im Erdgeschoss eines schönen Zweifamilienhauses, das in einem parkähnlichen Garten liegt. Das ältere Ehepaar, das seit 19 Jahren in der ersten Etage wohnt, musste vor zwei Wochen in ein Altersheim. Die Schwester lässt die Wohnung gerade renovieren und will sie wieder vermieten. Sie misst 107 Quadratmeter. Er zeigte mir Fotos von der Stadt, seiner Villa und dem Haus. Ich bin total begeistert. Vom Balkon hat man einen herrlichen Blick auf den See. Ich sagte, falls möglich, nehmen wir die Wohnung. Er rief die Schwester an und machte alles klar. Die Miete beträgt 1.100 Euro. Ende nächster Woche unterschreibe ich den Arbeitsvertrag und wir den Mietvertrag.«

»Donnerwetter! Ich weiß gar nicht, was ich sagen soll. Du hast fantastisch rasch reagiert und gehandelt. Die perfekte Ehefrau. Ich liebe dich abgöttisch.« Ein süßer Kuss.

Sie lächelte. »Ich habe vorhin gekündigt. Kein Problem in der Probezeit. Die Kündigungsfrist beträgt zwei Wochen.«

Siebter Juni, ein Donnerstag. Ich arbeitete ab 8:20 Uhr im Institut. Kurz vor zwölf rief Heilmann an. »Kommen Sie bitte am Montag um 13:30 in mein Büro, Peter. Wichtige Besprechung.«

»Kein Problem, Gautam, ich bin pünktlich.«

Sonntag. Gluthitze. Eine aufgeregt wirkende Amelie stieg an der Metro ins Auto. Sie verfluchte das Wetter. Zu Hause huschte sie ins Gäste-WC. Am Esstisch übte ich am Laptop. mit dem Italienisch Sprachkurs, den ich vor einer Woche gekauft hatte.

Ein Schrei hallte durch die Wohnung. Ich schoss vom Stuhl wie eine Poseidon Rakete aus dem Meer. Eine rotwangige Ehefrau tanzte vom Flur durchs Esszimmer und im Wohnzimmer umher, dabei jubelnd: »Ich bin schwanger, echt schwanger, voll schwanger!«

Ich fiel fast in Ohnmacht – vor Freude. Ich riss sie in die Arme. Ich küsste ihr Gesicht ab. Ich sah ihr in die Augen. Ich drohte in einem strahlenden Smaragdozean zu versinken. Sie sprudelte heraus: »Ich habe vorhin einen Test gemacht, total positiv. Morgen vereinbare ich einen Termin bei einer Frauenärztin. Ich freue mich maßlos.«

Ich runzelte die Stirn. »Du hast doch gesagt, nach dem Absetzen der Pille dauere es ein paar Wochen, bis der Körper sich umstellt.«

Kichern. »Zwölf Tage vor der Hochzeit habe ich die Pillen weggeschmissen, dir aber nichts gesagt. Ich wollte dich nicht unter Druck setzen, mit aller Gewalt, ein Baby zeugen zu wollen. Kleiner psychologischer Trick – erfolgreich.« Sie lachte wie selig.

Peter Zwei jubelte. Ich sagte: »Du bist eine clevere Ehefrau, die erreicht, was sie will.«

Glucksen. »Du möchtest doch auch ein Kind, oder?«

Ich küsste sie liebevoll. »Aber ja, Liebes. Ich freue mich wahnsinnig. Jetzt musst du dich schonen und keinen Alkohol trinken.«

Eifriges Nicken. »Kein Problem, Liebling.«

»Ich informiere morgen Heilmann über unseren Umzug.«

»Hoffentlich legt er uns keine Steine in den Weg.«

»Warum sollte er. Ich muss nicht unbedingt im Büro hocken. Die Arbeit kann ich auch – genau wie hier – von zu Hause aus erledigen. Stehen Besprechungen an, reise ich per *Telpo* hierher. Ein Klacks.«

Tags darauf saß ich pünktlich in Heilmanns Büro. Er rieb die Hände. Er schien aufgeregt. »Lieber Peter, die OaM entschied und plante eine spektakuläre Mission. Sie, der SVS der OaM, Sie werden den Präsidenten der USA auf Vordermann bringen. Punkt.«

Ich riss die Augen auf. Ich verschluckte mich am Wasser. Ich hustete. Ich krächzte: »Das könnte ein riskanter Einsatz werden, Gautam.«

Abwinken. »Sie werden nachher feststellen, dass er weit weniger gefährlich ist als die Korea Operation. Der *ErO* plante die Mission, um dem tumben Saftsack die Zähne zu ziehen.«

Ich grinste. »Ein lobenswerter Entschluss. Der Kerl veranstaltet zu Hause und in der Welt eine hirnrissige Politik mit seiner *America First* Parole, tritt Umwelt- und Klimaschutz mit Füßen, rasselt gegen Nordkorea mit dem Säbel und …«

Heilmann hob eine Hand. »Dank Ihrer dortigen Aktionen hat er die Drohgebärden eingestellt.«

Ich nickte. »Der idiotische Mister Präsident bringt mit der blödsinnigen Geschichte um die Botschaft in Jerusalem die halbe Welt in Aufruhr. Die Toten der bisherigen Unruhen gehen voll auf seine Kappe, aber das juckt Mister Saubermann ja nicht.«

»Genau, mein Lieber, Sie werden dem schändlichen Treiben ein Ende bereiten.« Rund 80 Minuten erläuterte er den Einsatzplan.

»Donnerwetter, Gautam!«, rief ich und lehnte mich zurück. »Ein raffinierter Schachzug, wie alles Geniale von bestechender Einfachheit. Ich werde diese Mission mit Freude durchführen.«

Er strahlte. Er gab mir den Grundriss eines Raumes mit handschriftlichen Vermerken. »Nachher nehmen Sie die Pistole mit. Sprengstoff brauchen Sie keinen. Gemäß Plan starten Sie die Operation *Präsident USA* am Donnerstag.«

Ich wollte wissen: »Woher hat die OaM die Informationen?«

Grinsen. »Von einer Informantin im Weißen Haus, einer hochrangigen Politikerin – der Vizepräsidentin …« Er legte eine Kunstpause ein. »Sie vögelt den Kerl ab und zu.«

»Nicht zu fassen«, brummte ich, »aber ein Segen für die OaM und den Rest der Menschheit.«

»Genau.«

Ich räusperte mich. Ich schildert den Umzugsplan der Familie Peters. Er sah mich an. Undefinierbarer Augenausdruck. Unter dem rechten Auge zuckte ein Muskel.

Lächeln. »Kein Problem, Peter. Ich gebe Ihnen eine DVD. Damit installieren Sie auf Ihrem Laptop den Client. Sie verwenden den bisherigen Zugangscode. Jeden Montag springen Sie um 13:30 Uhr hiesiger Zeit zur Besprechung in dieses Büro. Nach Ihrer USA Reise gewährt Ihnen die OaM zwei Wochen Sonderurlaub. Anschließend nehmen Sie vier Wochen Urlaub. Am 30. Juli sehen wir uns hier um 13:30 Uhr.«

Ich strahlte. »Danke, Gautam, für Ihre Zustimmung und Großzügigkeit.«

Grinsen. »Die Großzügigkeit der OaM hat ihre Grenzen. Sie kürzt Ihr Gehalt um 1.800 Euro.«

Ich nickte. »Damit kann ich leben.«

»Ihre hiesige Krankenversicherung wird gekündigt.«

»Kein Problem, Gautam.«

Er runzelte die Stirn. »Falls hier Ihre Anwesenheit erforderlich ist, schicke ich Ihnen eine Mail. Inhalt: Systembesprechung am ... um ...«

Ich nickte. Ich notierte den Satz in meinem Notizbuch.

Heilmann reichte mir eine blaue Plastiktüte. »Holster, Waffe und 400 Dollar Spesen.« Er legte den Grundriss, ein Blatt mit den Einsatzanweisungen und das Bekennerschreiben hinein. »Falls Fragen auftauchen, rufen Sie mich an.« Händeschütteln.

Ich schnappte die Tüte. Mit Freude im Herzen, Ruhe im Gehirn und glattgebügelten Nerven fuhr ich nach Hause.

Operation Präsident USA

1

Donnerstag, 14. Juni 2018. Gegen 18:30 Uhr aßen Ehefrau und ich zu Hause Rindersteak mit Röstzwiebeln, Bratkartoffeln und Bohnensalat, von meiner Amelie köstlich zubereitet. Wir tranken Wasser.

Mit einer dunkelroten Reisetasche stellte ich mich ins Wohnzimmer. Ich trug ein blaues Hemd ohne Krawatte, einen hellgrauen Anzug und schwarze Slipper mit Vibram-Sohlen. Liebevolle Verabschiedung. »Am Samstag fliege ich um die Mittagszeit in deine Arme, Liebes. Pass gut auf unser Baby auf.« Amelie nickte und trat drei Schritte zurück.

Trüber Himmel und bescheidene Temperaturen begrüßten mich in einer Parkanlage im Stadtteil D4 in Dublin. Rundumblick. Niemand. Ich schlenderte zum nahen 4-Sterne-Hotel *Ballsbridge*. Im ansprechend ausgestatteten Zimmer, dessen Preis ich nicht kannte und mich auch nicht interessierte, aß ich einen Energieriegel. Ich öffnete die Packung Kekse auf dem quadratischen Holztisch, knabberte ein paar und trank eine Flasche Wasser, Geschenke der Hotelleitung.

Ich sah eine halbe Stunde fern. Ich verließ das Hotel und stieg in die nahe DART-Bahn. Sie brachte mich in die Innenstadt.

Gegen 23 Uhr lag ich im Hotelbett. Sehnsucht nach meiner Amelie.

Gegen acht verrichtete ich im Badezimmer die üblichen Tätigkeiten. Ausgedehntes Frühstück mit Bratkartoffeln, Rührei, kross gebratenem Speck, einem scharfen Würstchen, Toastbrot mit Butter und Honig.

Ich spazierte eine Stunde in der Umgebung des Hotels umher. Im Zimmer studierte ich die Unterlagen meiner Mission. Ich schmiedete den Schlachtplan, eine einfache Angelegenheit.

Kurz nach 13 Uhr betrat ich ein Restaurant. Ich verspeiste Fish and Chips. Ich trank Wasser. Ich las in einer Tageszeitung.

Im Hotelzimmer legte ich das Schulterholster an. Ich überprüfte die Glock. Das Schreiben der OaM steckte ich in die rechte Innentasche der Jacke. »Auf in den Kampf, Großer«, sagte der kleine Bruder. »Weltweit werden dich Regierungen, Medien und Bevölkerung lobpreisen.«

»Hör zu, ab sofort hältst du die Klappe, und zwar bis Ende der Mission. Klar?«

»Ja, ja. Reg dich ab.« Ich steckte die restlichen beiden Kekse in die rechte Jackentasche.

Punkt 14:07 Uhr startete ich zur Operation *Präsident USA*.

Unter einer lachenden Sonne am Frühsommerhimmel tauchte ich in der Hauptstadt der USA in einem Park auf, rund drei Kilometer vom Weißen Haus entfernt. Ich stand auf einer kleinen, von türhohen Büschen umsäumten, Lichtung. Ich schätzte die Temperatur auf mindestens 23 Grad. Ich wandte mich um, zwängte mich durchs Gebüsch und marschierte der Sonne entgegen. Am Rande des Parks setzte ich mich auf eine Bank. Ich aß einen Energieriegel und trank Wasser. Ich sah auf die Armbanduhr, 9:19 Uhr Ortszeit. Die Verpackung und die leere Flasche warf ich den Mülleimer neben der Bank.

In elf Minuten begann in einem Konferenzzimmer im Weißen Haus eine Besprechung. Teilnehmer: Der 61-jährige Präsident George Thumbor, die 43-jährige Vizepräsidentin Lillet Webster und der Direktor der *Central Intelligence Agency*, die im nahen Langley, Virginia, am Ende einer namenlosen Straße residiert. Morgan Palmer, 50 Jahre alt und 1,84 Meter groß, besaß eine athletische Figur und dichtes schwarzes Haar.

Ich blinzelte in die Sonne. Vögel jubilierten. Falter gaukelten. Eine Hummel brummte vorüber. Die stetige Geräuschkulisse einer nahen Straße störte den morgendlichen Frieden. Ein Erdhörnchen huschte heran, setzte sich vor mir auf die Hinterbeinchen und fiepte. Behutsam nahm ich die Kekse aus der Jackentasche, zerbrach sie und hielt dem Hörnchen ein Stück hin. Es trippelte vor, nahm die Nahrung in die Händchen und speiste artig. Ich reichte ihm den Rest der Kekse. Ich freute mich. Das putzige Tier sprang davon.

Im Kopf ließ ich die Mission ablaufen. Ich erhob mich. Rundumblick. Rechts von mir entfernte sich ein älteres Paar. Ich eilte 15 Schritte über den Rasen. Ich stellte mich hinter einen ausladenden blau blühenden Busch. Ich zog hellgraue Lederhandschuhe an. Angespannt? Ein bisschen. Aufgeregt? Ein wenig. Nervenflattern? Null. Schließlich bin ich Peter Peters, der Einzige seiner Art und der erfolgreiche Supervollstrecker der OaM, der den korpulenten Präsidenten der USA nicht fürchtet.

Um 9:41 Uhr hüpfte ich ins Weiße Haus. Im Sitzungszimmer stand ich an einer Stirnseite des ovalen, wild gemaserten Holztisches. In der Mitte warteten fünf Flaschen Wasser mit der gleichen Anzahl Gläser auf Abnehmer.

Ich zückte die Glock. Mir gegenüber thronte der angeblich mächtigste Mann der Welt. Glattes schwarz gefärbtes Haar. Feistes Gesicht. Schweinsäuglein. Vorspringendes Kinn. Rote Brille.

Links von mir saß die schöne Frau Webster. Schlank. 1,70 Meter. Langes blondiertes Lockenhaar. Sehenswerter Busen in einer dunkelroten Bluse. Randlose Brille auf der zierlichen Nase.

Ich vermisste den Chef der CIA. Juckte mich nicht. Heilmann hatte angedeutet, Palmer sei eventuell verhindert, das wisse man vorher nie genau. Ich freute mich. Ein Gegner weniger.

Die beiden höchsten Repräsentanten der USA schienen schockgefrostet. Aufgerissene Augen. Offene Münder.

Ich räusperte mich. Deutlich sagte ich: »Herr Präsident, im Namen der OaM, der Organisation aufrechter Menschen, muss ich Sie aus dem Verkehr ziehen und …«

Ein wuchtiger Schlag traf meinen rechten Unterarm. Die Glock polterte auf den blauen Teppichboden. Ich starrte hinterher. Jetzt war *ich* schockgefrostet. Meine Welt ging unter. Zerfetzte Nerven. Leeres Gehirn. Totalausfall.

Ein Fuß in schwarzen Halbschuhen tauchte auf, schob meine Waffe vor sich her bis zum Polsterstuhl gegenüber der Vizepräsidentin. Zeitlupenhaft hob ich den Kopf. In meinem Gesichtsfeld erschien der vermisste Morgan Palmer. Grinsend richtete er eine kleine Pistole auf mich.

Ich näherte mich einem Herzinfarkt und Gehirnschlag. Der perfekt ausgearbeitete Plan rauschte den Bach runter, wie der Volksmund sagt.

Der Zufall, das Schicksal oder was oder wer auch immer hatte sich gegen mich gestellt.

Palmers dunkle Augen fixierten mich. »Na, mein Lieber, eine nette Überraschung, oder? Gott, der Zufall, das Schicksal oder was oder wer auch immer schickte mich zur richtigen Zeit auf die Toilette, die zu diesem Raum gehört.«

Ich wusste nichts von der Scheißtoilette. Die blöde Webster hatte sie nicht erwähnt. Wie sagte Heilmann oft? 100-prozentige Informationen sind die Garantie für 100-prozentigen Erfolg. Genau.

Ich überlegte nicht. Ich jagte den *Zurück*-Befehl durchs Gehirn. Absolute Lähmung. Ich stand immer noch im Weißen Haus. Meine Welt ging endgültig unter. Alles aus. Alles vorbei. Erledigt. Meine goldene Zukunft mit Amelie und unserem Kind versank in einem bodenlosen schwarzen Loch. Ich hätte am liebsten geheult. Offenbar hatte mir der Schock das Wunder *Telpo* geraubt.

Ich fixierte das Gesicht des Pistolenmannes. Ich setzte *Wilma* ein. Der Idiot grinste und sagte: »Starren Sie nicht so blöde. Treten Sie einen Schritt zurück. Miss Webster wird Sie auf weitere Waffen abtasten.«

Wie ein Roboter gehorchte ich. In einem engen schwarzen Rock und gleichfarbenen High Heels stöckelte die dämliche Informantin auf mich zu. Sie vermied Augenkontakt. Vermutlich ärgerte sie sich noch mehr als ich über ihren Fehler, kostete schließlich ihren ersehnten Präsidentenjob.

Sie tastete mich ab. Ich stand wie eine Statue. Das gehirnlose Huhn griff mir sogar in den Schritt.

»Sauber«, sagte sie mit angenehmer Stimme. Vernahm ich Enttäuschung? Sie nahm wieder Platz.

Der CIA Vogel bückte sich mit auf mich gerichteter Waffe, hob die Glock auf, setzte sich und legte sie vor sich.

Der Präsident grinste. »Setzen Sie sich und legen Sie die Hände flach auf den Tisch, Mister …«

Ich fiel auf den Stuhl. Ich kehrte in die Realität zurück, musste geschickt argumentieren, handeln, wollte ja nicht auf irgendeinem Friedhof verscharrt werden. »Walter Huber aus Wien«, krächzte ich.

»Haben Sie Pass, Führerschein oder eine ID-Karte dabei?«

»Nein.«

Grunzen. Der Fettsack beugte sich vor. »Jetzt erklären Sie uns, wie Sie derart plötzlich im Raum auftauchen konnten – ohne durch die Tür mit dem Wachposten davor zu treten. Nennen Sie uns Namen und Aufenthaltsort Ihres Auftraggebers. Erklären Sie uns, welche Aufgabe Sie hier erledigen sollten. Labern Sie nicht blöde herum und offenbaren Sie alle Fakten – sonst pustet Ihnen mein CIA Chef das Gehirn raus. Habe ich mich klar und deutlich ausgedrückt?«

»Ja.«

Das Bumsvögelchen des Präsidenten hob eine Hand. »Aber Mister Präsident, Sie wollen doch nicht den Kerl vor meinen Augen erschießen lassen?«

Blödes Grinsen. »Aber Lillet, für wen halten Sie mich? Ich besitze Anstand und Feingefühl. Ich schicke Sie rechtzeitig zur Toilette.«

Sie schluckte. Ich verdrehte die Augen.

Mister Präsident stieß mit einem der wurstähnlichen Zeigefinger in meine Richtung. »Jetzt legen Sie los, Mister Huber.«

2

Ich räusperte mich. Wahrheitsgetreu erläuterte ich die Wundergabe *Telpo*, allerdings nur diese. Ich schaute in ungläubig wirkende Gesichter und Augen, die sich fassungslos ansahen.

Der CIA Typ, der offenbar, außer mir, logisch denken konnte, hob eine Hand und beugte sich vor. »Mister Huber, warum benutzten Sie nach Ihrer Niederlage dieses Talent nicht, um schleunigst abzuhauen?«

Ich seufzte. Ich versuchte, die Frage mit sofortiger Flucht zu beantworten. Erfolglos. Internes Fluchen.

Ich räusperte mich. »Nach einer derartigen weiten Reise von Mumbai hierher benötige ich rund 20 Minuten Ruhe, muss Wasser trinken und einen Energieriegel essen, das heißt, Energie für Körper, Gehirn, für mich tanken. Tests ergaben, dass ich nach einem Schock, wie dem jetzigen, mindestens vier Stunden brauche, um meine Begabung wieder einsetzen zu können.« Natürlich teilweise gelogen. Ich musste Zeit schinden, alle paar Minuten überprüfen, wann ich die Mission ausführen kann. Ohne positives Ergebnis wollte ich nicht zurückkehren.

Grinsende Männer. Hüstelnde Frau.

»Aha«, sagte Palmer. »Die mysteriöse OaM sitzt also in Mumbai.«

»Ja. Der Leiter, ein Halbinder, heißt Geoffrey Miller. Ich wohne ebenfalls dort. Ich bekam den Auftrag, die anwesenden Personen in diesem Raum ... zu erschießen – zum Wohle der aufrechten Amerikaner und der Menschheit.«

Die Männer grunzten. Die Informantin schlug eine Hand vor den Mund. Sie markierte geschickt Entsetzen. Sie hatte der OaM eine Anzahlung von 70.000 Dollar geleistet und wollte nach meiner Tat weitere 80.000 zahlen. Jetzt waren Geld und Präsidentenamt verloren – ich hoffte aber nicht. Die Rolle der Lillet Webster wollte ich erst offenbaren, wenn es keinen anderen Ausweg gab. Ich sollte nämlich vom Blutgeld 30.000 erhalten.

George Thumbor beugte sich vor. »Sie ... Sie kommen hier hereingeschneit und spielen sich auf, als ... als seien Sie Gott persönlich.«

Jetzt beugte ich mich vor. »Ich. Bin. Gott. Der Rachegott der anständigen, gesetzestreuen, der aufrechten Menschen.« Ich lehnte mich wieder zurück.

Meckerndes Lachen des Präsidenten. »Heute hat aber Ihr Götterdasein eine deftige Schlappe erlitten.«

Erneut bewies der CIA Chef Logik. Er fixierte mich. »Mister Huber, ich kenne Ihre bisherigen Einsätze. Die Regierung der USA und die Bürger freuen sich insgeheim über Ihre hervorragende Arbeit in Nordkorea. Sie haben die dortigen Idioten in die Hölle geschickt und diesem Teil der Welt den Frieden gerettet. Das ist sehr anerkennenswert. Ich frage ...«

Der Präsident unterbrach ihn mit einer Handbewegung. Er richtete die Schweinsäuglein auf mich. Mit sanft wirkender Stimme fragte er: »Wollen Sie Wasser trinken, Mister Huber?«

Ich lächelte ihn an. »Ja, danke, sehr gern.«

Der Fettsack wedelte mit einer Hand nach seiner Bettgenossin. Sie schnappte eine Flasche, öffnete sie und schob sie mir mit einem Glas hin.

Ich schenkte ein. Ich trank zügig. Ich füllte nach und leerte das Glas. »Vielen Dank, sehr freundlich von Ihnen.«

Mister Präsident winkte ab, nahm eine Flasche und trank daraus. Er wischte den Mund ab. Er gab sich einen Ruck und setzte sich betont aufrecht. Räuspern. Er sah mir in die Augen.

Ich versuchte, ihn mit *Wilma* zu übernehmen. Fehlschlag. Gehirnunruhe. Wachsende Nervosität. Stummer Peter Zwei.

»Mister Huber«, säuselte er. »Sind Sie mit der OaM ideologisch verbandelt oder gar fanatisch?«

Gehirnüberschläge. »Nein. Ich bekam das Angebot, für sie zu arbeiten. Ich unterschrieb einen Arbeitsvertrag. Für mich handelt es sich um einen normalen Arbeitgeber. Er zahlt mir ein Monatsgehalt von 7.500 Euro. Davon gehen jeweils 500 für Krankenkasse und Altersvorsorge ab, daneben noch 1.200 für die Mietwohnung. Je nach Bedeutung der Einsätze erhalte ich eine Prämie zwischen 3.000 und 15.000 Euro.«

Grinsendes Operationsziel. »Ich vermute, für Ihren heutigen Arbeitseinsatz hätten Sie die Höchstprämie kassiert.«

Ich grinste ebenfalls. »Nein. 5.000 mehr.« Erneut gab ich mir den *Zurück*-Befehl. Nichts. Nervosität. Ich setzte *Wilma* ein. Erfolglos. Frust, Zorn, Stinkwut füllten mein Gehirn.

Der Unsympath schien ins Nirgendwo zu starren. Die Schweinsäuglein wanderten zu mir. »Mister Huber.« Feste Stimme. »Ich, der Präsident der USA, unterbreite Ihnen jetzt ein Angebot, ein Arbeitsangebot.«

Innerlicher Jubel. Hoffnung. Peter Peters, der Einzige seiner Art, hatte dem törichten Kerl einen Köder zugeworfen. Seine Geltungssucht, die Gier nach Macht, der Wille, die bescheuerte Politik fortzusetzen, sich zum besten, fähigsten Präsidenten der USA aufzuschwingen, in den Geschichtsbüchern den ersten Rang einzunehmen, hatten ihn, wie ein gehirnloser Fisch die Verlockung schnappen lassen.

George Thumbor fuhr fort – mit Triumph in der Stimme, glaubte ich zu hören: »Mister Huber, die CIA wird Sie als hochrangigen Mitarbeiter unter Vertrag nehmen. Sie zahlt Ihnen eine Einstellungsprämie von 20.000 und 10.000 Dollar Monatsgehalt. Zur Krankenversicherung und Altersvorsorge steuert sie jeweils 500 Dollar bei. Je nach Einsatzart erhalten Sie eine Prämie zwischen 5.000 und 30.000 Dollar. Sie können sich in den USA an einem Ort Ihrer Wahl niederlassen. Sie bekommen kostenlos ein ansprechendes Haus zur Verfügung gestellt. Man verschafft Ihnen eine neue Identität. Dank Ihres Talents sind Sie ja in der Lage, schnellstens zu Besprechungen anzutreten.«

Peter Zwei stellte fest: »Du hast ihn im Sack. Schnür ihn einfach zu.«

Der Präsident runzelte die Stirn. »Sind Sie verheiratet oder haben Sie eine feste Freundin?«

»Weder noch.«

Zufriedener Ausdruck in Augen und Gesicht. »Tadellos. Ich glaube, ich brauche Sie nicht fragen, ob Sie akzeptieren – oder sollte ich mich täuschen?«

Ich setzte mich aufrecht. »Nein, Mister Präsident, ich nehme Ihr Angebot mit Freude an. Mir ist egal, für wen ich arbeite, Hauptsache der Job macht Spaß und die Bezahlung stimmt.«

Breites Grinsen. Nicken. »Sehr schön. Sie sind offenbar ein intelligenter Mann. Heute Nachmittag unterschreiben Sie den Anstellungsvertrag. Morgen beginnt Ihr Dienstverhältnis. Ihr erster Auftrag wird nicht lange auf sich warten lassen. Noch Fragen?«

Ich setzte ein Strahlen auf. »Momentan nicht. Ich danke Ihnen vielmals, dass Sie mich nicht auf einem schäbigen Friedhof verscharren wollen, sondern anständige Arbeit mit erstklassiger Entlohnung erledigen lassen. Ich werde mich mächtig ins Zeug legen. Sie werden voll zufrieden sein.« Ich deutete auf die Wasserflaschen. »Kann ich noch eine haben?«

Blick zu seiner Gespielin. »Miss Lillet!«

Mit undefinierbarem Gesichtsausdruck schob sie eine Flasche herüber. Ich öffnete sie, schenkte ein und trank. Frieden im Herzen. Ruhe im Gehirn. Glatte Nerven. Spürte ich eine Veränderung im Kopf?

Ich schaute dem CIA Chef in die Augen, der immer noch die Waffe auf mich gerichtet hielt. Ich sagte: »Legen Sie doch das blöde Ding weg. Ich gehöre jetzt Ihrem Verein an, der Firma, wie Ihre Leute sagen.«

Wortlos und ohne Zögern gehorchte er. Jubelarien im Gehirn. Ich hatte kurzzeitig einen Schatten durch seine Augen huschen sehen, das heißt, ich, Peter Peters, der bisher Einzige seiner Art, verfügte wieder über meine Wunder.

Der Präsident, der offensichtlich nichts bemerkt hatte, sah stirnrunzelnd den CIA Direktor an. »Mister Palmer, Ihre Pistole rettete uns zwar aus einer beschissenen Situation, aber Sie verstießen gegen die seit Jahrzehnten bestehende Anordnung, die das Tragen von Waffen im Beisein des Präsidenten verbietet. Ihre Missachtung hat noch ein Nachspiel.«

Stumm und regungslos saß der Gemaßregelte da, wartete auf *meine* Befehle.

Ich räusperte mich. Der mächtigste Mann der Welt schaute mich an. Unaufgeregt jagte ich *Wilma* in sein Gehirn. »Thumbor, gerade hinsetzen, Hände auf den Tisch legen und Klappe halten.« Er gehorchte.

Lächelnd sah ich Lillet in die Rehaugen, dich mich mit Unglauben und grenzenloser Überraschung anstarrten.

»So, meine Liebe, jetzt bin *ich* wieder Herr der Lage. Ihr Herz darf vor Freude hüpfen. Ich werde die unterbrochene Operation erfolgreich beenden.«

Die Intrigantin schüttelte sich. Ich stellte mich neben sie. Ich sah in ihre Augen. Durch sie ließ ich *Wilma* in ihr Gehirn schlüpfen. Mit sanfter Stimmlage sagte ich: »Sie hören jetzt aufmerksam zu und befolgen meine Befehle. Verstanden?«

»Ja.«

Im Blusenausschnitt betrachtete ich den Busenansatz. Ich fixierte den CIA Chef. »Palmer, schieben Sie mir die beiden Waffen herüber!« Wortlos gehorchte er. Ich steckte die Glock an ihren Platz. Ich nahm die Pistole, die mich fast ins Jenseits befördert hätte, und rieb sie mit der behandschuhten Rechten sorgfältig ab. Ich legte sie links vor mich auf den Tisch.

Ich sah der schönen Lillet in die Augen. »Werden Sie nach Ernennung zur Präsidentin die Politik Ihres Vorgängers fortsetzen?«

»Mehrheitlich ja. Ich werde aber kein Säbelrasseln veranstalten, den Umweltschutz reaktivieren, den Klimaschutz forcieren, die Steuerreform etwas abändern, um den Mittelstand zu entlasten, und vor allem den geplanten Umzug unserer Botschaft in Israel nach Jerusalem abblasen.«

»Sehr löblich, Lillet, allerdings muss noch viel mehr passieren.«

Sie nickte. Ich räusperte mich. Ich stellte ihr eine Frage. Sie beantwortete sie zufriedenstellend. Ich erläuterte der Präsidentin in spe den Abschluss meiner Mission. »Alles verstanden, Miss Webster?«

»Ja.«

Ich fragte: »Wo ist die dubiose Toilette, die Sie leider nicht erwähnt haben und die mir fast das Leben und Sie das Amt gekostet hätte?«

Sie deutete an mir vorbei. »Ganz hinten links.«

Ich eilte hinein. Die Tür ließ ich offen. Ich sah auf die Armbanduhr. Ich zuckte zusammen. Kurz hintereinander peitschten zwei Schüsse.

Ich fegte aus der Toilette. Ich stellte mich zwei Schritte neben die schallgedämmte Eingangstür. Sie flog in meine Richtung auf. Ein hochgewachsener Soldat der Marines stürmte mit gezückter Pistole herein. Er stoppte abrupt. Er stierte auf seinen erschossenen Präsidenten und den Direktor der CIA.

Ich sah mir die Sauerei nicht an. »Sergeant!«, bellte ich. Er schnellte herum. Totales Erstaunen in Augen und Gesicht. *Wilma* packte sein Gehirn. »Sie kehren sofort auf Ihren Posten zurück und schließen die Tür. In exakt zwei Minuten kommen Sie herein und nehmen Miss Webster fest. Sie vergessen, dass Sie mich hier gesehen haben. Verstanden?«

»Jawohl.«

Er verließ den Raum und schloss die Tür.

Ich trat neben die Doppelmörderin. Wie von mir vorhin angeordnet, lag die Mordwaffe vor ihr auf dem Tisch. Die beiden leeren Flaschen und mein benutztes Glas hatte ich vor Mister Palmer geschoben. Dank der Handschuhe hatte ich keine Fingerabdrücke hinterlassen. »Miss Lillet, sehen Sie mich an.« Sie drehte den Kopf und schaute hoch. In Augen und Gesicht stand keinerlei Anteilnahme. »Sie gestehen die Morde. Basteln Sie sich ein Motiv. Ich wünsche Ihnen viel Spaß im Knast. Sie vergessen, dass Sie der OaM Informationen geliefert und Geld gezahlt haben. Sie vergessen meine Anwesenheit hier.«

Ich trat einen Schritt zur Seite. Miss Webster starrte auf die Mordwaffe. Durchatmen. Der *Zurück*-Befehl beförderte mich hinter den blau blühenden Busch.

3

Ich verließ den Park. Ein Taxi brachte mich zur nächsten Bar. Ich setzte mich ans Ende der Theke. Ich bestellte ein gezapftes Bier. Ich trank genüsslich. Magen- und Gehirnruhe. Nervenglättung. »Das war das Aufregendste und Gefährlichste, was wir je erlebt haben«, stellte Peter Zwei fest. »Die normalerweise unbedeutende Vergesslichkeit der blöden Kuh hätte uns fast umgebracht.« Ich stimmte innerlich zu.

Doch ich, Peter Peters, der Einzige seiner Art, besitze nicht nur vier Wundergaben, sondern auch überragende Intelligenz und kreative Fantasie. Sie verhinderten, dass die Operation *Präsident USA* aus dem Ruder lief und ich auf einem Friedhof landete.

Der Plan des Exekutivrates der OaM sah einen weniger spektakulären Einsatz vor: Ich halte die drei Personen mit der Glock in Schach. Nach einer kurzen Erläuterung lege ich das Bekennerschreiben der OaM ab. Ich beherrsche mit *Wilma* Präsident und CIA Chef. Ich trete einen Schritt zur Seite. Mister Palmer erschießt Mister Thumbor mit meiner Waffe und richtet sich anschließend selbst. Ich verschwinde.

Ein Plan, der durch Einfachheit bestach.

Leider vermasselte mir die dämliche Miss Webster die Tour. Ich erteilte der karrieregeilen Vizepräsidentin die gerechte Strafe.

Sie hatte das noch zu zahlende Geld einem Aktivisten der OaM übergeben, der es nach dem Tod des Präsidenten der Organisation aushändigen würde.

Ich trank ein zweites Bier. Ich sehnte mich nach meiner Amelie. Ich zahlte. Ein Taxi kutschierte mich zum Park zurück. Ich stellte mich auf die Lichtung. Durchatmen.

Ich tauchte im Hotelzimmer in Dublin auf. Ich aß zwei Energieriegel und leerte eine Flasche Wasser. Ich duschte. Mit der Bahn fuhr ich in die Innenstadt. In einem Café aß ich Kuchen und trank einen Cappuccino. Abendessen in einem teuren Restaurant.

Anderntags frühstückte ich um 7:30 Uhr. Ich checkte aus. Kurz nach zwölf Uhr Dubaizeit umarmte ich die werdende Mutter. Glutküsse. Liebesgestammel. Heiße Liebesstunde.

Am frühen Abend speisten wir Fisch unten im Restaurant.

Im Bett schilderte ich meiner Amelie die erfolgreiche Mission, erwähnte aber weder den Schwächeanfall noch *Wilma*. Sie lobte mich. »Du hast die Welt von einem hohlköpfigen Politiker befreien lassen.« Ich küsste sie zärtlich.

Sonntags saß ich um 9:30 Uhr einem strahlenden *LO* am Tisch im Büro gegenüber. »Erstklassige Aktion, Peter!«, rief er und rieb die Hände. »Weltweit überschlagen sich die Medien. Sie haben eine brillante Leistung abgeliefert. Jetzt müssen Sie mir aber verraten, warum Sie den Plan abänderten und unsere Informantin ins Elend schickten.«

Ich lächelte. Ich schilderte minutiös den Verlauf meiner Handlungen. Er schien einer Ohnmacht nahe. Er prustete. »Verdammte Scheiße! Diese saublöde Kuh hätte uns ums Haar den schönen Plan vermasselt und uns des Supervollstreckers beraubt. Unerhört!« Er grinste. »Dank Ihrer pfiffigen Aktion verhinderten Sie ein Debakel. Ich preise Sie überschwänglich, dass Sie reaktionsschnell einen neuen Plan geschmiedet und perfekt umgesetzt haben. Jetzt bedaure ich die grottendoofe Ziege überhaupt nicht mehr, im Gegenteil, Sie haben ihr die verdiente Strafe aufgebrummt.«

»Danke, Gautam.«

Der *LO* sah mich mit glänzenden Augen an. »Wissen Sie, Peter, dass Sie der OaM unwissentlich einen unbezahlbaren Dienst erwiesen haben?«

Ich runzelte die Stirn. »Wieso?«

Ernste Miene. »Ihre exzellente Aktion verhinderte, dass sämtliche Geheimdienste der USA und ihrer Verbündeten die OaM und Sie jagen werden. Diese entsetzlichen Auswirkungen hat der Entscheidungsrat, einschließlich mir, nicht bedacht. Ich werde ihn rügen.« Er grinste. Er schaute mir in die Augen. »Kommen wir zu dem für Sie erfreulichsten Teil der Mission. Sie wissen, dass der *ErO* die Höhe der Prämie festsetzt, im vorliegenden Fall 30.000 Dollar.«

Er eilte ins Nebenzimmer. Mit einer grünen Plastiktüte kehrte er zurück. »Hier, Peter, ich erhöhe Ihre Prämie eigenmächtig um 15.000 Dollar. Wenn ich den anderen Ratsmitgliedern das Drama auseinanderschraube, in das – bei Durchführung des ursprünglichen Planes – die OaM geschlittert wäre, wird keiner nörgeln.«

Ich bedankte mich überschwänglich. Händeschütteln. »Ich wünsche Ihnen einen erholsamen Urlaub, Peter. Wir treffen uns, wie vereinbart.«

Umgeben von einem Hochofen fuhr ich zufrieden in die Stadt. Auf jedes Konto meiner drei Banken zahlte ich 9.800 Dollar ein. In der Filiale der Banca Popolare SpA eröffnete ich ein Konto mit 12.800 Dollar.

An neuen Ufern

1

Dienstag, 19. Juni. Kurz vor halb acht verabschiedete sich das Ehepaar Peters vor der Sicherheitsschleuse im Flughafen. »Bis heute Nachmittag, Liebes«, sagte ich. Ein zarter Kuss. Meine Amelie flog mit *Emirates* in der Businessclass nach Mailand.

Ein paar Minuten vor der planmäßigen Ankunft der Maschine stand ich mit dem mittelgroßen Koffer im Wohnzimmer. Ich trug ein grünes Hemd ohne Krawatte, einen senffarbenen Sommeranzug und braune Slipper. Freude schwappte in mir. Atemkontrolle. Konzentration.

In der letzten Etage eines Parkhauses am Mailänder Flughafen Malpensa tauchte ich auf einem Fahrweg auf. Ich erschrak. Mit quietschenden Reifen fegte ein Fiat um die Ecke und preschte auf mich zu. Hupkonzert. Ich sprang zur Seite. Das Fahrzeug stoppte neben mir. Aus dem offenen Fahrerfenster lehnte ein schwarzer Lockenkopf. Der junge Kerl in einem roten Hemd, das bis zur Brustmitte aufklaffte, und einer protzigen Goldkette um den Hals, fauchte mich an: »Sind Sie blind, taub oder verrückt?«

»Nichts von alldem«, sagte ich auf Italienisch, das ich einigermaßen beherrschte. Ich sah dem Rüpel in die Augen. *Wilma* übernahm sein Gehirn. Ich sprach ein paar Sätze mit ihm. Er nickte. Mit kreischenden und qualmenden Reifen bretterte der Lümmel los. Er fuhr *nicht* in die enge Kurve zur Ausfahrt, sondern, wie von mir befohlen, geradeaus. Mit den typischen Geräuschen eines Autos, das gegen eine Betonwand knallt, endete die Fahrt des Idioten. Dampf stieg über der Frontseite des Fiats auf.

Lächelnd betrat ich den Aufzug. »Blödes Arschloch«, stellte Peter Zwei fest.

Eine halbe Stunde später umarmte ich in der Ankunftshalle die werdende Mutter. Sie trug nur ihre Handtasche und einen Bordkoffer. Mit dem von mir reservierten Mietwagen, einer weißen Alfa Romeo Giulietta, fuhren wir die 32 Kilometer nach Stresa. Sommer. 26 Grad.

Gegen 15:30 Uhr Ortszeit checkten wir für vier Nächte im kleinen, aber feinen Hotel *Villa Maurice* ein, rund 400 Meter vom Zentrum des knapp 5.000 Einwohner zählenden Städtchens.

Zum Auftakt des Kurzurlaubs gönnten wir uns einen zärtlichen, aber aufwühlenden Beischlaf. »Heißer Urlaubsbeginn«, gab Brüderchen seinen Senf dazu.

Hand in Hand schlenderten wir durch die Innenstadt und über die gepflegte Uferpromenade. Cappuccino trinken und Gebäck essen unter einem zitronengelben Sonnenschirm auf der Freiterrasse eines Cafés. Im Anschluss erkundeten wir die Lage von Restaurants und Geschäften.

Abendessen im Hotelrestaurant.

Tags darauf saß das Ehepaar Peters um zehn Uhr auf der Terrasse unseres zukünftigen Wohngebäudes kurz vorm Ende einer Stichstraße namens Via Galvani. Warmer Wind bewegte die cremefarbene Markise. Unsere Vermieterin Sophie Passato, 61 Jahre alt, füllig und mit eisgrauem Haar, sah uns lächelnd durch die pinkfarbene Brille an. Sie hob die hauchdünne weiße Porzellantasse mit gelben Röschen. »Trinken wir zuerst diesen wunderbaren Tee, einen Darjeeling First Flush«, sagte sie mit angenehmem Stimmtimbre.

Amelie und ich schlürften. Köstlich.

Ich gab der sympathischen Frau eine Ausfertigung des Mietvertrages.

Wir besichtigten die Wohnung. Top renoviert. Perfekt abgestimmte moderne und antike Möbel im Wohn-, Esszimmer. Erstklassig ausgestattete Einbauküche mit cremefarbener matter Lackierung. Waschmaschine, Trockner und Reinigungsutensilien in einer Kammer. 15 Quadratmeter messendes Kinderzimmer – ohne Möblierung. Badezimmer mit zwei Waschbecken, Wanne, ebenerdiger Dusche und abgetrennter

Toilette. Hellgrauer Marmor auf Wänden und Fußboden. Gäste-WC. Das Schlafzimmer maß 20 Quadratmeter. Raumhohe weiße Schrankwand mit vier Schwebetüren, davon zwei verspiegelt. Ein schmaler, türhoher Schrank für Bettwäsche, eine hüfthohe und eine brusthohe Kommode aus Kirschbaumholz. Modernes Doppelbett aus Edelstahl.

»Super Matratzen«, lobte Amelie. Sophie lächelte. »Alles brandneu.«

Vom Wohnzimmer traten wir auf den Balkon, den ebenfalls eine Markise überspannte. Er maß sechs mal drei Meter. Von der linken Schmalseite führte eine Wendeltreppe in den Garten. »Ach Gott, wie herrlich!«, rief die Liebste. »Sieh dir diese fantastische Aussicht an, Peter.«

Ich stimmte zu. Wir bewunderten die Zweisitzerbank, den rechteckigen Tisch und zwei Armlehnenstühle aus Bangkiraiholz.

Wir vereinbarten mit Sophie, den Einzug am 29., einen Samstag, zu bewerkstelligen.

Sie lud uns zum Mittagessen ein. Wir genossen Spaghetti carbonara mit Tomatensalat. Der perfekt temperierte Weißwein begeisterte uns. Ich lobte die Gastgeberin und wollte wissen: »Was ist das für ein wunderbarer Wein, Signora Passato?«

Sie strahlte. »Freut mich, dass er Ihnen schmeckt. Er stammt hier aus der Gegend. Es ist ein *Borgogno Era Ora* Riesling.«

Verabschiedung gegen 14:20 Uhr. »Eine sehr nette Frau«, stellte meine Amelie fest. »Tolle Wohnung, hübsche Stadt, fantastische Umgebung und vor allen Dingen – Traumwetter.«

Ich küsste sie auf die Nasenspitze. »Dank dir haben wir einen Volltreffer gelandet. Ich freue mich auf das Leben hier, das Essen und – die Weine.«

Ach, wie genossen wir die Tage und Nächte.

Frau Peters flog zurück. Herr Peters teleportierte mit leerem Koffer von einem Parkdeck in unser Wohnzimmer.

In der Folgewoche erledigten wir behördliche Formalitäten. Ich blieb weiterhin hier gemeldet, und zwar mit Wohnung im Institut.

Spätnachmittags am Freitag übergab ich Heilmanns Vater Papiere und Schlüssel des BMW.

Samstags lieferte ich Amelie mit einem Koffer und einer Reisetasche um sechs Uhr am Flughafen ab.

Zu Hause packte ich Klamotten und Toilettenartikeln in den großen Koffer. Es folgten Laptop, IPad, sieben USB Sticks, zwei externe Festplatten und die Installations-DVD. Drei Plastiktüten mit insgesamt 59.500 Euro, 21.800 Dollar, den Edelsteinen, eine Glock im Schulterholster und Schalldämpfer legte ich obenauf. Heilmann hatte gesagt: »Nehmen Sie das Ding mit.«

Auf dem Sofa wartete ein kürzlich gekaufter Rucksack mit unserem kompletten Goldschatz auf seine Reise nach Italien.

Anfang der Woche hatte ein Spediteur mehrere Kartons mit den restlichen Umzugsgütern abtransportiert.

Um die Mittagszeit aß ich im Restaurant Fisch, Reis und Gemüse. Kurz vor 14 Uhr verließ ich die Wohnung und sperrte ab. Ich gab Heilmanns Mutter die Wohnungsschlüssel. Ich hüpfte ins Wohnzimmer zurück. »Praktische Einrichtung dein Wunder«, bemerkte Brüderchen.

Ich schnallte den Rucksack um. Ich nahm den Koffer in die Rechte. Bereit, neue Ufer zu betreten.

Im gleichen Parkhaus, auf dem gleichen Parkdeck und an fast der gleichen Stelle wie das letzte Mal tauchte ich auf.

Ich sah mich um. »Heute kein hirnrissiger Schnösel, der um seine Bestrafung bettelt«, bemerkte mein Zwilling.

Diesmal brachte uns eine Giulietta in der Farbe Alfa Rosso nach Stresa. Ich hatte das Auto für zwei Wochen gemietet.

Im neuen Heim räumten wir die Koffer aus. Gold, Edelsteine und Geld verstaute ich im Schrank mit der Bettwäsche.

Gegen 16 Uhr folgten wir der Einladung unserer Vermieterin. Auf der Terrasse tranken wir Kaffee und aßen Baumkuchen, von der Signora gebacken.

Später übergab ich ihr 3.300 Euro Kaution und zahlte sechs Monatsmieten. Die nette Dame freute sich. Verabschiedung.

Hand in Hand spazierten wir rund eine Stunde durch Straßen und Gassen des Kurortes.

Wir fuhren zu einem Supermarkt. Großeinkauf.

Köstliches Abendessen mit köstlichem Wein in der *Trattoria Due Piocioni* in der Via Principe Tomasa.

Köstliche Liebesstunde im neuen Zuhause.

Sonntag. Nach einem schlichten Mittagessen schwebten meine Amelie und ich mit der Luftseilbahn auf den nahe gelegenen 1.491 Meter hohen Monte Mottarone. An der Mittelstation stiegen wir aus. Hand in Hand schlenderten wir durch den beeindruckenden Giardino Botanico Alpinia. Wir bestaunten die Pflanzenwelt und genossen Aussichten auf Stadt und See.

Schmackhaftes Abendessen mit tollem Ausblick im Restaurant *Villa Pizzini* nahe der Endstation.

Anderntags betraten Amelie und ich kurz vor acht die prachtvolle Villa ihres Arbeitgebers. Prachtvoller Blick auf den See.

Im schlicht, aber edel ausgestatteten Büro saßen wir in dunkelroten Ledersesseln an einem rechteckigen Glastisch dem Architekten gegenüber. Herr Marco Cantonelli gefiel mir. Sympathische Ausstrahlung. Knapp 1,80 Meter. Schlank. Glattes schwarzes nach hinten gekämmtes Haar. Dunkle Augen. Klassische Nase, auf der eine goldgerahmte Brille thronte. Markantes Kinn. Er steckte in einem hellgrauen Anzug, weißem Hemd mit dunkelblauer Seidenkrawatte.

»Angela wird Sie gleich in Ihr Büro führen, Amelie«, sagte er mit sonorer Stimme. »Sie wird Ihnen alles Wissenswerte erläutern.«

Die schön gemaserte Echtholztür öffnete sich. Die Tochter des Architekten trat ein. Wir erhoben uns. Händeschütteln. Vorstellung. Die Frau, eine Handbreite kleiner als ihr Vater, trug einen dunkelblauen Hosenanzug. Ein ansehnlicher Busen füllte die weiße Bluse. Etwas zu breite Hüften. Apartes Gesicht. Drei dunkelrote Strähnen schimmerten im Schwarz ihrer modischen Kurzhaarfrisur.

In hochhackigen Pumps stöckelten die Damen aus dem Raum.

Ich räusperte mich. »Herr Cantonelli …«

Er hob eine Hand, grinste und streckte mir die Rechte hin. »Marco für Sie.«

Ich grinste ebenfalls. »Peter.« Kräftiger Händedruck.

Er deutete auf einen der beiden freischwingenden Lederstühle vorm antiken Schreibtisch. »Bitte nehmen Sie Platz, Peter.« Er setzte sich in seinen Designersessel. »Was haben Sie auf dem Herzen?«

Ich sank aufs angebotene Gestühl. »Ich will mir einen Alfa kaufen. Können Sie mir ein Autohaus empfehlen?«

Lässiges Abwinken. »Ein Freund aus der Schulzeit verkauft diese Dinger. Ich rufe ihn jetzt an.« Er schnappte sein Smartphone. Ein Redeschwall übergoss das Gerät. Ich verstand nur die Hälfte.

Er schaltete ab. Er lächelte. »Kein Problem, Peter. Herr Monelli, so heißt der Kerl, erwartet Sie um 14 Uhr. Er wird Ihnen einen anständigen Preis machen. Ich entwarf vor acht Jahren sein Ferienhaus in Spotorno an der Riviera nahe Savona, und zwar zu einem anständigen Preis.«

Wir grinsten uns an.

»Falls Sie irgendeine Art von Hilfe benötigen, Peter, oder Probleme auftauchen, kommen Sie einfach hierher. Ich kenne fast jeden in der Stadt und im Umland.«

Wir plauderten noch 20 Minuten. Ich stellte einige Fragen. Zufrieden bedankte und verabschiedete ich mich.

Zu Hause installierte ich den Client auf meinem Laptop. Probeweise loggte ich mich auf einem der Server des Instituts ein. »Tadellos«, kommentierte Brüderchen.

Ich fuhr in die Innenstadt. Ich betrat die Banca Popolare. Ich eröffnete ein Girokonto. Ich zahlte 11.000 Euro und 9.700 Dollar, in Euro transferiert, ein. Ich beantragte eine Kredit- und EC-Karte. In einem Schließfach deponierte ich die Edelsteine, die Goldbarren und 28 Goldmünzen.

In der Unione di Banche Italiane handelte ich ähnlich. Hier landeten 9.200 Euro und die restlichen Dollar auf einem Konto und in einem Schließfach der Rest des Goldschatzes, bis auf zwölf Münzen.

Pünktlich saßen Amelie und ich Herrn Monelli in dessen Büro gegenüber. Ich schilderte meinen Autowunsch. Der dickliche Mann mit Halbglatze und schwarzer Hornbrille strahlte. »Da habe ich genau das Richtige für Sie, traf letzten Mittwoch ein. Kommen Sie mit.«

Er watschelte vor uns her. Unter einem Vordach rechts neben dem Gebäude stand das Auto, das Amelie und ich im Internet ausgesucht hatten: ein SUV *Stelvio quadrifoglio* in der Farbe Bianco Trofeo.

Der Händler grinste und tätschelte einen Kotflügel. »Dreischicht-Lackierung, kostet normalerweise 2.500 Euro Aufpreis. 375 Kilowatt Bi-Turbo Benzin-Motor. Mit der Kiste können Sie an einem Formel-1 Rennen teilnehmen.« Meckerndes Lachen. »8-Stufen-Automatik der deutschen Firma ZF. Komplette Ausstattung, einschließlich Navi. Schlappe 215 Kilometer Laufleistung. Ein Vorführwagen.«

Meine Amelie bestaunte die weinrote Lederausstattung. Nach eingehender Besichtigung kehrten wir ins Büro zurück.

»Was wollen Sie für den Wagen haben?«, fragte ich.

Lächeln. »Der Listenpreis beträgt 91.990 Euro. Normalerweise hätte ich 77.990 verlangt. Dank der Fürsprache meines Schulfreundes Marco brauchen Sie nur 74.900 zahlen.« Vorbeugen. »Es sei denn, Sie blättern 10.000 Anzahlung hin. In diesem Fall sparen Sie weitere 900 Euro.«

Jetzt lächelte ich. »Vorausschauend habe ich exakt diese Summe dabei.«

Strahlender Händler. »Sie sind ein kluger Mann und kennen sich offenbar in der Geschäftswelt aus. Ich bastele den Kaufvertrag.«

Ich hob eine Hand. »Kann ich bei Ihnen die entsprechende Versicherung abschließen und erledigen Sie die Zulassung?«

»Selbstverständlich, Herr Peters.« Er quälte Computer und Drucker.

Ich zückte die 500er Scheine. Ich leistete ein paar Unterschriften. Herr Monelli bedankte sich. Ich bekam eine Quittung. »Sie können das Fahrzeug morgen um 14 Uhr abholen, frisch gewaschen und natürlich vollgetankt.«

Eine Viertelstunde später eröffnete Amelie, die monatlich 1.480 Euro netto verdiente, auf der UniCredit S.p.A. Bank ein Gehaltskonto, zahlte

2.500 Euro ein und beantragte EC- und Kreditkarte. Wir eröffneten ein gemeinsames Konto mit entsprechenden Karten. Ich zahlte 3.600 Euro ein. Ich mietete ein Schließfach und deponierte die zwölf Goldmünzen.

Wir erledigten Einkäufe. Zu Hause überwies ich per online Banking von der Deutschen Bank in Dubai dem Autohaus Monelli die Restkaufsumme. Jetzt hockten nur noch 6.110 Euro auf diesem Konto.

In der *Taverna del Pappagallo*, einem einfachen Restaurant, verspeiste meine Liebste ein Fischgericht. Ich labte mich an einer hervorragenden Pizza. Prima Wein.

Nachspeise genoss das Ehepaar Peters im Bett.

Tags darauf fuhr ich Amelie zur Arbeit und holte sie kurz nach zwölf ab. Später brachte uns ein Taxi zum Autohändler.

Herr Monelli erklärte uns die Bedienung des SUV. Die werdende Mutter kutschierte uns nach Hause. Sie strahlte. »Ein tolles Auto!«, rief sie. »Unvergleichliches italienisches Flair und riecht so unverschämt neu.«

Ich küsste sie auf die Wange.

Donnerstag, 5. Juli. Um zehn vor acht verabschiedete sich meine Amelie mit einem süßen Kuss. »Heute ist ein herrlicher Sommertag, Liebling, kein Vergleich mit dem Hochofen in Dubai. Ich bin glücklich. Ich liebe dich.« Sie hauchte mir einen Kuss auf die Lippen. Sie flüsterte: »Ich freue mich auf heute Nachmittag.«

Ich drückte sie an mich. »Ich auch – Mama.«

Kichernd verließ sie die Wohnung.

Mit dem Mietwagen fuhr ich nach Mailand. In der Deutschen Bank und der HSBC eröffnete ich jeweils ein Konto und zahlte je 1.550 Euro ein. In einem Nobelladen kaufte ich für Amelie einen Seidenschal von Hermès.

Am Flughafen gab ich die Giulietta zurück, bekam allerdings nur den Mietpreis der zweiten Woche erstattet.

Vom Parkplatz der Mietstation brachte mich die *Telpo* ins heimische Wohnzimmer.

Um 15:40 Uhr verließ das überglückliche Ehepaar Peters die Praxis von Amelies Frauenärztin. Glänzende Augen sahen mich im Auto an. »Freust du dich, Liebling, dass wir ein Mädchen bekommen werden?«

»O ja, Liebes, ich habe heimlich zu allen Gottheiten um ein süßes Mädchen gebetet, dass dir ähnelt – Mami.«

Glucksen. »Und ich wünschte mir einen süßen Buben, der dir ähnelt – Papi.«

Wir lachten uns an. Wir küssten uns. Am Auto ging eine Frau mittleren Alters vorbei, lächelte uns an und hob den rechten Daumen.

Ich sah der Liebsten in die Smaragdaugen. »Ich schlage vor, dass wir in anderthalb Jahren versuchen sollten, den süßen Bub zu basteln.«

Strahlende Amelie. »O ja, Liebling, ich freue mich jetzt schon riesig auf diesen süßen Buben und ... und auf das aufregende Basteln.« Ein aufregender Kuss.

Zu Hause schleppte mich die werdende Mutter ins Schlafzimmer. Die Klamotten segelten davon. Sie drückte ihren Traumkörper mit dem Babybäuchlein an mich. Ich streichelte Brüste und Hintern. »Lass uns das Basteln ein bisschen üben«, flüsterte mir die Verführung in ein Ohr.

Wir übten.

2

Montags stand ich gegen 9:05 Uhr meiner Zeit in einem Pizzaofen, genauer gesagt, im Za'abeel Park in Dubai nahe der Metrostation Al Jafiliya. Rascher Rundumblick. Dank der Gluthitze weit und breit kein Mensch. Auf dem Weg zur Station verschlang ich einen Energieriegel und leerte die Hälfte einer der beiden Wasserflaschen in der Reisetasche.

Die Glücksgöttin lächelte mir. Keine drei Meter vor mir entstieg ein junges Paar einem Taxi und eilte in das Metrogebäude. Ich warf mich in den Fond des Toyota. Aufatmen. Im Sommer in Dubai ein Taxi aufzutreiben, kostet Zeit und Nerven. Vor der Bank of America bat ich den indischen Fahrer, auf mich zu warten. Ich drückte ihm drei Dollar in eine Hand. Er strahlte.

Ich hob die 19.700 Euro und die 18.000 Dollar ab und verstaute sie in der Reisetasche. Ich löste das Konto auf.

In der Niederlassung der Deutschen Bank, der HSBC und der UniCredit S.p.A. ließ ich die Guthaben auf die Konten der entsprechenden Banken in Mailand und Stresa transferieren. Die hiesigen Konten löste ich auf.

Das Taxi brachte mich zum Park zurück. Der Inder freute sich über zehn Dollar Trinkgeld.

Verschwitzt tauchte ich in unserem Wohnzimmer auf. »Gott sei Dank!«, murmelte Brüderchen.

Ich fuhr zur Banca Popolare und zahlte 9.800 Euro ein. Das gemeinsame Konto auf der UniCredit erhielt 5.600 Dollar und 4.100 Euro.

Das restliche Geld verstaute ich im Schreibtisch.

Mittwoch. Fünf vor zwölf betrat ich die Villa des Architekten. Er rief mich in sein Büro. Händeschütteln. »Sie müssen ein bisschen warten, Peter«, sagte die sonore Stimme. »Amelie erledigt noch eine dringende Arbeit. Setzen wir uns.«

Er deutete auf die Sitzgruppe. Auf dem Tisch standen vier Gläser und eine Glasvase mit roten Tulpen. »Bitte nehmen Sie Platz. Darf ich Ihnen ein Wasser anbieten?«

»Ja, danke, gerne.« Ich setzte mich in einen Sessel.

Er schritt zum Kühlschrank in der Ecke und kehrte mit zwei geöffneten Wasserflaschen zurück. Er nahm mir gegenüber Platz.

Ich sah Herrn Cantonelli an. Peter Zwei sagte: »Er wirkt bedrückt.« Ich räusperte mich. »Sie sehen bedrückt aus, Marco. Ist etwas Schlimmes passiert?«

Aufgrund meines noch mangelhaften Italienisch sprachen wir Englisch.

Abwinken. Seufzen. »Ich rege mich wahnsinnig über ein Arschloch auf. Seit der Unizeit habe ich den Kerl für einen meiner besten Freunde gehalten.« Er trank einen Schluck Wasser. »Der Typ ist ein wohlhabender Unternehmer aus Mailand. Er beauftragte mich vor knapp zwei Jahren mit der Planung und Bauleitung seiner Villa im Westen Mailands. Er zahlte 10.000 an. Vier Monate später flossen 5.000 Euro. Danach blieben die Zahlungen aus. Ich rief ihn regelmäßig an. Entweder hob er nicht ab, ließ sich verleugnen oder fertigte mich wegen Zeitmangel kurz und bündig ab. Ich schrieb Mails. Jedes Mal vertröstete er mich mit fadenscheinigen Ausreden auf später. Im Oktober letzten Jahres zog er ein. Er lud mich *nicht* zur Einweihungsparty ein.« Er seufzte erneut, trank zwei Schlucke und fuhr fort: »Heute Morgen kontrollierte ich meine Kontoauszüge. Mich traf der Schlag. Ich tobte und fluchte. Meine Frau wollte mir ein Röhrchen Beruhigungspillen verpassen. Der Dreckskerl hat 5.000 Euro überwiesen.«

Ich grunzte. »Wie viel schuldet er Ihnen noch?«

»Die Villa hat mit allem Drum und Dran rund drei Millionen gekostet. Normalerweise verlange ich für einen derartigen Auftrag 295.000 Euro. Ich schrieb nach Fertigstellung des Hauses eine Rechnung über 215.000 Euro. Jetzt schuldet mir der geldgeile Geizkragen noch 195.000, ich könnte heulen.«

Ich prustete. »Warum verklagten Sie ihn nicht auf Einhaltung des Vertrages?«

Jetzt prustete er. »Wie unter guten Freunden üblich, besiegelten wir das Geschäft mit Handschlag.«

Ich wiegte den Kopf hin und her. »Vielleicht hat er sich mit dem Hausbau übernommen und ist knapp bei Kasse.«

Abwinken. »Im Mai hat er eine fast neue Jacht gekauft, kostete rund 900.000 Euro. Er hatte 250.000 bar angezahlt. Er tätigt nebenbei unsaubere Geschäfte. In den letzten 18 Jahren hat er das Finanzamt nach Strich und Faden beschissen. Schön, machen viele Reiche. Ich schließe mich da nicht aus.«

Er beugte sich vor. »Ich weiß aber, wo Anstand aufhört und Kriminalität anfängt. Ich hielt bisher maximal 9.000 Euro jährlich an Steuern zurück. Mein sauberer Freund Benedikt Besconi hat den Staat in den erwähnten Jahren um mindestens 13 Millionen betrogen, das ist doch eine Sauerei! Sein bester Kumpel aus der Militärzeit leitet seit 16 Jahren Benedikts zuständiges Finanzamt. Diesen Idioten schmiert er mit Sachleistungen und Geld.« Er setzte sich aufrecht und leerte sein Glas.

Ich schnaubte. »Woher wissen Sie das alles?«

»Von seinem Vertrauten in Finanzdingen, dem Leiter seiner Buchhaltung. Ich kenne den Mann gut. Er ging Ende Mai vorzeitig in Rente. Ich traf ihn Mitte Juni in einem Lokal. Ich spendierte ihm Wein und Grappa. Der Kerl ist stocksauer auf Benedikt. Statt der versprochenen 35.000 Euro Abfindung bekam er nur 12.000 und seine Betriebsrente wurde aus unerfindlichen Gründen um 120 Euro monatlich gekürzt. Ich fuhr den betrunkenen Rentner nach Hause.«

Gedanken schossen mir durch den Kopf. Eine Idee hielt ich fest. Ich beäugte sie von allen Seiten. Gefiel mir. »Mach das, großer Bruder«, riet der kleine Bruder.

Ich trank drei Schlucke. Ich räusperte mich. Ich beugte mich leicht vor. »Marco, ich arbeite als Informant für die Organisation aufrechter Menschen, kurz OaM genannt.« Ich umriss deren Ziele. Abschließend sagte ich: »Eventuell haben Sie aus den Medien von deren Unternehmungen erfahren.«

Stirnrunzeln. Nicken. »Ja. Die Aktionen in Nordkorea und gegen die beiden deutschen Steuersünder blieben haften.« Er sah mir in die Augen. »Waren Sie etwa daran beteiligt, Peter?«

»Nein. Ich lieferte nur die Informationen aus Deutschland. Die Arbeit vor Ort erledigen sogenannte Vollstrecker, top ausgebildete Männer, ehemalige Angehörige militärischer Spezialeinheiten. Ich werde noch heute meinem Chef von Ihrem Freund Benedikt berichten. Er wird dem Volksschädling gründlich einheizen lassen.« Ich fixierte den Geprellten. »Wissen Sie, an welchen Tagen und wo sich der schäbige Kerl mindestens eine Stunde alleine aufhält?«

Strahlender Architekt. »Klar. Weiß ich von ihm persönlich. In seiner Protzvilla musste ich einen Kellerraum mit verstärkten Wänden und einer doppelten Tür aus feuerfestem Stahl ausstatten lassen. Bevor die

Decke gegossen wurde, hat ein Kran zwei mächtige Tresore auf Betonsockel gesetzt. Der Raum verfügt über eine eigene Klimaanlage. Der Fiesling hockt dort jeden Mittwoch von 17 bis 19:30 Uhr an seinem kostspieligen antiken Schreibtisch. Ich vermute, er tätigt illegale Geschäfte und verschiebt Schwarzgeld in Steueroasen.«

»Hervorragende Informationen, Marco«, lobte ich. »Ich benötige einen Grundriss des Raumes mit der Lage der Möbel.«

»Kein Problem, Peter.« Er sprang auf, trat vor einen der Aktenschränke an der Wand neben der Tür und fuhr die metallene Rolltür hoch.

Eine Minute später erklärte Cantonelli mir die Planskizze. Ich faltete das DIN A 4 Blatt und steckte es in die Tasche des Hemdes. Ich sah ihm in die Augen. »Wann und wie die OaM die Operation ausführen lässt, werde ich nicht erfahren. Das Ergebnis wird uns aber erfreuen.«

»Bin echt gespannt, Peter. Ich danke Ihnen.«

Türklopfen. »Herein!«, rief der Architekt. Amelie betrat den Raum. »Alles erledigt, Marco«, sagte sie.

»Danke, Amelie, Sie brauchen morgen erst um neun Uhr anzutreten.«

3

Mittwoch, 11. Juli. Um 17:20 Uhr stand ich einsatzbereit im Wohnzimmer. Ich trug ein dunkelrotes langärmeliges Hemd, mittelblaue Jeans, dunkelblaue Sportschuhe und die grauen Lederhandschuhe. Amelie wusste Bescheid. Sie bügelte auf dem Balkon.

Ich prüfte den Sitz des Rucksackes. Ich schnappte die Reisetasche. Durchatmen. Konzentration.

Ich stand ungefähr eine Armlänge vor Herrn Besconis kostspieligem antikem Schreibtisch. Ausatmen.

Ein länglicher Kopf mit dichtem schwarzem Lockenhaar schnellte vom einem der beiden Monitore hoch. Leichte Hakennase. Dreitagebart. Aufgerissene Augen. Offener Mund.

Die Augen schlossen sich. Die Augen öffneten sich. Der Mund klappte zu. Der Mund öffnete sich.

Wilma ließ den Verbrecher nicht zu Wort kommen. »Setzen Sie sich bequem hin und hören Sie genau zu«, sagte ich mit fester Stimme.

Er sank zurück. Ich trat neben ihn. »Rufen Sie Ihren Mailaccount auf!«, befahl ich. Die Maus klickte. »Setzen Sie als Empfänger die übergeordnete Finanzbehörde Ihres Finanzamtes ein.« Ich hatte die Sätze auswendig gelernt.

Die Mailadresse erschien. »Schreiben Sie in die Betreffzeile *Selbstanzeige*.« Er schrieb. Ich nahm aus der rechten Brusttasche ein Blatt Papier, entfaltete es und schob es ihm hin. Amelie hatte den von mir gewünschten Text auf Italienisch verfasst. »Abschreiben und absenden!«, befahl ich. Ohne zu zögern, huschten seine langen Finger über die Tastatur. Ich kontrollierte das Geschriebene nicht.

»Benutzen Sie online Banking?«

»Ja.«

»Überweisen Sie der Finanzkasse die angekündigte 70.000 Euro Anzahlung Ihrer Steuerschuld.«

Herr Besconi gehorchte.

Ich trat einen Schritt zurück und deutete zum Tresor in der linken Ecke. »Aufmachen!«

Er erhob sich. Der schlanke Typ mit dem Wohlstandsbauch reichte mir bis in Augenhöhe. Aus einer Schublade des Schreibtischs nahm er einen langen Schlüssel mit einem roten Band. Ich schritt hinter ihm her. Lautlos öffnete sich die Stahltür. Unten standen fünf rote Aktenordner. Auf dem Brett darüber blinkten Goldmünzen. Im oberen Fach stapelten Bündel mit Banknoten.

»Welche Summen lagern hier?«, wollte ich wissen.

»86.000 Schweizer Franken, 65.000 britische Pfund, 55.000 US-Dollar und 85.000 Euro.«

Ich öffnete die Reisetasche. »Alles hier reinpacken.«

Er packte.

Ich stellte die Tasche auf den Boden und nahm den Rucksack ab. »Legen Sie hier die Münzen rein. Um welche handelt es sich?«

»30 Maple Leaf, 21 American Eagle, 29 Krügerrand, zwölf Britannia und elf Gold Euro.«

Ich schluckte. »Rund 130.000 Euro«, wisperte Brüderchen.

»Und jetzt öffnen Sie den anderen Tresor«, ordnete ich an.

Der Schreibtischschublade entnahm er einen ähnlichen Schlüssel, allerdings mit gelbem Band. Wir schritten zum Stahlklotz in der rechten Ecke.

Ich starrte in die 1,40 Meter hohe und 90 Zentimeter breite Öffnung. Neben sechs gelben Aktenordnern hockten übereinander gestapelt vier Reihen Goldbarren, ebenso auf den beiden Metallablagen darüber. Geldbündel füllten das obere Fach randvoll aus.

Ich hielt dem Geld- und Goldsammler die Tasche hin. »Alles Geld hier rein. Wie viel ist es?«

»300.000 Euro.« Er verstaute die Bündel.

»Warum so viel?«, fragte ich.

»Meine Frau und ich bestellen morgen jeweils ein neues Auto. Ich zahle 70.000 bar an.«

Ich verschloss die Reisetasche. Ich öffnete den Rucksack. »Und jetzt das Gold.« Ich zählte den Goldschatz mit: 20 Gold Euro, 41 Barren zu 20, 14 zu 100 Gramm und 60 Ein-OZ Barren, das heißt, je 28,35 Gramm schwer. »Ganz schönes Gewicht«, stellte Peter Zwei fest.

»Welchen Wert besitzt das Gold?«, wollte ich vom Schatzhüter wissen.

»Rund 182.000 Euro.«

»Setzen Sie sich an den Schreibtisch.« Er gehorchte.

Ich schnallte den Rucksack um und nahm die Tasche. Ich schaute ihm in die teilnahmslos blickenden Augen. »Sie vergessen, dass ich, dass jemand hier war. Klar?«

»Ja.«

Der *Zurück*-Befehl beförderte mich ins Wohnzimmer. Ich stellte meine Beute neben das Sofa. Ich eilte zu Amelie. Sie sah mir in die Augen. »Alles planmäßig abgelaufen, Liebling?«

Ich küsste sie. »Ein Kinderspiel, Liebes. Ich erledige jetzt den zweiten Teil der Operation.«

Nicken.

In der Küche trank ich einen halben Liter Mineralwasser. Energieriegel brauchte ich keinen. »Das waren nur kleine Hüpfer«, stellte Brüderlein fest.

Ich marschierte in unser Arbeitszimmer, das sogenannte Allzweckzimmer. Ich trug noch die Handschuhe. Ich steckte drei Briefumschläge mit je einem Bekennerschreiben der OaM in eine dunkelblaue Stofftasche. Ich hatte sie an meinem Computer verfasst und gedruckt, dabei Papier, Umschläge und Briefmarken nur mit den Handschuhen angefasst. Die Adressaten in Mailand lauteten: der Fernsehsender Rai 1, die Tageszeitung *Corriere della Serra* und die vorgesetzte Finanzbehörde.

Im Wohnzimmer stellte ich mich in Position. Tunnelblick.

Am Rande des Parkplatzes des Hauptpostamtes in Turin tauchte ich auf. Rund vier Meter vor mir sperrte gerade eine ältere Frau ihren Fiat auf. Sie sah mich entgeistert an. Sie schloss die Augen.

Ich eilte durch das hinter mir aufragende Buschwerk und trat auf den Bürgersteig. Am Eingang des Postamtes warf ich die Briefe ein. Die Handschuhe zog ich aus. Ich schlenderte zu einem nahen Park. Vor der Rückwand einer Toilettenanlage teleportierte ich zurück.

Im Wohnzimmer umarmte mich meine Amelie. Ein heißer Kuss. Ich schilderte den Beutezug. Strahlende Ehefrau.

Ich schnappte den Laptop und loggte mich auf einem Server des Instituts ein. Im Verzeichnis *Systemprüfungen* öffnete ich das Dokument *Termine*. Hier korrespondierten die *ELO* und Heilmann mit mir. Ich umriss die Operation *Steuer Italien 1*, wie ich sie genannt hatte. Ich kündigte an, beim nächsten Besuch das Ergebnis zu präsentieren.

Abendessen im *Ristorante La Stresa*.

Liebesstunde im Ehebett.

Tags darauf lieferte ich Amelie vor der Villa ab.

In der UniCredit Bank zahlte ich 5.600 Euro auf das gemeinsame Konto. Im Schließfach deponierte ich die Goldbarren. Mein Konto auf der Unione di Banche Italiane freute sich über 6.300 Euro. Ich fuhr zur Banca Popolare, zahlte 4.800 Euro ein und hinterließ die Goldmünzen im Schließfach.

Kurz vor halb zwölf saß ich mit einer grünen Stofftasche vor Herrn Cantonellis Schreibtisch. Ich lächelte ihn an. »Gestern traf ich am frühen Abend auf einem Parkplatz außerhalb der Stadt einen Vollstrecker der OaM. Er hat die Mission *Besconi* erledigt. Einzelheiten erfuhr ich keine. Sie sollten sich heute Abend die Nachrichten des Senders Rai 1 anschauen und morgen die Zeitung *Corriere della Serra* lesen. Die OaM hat dort Bekennerschreiben hingeschickt und auch an die entsprechende Finanzbehörde. Herr Benedikt Besconi wird ins Gefängnis marschieren. Im zuständigen Finanzamt wird demnächst der Posten des Leiters neu besetzt.«

Der Architekt schnappte nach Luft. »Großartig, Peter, erfreuliche Nachrichten. Prompt gehandelt. Ich bewundere diesen Verein.«

Ich grinste. »Es gibt noch weit Erfreulicheres, Marco.« Ich reichte ihm die Tasche. »Hier finden Sie das Geld, das Ihnen der Ex-Freund schuldet – allerdings nur 165.000 Euro und 5.000 britische Pfund. Was die OaM kassierte, weiß ich nicht. Schließlich muss sie das Gehalt des Vollstreckers und meines zahlen und weitere Kosten tragen.«

Herr Marco Cantonelli spähte in die Tasche. Er strahlte heller als die Sommersonne. Er winkte ab. »Ich werde im nächsten Jahr die 195.000 als Verlust abschreiben. Ich brauche keine Umsatzsteuer zahlen und spare bei der Einkommensteuer einen hübschen Batzen. Im Oktober erfülle ich den Wunschtraum meiner Frau. Wir fliegen für eine Woche nach Dubai und nisten uns in einem Luxushotel ein. Michelle darf shoppen, bis die Kreditkarte glüht.«

Wir lachten. Ich beugte mich vor. »Sie verstehen, Marco, dass diese Aktion unter uns bleiben muss.«

»Keine Sorge, Peter, bin ja nicht von gestern.«

Ich griff in die rechte Hosentasche. Ich legte sechs Krügerrand vor ihn. »Einen schönen Gruß der OaM. Der Leiter meinte, es handele sich um Verzugszinsen.«

Der Architekt riss die Augen auf. Er prustete. »Humor hat Ihr Laden auch noch.« Er runzelte die Stirn. Er lächelte. Er schob mir eine Münze hin. »Hier, für Ihre Bemühungen, Peter.«

Ich bedankte mich und steckte sie in die Hosentasche.

»Hervorragend gehandelt,«, kommentierte mein Zwilling. »Schließlich musst du an unsere Familie denken. Du wirst bald Vater. Ein Kind verschlingt massenhaft Geld.«

Verabschiedung.

Auf der Heimfahrt schilderte ich Amelie meinen Coup. Sie strahlte. Sie küsste mich auf die Wange. »Du bist der beste Ehemann der Welt und der fürsorglichste Vater – in spe.«

Leichtes Mittagessen. Eine Stunde später trat ich ins Schlafzimmer. Amelie räumte Wäsche ein. Wortlos umarmte ich sie. Sie umarmte mich. Ich sah ins Meer ihrer Augen. Ich küsste sie innig. Sie schloss die Augen.

Vogelgezwitscher, Insektenbrummen, ein wispernder Wald umfingen uns. Wir standen rund vier Kilometer westlich von Stresa auf einer Lichtung. Der nächste Weg führte knapp 700 Meter entfernt vorbei.

Amelie riss die Augen auf. Ich erkannte Überraschung und Erstaunen in ihnen. Sie sah sich um. Sie fixierte mich. »Du … wir … du bist mit mir und … und dem Baby hierher gesprungen. Warum hast du die *Telpo* nicht angekündigt?«

Ich lächelte und küsste ihre Nasenspitze. »Du hattest doch immer Angst davor. Jetzt habe ich dich überrascht und dir live demonstriert, wie einfach und vor allem ungefährlich ein gemeinsamer Sprung ist. Zukünftig brauchst du in kein Flugzeug mehr steigen. Lange Autofahrten fallen flach. Vor allem können wir, falls erforderlich, schnellstens die Flucht ergreifen.«

Sie schlug eine Hand vor den Mund. »Meinst du … glaubst du, dass wir eines Tages Hals über Kopf abhauen müssen?«

»Keine Ahnung, Liebes, ich will auf alle Eventualitäten vorbereitet sein. Jetzt weißt du, dass wir problemlos abtauchen können und … und auch mit unserem Kind.«

Sie lächelte mich an. »Du denkst aber an alles, Peter, ich bewundere dich.«

Inniger Kuss. Wir kehrten ins Schlafzimmer zurück.

Am nächsten Tag traf ich um halb zwölf einen euphorisch wirkenden Architekten in seinem Büro an. »Menschenskind, Peter!«, rief er. »Die Medien überschlagen sich. Die meisten Leute loben die OaM, einige verfluchen sie allerdings.«

Ich grinste. »Dabei handelte es sich garantiert um einen Personenkreis, der Dreck am Stecken hat.«

»Genau, Peter. Die Kerle schrecken jetzt auf. Bin mal gespannt, ob sich weitere Steuersünder selbst anzeigen werden. Der geldgeile Benedikt und sein Busenfreund vom Finanzamt hocken in Untersuchungshaft.«

Wir plauderten noch eine Viertelstunde.

Der Rest des Monats und die erste Augusthälfte verliefen angenehm. Zweimal folgten wir an einem Samstag Einladungen der Cantonellis. Einmal luden wir sie zu einem Abendessen zu uns ein.

4

Donnerstag, 16. August. Sonnig. Schwül. 26 Grad. Für den Nachmittag hatten die Wetterfrösche Gewitter angekündigt.

Um 11:40 Uhr Ortszeit stand ich dem Leiter der OaM in seinem Büro gegenüber. Herzliche Begrüßung. Mit Wasser setzten wir uns an den Tisch. Ich erwähnte die Schwangerschaft. Heilmann strahlte. »Herzlichen Glückwunsch, Peter. Ein Kind vervollständigt die Familie und bedeutet zusätzliche Lebensfreude, von der Arbeit einmal abgesehen.«

Wir lachten. Er fuhr fort: »Jetzt wissen Sie, wofür und für wen Sie arbeiten und wer einmal Ihr Vermögen erben wird.«

Ich nickte. Ich schilderte Einzelheiten der Operation *Steuer Italien 1*, einschließlich der Geldübergabe an Cantonelli. Ich schob ihm eine blaue Plastiktasche hin. »Hier der Anteil der OaM, Gautam, 8.000 Euro, 25.000 britische Pfund, die gleiche Summe in Dollar und elf Unzen Feingold. Ich habe mir erlaubt, 3.000 Euro an Prämie einzubehalten.«

Strahlen. Abwinken. »Kein Problem, Peter, Sie haben souverän und erstklassig gehandelt. Die OaM dankt Ihnen.«

Er räusperte sich. Er fixierte mich. »Der *Exrat* war ebenfalls nicht untätig. Sie wissen inzwischen, dass Steuerhinterziehung in Italien fast zu einem Volkssport ausgeartet ist. Ich habe die Operation *Steuer Italien 2* vorbereitet. Es handelt sich um einen Baulöwen in Neapel, der vermutlich mit der Mafia liiert ist und Beziehungen zu den höchsten Kreisen in der Stadtverwaltung und der Provinzregierung pflegt. Ich sage nur: Müllentsorgung und Betrug bei öffentlichen Bauprojekten.«

Ich nickte. »Prima, Gautam, derartige Operationen führe ich mit Freude aus. Woher stammen Ihre Informationen?«.

»Von einem Kerl aus seinem engsten Kreis. Der geschiedene 49-Jährige hat sich vor zehn Tagen mit einer hübschen Summe Geld in ein außereuropäisches Land abgesetzt, zuvor aber einem unserer Aktivisten alles Wissenswerte geliefert. Der Typ hofft, dass er nach der Mission von Verfolgungen der Bande verschont bleibt. Sie müssen am Montag zuschlagen.« Der *LO* erläuterte die Einzelheiten.

Wir legten den Ablauf der Aktionen fest. Ich steckte Lagepläne und Grundrisse ein. Mit der Bauchtasche kehrte ich nach Hause zurück.

Montag, 20. August. Mit Genugtuung und Freude angefüllt stand ich um 16:39 Uhr im heimischen Wohnzimmer. Operation *Steuer Italien 2* erfolgreich abgewickelt.

Ich stellte die prall gefüllte Reisetasche neben das Sofa. Ich legte die Waffe mit Holster, die Bauchtasche und den Rucksack ab, wie die Tasche voll mit Beutegut. Ich zog die Handschuhe aus.

Amelie und ich setzten uns an den Esstisch, ich mit einer Flasche Bier. Ich trank drei Schlucke. Ich lächelte die Liebste an. »Ab 15 Uhr tagte der dickleibige Baulöwe mit je einem hohen Beamten der Stadt- und Provinzverwaltung und einem seiner Anwälte, einem Mafioso, im Salon seines Ferienhauses in den Bergen nördlich der Stadt Cassino. Zehn Minuten später tauchte ich vor ihnen auf. Sie glotzten mich an, als sei ich der Leibhaftige. Bevor sie auch nur einen Piep von sich geben konnten, hielt ich ihnen die Glock unter die Nasen. Ich befahl dem Unternehmer, seine Schandtaten und die Verstrickung mit den Beamten und der Mafia auf dem Block vor sich niederzuschreiben. Brav füllte er rund zwei Seiten.«

Ich trank einen Schluck Bier. Ich fuhr fort: »Ich befahl ihm, die beiden Blätter in einem Umschlag, seine Pistole, den Schlüssel und Zahlencode des Tresors in seiner Villa am Fuße des Vesuvs zu mir zu schieben. Ich steckte das Schlüsselmäppchen in eine Hosentasche. Ich verlangte von der Viererbande das Bargeld, natürlich nur Scheine, auf den Tisch zu legen. Ich verstaute die 1.080 Euro in einer Hosentasche.«

Ich trank zwei Schlucke. Den unappetitlichen Teil der Mission erläuterte ich nicht, hätte ja mein Wunder *Wilma* offenbaren müssen. Auf meinen Befehl hatte der Anwalt mit der Waffe des Baulöwen seine Verbrecherkollegen erschossen und sich selbst gerichtet.

Ich setzte die Schilderung fort: »Der restliche Teil der Mission gestaltete sich zum Kinderspiel. Im luxuriös ausgestatteten Büro im Keller der Villa räumte ich den Tresor aus. Das Schlüsselmäppchen ließ ich vor Ort. Auf dem Schreibtisch hinterließ ich das Bekennerschreiben der OaM. Das Geständnis des Widerlings warf ich in Neapel in den Briefkasten des Senders Rai 1.«

Ich leerte die Flasche. Ich lächelte meine Amelie an. »Komm, Liebes, wir zählen die Beute und entscheiden, wie viel wir für unsere Zukunft abzwacken.«

Wir zählten. Ich stapelte Goldbarren und -münzen auf dem Wohnzimmertisch. Ich sah die werdende Mutter an und zog Bilanz: »90.000 Schweizer Franken, 214.000 Euro und Gold im Wert von rund 130.000

Euro. Wir behalten zehn Krügerrand, acht American Eagle, zwei Gold Euro, 15.000 Schweizer Franken und 16.000 Euro.«

Strahlende Amelie. »Toll, Liebling, dazu kommt ja noch deine Prämie.« Wir küssten uns.

Den Freudentag feierte das Ehepaar Peters am frühen Abend in der *Osteria Mercato*, angeblich das beste Restaurant der Stadt. Zum Rinderfilet genossen wir einen *Figli Nebbiolo*. Die werdende Mutter gönnte sich allerdings nur ein halbes Glas. »Köstlicher Rotwein«, lobte sie.

Ich zahlte bar und gab der attraktiven Kellnerin zehn Euro Trinkgeld – vom Geld der Viererclique.

Zu Hause klang der Tag mit einem köstlichen Liebesakt aus.

Mittwochs lieferte ich um 11:45 Uhr Geld und Gold dem *LO* ab. Heilmann strahlte. »Danke, Peter, erstklassige Arbeit.« Er schob mir 5.000 Euro in 200er Scheinen und zwei Krügerrand zu. »Ihre Prämie.«

»Vielen Dank, Gautam. Wir werden sie ins Kinderzimmer, in einen Kinderwagen und weiß der Geier, was ein Baby noch benötigt, investieren.«

»Sehr sinnvoll, Peter.«

Frohen Herzens kehrte ich nach Hause zurück.

5

16. Oktober. Ein Dienstag. Nieselregen. 17 Grad.

»Wie besprochen kündige ich heute die Arbeit bei Marco zum Jahresende«, sagte kurz vor acht eine lächelnde Amelie und küsste mich. »Er wird keinen Ersatz für mich einstellen. Seine Tochter wird ab Anfang Dezember ganztags arbeiten.«

Um elf Uhr tauchte ich im Büro der *ElO* auf – mit Herzklopfen. Einsatzbesprechung. »Ruhig Blut«, wisperte mein Zwilling. »Die Szenen im Mai liegen tief im schwarzen Loch verborgen.«

Claudia saß hinterm Schreibtisch. Sie sah fraulicher, anziehender aus, als ich sie in Erinnerung hatte. Sie lächelte mich an. »Guten Morgen, Peter. Ich hoffe, es geht Ihnen gut.« Sie stellte mir eine offene Flasche Wasser hin.

Ich trat vor. »Danke, mir geht es prima. Wie war es in Boston?«

»Stressig.« Sie erhob sich und streckte mir die Rechte hin.

Ich starrte auf ihren merklich gerundeten Bauch. Zeitlupenhaft hob ich den Kopf. Ich öffnete den Mund.

Sie kicherte. »Ich sehe riesige Fragezeichen in Ihrem Gesicht, Peter. Ich werde Ihre Neugier stillen. Setzen Sie sich.«

Ich fiel aufs Gestühl. Ich trank mehrere Schlucke Wasser und aß die Hälfte des mitgebrachten Energieriegels.

Sie nahm ebenfalls Platz. Sie lächelte. »Ja, ich bin schwanger. Ich wünschte mir seit einem Jahr ein Kind. Eine künstliche Befruchtung kam nicht in Frage. Zu kompliziert, zu langwierig, zu teuer. Direkt nach meiner Ankunft in Boston suchte und fand ich einen Kerl, der mir gefiel. Ich verführte ihn. Innerhalb von fünf Tagen schlief ich mehrmals mit ihm – ohne innere Anteilnahme natürlich.« Sie strahlte. »Mit Erfolg, wie jeder sehen kann. Es wird ein Junge, wie ich wünschte.«

Ich schluckte. »Werden Sie im Institut wohnen bleiben?«, krächzte ich. Ich biss in den Energieriegel und trank zwei Schlucke Wasser.

»Nein. Ich zog am Monatsanfang in eine hübsche Wohnung in der Stadt, etwa fünf Kilometer von hier.«

Ich räusperte mich. »Wohnt ... äh ... Ihre Freundin bei Ihnen?«

Abwinken. »Nein. sie hat mich verlassen. Sie kehrt in wenigen Stunden in ihre Heimat zurück.«

Ich riss die Augen auf. »Bedauerlich. Das muss Sie schwer getroffen haben.«

Erneutes Abwinken. »Bin darüber hinweg. Ich konzentriere mich voll und ganz auf mein Kind.« Sie beugte sich vor. »Heute halten wir die letzte Besprechung ab, Peter.«

Ich glotzte. »Haben Sie gekündigt?«

Glucksen. »Nein. Ich beende meine Tätigkeit bei der OaM. Ab morgen arbeite ich für Gautam und Ashok im Institut, Mädchen für alles sozusagen. Sie wissen, dass die Brüder in einem Labor Forschungen mit Viren betreiben.«

Ich nickte. »Verdienen Sie mehr?«

»500 im Monat.«

»Erfreulich«, sagte ich, immer noch mit der Verdauung der Neuigkeiten beschäftigt. Ich verspeiste den Rest des Riegels und leerte die Flasche.

Sie beugte sich vor. »Ich hörte von Heilmann, dass Sie Vaterfreuden entgegensehen. Herzlichen Glückwunsch!«

Ich fegte alles andere aus meinem Gehirn. Ich strahlte. »Ja, wir bekommen Ende Februar, Anfang März ein Mädchen. Wir sind sehr, sehr glücklich.«

Lächeln. »Ich freue mich für Ihre Frau und für Sie. Ein Kind bereichert das Leben.«

»Danke, Claudia.«

Sie räusperte sich. »So, Peter, legen wir los. Sie müssen in der Nacht von Mittwoch auf Donnerstag eine Mission starten, die Operation *Afghanistan 1* …«

Ich hob eine Hand. »Gefährlich?«

»Überhaupt nicht. Dort arbeitet seit über drei Jahren der 42-jährige CIA Agent Norman Galaski. Er wohnt in einem Haus im gesicherten Diplomatenviertel in Kabul. Zwei- bis dreimal im Monat bereist er für mehrere Tage das Land. Wir vermuten, dass er Informationen sammelt. Er sammelt auf seinen Touren aber auch Drogen.«

»Dreckschwein«, sagte ich. »An wen verschachert er das Zeug?«

»Rund die Hälfte verkauft er Soldaten und Diplomaten. Den Rest schafft er in die USA und verhökert sie einem Drogenkartell.«

Ich prustete. »Wie schmuggelt er das Zeug?«

»Er besitzt Diplomatenstatus und fliegt alle vier, fünf Monate mit einem Militärtransporter nach Washington. Er bleibt stets zwei Wochen.

Ausgestattet mit frischem Geld für erneuten Drogeneinkauf kehrt er zurück. Am letzten Freitag traf er am späten Nachmittag in Kabul ein.«

Ich hob eine Hand. »Woher stammen die Informationen.«

»Von seiner Geliebten, einer 26-jährigen Afghanin. Der Hurenbock warf nach seiner Ankunft die bedauernswerte Frau hochkant aus dem Haus. Noch am gleichen Abend traf sie zufällig eine Kontaktfrau der OaM, klagte ihr Leid und schilderte die erwähnten Einzelheiten, einschließlich aller für uns wichtigen Informationen.« Sie trank Wasser. Vorbeugen. »Der Widerling brachte sich nämlich eine neue Geliebte mit, die 28-jährige Janet, die Tochter des Drogenbosses.«

»Großer Gott!«, stieß ich hervor. »Dem Schweinehund muss man kräftig in die Eier treten und die Fresse polieren.«

Kichern. »Genau diese Aufgabe werden Sie erledigen, Peter. Daneben kassieren Sie das Geld ein, das der Kerl aus den USA für seine nächsten Einkäufe mitbrachte. Gold bunkert er auch.«

Die *EIO* erläuterte den Ablauf der Operation. Sie gab mir eine Skizze der Räume des Hauses. Sie reichte mir die Taschenweste. »Nach Ihrer Mission springen Sie in Heilmanns Büro und liefern die Beute ab.«

Ich grunzte. »Mach ich. Dann ist es aber verdammt früh hier.«

Kichern. »Macht nichts, Peter. Heilmann fliegt knapp fünf Stunden später für zwei Wochen nach Delhi.«

Ich schaute ins Karibikblau ihrer Augen. »Begleiten Sie mich ins Kasino zum Mittagessen?«

Betrübt wirkendes Gesicht. »Leider nein, Peter. Ich treffe mich in einer halben Stunde mit Heilmann in einem Restaurant in der Stadt.«

Ich nickte und erhob mich. Händeschütteln. »Viel Erfolg, Peter.«

»Danke, Claudia, wünsche ich Ihnen ebenfalls auf Ihrer neuen Arbeitsstelle. Ich hoffe, Ihre Schwangerschaft verläuft beschwerdefrei. Ich habe gerne mit Ihnen zusammengearbeitet.«

Sie strahlte. »Ich auch mit Ihnen, Peter. Grüßen Sie die werdende Mutter.«

»Danke.« Ich ging ins Kasino. Alle Tische besetzt, mit Ausnahme eines Zweiertisches, an dem eine kurzhaarige Blondine saß.

Ich balancierte einen Teller mit Rindfleischstreifen, Reis, scharfer Soße und Gemüse zum freien Platz. Ich sah der Blonden in die nussbraunen Augen. »Darf ich hier …?«

Lächeln. »Aber gerne.«

»Danke.« Ich stellte den Teller ab, legte Besteck und Serviette aus der Brusttasche des Hemdes auf den Tisch. Aus dem Automaten nahm ich eine Flasche Wasser und vom Regal daneben ein Glas.

Ich setzte mich der Frau, die ich auf Mitte 30 schätzte, gegenüber. Etwas kantiges Gesicht. Dezent geschminkt. Leichte Hakennase. Flacher Busen.

Ich streckte ihr die Rechte hin. »Ich heiße Peter Peters. Ich bin hier der Systemadministrator, na ja, nur ab und zu.«

Eine schmucklose schmale Hand schüttelte meine. Erneutes Lächeln. »Janis Bisbee«, stellte sie sich mit heller Stimme vor. »Ich weiß. Ich arbeite in Ihrer Abteilung. Übernehme den Job der Inderin.«

»Aha. Ich wünsche Ihnen frohes Schaffen.«

»Danke.« Künstliche Zähne blitzten.

»Sie ist blondiert«, stellte Peter Zwei fest. »Du erkennt es an den Augenbrauen.«

Sie aß den letzten Bissen und erhob sich. Ich schätzte sie auf maximal 1,65 Meter. »Muss los. Auf Wiedersehen.«

»Auf Wiedersehen.«

In weißen Sportschuhen eilte sie aus dem Raum. Schmale Hüften. Kleiner Hintern in der engen weißen Jeans.

»Nicht meine Kragenweite«, sagte Brüderchen. Ich hörte nicht hin. Eine halbe Stunde später verließ ich die Kantine. Ich marschierte Richtung Büro. Ich wollte mit dem Engländer über Janis Bisbee plaudern und anschließend in einer Kabine der Toilette die Heimreise antreten.

Claudias ehemalige Geliebte kam mir entgegen. Rati stoppte abrupt und riss die Augen auf. Begrüßung mit Handschlag. Sie sah sich um. Sie trat dicht vor mich. »Folgen Sie mir, Peter«, flüsterte sie. »Ich will Ihnen etwas Wichtiges erzählen.«

Ich öffnete den Mund. Sie eilte an mir vorbei, ich hinterher. Vier Meter weiter betrat sie rechts einen Lagerraum. Sie schaltete die Deckenleuchte ein. Ich schloss die Tür. Wir setzten uns auf Plastikstühlen an einem schmalen Tisch gegenüber.

Ich runzelte die Stirn. »Sollten Sie jetzt nicht am Flughafen sein?«

Rati seufzte. »Ich habe Heilmann angeschwindelt. Ich habe mir heute Morgen in Flughafennähe ein Hotelzimmer genommen. Ich fliege erst morgen. In der Deira Mall kaufe ich noch Geschenke für meinen Vater und die Geschwister. Ich habe gestern für meine Mutter ein Goldarmband gekauft, aber im Büro vergessen. Ein Taxi brachte mich her.«

Sie sah mir in die Augen. »Entschuldigen Sie, dass ich Sie so überfallen habe. Niemand darf uns zusammen sehen.«

Ich schluckte.

Traurige Augen blickten mich an. »Haben Sie schon Claudias neue Freundin gesehen, eine kurzhaarige Blondine?«

»Ja, in der Kantine. Sie hat sich mit Janis Bisbee vorgestellt.«

Erneutes Seufzen. Nicken. »Claudia hat sie aus Boston mitgebracht und mich abserviert. Sie übernimmt meine Arbeit.«

Ich nickte. »Rati, ich verstehe Sie, sicher ein böser Niederschlag für Sie, aber ... äh ... ich meine, derartige Beziehungsdramen finden überall ständig statt. Ich ...«

Sie hob eine Hand. »Ich weiß. Ich wollte Ihnen nur demonstrieren, wie verlogen Claudia ist. Sie hat Ihnen sicher gesagt, dass *ich* sie verlassen habe. Das erzählt sie nämlich jedem.«

Ich bestätigte.

Sie setzte ich aufrecht. Sie presste ihre dunkelrote Handtasche an sich. »Vor einem Jahr redeten wir über ein Kind für uns. Wir wünschten uns eines. Leider kann ich keine bekommen. Daher schlug ich Claudia vor, sich künstlich befruchten zu lassen oder ein Kind auf dem normalen Weg zu empfangen. Sie äußerte sich entsetzt, eine Geburt sei eine schmerzhafte Sache, sie wolle sich nicht die Figur versauen und, und, und. Ich war damals maßlos enttäuscht.«

Tränen kullerten über ihre Wangen.

Ich schluckte.

Sie fuhr fort: »Einen Tag vor ihrem Flug nach Boston beteuerten wir unsere Liebe. Wir liebten uns, sehr heftig, sehr innig, sehr glutvoll. Ich war total glücklich.« Erneut flossen Tränen. Rati beugte sich ein bisschen vor. Sie fixierte mich. »Hinterher erzählte sie mir eine unglaubliche Geschichte. Sie ... sie behauptete, sie sei schwanger. Sie zeigte mir einen positiven Schwangerschaftstest. Ich jubelte. Ich fragte, wie sie das Kind empfangen habe. Sie schien hocherfreut.«

Meine ehemalige Mitarbeiterin wischte Tränen ab und schnäuzte in ein Papiertaschentuch. Sie beugte sich weiter vor. »Es tut mir sehr leid ... sie behauptete ... Sie, Peter, *Sie* seien der Vater.«

Gehirntoben. Herzaussetzer. Nervenkrise. Ich näherte mich einem Schlaganfall und Herzinfarkt. Ich öffnete den Mund.

Rati hob eine Hand. »Sie brauchen nichts abstreiten, Peter, sich nicht entschuldigen. Sie ... Sie können nichts dazu. Claudia hat Sie mit perfiden Mitteln in eine perfekte Sexfalle gelockt.«

Mein Gehirn leerte sich. Das Herz sackte zum Mittelpunkt der Erde. Die Seele floh. Aus dem schwarzen Loch krochen die Erinnerungen an jenen heißen Maitag hervor und füllten mich aus. Ich krächzte: »Wie hat sie das angestellt? Und, noch wichtiger für mich, warum hat sie das getan?«

Rati lehnte sich zurück. »Sie hat vor Ihrem Eintreffen die Klimaanlage auf 30 Grad gestellt. Sie hat Ihnen ins Wasser und den Champagner eine Sexdroge gemischt. Ein paar Tage zuvor hat sie dieses Zeug an mir ohne mein Wissen getestet. Es löst in jedem, egal ob Mann oder Frau, unbändige Wollust, grenzenlose Gier nach Sex aus. Sie hatten null Chance, Claudias Verführung zu entgehen, selbst eine Nonne oder ein Heiliger hätte ihr nicht widerstanden. Denken Sie über diesen Tag und die späteren Ereignisse nach.«

Ich saß starr. Eishirn. Eisherz. Schockgefrostet. Ich brauchte nicht nachdenken. Ich wusste glasklar und mit 100-prozentiger Sicherheit, dass Rati die absolute Wahrheit gesagt hatte. Peter Zwei stieß nur hervor: »Allmächtiger!«

Ich schüttelte mich. Ich schaute der Inderin in die dunklen Augen. »Warum? Warum nur? Warum hatte sie plötzlich keine Angst mehr vor Schmerzen oder einer versauten Figur? Ich verstehe überhaupt nichts.« Ich sank zurück. Peter Zwei stieß Flüche aus, die ich noch nicht kannte.

Rati nickte. »Das Gleiche fragte ich auch. Claudia sagte, Heilmann habe sie dazu angestiftet. Sie bekam von ihm für den Geschlechtsakt 10.000 Euro. Nach Bestätigung der Schwangerschaft erhielt sie 30.000, und nach der Geburt wird sie weitere 60.000 kassieren. Heilmann wird den Vater spielen und den kompletten Unterhalt des Kindes zahlen und später auch dessen Ausbildung. Claudia wohnt jetzt in einer 98-Quadratmeter Wohnung in einem Gebäude des Heilmann Clans auf der gleichen Etage wie er. Statt der üblichen 3.200 Euro Miete zahlt sie nur 1.200 und die Nebenkosten.«

Gedankentornados fegten durch mein Gehirn. »Erklärte sie, warum der Kerl so scharf darauf ist, dass sie ein Kind von *mir* bekommen soll?«

Die Geschasste wiegte den Kopf hin und her. »Sie, Peter, Sie sollen einmalige Talente besitzen. Heilmann hofft, dass das Kind diese erben wird. Mehr sagte sie nicht. Vielleicht weiß sie auch nichts Genaues.«

In meinem Kopf flammte eine Batterie Flutlichtlampen auf, so hell wie alle in jedem Stadion der Welt zusammen. Ich, Peter Peters, der Einzige seiner Art, erkannte, wusste die reine Wahrheit. Ich schob die Erkenntnis mitten ins Gehirn. »Wir haben später Zeit, uns damit zu befassen«, wisperte Brüderchen. Ich sagte: »Null Ahnung, was der Typ damit meinte. Spielt jetzt auch keine Rolle.«

Ich zückte mein Smartphone. »Bitte, Rati, umreißen Sie nochmals diese unglaubliche Geschichte. Ich zeichne sie für meine Frau auf. Bisher habe ich ihr meinen Fehltritt nicht gebeichtet. Sie wurde ungefähr zum gleichen Zeitpunkt schwanger wie … wie Claudia.«

Aufgerissene Augen. »Bei allen Göttern meiner Heimat, Peter, das ist ja entsetzlich, Ihre arme Frau. Ich helfe Ihnen gerne.«

Ich drückte die Aufnahmefunktion. Mit fester Stimme wiederholte Rati die Kernaussagen der grauenhaften Geschichte.

Ich schaltete das Gerät aus. Ich bedankte mich vielmals. Ich zückte die Geldbörse. Ich drückte der arg gebeutelten Frau 300 Euro in eine Hand. »Hier, Rati, leider habe ich nicht mehr dabei.«

»Ich bin nicht geldgierig. Ich danke Ihnen, Peter.«

Wir erhoben uns. Sie sah mich an. »Warten Sie hier ein paar Minuten.« Ich drückte eine zarte, feingliedrige Hand. Die Inderin drehte sich abrupt um und huschte aus dem Raum.

Ich fluchte gotteserbärmlich, Peter Zwei ebenfalls. Ich schwor dem hinterhältigen Heilmann und der geldgeilen Lesbe grässliche Rache. Mein Zwilling bremste mich aus. »Nichts überstürzen. Wir müssen in aller Ruhe die Lage analysieren und sorgfältig nachdenken. Wir haben massenhaft Zeit, außerdem – Claudia trägt *dein* Kind unter dem Herzen.«

Ich schluckte. Ich stimmte zu. Ich eilte in die Toilette.

Restart

1

Peter Peters, der Supervollstrecker der OaM, stand am Donnerstag um 3:15 Uhr Ortszeit in Kabul im Schlafzimmer des CIA Agenten Norman Galaski. Der Kerl schnarchte. Die Drogentussi seufzte. Ich schaltete die Taschenlampe ein. Ich bellte wie auf einem Kasernenhof: »Aufwachen! Aufsetzen!«

Die Oberkörper schnellten hoch. Aufgerissene Augen. Offene Münder. *Wilma* fegte in Normans Gehirn. »Sitzenbleiben! Klappe halten!«

Die langhaarige Blondine krächzte Unverständliches.

Ich schaltete die Deckenleuchte ein und meine Lampe aus. Ich legte sie in die kleine Reisetasche zu der Wasserflasche und dem Energieriegel.

Ich sah der Frau in die verschlafenen Augen. *Wilma* schlug zu. »Janet, gehen Sie ins Badezimmer und warten Sie dort, bis ich Sie rufe.«

Sie kroch aus dem Bett. Ich bestaunte das sündig kurze und fast durchsichtige Nachthemd. Mit wippenden Brüsten tappte das sündige Nachthemd aus dem Raum. Draller Hintern. »Ein geiles Biest«, murmelte Peter Zwei.

Ich wandte mich meinem Operationsziel zu. »Norman, du gehst jetzt vor mir her in das Zimmer mit dem Tresor.«

Er nickte, schlüpfte in Badelatschen und trabte in besagtes Zimmer. Er trug ein knallrotes T-Shirt und graue Boxershorts. Er schaltete die Deckenlampe ein. »Setz dich in den Sessel am Schreibtisch.« Er gehorchte. Hinter ihm rechts thronte in der Ecke ein altertümlicher Panzerschrank. Ich schob einen der beiden Polsterstühle vor den Schreibtisch und sank darauf. Ich trank drei Schlucke Wasser und begann, den Riegel zu verspeisen.

Ich sah dem Kerl in die Augen. »Bist du verheiratet?«

»Nein. Seit fünf Jahren geschieden.«

»Hast du Kinder?«

»Ein siebenjähriges Zwillingspärchen.«

Brüderchen kommentierte: »Mutter und Kinder haben Glück, dass sie den Unhold los sind.«

Ich trank drei Schlucke Wasser. »Konsumierst du und deine Bettgenossin Drogen?«

»Ich nicht. Janet nimmt nur vorm Sex welche.«

»Wie oft treibt ihr es?«

»Wenn ich hier bin, jeden zweiten Tag, am Wochenende täglich.«

Ich aß den letzten Bissen des Riegels, leerte die Flasche, steckte sie und die Verpackung in die Reisetasche. Ich trug die hellgrauen Handschuhe. Keine Bauchtasche. Keine Waffe. Ich nahm den Rucksack ab.

»Öffne den Tresor!«, befahl ich.

Aus einer Schublade fischte er einen Schlüssel, rollte vor den Stahlklotz, schob den zweifachen Bartschlüssel ins Schloss und drehte ein paar Mal das Zahlenrad. Die Tür schwang auf. Ich spähte ins Innere. Unten lag eine Pistole mit Schulterholster.

Ich deutete ins Fach darüber. »Wie viel Gold ist das?«

»Zwölf Barren zu je einer Unze und 58 American Eagle.«

Ich hielt ihm die Reisetasche hin. »Ein Barren und neun Münzen reinwerfen.«

Er warf.

»Den Rest in den Rucksack!«, befahl ich. Er gehorchte.

Ich musterte die Geldstapel im oberen Fach. »Welche Summe bunkerst du hier?«

»116.000 Dollar.«

Ich staunte. Ich wusste von Claudia, dass er bisher maximal 80.000 aus den USA mitgebracht hatte. »Warum so viel?«

»Ich bleibe diesmal zwei Wochen länger und kaufe mehr Drogen als üblich«

»Dreckschwein«, stellte Peter Zwei fest.

»Stopf 50.000 in die Tasche, den Rest in den Rucksack.«

Er stopfte.

Ich schloss die Gepäckstücke. Ich zog den Rucksack an. »Gib mir die Pistole. Ist das deine Dienstwaffe?«

»Ja.« Er reichte sie mir.

Ich entsicherte sie und legte sie auf die Tasche. »Roll zum Schreibtisch zurück.«

Er rollte. »Setz dich aufrecht, schieb den Monitor nach rechts und schließ die Augen.« Er gehorchte.

Das Schreiben der OaM klemmte ich unter das Datenkabel des Bildschirms. Ein Aktivist der OaM würde am Vormittag in der US Hauptstadt ein ausführlicheres Bekennerschreiben in den Briefkasten der *Washington Post* werfen. Das sollte doch die Jungs in der CIA erneut aufscheuchen.

Ich eilte ins Badezimmer. Das Drogenbiest saß auf dem Toilettendeckel und starrte vor sich hin. »Mitkommen!«, befahl ich. Der dralle Hintern schwang vor mir her in Normans Zimmer. »Setzen Sie sich auf den Stuhl, Janet. Nehmen Sie den Block und den Stift vor Ihrem Lover. Schreiben Sie alles auf, was Sie über die Verbrechen Ihres Vaters wissen.«

Der Kuli glitt übers Papier. Sie schrieb das Blatt voll. Sie hielt inne.

»Fertig?«, fragte ich.

»Ja.«

»Unterschreiben Sie und schieben Sie Block und Stift nach links.« Sie schrieb und schob.

Ich reichte ihr die Pistole. »Können Sie schießen?«

Grunzen. »Ich bin kein dummes Gör vom Land.« Piepsstimme.

Ich sah ihr in die grünbraunen Augen. »Sie vergessen in zwei Minuten, dass ich hier war, Janet. Klar?«

»Ja.«

»Zielen Sie auf Normans Kopf.«

Ohne zu zögern, nahm sie die Waffe in beide Hände und zielte.

»Ich zähle gleich bis *drei*. Danach drücken Sie ab. Verstanden?«

»Ja.«

Ich schnappte die Tasche, verließ den Raum, stellte mich vor die Tür und schloss sie halb. Laut zählte ich: »Eins ... zwei ... drei.«

Peitschender Schuss. Ich spähte ins Zimmer. Zeitlupenhaft rutschte der Verbrecher vom Sessel. Ich trat zwei Schritte zur Seite. Durchatmen. Volle Konzentration.

Ich tauchte neben einem Lüftungsschacht auf dem Flachdach des Krankenhauses in Dubai auf. Im Sternenmeer schwamm der Mond. Ausatmen. Ich stellte die Reisetasche ab. Ich sprang ins Büro des Leiters der OaM. In einem roten Morgenmantel saß Heilmann am Schreibtisch.

Eine grellrote Flutwelle brandete funkensprühend in mir hoch. »Eine Hasswelle«, bemerkte der offenbar allwissende Peter Zwei. Ich musste mich beherrschen. Ich hätte den Intriganten am liebsten erwürgt.

Ich ... ich lächelte. »Einen schönen guten Morgen, Gautam. Ausgeschlafen?«

Brummen. Abwinken. Händeschütteln. »Ich schlief hier nebenan. Dort gibt es auch ein Duschbad. Setzen Sie sich, Peter.«

Ich stellte den Rucksack ab und sank auf den Stuhl.

Er reichte mir eine geöffnete Wasserflasche und einen Energieriegel. Er fixierte mich. »Verlief die Operation nach Plan?«

Ich trank ein paar Schlucke Wasser und verschlang den halben Riegel. Ich erstattete Bericht.

Strahlen. »Tadellose Arbeit, Peter.«

Ich stapelte die Geldbündel auf den Schreibtisch. »Es sind 66.000 Dollar«, erklärte ich. Ich aß den Rest und leerte die Flasche.

Er schien enttäuscht. »Ich hatte mit mehr gerechnet.«

Ich seufzte. »Ich habe Galaski danach gefragt. Er sagte, er habe bereits für 12.000 Drogen gekauft.«

Brummender *LO*.

Ich legte die Goldbeute vor ihn. »Elf Barren und 49 Münzen.«

»Sehr erfreulich, Peter.« Er gab mir 2.000 Dollar und zwei Münzen. »Ihre Prämie.«

»Vielen Dank, Gautam. Sie sind sehr großzügig.«

Abwinken. Vorbeugen. »Ich habe vorgestern mit meinen Eltern und dem Bruder gesprochen. Ihr Arbeitsverhältnis mit dem Institut endet am 30. November.«

Ich ruckte vor. Er hob eine Hand. »Lassen Sie mich ausreden. Ihren Job übernimmt am ersten Dezember ein Inder. Er arbeitet als Administrator bei einem Immobilienkonzern. Sie melden Ihre Wohnung hier ab. Ihre Arbeitserlaubnis erlischt. Damit existieren keinerlei Verbindungen mehr zwischen Ihnen, dem Institut und offiziell mir. Sie arbeiten zukünftig nur noch für die OaM – ohne festes Gehalt. Der *ErO* wird Anfang Januar beschließen, dass Sie jährlich mindestens sieben Operationen durchführen, aber keine politisch motivierten.«

Er trank zwei Schlucke Wasser und fuhr fort: »Sie bekommen 30 Prozent der einkassierten Vermögenswerte, mindestens aber 10.000 Euro. Sie liefern die Beute direkt nach den Einsätzen hier ab.«

Ich riss die Augen auf. »Glauben Sie und Ihre Verwandten, dass ich bisher Geld oder Gold unterschlagen habe?«

Seufzen. »Ich nicht. Sie haben mein vollstes Vertrauen, Peter, die anderen jedoch ...« Schulterzucken.

»Danke, Gautam, ich habe noch nie etwas abgezwackt.« Ich lächelte. Ich beugte mich vor. »Bis auf eine Ausnahme.«

Stirnrunzeln.

»Nach dem Einsatz in Nordkorea habe ich 10.000 Dollar einbehalten. Entschädigung für den Schrecken, den mir der Soldat eingejagt hat. Falls Sie möchten, zahle ich der OaM das Geld zurück.«

Grunzen. »Quatsch, behalten Sie es.« Grinsen. Vorbeugen. »Ich an Ihrer Stelle hätte das Doppelte abgezwackt.«

Wir lachten. Wir erhoben uns. Ich steckte die Banknoten in die linke Innentasche meiner dunkelgrauen Windjacke, die Münzen in die rechte Hosentasche.

Heilmann sagte: »Wir korrespondieren wie bisher. Die nächste Mission findet in der zweiten Dezemberwoche statt. Ich lade Sie rechtzeitig zur Besprechung ein.« Er hob eine Hand. »Sie müssen noch den Auflösungsvertrag und die Aufgabe der Wohnung unterschreiben.«

Ich unterzeichnete die doppelten Ausfertigungen. Meine Exemplare steckte ich die linke Innentasche der Jacke.

Händeschütteln.

Ich sprang aufs Dach.

Gegen zwei Uhr Ortszeit stellte ich das Gepäck in unserem Wohnzimmer ab. Die Prämie und die Verträge legte ich auf den Tisch. Ich eilte ins Badezimmer. Zähneputzen. Haarwaschen. Duschen.

Ich schlüpfte ins Bett. Ich kuschelte mich an meine Amelie. Ich streichelte das Babybäuchlein. Sie seufzte. Ich hauchte ihr einen Kuss auf die Lippen. Sie flüsterte: »Bin froh, dass du wieder hier bist, Liebling. Verlief alles planmäßig?«

»Ja, Mama. Schlaf schön weiter.«

Erneutes Seufzen. Umdrehen.

2

Im Verlauf des Vormittags verteilte ich das Geld, mit Ausnahme von 14.800 Dollar, auf den hiesigen und den Banken in Mailand.

Mein letzter Besuch galt der Banca Profilo in Turin. Ich eröffnete ein Konto und ein Sparbuch mit jeweils 6.500 Dollar.

Zu Hause legte ich das Gold in eine Schublade des Schreibtischs. Ich erklärte der Liebsten mein neues Arbeitsverhältnis. Sie freute sich. Sie küsste mich.

Freitag, 19. Oktober. Gegen 15:30 trank das Ehepaar Peters Kaffee und aß Kuchen, von meiner Amelie gebacken.

Eine halbe Stunde später trat ich *meinen* Gang nach Canossa an. Der Feigling Peter Zwei verkroch sich in eine finstere Gehirnecke. Die Ehefrau und ich setzten uns aufs Sofa. Ich nahm ihre Hände. Ihr in die Smaragdseen der Augen blickend, schilderte ich mit leiser Stimme den, im wahrsten Sinne des Wortes, heißen Nachmittag im Mai, den diabolischen Raub meines Samens. Einzelheiten des Aktes erwähnte ich keine.

Bevor meine Amelie ihre Koffer packte oder einem Herzinfarkt zum Opfer fiel oder mich umbrachte, gab ich ein paar entlastende Stichworte von mir, zum Beispiel *Sexfalle*.

Mit blassem Gesicht, aufgerissenen nassen Augen und offenem Mund starrte die Frau, die ich unermesslich liebe und begehre, auf mein Smartphone und lauschte den Worten der Inderin.

Entsetzliche Stille toste im Raum.

Feuchte Smaragde streichelten mich.

Die Augenteiche meiner Liebsten verwandelten sich in grüne Platten aus Stahl. Der Mund, der mich leidenschaftlich küssen konnte, sprach: »Ich werde diese hinterfotzige Lesbe umbringen!«

Meine Amelie strich mir übers Haar. Meine Amelie streichelte meine Wangen. Meine Amelie küsste mein Gesicht ab. »Mein armer Liebling«, flüsterte sie. »Fast fünf Monate schleppst du diese scheußliche Erinnerung mit dir rum, ohne dich jemandem anvertrauen zu können. Und diese heimtückische Schlampe verpasste dir, *meinem* Mann, *meinem* Liebsten, durch den Mund einer Fremden den ultimativen Niederschlag. Du wirst in wenigen Monaten nicht nur Vater einer ehelichen Tochter, sondern auch fast gleichzeitig Vater eines unehelichen Sohnes. Unser Mädchen wird einen Halbbruder bekommen. Nicht zu fassen. Unglaublich. Ungeheuerlich! Ich falle gleich tot um.«

Gott sei Dank überlebte meine Frau – und ich. Wir diskutierten weit über eine Stunde diese beispiellose Geschichte.

Abendessen mit einem weißen *Passito* im *Ristorante Pizzeria Mamma Mia*.

Zu Hause – liebevoller, genussvoller, heißer Beischlaf.

Später fragte Amelie: »Wirst du weiterhin für das Scheusal Heilmann arbeiten?«

»Ja, Liebes, muss Geld verdienen. Bevor ich meine Beute abliefere, werde ich eine gewisse Summe für uns abzwacken. Wie lange ich für den hinterlistigen Saukerl arbeiten werde, weiß ich jetzt noch nicht.«

»Wirst du ihn und das infame, geldgeile Biest bestrafen?«

»Ja, Liebes. Niemand, der mich, Peter Peters, den Einzigen seiner Art, schändlich ausnutzt, wird ungeschoren bleiben. Für den Widerling Heilmann werde ich eine apokalyptische Strafe austüfteln, wie und wann muss ich mir sorgfältig überlegen, da darf mir nicht der geringste Fehler unterlaufen.«

Ich küsste sie auf die Augen. Ich seufzte. »Was die trickreiche Lesbe betrifft, stecke ich in einer Zwickmühle. Sie wird ... äh ... mein Kind zur Welt bringen. Das unschuldige Wesen kann nichts dafür, dass seine Mutter eine durchtriebene Schlange ist.«

Jetzt seufzte meine Amelie. »Ich verstehe, Liebling.« Sie runzelte die Stirn. »Ich schlage vor, dass du ihr in einem Jahr das Kind wegnimmst. Damit könntest du zwei Fliegen mit einem Schlag erwischen, das Biest bekäme kein Geld mehr, säße ohne Mutterfreuden da und das Arschloch Heilmann müsste seine Pläne begraben.«

Ich riss die Augen auf. Ich wiegte den Kopf hin und her. »Aber was soll ich mit dem Kind anfangen? Soll ich es irgendwo in eine Babyklappe stecken? Mir würde das Herz bluten.«

Amelie lächelte. Amelie küsste mich auf den Mund. Amelie flüsterte: »Wir werden es behalten, Liebling. Unser Mädchen würde sich über ein Geschwisterchen freuen und ich – ich über ein Söhnchen.«

Ich fiel fast in Ohnmacht. Unvergleichliche Amelie. »Aber ... aber ... hättest du keine Abneigung gegen das Baby?«

»Nein. Es ist ein unschuldiges Kind und du bist der Vater, der es unbeabsichtigt, unwissentlich und gegen seinen Willen zeugte.«

Ich strich ihr zärtlich übers Haar. »Du bist ein Engel der Fürsorge, der Barmherzigkeit, der Liebe. Ich liebe dich, kann meine Liebe nicht in Worte kleiden.« Ich küsste sie innig. Ich schaute ins Universum ihrer Augen. »Wir müssen sorgfältige Pläne schmieden, wie wir das Kind in unseren rechtmäßigen Besitz bringen können. Das ist eine gewaltige Herausforderung.«

»Du wirst sie meistern, Liebling. Ich weiß das.«

Wir kuschelten uns aneinander.

Donnerstag, 29. November. Nieselregen. Zehn Grad.

Um 13 Uhr hockte ich dem Sausack Heilmann in dessen Büro gegenüber. Besprechung der Operation *Steuer Italien 3*.

Anschließend meldete ich meinen Wohnsitz ab und gab die Aufenthaltsgenehmigung zurück.

Im Goldsouk kaufte ich der Liebsten ein Halskettchen und einen Anhänger aus 20-karätigem Gold. Drei Liebespfeile durchbohrten das drei Zentimeter durchmessende Herz.

Zuhause befestigte ich den Schmuck am Hals der Liebsten. Liebliches Lächeln. Strahlende Smaragde. Süßer Kuss. »Was willst du mit diesem Geschenk ausdrücken, Liebling?«

Ich strich ihr zärtlich übers Haar und Babybäuchlein. »Die Pfeile symbolisieren meine Liebe und die der ungeborenen Kinder – unseres Mädchens und ... und *unseres* Knaben.«

Wasser in Augenteichen. Glutvoller Kuss.

Mittwoch, 5. Dezember. Um 2:40 Uhr scheuchte ich den geschiedenen 58-jährigen Alessandro Bellani im Doppelbett seines Schlafzimmers in Turin auf. *Wilma* schnappte sein Gehirn.

Seine, vor sechs Wochen abservierte, 48 Jahre alte Geliebte hatte der OaM die Informationen geliefert.

In einem blauweiß gestreiften voluminösen Schlafanzug watschelte ein Weinfass auf zwei Beinen vor mir in sein luxuriöses Arbeitszimmer. Von mir gesteuert, warf sich der Kerl in seinen Bürosessel hinter einem supermodernen Schreibtisch von den Ausmaßen eines Flugzeugträgers. Der kugelrunde, haarlose Kopf mit den feisten rot geäderten Wangen und winzigen Augen wackelte hin und her.

»Halten Sie endlich Ihren blöden Schädel still!«, befahl ich. Der Kerl erstarrte. Zehn Minuten später schickte er per Mail die Selbstanzeige wegen Steuerbetrugs an das zuständige Finanzamt.

Brav deponierte der Steuersünder in meiner Reisetasche 11.000 Euro und 13 American Eagle Münzen. 98.000 Euro, 52 American Eagle, 12 Britannia, 25 Krügerrand und sechs Gold Euro landeten im Rucksack.

Ich befahl dem Fettsack, mich zu vergessen und sich wieder ins Bett zu legen.

Ich teleportierte in die Innenstadt. Lausige fünf Grad. Das Bekennerschreiben der OaM warf ich den Briefkasten der *Corriere della Serra*.

Rund 90 Sekunden später saß ich vorm Schreibtisch des Halunken Gautam Heilmann. Bericht erstatten. Beute abliefern. Energieriegel essen. Eine Flasche Wasser leeren. Prämie kassieren. Verabschiedung. Frohe Weihnacht wünschen.

Mit 30.000 Euro, 18 American Eagle, sechs Krügerrand und zwei Britannia im Rucksack hüpfte ich aufs Krankenhausdach. »Klasse Coup!«, bemerkte Peter Zwei. Ich schnappte die Reisetasche. Frohgemut kehrte ich nach Hause zurück.

Fröhliche Weihnachten! Am Morgen des 24. stellte ich im Wohnzimmer eine 1,50 Meter hohe Edeltanne auf. Ich schmückte sie mit einer LED Lichterkette, roten Schleifen, gold- und silberfarbenen Kugeln.

Meine Amelie lobte mich. Sie lächelte. »Im nächsten Jahr musst du einen größeren Baum aufstellen und noch üppiger schmücken. Wir wollen in den Augen unseres Mädchens unvergleichlichen Glanz und märchenhaftes Strahlen beobachten.«

Ich küsste sie liebevoll.

Das Ehepaar Peters erlebte weder eine heilige noch stille Nacht. Ich hörte Glöckchen klingen, Engel singen und Posaunen schmettern. Zufriedenheit, Hochgenuss und Liebe pur, rein, elysisch.

Später legte ich mich mit dem Kopf zwischen die Beine der werdenden Mutter. Ich atmete den würzigen Duft. Ich streichelte den Babybauch. Ich küsste den Babybauch ab. Von Küssen unterbrochen flüsterte ich: »Mein liebes Mädchen, meine süße Emma, hörst du mich? Ich bin es, dein Papa.«

Hände strichen mir durchs Haar. »Ich freue mich unbändig, dich bald in den Arme wiegen zu können, dich herumzutragen, zu herzen und zu küssen, dich zu verwöhnen.« Die Hände bebten. »Ich werde immer für dich da sein, dich stets lieben und behüten bis zum Ende meiner Tage. Du und deine Mama, ihr seid auf ewig die einzigen Sterne, Sonnen im Universum meiner Liebe.« Ich hörte Schluchzen.

Ich kroch neben meine Amelie. Ich strich ihr zärtlich übers Haar. Ich küsste ihr die Tränen aus den Augen und von den Wangen.

»Es sind Tränen reinster Freude«, wisperte sie. »Tränen unsterblicher Liebe zu dir und unserem Baby, unserer Emma.«

Wir umschlangen uns.

Am zweiten Feiertag folgten wir am frühen Abend der Einladung des Architekten. Hervorragende Speisen und Weine. Michelle entpuppte sich zu einer belesenen und humorvollen Frau. Gelöste Stimmung. Plaudern, Scherzen, Lachen.

Silvester verlief in der Villa des Ehepaares Cantonelli ähnlich. Zu Hause im Bett genossen meine Amelie und ich ein exzellentes Feuerwerk der Lust und Liebe.

Prosit Neujahr 2019!

3

Am zweiten Januar trat ich offiziell eine Beratertätigkeit bei Herrn Cantonelli, seinem Steuerberater und seinem Anwalt an. Jeder überwies mir monatlich 2.000 Euro. Das Geld zahlte ich ihnen bar zurück. Sie senkten dadurch ihre Steuerlast und ich konnte ein Einkommen nachweisen. Selbstverständlich versteuerte ich die Einnahmen korrekt.

In der Folgewoche legte ich je 50.000 Euro auf zwei Festgeldkonten für zwei Jahre an. Ich investierte 45.000 Euro in Aktien und 60.000 in einen Immobilienfonds.

Cantonellis Steuerberater wird zukünftig auch meine Steuererklärung anfertigen.

Dienstag, 5. Februar. Um 2:55 Uhr startete ich die Operation *Drogen Italien 1*. Im Arbeitszimmer in der ersten Etage einer Protzvilla am westlichen Stadtrand von Turin stand ich vorm Schreibtisch des Anführers einer Drogenbande. Befehlsgemäß lag die mollige Ehefrau des Verbrechers im Tiefschlaf.

Der 49-jährige Typ mit schmalem Schädel, schwarzem Haar, flinken dunklen Augen und dünn wie die Suppe in einem Obdachlosenasyl notierte auf meine Anweisung die Namen und Anschriften der Chefs zweier Konkurrenzbanden in Mailand. Auf einem weiteren Blatt Papier schrieb er die Daten eines Drogenbarons in Genua auf.

Ich steckte dieses in die linke Innentasche meiner nachtblauen Baumwolljacke, das andere in die rechte. Ich legte das Schreiben der OaM in das Postkörbchen auf dem Schreibtisch.

Der Menschenverderber warf 13.000 Euro und acht Gold Euro in die Reisetasche. Sein übriges Geld und Gold landeten im Rucksack. Ich fixierte den Fiesling. »Nehmen Sie Ihr Handy und rollen Sie mit dem Sessel bis zur Wand zurück.« Er rollte.

Ich zückte die Glock mit Schalldämpfer. »Sie vergessen mich jetzt. In einer Minute dürfen Sie telefonieren. Verstanden?«

»Ja.«

Ich, der Einzige seiner Art, der Supervollstrecker der OaM, zerschoss dem Superarschloch beide Kniegelenke.

Die *Telpo* brachte mich aufs Dach des Instituts. Ich legte die Reisetasche ab.

Rund 20 Minuten später nahm ich sie wieder auf. Im Rucksack lag meine Prämie: 31.000 Euro, 15 Krügerrand und acht Gold Euro. Voll zufrieden trat ich die Heimreise an.

Erster März, ein Freitag. Wolkig mit Aufheiterungen. Elf Grad.

Aufgeregter wie nie zuvor im Leben fuhr ich kurz vor halb acht meine Amelie, meine Liebste, die Ehefrau, die werdende Mutter zum Krankenhaus *Avis Comunale Sezione di Stresa*.

Gegen 9:20 Uhr saß ich mit blauer Kopfhaube, Mundschutz und einem Kittel rechts neben dem Oberkörper der Gebärenden im Kreißsaal. Ich zitterte wie das berühmte Espenlaub. Ich betete intern zu allen Gottheiten. Ich befürchtete, in Ohnmacht zu fallen. Peter Zwei huschte wie ein Irrer im Kopf herum.

In meinen Händen ruhte die feuchte Rechte der Liebsten. Ich beugte mich ein bisschen zu ihr. Ich hielt mich am lieblichen Gesicht und den betörenden Augen fest. Ich blendete die Geräusche und die fremden Menschen aus. Ich konzentrierte mich auf den Händedruck und das Antlitz der Liebsten. Ich wisperte: »Ich bin bei dir, Liebes, ich unterstütze dich. Du schaffst das locker, wir schaffen das locker.« Ich schob den Scheißmundschutz nach unten. Ich küsste ihre Nasenspitze, küsste die Wangen, küsste die Augen.

»Ich liebe dich unendlich, Amelie, mehr als ich denken kann, zu sagen vermag. Wir sind zwei verschiedene Menschen, aber zusammen stellen wir eine unbesiegbare Wesenheit dar, ein aus Mann und Frau zusammengeschweißtes Konglomerat, untrennbar vereint in alles umfassender Liebe.«

Wasser in Smaragdseen. Welche Blicke der Augen! In diesem *Augen*blick schwemmte mich die Liebe zur Ehefrau an das paradiesische Ufer eines paradiesischen Ozeans – ins Paradies unvergänglicher Liebe.

Ich öffnete den Mund. Ein Schrei schloss ihn mir. Ich schloss die Augen. Nebel im Kopf. Angst und Besorgnis um die Gebärende und das Kind jagten Herzschlag, Blutdruck, mich ins Zentrum der Galaxis. Ich weiß nicht, wie lange ich erstarrt dasaß.

Unerwartet – eine nasse Hand presste meine. Wispernde Amelie: »Sieh hin, Liebling, sie ist da – unsere Emma.«

Ich öffnete die Augen. Die Nebel verschwanden. Ich schaute in strahlende Augenteiche. Zögerlich drehte ich den Kopf. Endlich – endlich war das Wunder geschehen. Ich erblickte mein, unser Mädchen. Winzig, blutverschmiert, runzelig, hässlich – einfach wunderbar. Ein echtes Menschlein und tatsächlich alles dran. Das Bündelchen Mensch ballte

die Händchen und protestierte lautstark. Ich heulte, war völlig fertig.
»Dabei hast du doch überhaupt nichts gemacht«, sagte Peter Zwei.

Was sah ich? Ich sah die Sonne meiner Zukunft, der Zukunft meiner Liebsten, der Ehefrau – mein, unser Mädchen, meine, unsere Emma. Wie ein Tsunami überrollten mich Zuneigung, Wärme, Liebe. Gebirge im Hals. Blei im Magen. Herzdrücken. Stille und vollkommener Frieden in mir.

Später saß ich auf der Bettkante in Amelies Zimmer, natürlich 1. Klasse, natürlich 1. Klasse Essen, natürlich 1. Klasse Krankenschwestern, natürlich Chefarztbetreuung.

Das nackte Baby lag gebadet auf dem nackten Oberkörper meiner Frau. Ich bewunderte die milchgefüllten Brüste. Amelie strich über Emmas Köpfchen mit dem rötlichen Haar.

»Ein echtes Wunder«, murmelte ich, ganz in die Betrachtung der unfassbar winzigen Schrumpelfinger meiner Tochter versunken.

»Das sagst du bereits das hundertste Mal«, meinte Amelie mit matter Stimme.

Ich lächelte. Sanft streichelte ich den Rücken und den süßen Po der Kleinen. Ich erschrak. Unser Mädchen – es krähte. »Habe ich etwas falsch gemacht, Liebes?«, flüsterte ich.

Süßes Lächeln. »Nein, Liebling, unser Baby hat Hunger.« Amelie legte es an eine Brust. Emmas Händchen tatschten über die Fülle. Fasziniert beobachtete ich den Babymund. Er suchte und fand die Warze. Fasziniert sah ich zu, wie unser Kind schmatzend seine erste Mahlzeit auf dieser Welt genoss.

Es roch nach Baby. Nach Milch. Nach Cremes und Puder. Grenzenlose Glückseligkeit, unendliche Liebe zu dem Mädchen und der Frau schwappten in mir hoch. Ich küsste Stirn, Augen und Nase der Mutter. »Ich liebe dich, Amelie, mit jeder Faser meines Körpers, meine Liebe zu dir und unserem Kind beherrscht jedes Atom.« Ich rieb die feuchten Augen.

Sternenfunkeln im Augenuniversum der Liebsten. »Ich bin unsäglich glücklich, Peter«, wisperte die personifizierte Liebe. »Ich kann meine Gefühlswelt, das Glück, meine Liebe zu dir und unserem Baby nicht umschreiben.«

»Ja, Liebes, geht mir ebenso.«

Am Nachmittag meldete ich unsere Tochter Emma an.

Montagmorgens ließ ich auf ihren Namen ein Sparbuch mit 50.000 Euro und zweijähriger Laufzeit anlegen. »Sehr vorausschauend, großer Bruder«, lobte Peter Zwei.

Am Nachmittag fuhr ein überglücklicher Vater, mit einem überglücklichen Brüderchen im Kopf und einer überglücklichen Mutter mit dem Baby nach Hause.

Im Januar hatte ich das Kinderzimmer tapezieren lassen und mit meiner Amelie eingerichtet. Auf der Tapete prangten naturalistische Abbildungen von Blumen und Säugetieren. Vom Fußboden bis in einen Meter Höhe umliefen beschreibbare und abwaschbare weiße Kunststofftafeln die Wände.

Wunderschöner Alltag der dreiköpfigen Familie Peters.

Dreimal in der Woche speisten Amelie und ich abends in einem Restaurant. Die Vermieterin Sophie hütete jedes Mal mit Begeisterung unser Baby.

Am 9. April führte ich die Operation *Drogen Italien 2* in Genua durch. Den feisten Dreckskerl ließ ich mit zerschossenen Kniegelenken zurück.

Ich hatte dem hinterhältigen Heilmann nur das Blatt mit den Daten dieses Drogenbarons übergeben. Die beiden anderen Verbrecher in Mailand gedachte ich, in Privatmissionen auszunehmen.

Ich kassierte 26.000 Euro und 19 Krügerrand Prämie. Mit der Privatbeute – 10.000 Euro und neun Britannia – kehrte ich zu meiner Familie zurück.

Wie bereits nach der vorangegangenen Mission äußerten sich Medien und Bürger mehrheitlich positiv über die Operationen der OaM. Der Leiter der OaM, Peter Eins und Peter Zwei freuten sich.

Sechs Wochen später saß ich nach dem Frühstück mit Amelie auf dem Sofa. Ich hielt die quiekende Emma in den Armen. Ich sah in ihr Gesichtchen. »Ich bin immer wieder von ihren Augen fasziniert«, sagte ich, »ein grünes und ein blaues, sehr selten.«

»Ja, Liebling, ein Erbe meiner Oma wie das rötliche Haar mit dem Goldglanz.«

Ich küsste das zierliche Babynäschen. »Sie sieht aus wie ein Engelchen.«

Lächelnde Mutter. »Sie ist unser Sonnenschein, unser Engel.« Wir küssten uns. Emma piepste.

Am 5. Juni und am 22. Juli absolvierte ich die Operationen *Steuer Schweiz 1* und *Steuer Österreich 1*.

Privat kassierte ich insgesamt 9.500 Schweizer Franken, 14.000 Euro, acht Maple Leaf und vier Gold Euro. Die Prämien beliefen sich auf 26.000 Schweizer Franken, 31.500 Euro, 15 Krügerrand und sechs Gold Euro.

Vom 27. Juli, einem Samstag, bis 17. August urlaubte die Familie Peters in einem Ferienhaus in Ventimiglia an der Blumenriviera. Der Architekt hatte es uns vermittelt. Den Mietpreis zahlte ich dem Eigentümerehepaar in bar.

Traumhafte Tage mit unserer Emma. Glutvolle Nächte mit ihrer Mutter.

Mittwoch, 21. August. 2:50 Uhr. Mit der Nachtsichtbrille, die mir Heilmann vor einem Jahr mitgegeben hatte, spähte ich im Süden Mailands das Anwesen des 57-jährigen Luigi Salvas aus. Vorbereitung der Operation *Privatmission 1*. Der Kerl besaß eine Obst- und Gemüsegroßhandlung. Mit den Lieferwagen der Firma schaffte er auch Drogen zu seinen Verteilern.

Freitags sahnte ich um 3:20 Uhr ordentlich ab: 110.000 Euro, 34 Goldbarren zu je 50 Gramm, 20 Britannia, 38 Krügerrand und 13 Gold Euro.

Dem hochgewachsenen Verbrecher mit Silberstreifen im schwarzen Haar, Hakennase und brutalem Kinn impfte ich ein, dass zwei Schläger einer Konkurrenzbande ihn heimgesucht haben. Mit seiner Beretta 82 zerschoss ich ihm Schulter- und Fußgelenke. Die Waffe nahm ich mit.

Tags darauf steckte ich die Pistole ohne Magazin in zwei dunkelblauen Plastiktüten. Ich warf sie in den Mülleimer eines Supermarktes. Das Magazin mit den restlichen Patronen entsorgte ich in einem Plastikbeutel am Montagmorgen in unserer Mülltonne. Keine Stunde später verschwand deren Inhalt im Müllfahrzeug.

Am 26. September kehrte ich um 4:20 Uhr aus Dubai nach Hause zurück. Operation *Steuer Deutschland 3* in München lukrativ abgeschlossen.

In der Nacht zum fünften November erledigte ich in Bad Homburg eine ähnliche Mission.

Freitag, 13. Dezember. Gegen 11:20 Uhr Ortszeit saß ich mit dem *LO* am Tisch in dessen Büro. Einsatzbesprechung der Operation *Steuer Deutschland 5* in Köln.

Abschließend sagte Heilmann: »Die Informationen stammen von der 51-jährigen Geliebten des 60-Jährigen. Sie hat 18 Jahre in einer seiner Firmen gearbeitet, seine engste Vertraute sozusagen. Mitte Oktober hat er die bedauernswerte Frau aus dem Haus geworfen und sich eine zwölf Jahre jüngere ins Bett geholt.«

»Hurenbock«, kommentierte ich.

Nicken. Räuspern. »Falls Sie etwas Zeit erübrigen können, lade ich Sie zum Mittagessen ein, und zwar bei Claudia. Sie zaubert Fisch mit Reis und Gemüse. Dazu gibt es einen weißen *Meursault*. Sie freut sich darauf, Sie nochmals zu sehen. Sie wohnt auf der gleichen Etage wie ich in einem elfstöckigen Wohngebäude, das dem Institut gehört.«

Gehirntumult. Nervenkrise. Herzaussetzer. »Fahr mit«, riet Brüderchen. »Du wirst deinen Sohn kennenlernen.«

Mit Herzklopfen betrat ich 20 Minuten später die Wohnung in der zehnten Etage. Begrüßung mit Handschlag. »Sie sehen blendend aus, Peter«, sagte die falsche Schlange. »Die Vaterschaft scheint Sie zu beflügeln.«

»Ja, wir sind sehr glücklich mit unserer Emma.« Ich musterte das bigotte Biest. Peter Zwei stellte fest: »Sie hat ein paar Pfund zugelegt.«

Claudia strahlte. »Kommen Sie mit, Peter, ich zeige Ihnen meinen Sohn. Das Essen braucht noch ein bisschen.«

Mit trockenem Mund, hochjagendem Puls und Flaute im Magen folgte ich ihr ins Kinderzimmer. Sie hob den Knaben aus dem Bettchen und präsentierte ihn. Er strampelte mit Ärmchen und Beinchen. Er besaß relativ langes nachtschwarzes Haar. Dunkle Augen sahen mich an.

»Ist er nicht süß, Peter? Er sieht aus wie Engel. Er ist mein Sonnenschein, mein Ein und Alles.«

Mein Herz krampfte. Ich hätte das Kind am liebsten an mich gerissen und wäre mit ihm abgehauen.

Ich speichelte den Mund ein. »Ein prachtvoller Junge, ganz die Mutter. Wie heißt er?«

»Piero.«

»Hübscher Name. Wie alt ist er?«

»Knapp neun Monate«, log die Schlange.

Wir kehrten ins Esszimmer zurück.

Trotz des Hasses auf die beiden heuchlerischen Gestalten und innerlicher Aufruhr ließ ich mir nichts anmerken. Locker plaudernd speisten und tranken wir. »Prima Fisch, toller Wein«, lobte Peter Zwei. Ich gab das Lob weiter.

Wir schlürften Espresso.

Ich sah auf die Armbanduhr. »Ich will noch für Amelie ein Geschenk kaufen«, sagte ich. »Rufen Sie mir bitte ein Taxi, Gautam.«

Verabschiedung.

In der Niederlassung der Schweizer Großbank UBS eröffnete ich ein Festgeldkonto und zahlte 20.000 Schweizer Franken ein. Ich mietete ein

Bankschließfach und deponierte 20 Goldbarren, die ich in einer Aktentasche mitgenommen hatte.

Aus der Toilette der Bank teleportierte ich nach Hause.

Mit Herzschmerz schilderte ich meiner Amelie die Begegnung mit Piero. Sie streichelte mir über eine Wange. »Mein armer Liebling, muss schrecklich für dich gewesen sein.«

»Ja, Liebes, grausam.«

»Willst du etwas unternehmen und falls ja, was?«

Ich seufzte. »Ich könnte ihr locker das Kind wegnehmen, wäre aber äußerst gefährlich. Der Verdacht würde sofort auf mich fallen. Heilmann würde aber nicht zur Polizei rennen, sondern seine Schergen auf mich hetzen, mich töten und Emma und Piero entführen lassen.«

Amelie riss die Augen auf. »Großer Gott, Peter, eine Horrorvorstellung!«, stieß sie hervor. »Ich darf gar nicht daran denken. Das darf nie, niemals passieren.«

Ich strich ihr übers Haar. Ich küsste ihre Nasenspitze. »Keine Sorge, Liebes, ich werde versuchen, mir etwas Unverfängliches einfallen zu lassen. Mein Vater sagte oft: ›Kommt Zeit, kommt Rat.‹«

Thema erledigt – jedenfalls vorläufig.

Vorm Einschlafen wälzte ich Überlegungen zur Operation *Piero zurückerobern*. Schließlich trug ich ihn ja einmal als Samen in mir.

Die Operation *Steuer Deutschland 5* am 19. Dezember bescherte der Familie Peters 29.500 Euro und 19.800 Euro in Barrengold und Goldmünzen.

Heilig Abend. Ein Dienstag.

Am Nachmittag schlief Emma. Ich stellte eine türhohe Tanne auf. Ich schmückte sie mit Lichterketten, Kugeln, Schleifen, Strohsternen, winzigen Geschenkpaketen, farbigen Vögelchen und Rauschengeln.

Amelie betrat das Zimmer. »Großer Gott, Peter!«, rief sie. »Hast du sämtliche Geschäfte geplündert? Noch nie sah ich einen derart üppig geschmückten Christbaum. Du bist verrückt.«

Ich lächelte. »Für unsere Emma ist das Üppigste, das Schönste gerade gut genug. Und nein, ich habe die Geschäfte *nicht* geplündert. Ich hätte am liebsten noch mehr gekauft.« Wir lachten uns an. Wir küssten uns.

Am frühen Abend hielt Amelie unsere Tochter auf den Armen und zeigte ihr Papas Wunderwerk. Das Erstaunen und der Glanz in Emmas Augen ließen Gehirn, Herz und Seele heller leuchten als die Lichterketten. Wie ein aus Engelshaar und Goldfäden gewobener Schleier breiteten sich Glück und Liebe lückenlos in mir aus. Ich küsste zärtlich das Gesichtchen meines Engelchens ab. Ich küsste innig meinen Liebesengel Amelie.

Obwohl Emma an diesem Abend und den nächsten Tagen oft um den Weihnachtsbaum krabbelte, riss sie nichts ab.

»Vorbildliches Kind«, kommentierte Peter Zwei.

Am zweiten Feiertag folgten wir der Einladung des Ehepaares Cantonelli. Emma nahmen wir mit. Michelle begeisterte sich. Sie wollte das Kind überhaupt nicht mehr hergeben.

Silvester feierten wir mit Sophie in unserer Wohnung.

Dramatik

1

Im Verlauf der Jahre 2020 und 2021 meisterte ich 13 Missionen für die OaM und zwei Privatmissionen in Italien. Sie spülten 527.860 Euro, einschließlich Gold, in die Kasse der Familie Peters.

In Deutschland, Österreich, der Schweiz und in Italien stiegen die Selbstanzeigen der Steuersünder beachtlich an.

In jedem Jahr genossen meine Amelie, unsere Emma und ich dreimal mehrwöchige Urlaube in den Paradiesen dieser Welt.

Den vierwöchigen Aufenthalt im April 2021 auf den Inseln Oahu, Kauai, Maui und Big Island des amerikanischen Bundesstaates Hawaii nannte meine Ehefrau den bisher herrlichsten Urlaub ihres Lebens.

Glückliche Amelie. Glückliche Emma. Überglückliche Peter Eins und Peter Zwei.

An einem feuchtkalten Tag Mitte Januar 2022 trug ich mein Mädchen nach dem Mittagessen in sein Zimmer. Ich zog ihm den Schlafanzug an und legte es ins Bettchen. Ich küsste es zärtlich und strich ihm durchs lange, inzwischen satt rotgolden leuchtende, Haar. »Schlaf süß, mein Engelchen.«

Seufzer. Augen schließen. Wie jedes Mal in den letzten zwei Wochen bewunderte ich auf den Kunststofftafeln die Malereien unserer Emma. Sie hatte von der Tapete einige Blumen, einen Tiger, ein Kamel, eine Katze und ein Eichhörnchen abgemalt, allerdings nicht jedes Detail, sondern nur charakteristische Merkmale, sodass der Betrachter unzweifelhaft Pflanzen und Tiere erkennen konnte. »Unser Kind besitzt überragendes künstlerisches Talent mit dem Blick fürs Wesentliche«, stellte Brüderlein fest. Ich stimmte zu.

Ich eilte ins Schlafzimmer, warf die Klamotten von mir und schlüpfte zu meiner nackten Amelie ins Bett. Liebevoll, lustvoll und genussvoll gaben wir uns Liebesspielen hin, gleichzeitig der Versuch, ein Kind, einen Sohn zu zeugen – nach mehrmaligem Scheitern.

Erster März, ein Dienstag. Nach dem Frühstück eilte ich ins Allzweckzimmer. Ein paar Minuten später saßen Amelie und ich auf dem Sofa. Wir überreichten unserer Tochter das Geschenk zu ihrem dritten Geburtstag. Sie hatte uns wochenlang mit diesem Wunsch bedrängt. Mit offenem Mund und Riesenaugen nahm Emma das sieben Monate alte Kätzchen in die Arme.

Ich hatte das Tier am Morgen bei einem befreundeten Ehepaar unsere Vermieterin abgeholt und gestern Abend die nötigen Utensilien und Futter gekauft.

Nasse Augen sahen uns an. »Ach Mama, Papa, vielen, vielen Dank. Ich freue mich riesig. Ich habe mir ganz schrecklich eine schwarze Katze mit weißem Schnäuzchen und weißen Pfötchen gewünscht, und jetzt hat sie auch noch einen weißen Fleck auf der Brust und eine weiße Schwanzspitze. Ich bin furchtbar glücklich.«

Sie küsste uns ab. Das Geburtstagsgeschenk miaute. Ich erklärte: »Es ist ein Junge, ein Kater, Engelchen. Du musst ihm einen Namen geben.«

Ernsthafter Gesichtsausdruck. Nicken. Sie strich dem Tier übers Köpfchen und kraulte es unterm Kinn. Schnurren. »Ich taufe dich Paul, mein kleiner Liebling.« Sie drückte ihn an sich. Gesteigertes Schnurren.

Amelie sah die Tochter stirnrunzelnd an. »Warum Paul?«

»Aber Mama, du bist dumm. Du weißt doch, dass meine Puppe Paula heißt. Jetzt hat sie einen Bruder bekommen und ich ein Baby. Sie werden aufeinander aufpassen, miteinander spielen und zusammen schlafen.«

Mama und Papa lachten.

Paula war Amelies letzte Erinnerung an ihre Mutter. Die beigefarbene Stoffpuppe besaß glänzendes rotes Kunsthaar, grasgrüne Glasaugen und einen roten Wollmund. Sie trug ein abgegriffenes grünes Kleidchen. Emma wollte nie eine andere Puppe geschenkt bekommen.

Das Katzenklo stellte ich ins Gäste-WC, Futter- und Wasserschale in die Küche.

Paul und Emma schienen unzertrennlich. Unser Engelchen war sehr, sehr glücklich. Die Eltern waren sehr, sehr glücklich.

Am Nachmittag des vierten Julitages verließ ich mein Arbeitszimmer. Die Tür zu Emmas Zimmer klaffte eine Handlänge auf. Ich hörte ihre Stimme. Ich schlich hin und spähte um die Ecke. Mein Mädchen saß mit untergeschlagenen Beinen auf dem normalen Bett, das ich im März gekauft hatte. Ich sah Emma schräg von hinten. Vor ihr saß der inzwischen recht große und rund sieben Kilo schwere Kater und starrte sie an. In der linken Hand hielt sie die Puppe. Mit ernsthafter Stimme sagte sie: »Du hast vorhin mit Paula gespielt. Sie und ich haben uns darüber gefreut. Du warst aber ein bisschen zu stürmisch. Du hast ihr ein Loch unten in ein Bein gerissen. Ich gehe jetzt zu meiner Mama, damit sie den Riss flickt.« Sie hob den rechten Zeigefinger. »Das darfst du nie wieder tun, Paul. Du musst auf mich hören, *ich* bin ja *deine* Mama.«

Der Kater miaute. Ich schmunzelte. Übergangslos sagte Emma laut: »Du kannst ruhig reinkommen, Papa, man darf nicht heimlich lauschen.«

Ich schluckte. Ich setzte mich neben sie. Der Kater sah mich an. Ich kraulte ihn zwischen den Ohren. Ich strich Emma übers Haar. »Hast du mich gesehen, Engelchen?«

Wache Augen schauten mich an. »Nein, Papa, ich habe dich in meinem Kopf gefühlt, gespürt.«

Ich schluckte erneut. »Kannst du Mama und Tante Sophie auch spüren, wenn du sie nicht siehst?«

»Aber ja, Papa, ich fühle alle Menschen, die in meine Nähe kommen, auch wenn ich sie nicht sehe.«

Ich staunte. Ich sah in ihre Augen. »Wo ist Mama?«

»In eurem Schlafzimmer. Sie ist aufgeregt oder traurig. Ich spüre aber nicht, warum.«

Ich wusste es. »Unsere Tochter besitzt ebenfalls eine Wundergabe«, sagte Peter Zwei. »Du musst herausfinden, ob sie auch Begabungen von dir geerbt hat.«

Ich küsste mein Herzblatt auf das zierliche Näschen. Ich erhob mich. »Ich werde jetzt Mama trösten.«

Eifriges Nicken. »Mach das, Papa, ich will, dass Mama immer fröhlich ist.«

Ich eilte ins Schlafzimmer. Amelie räumte Wäsche ein. Ich schilderte mein Erlebnis. Sie riss die Augen auf. Sie umarmte mich. Sie flüsterte: »Meine Oma besaß eine ähnliche Gabe.« Wir blickten uns in die Augen.

Mein Herz schmerzte. Meine Amelie schluchzte. Ich küsste ihr die Tränen von den Wangen. Wir umarmten uns. Ich strich ihr übers Haar. Minutenlang rührten wir uns nicht.

Montag, 18. Juli. Sonnig. Heiß.

Um 13:45 Uhr stand ich Amelie im Wohnzimmer gegenüber. Mit dem rechten Arm drückte ich Emma an meine Brust. »Leg die Beine um ich und die Arme um meinen Hals, Mäuschen.«

Kichern. »Weiß ich doch, Papa, ich bin kein kleines Kind mehr. Wir haben das ja dreimal geübt.«

»Um Paul brauchst du dir keine Sorgen machen, Engelchen. Er schläft mit Paula im Körbchen. Futter und Wasser stehen bereit.«

»Aber Papa, ich habe ihm alles erklärt, auch das wir erst abends heimkommen. Er versteht mich. Er ist kein dummes Tier.«

Ich wusste inzwischen, dass unsere Tochter auf mentaler Ebene mit dem Kater kommunizierte, wie auch immer.

Amelie trat mit umgehängter Handtasche dicht vor mich und legte die Arme um meine Hüften. Sie presste den Unterleib an mich. Mit dem linken Arm umfasste ich ihre Schultern. Volle Konzentration.

Zwischen Buschwerk tauchten wir im Englischen Garten in München auf.

In den letzten beiden Wochen hatten wir die *Telpo* dreimal in der Umgebung von Stresa geübt.

Mit Emma in der Mitte spazierten wir zur nahen Hirschauer Straße. Mit dem Smartphone rief ich ein Taxi. Es brachte uns über die Isar zur Praxis eines Kinderarztes, eines Experten. Auf Empfehlung unserer Kinderärztin in Stresa hatte ich vor zwölf Tagen den heutigen Termin vereinbart.

Ohne Jammern, Heulen oder nach der Mama schreien, ließ mein tapferes Mädchen die fast einstündigen Untersuchungen über sich ergehen.

Abschließend sagte der hochgewachsene Arzt mit eisgrauen Haaren und grüner Hornbrille:»»Kommen Sie am Donnerstag um 14 Uhr wieder, dann erläutere ich Ihnen die Ergebnisse.«

Mit einem Taxi fuhren wir zum Englischen Garten. Wir schlenderten fast eine Stunde umher, unterbrochen durch zwei Sitzpausen. Amelie kaufte für sich und Emma ein Vanilleeis. Sie schleckte ein bisschen daran herum und hielt es mir hin.»Versuch mal, Papa.«

Ich versuchte. Euphorisch lobte ich das Eis. Sie runzelte die Stirn. »Du lügst, Papa, *ich* weiß, dass du nicht gerne Eis isst, außerdem schmeckt es in dem Eisladen zu Hause besser.«

Amelie gluckste. Der blöde Peter Zwei mischte sich ein.»Sie hat dich durchschaut, großer Bruder, *ihr* kannst du nichts vormachen. Ich glaube, sie erkennt Lügen, auf welche Art und Weise auch immer. Da wird einmal ihr Ehemann einen schweren Stand haben.«

Ich verdrehte die Augen.

Am frühen Abend speisten wir in einem Biergarten.

Über den Englischen Garten kehrte die Familie Peters ins Wohnzimmer zurück. Paul begrüßte Emma stürmisch und wich den restlichen Abend nicht von ihrer Seite.

Im Bett sagte ich:»Der Kater liebt unsere Tochter abgöttisch.«

»Und umgekehrt, Liebling. Du weißt ja, dass er Emma und mich auf den Spaziergängen begleitet.«

2

Donnerstag, 21. Juli. Immer noch Hochsommer.

Pünktlich saßen Amelie und ich dem Arzt gegenüber. Emma hockte in einer Zimmerecke auf einer Matte und spielte mit Bauklötzchen, Holzautos und Holztieren.

Dr. Mayer erläuterte. Er interpretierte uns CT-Aufnahmen und Röntgenbilder. Er faltete die Hände und sah uns reihum an. »Frau Peters, Herr Peters, Ihre Tochter ist organisch kerngesund. Sie wissen von der Kinderärztin, dass sie für ihr Alter zu kurze Arme und Beine besitzt, ebenso eine verkürzte Wirbelsäule. Sie leidet unter angeborener Kleinwüchsigkeit.«

Wir starrten ihn an.

Er räusperte sich. »Sie wird im Erwachsenenalter 1,40 Meter nicht überschreiten, es könnten auch weniger werden. Ihr Becken wird normal wachsen, das heißt, die Hüften werden später deutlich zu breit wirken.«

Mein Herz? Fast tot. Die Seele? Abgehauen. Die Nerven? Eisstränge. Der Magen? Ein Eisklotz. Amelie schluchzte. Peter Zwei fluchte.

Der Arzt fuhr fort: »Wissen Sie, ob in Ihrem ...«

Die Mutter hob eine Hand. Flüsterstimme. »Meine Großmutter väterlicherseits maß 1,39 Meter. Unsere Tochter hat von ihr ... auch die Augen- und Haarfarbe geerbt.«

Nickender Arzt. Er erklärte die Maßnahmen, die in den kommenden Jahren Arme und Beine verlängern könnten.

Wir schwiegen.

Dr. Mayer seufzte. »Ob Sie die Verlängerungen in Betracht ziehen, müssen Sie entscheiden. Ich habe Ihnen vorhin gezeigt, dass rund 90

Prozent der Wirbel verkürzt sind. Die Wirbelsäule wird sehr, sehr langsam wachsen. Das bedeutet, dass der Oberkörper ebenfalls keine Normalmaße erreichen wird.«

Ich schluckte. Ich krächzte: »Falls wir Arme und Beinen verlängern lassen, wird das später ... äh ... witzig aussehen, ähnlich ... ähm ... wie bei einem ... Affen.«

Erneuter Seufzer. »Die Proportionen werden nicht stimmen. Tut mir sehr leid.«

Amelie flüsterte: »Wie würden Sie an unserer Stelle entscheiden?«

Räuspern. »Der Natur ihren Lauf lassen.«

Stille quälte meine Ohren. Zu sagen gab es nichts mehr.

Wortlos verließen wir die Praxis. Wortlos saßen wir im Taxi. Emma schien unsere Trauer, das Leid, unsere Verzweiflung zu spüren. Sie sah uns nur mit merkwürdigem Augenausdruck an.

Zu Hause warfen Amelie und ich uns aufs Sofa. Paul sprang neben mich. Emma kletterte auf meinen Schoß. Ich sah in ihr Engelsgesicht. Die Liebe zu dem Mädchen schoss wie ein Geysir in mir hoch. Herz und Seele wollten platzen. Nasse Augen.

»Papa, warum bist du so traurig?«, flüsterte sie. Sie wischte mir Tränen ab. Amelie schluchzte.

»Weil ... weil du so klein bist, Engelchen.«

»Aber Papa, alle Kinder sind klein.«

»Ja, Mäuschen, aber ... aber du wirst nur sehr, sehr langsam wachsen und niemals so groß werden wie andere Kinder.«

»Nicht so groß wie Mama oder du?«

»Nein.«

Stirnrunzeln. »Aber warum soll ich so groß werden? Was habe ich davon?«

»Die Kinder in der Schule werden dich verspotten und hänseln. Später, wenn du erwachsen bist, wirst du keinen netten jungen Mann kennenlernen und heiraten und ... und keine Babys bekommen.«

»Ich will doch gar keinen Mann haben. Ich will immer bei euch bleiben, und … und Babys kann ich doch auch bei euch kriegen oder … oder wollt ihr dann keine mehr?«

Ich seufzte. »Das ist jetzt schwierig zu erklären, du bist ja noch so … so jung.«

Sie nickte. »Ich habe alles gehört, was der Onkel Doktor gesagt hat. Ich habe nicht alles verstanden … aber ich weiß, dass ich einmal hässlich aussehe.« Emma sah ihre Mutter und mich an und flüsterte: »Hast du und Mama mich später noch lieb, auch wenn ich klein und hässlich bin?«

Amelie schluchzte erneut. Ein Folterknecht fummelte an meinen Tränenspeichern. Im Hals wuchs der Himalaja. Mit nassen Augen streichelten und küssten wir unser Mädchen. Wir stammelten herum.

Ich flüsterte: »Wir lieben dich jetzt von ganzem Herzen, Emma, und werden dich immer von ganzem Herzen lieben, egal, wie du aussehen wirst und egal, wie klein du sein wirst. Du bist und bleibst unser Engelchen. Wir werden dich bis an unser Lebensende behüten.«

Sie klatschte in die Hände. »Da freu ich mich jetzt. Ihr seid die besten Eltern der Welt und ich will immer bei euch bleiben. Und wenn ihr alt seid, werde ich *euch* behüten, bis an *mein* Lebensende.«

Ich konnte nichts mehr denken. Ich konnte nichts mehr sagen. Ich fühlte nur, fühlte unendliche Liebe zu unserem Kind, unserem Mädchen, unserer Emma.

Amelie und ich nahmen sie zwischen uns. Wir überschütteten sie mit Streicheln, Küssen, Liebesbeteuerungen. Paul drängte sich miauend dazwischen. Alle streichelten ihn. Lautstarkes Schnurren.

Emma nahm den Kater in die Arme. »Und Paul hat mich lieb, auch wenn ich klein bleibe und wird mich immer lieb haben und bei mir bleiben, oder Papa?«

Ich strich ihr zärtlich übers Engelshaar. »Ja, mein Liebling. Wir alle werden dich immer lieben.«

Montags teleportierte ich um 8:15 Uhr in Heilmanns Büro. Wir setzten uns an den Tisch. Wir tranken Wasser. Ich biss in den Energieriegel. Ich seufzte. Ich schilderte Emmas Veranlagung.

Er schnaubte. Er riss die Augen auf. Er beugte sich vor. »Entsetzliche Geschichte, Peter. Da hat Sie und Ihre Frau das Schicksal bös gebeutelt. Ich fühle mit Ihnen.« Er legte die Rechte auf meinen Unterarm.

Ich schüttelte mich innerlich, wollte nicht von einem Schwindler, einem Dreckskerl berührt werden.

Er sah an mir vorbei, schien zu grübeln. Er räusperte sich. »Schätzen Sie sich glücklich, Peter, dass Sie sich mir anvertraut haben. Es gibt nämlich Hoffnung, berechtigte Hoffnung für Ihre Tochter. Ein Studienfreund, ein Professor der Medizin, hat sich vor 13 Jahren auf besagte Fälle spezialisiert und eine revolutionäre und unkomplizierte Methode entwickelt. Er lebt und arbeitet in Baltimore. Er konnte bisher 38 Kinder zwischen drei und acht Jahren erfolgreich behandeln.«

Ich wankte. Ein Gebirge polterte von meinem Herzen. Am inneren Horizont schossen Flammen der Hoffnung hoch. Ich brabbelte vor mich hin.

Heilmann lächelte. »Ich traf ihn Ende Februar auf einem Kongress in Miami. Unter anderem erzählte er mir von drei Mädchen, die er vor neun Jahren im Alter von sieben bis acht Jahren behandelt hatte. Statt der prognostizierten Größe zwischen 1,35 und 1,40 Meter, messen sie jetzt zwischen 1,55 und 1,60 Meter.«

Ich wusste nicht, was ich sagen sollte. Ich krächzte: »Mussten sie komplizierte und langwierige Operationen über sich ergehen lassen?«

Abwinken. »Überhaupt keine, das ist ja das Fantastische an der Behandlung. Wie Emma erbten sie die Kleinwüchsigkeit von Eltern oder Großeltern. In vielen derartigen Fällen sind die Gene für das Größenwachstum vorhanden, aber inaktiv. Mein Freund aktivierte sie. Eine schmerzlose Prozedur.«

Peter Zwei jubelte. Trotz meines Hasses auf Heilmann wollte ich ihm am liebsten um den Hals fallen. Ich unterließ es. Ich sagte mit bebender

Stimme: »Geben Sie mir Mail-Adresse und Telefonnummer des Kerls. Ich werde …«

Er hob eine Hand. »Warten Sie, Peter. Ich habe einen besseren Vorschlag.« Er nahm sein Smartphone. Er tippte darauf herum. Er lächelte. Er sah mir in die Augen. »Am Sonntag, dem siebten August fliege ich nach Mailand. Ich will zwei Wochen durch die Städte Norditaliens streifen. Bin urlaubsreif. Ich fahre direkt nach Stresa und übernachte in einem Hotel, das Sie mir empfehlen werden. Tags darauf laden Sie und Ihre Frau mich zum Mittagessen ein. Ich mache einen Abstrich von Emmas Mundschleimhaut. Anschließend bringe ich die Probe nach Mailand in ein Labor, das ich kenne, und veranlasse eine DNA-Analyse. Ich schreibe meinem Freund einen entsprechenden Brief. Die Jungs im Labor werden diesen und die Analyse nach Baltimore schicken. Mein Freund wird sich per Mail mit Ihnen in Verbindung setzen. Ich hoffe, dass die Kerle die DNA-Probe zügig analysieren. Normalerweise dauert das fünf bis sechs Wochen.«

Ich prustete. »Amelie und ich laden Sie mit Riesenfreude ein, Gautam. Ich gebe Ihnen 5.000 Euro mit, die dürften die Labortypen zu überschlagendem Fleiß anspornen.«

»Klasse Idee, Peter. Auf die Antwort meines Freundes werden Sie ein paar Wochen warten müssen. Er steckt nämlich immer bis an die Ohren in Arbeit. Das ist aber unerheblich. Emma ist ja noch sehr jung.«

Ich winkte ab. »Mir scheißegal, wie lange es dauert, Hauptsache, er macht mein Engelchen zu einem normal wachsenden Kind.«

»Das wird er. Soviel ich weiß, ist aber der Erfolg nicht 100-prozentig. Emma wird drei bis fünf Zentimeter unter der von der Natur vorgesehenen Größe bleiben.«

Ich schnaufte. »Unerheblich, Gautam, jedenfalls weitaus besser als das vorhergesagte Maximum von 1,40 Meter.«

Nicken. »Sie müssen natürlich mit Emma nach Baltimore reisen und drei Wochen bleiben. Sie sollten ein Flugzeug benutzen, sie benötigen ja eine Einreiseerlaubnis.«

»Kein Problem, Gautam, wir werden Erster Klasse fliegen.«

Nicken. »Mein Freund wird Ihnen eine saftige Rechnung schreiben. Sie müssen mit mindestens 120.000 Dollar rechnen, aber das dürfte Sie nicht kratzen. Die vier Operationen in diesem Jahr brachten Ihnen ja rund 125.000 Euro ein.«

»Genau, Gautam, bis Jahresende stehen weitere drei Missionen an.« Ich empfahl ihm das Hotel *Villa Maurice*.

Er nickte. »Ich werde noch heute buchen.«

Ich verspeiste den Energieriegel und leerte die Wasserflasche. Ich räusperte mich. Ich sah ihm in die Augen. »Wie geht es Claudia und Piero?«

Seufzender *LO*. Betrübtes Gesicht. »Sie sind seit Anfang Juni spurlos verschwunden.«

Ich riss die Augen auf. »Wieso denn das? Hat sie keine Nachricht hinterlassen?«

Fluchen. »Nein. Ich schickte eine Mitarbeiterin zu ihren Eltern nach Bozen. Sie wissen nichts. Ihr Bruder lebt in Deutschland, in Erding. Er hat ebenfalls keine Ahnung. Andere Verwandte kenne ich keine.«

Ich schnaubte. »Großer Gott, das ist ja unglaublich. Und ihre Freundin Janis?«

Abwinken. »War total überrascht. Sie hat gekündigt und kehrt Ende des Monats nach Boston zurück.«

»Haben Sie Kontakt mit Rati aufgenommen?«

»Ja. Sie ist völlig ahnungslos. Ich glaubte ihr nicht und ließ sie und ihre Wohnung fast vier Wochen überwachen. Keine Spur von Claudia und dem Kind.«

»Scheiße!«, kommentierte Peter Zwei. »Unser Sohn scheint für immer verloren.«

Ich zuckte mit den Schultern. »Kann man nichts machen, Gautam. Frauen ticken manchmal merkwürdig.«

Seufzen. »Ja, kein Mann kann das Innenleben einer Frau ergründen.«

Wir redeten noch eine Viertelstunde. Verabschiedung.

Mit Sonne in Herz und Seele und überschäumender Freude fiel ich zu Hause meiner Amelie um den Hals. Ich küsste sie ab. Emma quiekte. Ich hob sie hoch, presste sie an mich und küsste sie ebenfalls ab.

Kichernd sah sie mich an. »Aber Papa, du bist so schrecklich fröhlich. Du hast bestimmt tolle Nachrichten für mich. Ich fühle das.«

Ich staunte. Wir setzten uns aufs Sofa. Paul sprang auf Emmas Schoß. Ich schilderte die grandiose Botschaft.

Grenzenloser Jubel hallte durchs Wohnzimmer. Meine Mädels fielen mir um den Hals. Paul miaute. Mit Tränen in den Augen stammelte Amelie vor sich hin. Emma klatschte in die Hände. »Ach, wie ich mich freue, Papa, ganz toll freue. Ich werde wie alle Mädchen wachsen und in der Schule wird mich niemand ärgern«. Sie umarmte den Kater. »Freust du dich auch, Paul?«

Das Tier sah sie mit den leuchtend blauen Augen an. Es maunzte und rieb den Kopf an Emmas Brust. »Er freut sich riesig, Papa«, rief sie. Sie sprang vom Sofa. »Komm, Paul, wir erzählen alles Paula und spielen ganz toll.« Kind und Kater eilten aus dem Raum.

Ich schaute in glänzende Smaragde. »Es gibt leider auch eine betrübliche Nachricht.« Ich schilderte Claudias und das Verschwinden meines Sohnes.

Aufgerissene Augen. Offener Mund. Sie strich mir übers Haar und eine Wange. »Mein armer Liebling«, flüsterte sie. »Ein böser Tiefschlag für dich.«

Ich nickte. Wir küssten uns.

Tags darauf fuhr Amelie um neun zu ihrer Frauenärztin. Ich spielte mit einer glücklichen Emma und einem glücklichen Paul.

Gegen elf kehrte meine Frau zurück. Sie wirkte deprimiert, niedergeschmettert. Ich nahm sie in die Arme. Ich öffnete den Mund. Sie schüttelte den Kopf. Flüstern. »Nicht jetzt, Liebling.«

Nach dem Mittagessen legte ich Emma ins Bett. Wie immer sprang Paul ans Fußende.

Amelie und ich setzten uns aufs Sofa. Sie nahm meine Hände. Ich schaute ihr in die Augen, in Trauer, in Schmerz. Tränen tauchten auf. Ich schluckte.

Sie wisperte: »Ich ... ich kann keine Kinder mehr bekommen.«

Ich fiel in das schwärzeste aller Löcher. Gehirnleere. Herzbluten. Seelenpein.

Sie versuchte, mir die Ergebnisse der heutigen und der Untersuchung vorletzter Woche und die Gründe zu erläutern.

Ich verstand kaum etwas, interessierte mich auch nicht. Ich seufzte. Zart küsste ich die Liebste. Wir heulten. Zu sagen gab es nichts. Thema Sohn erledigt, jedenfalls was Amelie betrifft.

»Grauenhaft«, flüsterte Peter Zwei. »Der uneheliche Sohn spurlos verschwunden und ein ehelicher kann nicht gezeugt werden.«

Deprimierender Nachmittag. Scheußliche Nacht.

Unterschwellige Trauer über die Unmöglichkeit, ein weiteres Kind zu bekommen, beherrschte meine Amelie und mich in den letzten Julitagen. Emma spürte offenbar unsere Stimmungslage, sagte aber nichts.

In den ersten Tagen im August wich die Trauer der Freude über Heilmanns bevorstehenden Besuch.

3

Endlich Montag, achter August. Sonnentag. 26 Grad.

Gegen zwölf betrat Prof. Dr. Gautam Heilmann die Wohnung der Familie Peters. Herzliche Begrüßung. Emma starrte ihn mit Riesenaugen an. Er überreichte Amelie neun dunkelrote Rosen, mir eine Flasche Champagner. Emma bekam ein Puzzle einer schwarz-weißen Katze. »Danke«, piepste sie. Heilmann strich ihr durchs Haar. »Ein wirklich süßes Mädchen.« Sie zuckte zurück. Paul fegte in den Wohnraum und schlüpfte durch die Katzenklappe in der Balkontür.

Amelie sagte: »Entschuldigen Sie mich, Herr Heilmann, ich muss mich ums Essen kümmern.« Sie eilte in die Küche.

Ich bat Heilmann ins Wohnzimmer. Er schlug mir auf eine Schulter. »Glückwunsch, Peter, Sie wohnen in einem bezaubernden Städtchen in einer bezaubernden Wohnung mit einer bezaubernden Frau, einer bezaubernden Tochter und einem putzigen Kater.«

Ich bedankte mich. Wir traten auf den Balkon.

Acht Minuten später saßen wir am Esstisch. Wir stießen mit dem Champagner an. Die Vorspeise setzte sich aus Tomaten mit Mozzarella, grünem Salat und Parmaschinken zusammen.

Zum Hauptgericht – Rinderfilet, Bratkartoffeln und aufgeschnittenen Tomaten – tranken wir einen roten Burgunder der Lage *Clos de Vougeot*.

Emma beobachtete aus den Augenwinkeln unseren Gast. Sie stocherte in Kartoffelbrei mit Karotten, Soße und klein geschnittenem Fleisch herum. Paul verschlang rohe Filetstücke – zur Feier des Tages, Kosten hin oder her.

Der *LO* lobte die Kochkünste meiner Frau und den Wein.

Amelie wollte die winzigste Kleinigkeit über die Behandlung unserer Tochter erfahren. Heilmann betonte, dass er keine Details kenne. Er sprach ausführlich über die DNA-Analyse. Auf diesem Gebiet besaß er beeindruckendes Wissen.

Amelie servierte den Nachtisch: Vanille-, Erdbeer- und Schokoladeneis mit Schlagsahne. Begeisterung – außer bei Paul, der ein bisschen Sahne schlecken durfte.

Später saß Heilmann mit Latexhandschuhen auf dem Sofa. Emma stand stocksteif, mit geballten Händchen, geschlossenen Augen und offenem Mund vor ihm. Paul saß neben ihr und verfolgte jede Bewegung unseres Gastes.

Gautam steckte den Abstrich in ein Glasröhrchen mit Emmas Namen und Geburtsdatum und verschloss es. »Fertig«, sagte er. Emma schoss aus dem Raum, Paul hinterher.

Amelie und ich bedankten uns nochmals. Heilmann winkte ab. »Gern geschehen. Es wäre jammerschade und eine Schande, wenn das

Mädchen später einmal Haare und Gesicht eines Engels und den Körper eines Gnoms besäße.«

Wir stimmten zu – einschließlich Peter Zwei.

Der *LO* sah mich an. »Ich informiere Sie auf dem üblichen Weg, wenn die Probe das Labor verlassen hat.«

»Danke, Gautam.«

In der Diele gab ich ihm einen Umschlag mit zehn 500 Euro Scheinen. »Danke, Peter, das beste Schmiermittel der Welt.«

Ich begleitete ihn zum Mietwagen. Nochmals bedankte ich mich. Winkend fuhr er davon. Ich winkte ihm nach.

Ich eilte in die Küche. Ich umarmte meine Amelie. Wir küssten uns. »Ich bin überglücklich, Liebling«, flüsterte sie. »Es wird alles gut gehen. Jetzt kann ich wieder ruhig schlafen.«

»Ja, Liebes.«

Wir setzten uns aufs Sofa und nippten an den Weingläsern. Emma eilte mit Paul herbei. Sie stellte sich vor mich. Unergründlich sahen mich große Augen an. »Der Mann ist böse, Papa«, sagte sie leise, »sehr, sehr böse. Ich habe das sofort gespürt und Paul auch.«

Amelie runzelte die Stirn. Ich setzte das Kind auf den Schoß. »Ja, Engelchen, der Mann war einmal böse zu mir, ist aber schon über drei Jahre her. Dir kann er nichts anhaben. Er nahm nur die Probe. Du wirst ihn nie mehr sehen.«

Skeptischer Blick. »Versprochen, Papa?«

»Versprochen, Emma!« Sie schien zufrieden. Sie folgte der Mutter in die Küche. Paul verschwand durch die Katzenklappe.

Dienstag, 16. August. Um 16:45 Uhr loggte ich mich in einen Server des Instituts ein. Nachricht von Heilmann. Analyse und Schreiben verließen um 13 Uhr hiesiger Zeit per Express das Labor.

Amelie und ich freuten uns.

Am späten Freitagabend las ich meiner Amelie eine Mail aus Baltimore vor: »Sehr geehrter Herr Peters, wir bestätigen den Eingang der DNA-

Analyse Ihrer Tochter Emma und Herrn Prof. Dr. Heilmanns Schreiben.

Herr Prof. Dr. Dr. Douglass befindet sich zurzeit in Urlaub. Er nimmt am Montag, dem 28. 8., seine Tätigkeit wieder auf. Nach seiner Prüfung der Analyse werden wir Ihnen rechtzeitig den Termin des Behandlungsbeginns Ihrer Tochter mitteilen. Voraussichtlich wird dieser in der zweiten Oktoberhälfte stattfinden.

Mit freundlichen Grüßen, Ihr Douglass-Team.«

Überglückliche Eltern lagen sich jubelnd in den Armen.

Samstag, 20. August. Sommerwetter. Gegen 14 Uhr besichtigte die Familie Peters mit Cantonelli ein Haus in Verbania, der Hauptstadt der Provinz Novara. Die rund 30.900 Einwohner zählende Stadt, genannt einen Garten am See, liegt am westlichen Seeufer gegenüber von Stresa. Der etwa 60-jährige Makler mit dünnem grauem Haar, ein Freund des Architekten, erklärte: »Das Haus ist knapp drei Jahre alt. Es gehört einem Geschäftsmann, der pleiteging. Das Grundstück misst 610 und die Wohnfläche 180 Quadratmeter.«

Amelie und Emma äußerten sich begeistert, ich und Peter Zwei ebenfalls. Das Haus lag in der Via al Monterosso etwa 30 Meter von einer Serpentine entfernt. Die Straße schlängelt sich von der Altstadt, dem Stadtteil Intra, über ein Flüsschen den Berg hoch. Herrlicher Blick auf den See. Wir einigten uns auf 780.000 Euro Kaufpreis. Ich willigte ein, 90.000 bar zu zahlen, spart dem Bankrotteur Steuern.

Dienstags unterzeichneten Amelie und ich bei einem Notar den Kaufvertrag.

Am Donnerstag, dem 24., kehrte ich gegen 4:15 Uhr aus Dubai zurück. Operation *Steuer Deutschland 7* in Heidelberg erfolgreich beendet. Privatbeute und Arbeitslohn, insgesamt bescheidene 29.500 Euro, acht Krügerrand und sechs Gold Euro, deponierte ich im Schreibtisch.

Montags beauftragte ich eine Firma, im neuen Heim einige Renovierungsarbeiten durchzuführen.

Unseren Umzug planten wir für Mitte Oktober. Sophie bereitete keine Probleme. Über die Ankündigung, ihr die Kaution zu überlassen, freute sie sich riesig.

Von der quälenden Last der Ungewissheit um Emmas Schicksal befreit, genoss die Familie Peters, einschließlich Paul und Peter Zwei, die restlichen Sommertage im August und die ersten beiden Septemberwochen.

4

Der 15. September, ein Donnerstag, brach mit prächtigem spätsommerlichem Wetter an.

Gegen zehn Uhr verabschiedeten sich Amelie und Emma mit Küsschen von mir. Wie fast jeden Tag um diese Zeit, wenn es das Wetter zuließ, spazierten sie zum rund 300 Meter entfernten Wald. Wie immer begleitete Paul meine Mädels.

Mit einer Flasche Wasser fläzte ich mich in meinen Fernsehsessel. Ich schnappte den gestern begonnenen Thriller eines deutschen Autors. Ich versank in der Welt des Romans.

Jäh hob ich den Kopf. Das Tageslicht schien dunkler, die Luft kälter. Ich erschrak. Die Katzenklappe schepperte. Nie zuvor gehörte Geräusche ausstoßend, schoss Paul auf mich zu. Mit den Zähnen packte er mein rechtes Hosenbein. Ich legte das Buch ab und sprang auf. Der Kater versuchte, mich zum Balkon zu zerren.

Ich runzelte die Stirn. Gedankenwirrwarr. »Es ist etwas passiert«, flüsterte Peter Zwei. »Vielleicht ist Amelie gestürzt.« Panik in mir. Ich strich dem Kater über den Kopf. »Ist ja gut, Paul, ich komme mit.« Er ließ die Hose los. Ich eilte zur Balkontür und öffnete sie. Jämmerlich miauend fegte das Tier die Wendeltreppe hinab. Ich hinterher.

Auf dem Bürgersteig rannte der Kater, miauend und sich ständig umsehend, vor mir her Richtung Wald. Ungefähr 20 Meter vorm Waldrand überquerte er die Straße. Ich folgte und betrat den Fußweg aus gestampfter roter Brasche. Dahinter ragten Büsche auf. Paul schoss ins Buschwerk. Ich stoppte abrupt. Atemstillstand. Gehirnstillstand. Herzstillstand. Die hellroten Sohlen dunkelroter Sportschuhe sprangen mir in die Augen. Meine Amelie!

Ich stürzte hin. Zwischen zwei Büschen lag die Liebste still auf dem Rücken. Geschlossene Augen. Ich fiel auf die Knie. Ich bettete den Kopf in meinen Schoß. Ruhige Atemzüge. Paul beobachtete mich. Mit zitternder Hand tastete ich Amelies Kopf ab. Keine Verletzungen.

Ich erstarrte. Panik, Angst, Entsetzen prügelten mich. Wo ist Emma? »Jemand hat sie entführt«, wisperte Peter Zwei. Ich taumelte am Rand einer Ohnmacht. Eisherz. Ich tätschelte Amelies Gesicht. Ich veranstaltete Mund-zu-Mund-Beatmung. Ich schüttelte sie. Ich sah auf die Armbanduhr, 10:43 Uhr.

Die Augenlider der Liebsten flatterten. Sie seufzte. Sie öffnete die Augen. Die Augäpfel irrten umher. Sie fanden Halt an meinem Gesicht. Ich atmete durch.

»Gott sei Dank, Peter, du bist hier«, flüsterte sie.

Ich setzte sie aufrecht. Sie sah sich hektisch um. Sie starrte mich an. Blasses Gesicht. Schluchzen. »Wo … wo ist Emma?«

Ich knirschte mit den Zähnen. »Sie … sie wurde offenbar … äh … entführt …«

Jäher Schrei. Amelie öffnete den Mund. Ich hob eine Hand. »Nicht jetzt, Liebes. Lass uns nach Hause gehen.«

Nicken. Ich half ihr hoch. Ich legte den rechten Arm um ihre Hüfte, sie den linken um meinen Hals. »Kannst du gehen, Liebes?«

»Ich bin ein bisschen wackelig, aber ich schaff das.«

Der treue Paul begleitete uns. Auf normalem Weg betraten wir die Wohnung. Meine Amelie sank aufs Sofa. Der Kater sprang auf ihren Schoß. Sie streichelte ihn. Ich brachte ihr eine Flasche Wasser und ein Glas. Ich schenkte ein. Zügig leerte sie es. Ich kraulte und lobte Paul. Weltmeisterliches Schnurren. Ich setzte mich neben sie und nahm ihre Hände. Ich schaute sie an. Augen voller Schmerz.

Meine Ehefrau, die Mutter, schluckte. »Wir spazierten auf dem rechten Bürgersteig in Richtung Wald«, begann sie mit erstaunlich fester Stimme. »Kurz vorm Ende der Straße parkte auf der anderen Seite ein Krankenwagen mit offenen Hecktüren. Zwei kräftig gebaute Männer standen dazwischen und starrten auf ein Blatt Papier. Mit Paul gingen wir zu ihnen. Ich fragte, ob sie jemanden suchen. Einer der Männer deutete auf das Schreiben. Ich beugte mich vor und las die Anschrift. Ein Arm umklammerte von hinten meinen Oberkörper. Eine Hand drückte mir ein faustgroßes weiches Tuch auf Mund und Nase. Ich sog die Luft ein. Merkwürdiger Geruch.«

Sie schluchzte. Sie fuhr fort: »Emma trat dem Kerl ans Bein. Schwindel überfiel mich. Schleier vor den Augen. Ich hörte Emma rufen: ›Paul, lauf nach Hause und hol Papa.‹ Ich sah noch, dass der andere Mann unser Kind packte und ihm auch ein Tuch aufs Gesicht drückte. Danach weiß ich nichts mehr.« Meine Liebste heulte auf.

Herzkrampf. Ich stieß sämtliche Flüche aus, die ich kannte und erfand neue. Ich packte sie an den Schultern. Ich sah in schmerzgefüllte Augen. »Heilmann steckt hinter dieser grauenvollen Tat«, presste ich hervor. »Du weißt ja, welche Pläne er mit … dem verschwundenen Piero hegte. Der heimtückische Drecksack hat mit dem Versprechen einer erfolgreichen Behandlung unserer Emma meine Sinne vernebelt. Ich hätte sogar mit dem Teufel einen Pakt geschlossen. Er ließ die DNA-Analyse fertigen und wertete sie selbst aus, da gehe ich jede Wette ein. Ich vermute, unser Engelchen erbte einen Teil meiner Begabungen, eventuell sogar alle. Er beschloss, sie zu entführen, erziehen zu lassen und später für seine Zwecke zu missbrauchen. Die Mail aus Baltimore stammt von ihm, keine Frage. Er will die Pläne – welche auch immer – dieser beschissenen Organisation mit unserer Emma ausführen, das ist so sicher wie das Amen in der Kirche.«

Amelie schien einer Ohnmacht nahe. Sie wankte. Sie flüsterte: »Was sollen wir jetzt machen? Wie das Unheil verhindern? Was willst du unternehmen?«

Ich strich der schmerzgeplagten Mutter übers Haar. Ich küsste die trockenen Lippen. Mein Herz wollte zerspringen. Ich sprang auf. Ich ballte die Hände. Ich sah in die nassen Augen. »Ich hole unser Engelchen zurück!«, stieß ich hervor.

»Aber ... aber, woher willst du ...?«

Ich hob eine Hand. »Ich ahne, was er vorhat, ach was, ich *weiß*, wie er Emma ins Ausland schaffen will.« Ich erläuterte mein Vorhaben.« Die Mutter nickte. Ich schnappte den Laptop. Ich rief Google Earth auf.

Einige Minuten später stellte ich mich mitten ins Zimmer. Ich sah meine blasse Amelie an. »Bleib hier sitzen, Liebes. Ich bin bald zurück – mit unserem Engelchen.«

Sie nickte. Ich schloss die Augen. Ich schob Schmerz, Angst, Panik in einen finsteren Winkel des Gehirns. Ich schuf Ruhe in mir. Einatmen. Volle Konzentration.

Ich öffnete die Augen. Ausatmen. Ich stand im Schatten eines rechteckigen Aufbaues auf dem Flachdach eines Gebäudes rechts neben dem Terminal des Flughafens Orio al Serio bei Bergamo, knapp 140 Straßenkilometer von zu Hause entfernt. Heilmann landete hier im August mit einem Businessjet der OaM.

Durchatmen. Ich schritt zum vorderen Ende des Aufbaus. Herzklopfen. Ich spähte nach rechts unten. Gehirnruhe. Nervenglättung. Herzfrieden. Etwas abseits des Vorfeldes parkte ein weißer Businessjet mit zwei Triebwerken am Heck und sechs Kabinenfenstern. Ein Mann in gelber Jacke schob eine fahrbare Treppe an die Tür hinter der Pilotenkanzel. Totale Befriedigung in mir. Unterhalb der beiden ersten Fenster prangte ein rotes Kreuz.

»Klarer Fall«, kommentierte Peter Zwei. »Eine Maschine für Krankentransporte.«

»Schlaumeier«, brummte ich. Blick auf die Armbanduhr, 11:47. »Tadellos in der Zeit«, stellte Brüderchen fest.

Ich trat ein paar Schritte zurück, wandte mich um und starrte zur Zufahrtsstraße. Peter Peters, der Einzige seiner Art, der jetzt hoffnungsvolle Vater einer süßen Tochter wartete – unaufgeregt.

Die Zeit schlich. Ich spitzte die Ohren. In der Ferne weinte eine Sirene. Das Gejammer näherte sich rasch. Herzjagen. Pulsrasen. Nervenflattern.

Mit Lichterspektakel preschte ein Krankenwagen heran. Geduckt hastete ich zum Dachrand. Ich kauerte mich hinter das etwa 80 Zentimeter hohe umlaufende Mäuerchen. Das Fahrzeug bog in den Fahrweg, der an einem zweiflügeligen Tor endete. Das Sirenenplärren erstarb. Die Lichter erloschen.

Ein gelb gekleideter Bediensteter öffnete einen Torflügel. Der Krankenwagen rollte zum Businessjet und stoppte neben der Treppe. Gebückt eilte ich in den Schatten des Dachaufbaus zurück und richtete mich auf.

Zwei Männer in typischer Sanitäterkleidung verließen das Fahrzeug. Einer öffnete die Hecktüren und stieg ein. Der zweite Verbrecher trat dicht an die Öffnung und streckte die Arme aus. Ich hielt den Atem an. Der andere Unhold überreichte ihm meine Tochter, mein Mädchen, meine Emma – bis zum Hals in eine braune Decke gehüllt. Deutlich erkannte ich das rotgoldene Haar. Jäh bäumte sich die rot glühende, Funken sprühende Hasswelle in mir auf, füllte mich aus. »Ruhig Blut, großer Bruder«, flüsterte Peter Zwei. »Nerven bewahren. Bald drückst *du* unsere Emma an dich.«

Mit meiner Tochter auf den Armen stieg der Saukerl die Treppe hoch. Die Flugzeugtür öffnete sich. Saukerl und Emma verschwanden in dem schwarzen Loch. Die Tür schloss sich.

Der zweite Sauhund schob die Treppe zurück, eilte zum Krankenwagen, warf die Hecktüren zu, stieg ein und fuhr los.

Die Motoren des Flugzeugs sangen. Es rollte nach rechts Richtung Startposition. Ein zweimotoriger Passagierjet brauste mit ausgefahrenen Startklappen über die einzige Start- und Landebahn.

Am Ende der Bahn stoppte der Businessjet. »Jetzt wird es gleich Ernst, Brüderchen«, murmelte ich. Das Heulen der Triebwerke drang herüber. Die Maschine rollte los.

Ich fixierte das zweite Fenster hinter der Tür. Kurz bevor das Flugzeug meine Höhe erreichte, löste sich das Fahrwerk von der Bahn.

Ich teleportierte. In der Kabine tauchte ich am Fußende eines weißen Kinderbettes mit Stangengitter auf. Ich warf keinen Blick hinein. Der Entführer saß angeschnallt schräg links von mir – mit Blickrichtung Heck – in einem luxuriösen Sessel, etwa anderthalb Meter entfernt.

Ich trat einen halben Schritt auf ihn zu. Er glotzte mich an, als sehe er ein Gespenst. Unbändige Wut kochte in mir hoch. Er öffnete den Mund. *Wilma* überschwemmte sein Gehirn. Er wankte.

»Klappe halten und sitzen bleiben!«, befahl ich. Er schloss den Mund. Ich deutete nach hinten. »Was habt ihr dem Kind verabreicht?«

»Ein harmloses Betäubungs- und Beruhigungsmittel. Es ist vor ein paar Minuten aufgewacht.«

Ich atmete durch. Gehirn-, Nerven-, Herzberuhigung. Ich sah dem Kerl in die Augen. »Nur reden, wenn ich dich frage, klar?«

Nicken.

Ich trat ans Bettchen. Ich beugte mich hinab. Wie eine Strahlenkrone breitete sich das Haar meines Engelchens auf dem weißen Kissen aus. Ich streichelte seine Wangen. Emma öffnete die Augen. Engelslächeln. »Endlich bist du da, Papa«, flüsterte sie. »Ich wusste es. Hat dich Paul gerufen?«

»Ja, mein Baby, er ist der beste Kater der Welt. Ich habe Mama gefunden und nach Hause gebracht. Ihr ist nichts passiert. Sie wartet mit Sehnsucht auf dich, auf uns.«

Leuchtende Augen. »Bringst du mich jetzt nach Hause, Papa?«

»Gleich, Liebling, ich muss dem Piloten noch ein paar Anweisungen geben.«

Ernsthafter Gesichtsausdruck. »Bestrafst du die bösen Männer?«

»Ja, Engelchen.«

»Das ist gut, Papa.«

Ich strich meinem Mädchen zärtlich übers Haar, küsste Stirn, Augen und Näschen. »Ich komme gleich zurück.«

Nicken. »Ich freue mich riesig, Papa.«

Ich trat vor den Kerl. »Wer gab euch den Auftrag, das Kind zu entführen?«

»Professor Heilmann.«

»Zahlt er euch eine Belohnung?«

»Bei Erfolg kassiert jeder 20.000 Dollar.«

Ich ballte die Hände. Am liebsten hätte ich das Arschloch erwürgt. »Wo fliegt ihr hin?«

»Nach Al Ain im Emirat Abu Dhabi. Der Professor holt das Kind persönlich ab.«

»Du schweigst jetzt und bleibst sitzen, bis ich dir andere Anweisungen gebe.«

Nicken.

Ich eilte nach vorne. Ich riss die Cockpittür auf. Ich trat ein. Der Kopf des Piloten schnellte herum. Totales Erstaunen, Unverständnis und – Panik in Augen und Gesicht.

Wilma schnappte sein Gehirn. »Klappe halten, geradeaus schauen und normal weiterfliegen«, schnarrte ich.

Er gehorchte.

»Erklär mir deine Flugroute!«

»Ich lande in Paphos auf Zypern und tanke auf. Diese Maschine, eine Embraer Phenom 300, schafft nur rund 3.700 Kilometer. Danach …«

»Das genügt. Wie schnell kann das Flugzeug fliegen?«

»Maximal 835 km/h.«

»Jetzt hör genau zu. Nach dem Start auf Zypern fliegst du 40 Minuten mit Höchstgeschwindigkeit. Anschließend schaltest du das Funkgerät ab und gehst auf 150 Meter runter. Nach weiterem halbstündigem Flug auf der vorgesehenen Route, ebenfalls mit Maximalgeschwindigkeit, schlägst du genau Westkurs ein. Exakt 70 Minuten später stellst du die Maschine auf die Nase und jagst sie ins Meer. Alles verstanden?«

»Ja.«

»Wiederhole meine Befehle.«

Artig betete er die Anweisungen herunter.

»Tadellos. Ab sofort bleibst du sitzen und sprichst nur das Übliche mit den Fluglotsen. Klar?«

»Ja.«

Ich kehrte in die Kabine zurück. Ich nahm eine strahlende Emma aus dem Bettchen. Ich drückte sie an mich. Ich küsste ihr Gesicht ab. »Ich liebe dich, Engelchen«, flüsterte ich. »Ich werde dich immer behüten und beschützen. Niemals mehr wird jemand Hand an dich legen, das verspreche ich dir hoch und heilig.«

»Ich weiß, Papa, ich liebe dich auch und Mama und Paul und Paula.«

»Leg die Arme um meinen Hals.« Sie drückte das Köpfchen an meine linke Halsseite. Ich spürte das seidenweiche Haar. Unendliche Liebe zu meinem Kind, meiner Tochter, meiner Emma überflutete mich, füllte mich lückenlos aus. Ein Gebirge verschloss die Kehle. Wasser in den Augen.

Durchatmen. Konzentration.

5

Wir standen im Wohnzimmer. Jubelnde Mutter. Miauender Kater. Ich legte Emma in die Arme meiner Amelie. Sie schluchzte. Freudentränen. Sie drückte das Kind an sich. Sie küsste es ab. Sie flüsterte Liebesworte. Ich setzte mich. Ich streichelte Ehefrau, Tochter und den Retter Paul.

Wiedervereinte Familie. Glückliche Familie. Glücklicher Peter Zwei.

Emma sah mich mit ernsthaftem Gesichtsausdruck an. »Wer hat mich fortgeschleppt, Papa, und warum?«

Ich seufzte. »Ein Mann, den ich kenne …«

Sie riss die Augen auf. »War es der böse Mann, der uns einmal besucht hat und versprochen hat, mich zu heilen?«

Ich seufzte erneut. »Ja, Engelchen. Er hat gelogen. Es gibt keine Behandlung für dich in Amerika. Er wollte wissen, welche Begabungen du hast. Er ließ dich entführen und wollte dich ganz weit weg von hier erziehen und ausbilden lassen. Später solltest du für ihn arbeiten.«

Eigenartiger Ausdruck in den Augen. »Ich fühlte, ich spürte das Böse in dem Mann. Er ist ein Teufel. Wirst du ihn auch bestrafen, Papa?«
»Ja, Engelchen, später.«
»Danke, Papa.« Emma gähnte. »Ich bin müde, Mama.«
Amelie brachte sie zu Bett. Paul huschte hinterher.
Das Ehepaar Peters trank Kaffee und aß Brot mit Salami, Käse und Tomaten. Ich schilderte minutiös die Befreiung. Die Mutter lobte mich. Sie gähnte. »Ich lege mich auch ins Bett, Liebling, bin todmüde.«
Ich küsste sie zärtlich. »Ja, Liebes, ein aufregender und anstrengender Tag für dich und Emma. Heute essen wir in einem Restaurant. Ich wecke dich rechtzeitig.«
Sie nickte. Sie verließ den Raum. Ich räumte den Tisch ab und stellte das Geschirr in die Spülmaschine. Im Wohnzimmer tigerte ich auf und ab. Ich wälzte Gedanken, prüfte Ideen, besprach einige mit Peter Zwei. Wir klopften einen Plan fest, die Bestrafung des Leiters der OaM.
Am frühen Abend speiste die Familie Peters im ruhigen und gemütlichen Ristorante *Lago Maggiore*.
Um 22:45 Uhr saßen Amelie und ich auf dem Sofa. Ich schaltete den Fernseher ein. Die Nachrichten flimmerten über den Bildschirm. Gegen Ende der Sendung las die blondierte Sprecherin von einem Blatt ab: »Um die Mittagszeit startete vom Flughafen Orio al Serio in Bergamo ein zweimotoriger Businessjet mit indischer Registrierung nach Abu Dhabi, der Hauptstadt der Vereinigten Arabischen Emirate. Die Maschine transportierte die schwer erkrankte dreijährige Tochter eines wohlhabenden Scheichs zurück.
Das Flugzeug tankte in Paphos auf Zypern auf. 40 Minuten nach dem Start verließ es in steilem Winkel die vorgeschriebene Flughöhe und verschwand vom Radarschirm der Flugkontrolle. Der Pilot meldete keine Unregelmäßigkeiten. Funksprüche wurden nicht beantwortet. Zu dieser Zeit herrschte dort diesiges Wetter. Ein Flugzeug der griechischen Luftwaffe startete zu einer Suchaktion. Bei Einbruch der Däm-

merung kehrte es erfolglos zurück. Morgen früh werden drei Maschinen die Suche fortsetzen. Außer dem Piloten und dem Kind befand sich noch ein Krankenpfleger an Bord.«

Ich schaltete ab. Genugtuung, Freude in mir. Die zufriedene Mutter küsste mich.

Im Bett gab sich meine Amelie wie entfesselt. Wir genossen glutvolle Liebesspiele – ausgedehnte.

Montags streiften wir durch ein Möbelhaus in Mailand. Wir bestellten die Möbel, einschließlich Küche, für unser neues Heim.

In der letzten Septemberwoche kauften wir einen Fernseher, Besteck, Gläser, Geschirr und sämtliche Haushaltswaren. Wir deponierten alles im fertig renovierten Haus. Emma wählte das Kinderzimmer, das einen schönen Blick in den Garten bot. Sie war sehr, sehr glücklich.

Montag, dritter Oktober. Um 10:55 Uhr Dubaizeit saß ich dem Leiter der OaM in dessen Büro am Tisch gegenüber. Ich musste mich echt zusammenreißen, den Täuscher, den Lügner, das Arschloch nicht in Einzelteile zu zerlegen.

Mit betrübter Miene, leiser Stimme und ein paar Tränen schilderte ich stockend die Entführung meiner geliebten Tochter. »Die Entführer haben sich nicht gemeldet. Emma ist spurlos verschwunden. Ich habe vor vier Tagen Ihrem Freund in Baltimore eine Mail geschrieben und die Behandlung abgeblasen«, sagte ich abschließen mit matter Stimme. Ich trank drei Schlucke Wasser, aß den Rest des Energieriegels und lehnte mich zurück.

Heilmann wirkte echt betrübt, gar niedergeschmettert. Verständlich, er verlor zwei Mitarbeiter, ein teures Flugzeug, und seine und die Pläne der OaM mit meinem Mädchen versanken im Mittelmeer.

Er seufzte. »Grauenvolle Geschichte, Peter, ich fühle mit Ihnen. Jetzt verstehen Sie, wie *ich* mich nach der Ermordung meiner Frau und unseres Sohnes gefühlt habe. Entsetzlich.«

Wir sahen uns an. Stille.

Er räusperte sich. »Haben Sie die Polizei eingeschaltet?«

Ich winkte ab. »Nein. Da hätte ich auch unseren Kater mit der Suche beauftragen können.«

Nicken. »Genau, Peter.« Er gab sich einen Ruck. »Befassen wir uns mit der bereits angekündigten und übermorgen anstehenden Operation *Drogen New York 1* …«

Ich hob eine Hand. »Ich bitte Sie, Gautam, die Mission in den Januar zu verschieben. Ich will meine gebrochene Frau nicht zwei Tage alleine lassen, außerdem bin ich momentan nicht in der Lage, den Einsatz durchzuführen.«

»Verstehe ich vollkommen, Peter, die Verbrecher in New York laufen uns nicht weg. Ich schlage vor, dass Sie die für Anfang Dezember geplante Operation *Steuer Italien 4* in Neapel abwickeln.«

Ich nickte. »Danke für Ihr Verständnis, Gautam. Die Mission erledige ich gerne.«

Der *LO* erläuterte die Einzelheiten.

Mittwochs um 3:10 Uhr meisterte ich die Mission im neapolitanischen Stadtteil Afragola. Sie spülte an Prämien und Privatbeute 33.400 Euro und Goldmünzen im Wert von 13.100 Euro in die, durch Haus- und Möbelkauf arg gebeutelte, Kasse der Familie Peters.

Am frühen Nachmittag überwachten wir das Aufstellen der Möbel im Eigenheim. Donnerstags und freitags transportierte ich Klamotten und Habseligkeiten ins Haus.

Aufregende Ereignisse

1

Samstag, 8. Oktober. Sonnig. 18 Grad. Tag des Umzuges. Frühstück in einem Café. Gegen zehn Uhr verabschiedeten wir uns von Sophie. Sie weinte ein bisschen, streichelte und drückte Emma und Paul.

Im Kofferraum des SUV lagen Pauls Utensilien und zwei Reisetaschen mit unseren Hausschuhen und Toilettenartikeln.

Im neuen Heim erkundeten Emma und Paul sämtliche Räume. Der Kater schien zufrieden, verputzte ein Schälchen Futter und tollte mit seiner Freundin im Garten herum.

Montags suchte ich die gleichen Niederlassungen der Banken wie in Stresa auf. Ich beantragte die Übertragung der Konten und mietete Schließfächer.

Die Familie Peters richtete und lebte sich ein.

Bezaubernde Weihnachten mit superglücklichen Eltern, superglücklichem Engelchen und Kater. Am zweiten Weihnachtsfeiertag folgten die Cantonellis und Sophie unserer Einladung.

Donnerstag, 29. Dezember. Fünf Grad. Nieselregen. Eine halbe Stunde nach dem Mittagessen – Spaghetti mit Tomatensoße und von mir geriebenem Parmesankäse – küsste ich eine müde Tochter. »Schlaf schön, mein Engelchen, heute Abend essen wir in einem Restaurant und zum Nachtisch bekommst du dein geliebtes Schokoladeneis mit Sahne.«

Mit unergründlichem Augenausdruck sah sie mich an. »Was hast du vor, Papa? Du bist so aufgeregt.«

Ich schluckte. »Papa muss ein bisschen arbeiten, Mäuschen. Wenn du aufwachst, bin ich wieder zurück.«

Emma runzelte die Stirn. Vorbeugen. Flüstern. »Willst du endlich den bösen, bösen Mann bestrafen?«

»Sie ahnt, was wir vorhaben«, bemerkte Peter Zwei.

Ich seufzte. »Ja, Engelchen.«

Engelslächeln. »Danke, Papa. Paula, Paul und ich freuen uns.« Sie hauchte mir einen Kuss auf den Mund. Amelie brachte sie zu Bett.

Ich marschierte ins Arbeitszimmer. Ich trug ein blaues Jeanshemd, dunkelblaue Jeans und rostbraune Halbschuhe der Marke *Rockport*, meine Lieblingsmarke. In die linke Brusttasche steckte ich einen Energieriegel. Ich schnallte den am Dienstag gekauften voluminösen Rucksack um.

Eine lächelnde Amelie betrat das Zimmer. Wie süß sie aussah! Wir küssten uns. »Pass auf dich auf, Liebling«, flüsterte die Traumfrau. Mit reizvollem Hüftschwung verließ sie den Raum und schloss die Tür.

Ich schnappte die beiden flexiblen Koffer. Ausatmen. Tunnelblick. Sonnenschein wärmte mich. Ich stand zwischen dem Maschinenhaus der Aufzüge und dem Metallgebilde der Klimaanlage auf dem Dach des Krankenhauses. In 70 Meter Entfernung glitzerte die Wüstensonne im blauen Glas der Fenster des Instituts. Ich stellte Koffer und Rucksack ab. Ich sah auf die Armbanduhr, 16:15 Ortszeit. Ich hüpfte in Heilmanns Büro.

Ein strahlender *LO* trat auf mich zu. Händeschütteln. Er deutete zum Tisch. »Setzen wir uns, Peter.«

Ich sank auf einen Stuhl. Ich schnappte eine der vier Flaschen Wasser, öffnete sie und trank mehrere Schlucke. Ich biss in den Energieriegel.

Heilmann sah mir in die Augen. »Wie geht es Ihrer Frau, Peter?«

Ich winkte ab. Ich seufzte. »Miserabel, Gautam.«

Nicken. »Befassen wir uns zunächst mit der Operation *Drogen New York 1* am vierten Januar.« Er erläuterte die Einzelheiten. Er zeigte mir den Lageplan und Grundriss des Gebäudes. Ich verzehrte den Energieriegel und leerte die Flasche. Er faltete die Pläne und steckte sie in die kleine Reisetasche auf dem benachbarten Stuhl. »Vergessen Sie nachher die Tasche nicht.«

Der Verbrecher Heilmann öffnete zwei Wasserflaschen und reicht mir eine. Ich bedankte mich. Mit freudig wirkender Stimme sagte er: »Am Sonntag, dem ersten Januar, auch hier ein Feiertag, tagt um 15:30 Uhr der Entscheidungsrat. Außer den üblichen Mitgliedern wird der stellvertretende Premierminister Indiens daran teilnehmen und in der ersten Stunde auch der andere wissenschaftliche Mitarbeiter des Virenlabors. Der *ErO* wird die Operationen für das kommende Jahr festlegen. Damit beginnt die entscheidende Arbeit der OaM. Einzelheiten kenne ich noch keine. Die wahren Herren der Organisation planen und bestimmen ab nächstem Jahr die Operationen – in Neu-Delhi. Es handelt sich um den Premierminister Indiens, seinen Stellvertreter, einige Minister und Manager mehrerer indischer Konzerne.«

Ich räusperte mich. »Welche Aufgaben werden mir zufallen?«

»Ihre Tätigkeit, Peter, erfahre ich ebenfalls erst am Neujahrstag. Ich weiß nur, dass Sie bis Ende Juni zehn Missionen durchführen sollen. Es wird sich keinesfalls darum handeln, Verbrechern Geld und Gold abzuknöpfen oder sie zu beseitigen. Die OaM wird Ihnen pro Einsatz eine feste Prämie zwischen 15.000 und 35.000 Euro zahlen, je nach Entfernung von Ihrem Wohnort und Schwierigkeitsgrad.« Er runzelte die Stirn. Er fixierte mich. »Wohnen Sie noch in diesem Haus in Stresa?«

»Ja.«

Nicken. Lächeln. »Ich werde versuchen, 2.000 Euro mehr für Sie herauszuschlagen.«

»Danke, Gautam. Wann erfahre ich Details?«

»An dem Tag, an dem Sie die Beute aus New York abliefern. Meinen Informationen zufolge, dürfte es sich um mindestens 200.000 Dollar und 60 American Eagle handeln. Am sechsten Januar, kommen Sie direkt nach dem Auschecken aus dem Hotel in Dublin hierher.«

Ich nickte. »Kein Problem, Gautam.« Ich fixierte ihn. Wut, Hass und Abscheu quollen in mir hoch. Mit Vehemenz ließ ich *Wilma* sein Gehirn erobern. Die Augen verschleierten sich und klärten sich wieder. Ich unterdrückte meine Gefühle. Ich fragte mit fester Stimme: »Haben Sie Claudia und Piero gefunden?«

»Nein, trotz erheblicher Anstrengungen. Ab Januar setze ich für die Suche verstärkt Personal und Geld ein. Ich vermute, sie hält sich in Italien bei mir noch unbekannten Verwandten auf.«

»Scheiße!«, kommentierte Peter Zwei.

Die inszenierte Sexfalle und Emmas Entführung erwähnte ich nicht. Warum auch? Alles glasklar. Ich sah dem Unhold in die Augen. »Ließen Sie von Piero ebenfalls eine DNA-Analyse fertigen?«

»Ja. Beide Kinder erbten mindestens zwei Ihrer Wunder. Von Ihnen besitze ich ja auch eine DNA-Analyse. Emma weist noch eine weitere, mir unbekannte, Begabung auf. Leider liegt sie tot auf dem Grund des Mittelmeeres. Grausames Pech für mich und die OaM. In acht Jahren hätte ich die Kinder ausgiebig getestet und mir dadurch Klarheit über das Ausmaß ihrer Wundergaben verschafft.«

Ich reagierte nicht. Unnötige Energievergeudung, sinnlos. Mich interessierte nur Pieros Aufenthaltsort. Leider kennt ihn das Arschloch nicht. »Pech«, stellte Peter Zwei fest.

Ich fixierte meinen Erzfeind. »Bewahren Sie hier Geld und Gold der OaM und persönliches Vermögen auf?«

Ohne zu zögern, bejahte er.

Ich leerte die Wasserflasche. Ich erhob mich. »Führen Sie mich hin.«

Wortlos marschierte er vor mir her ins unterste Kellergeschoß. Wir schritten durch verschiedene Gänge. Am Ende eines Stichganges hielt er vor einer grauen Stahltür mit einem Knauf inne. Auf einem links neben dem Rahmen eingelassenen elektronischen Eingabefeld tippte er sieben Ziffern ein. Die Tür sprang auf. Wir traten in eine kleine Kammer. Licht flammte auf. Die Tür schloss sich. An der Stahltür gegenüber tastete er in ein Kästchen sechs von 15 Buchstaben ein. Die Tür schwang nach innen auf. Wir betraten einen etwa drei auf drei Meter messenden Raum. Zwei Deckenleuchten brannten. Die Raumhöhe betrug höchstens 2,20 Meter. Vor drei Wänden standen deckenhohe Metallregale.

Ich staunte. Rechts blinkte eine ansehnliche Menge Gold – Barren und Münzen. In den Regalfächern vor uns stapelten Geldbündel. Auf einem Regalbrett links lagen ebenfalls Geld und Gold.

Ich räusperte mich. »Bleiben Sie still hier stehen.«

Nicken.

Ich sprang auf das Dach des Krankenhauses. Mit Koffern und Rucksack kehrte ich in die Schatzkammer zurück. Die Koffer legte ich vor das Geldregal und öffnete sie. »Packen Sie alles hier hinein!«, befahl ich. »Um wie viel handelt es sich?«

»445.000 Euro, 332.000 Dollar, 150.000 britische Pfund und 170.000 Schweizer Franken.«

Peter Eins und Peter Zwei freuten sich. Ich begann, Barren und Münzen im Rucksack zu verstauen. »Wie hoch ist der Wert des Goldes?«, wollte ich wissen.

»Es sind 447 Barren zu 100, 50, 20 und 10 Gramm, insgesamt rund 15 Kilo und 520 verschiedene Münzen. Dank der Steigerung des Goldpreises in den letzten drei Jahren beläuft sich der Gesamtwert auf rund 1,45 Millionen Euro.«

Zufriedenheit in mir. Ich schleppte den Rucksack zum Regal gegenüber. Ich deutete auf Geldbündel und Münzen. »Ist das Ihr Privatvermögen?«

»Ja, allerdings nur ein kleiner Teil, mein Krisenschatz sozusagen. Es sind 20.000 Dollar, 20.000 Euro und 20 verschiedene Goldmünzen im Gesamtwert von rund 35.000 Euro.«

Ich verstaute Münzen und Geld im Rucksack. Ich verschloss die Koffer und richtete sie auf. Ich schnallte den Rucksack um. »Sauschwer«, stellte Peter Zwei fest.

»Nehmen Sie die Koffer!«, befahl ich. »Wir kehren in Ihr Büro zurück. Wir benutzen den Aufzug.«

In Heilmanns Büro sagte ich: »Stecken Sie die Reisetasche in einen Koffer. Anschließend setzen Sie sich an den Schreibtisch. Schreiben Sie die Adresse von Claudias Eltern auf einen Zettel und geben Sie ihn mir.«

Der *LO* gehorchte. Ich steckte den Zettel in die linke Hemdentasche. Ich stellte mich zwischen die Koffer. Ich packte die Griffe. Ich fixierte das Arschloch. »Sie vergessen unsere Gespräche und Handlungen, die nach der Einsatzbesprechung stattgefunden haben. In den nächsten fünf Tagen betreten Sie Ihre Schatzkammer nicht. Sie arbeiten jetzt zehn Minuten weiter und fahren dann nach Hause. Alles verstanden?«

»Ja.«

Ich packte die Koffergriffe. Gehirnruhe. Seelenfrieden. Konzentration. Die *Telpo* brachte mich ins Arbeitszimmer zurück. Ich stapelte das Gepäck in einer Ecke. »Hervorragende Arbeit«, lobte Brüderchen.

Ich eilte ins Wohnzimmer. Meine Amelie flog mir in die Arme. Ein süßer Kuss. Wir sahen uns in die Augen. »Unsere und Emmas Zukunft sind gesichert, Liebes«, sagte ich leicht keuchend. »Knapp 2,5 Millionen in Geld und Gold erbeutet.«

Sie strahlte. Glutvoller Kuss. »Wo ist Emma?«, flüsterte ich. »Schläft noch.« Ich lächelte sie an. Ich küsste sie heftig. Auf dem Sofa gaben wir uns einem feurigen Quickie hin. Echt rauschhaft. »Ich liebe dich unendlich, Amelie«, flüsterte ich ihr ins Ohr. »Wir werden uns mit Emma eine goldene, eine glückliche Zukunft gestalten.«

»Ich liebe dich«, wisperte sie.

Wir ordneten die Kleidung. Die Liebste schaute mich an. »Hast du etwas über … Piero erfahren?«

Ich seufzte. »Nein. Heilmann hat ihn noch nicht gefunden. Ich ließ mir die Adresse von Claudias Eltern geben. Ich werde sie Anfang nächsten Jahres besuchen. Vielleicht erzählen sie mir mehr als Heilmanns Mitarbeiterin.«

Nicken. »Hoffentlich.«

Mit Paul an ihrer Seite stürmte Emma ins Zimmer. Sie strahlte. »Da bist du ja wieder, Papa, ich freue mich.«

Ich hob sie hoch, drückte sie an mich, strich ihr übers Haar, küsste ihr Gesicht. Sie sah mir in die Augen. »Du bist so glücklich, Papa. Hast du den bösen, bösen Mann bestraft?«

»Ja, mein Engelchen. Ich habe ihm sein ganzes Geld abgenommen, sehr, sehr viel Geld. Einen Teil werde ich auf dein Sparbuch einzahlen. Später kannst du es für deine Ausbildung benutzen und dir viele Wünsche erfüllen.«

Sie klatschte in die Händchen. »Da freue ich mich, Papa. Ich kaufe auch für dich, Mama, Paul und Paula etwas Schönes, auch für Tante Sophie, Michelle und Onkel Marco. Alle, die mich lieb haben, sollen sich auch freuen.«

Eine halbe Stunde später zahlte ich auf der Banca Popolare 9.800 Euro auf Emmas Sparbuch ein. Im Schließfach deponierte ich 14 der 60 erbeuteten 100-Gramm Goldbarren. Auf den Konten der anderen Banken zahlte ich jeweils die gleiche Summe ein und hinterließ in den Schließfächern insgesamt 80 Goldbarren.

Silvester feierten wir mit den Cantonellis und Sophie in unserem Haus.
Prosit 2023!

2

Am Neujahrstag stand ich, Peter Peters, immer noch der Einzige seiner Art, um 14:08 Uhr Ortszeit in Claudia Morettas ehemaligem Büro. Über einem roten Flanellhemd und der Bauchtasche trug ich eine blaue Windjacke. Ich hüpfte in die Waffenkammer. Problemlos öffnete ich die Stahltüren und ließ sie offen. Der mitgebrachten Reisetasche entnahm ich den Energieriegel und eine Flasche Wasser. Ich aß und trank. Einwickelpapier und Plastikflasche warf ich zu Boden. Ich streifte Latexhandschuhe über.

Ich suchte und fand Sprengladungen in Form einer Tafel Schokolade. Zwei von ihnen, jede 150 Gramm schwer, legte ich auf den Metalltisch neben der Tür. Vier halbrunde Sprengsätze zu je 600 Gramm folgten. Sorgfältig befestigte ich die Funkzünder. Ich verstaute meine

Rachewerkzeuge in Bauch- und Reisetasche. Ich schnappte einen Sender und legte eine frische Knopfbatterie ein. Ich steckte ihn in die linke Brusttasche des Hemdes.

In der Reisetasche deponierte ich eine Glock, das gleiche Modell, das ich besaß, 150 Schuss Munition, eine Rolle Paketklebeband und eine Schere.

Einen Funkzünder platzierte ich im größten Sprengsatz auf dem linken Regal.

Ich sprang in Heilmanns Büro. Ich wusste, dass er nie seinen Schreibtisch absperrte. In der dritten Schublade der rechten Seite fand ich das Objekt meiner Begierde: eine externe Festplatte. Einschließlich USB-Kabel und Netzteil legte ich sie in die Tasche. Uhrenkontrolle. »Prima im Zeitplan«, kommentierte Peter Zwei.

Ich verließ das Büro, eilte nach links und betrat das Besprechungszimmer am Ende des Flures. Es besaß keine Fenster. Mitten im pastellgrün gestrichenen Raum stand ein runder Tisch aus massivem Teakholz – geschätzte zwei Meter durchmessend. Acht mit hellbraunem Leder bezogene Stühle mit Armlehnen gruppierten sich darum. Acht Monitore warteten auf ihren Einsatz. Nur einer besaß Tastatur und Maus.

Ich kroch unter den Tisch. Ungefähr 40 Zentimeter vom Tischrand entfernt umlief ein mindestens handbreiter Holzkranz die Tischplatte. Direkt dahinter befestigte ich mit dem Paketklebeband die beiden flachen Sprengladungen an gegenüberliegenden Stellen. Zufrieden musterte ich meine Arbeit.

Ich teleportierte in den Serverraum. Einen der übrigen Sprengsätze legte ich auf den Boden. Mit dem Aufzug fuhr ich in die unterste Etage. Ich eilte nach links, öffnete eine feuerrote Stahltür und betrat den Gang zum Labor. Die Tür ließ ich offen.

Nach ein paar Schritten erstarrte ich.

»Lassen Sie die Tasche fallen, nehmen Sie die Hände hoch und drehen Sie sich langsam um!«, befahl eine dunkle Stimme hinter mir.

Herzrasen. Nervenflattern. Gehirnaufruhr. Ich gehorchte. Ungefähr fünf Meter vor mir stand ein schlanker Mann mit brauner Hautfarbe und dichtem schwarzem Haar. Der Kerl richtete eine Pistole auf mich. Er trug eine schwarze Hose und ein weißes langärmeliges Hemd. Über einer der Brusttaschen prangte das Wort *Security*.

Peter Zwei schwieg.

»Wer sind Sie und was treiben Sie hier?«, fragte der Typ.

Ich fixierte die Waffenhand. Ich setzte mein drittes Wunder ein. Wie eine Schlange wand sich die Pistole aus der Hand und flog auf mich zu. Ich schnappte sie.

Der Mann starrte auf seine Hand. Zeitlupenhaft hob er den Kopf. Aufgerissene Augen. Offener Mund. Ich trat rasch vier Schritte vor. *Wilma* übernahm sein Gehirn.

»Klappe halten!«, bellte ich. Ich reichte ihm die Pistole. »Einstecken!«

Er schob sie ins Gürtelholster.

Ich sah dem etwa 15 Zentimeter kleineren Mann in die Augen. »Normalerweise läuft an den freien Tagen niemand Streife. Wieso bist du heute hier?«

»Es findet eine Sitzung statt. Um 14 Uhr trat ich meinen Dienst an. Um sechs habe ich Feierabend.«

»Wohnst du im Institut?«

»Ja, mit einem Kollegen in einem Zimmer.«

»Ist er hier?«

»Nein. Am Mittag fuhr er in die Stadt und besucht Freunde. Er wird spät zurückkommen.«

Ich nickte. »Du gehst jetzt sofort in dein Zimmer und bleibst bis 18 Uhr dort. Danach kannst du tun, was du willst. Du vergisst in zehn Sekunden, dass du mich gesehen hast. Umdrehen! Abmarsch!«

Er wandte sich um und marschierte los.

Durchatmen. Zeitkontrolle. »Kein Grund zur Besorgnis«, beruhigte mich Peter Zwei. Ich hüpfte ins zehn Meter entfernte Labor. Der Grundriss ruhte in meinem Gehirn.

Umsehen. Ich trat links vor einen Metallschrank mit zwei Türen. Ein leuchtend gelbes Dreieck warnte mit roter Schrift vor brennbaren Flüssigkeiten. Ich riss die Türen auf. Auf vier Metallregalen standen gefüllte

Glasflaschen. Ich legte einen Sprengsatz auf den Boden. Aus dem Kühlschrank in einer Ecke nahm ich eine Flasche Wasser und legte sie in die Tasche. Paketklebeband und Schere flogen in einen Papierkorb. Die zweite Ladung fand ihren Platz auf einem Metalltisch vor einer Betonwand, die in einem Meter Höhe in eine Wand mit einer dreifachen Glasscheibe überging. Eine Sicherheitstür führte in den Raum dahinter. Ich sprang hinein. Mitten in einer Vielzahl wissenschaftlicher Gerätschaften deponierte ich den letzten Sprengsatz.

Blick zur Uhr. 15:24 Uhr. Ich teleportierte in den Raum links vor dem Sitzungszimmer. Ich erschrak. Eine Deckenlampe flammte auf. Ich lauschte an der Tür. Stille. Ich öffnete sie einen Spalt. Im Flur brannte Licht. Von rechts hörte ich Stimmen, auch eine Frauenstimme, Heilmanns Schwester. Ich schloss die Tür. Im Raum standen ein Kopiergerät, ein Drucker und ein Regal. Ich drückte den Schalter neben der Tür. Die Lampe erlosch. Durchatmen.

Die Stimmen wanderten an der Tür vorbei. Sie verstummten.

Mit Ruhe in Gehirn und Herz brachte mich die *Telpo* aufs Dach des Krankenhauses. Ich zog die Handschuhe aus und legte sie in die Tasche. Ich setzte mich auf den Kiesbelag. Ich lehnte den Rücken gegen eine Wand des Maschinenhauses. Die Sonne wärmte mich. Ich trank vom geklauten Wasser. Ich wartete.

Blick zur Uhr, 15:43 Uhr. Ich leerte die Wasserflasche. Ich steckte sie in die Tasche. Ich stand auf. Den Sender nahm ich in die Rechte und schaltete ihn ein. Ich sah links zur fensterlosen Ecke des Instituts. Dahinter lag die Waffenkammer. Das Fenster daneben gehörte zu Claudia Büro.

Ich drückte den roten Knopf. Ein Donnerschlag ließ mich zusammenzucken. Im Park flogen alle Vögel auf. Das Bürofenster und die Hälfte der Fensterreihe explodierten. Dünne, nicht tragende Wände trennten die einzelnen Räume. Glassplitter, Teile der Fensterrahmen und Mauerbrocken regneten auf die drei Luxusfahrzeuge der Sitzungsteilnehmer neben dem Eingang. Flammen schlugen aus den Fensterhöhlen. Peter Eins und Peter Zwei freuten sich. Aus Abluftröhren auf dem Dach des Instituts schoss Qualm. Ich schaltete den Sender aus und legte ihn in die Tasche. Ich beobachtete die aufgeflogene Doppeltür des Eingangs. Der Wachmann hastete aus dem Gebäude. Nach etwa 30 Meter hielt er inne. Er drehte sich um. Er schüttelte den Kopf. Er zückte ein Handy. »Gott sei Dank hat der Kerl überlebt«, schloss sich Brüderchen meiner Meinung an. Operation *Heilmann und die OaM strafen* erfolgreich abgeschlossen.

Zufrieden kehrte ich ins heimische Arbeitszimmer zurück. Die Reisetasche stellte ich auf den Boden aus hellen Landhausdielen. Die Handschuhe nahm ich heraus. Ich eilte in die Diele und hängte die Windjacke an die Garderobe. In der Küche füllte ich ein Glas mit Mineralwasser. Ich leerte es. Im Vorratsschrank schnappte ich einen Energieriegel. Die Handschuhe flogen in den Mülleimer. Ich goss den Rest Wasser ins Glas. Mit ihm und dem Riegel eilte ich ins Wohnzimmer. Amelie umarmte mich. Ein lieblicher Kuss. Augenfunkeln. »Alles planmäßig abgelaufen, Liebling?«

»Ja, Thema Heilmann und OaM endgültig erledigt.«

»Gott sei Dank!«

»Wo ist Emma?«

»Spielt in ihrem Zimmer.«

Ich aß den Riegel und leerte das Glas.

Die beiden Koffer und den Rucksack schleppte ich in den Vorratsraum im Keller. Amelie folgte mit der Reisetasche. Der Vorbesitzer hatte in Brusthöhe und bündig in der Wand zum Garten einen Tresor in einem Betonmantel einbauen lassen. Das Ding maß 1,15 Meter auf 75 Zentimeter. Ein 1,20 Meter breites Holzregal mit Sperrholzrückwand stand davor. Zucker, Mehl, Nudeln, Reis und andere Vorräte lagerten auf den vier Regalbrettern. Dank der eingelassenen Rollen in den unteren Enden der Eckpfosten schob ich das Regal auf dem hellgrauen Fliesenboden mühelos zur Seite. Mit Befriedigung in Hirn und Herz verstaute ich Geld, Gold, Pistole und Munition.

Am frühen Abend speiste die Familie Peters am reservierten Tisch an einem Fenster des Ristorante *Milano*, einem der besten Restaurants der Stadt, an einem kleinen Bootshafen am Corso Zanitello gelegen. Das glückliche Ehepaar trank den teuersten Rotwein, den das Lokal offerierte. Zum Nachtisch gönnte ich mir Tiramisu. Mutter und Tochter lobten das Schokoladeneis mit Schlagsahne. Grappa und Espresso rundete das Freudenessen ab.

Ich zahlte bar vom Beutegeld.

Drei Stunden später krönte das Ehepaar Peters die Feierlichkeiten mit betörenden, rauschhaften, glückseligen Liebesspielen. Brüderchen taumelte wie betrunken im Kopf herum. Welch ein Tag des Glücks!

3

Mittwoch, vierter Januar. 14:45 Uhr. Fünf Grad. Klamm. Neblig.

Ich warf einen Blick ins Kinderzimmer. Emma und Paul schliefen noch. Wie süß sie aussahen. Im Arbeitszimmer verabschiedete ich mich von der Liebsten. Ein zarter Kuss. Ich trug ein dunkelblaues Flanellhemd, einen hellgrauen Pullover mit Rundkragen, schwarze Jeans und gleichfarbene *Rockports*. Eine grüne Reisetasche mit Hausschuhen, einem Satz Unterwäsche, Toilettenartikeln, der Bauchtasche mit den drei von Heilmann vorbereiteten 600 Gramm schweren Sprengsätzen, dem Sender, Schulterholster, der Glock mit Schalldämpfer, zwei Flaschen Wasser und drei Energieriegeln stand bereit. Ich schlüpfte in eine dunkelblaue knielange Jacke aus Merino- und Kaschmirwolle.

Reisefertig. Ich strich meiner Amelie über eine Wange. Der Hauch eines Kusses. Ich teleportierte. Auftauchen im mir bekannten Park in Dublin. Grauer Himmel. Nieselregen. Marsch zum *Ballsbridge* Hotel. Einchecken. Ich bezog das von Heilmann gebuchte und bezahlte Einzelzimmer. Ich verspeiste einen Energieriegel und leerte eine Flasche Wasser.

Ich schlief rund zwei Stunden. Energie tanken.

Die DART-Bahn brachte mich in die Innenstadt. Cappuccino trinken und ein Schokocroissant essen in einem Café. Trotz des ungemütlichen Wetters spazierte ich eine Stunde durch die Straßen.

Abendessen im Hotelrestaurant: Rinderfilet, Pommes frites, grüne Bohnen im Speckmantel, Salatteller. Ein Glas roter Burgunder der Lage *Fixin*. Kein Dessert. Ein Espresso.

20-minütiges Schlendern um das Hotel. Kurz vor 22 Uhr lag ich im Bett. Sehnsucht nach meiner Amelie und Emma im Herzen.

Der Wecker der Armbanduhr beendete einen Traum, in dem ich Piero unserer Emma vorstellte. Seufzend sah ich zur Uhr, 5:27. Ich eilte ins Badezimmer. Toilettengang. Gesicht waschen. Zähne putzen. Kämmen. Ich zog mich an. Ich schnallte die Bauchtasche um. Ich legte das Schulterholster mit der Waffe an. Ich schlüpfte in die Jacke und schloss sie. Den Sender steckte ich in die rechte, eine Flasche Wasser und einen Energieriegel in die linke Jackentasche. Das, mit einem Kabelbinder versehene, rote Plastiktütchen mit dem Bekennerschreiben der OaM fand in der rechten Innentasche der Jacke Platz. Ich streifte schwarze Lederhandschuhe über.

Gerüstet zur Operation *Drogen New York 1*. Durchatmen. Volle Konzentration. In scheußlicher Kälte stand ich auf dem Flachdach eines dreistöckigen – nicht mehr benutzten – Gebäudes eines Gewerbeareals im New Yorker Stadtteil Bronx. Ein paar Mastlampen verbreiteten mattes Licht. Ausatmen. Ich verspeiste den Energieriegel und leerte die Wasserflasche. Einwickelpapier und Flasche steckte ich in die Tasche zurück.

Ich trat vier Schritte vor. Schräg gegenüber, etwa 25 Meter entfernt, erhob sich mein Operationsziel: ein rund vier Meter hoher Flachbau aus Betonfertigteilen ohne Fenster. Ich blickte auf das zweiflügelige Eingangstor. Ich musterte das Leuchtzifferblatt der Armbanduhr, 00:53 Uhr. In ein paar Minuten sollte die Verbrecherbande anrücken.

Die Lagerhalle maß 24 Meter in der Länge und 14 in der Breite. Sie gehörte einem Kerl, der sie einem Mitarbeiter des Chefs der berüchtigtsten Drogenbande New Yorks vermietet hatte. Der Mieter besaß einen Großhandel für Küchengeräte aller Art, die er in der Halle lagerte.

Die Informationen stammten vom Onkel eines 22-Jährigen, der für den Drogenboss gearbeitet hatte. Dieser hatte Mitte Oktober letzten Jahrs den jungen Mann erschossen. Die OaM hatte dem Informanten 15.000 Dollar gezahlt.

Motorengeräusche näherten sich. Ein weißer Pick-up mit zwei Kerlen in der Doppelkabine rollte von links heran, gefolgt von einem dunklen Jeep *Commander* mit dem Bandenchef am Steuer. Die Fahrzeuge steuerten auf das Tor der Halle zu. Sie verlangsamten das Tempo. Lautlos schob sich ein Torflügel zu Seite, offensichtlich fernbedient. Die Autos verschwanden im dunklen Innern der Halle. Das Tor glitt zu.

Aus den Unterlagen wusste ich, dass ein 2,70 Meter breiter Mittelgang die Lagerhalle teilt und bis an deren Ende führt.

Ich sah auf die Uhr, 1:02 Uhr. Ich wartete zehn Minuten. Ich verfluchte die Kälte. Ich sprang direkt hinter die Wand rechts neben dem Tor. In gedämpftem Licht stand ich vor einem Gabelstapler. Die Beleuchtung stammte von den Deckenlampen des Ganges. Vor mir, und auch auf der anderen Hallenseite, erhoben sich im Abstand von 2,50 Metern je zwei mit Küchengeräten gefüllte Metallregale. Sie reichten bis zur Decke des Raumes.

Lautlos schritt ich zum Regal am Mittelgang. Ich spähte um die Ecke. Niemand. Ich lauschte. Nichts zu hören. Ich schob einen Sprengsatz unter den Jeep. Über den rechten Gang eilte ich zur Hallenrückwand. Die Längsregale endeten ungefähr drei Meter vor den Regalen, die an der Rückwand auftragten. Das Geheimnis der Lagerhalle lag dahinter: ein 3,80 Meter tiefer und hallenbreiter Raum. Ein mit Kartons vollgepacktes türgroßes Teil der Regalwand klaffte nach links auf. Eine, mit der gleichen grauen Farbe wie die Rückwand gestrichene, Tür bot Zugang. Dort hatte der Neffe des Informanten ein Jahr lang dreimal im Monat Drogen verpackt.

In diesem Raum erhob sich rechts an der Seitenwand ein 2,50 Meter hoher Metallschrank mit verkaufsfertigem Heroin und Kokain. Direkt der Tür gegenüber stand ein quadratischer Edelstahltisch mit 1,90 Meter Kantenlänge an der Außenwand. In drei Schränken links der Tür bewahrten die Saukerle das Rohmaterial für Crystal Meth auf. Das Zeug stellten sie in der Drogenküche her, deren Gerätschaften weiter links den Raum füllten.

Ich zückte die Pistole und hielt sie in Schussposition. Durchatmen. Ich teleportierte. Ich stand zwischen dem rechten Metallschrank und dem ungefähr drei Meter entfernten Tisch. Gleißendes Licht. Heizlüfter surrten. Mit dem Rücken zu mir saß der Drogenbaron im dunkelblauen Anzug und einem roten Schal auf einem Holzstuhl. Vor ihm stapelten sich Geldscheine. Ihm gegenüber hockten in grauen Sweatshirts die beiden Kerle und füllten mit Schäufelchen Crystal Meth in Plastiktütchen. Das Dreckszeug türmte sich vor ihnen auf. Zwischen den Verbrechern stand eine Waage.

Die Glock hustete zweimal. Mit jeweils einem Kopfschuss stürzten die Dreckschweine mit den Stühlen rückwärts auf den grünen Teppichboden.

Ich setzte die Wundergabe *GUb* ein. Der Mistkerl vor mir reagierte bemerkenswert rasch. Er schnappte die Pistole vor sich vom Tisch und schnellte herum. Er keuchte. Augen und Waffenhand irrten umher. Mit *Telpo* entwand ich ihm die Waffe und schleuderte sie rechts hinter mich. Ich trat zwei Schritte vor. Ich beendete das Versteckspiel.

Mit offenem Mund glotzte mich der Widerling an. *Wilma* schlug zu.

»Sitzen bleiben und nur auf meine Fragen antworten!«, befahl ich. Rechts von ihm lag auf dem Boden ein geöffneter Koffer mit ein paar Geldbündeln und einer schwarzen Plastiktüte.

Ich deutete auf die Geldstapel auf dem Tisch. »Wie viel ist das?«

»Weiß ich noch nicht. Muss es erst noch zählen. Ich schätze aber mindestens 230.000 Dollar.«

»Hast du Goldmünzen hier?«

»Ja, 71 American Eagle. Sie liegen in der Tüte im Koffer. Ich deponiere sie heute im Schließfach einer Bank.«

Ich freute mich. »Wirf alles Geld in den Koffer, schließ ihn und stell ihn aufrecht!«

Er begann zu werfen. Ich ging in die Giftküche. Ich legte eine Sprengladung auf einen sechsflammigen Gasherd. Ich kehrte an den Tisch zurück. Das Arschloch, das ich auf 50 schätzte, hatte seine Arbeit beendet. »Stell den Koffer an die Tür und setz dich wieder«, ordnete ich an.

Der Verbrecher gehorchte.

»Welche Menge Drogen lagern hier?«, wollte ich wissen.

»61 Kilo Kokain, 49 Kilo Heroin, 54 Kilo fertiges Crystal Meth und 230 Kilo Rohmaterial.«

Ich schluckte. Ich deutete auf den Berg der klaren winzigen Kristalle. »Verpack das Zeug, bis ich dir andere Anweisungen gebe! Verstanden?«

»Ja.«

Ich schob die letzte Sprengladung unter den Tisch. Ich öffnete die Türen aller Schränke. Ich schritt zur Tür und packte den Koffer. Ich sprang mehrere Meter vor das Eingangstor der Halle. Ich eilte zum nahen Lampenmast. Mit dem Kabelbinder befestigte ich das rote Plastiktütchen daran. Ich überquerte die Straße und stellte mich neben das Gebäude, von dessen Dach ich die Operation gestartet hatte.

Ich zückte den Sender, schaltete ihn ein und drückte den Knopf. Ein Donnerschlag erschreckte die Winternacht. Das Hallentor flog auf. Ohrenbetäubendes Getöse der umstürzenden Regale. Feuerschein.

Zufrieden kehrte ich ins Hotelzimmer zurück. Ich legte den Koffer auf die hüfthohe Kommode. Ich aß den letzten Energieriegel und leerte die Flasche, die das Hotel zur Verfügung gestellt hatte. Ich zog mich aus. Ich stellte den Wecker. Ich schlüpfte ins Bett. »Tolle Aktion, großer Bruder«, lobte Brüderchen. Zweistündiger tiefer Schlaf.

Müde tappte ich ins Badezimmer, wusch die Haare und duschte. Ich zog mich an und eilte ins Restaurant. Ausgiebiges Frühstück.

Ich kehrte ins Zimmer zurück. Toilettengang. Ich putzte die Zähne. Ich verstaute meine Utensilien. Ich checkte aus. Mit Geldkoffer und Reisetasche marschierte ich in die Toilette der Lobby und betrat eine Kabine.

Zu Hause stellte ich das Gepäck im Arbeitszimmer ab. Mit Paula im Arm und Paul an ihrer Seite trat Emma in den Raum. Sie sah mir in die Augen. »Wo warst du, Papa?«

»Jetzt lüg bloß nicht«, empfahl Peter Zwei. Ich schluckte. »Ich habe einen sehr, sehr bösen Mann bestraft.«

Riesenaugen. »Noch böser als der andere Mann, der mich verschleppen wollte?«

»Genau so böse, Engelchen. Er hat vielen Menschen große Schmerzen zugefügt und sie ins Elend gestürzt.«

Nicken. »Da hast du Gutes getan, Papa.« Sie verließ das Zimmer. Paul trottete hinterher.

Ich eilte in die Diele. Ich schlüpfte in die Hausschuhe und hängte die Jacke auf.

Im Wohnzimmer nahm ich meine Amelie in die Arme und küsste sie liebevoll. Die Smaragdaugen streichelten mein Gesicht. »Alles planmäßig abgelaufen, Liebling?«

»Ja.« Ich umriss die Mission. »Toll gemacht«, lobte sie. »Jetzt schmoren die Verbrecher in der Hölle und du hast unsere Finanzen aufgestockt.« Inniger Kuss.

Waffe, Holster und Beute legte ich in den Kellertresor. 7.000 Dollar steckte ich in eine Aktentasche.

Am frühen Nachmittag entsorgte ich den Koffer im Wertstoffhof. In der Banca Popolare zahlte ich 6.000 Dollar auf unser Konto und wechselte 1.000 in Euro. In einem Spirituosen- und Weinladen kaufte ich eine Flasche Champagner Taittinger Brut Reserve. Ich fuhr zum einzigen Spielzeugladen in der Stadt. Ich schnappte ein Puzzle eines Löwenbabys auf einer Blumenwiese mit zwei Schmetterlingen. Auf dem Karton stand: *ab 6 Jahre.*

In Emmas Zimmer überreichte ich ihr das Geschenk. »Hier, Baby, ein schweres Puzzle.«

Die faszinierenden Augen sahen mich an. »Aber Papa, ich bin kein Baby mehr, ich werde bald vier. Danke für das süße Löwenbaby. Ich versuche gleich, es zusammenzusetzen.«

Ich lächelte und strich ihr übers Engelshaar. »Bin gespannt, ob du es schaffst.«

Kurz vor dem Abendessen stürmte Emma ins Wohnzimmer, wie immer von Paul begleitet. Sie packte meine Hand. »Komm mit, Papa.«

In ihrem Zimmer zeigte sie lächelnd auf den Tisch vorm Fenster. Ich staunte. Sie hatte das Löwenbaby komplett und die Blumenwiese fast fertiggestellt. Ich hob sie hoch, küsste Stirn, Näschen und Wangen. »Fabelhaft, Engelchen, du bist ein kleines Genie. Ich kann nur staunen.«

Stirnrunzeln. »Was ist ein Genie, Papa?«

Ich erklärte.

Strahlen. »Danke, Papa, dass du mich so lobst. Ich werde zwar nicht groß, bin aber nicht dumm.«

»Nein, Engelchen, du wirst das schlaueste Kind in der Schule sein, ach was sage ich da, in der Stadt.«

Sie klatschte in die Hände. »Ich freu mich auf die Schule. Da will ich gaaanz viel lernen. Ich will alles wissen, was es gibt.«

»Das wirst du, mein Schatz, ich weiß das.«

Mitte Februar schrieb ich einen Brief an Claudias Eltern. Ich stellte mich vor, umriss meine Tätigkeit in Dubai und meine Kündigung. Ich erklärte, dass ich mit Claudia befreundet und entsetzt über ihr Verschwinden mit dem Kind sei, und dass ich die Adresse von Claudias ehemaliger Freundin Rati bekam, die wieder in Indien lebt. Ich bat die Eltern, mich unter meiner Festnetznummer anzurufen, falls sie einem Besuch meinerseits zustimmen.

Vier Tage später erhielt ich eine Einladung.

4

Samstag, 25. Februar. Um 15:35 Uhr saß ich in dunkelblauen Jeans, weißem Hemd und leuchtend blauem Pullover am runden Esstisch in Claudias Elternhaus in Bozen. Die *Telpo* hatte mich in die Nähe des Bahnhofs und ein Taxi hierhergebracht.

Auf der cremefarbenen Tischdecke mit hellgrünem Muster aus kleinen Blättern stand weißes Kaffeegeschirr. Kaffee dampfte in den Tassen. Auf jedem Teller lag ein Stück Käsekuchen, den meine Amelie gebacken hatte.

Die Eltern, die ich auf Ende 60 schätzte, blickten betrübt. Kein Wunder, ihre Tochter und der Enkelsohn, *mein* Sohn, waren spurlos verschwunden.

Ich umriss nochmals meine Arbeit in Dubai, die Zusammenarbeit mit Claudia und das freundschaftliche Verhältnis mit ihr. Ich erwähnte auch, dass ich Piero einmal bewundert habe.

Die Eltern schluchzten.

Ich fragte: »Wissen Sie, wer der Vater des Kindes ist?«

Gleichzeitiges Kopfschütteln. Frau Moretta sah mich an. Sie seufzte. »Nein, wir kennen nicht einmal seinen Namen. Wir wissen nur, dass sie den Mann in Boston kennengelernt hat. Sie wollte keine Unterhaltszahlungen. Sie wollte nur ein Kind.«

Ich leerte die Tasse. Ich setzte mich aufrecht. Ich sah die leidgeplagten Eltern an. Mit fester Stimme sagte ich: »Ich kenne die Wahrheit. Kurz bevor Claudia nach Boston reiste, hatten sie und ich ein … ähm … sexuelles Abenteuer. Nach ihrer Rückkehr erzählte sie mir von der Schwangerschaft, dass sie sich sehnlichst ein Kind gewünscht habe, und dass der Vater ein Mann aus Boston sei. Einige Zeit später traf ich ihre Freundin Rati, kurz bevor sie nach Indien heimkehrte. Sie sagte, Claudia habe ihr unter dem Schwur der Verschwiegenheit anvertraut, dass *ich* der Vater sei.« Ich lehnte mich zurück.

Die offensichtlich geschockten Eltern sahen sich an. Die Mutter ergriff das Wort. »Aber ... aber warum hat unsere Tochter Sie nicht aufgeklärt und keine Unterhaltszahlungen verlangt?«

Ich zuckte mit den Schultern. »Keine Ahnung. Ich war verheiratet und meine Frau erwartete unser erstes Kind. Ich vermute, sie wollte mich nicht in Verlegenheit stürzen, oder was auch immer.«

Nickende Eltern. Der Vater brachte Mineralwasser und Gläser. Ich trank drei Schlucke. Ich fixierte ihn. »Schade, dass Sie nicht wissen, wo sich Claudia aufhält. Ich will ihr großzügige Unterhaltszahlungen anbieten. Haben Sie wirklich keinerlei Kontakt mit ihr?«

Der Mann sah seine Frau an. Offenbar kommunizierten sie mit den Augen. Sie nickte. Er erhob sich. »Ich glaube, jetzt brauchen wir alle einen Schnaps.« Er brachte eine Flasche Grappa und drei Gläser. Er goss ein. Wortlos tranken wir.

Der Vater beugte sich vor und schaute mir in die Augen. Mit kräftiger Stimme sagte er: »Herr Peters, obwohl wir Sie nicht kennen, vertrauen und glauben wir Ihnen. Wir hatten nie an den ominösen Mann in Boston geglaubt. Wir kennen unsere Tochter. Es entspricht überhaupt nicht ihrer Art, sich von einem total fremden Mann nach praktisch keiner Kennenlernphase ein Kind ... äh ... machen zu lassen.«

Die Mutter nickte. Sie erhob sich und verließ das Zimmer. Stille. Holz im offenen Kamin knackte. Der Mann leerte sein Glas, ich ebenfalls.

Ich räusperte mich. »Wann hat Ihr Enkel Geburtstag?«

»Am 28. Februar.«

Die Frau kehrte zurück. Sie setzte sich. In einer Hand hielt sie fünf Postkarten, nahm ich jedenfalls an. Sie betrachtete die Karten. Ihre Blicke wanderten mehrmals zwischen ihnen und meinem Gesicht hin und her. Tränen schimmerten in den Augen. »Heilige Muttergottes!«, sagte sie leise. »Alessandro, sieh dir das an!« Sie gab die Karten dem Ehemann. Dieser betrachtete sie eingehend und musterte mich. Er seufzte ebenfalls. Er schob mir die Fotos hin.

Ich schnappte sie. Mich traf fast der Schlag. Zwei Brustbilder und drei Porträts von Piero, offenbar im Zeitabstand von mehreren Wochen aufgenommen.

Die Oma räusperte sich. »Ich glaube, es besteht kein Zweifel an ihrer Vaterschaft, Herr Peters, Pieros Nase, Mund- und Kinnpartie weisen eindeutig Ähnlichkeiten auf. Das glatte schwarze Haar, die kleinen Ohren, die Augenfarbe und die hohen Wangenknochen erbte er von unserer Tochter. Alessandro, ich brauch jetzt noch einen Schnaps.«

»Ich auch«, krächzte ich

Der Opa schenkte ein. Wir kippten das Getränk.

Mich traf der Hammer der Erkenntnis. Ich blickte die Großeltern an. »Ihre Tochter hat Ihnen die Fotos geschickt, oder?«

Antwort wie aus einem Mund. »Ja.«

Alessandro erklärte: »Am sechsten Juni letzten Jahres, ein Montag, erhielten wir einen Brief von Claudia aus Frankfurt. Sie war freitags mit dem Kind aus Dubai abgehauen und auf dem Weg in ein anderes europäisches Land. Heilmann wollte ihr Piero wegnehmen. Sie befürchtete sogar, dass er sie umbringen werde.«

Ich schüttelte mich. »Haargenau, was wir vermuteten«, bemerkte Peter Zwei.

Der Mann fuhr fort: »Sie schrieb, dass sie uns ihren späteren Aufenthaltsort nicht nennen werde, zu unserer und ihrer Sicherheit. Sie werde uns in Abständen von ein paar Wochen Briefe mit Fotos schicken. Sie flehte uns an, alles nach dem Lesen und Betrachten im Kamin zu verbrennen oder zu zerreißen und in Abfalleimer in der Stadt zu werfen. Mit den Briefen und Umschlägen verfuhr ich so, die Fotos jedoch behielten wir.«

»Verstehe«, sagte ich.

Er nickte. Mit grimmiger Miene erzählte er weiter: »Ein paar Tage später tauchte eine schwarzhaarige Frau so um die 30 auf, eine Italienerin. Sie stellte sich als Mitarbeiterin der Personalabteilung des Arbeitgebers vor. Sie wollte wissen, ob Claudia hier sei, und falls nicht, ob wir ihren Aufenthaltsort kennen. Sie sei Hals über Kopf abgereist und bekomme noch das letzte Monatsgehalt und eine Abfindung. Die Frau musste erfolglos abziehen.«

Ich nickte. »Heilmann hat sie geschickt, keine Frage.«

»Ja. Wie versprochen, schickte uns Claudia Briefe mit Fotos, zuletzt vorgestern.«

Ich fixierte ihn. »Konnten Sie am Poststempel erkennen, woher sie kamen?«

»Nur ab und zu. Der letzte Brief kam aus Cosenza, einer aus Salerno und ein anderer aus Manfredonia. Alle Städte liegen in Süditalien.«

Ich runzelte die Stirn. »Haben Sie Verwandte in dieser Gegend.«

Die Frau antwortete: »Schon sehr lange nicht mehr. Meine jüngere Schwester Maria, mit der ich mich nie verstand und die sich mit unseren Eltern verkracht hatte, folgte mit 18 einem vier Jahre älteren Mann nach Neapel. Mein Vater erzählte mir drei Jahre später, dass sie alleine nach New York ausgewandert sei. Das letzte Mal hörten meine Eltern fünf Jahre danach von ihr. Sie hatte geheiratet. Seit dieser Zeit bestand keinerlei Kontakt mehr mit Maria. Ich erfuhr nie etwas von ihr.«

»Traurige Geschichte«, stellte ich fest.

Nicken.

Ich sagte: »Es gibt eine erfreuliche Nachricht.«

Sie starrten mich an.

»Im Januar erfuhr ich von einem ehemaligen Mitarbeiter, dass es am Neujahrstag im Institut, in dem Claudia und ich gearbeitet hatten, eine Explosion und einen Großbrand gegeben hat. Heilmann und alle, die dort das Sagen hatten, starben. Jetzt braucht Ihre Tochter keine Angst mehr haben.«

Ich schaute in strahlende Gesichter. »Das ist die schönste Nachricht seit Jahren«, riefen die Eltern einstimmig. Sie sahen sich an. Sie seufzten.

Der Vater sagte leise: »Nur sehe ich keine Möglichkeit, unsere Tochter zu informieren. Ich könnte heulen.«

Ich wälzte Gedanken. Ich schob Ideen hin und her. Ich fand keine Lösung. Ich wollte die Eltern jedoch nicht in Trauer und Hoffnungslosigkeit zurücklassen. »Lassen Sie den Kopf nicht hängen. Ich vermute, Claudia wird in absehbarer Zeit von Heilmanns Tod erfahren. Dann wäre die Familie Moretta wieder vereint und könnte ein unbeschwertes Leben genießen.«

»Das wäre fantastisch. Wir sehnen diesen Zeitpunkt herbei«, meinte Alessandro mit hoffnungsfrohem Unterton.

Wir redeten noch 20 Minuten. Abschließend sagte ich: »Falls Sie Neuigkeiten über Claudia erfahren, rufen Sie mich bitte an.«

»Mach ich, Herr Peters.«

Ich verabschiedete mich. Frau Moretta reichte mir das neueste Porträt von Piero. Tränen schimmerten in ihren Augen. »Hier, nehmen Sie es.« Sie drehte sich abrupt um und verließ den Raum.

Zu Hause setzte ich mich mit Amelie aufs Sofa. Emma spielte in ihrem Zimmer. Ich erzählte.

Meine Frau riss die Augen auf. »Großer Gott, Peter!«, stieß sie hervor. »Obwohl ich Claudia hasse, bedauere ich sie, schließlich ist sie auch eine Mutter. Das Ekelpaket Heilmann wollte ihr ebenfalls das Kind entreißen und … und sie vielleicht sogar umbringen. Nicht zu fassen. Ich danke Gott, dass du den Saukerl und seine Bande in die Hölle geschickt hast.«

Ich nickte. »Leider weiß sie es noch nicht. Die hiesigen Nachrichten berichteten nur von einem Brand mit sieben Toten in einem Bürogebäude in Dubai.«

Wortlos gab ich ihr Pieros Foto. Sie starrte es an. Ihre Augen huschten zwischen Bild und meinem Gesicht hin und her. Sie schlug eine Hand vor den Mund. »Allmächtiger!«, krächzte sie. »Selbst ein Blinder kann erkennen, dass dieser Knabe … dein … dein Sohn ist.«

Ich seufzte. »Ja, Liebes.«

Mittwoch, erster März. Sonnig. Mit 19 Grad ungewöhnlich warm. Emmas vierter Geburtstag. Wir schenkten ihr einen Holzbaukasten, mit dem sie vier verschiedene Häuser bauen konnte, ein Bilderbuch mit allen Hauskatzenrassen und Katzenarten, und zwar jeweils eines mit italienischem und deutschem Text, ein blaues Kleidchen für Paula und eine Tafel ihrer Lieblingsschokolade.

Das Geburtstagskind bedankte sich überschwänglich, küsste uns ab und zeigte Paul die Geschenke. Der Kater schnupperte an ihnen und miaute. Emma blätterte im deutschen Buch. Sie deutete auf die wenigen Textzeilen unter jedem Foto. Sie sah mir in die Augen. »Papa, du musst mich ab morgen lesen lernen. Wenn ich es kann, musst du mir noch mehr Bücher kaufen.«

Ich strich ihr übers Haar. »Ja, mein Mäuschen, ich kaufe morgen früh eine große Tafel. Mama wird dich Italienisch und ich Deutsch lesen lehren.«

Amelie sprach mehrheitlich Italienisch und ich nur Deutsch mit ihr.

Nachmittags feierten wir in einem Eiscafé und am frühen Abend im *Ristorante Il Portale* im Stadtteil Pallanza in der Nähe des Rathauses.

Vor dem Mittagessen tags darauf erteilte ich Emma den ersten Leseunterricht. Paul schlief mit Paula in seinem Körbchen.

Abends im Bett umarmte ich Amelie. Ich küsste sie. »Unsere Tochter besitzt eine rasche Auffassungsgabe und Talent für Sprachen, sehr nützlich für Schule und Beruf. Näheres werden wir nächste Woche durch die andere Kinderärztin erfahren. Sie ist auch Doktor der Kinderpsychologie.«

Ich hatte vor sieben Tagen einen Termin bei der Expertin in Mailand vereinbart, ihr die CD und den Bericht des Münchener Kinderarztes per Post geschickt. Wir besaßen eine private Krankenversicherung.

5

Donnerstag, neunter März. Sonnig. Immer noch ungewöhnlich warm. »Das Prachtwetter verdanken wir garantiert dem Klimawandel«, bemerkte Amelie auf der Fahrt in einen Mailänder Stadtteil.

Gegen zehn Uhr saßen wir im Wartezimmer der Dr. Dr. Viola Schiari. Ich sah Emma an. »Hast du Angst, Mäuschen?«

Empörter Gesichtsausdruck. »Aber Papa, ich bin klein, aber *kein* kleines Mädchen mehr.« Ernsthafter Gesichtsausdruck. »Ihr müsst mir versprechen, dass sie mich nicht operiert.«

Ich strich ihr übers Haar. »Keine Angst, Engelchen, du weißt, dass wir Operationen ohne deine Einwilligung niemals zulassen werden.«

Nicken. »Danke Mama, danke Papa.«

Zunächst musste Emma eine CT über sich ergehen lassen.

Später stand uns die attraktive Ärztin, die ich auf Mitte 40 und 1,60 Meter schätzte, in ihrem Büro gegenüber. Dunkle Augen sahen uns an. Ihr pechschwarzer Pferdeschwanz wippte. Sie lächelte. Perfekte Zähne. »Ich messe 1,55 Meter«, sagte sie mit angenehmer Stimme. »Ursprünglich wollte ich Model werden. Wie Sie unschwer an meiner Größe feststellen können, musste ich mir das abschminken. Ich kenne die Probleme und auch Leiden einer kleinwüchsigen Frau. Aus diesem Grund wurde ich Kinderärztin und spezialisierte mich auf Kleinwuchs, der Mikrosomie, das heißt, ein nicht der Norm entsprechendes, geringeres Körperlängenwachstum.« Sie deutete auf die drei Lederstühle vor ihrem Schreibtisch. »Bitte nehmen Sie Platz.«

Sie setzte sich in den weinroten Drehsessel. Sie legte die Fingerspitzen aneinander. »Sie wissen, dass man bei Emma von proportioniertem Kleinwuchs spricht, den sie von einer Urgroßmutter erbte. In diesem Fall sind Gliedmaße und Wirbelsäule vom verminderten Wachstum betroffen. Die CT vorhin zeigt das eindeutig. Operationen sind sinnlos.«

Die Familie Peters strahlte.

Sie nickte und fuhr fort: »Am meisten wächst der Mensch in den ersten Lebensjahren, etwa 25 Zentimeter im ersten, elf im zweiten und acht im dritten Lebensjahr und während der Pubertät ungefähr sieben bis zehn Zentimeter pro Jahr.«

Sie studierte ihren Monitor. »Emma maß bei der Geburt 43 Zentimeter. Die Normalgröße bei Neugeborenen liegt zwischen 48 und 56 Zentimetern. Heute misst sie 89,5 Zentimeter, das heißt, 15 Zentimeter weniger als der Durchschnitt 4-jähriger Mädchen. Hochrechnung und meine Erfahrungen deuten im Erwachsenenalter auf eine Größe zwischen 1,37 und 1,41 Meter hin.« Sie lehnte sich zurück.

Amelie und ich sahen uns betrübt an. Emma lächelte.

Dr. Schiari lächelte ebenfalls. »Kopf hoch, Familie Peters, ich kenne dramatischere Fälle. Auf jeden Fall besitzt Ihre Tochter Gesicht und Haare eines Engels.«

Emma klatschte in die Händchen. »Danke, Frau Doktor, mein Papa sagt immer *Engelchen* zu mir.«

Das Lachen der Erwachsenen löste die etwas gedrückte Atmosphäre.

Frau Doktor beugte sich vor und sah unser Engelchen an. »Und jetzt, Emma, schicken wir deine Eltern ins Wartezimmer. Wir beide gehen nach nebenan und machen ein paar tolle Übungen. Die werden dir Spaß machen.«

Emma sprang vom Stuhl. Sie schaute uns an. »Mama, Papa, habt ihr nicht gehört?«

Lachende Erwachsene. Amelie und ich verließen den Raum.

50 Minuten später saßen wir erneut der Ärztin gegenüber. Sie und Emma strahlten.

Viola Schiari beugte sich vor. »Ich unterzog Emma zweimal 20 Minuten verschiedenen Testreihen, auch an einem Computer. Die Natur schuf einen Ausgleich, einen grandiosen.«

Emma kicherte. Amelie und ich sahen uns verdutzt an.

Die Ärztin fuhr fort: »Ihre Tochter besitzt eine bemerkenswert rasche Auffassungsgabe, einen ausgesprochen vielfältigen Sprachschatz, bestechende Logik und eine ungewöhnlich hohe Intelligenz. Ihre geistige Entwicklung eilt gleichaltrigen Kindern um zwei Jahre voraus. Sie können sie also geistig, wie eine Sechsjährige fordern – und sollten das auch. Daneben verfügt sie über eine ausgeprägte Sprachbegabung und eine tolle künstlerische Begabung, was Zeichnen und Malen betrifft.«

Mit verschmitzter Miene sah Emma mich an: »Bin ich jetzt ein Genie, Papa?«

Heiterkeitsausbrüche. »Ja, Engelchen.«

»Da freu ich mich aber. Das werde ich zu Hause Paula und Paul erzählen.«

Eine lachende Ärztin runzelte die Stirn. »Hat sie noch zwei Geschwister?«

»Nein«, sagte Amelie und klärte sie auf.

»Ein wahrhaftig süßes Mädchen.« Schiari räusperte sich. »Kommen Sie in einem Jahr wieder. Ich mache dann ausführlichere und speziellere Tests. Danach kann ich Ihnen eine geeignete Schule empfehlen. Auf jeden Fall kommt eine normale Grundschule für Emma nicht in Frage.«

Ich freute mich. Ich sagte: »Wir wollen unsere Tochter nächste Woche in einem Kindergarten anmelden. Gibt es irgendwelche Bedenken Ihrerseits?«

»Nein. Im Gegenteil, die Kontakte mit anderen Kindern und Erzieherinnen werden ihre soziale Entwicklung fördern.«

Emma klatsche in die Händchen. »Jetzt freu ich mich aber echt. Ich hätte nämlich gerne Freundinnen, mit denen ich spielen kann.«

Ich strich ihr übers Haar. »Du wirst viele Kinder auch in deinem Alter kennenlernen.«

Verabschiedung von der Ärztin. Trotz der irreparablen körperlichen Unzulänglichkeit der Tochter verließen Eltern und Kind frohen Herzens die Praxis. Leichtes Mittagessen in einer nahen Pizzeria.

Abendessen im Restaurant *Antica Osteria il Monte Rosso*.

Montags saß die Familie Peters um acht Uhr der Leiterin eines Kindergartens, rund drei Kilometer von unserem Haus entfernt, in ihrem Büro gegenüber. Die ungefähr 60-jährige Frau mit grau meliertem Haar erklärte alles Wissenswerte. Ich füllte den Aufnahmeantrag aus. Frau Capilla plauderte mit Emma.

Ich reichte der Leiterin den Antrag. Sie lächelte mich an. »Ihre Tochter ist sehr aufgeweckt und besitzt bereits einen umfangreichen Sprachschatz und eine erstaunliche Ausdrucksweise, teilweise besser als eine Sechsjährige. Außerordentlich bemerkenswert.«

Sie führte uns zu den vier Erzieherinnen und den Kindern. Emma schien angetan und plapperte mit einem hübschen Mädchen mit langen schwarzen Haaren. Es überragte unsere Tochter um mindestens zehn Zentimeter.

Wir mussten sie förmlich loseisen. Zu Hause hüpfte sie mit Paula im Arm und von Paul verfolgt im Wohnzimmer umher. »Mama, Papa, ich bin mächtig glücklich«, rief sie. »Ich habe schon eine Freundin, sie heißt Chiara, ist fünf Jahre alt und wohnt gar nicht weit von hier. Sie ist kleiner als die anderen fünfjährigen Mädchen. Ich freue mich riesig auf morgen, übermorgen und alle Tage.«

Wir freuten uns mit ihr.

Anderntags fuhren Amelie und ich unsere Tochter zum Kindergarten. Wir küssten sie zum Abschied. »Ich hole dich um fünf Uhr ab«, sagte ich.

Sie schaute mich an. »Paul ist sehr traurig, dass ich so lange weg bin. Mama und du müssen ihn trösten und mit ihm spielen. Versprich es.«

»Versprochen, Engelchen.«

Zu Hause schmollte Paul. Ich tröstete ihn und spielte mit ihm.

Traumhafte Frühlingstage, deutlich wärmer als in den vier Jahren zuvor und mit weniger Regentagen. Die Regenfälle fielen ausgiebiger aus als üblich. »Eindeutige Anzeichen des Klimawandels«, meinte ein Meteorologe im Fernsehen und kündigte einen sogenannten Jahrhundertsommer an.

Die Freundschaft zwischen Emma und Chiara vertiefte sich. An Samstagnachmittagen besuchten sie sich abwechselnd ab 14 Uhr und blieben rund drei Stunden.

Am letzten Märztag, einem Freitag, betraten Chiaras Eltern gegen 19 Uhr unser Haus. Wir hatten sie zum Essen eingeladen. Eine Studentin hütete ihre Tochter.

Herzliche Begrüßung. Amelie bekam einen Strauß mit bunten Wiesenblumen, ich eine Flasche Wein, einen *Colline Novaresi*. »Dieser Rotwein ist einer der kulinarischen Aushängeschilder unter den Weinen im Piemont«, erklärte der schlanke Mann mit den kurzen schwarzen Haaren und dunklen Augen. »Er wird ausschließlich aus der Sorte Vespolina gekeltert.«

Ich bedankte mich. Gegenseitige Vorstellung. Herr Andrea Severo, ein Rechtsanwalt, besaß in der Stadt eine Kanzlei für Wirtschafts- und Steuerfragen. Ich überragte ihn deutlich.

Die etwas kleinere Ehefrau mit ausgeprägtem Busen hieß Giulia. Hübsches Gesicht. Schwarzbraune Augen. Das nachtschwarze Haar berührte ihre Schultern. Sie lehrte in der Stadt an einer Privatschule.

Amelie, unterstützt von Giulia, servierte das köstliche Drei-Gänge-Menü. Ich schenkte einen *Borgogno Barbera d'Alba* aus. Die Gäste lobten ihn. Zum Nachtisch genossen wir verschiedene Eissorten mit Früchten und Schlagsahne. Emma durfte auf einem speziellen Stuhl mit uns essen. Paul hockte neben ihr.

Amelie brachte Emma zu Bett.

Wir unterhielten uns über allgemeine Themen.

Später stellten unsere Kinder das Hauptthema dar.

Die 31-jährige Giulia räusperte sich. »Wie Sie sehen, sind mein Mann und ich nicht sonderlich groß. Er misst 1,72 Meter und ich bin sieben Zentimeter kleiner. Chiara erbte Haar-, Augenfarbe und Größe von mir. Sie ist nur 1,04 Meter groß, das heißt sieben Zentimeter kleiner als der Durchschnitt gleichaltriger Mädchen. Im Kindergarten ist sie die Kleinste in dieser Altersgruppe. Das bedrückt sie. Sie wird manchmal von den größeren Mädchen gehänselt. Jetzt ist sie superglücklich, dass sie Emma kennengelernt hat. Die beiden sind unzertrennlich. Das freut uns.«

»Wir freuen uns ebenfalls«, sagte Amelie. Sie seufzte. »Sehr zu unserem Bedauern leidet sie an irreparablem Kleinwuchs, ein Erbe meiner Oma.« Sie erläuterte Einzelheiten.

Das Ehepaar Severo sah sich mit betrübt wirkenden Mienen an. »Jammerschade«, bemerkte die Frau. »Emma hat ein Engelsgesicht und Engelshaar. Sie ist ein außerordentlich hübsches Mädchen.«

Ich seufzte. »Ja. Die Natur schuf noch einen weiteren Ausgleich für ihre Kleinwüchsigkeit.« Ich schilderte Emmas Begabungen.

Frau Severo strahlte. »Na sehen Sie, eine Tür ist geschlossen, dafür öffnete sich eine andere. Das ist ja fabelhaft.« Sie beugte sich vor. »Ich kenne Dr. Schiari. Sie soll Ihnen ein paar Wochen vor Emmas Einschulung ein Empfehlungsschreiben und eine Expertise über ihre Begabungen ausstellen. Damit können Sie Ihre Tochter an meiner Schule anmelden, und zwar im Sektor für Hochbegabte. Ich bin mir sicher, dass man sie aufnehmen wird.«

Begeisterte Mutter. Begeisterter Vater.

Amelie servierte Espresso, ich im Eichenfass gelagerten Grappa. Wir vereinbarten, dass ich die beiden Mädchen morgens zum Kindergarten fahre und Frau Severo sie nachmittags abholt.

Gegen 23:15 Uhr verabschiedeten sich die Gäste. Sie luden uns für nächsten Freitagabend zum Essen ein.

Wir nahmen dankend an. Wir winkten ihnen nach.

»Nette Leute«, bemerkte Amelie. »Ich bin froh, dass wir sie kennengelernt haben und Emma sich so toll mit ihrer Tochter versteht.«

Wir räumten den Esstisch ab und die Küche auf. Ich verstaute das Geschirr in der Spülmaschine.

Zufrieden legten wir uns ins Bett. Beglückendes Liebesspiel.

Freitag, siebter April. Ein außergewöhnlich warmer Tag. Am Nachmittag zuckten Blitze und grummelte Donner südwestlich von uns. Leichter Regen. Frau Severo lieferte Emma vorm Haus ab.

Im Wohnzimmer nahm ich sie auf den Schoß. »Pass auf, Engelchen, Mama und Papa sind heute Abend bei den Eltern deiner Freundin zum

Essen eingeladen. Soll ich die Studentin anrufen, damit sie auf dich aufpasst?«

Augendreher. »Aber Papa, ich bin doch kein Baby mehr. Ich betrachte im Bett das Bilderbuch, das du mir gestern geschenkt hast und versuche, in einem anderen ein bisschen zu lesen. Paula und Paul passen schon auf mich auf. Du kannst das Telefon auf den Nachttisch legen und mir zeigen, wie ich Chiaras Papa anrufen kann. Ich bin kein dummes Kind.«

Ich lächelte. Ich strich ihr übers Haar und küsste sie aufs Näschen. »So machen wir es, Engelchen. Ich vertraue dir. Ich muss nur noch Mama überzeugen.«

Engelslächeln. »Du schaffst das, Papa.«

Peter Zwei kicherte. Papa schaffte es.

Im Verlauf der vorzüglichen Mahlzeit bei den Severos stießen wir auf *Du* an. Wir vereinbarten, uns abwechselnd jede zweite Woche zum Essen zu Hause oder in ein Restaurant einzuladen. Sie wohnten im dritten Haus rechts von uns an einer kleinen Stichstraße, die von der Via al Monterosso abzweigt, ähnlich der unseren. Ein Fußweg führte von uns durch ein knapp 30 Meter breites Waldstück dorthin.

Anderntags besuchte Chiara um 14 Uhr Emma und blieb drei Stunden. Ich wollte sie nach Hause begleiten. Sie lächelte. »Brauchen Sie nicht, Herr Peters. Sind ja keine 100 Meter, außerdem werde ich im November sechs, die paar Minuten schaffe ich alleine.«

Am Samstag der Folgewoche begleitete ich wie üblich unsere Tochter zum Haus ihrer Freundin. Kurz nach 17 Uhr holte ich sie ab. Im Wohnzimmer schaute sie mich an. »Hör mal zu, Papa, das nächste Mal brauchst du mich nicht mehr zu Chiara zu führen und abzuholen. Ich kenne jetzt den Weg, ist ja nur ein Katzensprung. Ich werde mich garantiert nicht verlaufen. Chiara kommt ja auch alleine. Ich bin alt genug. Ich schaffe das locker.«

Ich schluckte. Amelie gluckste. Peter Zwei kicherte – dämlich, wie ich fand.

Mitte Mai befragte ich eine der Erzieherinnen, eine junge charmante Frau mit einem langen schwarzen Zopf, über Emma.

Sie lächelte mich an. »Ihre Tochter ist ein erstaunliches Kind. Sie ist sprachlich und geistig den Vierjährigen weit und auch den Fünfjährigen überlegen.«

Ich freute mich. »Wird sie wegen ihres Kleinwuchses oft gehänselt?«, wollte ich wissen.

»In den ersten Wochen versuchten es ein paar der Vier- und Fünfjährigen, darunter auch zwei, drei Jungs. Emma fertigte sie kurz und bündig ab. Sie hat immer Antworten parat. Sie ist sehr schlagfertig. Sie führt das Kommando über eine Gruppe der Vierjährigen. Meistens beschäftigt sie sich mit Chiara und weiteren drei Gleichaltrigen.«

Zufrieden fuhren Peter Eins und Zwei die Mädchen nach Hause.

Am heißen 24. Mai, einem Mittwoch, saß ich kurz vor 14 Uhr dem Architekten am Tisch in seinem Büro gegenüber. Inzwischen duzten wir uns. Wir redeten über die Familie, Politik und das Wetter. Auf meinem Smartphone zeigte ich ihm Fotos von Emma. Er wusste Bescheid. Er äußerte sich begeistert über ihr Gesicht und Haar.

Ich räusperte mich und sah ihm in die Augen. »Hör zu Marco, die OaM will weitere Steuersünder in Italien bloßstellen und abkassieren. Dazu benötigt sie noch mehr Informanten. Du kennst hier in der Gegend, in Mailand, Turin und Umgebung zahlreiche betuchte Typen. Darunter gibt es sicher einige, die den Staat umfangreich bescheißen. Falls du mir fundierte Daten liefern kannst, wird ein Mitarbeiter der OaM diese Kerle besuchen, zur Selbstanzeige zwingen und sie um Schwarzgeld erleichtern. Falls du dazu in der Lage bist und auch möchtest, zahlt dir die OaM über mich zehn Prozent des erbeuteten Geldes und Goldes.«

Ich, Peter Peters, der Einzige seiner Art, gedachte im Namen der OaM zwei- bis dreimal im Jahr die erwähnten Betrüger abzukassieren.

Marco Cantonelli strahlte. »Ein blendender Vorschlag, Peter, spontan fallen mir drei derartiger Gestalten ein. In zwei Wochen kann ich dir über einen großkotzigen Kerl, einen Aufschneider der Extraklasse, detaillierte Informationen liefern. Willst du Einzelheiten wissen?«

»Nein. Du weißt ja, welche Details die OaM benötigt.«

Er rieb die Hände. »Da kommt Freude auf, Peter, ich werde nicht nur Geld von diesem Idioten einstreichen, sondern ihm auch anständig einen reinwürgen. Seine bedauernswerte Frau, die ich seit der Studienzeit kenne, und ich werden uns freuen, wenn der Kerl im Knast hockt.« Er grinste. »Wie viel nimmt dein Kollege im Durchschnitt den Typen ab?«

Ich grinste ebenfalls. »Zwischen 20 und 50.000 Euro an Geld und Gold.«

»Prima. Die Kohle ist steuerfrei. Einen Teil davon werde ich in meine Altersvorsorge stecken, spare dadurch einiges von meinem sauer verdienten Geld ein.«

Wir redeten noch 20 Minuten.

Peter Zwei lobte mich.

Donnerstag, achter Juni. Sonnig. 28 Grad um 14 Uhr. Im Mai hatte die durchschnittliche Temperatur 2,3 Grad über dem langjährigen Mittelwert gelegen.

Um 21:30 Uhr startete ich im Wohnzimmer die Operation *Steuersünder 1*, wie ich sie nannte. Die beeindruckende Villa des Verbrechers stand auf einem beeindruckenden Grundstück in Germignaga, einer Gemeinde neben der Stadt Luino, am Ostufer des Lago Maggiore.

Im Arbeitszimmer des fast kahlköpfigen und feisten 58-Jährigen ließ *Wilma* ihm keine Chance, auch nur einen Piep von sich zugeben. Ich legte sein Smartphone lahm. Brav schickte er per Mail die Selbstanzeige an sein Finanzamt. Gehorsam öffnete er den, in und an eine Wand betonierten, Tresor. Wortlos warf er 22 Goldbarren zu je 20 Gramm, 24 Krügerrand, 18 American Eagle und elf Gold Euro in meine Reisetasche. Zurzeit betrug der Gesamtwert der Goldbeute rund 87.000 Euro. 18.000 Schweizer Franken, 5.000 Dollar und 61.000 Euro folgten.

In Verbania warf ich das Bekennerschreiben der OaM in den Briefkasten der *Corriere della Serra*.

Ich teleportierte ins heimische Wohnzimmer. Ich küsste meine Amelie glutvoll. Geld und Gold deponierte ich im Kellertresor.

6

Am Samstag, dem zehnten Juni, begannen die Sommerferien. Sie dauerten – erfreulich für die Kinder, unerfreulich für die Eltern – bis einschließlich neunten September.

Dienstags fuhr ich nach dem Mittagessen zu meinem Informanten. Ein freudestrahlender Marco berichtete von der Verhaftung des Aufschneiders der Extraklasse und den positiven Nachrichten im Fernsehen und in der Zeitung.

Weitaus mehr freute er sich über zwei Krügerrand, eine American Eagle, 1.500 Schweizer Franken, 500 Dollar und 5.300 Euro.

»Das waren aber keine zehn Prozent«, stellte Peter Zwei auf der Heimfahrt fest. Ich beachtete ihn nicht.

Den kompletten Juli urlaubte die Familie Peters in den Dolomiten. Angenehmes Wetter. Klasse Hotel. Klasse Essen. Klasse Weine.

Giulia und Chiara betreuten Paul.

Ich hatte zwei Zimmer gebucht, sodass das Ehepaar Peters berückende Liebesspiele genießen konnte.

Emma war glücklich. Amelie war glücklich. Peter Eins und Peter Zwei waren glücklich.

Zu Hause bestrafte Paul mich und Amelie mit Missachtung.

Samstag, 16. September. Prachtvoller Spätsommertag.

Um 13:30 Uhr fuhr Amelie in die Stadt. Sie traf sich mit Giulia, die bereits seit einer Stunde durch die Geschäfte streifte, vor einem Schuhgeschäft. Frauen und Schuhe! Ein Thema des Grauens für mich und die meisten Ehemänner.

Fünf Minuten später verabschiedete sich Emma mit Küsschen vom Papa. Sie trug ein kurzärmeliges leuchtend grünes Kleidchen, weiße Söckchen und Sandalen. »Pass auf dich auf, Engelchen, dass du nicht stürzt«, mahnte ich.

Engelchen verdrehte die Augen und marschierte aus dem Raum. Die Haustür klappte. Paul schlief mit Paula in Emmas Zimmer.

Am Esstisch studierte ich die Unterlagen der Operation *Steuersünder 2*, die mir Marco gestern übergeben hatte.

Abrupt schaute ich hoch. Vernahm ich im Kopf eine Stimme? Eine Mädchenstimme?? Emmas Stimme??? Gedankenwirrwarr. Ich saß wie gelähmt. »Es ist etwas vorgefallen – mit Emma ...«, flüsterte Peter Zwei.

Ich schoss hoch wie eine Luftabwehrrakete. Ich stürmte in die Diele. Immer, wenn Emma außer Haus war, stand die Tür des Flures zu Emmas Zimmer und den anderen Räumen halb offen, ebenso Emmas Zimmertür, damit Paul raus und rein konnte.

»Aus Emmas Zimmer kommt ein Schluchzen«, sagte mein Alter Ego. »Blödmann«, murmelte ich. »Sie ist bei Chiara.«

»Sieh einfach nach«, verlangte die Nervensäge.

Ich verdrehte die Augen. Ich eilte zu besagtem Zimmer. Ich stieß die Tür auf. Tumult, Schwindel, Unglaube im Kopf. Meine Emma saß auf dem Bett mit Paul auf dem Schoß! Wirres Haar. Verweintes Gesicht. »Papa!«, wisperte sie mit zittriger Stimme.

Gehirnaufruhr. Nervenkrise. Herzkrampf. Ich hechtete aufs Bett. Ich nahm sie in die Arme. Ich drückte sie. Ich streichelte sie. Ich küsste ihre Tränen weg. Millionen Fragen im Kopf. Eine stellte ich: »Wie kommst du hierher?«

Riesenaugen sahen mich an. »Weiß ich nicht, Papa. Ich ... ich bin total verwirrt. Ich verstehe nichts.« Schluchzen.

Ich hob sie hoch. Paul sprang vom Bett. »Wir setzen uns jetzt aufs Sofa. Ich bringe dir Traubensaft. Du erzählst mir schön langsam jede Sekunde, nachdem du das Haus verlassen hast.«

»Ja, Papa«, flüsterte sie.

Zwei Minuten später saßen wir auf dem Sofa. Paul kuschelte auf ihrem Schoß. Sie trank.

Das Festnetztelefon bimmelte. Ich meldete mich. Andrea. »Kommt Emma heute nicht zu uns?«, wollte er wissen.

»Leider nein. Ich wollte gerade anrufen. Sie hat Magenschmerzen. Ich gab ihr Kamillentee und legte sie ins Bett. Sie schläft.«

»Oh, das tut mir leid. Ich sage Chiara Bescheid. Wir wünschen ihr baldige Besserung.«

»Danke, Andrea. Sie wird morgen anrufen.« Ich schaltete ab. Ich nahm Emma das geleerte Glas aus der Hand und stellte es ab. Ich sah in ihre Augen, gerötete Engelsaugen. »Erzähl.«

Sie schluckte. »Wie immer ging ich auf dem Waldweg zur anderen Straße«, begann sie mit leiser Stimme. »Dort traf ich den Mann mit dem kleinen süßen weißen Hund vom letzten Haus. Ich habe ihn schon ein paar Mal gesehen. Ich spiele oft ein bisschen mit Diego, so heißt der Hund. Er ist zwar etwas scheu, aber sehr lieb.«

Ich kannte den schlanken 52-Jährigen mit der Halbglatze nur flüchtig. Er hieß Nicolo Baudino, war Wirtschaftsprüfer und Steuerberater, daneben Mitglied des Stadtrates. Die Severos nannten ihn einen ehrenwerten und angesehenen Bürger.

Emma sah mich an. Gequält wirkender Blick. Seufzer. »Der Mann sagte, ich soll doch ein paar Minuten mitkommen und Diego füttern, da wird er mich viel lieb haben, und ich kann ihn immer streicheln und knuddeln. Ich ging mit dem Mann und dem Hund ins Haus und ins Wohnzimmer. Der Mann brachte Futterschale, einen Löffel und eine Dose Futter. Ich fütterte Diego, war ja früh dran.«

Meine Emma schaute mir in die Augen. Sie schluchzte. Sie flüsterte: »Plötzlich hob mich der Mann hoch, umklammerte mich mit einem

Arm, setzte sich aufs Sofa und mich auf seinem Schoß. Er drückte meinen Rücken an seine Brust und ... und mit der anderen Hand ... griff ... griff er mir zwischen die Beine.«

Jäh schoss die Hasswelle in mir hoch. Flammen loderten. Das Rot verwandelte sich in Weißglut. Ich wankte.

Emma schluchzte erneut. »Er ... drückte und knetete mich da unten und ... und fuhr unter ... mein Höschen. Ich ... ich hatte schreckliche Angst. Ich schloss die Augen. Ich sehnte mich, ich wollte sofort nach Hause in mein Zimmer ... zu dir, zu Paul und Paula. Ich wünschte mir das sehr, sehr tief, ganz fest in mir. Der Wunsch füllte meinen Kopf aus. Plötzlich ... ich ... ich roch mein Zimmer. Ich öffnete die Augen. Paul sprang auf meinen Schoß. Ich war völlig durcheinander. Dann bist du hereingestürzt ...«

»Allmächtiger!«, stieß Peter Zwei hervor.

Ich drückte Emma an mich, streichelte sie, flüsterte beruhigende Worte. Ich sah ihr in die verweinten Augen. Ich räusperte mich. »Du brauchst keine Angst vor diese Gottesgabe zu haben, Engelchen. Du hast sie von mir geerbt. Du kennst sie ja.«

Riesenaugen. Nicken. Sie schlang die Ärmchen um mich. »Ja, Papa, ich bin riesig froh, dass ich so bin wie du.«

Ich, Peter Peters, der bisher Einzige seiner Art, freute mich unbändig.

Sie schaute mir in die Augen. »Warum hat der böse Mann das getan, Papa?«

Ich seufzte. »Es gibt einige Männer, die Spaß daran haben, kleinen Mädchen wehzutun und sie zu quälen. Warum, weiß niemand.«

Nicken. »Du musst den bösen Mann ganz viel bestrafen, Papa, versprich es.«

»Ich verspreche es fest. Ich lege dich jetzt ins Bett. Du musst ein bisschen schlafen. In dieser Zeit werde ich deinen Peiniger bestrafen.«

Erneutes Nicken. Flüstern. »Danke, Papa, dann kann ich ruhig schlafen.«

»Ja, mein Engelchen.« Ich trug meine Emma in ihr Zimmer. Sie zog sich aus, streifte das Nachthemd über und legte sich ins Bett. Ich deckte sie zu. Paul sprang auf sie, streckte sich lange aus und sah ihr ins Gesicht. Sie lächelte und streichelte ihn.

Angefüllt mit Zorn, Wut und Hass stürmte ich in den Keller. Ich zog die schwarzen Lederhandschuhe an. Ich nahm die Glock, entfernte den Schalldämpfer und steckte sie in den Hosenbund. In der Diele zog ich den cremefarbenen Sakko an und schloss ihn. Ich eilte aus dem Haus. Ich rannte durch das Wäldchen. An der Straße stoppte ich. Ich musterte das gegenüber stehende Haus des Pädophilen.

Durchatmen. Konzentrieren. Ich teleportierte direkt hinter die Haustür. Ich lauschte. Der Hund sprang bellend auf mich zu. *Wilma* ließ ihn verstummen. »Gib jetzt Ruhe, Diego!«, erscholl die Stimme des Kinderschänders von vorne und rechts.

Ich bog in den drei Meter entfernten Flur. Ich pirschte zu einer halb offenen Tür. Ich spähte in das Zimmer. Der ehrenwerte und angesehene Bürger Nicolo Baudino saß schräg vor mir in einen hochlehnigen Bürosessel. Er starrte auf einen mindestens 28 Zoll messenden Monitor auf dem Schreibtisch. Ich schlich näher. Der Schlag traf mich. »Ach du heilige Scheiße!«, rief Peter Zwei.

Auf dem Bildschirm sah ich ein nacktes Mädchen mit gespreizten Beinen in einem Sessel – ein kleines Mädchen, maximal sechs Jahre alt. Ich wankte. Ich stierte auf den Pädophilen. Er keuchte. Er – er onanierte!

Ich trat neben ihn. Der Kopf schnellte herum. Knollennase. Rot geäderte Wangen. *Wilma* schlug brutal zu. Er stöhnte. Mit den Händen tastete er an Stirn und Hinterkopf. Aufgerissene Augen starrten mich an.

»Klappe halten, Monitor ausschalten, Schwanz verstauen, aufstehen und Hose schließen!«, bellte ich.

Er gehorchte.

Ich fragte: »Wo ist deine Frau?« Ich kannte sie vom Sehen. Sie ähnelte einer watschelnden Mastgans mit scheußlich blond gefärbten Federn.

»Sie macht mit zwei Freundinnen eine Shoppingtour und kommt nicht vor sechs zurück.«

»Hast du bereits früher kleine Mädchen sexuell ... belästigt?«

»Ja, siebenmal in den letzten fünf Jahren. Sie waren zwischen acht und zehn Jahre alt. Jüngere sind mir aber lieber.«

Schlagartig fegte die glühende Hasswelle heran. Sie verwandelte sich in eine feuerspeiende Riesenkugel, rollte Funken sprühend hin und her. Ich wankte. Peter Zwei stöhnte. Ich sammelte mich. »Hast du Geld und/oder Gold im Haus?«

Er deutete zur rechten Wand. »Hinter dem Bild ist ein Safe.« Das Ölgemälde zeigte ein spärlich bekleidetes kleines Mädchen.

Ich schüttelte mich. »Aufmachen!«, krächzte ich.

Er hängte das Bild ab und öffnete den Tresor. Ich sah drei Bündel Geldscheine und Goldmünzen. »Wie viel liegt hier?«

»Es ist unser Notgroschen. 6.000 Euro und 15 Krügerrand.«

»Gib mir alles!« Die Scheine verstaute ich in den Jackentaschen, die Münzen in zwei Hosentaschen. »Safe schließen und Bild aufhängen!«

Prompte Ausführung.

»Dreh dich um und beweg dich nicht!«, presste ich hervor. Ich stellte mich hinter hin. Ich roch das Arschloch. Ich hätte am liebsten gekotzt. Ich umklammerte seinen Oberkörper. Konzentration.

Wir standen auf einer Waldlichtung am Hang des knapp 700 Meter hohen sanften Hügels Monte Rosso, der über Verbania aufragt. Kurz nach unserem Einzug hatte ich bei Google Earth die Umgebung der Stadt studiert und die Einzelheiten im fotografischen Bereich meines Gedächtnisses gespeichert.

Ich trat zurück. Ich sah mich um. Ich deutete auf einen mächtigen Kastanienbaum am Rand der Lichtung, etwa zehn Schritte entfernt. »Stell dich mit dem Rücken an diesen Baum!«, befahl ich.

Er trabte hin. Ich folgte. Etwa vier Meter vor ihm blieb ich stehen. Ich zückte die Glock. Ich schoss ihm zwischen die Beine. Ein gellender Aufschrei. Seine Hände schnellten nach unten. Ich sah viel Blut. Wimmernd rutschte der Mädchenschänder am Stamm hinab und plumpste auf den Hintern.

Ausatmen. Ich schoss ihm zwischen die Augen. Der Kopf knallte an den Baumstamm. Der Pädophile fiel seitlich um.

Ich behielt die Waffe in der Hand. »Du hast dem Widerling die gerechte Strafe erteilt«, sagte Peter Zwei. »Jetzt sind die kleinen Mädchen vor ihm sicher.«

7

Ich kehrte in den Keller zurück. Ich legte Handschuhe, Glock, Gold und Geld, außer sechs Zweihunderter, in den Tresor. Ich eilte nach oben. Ich schlich in Emmas Zimmer. Ich betrachtete das schlafende Mädchen. Das Engelshaar breitete sich wie ein Heiligenschein auf dem weißen Kissen aus. Unendliche Liebe zu unserem Kind, unserer Tochter, unserer Emma füllte mich bis in die letzte Zelle. Ein Gebirge hockte in meiner Kehle. Wasser in den Augen.

Paul sah mich mit unergründlichen Blicken an. Ich eilte ins Badezimmer. Haarwaschen. Duschen.

Ich kehrte ins Kinderzimmer zurück. Ich setzte mich auf die Bettkante. Emma schlug die Augen auf. Engelslächeln. Ich räusperte mich. »Wie geht es dir, Engelchen?«

»Wieder besser, Papa. Ich habe alles in ein dunkles Zimmer im Kopf gesperrt.«

Ich lächelte. »Tapferes Mädchen. Bitte erzähle Mama nicht dein Erlebnis. Du weißt, dass sie sich schrecklich aufregen und sich wochenlang Sorgen machen wird.«

Ernsthafter Gesichtsausdruck. Nicken. »Es wird immer unser Geheimnis bleiben, Papa, versprochen.«

»Danke, Engelchen.«

Emma schaute mir in die Augen. »Hast du den sehr bösen Mann bestraft, Papa?«

»Ja, Engelchen, ich habe ihn die Hölle geschickt. Dort werden ihm die Teufel täglich wehtun und ihn quälen.«

»Danke, Papa, das ist gut. Ich hab dich furchtbar lieb und Mama und Paul und Paula.«

Ich strich ihr zärtlich durchs Haar. Ich küsste sie auf Stirn, Augen und Nase. Meine Liebe überschwemmte mich wie ein Tsunami flaches Ufer. »Ich habe dich auch schrecklich lieb, Engelchen.«

»Ich weiß, Papa.«

»Willst du aufstehen?«

»Ja.«

»Soll ich dich anziehen?«

»Aber, Papa, ich bin kein Baby wie Paula.«

Im Wohnzimmer studierte ich die Fernsehzeitschrift. Ich sah zur Funkuhr an einer Esszimmerwand. Ich schaltete das Fernsehgerät ein und wählte den Kanal, der gleich eine Dokumentation über Katzen brachte. Wir ließen unsere Tochter selten fernsehen.

Emma betrat den Raum, natürlich vom Kater verfolgt. »Setz dich aufs Sofa.« Die Katzensendung begann. Paul sprang auf ihren Schoß. Mein Goldengelchen klatschte in die Hände. Strahlende Augen. »O Papa, danke, dass ich den Film sehen darf. Ich liebe doch Katzen.«

»Ich weiß, Engelchen.«

Die Sendung endete. Ich schaltete den Fernseher aus. Ein paar Minuten später betrat Amelie das Wohnzimmer. Die Einkaufstasche eines Schuhgeschäftes stellte sie auf die Terrakottafliesen.

Ich nahm die Liebste in die Arme. »Wie war es?«

Schnaufen. »Stressig.«

Ich küsste sie auf den Mund. Emma gluckste. Die Mutter runzelte die Stirn, trat neben sie und strich ihr übers Haar. »Du bist heute aber früh zurück, Mäuschen.«

Mäuschen seufzte. »Ich war nicht bei Chiara. Ich hatte Bauchweh. Papa hat mir Kamillentee gekocht und mich ins Bett gelegt. Ich habe ein bisschen geschlafen.«

»Ach du Schreck!«, rief Amelie. »Ist es besser?«

»Alles wieder weg, Mama.«

»Gott sei Dank!«

»Ein äußerst intelligentes Mädchen«, kommentierte Peter Zwei. Ich sagte: »Andrea rief an und erkundigte sich nach ihr. Ich klärte ihn auf.«

Nicken. Ich lächelte sie an. »Heute brauchst du nicht kochen, Liebes, später essen wir in dem Restaurant, das uns die Severos unlängst empfohlen haben.«

Strahlende Ehefrau. »Prima! Ich bin nämlich geplättet.« Sie nahm den Schuhkarton aus der Papiertasche. »Ich zeig euch jetzt, was ich mir gekauft habe.« Sie packte die Schuhe aus, dunkelgrüne High Heels.

»Die sehen aber unbequem aus, Mama«, stellte die Tochter fest.

Mama gluckste. »Wenn du groß bist, wirst du dir auch solche Schuhe kaufen.«

»Aber Mama, du weißt doch, dass ich nieee groß werde!«

Die Mutter schluckte. »Ich meine, wenn du eine junge Frau bist.«

Emma nickte und kraulte Paul.

Amelie schaute mich an. Trauer in den wunderschönen Augen. Sie seufzte und verließ mit den Schuhen den Raum.

Ich trat zu Emma. »Du bist ein aufmerksames Mädchen. Ich hab dich lieb.«

Kichern. »Versprochen ist doch versprochen, Papa, ich hab dich auch lieb.«

Ich strich ihr übers Haar.

Ich fuhr zum Spielzeugladen. Ich kaufte ein Puzzle einer rothaarigen Katzenmama mit drei rothaarigen Katzenbabys im Stroh, kleine Ablenkung für den erlittenen Schrecken.

Am frühen Abend speiste die Familie Peters im Restaurant des Grand Hotels *Majestic*. Fabelhaftes Essen. Fabelhafter Champagner. Fabelhafter Wein.

Ich zahlte mit dem Geld des in der Hölle brutzelnden Pädophilen.

Zu Hause schauten Amelie und ich die Nachrichten. Der schwarzhaarige Sprecher las vom Blatt ab: »Am späten Nachmittag fand ein Ehepaar, das auf dem Monte Rosso im Agriturismo Monterosso in Verbania urlaubt, auf einer Waldlichtung die Leiche eines Mannes. Wie der Polizeisprecher mitteilte, wurde der 52-Jährige erschossen. Hinweise auf den oder die Täter gibt es keine. Vor einer Stunde gab ein Staatsanwalt bekannt, dass nach der Durchsuchung des Hauses, das der Ermordete mit seiner Frau bewohnte, Hinweise gefunden wurden, die vermuten lassen, dass es sich bei dem Mann um einen Pädophilen gehandelt haben könnte. Nähere Angaben liegen dem Sender nicht vor.«

Ich schaltete ab. Amelie sah mich mit aufgerissenen Augen an. »Großer Gott, Peter!«, stieß sie hiervor. »Hier in unserer beschaulichen Stadt lebte so ein Drecksack, nicht zu fassen.«

Ich seufzte. »Ja, Liebes. Ich vermute, der bedauernswerte Vater eines geschändeten Kindes übte Selbstjustiz.«

Mit grimmigem Gesichtsausdruck nickte sie. »Geschieht dem Widerling recht. Ich hoffe, dass man diesen Vater nicht findet. Falls doch, müsste man ihm einen Orden verleihen, anstatt ihn einzusperren.«

Ich küsste sie auf den Mund. »Nur eine liebende Mutter kann so reden.«

»Ist doch wahr, Liebling, denk mal an unsere Emma! Wenn so ein Schweinhund, sie auch nur unsittlich berühren würde, hätte ich keinerlei Hemmungen, ihn abzuknallen.« Sie sah mir in die Augen. »Du doch ebenfalls, oder?«

»Aber ja, Liebes. Ich darf gar nicht daran denken.«

Nach dem Frühstück tags darauf gab ich Emma das Puzzle. Sie strahlte. »Danke, Papa, ich fange sofort an.«

Ich strich ihr übers Haar. »Es ist für Achtjährige.«

Ernsthafter Gesichtsausdruck. »Ich werde mich anstrengen. Wenn ich nicht weiterkomme, kannst du mir ja ein bisschen helfen.«

»Klar, Engelchen.«

Im Wohnzimmer studierte ich das Fernsehprogramm. Amelie kümmerte sich im Hausarbeitsraum um die Wäsche und bügelte.

Ich zuckte zusammen. Brüderchen meldete sich: »Es ist etwas Erstaunliches passiert, großer Bruder. Emma sprach mich an, als hocke sie neben mir. Sie sagte: ›Peter Zwei, sag Papa, er soll mir ein bisschen helfen, ich komme nicht weiter.‹ Wir redeten noch ein paar Minuten. Na, was sagst du jetzt?«

Ich sagte nichts, saß wie eine Steinfigur. Ich murmelte: »Wahrhaftig erstaunlich. Unfassbar. Emma besitzt offensichtlich eine weitere Wundergabe, die ich nicht habe. Ich vermute, der Schock ihres unappetitlichen Erlebnisses hat der Gabe zum Durchbruch verholfen. Ich bekam von eurer Unterhaltung überhaupt nichts mit. Sehr merkwürdig.«

»Ja, großer Bruder. Ich freue mich darüber, besonders, dass du nichts bemerkt hast. Ab sofort kann ich ungestört mit unserer Emma plaudern, schließlich besitze ich ja auch ein Privatleben. Jetzt beeil dich, ich will nicht, dass unsere Tochter mich zusammenstaucht.«

Kopfschüttelnd eilte ich ins Kinderzimmer. Emma lächelte mich an. »Hat dir Peter Zwei etwas gesagt, Papa?«

Papa schnaufte. »Ja, du Zauberin, ich war völlig überrascht. Wieso weißt du von ihm?«

»Nach unserem Urlaub spürte, fühlte ich ihn in deinem Kopf, wie und warum weiß ich nicht. Ich konnte aber nie mit ihm reden, nur ab und zu in meinem Kopf hören, was er sagte. Vorhin war ich echtig überrascht, dass er geantwortet hat. Ist das jetzt auch ein Wunder, Papa?«

Wirrwarr in meinem Gehirn. »Ja, Engelchen, du hast noch eine Wundergabe. Du bist ein echtes Genie.«

Das Wunderkind strahlte. »Toll, Papa, da hat die Ärztin wirklich recht.«

Ich runzelte die Stirn. »Was meinst du damit?«

Augenrollen. »Aber Papa, weißt du das nicht mehr? Sie sagte, dass die Natur einen Ausgleich für meinen Kleinwuchs geschaffen hat. Jetzt freue ich mich riesig. Du musst mir helfen, damit ich meine Wundergaben richtig benutzen kann.«

Ich staunte. Peter Zwei kicherte blöde. »Ja, Engelchen, ich werde demnächst beginnen, mit dir zu üben. Vorher müssen wir aber Mama aufklären, jedoch ohne den bösen Mann zu erwähnen.«

Nicken. »Klar, Papa.« Emma seufzte. Sie deutete auf das angefangene Puzzle, das sie etwa zur Hälfte gelegt hatte. »Du musst mir ein bisschen mit dem vielen Stroh helfen, das verwirrt mich.«

Gemeinsam fügten wir ein Drittel zusammen. Sie lächelte mich an. »Danke Papa und danke Peter Zwei, den Rest schaffe ich hoffentlich alleine.«

Ich fiel fast in Ohnmacht. »Hat er dir auch geholfen?«

»Aber ja, er redete mit mir.«

Erneut das blöde Kichern in meinem Kopf. »Ja, staune nur, großer Bruder, jetzt kann ich ebenfalls mit unserer Tochter plaudern und bin nicht nur auf dein oft spärliches Geplapper angewiesen.«

Ich hätte ihm am liebsten in den Hintern getreten. »Wird nie funktionieren«, bemerkte die Nervensäge. Emma lächelte.

Ich marschierte zu Amelie. Ich schilderte nur die Kommunikation zwischen unserer Emma und Peter Zwei. Sie fiel nicht in Ohnmacht, im Gegenteil, sie lächelte und küsste mich. »Ich habe einen Ehemann mit Wundergaben und er hat ein süßes Mädchen gezeugt, das die Wunder erbte. Ich finde das großartig.« Ein inniger Kuss.

Montag. Spätnachmittags rief Andrea an. Er schien aufgeregt. »Kommt doch bitte nach dem Abendessen auf ein Glas Wein bei uns vorbei. Ich habe Neuigkeiten über den Erschossenen auf unserm Berg.«

Ich sagte zu.

Gegen 21 Uhr saßen Amelie und ich auf dem Sofa der Severos. Alle nippten an Gläsern mit Weißwein, einem *Passito* aus der Umgebung.

Andrea sah uns reihum an. »Bevor ich heute nach Hause fuhr, trank ich in der Bar nahe der Kanzlei einen Espresso. Der zuständige Staatsanwalt des Mordfalles stand an der Theke neben mir. Wir kennen uns etliche Jahre. Er erzählte mir eine entsetzliche Geschichte. Die Ermittler fanden auf dem Computer des Erschossenen massenhaft pornografische Fotos und Filme von Mädchen, kleinen Mädchen. Mein Bekannter schätzt deren Alter zwischen vier und maximal neun Jahren. Man entdeckte auch eine Art Logbuch auf einer externen Festplatte. Darin hatte der Drecksack notiert, dass er in den letzten fünf Jahren sieben Mädchen im Alter zwischen acht und zehn Jahren missbrauchte. Er hatte akribisch Details seiner abartigen Taten niedergeschrieben. Wo und wie er die armen Mädchen in die Hände bekam, stand allerdings nicht dort.«

Er trank einen Schluck, räusperte sich und fuhr fort: »Und jetzt haltet euch fest. Wir alle kennen den Schweinehund! Er wohnte in unmittelbarer Nachbarschaft von euch und uns. Er heißt – Nicolo Baudino.« Er lehnte sich zurück.

Meine Amelie wankte. Sie riss die Augen auf. Sie stöhnte. »Großer Gott!«, stieß sie hervor. »Das ist ja entsetzlich! Und wir ließen unsere Mädchen sich gegenseitig ohne Begleitung besuchen. Ich darf mir gar nicht ausmalen, was alles hätte passieren können. Grauenhaft.«

Allgemeine Zustimmung.

Giulia sagte leise: »Wir hatten unschätzbares Glück, dass er sich nicht an einem unserer Mädchen vergriffen hat. Ich will gar nicht darüber nachdenken. Gott, Jesus und die Muttergottes beschützten sie und uns. Wir sollten sie anflehen und für den Mann, der das Scheusal in die Hölle geschickt hat, Gebete sprechen und Kerzen anzünden, damit die Polizei ihn nicht schnappt.«

Allgemeines Nicken.

Andrea knirschte mit den Zähnen. »Wenn er unserer Chiara etwas angetan hätte, hätte ich nicht eine Sekunde gezögert, ihn umzulegen, egal wie.« Er schaute mich an. »Du hättest doch ebenso gehandelt, Peter, oder?«

»Keine Frage, vorher hätte ich dem Monster noch Eier und Schwanz abgeschnitten.«

Amelie nickte, wandte sich Andrea zu und fragte: »Weiß man bereits etwas über den Täter?«

»Der Staatsanwalt glaubt, dass es sich um einen der Väter der missbrauchten Mädchen handele. Er vermutet, dass der Mann den Widerling am frühen Samstagnachmittag aufsuchte, ihn mit einer Waffe zwang, mit ihm die Serpentinen hier hochzufahren und auf der Lichtung umlegte.«

»Klingt logisch«, sagten Amelie und ich wie aus einem Mund.

Giulia hob eine Hand. »Ich schlage vor, dass wir alle am Samstagmittag auf den Berg fahren. Es handelt sich um einen bewirtschafteten Bauernhof aus dem Jahr 1888. Es gibt ein Restaurant mit Namen *Ristoro Monterosso*. Man serviert italienische Gerichte und Spezialitäten aus dem Piemont. Die Speisen werden unter Verwendung eigener Hofprodukte zubereitet. Die Kinder können die Tiere beobachten. Wird ihnen sicherlich Spaß machen.«

Wir stimmten zu.

8

Freitag, sechster Oktober. Leichter Regen. 16 Grad.

Kurz vor zwölf verlangte mein Smartphone nach mir. Unsere Ex-Vermieterin. Herzliche Begrüßung. Small-Talk. Sophie räusperte sich. »Heute kam ein Brief für dich, Peter. Soll ich ihn dir schicken?«

»Gibt es einen Absender?«

»Ja, wie die Adresse handschriftlich geschrieben.«

»Lies bitte vor.«

»Ein Eddie Banner aus der Via Fiume 16 in Reggio di Calabria.«

Ich runzelte die Stirn. »Nie gehört. Kenne ich nicht. Pass auf, nach dem Mittagessen hole ich den Brief bei dir ab.«

»Kein Problem, Peter.«

»Dann bis später.«

Gegen 14:20 Uhr betrat ich Sophies Haus. Ich überreichte 15 tiefrote Rosen, ihre Lieblingsblumen. Sie strahlte. Wangenküsschen. »Vielen Dank, Peter, es ist bestimmt 100 Jahre her, dass mir ein Mann derart prachtvolle Rosen schenkte.« Wir lachten.

Im Esszimmer tranken wir Darjeeling Tee und aßen arabisches Gebäck mit Pistazien und Mandeln. »Köstlich«, lobte ich. Sie gab mir den Brief. Ich musterte Anschrift und Absender. »Völlig unbekannt«, stellte Peter Zwei fest.

Zu Hause setzte ich mich mit etwas Herzklopfen an den Schreibtisch. Ich riss den Umschlag auf. Ein einseitig handschriftlich beschriebenes Blatt Druckerpapier.

Paul sprang auf meinen Schoß. Ich streichelte ihn. Schnurren.

Amelie streckte den Kopf ins Zimmer. »Ich fahre zum Supermarkt und hole Emma und Chiara vom Kindergarten ab. Giulia weiß Bescheid. Wer schrieb dir?«

»Keine Ahnung, fang gerade mit dem Lesen an.«

»Tschüss, bis nachher.«

Ich sah ins Himmelsblau der Kateraugen. »Ich les dir jetzt den Brief vor, Paul«, sagte ich. Er miaute. Ich las: »Sehr geehrter Herr Peters, ich habe Ihre Anschrift von Claudia Moretta, der Nichte meiner Frau Maria …«

»Ach du heilige Scheiße!«, rief Peter Zwei. »Endlich ein Lebenszeichen von …«

»Klappe halten!«, krächzte ich. »Und zwar bis ich fertig bin.«

»Ja, ja, jetzt lies endlich weiter.«

»Seit ihrer Flucht aus Dubai lebt sie mit ihrem Sohn bei uns. Niemand weiß davon, auch ihre Eltern nicht. Am späten Vormittag am letzten Dienstag verunglückte Claudia mit dem Auto. Sie starb noch am Unfallort.«

Starr und still wie eine Leiche saß ich da. Keine Ahnung wie lange. Pauls Miauen erweckte mich wieder zum Leben. Peter Zwei schwieg. Ich schüttelte mich. Trauer überfiel mich. Nicht wegen der Schlange Claudia, sondern wegen meines Sohnes. Der arme Bub lebt mutter-, vater- und geschwisterlos bei fremden Leuten. Ich, Peter Peters, nicht mehr der Einzige seiner Art, der Vater, ich muss, werde ihn in eine richtige, eine intakte Familie bringen.

Ich las weiter: »In ihrem Zimmer fand ich einen Brief an Maria und mich. Darin klärte sie uns über Pieros Vater auf. Sie bat mich, Ihnen diesen Brief zu schreiben, in der Hoffnung, dass Sie das Kind aufnehmen und vor dem Ungeheuer Heilmann beschützen werden.

Wir sind alte Leute. Claudia schrieb, es sei besser, der Junge wächst entweder bei seinem leiblichen Vater auf oder lebt später bei ihm oder in seiner Nähe. Maria und ich sind der gleichen Meinung.

Ich bitte Sie daher, uns zu besuchen, damit wir alles bereden und Sie Ihren Sohn kennenlernen. Planen Sie den Besuch nur für einen Montag ein. Wir besitzen ein Restaurant, das an diesen Tagen geschlossen ist.

Rufen Sie mich unter der oben aufgeführten Telefonnummer an.

Ergebenst Eddie Banner.«

Freude, ach was, Millionen unbeschreiblicher Gefühle stürmten auf mich ein, überschwemmten mich. Ich sammelte mich. Ich wühlte im Internet. Ich buchte für Montag im 4-Sterne-Hotel *Albanuova* zwei Doppelzimmer. Ich zahlte mit einer meiner Kreditkarten. Ich rief Banner an und kündigte meine Ankunft im Verlauf des Montagmorgens an. Er äußerte sich zufrieden.

Ich faltete den Brief und steckte ihn in die Hemdentasche. Im Wohnzimmer lief ich wie ein Tiger im Käfig auf und ab. Ein Problem türmte sich vor mir auf. Wie sollten Amelie und ich unserer Tochter die Existenz eines unehelichen Sohnes ihres Papas erklären?

»Äußerst schwierig«, bemerkte Peter Zwei.

»Schlaumeier«, brummte ich.

Eine halbe Stunde später betrat Amelie den Raum. Ich runzelte die Stirn. »Wo ist Emma?«

»Sie wollte noch mit Chiara spielen. In einer Stunde holst du sie ab.«

Ich umarmte die Liebste und küsste sie auf den Mund. Ich sah ihr in die Augen. »Frag nichts und setz dich aufs Sofa.«

Sie setzte sich. Ich eilte zur Anrichte und brachte eine Flasche Grappa und zwei Gläser. Sie sah mich an. »Derart schlimme Nachricht, dass wir einen Schnaps brauchen?«

Ich lächelte. »Nein, Liebes.« Ich nahm neben ihr Platz und gab ihr den Brief. »Lies selbst.«

Sie entfaltete ihn. Sie las.

Zeitlupenhaft sanken die Hände auf ihren Schoß. Zeitlupenhaft wandte sie mir den Kopf zu. Rote Flecken im Gesicht. »Jetzt brauch ich einen Schnaps!«

Ich schenkte ein. Wir blickten uns in die Augen. Wir leerten die Gläser. Sie hüstelte. »Ich weiß nicht, was ich sagen soll«, flüsterte sie. »Eine überaus erfreuliche, grandiose Nachricht, eine einzigartige Nachricht. Gott oder das Schicksal schlug sich auf unserer Seite. Unser Wunsch nach einem Sohn erfüllt sich. Emma wird sich vor Freude überschlagen. Sie sagte mir nämlich letzte Woche, dass sie sich sehnlichst ein Brüderchen wünsche.«

Ich seufzte. »Wie erklären wir ihr jetzt die ...«

Meine Amelie hob eine Hand. »Ich weiß, was dich bedrückt, Liebling, ich werde unsere Tochter über Piero aufklären. Nachdem sie ihren vorhin erwähnten Wunsch geäußert hatte, gestand sie mir, dass sie uns am Sonntagmorgen zuvor im Bett beobachtet und teilweise unser Liebesgeflüster verstanden habe. Zunächst hatte sie Angst um mich, weil ich so gestöhnt habe.«

Wir lächelten uns an. Amelie fuhr fort: »Ich packe die Gelegenheit beim Schopf und habe sie über Liebe und Sex zwischen Mann und Frau aufgeklärt. Emmas Verständnis und Intelligenz entsprechen ja einer Siebenjährigen.«

Ich strahlte. Ich küsste die Traumfrau. Ich schilderte die Hotelbuchung. Sie riss die Augen auf. »Was, so schnell? Und Emma und ich begleiten dich?«

»Ja, die Leute und Piero sollen euch kennenlernen.« Ich erläuterte den Reiseplan.

Sie lächelte und küsste mich zärtlich. »Du bist ein unvergleichlicher Mann, Peter, ich liebe dich.«

Nach dem Frühstück tags darauf begleitete Amelie unsere Tochter ins Kinderzimmer. Mit flatternden Nerven setzte ich mich aufs Sofa. Peter Zwei – spurlos verschwunden. »Feigling«, murmelte ich.

Die Zeit schien eingefroren. Irgendwann stürmte eine rotwangige Emma ins Zimmer. Sie kletterte auf meinen Schoß. Paul legte sich daneben. Sie streichelte meine Wangen und küsste sie. »Papa, Papa!«, rief sie. »Ich bin ja sooo froh! Endlich bekomme ich einen Bruder. Mama hat mir alles von Piero erzählt und auch, dass sie kein Baby mehr bekommen kann. Jetzt ist sie auch glücklich.«

Sie kicherte und sah mir in die Augen. »Mir ist ein Bruder, der so alt ist wie ich auch viel, viel lieber als ein Baby. Das schreit doch nur rum, macht in die Windeln und euch ganz viel Arbeit. Ich hätte noch laaange warten müssen, bis ich vernünftig mit ihm reden kann. Aber jetzt können Paul und ich mit ihm spielen und er kann mich beschützen, er ist ja ein Mann.«

Glücksgefühle überschütteten mich. Ich drückte Emma an mich. Ich streichelte sie und küsste das Näschen. »Du bist die beste Tochter, die sich Eltern wünschen können. Mama und Papa lieben dich unendlich.«

»Ich hab euch auch ganz viel lieb, obwohl … obwohl Mama meinen Bruder nicht geboren hat. Das ist aber nicht schlimm. Jetzt machen wir eine gute Tat und geben Piero eine richtige Familie. Der arme Bub kennt ja seinen Papa nicht und hat keine Mama mehr. Das ist bestimmt ganz schrecklich für ihn.«

Der wieder aufgetauchte Peter Zwei sagte: »Ein äußerst ungewöhnliches und verständnisvolles Kind.«

Am frühen Abend speiste die glückliche Familie Peters im Restaurant *Il Burchiello*.

Später genossen meine Amelie und ich eine atemberaubende Liebesstunde. Brüderchen schien ohnmächtig.

9

Neunter Oktober. Ein milder, aber trüber Morgen schaute durch das Panoramafenster des Wohnzimmers. Gegen 8:30 Uhr beendete die Familie Peters das Frühstück.

Emma verabschiedete sich vom Kater, der neben ihr auf dem Stuhl saß. Sie streichelte ihn über den Kopf. »Du musst nicht traurig sein, Paul. Deine Mama kommt übermorgen wieder zurück. Wir bringen dir meinen Bruder mit, der ist dann dein Papa. Tante Giulia und Chiara werden dir zu essen geben und mit dir spielen.«

Der Kater sah sie an und miaute.

Ich hatte Emma für drei Tage vom Kindergarten abgemeldet.

Ich sperrte die Haustür ab und steckte den Schlüssel in eine Tasche der blaugrauen Jacke. Darunter trug ich ein weißes Hemd ohne Krawatte. Hellgraue Hosen und schwarze Halbschuhe vervollständigten mein Outfit.

Meine dezent geschminkte Amelie steckte in einem dunkelgrünen Kleid mit langen Ärmeln, bravem Ausschnitt und schwarzen Pumps mit halbhohen Absätzen.

In Reggio di Calabria schien die Sonne bei derzeitigen 20 Grad.

Unsere Emma trug ebenfalls ein dunkelgrünes Kleidchen, weiße Kniestrümpfe und schwarze Lackschuhe mit Riemchen.

Meine Mädels sahen sehr süß aus.

Um neun Uhr standen wir im Wohnzimmer. Ich nahm Emma hoch und drückte sie mit dem linken Arm an mich. Ihre kurzen Beinchen presste sie gegen meine Hüften. Die Ärmchen umschlangen meinen Hals. Den Kopf barg sie in einer Halsbeuge. Amelie stand mit dem Gesicht zu mir und umklammerte meinen Oberkörper. Ihre Handtasche hing schräg über ihrer Brust. Mit der Rechten packte ich den Koffer. Oberbekleidung zum Wechseln hatten wir keine dabei.

Vom Sofa beobachtete uns Paul.

Ich atmete durch. Volle Konzentration.

In Reggio di Calabria tauchten wir zwischen den Bäumen eines Parks auf. Wir marschierten zur nächsten Straße. Mit dem Smartphone rief ich ein Taxi. Es brachte uns zum Hotel, etwa zwei Kilometer westlich der Via Fiume.

Einchecken. Im Zimmer sagte ich zu Amelie. »Ich lasse mich jetzt zu Banners fahren. Ich rufe dich an, wenn ihr mir folgen sollt. Die Adresse habe ich dir ja auf einen Zettel geschrieben.«

Zwölf Minuten später stieg ich mit Herzklopfen die Treppe zu der Wohnung der Familie Banner hoch. Im Erdgeschoss lag das Restaurant. Ein hoch gewachsener Mann, den ich auf Ende 60 schätzte, mit Bauch und schütterem grauem Haar öffnete die Wohnungstür. Händeschütteln. Gegenseitiges Vorstellen. Er sprach mit einem amerikanischen Akzent.

Im behaglich eingerichteten Wohnzimmer begrüßte mich Claudias Tante. Das schwarze Haar mit ein paar grauen Strähnen trug sie am Hinterkopf zu einem Knoten gesteckt.

»Sie war einmal eine schöne Frau«, bemerkte Peter Zwei.

Herr Banner schenkte für jeden ein halbes Glas Prosecco aus. »Ich schlage vor, wir stoßen auf *Du* an«, sagte der Mann mit sonorer Stimmlage. »Vereinfacht die Gespräche. Außerdem gehören Sie de facto zur Familie.«

»Kein Problem.«

Wir stießen an und tranken. Mit Eddie Händeschütteln und Schulterklopfen. Er erklärte, dass er aus den USA stamme und 67 Jahre alt sei. Wangenküsschen mit der 63-jährigen Maria.

Wir setzten uns um den ovalen Esstisch. Die Frau sah mich an. Sie schilderte ihre Auswanderung nach New York.

Sie trank zwei Schlucke Wasser, das in Gläsern vor uns stand. Sie fuhr fort: »Vier Jahre später bekam ich in Boston einen guten Job. Ich zog dorthin. Dreimal in der Woche speiste ich in einem italienischen Restaurant, das nahe meiner Wohnung lag. Eddie arbeitete dort als Koch. Wir lernten uns kennen und lieben. 14 Monate später heirateten wir. Kinderwünsche blieben uns versagt.«

Eddie erzählte weiter: »Vier Jahre danach ging der Besitzer, der aus Messina stammt, in den Ruhestand und zog nach Florida. Ich übernahm das Lokal. Wir mussten viel arbeiten, hatten aber auch wunderschöne Zeiten.«

Maria nickte. Sie seufzte. Sie schaute mich an. »Dass meine Nichte Claudia ein paar Monate in Boston arbeitete, wusste ich nicht. Die Muttergottes wollte, dass ihr Büro einen Block neben unserem Restaurant lag. Am dritten Tag ihres Aufenthaltes aß sie bei uns zu Abend. Ich erkannte sie sofort. Wir trafen uns oft. Eines Tages bemerkte ich ihre Schwangerschaft.« Sie schilderte die bekannte Geschichte, dabei mich pausenlos ansehend.

Sie räusperte sich. »Verzeih, Peter, dass ich dich ständig mustere, aber ich komme aus dem Staunen nicht heraus, wie sehr Piero dir ähnelt.«

»Ja«, bestätigte Eddie. »Das ist mir beim ersten Blick in dein Gesicht sofort aufgefallen.«

Ich nickte. »Wieso und wann seid ihr nach hier gezogen?«

Er antwortete: »Mein vier Jahre älterer Bruder – mit einer Köchin von hier verheiratet – kaufte 1992 dieses Haus. Sie ließen Wohnung und Restaurant renovieren und zogen hierher. Drei Monate vor Claudias Ankunft in Boston erlitt er einen Schlaganfall und musste in ein Pflegeheim. Wir kauften das Haus und leiteten unsere Auswanderung in die Wege. Ich flog zwei Wochen vor Claudias Abreise hierher und beaufsichtigte die Renovierungen. Meine Frau folgte vier Wochen später.«

Maria sah mich an. »Völlig überraschend tauchte eines Tages meine Nichte mit dem Kind auf. Sie erzählte uns eine schreckliche Geschichte. Ihr Chef in Dubai, dieser Heilmann, wollte ihr Piero wegnehmen und nach Indien bringen lassen. Sie befürchtete sogar, dass er sie umbringen werde, weil sie so viel weiß. Einzelheiten erfuhren wir aber nicht. Wir nahmen sie auf. Sie beschwor uns, niemandem etwas darüber zu sagen, auch ihren Eltern nicht.«

Sie seufzte, trank vom Wasser und fuhr fort: »Alle fünf bis sechs Wochen schrieb sie ihnen einen Brief und legte Fotos von sich und ihrem Sohn bei. Sie warf sie in weit entfernten Städten in einen Briefkasten.« Maria schluchzte.

Eddie seufzte ebenfalls und schaute mich an: »An jenem verhängnisvollen Dienstag fuhr sie nach dem Frühstück nach Catanzaro, um einen

Brief einzuwerfen. Die Stadt liegt nordöstlich von hier am Fuße der Berge. Knapp zwei Stunden von hier geriet sie ein Gewitter mit heftigen Regenfällen. Auf einer abschüssigen Straße schleuderte sie in einen 60 Meter tiefen Abgrund. Sie war sofort tot.«

Maria weinte. Eddie wischte Tränen ab. Ich schluckte und starrte in mein Glas.

Der Mann legte seine Rechte auf meinen Unterarm. »Weißt du, was die Tragik an dieser scheußlichen Geschichte ist?«

Ich schüttelte den Kopf.

Mit grimmiger Miene sagte er: »Ungefähr eine Stunde, nachdem sie das Haus verlassen hatte, rief ihre ehemalige Freundin aus Indien an. Wir wussten nicht, dass Claudia noch Kontakt mit ihr hatte. Jetzt auch egal. Diese Rati erfuhr am Abend des Vortages von einem Engländer, der in Dubai mit ihr gearbeitet hatte und sich auf einer Urlaubsreise durch Indien befand, dass Heilmann, dessen Eltern, Schwester, Bruder und zwei weitere Männer beim Brand des Instituts starben, und zwar schon am Jahresanfang.« Er fluchte. »Anrufen konnte ich Claudia nicht. Sie besitzt ... äh ... besaß kein Mobiltelefon.«

Ich schnaubte. Leise sagte ich: »Schreckliches Pech.«

Eddie nickte.

Ich räusperte mich. Ich erklärte, dass Frau und Tochter im Hotel auf eine Nachricht von mir warten, um ebenfalls herzukommen.

Der Mann nickte. »Dann wollen wir sie nicht länger warten lassen. Seid ihr mit dem Auto hier?«

»Nein, wir sind geflogen. Morgen miete ich ein Auto für die Heimfahrt.«

Eddie wandte sich an seine Frau. »So, Maria, jetzt bring den Jungen her.«

Ich hob eine Hand. »Weiß Piero über mich Bescheid?«

»Ja, wir haben ihn gestern behutsam darauf vorbereitet. Er äußerte sich erfreut. Besonders angetan war er von der Tatsache, dass er eine gleichaltrige Schwester haben wird. Er ist nämlich sehr einsam. Aus Angst vor einer Entführung durfte er weder in den Kindergarten noch auf Spielplätze. Er hat nur Kontakt mit einem Gleichaltrigen im Nachbarhaus. Kein angenehmes Leben für einen aufgeweckten Jungen.«

Ich fragte: »Woher wisst ihr von meiner Tochter?«

»Aus Claudias Brief.«

Ich drehte den Stuhl Blickrichtung Tür und setzte mich. Sie öffnete sich. Mit Maria betrat mein Kind, mein Sohn das Zimmer. Sie und Eddie verließen es. Knapp zwei Meter vor mir blieb Piero stehen. Wir musterten uns – lange, sehr lange. Ohrenbetäubende Stille.

Ich streckte die Rechte aus. »Ich bin dein Vater, Piero. Ich heiße Peter.«

Ein Lächeln überzog das Gesicht *meines* Sohnes. Er trat näher. Ich fiel auf die Knie. Ich breitete die Arme aus. Er … er umarmte mich. Ich drückte ihn fest an mich. Ich streichelte seinen Kopf und Rücken. Ich hörte Schluchzen. Ein Berg wuchs in meinem Hals.

Mein Sohn wisperte: »Ich … ich habe sofort gespürt, gefühlt … gewusst, dass … dass du mein Papa bist.«

Der Berg im Hals nahm die Ausmaße der Alpen an. Tränen schossen mir in die Augen. Minutenlang verharrten wir.

Wir lösten uns. Piero nicht aus den Augen lassend, setzte ich mich wieder. Er trat dicht vor mich und legte eine Hand auf mein rechtes Knie. Wir stellten uns gegenseitig zahlreiche Fragen.

Irgendwann streckte Eddie den Kopf ins Zimmer. Ich nickte ihm zu. Er und Maria setzten sich an den Tisch. Ich nahm Piero auf den Schoß. »Wie groß bist du?«, wollte ich wissen.«

»Einen Meter vierzehn«, sagte Eddie.

Ich zückte das Smartphone. Ich zeigte meinem Sohn Fotos seines neuen Heims, der Umgebung und seiner Schwester – Halbschwester. Er lächelte. »Dort ist es sehr schön. Und … und meine Schwester sieht aus wie ein Engel. Sie hat eine Katze, da freu ich mich aber. Ich liebe Katzen.«

»Es ist ein Kater. Er heißt Paul«, erklärte ich.

Mein Sohn lächelte erneut und sah mir in die Augen. »Ich bin froh, dass du mich gefunden hast, Papa. Darf ich in den Kindergarten und mit anderen Kindern spielen?«

»Aber ja doch, Piero, du wirst mit Emma in den gleichen Kindergarten gehen. Ich rufe jetzt ihre Mutter an. Sie kommen gleich her.«

Er klatschte in die Hände. »Ich freu mich riesig.«

Ich telefonierte.

Knapp 20 Minuten später betraten die Neu-Mutter und unsere Tochter den Raum. Die Kinder stellten sich gegenüber und musterten sich. Emma strahlte. Piero strahlte. Sie umarmten sich. Er trat einen halben Schritt zurück. Sie sagte: »Du bist aber mal groß.«

Er runzelte die Stirn. »Warum bist du so klein, Emma?«

Sie seufzte. »Ich kann nichts dazu. Das habe ich von meiner Uroma geerbt. Ich freue mich, dass du mit mir in den Kindergarten gehst. Du bist jetzt mein Bruder und musst mich beschützen. Es gibt nämlich ein paar Kinder, die mich dort hänseln.«

Mit ernsthaftem Gesichtsausdruck nickte er. »Ich passe auf dich auf. Wenn sie dich weiter ärgern, verprügele ich sie.«

Alle lachten.

Emma nahm ihn an einer Hand und führte ihn zu ihrer Mutter. »Das ist meine Mama. Sie heißt Amelie. Sie ist sehr lieb zu mir und wird dich auch lieb haben.«

Amelie ging in die Hocke. Sie drückte *unserem* Sohn eine Hand. Sie umarmte ihn. Tränen in ihren Augen. Er stand ein bisschen steif. Sie räusperte sich. »Ich bin sehr glücklich, dass wir dich gefunden haben, Piero. Ich werde dir eine gute Mutter sein. Wir wollten nämlich immer einen Buben, jetzt hat Gott uns einen geschenkt. Ich kann keine Babys mehr bekommen.«

Er nickte und sah sie an. »Du bist sehr schön … Amelie. Ich versuche, ganz brav zu sein.« Stiefmutter und Stiefsohn flüsterten miteinander.

Sie erhob sich. Eddie rief sie an den Tisch. Ich folgte. Die Kinder plauderten. Er reichte ihr ein halb gefülltes Glas Prosecco. »Jetzt wollen wir ebenfalls auf *Du* anstoßen.«

Maria trat mit einem Glas hinzu. Anstoßen. Trinken. Händeschütteln. Wangenküsschen. Wir unterhielten uns.

Eddie sah auf die Armbanduhr. Er lächelte seine Frau an. »Auf, Maria, bastele ein Mittagessen. Die Kinder und unsere Gäste werden Hunger haben – ich natürlich auch.«

»Ich helfe … dir«, bot sich Amelie an.

»Gerne.« Die Frauen verließen das Zimmer.

Eddie rief: »Und wir alle marschieren ebenfalls nach unten und decken den Tisch.«

Wir betraten einen Raum neben der Küche des Restaurants, *meine* Kinder Hand in Hand. Sie durften Bestecke und Servietten auflegen. Eddie und ich stellten Teller und Gläser auf den rechteckigen Holztisch. »Hier essen wir und die Angestellten an den Arbeitstagen«, erklärte Eddie. Er sah mich an. »Was wollen du und deine Frau trinken?«

»Kommt auf das Essen an.«

»Es gibt eines der Lieblingsgerichte von Piero: Spaghetti mit Hackfleischsoße und Tomatensalat.«

Mein Sohn rief: »Da freu ich mich drauf.« Er wandte sich an Emma. »Isst du das auch gerne?«

»Aber ja, ich muss nur aufpassen, dass ich mein schönes Kleid nicht voll kleckere.«

Eddie sagte: »Dazu trinken wir einen vollmundigen Rotwein aus der Umgebung.«

Das Essen schmeckte hervorragend, der Wein ebenfalls.

Maria sah uns reihum an. »Nachtisch gibt es nachher. Wir spazieren zu einem Eiscafé und verputzen Riesenportionen Eis mit allem Drum und Dran.«

Die Kinder jubelten. Wir halfen der Köchin beim Abräumen.

Knapp zwei Stunden später kehrten wir zurück. Piero führte Emma und Amelie in sein Zimmer.

Eddie sah mich an. »Komm mit, Peter, ich hab noch was für dich.«
Wir betraten sein Büro. Unordnung wäre ein schmeichelhafter Ausdruck. Er grinste. »Sieh dich bloß nicht um, sehr zum Leidwesen meiner Frau bin ich das Gegenteil eines Ordnungsfanatikers.«
Von einem Stuhl fegte er zwei Ordner zu Boden. »Setz dich.«
Er warf sich in den Drehsessel, der Protestgeräusche ausstieß. Er reichte mir einen normalen Briefumschlag. »Claudia hat sich eine Kopie von Pieros DNA-Analyse beschafft. Eine Sterbeurkunde habe ich dazu gelegt. Damit kannst du problemlos deine Vaterschaft bezeugen und das Sorgerecht beantragen.«
»Danke, Eddie.« Ich steckte den Umschlag in die rechte Innentasche der Jacke.
Er seufzte. Er zog eine Schublade des Schreibtischs auf. Er gab mir einen verschlossenen braunen DIN A 5 Umschlag, einen ziemlich dicken. »Claudia trug mir in ihrem Brief auf, dir das zu geben.«
Ich schluckte. »Erwähnte sie den Inhalt?«
»Nein.«
Ich nahm den Umschlag. Er schien in meiner Hand zu glühen. Später steckte ich ihn in Amelies Handtasche.
Am Abend lud ich Maria und Eddie in das beste Restaurant der Stadt ein, wie das Ehepaar beteuerte. Die Kinder nahmen wir natürlich mit.
Ich zahlte mit dem Geld des Pädophilen. Wir schlenderten zurück. Ich versprach, in regelmäßigen Abständen Fotos zu schicken. Wir vereinbarten den Besuch der Familie Peters in den dreiwöchigen Betriebsferien im Juli nächsten Jahres.
Eddie rief ein Taxi. Amelie hatte am Nachmittag mit Piero einen Koffer und zwei Reisetaschen gepackt.
Tränenreiche Verabschiedung.
Emma und Piero schliefen im Doppelbett des zweiten Zimmers.

10

Anderntags mietete ich vorm Frühstück einen Van. Die angewachsene Familie Peters startete kurz vor zehn Uhr die Heimreise.

Die Kinder plapperten, kicherten und lachten. Amelie unterhielt sich zeitweise mit ihnen. Ab und zu sah sie mich lächelnd an und drückte meine Hand. Einmal flüsterte sie mir ins Ohr: »Ich bin unendlich glücklich.«

Peter Zwei sagte: »Ich bin ebenfalls glücklich. Bin gespannt, in welchem Ausmaß unser Sohn eine oder mehrere deiner Wundergaben geerbt hat.«

Amelie und ich tauschten nach den Pausen alle zwei Stunden die Plätze.

Am Nachmittag räusperte sich Peter Zwei. »Hör zu … äh … Emma lässt ausrichten, sie sei voll glücklich mit ihrem Bruder.«

Ich freute mich.

Kurz nach 18 Uhr checkten wir in einem Hotel in Ancona an der Adria ein. Die Doppelzimmer hatte ich zu Hause gebucht.

Mittwochs betraten wir gegen 17:15 Uhr unser Haus. Ein miauender Paul sprang Emma in die Arme. Sie drückte und knuddelte ihn. Weltmeisterliches Schnurren. Sie setzte sich mit ihm aufs Sofa. Piero nahm neben ihr Platz. Er streichelte das Tier. »Das ist mal eine süße Katze.«

Emma belehrte ihn. »Es ist ein Kater, und er heißt Paul.«

»Ich weiß.«

Sie sah dem Kater in die Augen und deutete auf das neue Familienmitglied. »Jetzt hör genau zu, Paul, das ist mein Bruder. Er heißt Piero. Du musst auch mit ihm spielen. Er ist nämlich ab sofort dein Papa.«

Der Kater miaute.

Amelie und ich führten unseren Sohn in das zweite Kinderzimmer. Emma schloss sich an. »Mein Zimmer liegt direkt daneben«, erklärte sie.

Piero sah sich um. »Das ist ein schön großes Zimmer, aber wo soll ich schlafen, es ist ja ganz leer.«

Amelie lächelte. »Du schläfst im Gästezimmer.«

Ich strich ihm übers Haar. »Am Samstag fahren wir zu einem Möbelhaus. Du suchst dir aus, was du möchtest.«

Er klatschte in die Hände. »Ich freu mich riesig. Danke, Papa.«

Wir besuchten Giulia und Andrea. Wir stellten ihnen, und auch Chiara, das neue Familienmitglied vor. Die Familie Severo äußerte sich erfreut. Amelie und ich hatten das Ehepaar am letzten Samstag aufgeklärt. Ich hatte Heilmann nicht erwähnt.

Gemeinsames Abendessen im Restaurant *Via Roma* – mit den Kindern.

Im Bett fragte Amelie: »Wann liest du den Brief von … Claudia?«

»Am Freitagabend. Er scheint recht umfangreich.«

Sie runzelte die Stirn. »Geht nicht, Liebling.«

»Warum nicht?«

»Wir sind bei Severos zum Essen eingeladen.« Sie sah mir in die Augen. »Hast du … hast du Angst vor dem Inhalt?«

»Ja.«

Sie riss die Augen auf und schlug eine Hand vor den Mund. »Warum denn das?«

Ich seufzte. »Du weißt ja, dass sie eng mit Heilmann zusammengearbeitet und fast drei Jahre Tür an Tür mit ihm gewohnt hat. Ich vermute, sie kennt Einzelheiten seiner und damit der Pläne der OaM, und die müssen entsetzlich sein.«

Sie runzelte die Stirn. »Wieso?«

»Überleg doch mal. Sie ist mit dem Kind auf Knall und Fall abgehauen, hat sich bei ihrer Tante verkrochen und sämtliche Kontakte abgebrochen. Das hat sie nur gemacht, weil das Scheusal Heilmann ihr Kind wegnehmen wollte.« Ich beugte mich zu ihr. »Das bedeutet, dass sie wusste, was der Drecksack mit Piero plante. Und ich glaube, der Schweinehund hatte mit Emma Ähnliches vor.«

Sie strich mir über eine Wange. Sie flüsterte: »O weh, jetzt hast mir auch Angst gemacht, aber Gott sei Dank hast du die Gefahr beseitigt. Ich will alles wissen, was in diesem Brief steht.«

Ich küsste sie. »Du wirst den kompletten Inhalt erfahren, Liebes.«

Sie schaute mich an. »Ein weiterer Grund, dass du am Freitag den Brief nicht lesen sollst.«

»Wieso?«

Seufzen. »Ich will mir durch eine vermutlich grauenhafte Geschichte nicht das Wochenende verderben, sondern mit dir und den Kindern angenehm gestalten.«

Ich küsste sie auf den Mund. »Du bist nicht nur eine wunderschöne, sondern auch eine bemerkenswert kluge Frau. Ich liebe dich, mein Engel. Ich werde den Brief am Montag lesen.«

Glucksen. »Ich dachte, Emma ist dein Engel.«

Ich lächelte. »Sie ist mein Engelchen.«

Kichern. »Sie wird älter und erwachsen werden.«

Ich grinste. »Dann habe ich zwei Engel.«

Lachen. Wir küssten uns.

Am nächsten Morgen fuhr ich die Mädchen zum Kindergarten. Piero und Amelie begleiteten uns. Ich meldete ihn an.

Wir suchten das Jugendamt auf. Ich beantragte das Sorgerecht für meinen Sohn und meine Frau die Adoption.

Anderntags begleitete ich Frau Capilla, die einen aufgeregten Piero den Erzieherinnen und Kindern vorstellte. Er fand sofort Anschluss. Zufrieden fuhr ich nach Hause. Im Wohnzimmer erwartete mich Amelie – top geschminkt und im dunkelroten seidenen Morgenmantel. Sie trat auf mich zu. Sie sah mich lächelnd an. Im Universum ihrer Augen funkelten und glitzerten Millionen Sterne. Der Morgenmantel glitt zu Boden. Meine Ehefrau, die Mutter eines meiner Kinder, trug die sündigsten Dessous, die ich je gesehen hatte.

Ich schluckte. Sie umarmte mich. Küsse – glutvoll, wild, fordernd. Sie packte meine Linke. »Komm mit«, sagte sie mit rauer Stimme. Im Schlafzimmer segelten meine Klamotten davon. Glutvoller, gieriger, wilder Sex. Traumhaft.

Nachmittags stürmten die Geschwister Hand in Hand ins Wohnzimmer. »Papa, Papa!«, rief mein Sohn. »Ich bin schrecklich froh, dass ich den Kindergarten gehen darf. Die meisten Kinder sind sehr nett. Von den Mädchen gefällt mir Chiara am besten.«

»Besser als deine Schwester?«, fragten Amelie und ich wie aus einem Mund.

Er lachte. »Aber nein, sie ist die Schönste, obwohl sie so klein ist.«

Emma kicherte. »Er ist auch der schönste Junge und der Größte in seinem Alter.«

Wir fuhren in die Stadt. Amelie kaufte Klamotten für unseren Sohn. Emma bekam natürlich ebenfalls etwas.

Im Spielzeugladen wählte ein rotwangiger Piero einen Metallbaukasten, mit dem er einen Kipplastwagen und eine Planierraupe bauen konnte. Ich legte ein Kasten für einen Kran und einen mit Elektromotoren und weiteren Teilen hinzu.

Emma schnappte ein Puzzle für Zehnjährige, einen Holzbaukasten für einen Bauernhof und einen Plastikbeutel mit etlichen Tierfiguren. Wie im Bekleidungshaus zahlte ich mit dem Geld des Pädophilen.

Zu Hause stürmten glückliche Kinder in Emmas Zimmer.

Die glücklichen Eltern küssten sich.

Der Freitagabend mit Giulia und Andrea verlief angenehm.

Samstags fuhren wir nach dem Frühstück zum uns bekannten Möbelhaus. Unterstützt durch Amelie und assistiert von Emma suchte sich ein aufgeregter Piero die Einrichtung seines Zimmers aus.

Mittagessen in einer Pizzeria.

Nachmittags unternahm die glückliche Familie Peters eine Schiffsrundfahrt auf dem Lago Maggiore. Abends speisten wir in Verbania im Lokal *La Taverna del Mago*.

Glückliche Kinder. Glückliche Eltern.

Zu Hause erwartete uns ein schimpfender Paul. Natürlich hatte Giulia ihn mittags gefüttert. Die Kinder schmusten und spielten mit ihm und fütterten ihn. Mit hochgerecktem Schwanz stolzierte ein glücklicher Kater zur Katzenklappe in der Terrassentür und verschwand in der Nacht.

Sonntagnachmittag. Trüb. Nieselregen. Schlappe 14 Grad. Die Kinder überredeten Mutter und Vater, mit ihnen im Fernsehen einen Zeichentrickfilm mit Tom und Jerry anzuschauen. Neben Amelie saß Piero und daneben Emma – mit Paul auf dem Schoß. Ich setzte mich neben sie.

Die Kinder streichelten abwechselnd Paul, der inzwischen auch mit Piero innige Freundschaft geschlossen hatte. Ab und zu sagte Emma: »Der arme Kater.« Sie meinte natürlich Tom. Ab und zu sahen Amelie und ich uns lächelnd an.

Paul miaute, sprang auf den Boden und verließ den Raum durch die Katzenklappe.

Der Film endete. Ich schaltete das Fernsehgerät aus, beugte mich vor und legte die Fernbedienung auf den Tisch. Ich warf einen Blick nach rechts. Erstaunt registrierte ich, dass Pieros Hand in der Amelies ruhte.

Mein Sohn hob den Kopf und sah die Adoptivmutter an. »Amelie«, sagte er mit heiserer Stimme, »du weißt ja, dass meine Mama nicht mehr da ist und … und nie mehr zurückkommt.«

Sie beugte sich zu ihm und strich ihm übers Haar. »Ja, mein Bub, eine furchtbar traurige Geschichte.«

Piero nickte, legte seine Arme um ihren Hals und sah sie an. »Amelie, kann … äh … ich meine … darf ich ab jetzt *Mutter* zu dir sagen?«

Amelie schien total verblüfft, völlig überrascht. Tränen füllten ihre Augen. Sie drückte den Sohn an sich und küsste sein Gesicht ab. Sie stammelte ein bisschen vor sich hin. Sie flüsterte: »Aber ja doch, Piero, du bereitest mir eine riesige Freude damit. Ich sehnte mich danach, dass du eines Tages *Mutter* zu mir sagst. Ich will versuchen, dir eine gute Mutter sein.«

Der Junge nickte. »Das bist du doch … Mutter und ich … ich hab dich lieb.«

Amelie weinte, murmelte Unverständliches, streichelte und küsste meinen, unseren Sohn.

Ein Hochgebirge verschloss meine Kehle. Tränen trübten die Sicht. Emma reckte sich, strich mir über die Wangen und rief: »Aber Papa, du brauchst nicht traurig sein und nicht weinen. Piero hat dich doch auch noch lieb, ich weiß das ganz genau.«

Mein Junge wandte sich mir zu. »Ja, Papa, ich hab dich ganz viel lieb, auch Emma, Paul und auch Paula, obwohl sie mir nicht gefällt.«

Emma quiekte und sagte mit empört wirkender Stimme: »Du hast keine Ahnung, Piero, Paula ist mein Baby und alle Mamas und Papas haben ihre Babys lieb, egal wie sie aussehen.«

Die Familie Peters lachte. Ich umarmte Frau und Kinder. Welch ein Tag! Piero war in meiner Familie angekommen, weitaus eher, als ich vermutet hatte. Welch ein Glückstag!

Abends im Bett küsste ich Amelie. Ich schaute ins Meer ihrer Augen, in denen ich Zufriedenheit, Wohlbehagen und Glückseligkeit zu erkennen glaubte. »Wir sind jetzt die ideale Familie, Liebes, wie ich sie mir wünschte: Mutter, Vater, Tochter und Sohn.«

Liebevolles Lächeln. »Und eine Hauskatze.«

Ich nickte. »Ich sagte mir heute Nachmittag, du hast zweieiige Zwillinge geboren, genauso fühlte ich, genauso fühlt es sich an.«

Sie küsste mich auf den Mund. »Wir sind Seelen- und Herzverwandte, Liebling, ein Mann und eine Frau, durch Liebe untrennbar vereint und durch ein Zwillingspärchen für immer verschweißt.«

Zart und zärtlich, inbrünstig und intensiv, liebevoll und leidenschaftlich vereinigten sich Ehefrau und Ehemann, Mutter und Vater.

Später sagte Brüderchen: »Du hast alles erreicht, wonach Menschen lebenslang streben: Macht, Geld, eine tolle Familie, traumhafte Liebe und erfüllenden Sex. Die Wundergaben stellen *deine* Macht dar, eine rätselhafte, unbegreifliche, eine unvergleichliche Macht, wie sie kein Mensch auf dieser Welt besitzt – außer Emma und vielleicht Piero.«

11

Montags setzte ich nach dem Frühstück die drei Kinder am Kindergarten ab.

Zu Hause küsste ich meine Amelie auf die Stirn. »Ich lese jetzt den Brief, Liebes.« Sie saß mit Paul auf dem Sofa. Sie nickte.

Mit einem Glas Wasser warf ich mich in meinem Zimmer in den Drehsessel. Ich nahm den Umschlag aus einer Schublade. »Bin echt gespannt«, sagte Peter Zwei, den ich für tot hielt. Er hatte heute noch kein Lebenszeichen von sich gegeben.

Ich las leise vor: »Hallo Peter, wenn Sie diese Zeilen lesen, wandele ich im Reich der Toten. Ich entschuldige mich vielmals für mein damaliges Verhalten. Ich ließ meinen Verstand von Geld und Heilmanns falschen Versprechungen vernebeln.

Spät, fast zu spät, erfuhr ich die Wahrheit – von ihm selbst. Er glaubt immer noch, dass ich kein Kind wollte. Ich jedoch hatte längst meine verschütteten Muttergefühle entdeckt. Ich liebe Piero abgöttisch – obwohl ich manchmal ein bisschen Angst vor ihm habe. Er hat nämlich Teile Ihrer Wundergaben geerbt. Der Verbrecher Heilmann erklärte, dass sich die Begabungen erst nach der Pubertät voll entfalten werden.«

Ich schluckte. Peter Zwei murmelte vor sich hin.

Ich las weiter: »Er wollte mir Piero noch vor Vollendung seines vierten Lebensjahres wegnehmen, nach Indien bringen und dort erziehen und ausbilden lassen. Ich erfuhr auch, dass der Unhold Ihre Emma entführen lassen und ebenfalls nach Indien schaffen will. Der Grund dafür ließ mich fast tot umfallen. Heilmann plante, *unsere* Kinder im Alter von 17 Jahren zueinander zu führen. *Mein* Piero sollte mit *Ihrer* Emma Kinder zeugen, mindestens fünf. Falls sie es nicht freiwillig tun würden, wollte Heilmann mit Pieros Sperma Emma künstlich befruchten lassen. Er will der OaM – die in Wirklichkeit völlig andere Ziele verfolgt, als Sie und ich glaubten – nützliches Menschenmaterial zur Verfügung stellen. Mein Sohn sollte der Verbrecherbande als Zuchtochse und Ihre Emma als Zuchtstute dienen.«

Mein Gehirn leerte sich komplett. Peter Zwei – stumm wie ein Fisch. Was gab es zu sagen? Nichts. Absolut nichts. Kein normaler Mensch kann dieses grauenhafte Vorhaben verstehen, begreifen oder gar nachvollziehen. Unfassbar. Unglaublich. Horror pur.

Ich schüttelte mich. Ich vertrieb die entsetzlichen Bilder aus dem Kopf. Ich riss mich zusammen. Ich las: »Doch damit nicht genug. Zwei Wochen vor meiner Flucht schilderte mir das Monster weitere Schreckensszenarien. Spezialisten sollen Ihrer Emma regelmäßig Eier entnehmen, sie in vitro mit Pieros Sperma befruchten und in Leihmüttern einpflanzen. Zwei Männer und drei Frauen, alle Anfang 20, die für die OaM arbeiten, besitzen Ihre erste und letzte Wundergabe und können mit ihren Gedanken Gegenstände bewegen. Einer der jungen Männer verfügt ansatzweise über Ihr Wunder *Telpo*. Diese Menschen wollte Heilmann ebenfalls mit Piero und Emma zusammenbringen und alle untereinander Kinder zeugen lassen. Das Scheusal und seine Gesellen wollen eine neue Spezies des Homo sapiens erschaffen, zu welchen Zwecken auch immer. Jetzt verstehen Sie, Peter, wie ich mich fühlte. Niedergeschmettert. Ratlos. Voller Hass auf das Ekel Heilmann.«

Das absolute Grauen überfiel mich. Ich jagte es davon. Ich, Peter Peters, nicht mehr der Einzige seiner Art, der Vater zweier prachtvoller Kinder, ich hatte den Plänen des Arschlochs Heilmann und sechs der Ungeheuer die ultimative Niederlage verpasst, ihre unmenschlichen Vorhaben und sie zu Asche verbrennen lassen.

Ich trank drei Schlucke Wasser. Ich setzte die Vorlesung des Grauens fort: »Das bisher Geschilderte stellt jedoch nur ein Kapitel im Buch des Schreckens dar. Sie wissen ja, Heilmann, sein Bruder und ein weiterer Wissenschaftler betreiben im Institut ein Labor für Virenforschung. In Indien existieren ebenfalls Labors. Der Kopf der OaM setzt sich aus hochrangigen indischen Politikern und Führern mehrerer Industriekonzerne zusammen. Das Motto dieser Fießlinge lautet: *India First, India Forever*. Die Saubande bezeichnet die OaM mit ihrem wahren Namen – *Organization India Forever*, kurz OIF. Sie will Indien die absolute Weltherrschaft verschaffen, ausreichend Menschen stehen ja zur Verfügung. Ein gewaltiger Verbrauchermarkt also.«

Mit wachsendem Unglauben und Entsetzen erfuhr ich einen Abriss der Pläne der OIF. Mit zitternder Hand trank ich Wasser.

Ich setzte die Vorlesung fort: »Die Mörderbande plant, ab Juni 2023 den ersten Teil erwähnter Pläne zu verwirklichen. Jetzt halten Sie sich fest, Peter, *Sie* sollen teilweise die grauenhaften Einsätze durchführen!«

Ich schüttelte mich. Entsetzen in mir. Ich fluche. Peter Zwei fluchte noch mehr. Ich las weiter: »Bevor ich Ihnen die Gründe für das mörderische Vorhaben und das Endziel der Mörderclique offenbare, beantworte ich Ihnen eine Frage, die Sie sich garantiert gestellt haben: Wieso weihte mich Heilmann in diese Geheimnisse ein?

Die Bestie gestand mir ein halbes Jahr vor Pieros drittem Geburtstag seine Liebe. Und ich? Ich fasste den besten Entschluss meines Lebens, mit Erfolg, wie Sie jetzt wissen. Ich zierte mich zunächst ein wenig. Ein paar Tage später spielte ich Heilmann glühendes Verliebtsein vor. Ich unterdrückte meinen Widerwillen, schwor ihm ewige Liebe und blendete ihn mit Sex, natürlich ohne innere Anteilnahme. Das Arschloch fiel voll darauf herein. Im Oktober 2022 wollten wir heiraten.«

Ich grunzte. Peter Zwei kommentierte: »Ein raffiniertes Biest«.

»Ja«, murmelte ich. »Die Löwin sah ihr Junges bedroht. Du weißt, dass die meisten Mütter mit Klauen und Zähnen und oft unter Einsatz des Lebens ihren Nachwuchs verteidigen. Ich habe ja nach Emmas Entführung ähnlich gehandelt. Claudia benutzte ihren Körper.«

»Ja. Sie war zwar eine hinterhältige, aber auch tapfere Frau.«

Ich las den Rest des Horrorbriefes.

Bodenloses Entsetzen, Panik, unsägliche Angst prügelten auf mich ein. »Allmächtiger!«, stieß Peter Zwei hervor. »Du musst dir die externe Festplatte von Heilmann zur Brust nehmen. Ich glaube, in den Ordnern mit den harmlosen Namen findest du alle Einzelheiten der Pläne.«

Ich nickte. »Mach ich noch heute.« Gedanken, Ideen, zahllose Szenen wirbelten mir durch den Kopf. Brüderchen half, etwas Ordnung in den Wirrwarr zu bringen. Ich stöhnte. Gierig leerte ich das Glas. Ich lehnte mich zurück. Peter Zwei sagte: »Du musst ab morgen beginnen, Pläne zu schmieden und Vorbereitungen anlaufen lassen, damit unsere Familie der Apokalypse nicht zum Opfer fällt.«

Mit grimmiger Miene nickte ich. »Ja, zum Glück haben wir mindestens drei Jahre Zeit, hoffe ich jedenfalls.« Wir bastelten das Gerippe eines Planes.

Ich schnappte einen Rotstift. Unter der Geschichte mit unseren Kindern zog ich eine Linie. Ich nahm die Blätter. Ich schlurfte ins Wohnzimmer. Ich warf mich neben Amelie aufs Sofa.

Sie schaltete den Fernseher aus. Sie sah mich an. Die Fernbedienung fiel zu Boden. Sie riss die Augen auf. Sie schlug eine Hand vor den Mund. »Jesses, Peter! Wie siehst du denn aus? So schlimm?«

»Viel schlimmer«, krächzte ich. »Viel, viel schlimmer.«

Ich reichte ihr den Brief. »Lies bis zur roten Linie.«

Sie las.

Die Blätter fielen ihr aus den Händen. Sie hob den Kopf. Leichenblass. Fassungslosigkeit, Schock, Entsetzen in den Augen. Sie wankte. Heiseres Flüstern. »Das ... das kann, das will ich nicht glauben. Wie ... wie können Menschen derart Grauenhaftes planen? Unfassbar. Ich danke alle Gottheiten der Welt, dass du dieses Scheusal und die anderen Ungeheuer in die Hölle gesprengt hast. Claudia war zwar ein gemeines Biest, aber jetzt bedauere ich die Mutter in ihr.«

»Ja«, sagte ich. »Lies weiter.«

»Ich brauche zuerst einen Schnaps.«

Großzügig schenkte ich Grappa aus. Wir tranken einen Schluck. »Tut mir auch gut«, bemerkte Peter Zwei.

Meine Amelie las.

Keuchend warf sie die Blätter von sich. Sie kippte den Rest Schnaps. Sie schüttelte sich. »Grauenhaft. Das reinste Armageddon. Unvorstellbar! Unglaublich. Ich ... ich habe die letzten Zeilen nicht gelesen. Ich konnte nicht mehr.« Sie runzelte die Stirn. Sie sah mich an. »Wie ich las, soll ja der erste Teil des Horrors bereits ab Juni erfolgt sein. Die Nachrichten haben aber nichts gebracht. Versteh ich nicht.«

Ich seufzte. »Ich nehme an, meine Tat in Dubai wirbelte die Zeitpläne der OaM, vielmehr der OIF, durcheinander. Sie wird die Aktionen später starten. Abgeblasen werden sie nie und nimmer. Sie wurden penibel und generalstabsmäßig geplant. Die indischen Politiker und machtgeile Industrielle haben massenhaft Geld investiert.«

Meine Amelie nickte. Sie sah mir in die Augen. »Wir müssen sofort beginnen, uns auf die Zeiten der Schrecken vorzubereiten. Wie …«

Ich unterbrach sie. »Ich habe bereits das Grundgerüst eines Planes erstellt.« Ich erläuterte.

Sie schnaufte. »Hört sich vernünftig und überzeugend an. Dafür brauchen wir massenhaft Geld.«

»Ja. Unser geringstes Problem. Wir müssen Mitstreiter, Verbündete gewinnen.«

Die Liebste seufzte. »Ja. Ich bete zu allen Gottheiten, dass wir das grauenhafte Chaos überleben und in Sicherheit unser Leben mit den Kindern fortsetzen können.«

Ich strich ihr übers Haar. Ich küsste sie sanft. »Wir schaffen das, Liebes. Dank meiner Gaben – und später zusätzlich mit denen unserer Kinder – werden wir die Horrorzeit nicht nur überleben, sondern auch lebenswert gestalten. Ich verspreche dir: Die Familie Peters wird die barbarischen Zeiten überstehen und in Frieden und Glück leben.«

Sie nickte. Sie lächelte. Sie küsste mich.

Ich sah ihr in die Augen. »Du hast ja die letzten Zeilen nicht gelesen, Liebes. Weißt du, wie Heilmann diese Zeiten für Indien nannte?«

»Sag es mir.«

»Goldene Zeiten.«

Sie schluckte. »Und für den Rest der Menschheit?«

»Dunkle Zeiten …«

ENDE

Information des Autors

Liebe Leserin, lieber Leser! Hoffen Sie, dass die Geschichte um die Familie Peters und die Pläne der OIF eine Fortsetzung findet?

Volltreffer! Der Roman heißt *Dunkle Zeiten*.

Ich bitte Sie, für das vorliegende Buch kräftig die Werbetrommeln zu rühren. Vielen Dank!

Lesen Sie auch meine bisher erschienenen Thriller *Sünden eines Ehepaares, Sünden eines Engels, Sünden eines Teufels, Gier eines Ehemannes, Ich. Ein. Toter. Erzählt.* – ein Thriller vom Leben nach dem Leben – *Strohblond!! Strohdumm???*, den Science-Fiction-Thriller über die Zukunft des Klimawandels *Ich. Und mein Schutzengel* und die Science-Fiction Trilogie *TARSIS - Verlust eines Paradieses, TERRA – Verlust einer Unschuld* und *TERRA – Ende der Zivilisation* und die fünf Kurzgeschichten in der Anthologie *Überraschungen an Weihnachten*. Sie werden begeistert sein. Versprochen!

Joachim Hausen (Jahrgang 1945) lernte Industriekaufmann.
Anschließend diente er in Karlsruhe je zwei Jahre im Stab einer Luftwaffendivision und eines Fernmelderegimentes
Er arbeitete drei Jahre im erlernten Beruf. Er ließ sich zum Programmierer umschulen.
Zuletzt arbeitete er 35 Jahre als Softwareentwickler.
Seit 2008 genießt er den Ruhestand.
Er ist verheiratet. Das Ehepaar hat ein Zwillingspärchen.
Mit der Ehefrau lebt er in St. Ingbert/Saarland.
Bisher erschienen von Joachim Hausen sechs Thriller, vier Science-Fiction-Romane und eine Anthologie mit fünf Kurzgeschichten.

Der Autor weist auf sein Urheberrecht hin und untersagt ausdrücklich die Wiedergabe des Textes – auch auszugsweise – in Print- und Online Medien sowie das Kopieren bei Präsentationen in Unterricht, Kursen oder Lesungen.

Dieser Roman ist auch als eBook erhältlich.